DADENI

IFAN MORGAN JONES

Ffuglen yw'r gyfrol hon. Cynhwysir enw ambell sefydliad a phlaid go iawn er mwyn gwreiddio'r hanes yn y Gymru gyfoes. Ond mae gweithredoedd y sefydliadau hyn, y cymeriadau a'r digwyddiadau oll yn ffrwyth dychymyg yr awdur. Cyd-ddigwyddiad llwyr yw'r tebygrwydd i bobol neu sefyllfaoedd sy'n bodoli go iawn.

Dymuna'r awdur ddiolch i Lenyddiaeth Cymru am ddyfarnu iddo ysgoloriaeth a gefnogir gan y Loteri Genedlaethol trwy Gyngor Celfyddydau Cymru, er mwyn datblygu'r nofel hon.

Diolch yn fawr iawn hefyd i staff y Lolfa, yn arbennig felly Meleri Wyn James am ei chyngor doeth a'i golygu deallus.

Argraffiad cyntaf: 2017
© Hawlfraint Ifan Morgan Jones a'r Lolfa Cyf., 2017

Cynllun y clawr: Sion Ilar
Delwedd Y Pair Dadeni: John Meirion Morris
Llun Y Pair Dadeni: Marian Delyth

Rhif Llyfr Rhyngwladol: 978 1 78461 399 0

Dymuna'r cyhoeddwyr gydnabod cymorth ariannol
Cyngor Llyfrau Cymru

Cyhoeddwyd ac argraffwyd yng Nghymru
ar bapur o goedwigoedd cynaladwy gan
Y Lolfa Cyf., Talybont, Ceredigion SY24 5HE
e-bost ylolfa@ylolfa.com
gwefan www.ylolfa.com
ffôn 01970 832 304
ffacs 01970 832 782

'Man is an animal suspended in webs of significance he himself has spun.'

Clifford Geertz

Joni

PEFRIAI ARWYNEB RHEWLLYD afon Teifi yng ngoleuni machlud yr haul llwynog a gamai'n ysgafndroed ar hyd crib y dyffryn. Prociai Joni'r wyneb â blaen brigyn, gan wylio ei adlewyrchiad yn ymgasglu a llifo fel olew amryliw wrth i'r iâ symud a griddfan oddi tano, cyn i'r darlun hollti gyda chlec foddhaol. Gwenodd. Bu'r afon yn ei ddifyrru ym mhob tymor o'i fywyd – plymiai'n hanner noeth iddi yn yr haf, pysgotai ynddi ar ddyddiau glawog o hydref pan oedd yr eog yn silio, a chaeai ei lygaid yn y gwely a gwrando arni'n byrlymu heibio ar ôl glawogydd trwm y gwanwyn. Joni Teifi oedd ei enw, a theimlai fod yr afon a ddolennai'n ddiog drwy odre'r cwm yn gwlwm oesol a'i clymai yntau wrth fro ei febyd.

'Gwylia dy ben, achan!'

Gwyrodd Joni o'r ffordd mewn pryd wrth i garreg anferth hwylio heibio ei glust, cyn dryllio'r iâ ag ergyd a atseiniodd drwy'r dyffryn.

'Ha ha!' meddai Iaco, gan anadlu'n ddwfn ar ôl yr orchwyl o hyrddio'r garreg. Roedd yn dal ffôn symudol yn ei law rydd, er mwyn ffilmio'r ergyd ac ymateb Joni. 'Glywest ti 'na? Bang!'

'Ife bang yw popeth i ti?'

'Bang ar y ca' rygbi. Bang yn y bocsio.' Stwffiodd ei ffôn i'w boced, ac fe lapiodd ei freichiau o amgylch Joni, a chusanu ei wddf. 'Bang yn y gwely…'

'Ca' dy ben.' Pwniodd Joni ef yn chwareus yn ei fol.

Edrychodd Joni ar ei gymar. Roedden nhw'n gwpwl od yr olwg. Iaco dros ei chwe throedfedd, yn gwlwm o gyhyrau wedi eu caethiwo mewn top rygbi Cymru. Arweinydd naturiol, a'i wallt cochlyd yn goron danllyd a ddenai eraill i'w ganlyn. Ac ef, Joni, yn ddim ond llipryn o fachgen gwelw, ei nyth brain o wallt du wedi ei gaethiwo dan het wlanog, yn rhynnu fel sgerbwd yn nwylo Iaco. Beth oedd hwnnw yn ei weld ynddo ef, ni wyddai…

'Dere mlân.' Cydiodd Iaco yn ei law fanegog a'i hanner llusgo ar hyd ymyl yr afon. 'Wy 'di dod o hyd i rywle newy'. Rhywle lle ddeith neb o hyd i ni.'

Doedd dim sŵn car na thractor i'w glywed, dim ond diferu ambell i gloch iâ oedd wedi ymffurfio ar frigau noeth y coed, a chrensian sodlau Joni a Iaco ar y trwch eira dan draed. Bu'r eira'n syrthio'n ysbeidiol ers dros bythefnos, ac roedd pawb nad oedd am fentro allan ar droed wedi eu caethiwo yn eu tai. Ond roedd Joni a Iaco yn ifanc ac yn rhydd, ar drothwy eu hanner blwyddyn olaf yn yr ysgol uwchradd. Troediodd y ddau faneg ym maneg ar hyd y cwm, y caeau gwyn di-dor yn ymestyn o'u blaenau, fel tudalen wag yn barod iddynt ei llenwi. Roedd fel petai gweddill y byd wedi ei rewi yn ei unfan, ac mai hwythau oedd y ddau ddyn olaf ar y ddaear – yn ddelfrydol fel yna y byddai hi, meddyliodd Joni.

Pe bai rhywun wedi dweud wrtho chwe mis yn ôl y byddai mewn cariad â Iaco Davies, fe fyddai wedi edrych arno fel pe bai o'i go. Roedd Iaco yn un o sêr tîm rygbi'r ysgol, yr aelod diweddaraf o gnwd toreithiog o'r dyffryn a oedd yn siŵr o wisgo'r crys coch dros Gymru un dydd. Yr union fath o *jock* gyda gwddf fel boncyff derwen ac ymennydd fel mesen a oedd wedi gwneud bywyd Joni yn uffern ers iddo ddechrau lliwio ei wallt yn ddu ac arbrofi â cholur ei fam ym mlwyddyn 10. '*Gay, gay, gay…*' Dyna'r llafargan oesol. Dyna bwnc y negeseuon testun anhysbys yr oedd wedi eu derbyn ers blynyddoedd. Roeddynt yn llygad eu lle, ond nid ystyr y geiriau ond eu hergyd a barodd gymaint o loes i Joni. Gwatwar diddychymyg ydoedd gan griw nad oedd yn meddu ar y ffraethineb i feddwl am unrhyw beth mwy dyfeisgar i'w alw, ond roedd y peledu dyddiol wedi erydu ei hunan-barch a'i gryfder meddyliol yn araf bach. Roedd yn casáu Iaco Davies a'i griw erbyn y diwedd, gymaint ag yr oedd yn ei gasáu ei hun.

Mor gyflym y gallai'r byd droi ben i waered! Cuddio yr oedd Joni yn ystafell newid campfa'r ysgol y diwrnod y newidiodd ei fywyd, wedi disgwyl, yn ôl ei arfer, i bawb arall adael cyn tynnu amdano, hyd yn oed os oedd hynny'n golygu cyrraedd ei wers nesaf ddeg munud yn hwyr.

Ond y diwrnod hwnnw, drwy ddamwain neu gynllun, roedd Iaco hefyd yn araf yn newid.

Wrth i hwnnw dynnu ei dop rygbi mwdlyd a datgelu ei gorff cyhyrog, gofynnodd, yn y ffordd fwyaf ddidaro bosib: 'Smo ti'n, t'mbod, yn hoyw go wir, wyt ti?'

'Co ni off, meddyliodd Joni, gan dybio ei fod ar fin ymweld â gwaelod tŷ bach bloc toiledau'r ysgol unwaith eto. Ond doedd dim dirmyg yn y llais y tro hwn. Nid llafargan torf hyderus o ddynion ifanc ydoedd, ond ymholiad chwilfrydig a swil nad oedd ef erioed wedi ei glywed o'r blaen o enau dyn fel Iaco.

Gwrthsefyll wnaeth Joni i ddechrau. Bu ei feddwl dan gwmwl du cyhyd fel y dallwyd ef gan unrhyw belydr o olau a dasgai drwyddo. Ond yna daeth y negeseuon – dros y we, drwy neges destun, ambell nodyn wedi ei adael yn ei fag ysgol. Dinoethwyd ei galon yn araf bach wedi blynyddoedd o galedu. Parhaodd y bwlio geiriol, wrth gwrs, ac roedd Iaco yn ymuno ynddo pan oedd rhaid, ond roedd Joni yn pwffian chwerthin arnynt y tu ôl i'w law. Gwyddai mai ystryw oedd y cyfan. Tra ei fod ef yn hapus, tra bo ganddo ef ac Iaco eu cyfrinach gariadus, collodd y geiriau eu gallu i'w niweidio.

'Le ni'n mynd?' gofynnodd, ei lais yn llawn cyffro a'i galon yn curo fel gordd wrth i Iaco ei dynnu i'w ganlyn. Anfantais caru chwaraewr rygbi oedd cael ei drin fel pêl rygbi o dro i dro.

''Co ni,' meddai Iaco, gan ollwng gafael arno o'r diwedd. 'Lle i ni ga'l bod yn ni'n hunen.'

Gwgodd Joni ar y blwch du mewn cylch o eira a safai o'u blaenau. Roedd y to wedi cwympo i mewn, a'r ffenestri yn deilchion, ond safai'r waliau'n noeth heblaw am drwch o iorwg oedd wedi treiddio i bob twll a chornel rhwng y cerrig mawr. Yr unig addurn gweledol oedd y geiriau 'Siloh' ac '1863' wedi eu cerfio uwchben y fynedfa.

'Capel?' gofynnodd Joni.

'Duw, cariad yw,' atebodd Iaco.

Gallai Joni weld iddo fod i mewn ac allan sawl gwaith yn barod, oherwydd yr oedd yr eira wedi chwalu o flaen y drysau derw a gadael cnwd o wair melyn yn fat croeso. Tynnodd Iaco'r dorau ar agor ac aethon nhw i mewn, gan gau'r drysau'n ofalus.

Llanwyd ffroenau Joni ag oglau sur pren pydredig. Ar ôl disgleirdeb yr eira y tu allan bu ei lygaid yn araf yn dygymod â'r tywyllwch, ond gallai weld bod yr holl ddodrefn, gan gynnwys y seddi, y pulpud a'r sedd fawr, wedi eu rhwygo oddi yno, gan adael gwagle anghyfarwydd ar eu hôl. Roedd sawl un o'r estyll pren ar lawr wedi cael eu codi, ac roedd pothelli paent ar y waliau lle'r oedd dŵr wedi llifo'n ffrydiau o'r nenfwd. Dawnsiai gronynnau llwch yn yr hanner golau a dywynnai drwy wydr brwnt y ffenestri uchel.

'Glywes i bod Saeson 'di prynu'r lle 'ma i'w droi e'n dŷ haf,' meddai Iaco'n uchel, 'ond smo nhw 'di bod 'nôl ers y crash.' Roedd ei lais fel taran yn y gwacter, a hoffai Joni fod wedi dweud wrtho am dewi. Roedd yna rywbeth tramgwyddus am weiddi mewn capel, hyd yn oed un gwag. 'Bydd e'n lle da i ni gwrdd, smo ti'n meddwl?'

'Wy'n credu 'mod i wedi bod fan hyn o'r bla'n,' meddai Joni. 'O'dd Mam a Dad arfer dod â fi 'ma pan o'n i'n grwt.'

'Wel, croeso 'nôl, 'de,' meddai Iaco.

'Sai'n siŵr 'mod i'n lico fe.'

'Sdim lawer o siâp ar hyn o bryd. *Fixer-upper* yw e. Wnawn ni weithio arno fe dros y gwylie. Fydd e fel ffycin palas. A fydd neb yn gwbod bo ni 'ma.' Pwniodd Joni yn ei fraich. 'Dere lan stâr 'da fi, ma 'na yffach o *view* dros y caeau.'

Cydiodd Joni yn dynn ym maneg ei gariad wrth iddyn nhw ddringo i'r balconi. Protestiodd y grisiau troellog bob cam o'r ffordd. Roedd llawer mwy o olau yn treiddio i mewn i'r man hwnnw oherwydd bod ffenestri blaen y capel wedi eu dryllio. Roedd y seddi wedi diflannu o'r balconi yn ogystal, ond yn eu lle roedd Iaco wedi creu gwely o hen gynfasau a chlustogau blodeuog a edrychai bron mor hen â'r capel ei hun.

'Hen rai Mam-gu. Fydd hi ddim yn gweld isie nhw,' meddai.

Aeth y ddau i mewn, ond heb ddiosg eu dillad eto. Roedd hyd yn oed yn oerach yn y capel nag ydoedd y tu allan, ac fe gwtsiodd y ddau at ei gilydd er mwyn ceisio cynhesu. Teimlai Joni'r llawr braidd yn anghyfforddus, er yr holl haenau a ddarparwyd gan Iaco, ond nid oedd am achwyn ar ôl i hwnnw fynd i'r fath ymdrech.

'Wy 'di dod â chwpwl o gans.' Tynnodd Iaco hanner dwsin o duniau cwrw o grombil sach gysgu a throsglwyddo un i afael Joni. Roedd Iaco yn yfed llond cratsh o gwrw bob tro roedden nhw'n cael rhyw. Ni wyddai Joni pam roedd angen i'w sboner feddwi gyntaf, ond os oedd e'n rhoi'r hyder iddo gyflawni'r weithred, nid oedd yn mynd i gwyno. Ar ôl yfed pump neu chwech, byddai Iaco'n ymosod arno mewn hyrddiad o feddwdod nwydwyllt. Ysai Joni am y teimlad hwnnw o fod yn gyflawn unwaith eto, y ddau yn toddi i mewn i'w gilydd fel clai, yn anwahanadwy dan y cynfasau. Nid oedd Iaco'n garwr tyner, ac roedd y cyfan drosodd mewn munudau. Ond fe fyddai Joni'n cerdded i Begwn y Gogledd am gyfle i fod yn ei ddwylo unwaith eto, heb sôn am yr ychydig filltiroedd o'i gartref ar draws yr eira i'w man cwrdd dirgel.

Tynnodd Joni labed y can cwrw a byrlymodd y swigod i'r golwg gan ffrydio dros yr ymyl a thros ei ddwylo oer cyn diferu ar y llawr llychlyd. Wrth gymryd ei lymaid cyntaf diawliodd mai dim ond siwmper oedd amdano. Doedd y cyfuniad o oerfel y can a'r awyr rewllyd o'u cwmpas ddim yn un pleserus. Crynodd wrth i'r llymaid cyntaf o gwrw lifo i lawr ei gorn gwddf a throi'n belen iâ bigog yn ei frest. Roedd angen rhywbeth i'w gynhesu. Tynnodd becyn o sigarennau o'i boced gefn a chynnau un ohonyn nhw, cyn dal ei ddwylo dros y tân egwan.

'Ti 'di meddwl am coleg 'to?' gofynnodd Iaco.

Chwythodd Joni fwg y sigarét o'i geg a'i wylio'n cymysgu ag anwedd cynnes ei anadl uwch ei ben. Doedd Iaco ddim yn smygu – roedd ychydig o asthma arno'n blentyn ac roedd yn amharu ar ei hyfforddiant rygbi, mae'n debyg.

'Mmm… Caerdydd falle?' sibrydodd Joni.

'Beth am Aberystwyth?'

'Rhy agos.'

'Ma'n nhw'n gweud bod mwy o dafarndai am bob person yn Aber nag unrhyw le arall yn y wlad,' meddai Iaco.

'Dim ond awr bant yw Aber. Ma Mam yn mynd 'na i siopa weithie.'

'Wel, ma unrhyw le yn well na Llan-dismal, on'd yw e?… Allet ti wastad fynd i Fangor, 'te…'

Gwelodd Joni beth oedd gêm Iaco. 'Pam smo ti am i fi ddod 'da ti i Gaerdydd?' gofynnodd yn gyhuddgar.

Tynhaodd gwefusau Iaco. 'Sai'n gwbod ble fydda i'n mynd 'to.'

''Da Caerdydd gest ti *trials*, yndife? Smo ti'n mynd i chwarae rygbi ym Mangor. Ffycin Gogs. Ffwtbôl yw eu gêm nhw.' Amneidiodd tuag ato â'i sigarét. 'Fe fydde Caerdydd yn siwto ni. Fe allen ni fod yn ni'n hunen, heb ffycin hambons yn neud sbort am 'yn penne ni.'

'Hei, wotsia dy hunan. Hambon odw i, cofia.'

Tynnodd Joni ei sigarét o'i geg a chymryd llymaid arall o'r cwrw.

'Joni,' meddai Iaco, gan osod llaw fawr ar ei ysgwydd. 'Sai'n credu ddyle neb ddod i wbod ambytu ni, hyd yn oed ar ôl i ni adael 'rysgol, t'mod.'

Gwyddai Joni yn y bôn mai dyna a deimlai Iaco, ond o'i glywed o'i enau am y tro cyntaf teimlodd ei wefusau'n crynu. Anadlodd yn drwm. 'Sai moyn cwato hyn am byth, Iaco,' meddai gan ysgwyd ei ben. 'Sdim c'wilydd 'da fi rhagor. Wy'n dy garu di. A smo neb yn mynd i neud sbort am 'yn penne ni yng Nghaerdydd.' Rhoddodd ei sigarét yn ôl yn ei geg. 'Ma 'bytu fod pawb yn *gay* fan'ny ta p'run 'ny.'

Cofleidiodd Iaco ef â'i freichiau mawr cyhyrog. Teimlodd Joni ei hun yn suddo i mewn i'w frest gynnes. 'Fi moyn bod 'da ti hefyd, Joni,' sibrydodd. 'Wy'n caru ti 'fyd. Ond sdim angen sboelio 'ny drwy adel i bawb wbod, o's e? Chwaraewr rygbi fi moyn bod. Fi o fewn rhech chwannen i ga'l contract 'da'r Blues. Wna i chware dros ffycin Casnewydd os o's rhaid. Ond os odw i'n dod mas nawr, fydd dim ffycin gobeth 'da fi. Fydd neb moyn rhannu stafell newid 'da fi. Fydda i'n methu mynd mas ar y ca' heb fod pobol yn chwerthin am 'y mhen i.'

Cododd Joni ei ben. 'So – ti'n caru rygbi mwy na fi, wyt ti?'

Taniodd llygaid Iaco. 'Fi'n caru chi'ch dou. 'Na'r point. A sai'n gweld pam na alla i ga'l chi'ch dou. Falle, mewn cwpwl o flynydde, bydd pethe bach yn wahanol 'to. Ond ar hyn o bryd, sai moyn i ddim byd ddod rhyngdda i a whare, a sai moyn i whare ddod rhyngdda i a ti.' Safodd ar ei draed, ac fe aeth ei lygaid yn bell. Gwyddai Iaco fod waliau'r capel o'i amgylch wedi diflannu, a thorf o 75,000 wedi ymddangos yn eu lle. 'Dyma le wy moyn bod. Yn tynnu'r crys coch dros fy mhen, camu mas i'r stadiwm a chanu "Hen Wlad fy Nhadau" – 'da'r dagre'n llifo i lawr 'y ngruddie i.'

'Hy.' Roedd llais Joni yn fychan yn y gwagle. 'Sai'n becso am ein tade ni. O'dd 'yn un i ddim iws o gwbwl.'

Nid oedd Iaco fel petai wedi ei glywed. Edrychodd i lawr arno, ei lygaid yn sgleinio yn y tywyllwch. 'A wy moyn ti yna yn y dorf, yn gweiddi fy enw i.'

''Se well 'da fi weiddi dy enw di yn y gwely.'

Chwarddodd Iaco, ond ochneidiodd Joni'n flinedig. 'Wy jest ddim moyn dy golli di. Wedyn, wy moyn dod lawr i Gaerdydd.'

'Ie, wel jest paid â disgwyl snog o fla'n pawb, ife?' meddai Iaco â gwên ar ei wyneb. Aeth i lawr ar un pen-glin a sychu dagrau Joni gyda'i faneg oer. Yna tynnodd ei het wlanog oddi ar ei ben a'i gusanu ef ar ei foch. 'Sai'n credu gewn ni fynd i'r un brifysgol beth bynnag,' meddai'n gellweirus. 'Ma dy fam yn meddwl 'mod i'n ddylanwad drwg.'

'O ie?' meddai Joni'n syn. Yna caledodd ei lais ryw fymryn. 'Be – achos Sioned Spar?'

Nid oedd Joni a Iaco wedi cael gweld ei gilydd ers pythefnos, ac nid yr eira oedd yr unig reswm am hynny. Y prif reswm oedd Sioned Spar, merch oedd yn yr un flwyddyn ysgol â nhw. Bu fideo ohoni yn ymledu o ffôn i ffôn ymysg disgyblion y chweched dosbarth ers iddi gael ei ffilmio'n gudd yn cael rhyw gyda bachgen yn un o'r amryw bartïon Nadolig dros yr ŵyl. Doedd Joni ddim yn ddigon poblogaidd i gael gwahoddiad i'r parti, ond roedd hyd yn oed ef wedi derbyn y fideo. Doedd neb wedi gweld Sioned ers hynny, ac roedd si ar led na fyddai'n dychwelyd i'r ysgol o gwbwl ar ôl y gwyliau, ond yn symud i ysgol yng Nghaerfyrddin neu Lambed yn lle hynny.

Roedd mam Joni digwydd bod yn dipyn o ffrindiau gyda theulu Sioned, ac roedden nhw'n argyhoeddedig bod criw'r tîm rygbi, ffrindiau Iaco, wedi meddwi Sioned a chymryd mantais ohoni, gan ffilmio'r cwbwl heb ei chaniatâd. Bu'r heddlu o amgylch y pentref yn galw i weld ambell un, ond roedd y cyfan fel petai wedi ei sgubo dan luwch eira nes y deuai'r dadmer.

Dim ond drwy argyhoeddi eu rhieni mai er mwyn astudio ar gyfer arholiadau Safon Uwch yr oedden nhw'n cwrdd y llwyddodd Joni a Iaco i gael mynd o'u tai o gwbwl. Fe fyddai Joni'n addo ei fod yn mynd draw i dŷ Iaco i astudio, a Iaco'n dweud ei fod yn mynd draw i dŷ Joni. Roedd rhieni Iaco a mam Joni wedi llyncu'r stori rywfodd.

'Cer i daflu dy sigarét tu fas,' meddai Iaco o'r diwedd. 'Ma gormod o bren sych mewn fan hyn. Ac wedyn dere 'nôl i'r gwely.'

Cododd Joni o'i afael a mynd i sefyllian wrth y ffenestr. Roedd wedi tywyllu'n gyflym, ac fe'i synnwyd wrth weld ei bod hi bellach yn bwrw eira o ddifrif, a hwnnw'n glynu'n dalpiau mawr wrth bob carreg a choeden nad oeddynt eisoes yn glaerwyn. Chwythai ambell bluen i mewn drwy'r tyllau yng ngwydr y ffenestr a chartrefu ynghanol nyth du ei wallt blêr.

Edrychodd Joni i lawr a gweld bod y geiriau 'Joni 4 Iaco' wedi eu hysgrifennu mewn llythrennau breision yn yr eira islaw. Gwenodd.

'Diolch am y neges,' meddai Joni. 'Ond fe fydd wedi mynd wap.'

'Sdim ots. Byw i'r eiliad ife? Yn enwedig 'da'r nytyr 'na'n y Tŷ Gwyn.'

'Am wn i.' Gorffennodd Joni ei sigarét a'i gan cwrw a'u hyrddio allan. Llyncwyd y ddau yn gyfan gan y carped gwyn, heb adael twll ar eu hôl. 'Ma 'mrawd i wedi cael ei gladdu fan hyn, ti'n gwbod,' meddai wedyn.

Trodd Iaco yn y gwely. 'O'n i'm yn gwbod bod brawd 'da ti.'

Cododd Joni ei war. 'Bach o'dd e, cyn i fi ga'l fy ngeni… Fues i a Mam yn dodi blode ar 'i fedd e am flynyddodd… Siŵr bod e dan yr eira 'ma'n rhywle.'

'Beth ddigwyddodd iddo fe, 'te?'

'Sai'n siŵr. O'dd e wastad yn *sore point* rhwng Mam a Dad, ti'mod? Pan o'n nhw 'da'i gilydd. Sai erio'd 'di holi.'

Nid atebodd Iaco.

'Weles i rwbeth *weird* neithiwr, 'fyd,' meddai Joni wedyn. 'Wna'th i fi feddwl am 'y mrawd. O'n i a Mam yn dreifo lan heibio Horeb, i fynd i bractis côr, ac o'dd yr hers 'ma o'n blaene ni, yn gyrru mlân drwy'r eira. Roedd arch a blode a bob dim arni. Ma rhaid mai crwt ifanc o'dd e, achos o'dd pêl rygbi yn y cefn, a bob math o sgarffie a stwff fel'na. Ond glywes i am neb yn marw ffor' hyn yn y dyddie dwetha.'

'Mwy o bobol yn marw yn y gaea, ma'n siŵr, yn do's e?' meddai Iaco.

'Wna'th Mam frêco er mwyn gadael i'r hers ga'l y bla'n arnon ni 'mbach. Ond o'n i'n dal yn gallu gweld ei oleuadau cefn e.' Gallai eu gweld yn awr, fel llygaid cath yn sgleinio yn y caddug o'i flaen. 'Eiliad wedyn fe aethon ni rownd y gornel, ag o'dd e wedi mynd. Wedi… diflannu. Pwff! Oddi ar wyneb y ddaear.'

Bu Iaco yn ddistaw am ennyd.

'Toili,' sibrydodd o'r diwedd.

'E?'

'Angladd ysbrydion.'

Edrychodd Joni arno'n gellweirus.

'Wy o ddifri,' meddai Iaco. 'Wy'n cofio Mam-gu, ochr Mam, yn gweud unweth ei bod hi wedi gweld angladd ysbrydion yn mynd heibio'r tŷ pan o'dd hi'n groten fach. Er ei bod hi'n nabod pawb a'th hibo, o'dd hi'n gwbod mai ysbrydion o'n nhw. Achos o'dd hi ei hunan yn cerdded yn 'u canol nhw.'

'Sut allen nhw fod yn ysbrydion, os o'dd hi ei hunan yn 'u canol nhw?'

'Gweledigaeth o'r dyfodol o'dd e.'

Chwarddodd Joni. 'Ie, wel, dy fam-gu o'dd yn gweud 'ny. On'd o'dd hi bach yn dw-lali?'

'Fe welodd hi'n reit. Wythnos wedyn bu fy hen dad-cu farw mewn damwain yn y felin wlân, a sylweddolodd Mam-gu mai ei angladd e o'dd hi wedi ei weld y diwrnod hwnnw. Rhybudd o'dd e, t'wel – o'dd marwolaeth yn cerdded y tir…'

Teimlodd Joni ias yn mynd i lawr ei gefn nad oedd yn ddim oll i'w wneud â'r oerfel o'i gwmpas. 'Paid â malu cachu, Iaco.'

'Smo i yn. Ma'r pethe 'ma'n digwydd, t'mbod. Cannwyll gorff, ysbrydion cŵn hela, gwrachod y rhibyn. O'dd Mam-gu yn gweud bod hanes Dyffryn Teifi yn llawn o hen chwedlau a bod 'na wirionedd ym mhob un. Yn enwedig ar nosweithiau fel hyn…'

Gallai Joni weld bod Iaco bellach yn ceisio codi ofn arno. 'Os ti'n disgwyl i fi aros 'da ti mewn hen gapel drwy'r nos, sai moyn ti'n stwffo 'mhen i 'da ffycin *ghost stories* o nawr tan y bore.'

'Wy'n gwbod am rwbeth arall allwn ni neud tan y bore.' Cododd Iaco ac agosáu ato. Cipiodd yr ail sigarét o'i geg a'i thaflu allan i'r tywyllwch. Cododd Joni dros ei ysgwydd a'i gario i'r gwely.

Chwarddodd Joni. Dymunai gau ei lygaid ac ymostwng yn llwyr i ewyllys Iaco. Teimlo ei gusan ar ei frest. Ymgolli ym mhleser eu caru. Ond roedd un peth yn chwarae ar ei feddwl. Un gethren o iâ, yn dalp oer a gnoai ei galon.

Wrth i Iaco ei osod ar y gwely, gofynnodd, a'i lais yn ddwfn-ddifrifol, 'Dim ti o'dd 'da Sioned Spar yn y fideo 'na, nage fe?'

Gollyngodd Iaco ei afael ynddo. Gallai Joni ei weld yn esgyn drosto fel cawr, ei frest noethlymun yn codi ac ymgolli wrth iddo anadlu'n drwm. Crogai ei anadliadau yn ysbrydion gwyn yn yr oerfel.

'Pam ti'n credu 'ny?'

'Wy'n nabod pob tamed ohonot ti, Iaco.'

Roedd saib. Ond yna chwarddodd Iaco, gan geisio torri'r awyrgylch anesmwyth. ''Sen i moyn merch fel Sioned, allen i ga'l hi. Ond ti 'yf i moyn.' Plygodd i agor ei drowser.

'Ife ti o'dd e?' gwaeddodd Joni, y cyhuddiad yn atseinio oddi ar bob wal.

'Joni.'

'Ife ti o'dd e?'

Roedd llais Iaco yn dawel ond yn ffyrnig. 'O'dd rhaid i fi brofi fy hunan i'r bois, on'd o'dd e?' meddai. 'Ti'n gwbod shwt ma pethe. O'n i ffaelu gwrthod… Fydden nhw'n meddwl 'mod i'n… 'mod i'n…'

'*Gay*? O's 'da ti gymaint o gywilydd â 'ny?'

Cydiodd Iaco ynddo'n ffyrnig a cheisio ei droi ar ei wyneb.

'Na! Ffyc off!' Anelodd Joni gic ato a'i fwrw ar ei ysgwydd. Cropiodd wysg ei gefn allan o ganol y blancedi a'r cynfasau.

'Joni,' plediodd Iaco. 'O'n i ddim moyn. Wy'n casáu'r ffycin syniad, ond o'n i ddim yn gallu neud dim byd ambytu fe… Ges i 'ngorfodi.'

Estynnodd Joni fys cyhuddgar tuag ato. 'Paid ti â twtsh yn'a i…' Camodd am yn ôl, tuag at y grisiau.

'Dere mlân,' meddai Iaco, gan estyn i lawr a chodi can arall o gwrw. 'Arhosa… Cymera un bach 'to…'

'Sai moyn e,' meddai Joni. Credai am eiliad fod y cwrw'n llygredig, fel petai Iaco yn cynnig gwenwyn iddo.

'Ti'n gwbod shwt ma hi 'da fi, Joni,' meddai Iaco. 'Rhaid i fi fod yn un o'r bois. Ond sai'n gallu trysto neb arall 'blaw amdanat ti… So ti'n mynd i weud wrth neb, wyt ti?'

'Sai'n gwbod.'

'Be ti'n feddwl "so ti'n gwbod"?… Joni, le ti'n mynd?'

'O 'ma. Ma tryst yn gweithio'r ddwy ffordd, on'd yw e?'

'O, ffycin hel. O'n i ddim moyn neud e, Joni! Pam na alli di o bawb ddeall 'ny?' Taflodd y can cwrw ar lawr gyda chlec.

Doedd Joni ddim yn becso. Rhedodd i lawr y grisiau ac at y fynedfa. Ei fwriad oedd diflannu i'r gwyll, ond roedd yna waith gwthio'r drysau mawr derw ar agor yn erbyn y lluwch ffres o eira a oedd wedi ymgasglu yn eu herbyn. Llwyddodd i lithro rhyngddynt a'i heglu hi drwy'r fynwent ac ar draws y cae.

Fe gyrhaeddodd hanner ffordd cyn cael ei daro i'r llawr. Trodd ar ei gefn a gweld Iaco yn sefyll drosto.

'Paid â ffycin gweud wrth neb.' Roedd llygaid Iaco fel hoelion yn gwthio i mewn iddo.

'Fi'n mynd i weud wrth bawb.' Teimlodd Joni'r eira'n pigo ei wyneb.

Meddyliodd am eiliad fod Iaco yn mynd i'w ddagu, ond yn lle hynny cydiodd yn llabedi ei got.

'Neb? Ti'n deall? Fe wna i wadu popeth, ond wedyn fe wna i dy… ladd… di.'

'Fi'n mynd i!' Ciciodd Joni allan gyda'i droed a gollyngodd Iaco ei afael ynddo. 'Fi'n mynd i'n rhyddhau ni'n dou o'r uffern 'ma. Fel bo ni'n gallu bod yn hapus.'

Cododd Joni a'i baglu hi ar draws y caeau. Fe fyddai'n rhedeg adref, eira neu beidio. Roedd golwg orffwyll yn llygaid Iaco. Doedd Joni ddim am fod yn bêl rygbi iddo heno.

Roedd yn anadlu'n drwm erbyn iddo gyrraedd yr hewl. Cyn troi'r gornel edrychodd yn ôl dros ei ysgwydd i gyfeiriad y capel. Hyd yn oed trwy'r eira gallai weld Iaco yn eistedd yno ar un o'r beddi, ei gefn tuag ato, fel pe na bai'n ymwybodol o'r lluwchwynt o'i amgylch. Trodd Joni a chamu ymlaen dros y tarmac llithrig. Drwy'r eira pur, dilwgr, dibechod. Gadawodd iddo lapio o'i gwmpas a'i lanhau. Y gwir. Dyna'i achubiaeth.

Dyna'r tro olaf y byddai'n gweld ei gyfaill yn fyw. Gwyddai wedyn hers pwy yr oedd wedi ei gweld ar y noson oer, rewllyd honno yng nghyfnos y flwyddyn newydd.

Pedwar mis yn ddiweddarach...
Morvan

'Voilà la Tour de Londres!'

Agorodd drws yr hofrenydd â chlec a syllodd Morvan i lawr ar y ddinas oddi tanynt. Roedd hi'n nos yn Llundain, y strydoedd yn wythiennau oren rhwng yr adeiladau tywyll, fel afonydd magma yn creu llwybrau drwy gramen y ddaear.

Safodd yno am eiliad neu ddwy yn meddwi ar yr olygfa o'i flaen, y cyffro yn llifo drwy bob gewyn o'i gorff. Roedden nhw yma o'r diwedd, ar ôl blwyddyn a mwy o baratoi – misoedd di-ben-draw mewn caban yn yr Alpau, yn gwthio eu hunain hyd yr eithaf yn gorfforol, yn craffu a chynllwynio. Llwyddo neu fethu, yr hanner awr nesaf fyddai'r penllanw, ac roedd hynny'n rhyddhad ynddo'i hun.

Agosaodd yr hofrenydd at ganol y brifddinas. Tywynnai'r ddinas islaw fel adlewyrchiad sêr dirifedi yn nyfnderoedd crochan du. Nid oedd y bwrlwm byth yn tewi yma, ddydd na nos. Gwyliodd Morvan fynd a dod y ceir ar hyd y ffyrdd bach, ac ewyn gwyn yn lledu y tu ôl i'r cychod gwib ar wyneb tywyll afon Tafwys.

Roedd ambell adeilad a wibiai heibio yn gyfarwydd iddo – nendyrau mamonaidd banciau a busnesau mawr Ynys y Cŵn. Y Dôm yn gorwedd fel, wel, pentwr o dom ar lan afon Tafwys. Y Shard, adeilad uchaf a mwyaf newydd canol y brifddinas, yn codi fel bys canol ar y ddinas anfodlon o boptu iddo. A Big Ben, wrth gwrs. Gallai weld hwnnw yn y pellter, lai na dwy filltir i'r gorllewin iddyn nhw. Big Ben gwahanol roedden nhw ar ei drywydd heno.

Pob adeilad yn eicon, pob un yn fyd-enwog, ond nid oedd i'r un ohonynt arwyddocâd yr adeilad y bydden nhw'n torri i mewn iddo heno. Llwyddiant neu fethiant, fe fyddai eu henwau yn haen arall ar waddol hanesyddol y brifddinas am byth.

Meddyliodd Morvan am hynny a llusgo'i lygaid oddi ar y panorama dyfodolaidd o'i amgylch, a chraffu ar y manion. Nid un o nendyrau modern y brifddinas roedd yn gobeithio ei weld – ond un adeilad byrdew ar lan afon Tafwys, oedd yn prysur agosáu, yn gybolfa anniben o doeau llethrog a thyrau arfog.

'Dyna fo!' bloeddiodd ar Samzun, ei gydymaith, dros hyrddio'r gwynt. Rhoddodd law frawdol ar ysgwydd y Llydäwr cawraidd a'i lusgo at riniog drws agored yr hofrenydd.

'C'est magnifique,' cytunodd Samzun, gyda hanner gwên yn ystumio ei farf ddu drwchus.

Tŵr Llundain. Y pedair wal allanol wedi eu goleuo'n llachar gan y llifoleuadau bob ochr. Er nad oedd Morvan erioed wedi bod y tu mewn i'r muriau o'r blaen, roedd eisoes yn teimlo fel pe bai'n adnabod pob astell a charreg o'r hen gaer Normanaidd.

Ond dim ond nawr, wrth ei weld â'i lygaid ei hun, y sylweddolodd mor fygythiol yr oedd. Doedd y lluniau, y ffilm, a'r diagramau cyfrifiadurol di-ri yr oedd wedi eu hastudio cyhyd, ddim wedi dal naws wirioneddol y lle. Efallai fod y Tŵr yn gorrach o'i gymharu â'r nendyrau cawraidd bob ochr iddo, ond roedd balchder cenedl ynghlwm â'r ffaith nad oedd yr un dyn erioed wedi lladrata ohono a dianc yn fyw.

'Ni fydd y cyntaf,' meddai Morvan wrth Samzun.

'Paid â cholli dy bwyll nawr, Napoleon,' atebodd y Llydäwr. Roedd Samzun mor dal nes bod yn rhaid iddo blygu i lawr rhag i'w ben daro nenfwd yr hofrenydd. 'Dyna pam gafodd y Tŵr ei adeiladu, cofia. Er mwyn creu ofn, i rybuddio lladron a byddinoedd i aros ymaith. Bomiau niwclear eu hoes oedd cestyll – yno i gadw pobol draw, ddim i gael eu defnyddio.'

Gwenodd Morvan. Roedd ei gyfaill yn iawn. Cragen wag oedd y castell o'i flaen. Beth oedd yn ei boeni? Gadawodd i'r awel finiog a chwythai drwy'r hofrenydd sychu'r chwys oddi ar ei dalcen. Fe fyddai ei gynllun yn gweithio.

Ie, lleidr oedd Morvan, ond ni allai fod yn fwy gwahanol i'r rhelyw o droseddwyr byrbwyll. Doedd e ddim yn lleidr fyddai'n mynd i mewn i fanc gyda gwn hela a mwgwd, gan groesi bysedd na fyddai pethau'n mynd o chwith – byddai'n paratoi am fisoedd, os nad blynyddoedd, hyd nes bod y darnau i gyd yn eu lle. Wedi'r cwbwl, nid yn aml roedd angen i unrhyw un ddwyn gwerth degau o filiynau o bunnoedd, os oedd yn gwneud jobyn da ohoni.

Unwaith yr oedd wedi datrys y pos fe fyddai'n galw ar ei gyfaill pennaf, Samzun. Ef a wnâi'r gwaith caib a rhaw (yn llythrennol) – ef oedd yr un ymarferol, yr un cyhyrog, yr arbenigwr ar ffrwydron a pheirianwaith trwm. Ond yn fwy na hynny, ef a gadwai draed Morvan ar y ddaear, a daearu'r egni nerfus a lifai ohono. Doedd dim byd fel petai'n siglo hyder Samzun. Ond doedd dim pwysau arno chwaith – y cyfan roedd yn rhaid iddo ef ei wneud oedd dilyn y cyfarwyddiadau. Morvan bach, y *petit général*, oedd yr ymennydd y tu ôl i'r cynllun, ac arno ef fyddai'r bai petai'r cwbl yn mynd o chwith.

Roedd y ddau wedi cydweithio ers pymtheg mlynedd, ac wedi dod yn gyfeillion mynwesol dros yr amser hwnnw. Roedd hynny'n anochel wrth weithio mor agos a rhannu cyfrinachau cyhyd. Yr unig beth gwahanol am heno oedd eu bod nhw'n gweithio i rywun arall. Dyma'r tro cyntaf i Morvan dderbyn comisiwn erioed. Ond petaen nhw'n llwyddiannus... wel, roedd y wobr tu hwnt i unrhyw beth y gallai ei ddychmygu.

Bywyd tragwyddol.

Tynnodd y bag trwm llawn offer oddi ar ei gefn.

'Ydyn ni'n barod, Morvan?' gofynnodd Samzun, gan dynhau ei wregys yntau.

Nodiodd Morvan. Pwysodd draw i gyfeiriad sedd peilot yr hofrenydd a bloeddio yn ei chlust, 'Quoi que vous fassiez, ne ralentissez pas.'

Cododd hithau ei bawd.

Camodd Morvan yn ôl a'i sadio ei hun ar riniog y drws agored a disgwyl i Samzun gymryd ei le wrth ei ochr. Chwipiai'r gwynt ei ddillad bob ffordd. Edrychodd i lawr rhwng ei goesau a disgwyl nes bod waliau allanol y Tŵr yn sefyll rhyngddynt. Gwthiodd ei hun am yn ôl a neidio o'r hofrenydd. Syrthiodd yn gyflym i ddechrau, cyn dechrau tynhau ei afael bob yn dipyn ar y rhaff a'i daliai er mwyn arafu. Bownsiodd yn ddianaf oddi ar y paneli plastig oedd wedi eu gosod ar do'r adeilad. Clywodd Samzun yn glanio'n drwm wrth ei ymyl. Cododd Morvan ar ei draed a datgysylltu'r rhaff yn frysiog, a'i gwylio yn chwipio i fyny at gwt yr hofrenydd, ar draws nenlinell Llundain, i gyfeiriad y de-orllewin.

'Tout va bien?'

'Pas de problème,' atebodd Samzun.

Lonciodd Morvan yn ysgafndroed ar draws y to tuag at y

bylchfuriau igam-ogam oedd yn amgylchynu'r Tŵr. Wedi cyrraedd yno, mwythodd garreg y wal allanol gyda'i law. Gwyddai fod Gwilym Goncwerwr, Guillaume le Bâtard, wedi adeiladu rhannau o'r tŵr hwn yn 1078 o garreg wedi ei mewnforio o ddinas Caen yn Ffrainc. Er mor afresymegol ydoedd, roedd hynny'n rhoi pleser ychwanegol iddo, rywsut. Ffrancwyr gododd y Tŵr a Llydäwr fyddai'r cyntaf i'w oresgyn.

Ac yntau wedi dechrau ar y gwaith roedd pob gofid wedi pylu. Roedd wedi gwneud hyn ganwaith o'r blaen, wrth baratoi, ei symudiadau'n fecanyddol, bron, pob nerf a gewyn a fu gynt mor aflonydd wedi'u cysegru eu hunain yn llwyr i'r gwaith. Doedd dim rhaid meddwl. Roedd y cyhyrau'n cofio. Bron na ellid dweud ei fod yn mwynhau ei hun.

Cymerodd gip dros ymyl y wal a gweld Tŷ'r Tlysau, lle cedwid trysorau pennaf y Teulu Brenhinol. Gallai weld pobol yn symud yn yr iard oddi tano – cysgodion hir yn crychdonni ar hyd y coblau cyfarwydd. Y Beefeaters traddodiadol ar yr un patrolau ag yr oedden nhw wedi eu troedio bob nos ers cannoedd o flynyddoedd. Roedd yn gwybod yn union lle bydden nhw a phryd – i'r eiliad.

Dyna un o ddiffygion sylfaenol diogelwch y Tŵr – eu hymlyniad wrth draddodiad. Yn erbyn lladron oedd yn gwthio ffiniau'r unfed ganrif ar hugain, ni allai'r oesoedd canol gystadlu.

Teimlodd bresenoldeb Samzun wrth ei ysgwydd. Am ddyn mor fawr gallai symud yn ddistaw tu hwnt.

'Ti'n iawn?' sibrydodd.

'Oui.'

Gwasgodd wyneb sgrin ei watsh er mwyn ei oleuo am eiliad. 3.21 a.m.

'Gobeithio y bydd ein cyfaill wedi gwneud ei waith.'

Roedd Llundain dan gwmwl du a oedd yn cuddio'r lloer. Wrth gwrs, mewn dinas mor fawr â hon roedd yna rywfaint o olau yn yr awyr o hyd – gwawr oren o ganlyniad i'r holl lampau stryd a goleuadau ceir. Doedd dim byd y gallai Morvan ei wneud am hynny. Ond roedd y llifoleuadau anferth oedd yn goleuo muriau'r Tŵr yn fater gwahanol.

Phut. A bydded tywyllwch. Roedd eu cyd-weithiwr wedi llwyddo i dorri'r cysylltiad trydan. Roedd hynny'n arwydd da, yr arwydd cyntaf nad oedd nam amlwg yng nghynllun Morvan, ac nad oedd neb wedi cael gwybod amdano o flaen llaw ac wedi gweithredu i'w atal. O fewn eiliadau roedd y Tŵr a'r waliau o'i amgylch mewn tywyllwch wrth i'r Cymro, rywle yng nghrombil yr adeilad, ffiwsio'r goleuadau y naill ar ôl y llall.

Ymhell i ffwrdd, atseiniodd sŵn larwm. Ond roedd Morvan yn disgwyl clywed hwnnw. Gwyddai fod ganddo tua tri deg eiliad nes bod y generaduron wrth gefn yn cael eu tanio a'r goleuadau yn eu hôl.

Amneidiodd ar Samzun a thynnodd y ddau ddrylliau du o'u gwregysau a'u saethu i'r tywyllwch, i gyfeiriad y wal uwchben Tŷ'r Tlysau. Chwipiodd y gafaelfachau drwy awyr rewllyd y nos a glanio yn rhywle o'u blaenau yn y caddug gyda thinc metelaidd. Doedd dim rhaid bod mor fanwl gywir â hynny – yn wahanol i rai o'r nendyrau modern roedd Samzun wedi torri i mewn iddyn nhw dros y blynyddoedd, roedd yna ddigon o afael ar hen gastell fel hwn. O fewn ychydig eiliadau teimlodd Morvan y rhaff yn tynhau, fel gwialen oedd wedi dal pysgodyn tew.

Heb air wrth Samzun neidiodd oddi ar y Tŵr a gwibio drwy'r tywyllwch. Roedd wedi paratoi'r symudiad hwn ganwaith, wrth ddringo llethrau ardal Chamonix. Ond nid aeth pethau yn ôl y bwriad – teimlodd hyrddiad o wynt yn ei droi yn yr awyr ac yn hytrach na tharo'r wal gerrig drom â'i goesau'n gyntaf, bwriodd i mewn iddi'n galed â'i ysgwydd dde. Roedd yr ergyd yn ddigon i beri iddo ollwng y rhaff. Bu'n dawnsio yn yr awyr am hanner eiliad gan ymbalfalu'n ddall o'i flaen, cyn llwyddo i gipio'r rhaff â'i law arall. Gwyddai fod ganddo ychydig eiliadau i fanteisio ar yr adrenalin cyn y byddai poen fel cyllell yn lledu drwy ei fraich dde. Roedd yn bosib ei fod wedi datgymalu ei ysgwydd, meddyliodd. Ond doedd dim amser i'w thendio hi nawr.

Clywodd Samzun yn taro'r wal gerllaw ac yn dringo'n syth heibio iddo, heb oedi am eiliad. Gyda'i fraich chwith yn unig dechreuodd Morvan ei dynnu ei hun i fyny'r wal. Estynnodd Samzun fraich iddo a'i lusgo dros y bylchfuriau, ac i ben to serth Tŷ'r Tlysau.

'Wyt ti wedi brifo?' gofynnodd.

'Ça va,' atebodd Morvan. Nid oedd am i'w ffrind boeni, a doedd dim amser i din-droi.

Gan anwybyddu ei ysgwydd boenus aeth i grafangu am y gafaelfach ar y to. Daeth o hyd iddo ar un o'r bylchfuriau, a llithrodd yn ôl i'r dryll fel tâp mesur. Clywodd furmur trydan wrth i'r lampau aildanio a goleuo'r tŵr mawr gwyn ynghanol y cwrt unwaith eto.

'Llwyddiant ysgubol!' ebychodd Samzun.

'Sh am eiliad,' meddai Morvan, gan ddal bys i'w wefus. 'Dw i'n gallu clywed dynion yn siarad.'

Pwysodd dros ymyl y to a chlustfeinio. Clywodd acenion dwyrain Llundain yn parablu ymysg ei gilydd, a chlindarddach y *walkie-talkie*. Roedden nhw'n trafod beth allai fod wedi achosi i'r goleuadau ffiwsio. Efallai fod un o'r cigfrain wedi cnoi drwy weiren drydan, meddai un. Doniol iawn. Ond roedd y goleuadau'n ôl nawr – dim byd i boeni amdano. Ennyd o gyffro ar noson ddiflas fel pob un arall.

Pellhaodd y lleisiau a gwyliodd Morvan wrth i Samzun ddringo ychydig ymhellach ar y blaen a thynnu torrwr gwydr o'i fag a'i osod ar un o'r ffenestri mawr ar do Tŷ'r Tlysau. Gydag un troad o'r ddolen roedd wedi torri cylch perffaith yn y gwydr. O'r braidd yr edrychai'n ddigon mawr i gath sleifio drwyddo. Gwenodd Morvan – bu'n rhaid i'w gydymaith ymwrthod â llawer o win a *pain au chocolat* dros y misoedd diwethaf yn unswydd er mwyn gwasgu drwy'r twll yma.

Gollyngodd Morvan ei fag llawn offer drwy'r cylch. Yna fe aeth ar ei gwrcwd ar y gwydr a gwthio ei goesau drwy'r agoriad. Teimlodd ei ysgwydd dde yn gwegian ond anwybyddodd y boen. Gyda'i freichiau uwch ei ben llithrodd drwy'r twll, heb gyffwrdd ymylon y gwydr. Glaniodd ar garped meddal a rholiodd allan o'r ffordd fel bod lle i Samzun ollwng ei fag yntau, a disgyn wrth ei ymyl. Roedd y ddau mor dawel â chathod, yn ddu fel cysgodion.

'Dim problem o gwbwl,' meddai gan wenu.

Ond yna rhewodd. Gallai glywed sŵn camau trwm yn y coridor y tu allan i'r ystafell a cherdyn yn llithro i ddrws. Ciliodd ef a Samzun y tu ôl i ddesg. Agorwyd y drws gan ddatgelu dyn blonegog, ag wyneb fel taran. Brasgamodd heibio heb weld y ddau ac agor bysellbad yn y wal. Dechreuodd bwnio'r rhifau gydag un o'i fysedd tew.

Sleifiodd Morvan o'i guddfan gan dynnu pastwn du o'i wregys heb wneud smic. Chwipiodd y pastwn ar draws corun y dyn. Llithrodd hwnnw'n anymwybodol i'r llawr.

Edrychodd ar y sgrin fach yn y wal o'i flaen. Roedd wedi amseru'r peth i'r dim – roedd y gwarcheidwad wedi bwydo'r cod i mewn ond heb orffen dewis yr opsiynau diogelwch. Roedd hyn yn fendith annisgwyl – roedd wedi treulio misoedd yn paratoi i hacio'r system gyda'r gliniadur yn ei fag. Gwasgodd y Ffrancwr y rhif 4, er mwyn rhoi taw ar y system larymau yn gyfan gwbwl. Dychmygodd y gwarcheidwaid eraill yn mynd yn ôl at eu gwaith, gan feddwl bod y pennaeth diogelwch wedi ailosod y larwm ei hun. Yr argyfwng ar ben.

'Wel, Morvan, dyna dynnu'r rhwystr mwyaf,' meddai Samzun yn Ffrangeg gan gydio yn gyfeillgar yn ysgwydd ei gyfaill. 'Dim ond nerth bôn braich fydd hi nawr.'

'Paid â gwerthu croen yr arth cyn ei lladd hi. Mae'n mynd i fod yn noson hir. Wedyn cael ein holi'n dwll.'

'Fe gân nhw holi faint fynnon nhw – fydden nhw ddim yn ein credu ni hyd yn oed petaen ni'n gollwng y gath o'r cwd!'

Cododd Morvan y cerdyn diogelwch o law y gard anymwybodol ac fe adawon nhw'r ystafell a mynd i lawr set o risiau ac ar hyd coridor oedd yn un rhes o ffenestri gwydr. Dyma'r rhan o'r adeilad y byddai'r twristiaid yn ei gweld, meddyliodd. Oedodd Samzun wrth un o'r cesys gwydr a goleuo fflachlamp i gael golwg iawn.

'Edrych ar rhain – anhygoel!' sibrydodd. 'Morvan. Tlysau'r Goron.'

Trodd Morvan a gweld y casgliad yn sgleinio'n aur ac arian ac yn emralltau lliwgar yn y golau gwan. Ar un adeg fe fyddai cyfoeth o'r fath o ddiddordeb iddo, ond nid erbyn hyn.

'Gad nhw – ry'n ni yma i gael rhywbeth llawer mwy gwerthfawr na gemau.'

'Efallai y dylen ni gymryd un neu ddau, a smalio mai lladron cyffredin ydyn ni.'

Cilwenodd Morvan. 'Croeso i ti lusgo dy enw dy hun drwy'r mwd.'

Yn absenoldeb y system ddiogelwch, gallai agor y drws ym mhen draw'r ystafell oedd yn arwain at risiau oedd yn plymio yn ddwfn i berfedd tanddaearol yr hen gaer. Roedd y twneli hyn yn wahanol i'r ffosydd a'r nentydd canoloesol oedd yn rhedeg yn groesymgroes o dan wyneb dinas Llundain – roeddynt yn debycach i fyncer concrid o'r Ail Ryfel Byd. I lawr yn fan hyn yr oedd Tlysau'r Goron yn arfer cael eu cadw, pan oedd yna fygythiad real y gallai Llundain ddioddef ymosodiad niwclear yn ystod y Rhyfel Oer. Ers i'r tlysau gael eu symud yn ôl i'r wyneb roedd y bynceri yn wag – ond gwyddai Morvan nad oedd eu harwyddocâd ddim wedi diflannu'n llwyr. Roedd gan Dŵr Llundain ddirgelion oedd yn mynd yn ôl ymhellach na Gwilym Goncwerwr, hyd yn oed.

Gan ddibynnu ar eu cof disgynnodd y ddau drwy'r ddrysfa o goridorau i ddyfnderoedd y ddaear, nes iddynt o'r diwedd ddod at ddrws haearn anferth yn un o'r waliau. Gafaelodd Samzun yn olwyn y clo a'i wthio ar agor. Tu hwnt roedd *cul-de-sac* moel a edrychai fel pe buasai unwaith yn swyddfa. Erbyn hyn roedd y lle'n amddifad o ddodrefn, papur wal a goleuadau a dim byd ond waliau a nenfwd o goncrid llyfn yn weddill.

'Wyt ti'n siŵr mai dyma'r stafell gywir?' gofynnodd Samzun. 'Mae pob un yn edrych yr un fath i fi.'

'Yn gwbwl sicr,' meddai Morvan. 'Mae'r lleoliad yn cyd-fynd yn union.'

Nid oedd diben bod yn dawel mwyach. Gwagiodd y ddau bob darn o offer o'u bagiau gyda chlindarddach mawr. Roedd bag Morvan yn cynnwys dril a morthwyl, tra bod Samzun yn cario gordd, ymysg sawl teclyn arall. Fe fyddai angen y cwbwl ar Samzun – nid yn unig er mwyn creu twll, ond er mwyn ei gau ar eu hôl wedyn.

Roedd hi'n bryd i Morvan ffarwelio â'r cawr. Ei dasg ef fyddai cadw golwg rhag ofn i rywun ymddangos, a gwneud popeth a allai i sicrhau bod gan Samzun gymaint o amser â phosib i gyflawni ei waith. Byddai'n lladd, pe bai'n rhaid. A chael ei ladd. Dyna natur y bwystfil.

'Pob lwc,' meddai Morvan wrth Samzun, a'i gofleidio.

'Paid bod yn rhy sentimental. Os nad oes unrhyw beth o dan y llawr hyn fe fydda i'n dy daro di dros dy ben gyda'r ordd yma.'

Chwarddodd Morvan, cyn cau'r drws mawr haearn ar ei ôl. Ni chroesodd ei feddwl na fyddai dim byd yno o gwbwl.

ʊ

Roedd hi'n dawel fel y bedd allan yn y coridor concrid. Cafodd y waliau a'r drysau eu creu i wrthsefyll nerth bom atomig ac roeddynt yn rhy drwchus i Morvan, neu unrhyw un arall, glywed Samzun yn symud y teils llawr a thyllu yn yr ystafell y tu ôl iddynt. Wrth i'r munudau fynd heibio dechreuodd anesmwytho. Roedd yr adrenalin yn gadael ei gorff, ac roedd yn crynu drosto. Gwyddai y byddai gwacter dros dro yn dilyn cyrraedd pen y daith. Digon buan y byddai iselder yn disodli'r gorfoledd cychwynnol… hyd nes, wrth gwrs, iddo'i daflu ei hun i'r antur fawr nesaf. Petai un arall i fod.

Ffurfiodd hanner dymuniad yn ei feddwl i agor y drws drachefn i weld lle'r oedd ei gyfaill arni. Ond na, rhaid oedd glynu at y cynllun gwreiddiol, doed a ddêl. Ni allai faddau iddo'i hun ped âi rhywbeth o'i le.

Roedd y boen finiog yn ei ysgwydd wedi troi yn gur pŵl, a doedd sefyll yno yn meddwl am y peth ddim yn help chwaith. Doedd e ddim yn ddigon o arbenigwr i wybod a oedd yr ysgwydd wedi torri, neu wedi symud o'i lle. Roedd wedi torri ambell fân asgwrn wrth ddringo ym mynyddoedd Chamonix, ond roedd y rheini wedi gwella yn ddigon cyflym, diolch yn bennaf i bwerau iacháu hynod eu cymwynaswraig. Y tro yma, mae'n siŵr y byddai'n rhaid iddo ddibynnu ar garedigrwydd y Gwasanaeth Iechyd Gwladol… neu beth bynnag oedd ar gael yng ngharchardai Lloegr.

Ond yn y dyfodol roedd hynny. Canolbwyntiodd unwaith eto ar y coridor o'i flaen, ac er syndod iddo gwelodd… wel, rywbeth, drwy gil ei lygad, ym mhen draw'r twnnel. Cyffrôdd drwyddo. Roedd cysgod yn lledaenu ar hyd wal goncrid y byncer, yn agosáu yn araf bach tuag ato… Ond lle'r oedd y sŵn traed? I bwy roedd y cysgod yn perthyn? Doedd e ddim yn edrych fel cysgod unigolyn, beth bynnag.

Tynnodd Morvan ddryll o'i boced a'i anelu at ben draw'r coridor. Symudodd ychydig gamau o'r drws i gael golwg gwell. Ond yno ymlaciodd drwyddo. Cigfran!

'Beth ar y ddaear wyt ti'n ei wneud mor bell i lawr â hyn?' gofynnodd. Roedd wedi clywed droeon am gigfrain enwog Tŵr Llundain, ond deallodd eu bod nhw'n cael eu cadw mewn caetsys ar lawnt y gaer, eu hadenydd wedi eu tocio fel na allen nhw hedfan i ffwrdd. Dyna'r chwedl beth bynnag, yntê? Y byddai'r deyrnas yn chwalu pe bai cigfrain Tŵr Llundain yn gadael y castell.

Sut gallai un ohonyn nhw fod wedi teithio i lawr i'r fan hyn? Efallai fod yna dwll yn y wal yn rhywle a oedd wedi caniatáu iddi sleifio i mewn.

Doedd gan y gigfran yma ddim ofn dynion, beth bynnag, ac roedd wedi hercian bron at draed Morvan erbyn hyn, ei llygaid bach sgleiniog yn pefrio arno, fel llygaid gwydr dol.

'Cer o 'ma,' meddai'r Llydawr, ac anelu cic tuag ati. Ond doedd yr aderyn yn malio dim. Wedi arfer â thwristiaid, meddai Morvan wrtho'i hun. Wedi arfer cael tamaid o fara. 'Does gen i ddim byd i ti,' sibrydodd. 'Cer!'

Wrth iddo ddweud hynny agorodd y gigfran ei hadenydd a llamu ar ei ysgwydd. Rhegodd a cheisio ei tharo oddi yno â chefn ei law.

Pigodd yr aderyn ei foch, gan rwygo darn o gnawd ohoni. 'Zut alors!' galwodd Morvan, a chodi ei law at ei wyneb a theimlo'r gwaed cynnes. Ceisiodd gydio yn yr aderyn gyda'i law arall ond roedd yn rhy chwim, yn neidio o'r naill ysgwydd i'r llall.

Yna clywodd Morvan sŵn siffrwd adenydd. Roedd sawl aderyn arall yn agosáu o ben draw'r coridor. Chwech ohonynt.

'Samzun!' gwaeddodd, gan droi a bwrw ei ddwrn ar y drws metel. Ond doedd ei gyfaill yn clywed dim. Roedd y drws a'r waliau yn wrthsain, a Samzun yn brysur yn cloddio'r graig.

Y peth nesaf a welodd Morvan oedd fflach felen a theimlodd boen erchyll lle bu ei lygad dde. Syrthiodd i'r llawr dan sgrechian. Agorodd ei lygad chwith a thrwy'r ffrwd o waed oedd yn llifo o'i dalcen, gwelodd yr aderyn yn sboncio ymaith â phelen wen yn ei geg.

Joni

ROEDD YN DDYDD Sul crasboeth yn Nyffryn Teifi. Cyrhaeddodd yr haf yn gynnar fore dydd Sadwrn, gan daenu ei farmalêd disglair ar hyd y dyffryn cyfan ac amsugno'r olaf o wlybaniaeth y gaeaf o glustog soeglyd y ddaear. Roedd hi'n ganol mis Mai, a'r unig arlliw o liw yr oedd unrhyw un wedi ei weld yn y cwr yma o Gymru ers misoedd lawer oedd ambell enfys ar derfyn cawod drom o law. Yn fwyaf sydyn roedd y clawdd ar y ffordd rhwng Bangor Teifi a Threbedw yn frith o saffrwm a chlychau'r gog. Diflannodd y cymylau llwyd, undonog fu'n hongian uwch pennau'r trigolion, gan ddatgelu patrymau croesymgroes yr awyrennau ar yr wybren las. Sgleiniai'r dail newydd fel emralltau ar frigau'r coed, ac roedd y lawntiau mor wyrdd â phe baent wedi eu paentio'r bore hwnnw. Sïai'r gwenyn yn gyfeiliant i'r peiriannau torri gwair.

Ni allai Joni Teifi weld y pethau hyn drwy wydr llwyd ei iselder. Fyddai dim ots ganddo pe bai'n wynt a glaw – o leiaf byddai'r tywydd yn cynganeddu'n well â'i hwyliau. Y cyfan a wnâi'r haul oedd ei gwneud yn affwysol o boeth yn ei ystafell wely, ac o ganlyniad yn anos fyth astudio ar gyfer yr arholiadau Safon Uwch yr wythnos ganlynol. Ac yntau wedi gadael y cwbwl tan y funud olaf, yr unig gwestiwn oedd faint o ffeithiau allai eu ffitio yn ei ben yn y dyddiau nesaf cyn iddynt ddechrau poeri allan drwy ei glustiau.

'Dere mlân, Joni,' meddai gan dynnu ei fysedd drwy ei wallt mewn rhwystredigaeth. 'Smo ti eisie gweithio tu ôl i'r til yn CK's Llandysul am weddill dy oes.'

Gwnaeth ymdrech lew arall i rythu ar y llyfr Daearyddiaeth o'i flaen, ond yna ochneidiodd yn lluddedig a suddo i'w sedd. Ers marwolaeth Iaco, roedd fel petai'n gweld y byd o waelod pwll – y darlun wedi ei lurgunio, y synau'n anghysbell a'r symudiadau'n drymaidd. Roedd y dasg leiaf a ofynnai am unrhyw fath o ganolbwyntio yn ormod iddo.

Plannodd ei wyneb yn ei ddwylo. Beth fyddai wedi ei wneud

ar ddiwrnod fel hwn pe bai Iaco ar dir y byw? A bysedd yr haul yn tylino eu pennau a thrydar yr adar fel clychau'r Saboth yn eu galw o'u tai? Fe fyddent allan yn pysgota, neu wedi mynd i Geinewydd am jips. Dyna'r rhigol na allai ei feddwl ddianc ohoni – pob diwrnod braf, pob profiad pleserus yn adlam o euogrwydd, wrth iddo gofio nad oedd Iaco yno i'w rhannu. A'i fai ef oedd hynny.

Doedd dim dianc. Galar, euogrwydd, dicter. Roedd y cyfan wedi llosgi'n lasrew yng nghalon Joni ers misoedd. Teimlai hapusrwydd ei ychydig fisoedd ef a Iaco gyda'i gilydd mor anghysbell â seren.

'Wy'n mynd mas, Mam,' meddai o'r diwedd wrth i'r clwt o awyr a welai drwy ffenestr ei lofft ddechrau tywyllu.

'Iawn, os wyt ti'n teimlo bo ti 'di neud digon am heddi.'

'Sai'n gallu neud rhagor.'

Mwythodd yr awel fin nos ei wyneb fel ton adfywiol wrth iddo agor y drws cefn. Aeth i nôl ei offer pysgota o'r sied, a gyda phelydrau euraid olaf yr haul yn tywynnu ar wyneb y dŵr, eisteddodd ar glustog o fwsogl a throchi ei wialen yn nŵr y Teifi. Roedd pysgota'n gyfle i ddisbyddu'r ofn a'r edifeirwch a fyddai'n ymffurfio'n grisialau poenus yn ei feddwl. Meddwl am ddim oherwydd bod meddwl am unrhyw beth arall yn rhy boenus. Suddo i ebargofiant. Yr unig gwmni oedd ganddo oedd y gwartheg oedd yn pori ar y gwastadedd ar ochr arall yr afon, a chwmwl o wybed a ddawnsiai ar wyneb y dŵr. Arhosodd yno, yn ddisymud, nes bod y cysgodion wedi asio'n un a dim sŵn o'i gwmpas ond sïo'r afon yn y tywyllwch.

Weithiau, wrth eistedd ar lannau'r afon Teifi fel y gwnâi nawr, dychmygai ei gariad yn codi o'r dŵr i'w gyfarch. Roedd ystyried hynny'n frawychus, ond yn ddymunol yr un pryd – ysai am y cyfle i siarad, ac esbonio, a mynnu esboniad, a pharhau â'r drafodaeth a wrthododd bedwar mis ynghynt. Dweud ei bod yn flin ganddo – gofyn '*pam*?'

Tynnodd sigarét gyfrin o'i boced a'i rhoi yn ei geg. 'Caru ti, Iaco,' meddai wrth ei thanio, fel pe bai hynny'n golygu unrhyw beth erbyn hyn.

'Caru ti, Joni…'

Bu bron iddo ollwng ei wialen bysgota i'r dŵr. Ni allai gamgymryd y llais, ond eto ni allai fod yn siŵr nad sisial y gwynt ydoedd, neu iddo darddu o'i feddwl ei hun hyd yn oed.

'Iaco?' gofynnodd, yn hanner gobeithiol, yn hanner ofnus.

Pwysodd ymlaen dros ymyl y dŵr. Ac am eiliad, dychmygodd fod crychau'r afon yn ffurfio'n wyneb o'i flaen. Ynteu ai adlewyrchiad ei wyneb ei hun ydoedd, yn syllu arno drwy'r golau egwan?

'Joni!'

Bu bron iddo golli ei afael ar ymyl y lan a syrthio i'r dŵr. Cododd ar ei draed yn frysiog, gan feddwl am eiliad bod ei fam wedi sleifio y tu ôl iddo. Ond roedd y llais yn gras ac yn gryg. Cyn iddo gael cyfle i ymateb rhwygwyd y sigarét o'i geg.

'Ydi dy fam yn gwbod am hyn?'

'Yyy?'

'Y sigarét?'

Roedd yr amlinell ddu yn gwisgo hen het gantell lydan ar ei ben. Symudodd yn agosach a gwelodd Joni ei wyneb yn iawn yng ngolau'r lloer. Wyneb caled, blêr, oedd heb ei eillio ers wythnosau.

'Dad? Beth wyt ti'n —?'

''Di dy fam yma?'

'Odi. Odi ddi'n dy ddishgwl di?'

Teimlodd gnoad o gynddaredd am eiliad bod ei fam wedi gwahodd ei dad draw heb ddweud wrtho. Yna embaras fod ei dad wedi codi'r fath ofn arno, ac yntau bellach yn ddyn.

'Ymweliad annisgwyl,' meddai ei dad, cyn oedi. 'Well i ti fynd gynta.'

Nodiodd Joni. Felly roedd ei fam ar fin cael cymaint o sioc ag ef.

Brasgamodd i fyny'r ardd at y tŷ, yn gryndod i gyd, cyn codi cliced drws y cefn a phlygu ei ben i fynd drwyddo. Hen fwthyn cerrig oedd ei gartref ef a'i fam. Ymdebygai i hen sgubor wedi ei gwyngalchu o'r tu allan, ond roedd yn glyd y tu mewn, er ei fod yn flêr iawn hefyd. Esgus ei fam oedd nad oedd ganddi'r egni i lanhau gartref ar ôl glanhau yn yr ysgol drwy'r dydd. Roedd yna ddwy haen i'r blerwch – hen lyfrau llychlyd, trwm ei dad, heb eu cyffwrdd ers degawdau, a phentyrrau di-ben-draw o lyfrau hunangymorth ei fam, gyda theitlau fel *How to Declutter your Life*.

'Ca'r drws 'na, wy bytu sythu,' meddai hi, wrth weld ei mab yn camu dros y rhiniog gan ei adael ar agor ar ei ôl. Yna gwelodd y cysgod arall yn plygu ei ben i ddod drwy ffrâm y drws isel ac ebychodd yn syfrdan, 'Be – Bleddyn?'

'Helô, Sheila,' meddai hwnnw a gosod y glicied yn ôl yn ei lle. Gwenodd arni'n swil. Roedd ganddo farf drwchus a wnâi iddo edrych fel môr-leidr oedd wedi dychwelyd i'r porthladd ar ôl blynyddoedd ar y dŵr.

Edrychodd Joni ar y fenyw oedd wedi newid o fod yn hen fam, ddigon surbwch ar adegau, i rywbeth tebycach i jeli ar ddwy goes. Roedd hi'n dal yn y ffrog las â thrim gwyn a ddefnyddiai wrth lanhau, a'i gwallt du wedi ei glymu yn fynsen anniben y tu ôl i'w phen, gan amlygu'r rhychau blinedig bob ochr i'w llygaid. Ond daeth meddalrwydd i'w hwyneb a bregustra i'w hosgo na welai ond pan oedd ei dad yn galw; arlliw o'r ddynes a fodolai cyn troi'n fam sengl lawn-amser.

Doedd Joni erioed wedi llwyddo i roi ei fys ar union berthynas ei dad a'i fam. Tybiai nad oedden nhw'n siŵr ohoni chwaith. Doedden nhw'n amlwg ddim gyda'i gilydd, ond am ba reswm bynnag doedden nhw ddim yn barod i symud ymlaen at bethau eraill chwaith. Pe bai ei fam yn deall digon am gyfrifiaduron i gael cyfrif Facebook mae'n siŵr mai 'It's complicated' fyddai statws eu perthynas.

'Pam ddiawl na wedest ti dy fod ti'n dod?' gofynnodd hi o'r diwedd, gan wthio blewyn o wallt rhydd y tu ôl i'w chlust. 'Ma golwg dyn sy 'di bod drwy ffos arnat ti! A fi'n dishgwl —'

''Di rhuthro 'nôl o gloddfa yn yr Aifft ben bore 'ma. Heb ga'l llawer o gyfla i ymbincio.'

'Ma'r lle 'ma fel tip!' meddai hi gan edrych o'i chwmpas, fel pe bai'n gweld ei chartref am y tro cyntaf. 'Mynd i weld y teulu yn Nolgellau wyt ti?'

'Na. Gen i gyfarfod yng Nghaerdydd fory. Meddwl y byddai'n gyfla i daro mewn i'ch gweld chi'ch dau. O'n i 'di bwriadu tecstio – ond ti'n gwbod sut un ydw i am tsiarjo fy ffôn…'

'Wel ti 'ma nawr, stedda,' llywiodd Sheila ef i gyfeiriad y soffa. 'Joni, dere di draw i ishte 'da dy dad. Dishgled?'

'Diolch,' meddai Bleddyn, gan ddisgyn ar bentwr o glustogau. Edrychai i Joni fel pe bai wedi ymlâdd. Gobeithiai y golygai hynny na fyddai'n rhaid iddo gynnal sgwrs letchwith ag ef yn hir.

Brysiodd Mam Joni draw i'r gegin er mwyn paratoi'r te.

'Fyddai'n iawn i mi aros heno?' galwodd ei dad ar ei hôl. 'Braidd yn hwyr i chwilio am wely a brecwast…'

'Wrth gwrs! Fe gei di wely Joni.'

Agorodd Joni ei geg i fynegi protest ond roedd ei dad eisoes wedi codi ei law. 'Dw i 'di arfar cysgu dan y sêr. Bydd y soffa gyfforddus yma'n gneud y tro i'r dim i mi.'

Winciodd ar Joni, ond gwgodd hwnnw yn ôl arno. Doedd dim llawer o amynedd ganddo tuag at ei dad. Hwyliai i mewn i'w fywyd yn achlysurol fel pe na bai wedi troi ei gefn arno yn y man cyntaf.

'Ty'd i ista, Joni,' meddai, fel pe bai'n synhwyro ei anniddigrwydd. 'Sut w't ti? Popeth yn mynd yn iawn yn 'rysgol?'

'Yn iawn,' meddai Joni gan eistedd.

'Be ti'n neud rŵan – TGAU?'

'Wnes i rheina ddwy flynedd 'nôl... Safon Uwch.'

'A! Lefel A. Pa bynciau ti'n astudio, ddudist ti?'

'Welsh. Geography. History.'

'Daearyddiaeth! Ti'n tynnu ar ôl dy hen dad, felly,' meddai â brwdfrydedd, yn amlwg yn hapus i ddod o hyd i dir cyffredin ar gyfer sgwrs. Ond nid oedd Joni am ganiatáu iddo bontio'r bwlch rhyngddynt mor hawdd â hynny – bodlonodd ar y tawelwch anesmwyth.

Clywodd rywbeth yn disgyn ar lawr yn y pantri a'i fam yn dweud 'Shit' dan ei gwynt. Dechreuodd y tegell chwibanu, a munud yn ddiweddarach daeth hi'n ôl i mewn â phaneidiau i'r tri ohonyn nhw, a thalp anferth o fara brith i Bleddyn.

'Paid poeni am Joni, smo fe'n un siaradus iawn yn ddiweddar,' meddai. 'Fel ca'l gwa'd mas o garreg weithie.'

'Wel, dw i'n arbenigwr ar ddarllen ystyr cerrig, am wn i.'

'Be o't ti'n neud yn Egypt, 'te, Dad?' gofynnodd Joni, er mwyn gwrthbrofi honiad ei fam ei fod yn hanner mud.

Pwysodd ei dad ymlaen i godi ei baned. 'Cloddio yn Amarna, dinas y Ffaro Akhenaten.'

'Dyffryn Aman?' gofynnodd ei fam.

'Amarna, nid Aman – dinas hynafol yn yr Aifft. Ges i alwad pump o gloch y bora 'ma. Roeddan nhw fy angen i'n syth. Yr awyren gynta allan o Cairo. Matar o bwys Prydeinig, meddan nhw. Neu Gymreig, o leia. Yr Ysgrifennydd Treftadaeth isio fi yn ei swyddfa ym Mae Caerdydd erbyn hannar dydd yfory.'

'Hunanbwysig ydi'r gwleidyddion yma, 'te!' meddai Sheila gan gynhesu ei dwylo ar ei mŵg te. 'Meddwl y gallan nhw glico eu bysedd a hala hwn a'r llall i ben draw'r byd. I beth fydden nhw moyn ti ar gyment o hast?'

'Wel, dw i'n 'chydig o awdurdod ar archaeoleg gynnar Cymru.'

'Wedi dod o hyd i genhinen ffosiledig, mae'n siŵr,' meddai Joni.

Chwarddodd Sheila ond syrthiodd gwep ei dad fymryn. 'Wel, cawn ni weld fory,' meddai.

Amneidiodd Sheila. 'Mae'n siŵr dy fod ti wedi blino'n siwps. Cer i gliro dy stafell fel bod dy dad yn gallu cysgu 'na, Joni… Na, whare teg,' meddai wrth ei weld yn agor ei geg i fynegi ei anfodlonrwydd, 'ma dy dad wedi teithio'n bell heddi. O waelod Affrica. Dim dadle.'

Cododd Joni yn anniddig o araf a mynd am ei ystafell. Pam nad oedd ei fam yn cysgu ar y soffa, os oedd hi mor awyddus i gynnig gwely i'r dyn? Ystafell wely Joni, i fyny'r ystol yn yr atig, oedd ei unig gaer amddiffynnol. Fyddai byth yn caniatáu i neb fynd yno – heblaw am aelod o One Direction, efallai. Dringodd i fyny'r ystol ac agor y trapddor i'r ystafell. Yn wahanol i weddill y tŷ henaidd, roedd y waliau fan hyn wedi eu paentio'n ddu, ac wedi eu gorchuddio gan haen drwchus o bosteri yn cofnodi'r bandiau pop a roc diweddaraf, wrth i'w deyrngarwch cerddorol newid.

Fe wnaeth Joni ryw fath o ymgais i glirio'r ystafell, drwy wthio'r holl ddillad oedd ar ei fatres i'r llawr a thaflu ambell ddarn o sbwriel i'r bin. Yna sylweddolodd y gallai glywed lleisiau ei dad a'i fam yn codi drwy'r estyll tenau, ac fe aeth i lawr ar ei gwrcwd a gwthio ei glust yn erbyn y llawr pren.

'Ma isie i ti dreulio mwy o amser 'dag e, Bleddyn. Ti fel dyn dieithr, 'chan.'

'Ond alla i ddim mynd ag o fory, Sheila. Fydda i'n cwrdd â gwleidyddion, pobol bwysig. Ella y byddan nhw'n fodlon cynnig nawdd.'

'Sut fydde Joni'n effeithio ar 'ny? Nage babi yw e, ma fe'n gallu ishte'n dawel am hanner awr.'

'O cym on, Sheila. Mae o'n edrych fel rhwbath sy 'di dod i mewn efo'r llanw. Y gwallt seimllyd yna, y dillad du…'

'Meddet ti sy'n edrych fel Siôn Cwilt. Angen *role model* mae e, Bleddyn… angen tad. So fe'n gwrando ar air o 'ngheg i.'

Bu saib hir, euog. 'Iawn 'ta, os ti'n mynnu. Mi af i ag o.'

'Diolch. Bydd e'n braf i chi ddod i nabod eich gilydd yn well. Yn lle 'i fod e yn fy ffordd i drwy'r dydd bob dydd.'

Rholiodd Joni ei lygaid. Pan oedd e'n iau, a'i dad yn gwneud mwy o ymdrech i dreulio amser yn ei gwmni, aethpwyd ag ef ar sawl trip diflas. Ddylai neb gredu'r ffilmiau oedd yn awgrymu bod archaeoleg yn bwnc diddorol. Fel arfer byddai ei dad yn rhoi darlith yn y brifysgol yn Llambed, neu mewn amgueddfa. Doedd hynny ddim gwell na mynd i'r capel i Joni. Gorfod eistedd yno am yr hyn oedd yn teimlo fel oriau, yn gwrando ar ei dad neu ryw siaradwr gwadd arall yn traethu'n ddiddiwedd am bwnc na wyddai ac na fecsai'r un daten bob amdano. Wedyn byddai ei dad yn mynd ag ef i weld abaty neu feddrod lleol, ac yn parablu am hen hanes a phobol oedd wedi marw ers canrifoedd. Dros amser daeth yn amlwg nad oedd Joni moyn bod yno – a bod ei dad ddim eisiau iddo fod yno chwaith.

'Ma rhwbeth arall. Mae Joni 'di bod mewn... wel, bach o drwbwl yn ddiweddar.' Roedd ei fam yn hanner sibrwd.

'Be mae o 'di neud?'

'Smo fe 'di neud dim byd. Wel, sai'n credu 'ny. Ond buodd un o'i ffrindie fe farw 'nôl ym mis Ionawr. Wedi lladd ei hunan, mae'n debyg. Ma'n nhw'n meddwl falle'i fod e wedi towlu'i hunan oddi ar bont Alltcafan.'

Teimlai Joni fel pe bai rhywun wedi gafael yn ei galon ac yn ei hatal rhag curo.

'Maen nhw'n meddwl?'

'Ddaethon nhw ddim o hyd i'r corff. Ond o'dd rhywun yn meddwl eu bod nhw wedi gweld y crwt yn mynd —'

Dyna'r peth gwaethaf am yr angladd, cofiai Joni. Bod rhyw hanner gobaith yno o hyd, tra bod y corff yn dal ar goll. Rhaid bod ei gorff wedi ei hen olchi allan i Fae Ceredigion, meddai'r heddlu. Bu'n rhaid claddu atgof ohono yn ei le – arch llawn crysau a sgarffiau Cymru, llyfrau sticeri clwb pêl-droed Abertawe, cerddi gan feirdd a'i gyd-ddisgyblion er cof amdano, a phob math o drugareddau gan ffrindiau oedd yn eu hatgoffa o'u cyfaill. Rhyw fath o gapsiwl amser o unigolyn na fyddai byth yn cael ei atgyfodi.

'Be sgin hyn i'w neud efo Joni?' gofynnodd ei dad yn amddiffynnol.

'O'n nhw'n ffrindie, Bleddyn. Yn ffrindie da, falle... er na ddes i 'rio'd i waelod y peth. Ond Joni oedd 'dag e, y noson gath e'i ladd. Ma'r heddlu, a'r teulu, wedi bod draw 'ma, ond dyw Joni ddim yn fodlon gweud gair wrth neb ambytu beth ddigwyddodd.'

'A ti'n meddwl 'i fod o'n cuddio rhwbath?'

Brathodd Joni ei wefus.

'Sdim obadeia 'da fi, Bledd. Wy wedi treial 'i holi fe bob ffordd bosib, ond ma fe'n gwrthod agor 'i geg. A'r ffordd ma hanner pobol y pentre'n siarad, 'set ti'n meddwl mai Joni 'i hunan wthiodd y bachgen oddi ar y bont.'

'Be?' Cododd ei dad ei lais ryw fymryn. 'Dydi hynny ddim yn deg.'

Gwellodd hwyliau Joni wrth glywed y dicter yn llais ei dad. O leiaf yr oedd ar ei ochr e.

'Petaet ti'n gallu treial siarad 'da fe, fe fydden i'n ddiolchgar.'

'Fi? Os nad ydi o'n siarad efo ti…'

'Rhaid i ti drio, Bleddyn. Mynd i waelod y peth. Beth bynnag ddigwyddodd y noson 'na, ma'n amlwg yn cnoi ar ei feddwl e. So fe 'di bod yr un un ers 'ny. Falle allech chi ga'l clonc fach, mano-to-mano.'

Clywodd ei dad yn ochneidio. 'Iawn, mi wna i drio. Ond archaeolegydd ydw i, nid ditectif…'

Gwgodd Joni. Y peth olaf oedd e moyn oedd ei dad yn ceisio codi'r pwnc, fel llanc nerfus ar ddêt cyntaf. Roedd rhesymau da iawn pam nad oedd Joni wedi dweud dim wrth neb am yr hyn ddigwyddodd y noson honno; yn un peth, nid oedd Iaco am i neb wybod. Gadewch i'r teulu feddwl mai Joni oedd wedi gwthio Iaco oddi ar y bont – fe fyddai'n mynd â'i gyfrinach i'w ganlyn i'r bedd.

Daeth cnoc ar y trapddor oddi tanodd, a neidiodd Joni'n ôl ar ei draed.

'Helô!' Agorodd y drws fymryn a sbeciodd ei dad drwy'r bwlch. 'Ydi hi'n saff i ddod i fyny?'

'Os ti moyn.'

Dringodd ei dad i fyny drwy'r twll ac ystyried y stafell. Edrychodd arni fel dyn oedd wedi arfer gweld pentyrrau o rwbel ac oedd yn gallu dychmygu beth oedd oddi tanynt yn wreiddiol. Roedd yna rywbeth tebyg i ystafell wely o dan y dillad, y caniau cwrw, y pecynnau sigaréts gwag a'r hancesi papur crebachlyd. Doedd dim gwely – roedd y ffrâm bren wedi torri flwyddyn yn ôl – ond roedd yna fatres ar y llawr.

'*Futon,*' meddai Joni.

'Paid poeni, dw i 'di bod drw brifysgol. Ym… Mae dy fam yn awgrymu ein bod ni'n dau'n mynd i lawr i Gaerdydd bora fory,' meddai, gan osgoi llygaid ei fab. 'Efo'n gilydd. Ti ffansi?'

'O's dewis?'

'Dw i ddim yn meddwl. Sdim rhaid i ti aros efo fi drw'r amsar, wrth gwrs. Ha ha, byddai hynny braidd yn ddiflas, mae'n siŵr. Cyfarfodydd… ac yn y blaen. Mae yna ddigon o siopa a ballu yng Nghaerdydd, siawns.'

Nodiodd Joni ei ben.

'Reit, nos da 'ta.'

''Sda.'

Dringodd Joni i lawr drwy'r trapddor ac fe gaeodd ei dad ef ar ei ôl. Roedd ei fam yn dal i eistedd ar y soffa yn syllu'n feddylgar i waelod ei mŵg te gwag. Eisteddodd Joni gyferbyn â hi ar un o'r cadeiriau pren.

'Ti'n iawn, Mam?'

'Odw,' meddai, ac edrych arno. 'Sai'n gwbod pam fod e'n neud hyn i ni.'

'Neud beth?'

'Naill ai dyle fe fod 'ma drwy'r amsar neu gadw draw yn gyfan gwbwl. Y *flying visits* 'ma sy waetha. Dishgwl arna i. Wy'n edrych fel… wel, menyw glanhau. Sef beth 'yf i. Ha.'

Clywodd Joni sŵn crecian uwch ei ben a dychmygu ei dad â'i glust i'r llawr yn union fel yr oedd ef wedi gwneud funudau ynghynt.

'So ti moyn iddo fe ddod draw mwyach?'

'Wrth gwrs bo fi, 'y nghalon cabetsh i. Mae dy dad a fi yn ffrindie da. Ond licen i petai e'n…' – chwifiodd ei dwylo'n amwys – '… cymryd mwy o ddiddordeb ynon ni weddill yr amser. Misodd, blwyddyn bron heb air, wedyn ma fe'n cerdded mewn 'ma fel tase fe wedi bod mas i brynu llath o'r siop am bum munud. Dim un o'i fymis e mewn amgueddfa odw i, wedi fy mhiclo mewn finegr neu beth bynnag. Rhwbeth alli di ei adael am ddegawd a fydd e ddim wedi newid dim. Ma bywyde pobol yn symud mlân.'

'Ti'n mymi i fi, Mam.'

'O,' chwarddodd. 'Diolch i ti, Joni.'

Rhoddodd ei braich o gwmpas ei mab a'i gwtsio'n dynn.

'Diolch i ti am fod yn glust i dy hen fam. Ti'n fachgen da. Yn y bôn.'

'Disgwyl i ti symud fel 'mod i'n gallu mynd i orwedd ar y soffa odw i.'

Gollyngodd ef. 'O.'

Alaw

AGORODD Y GYFLWYNWRAIG yr amlen aur a oedd yn ei dwylo. 'And the winner of the New Assembly Member of the Year award is,' meddai. 'Ac enillydd gwobr Aelod Cynulliad Newydd y Flwyddyn yw...'

Pwysodd Alaw Watkins ymlaen yn ei sedd. Roedd neuadd fawr y Gyfnewidfa Lo wedi hen arfer â sŵn a phrysurdeb. Yr adeilad yma, ym Mae Caerdydd, oedd curiad calon diwydiant glo'r byd ar un cyfnod. Roedd yn ferw unwaith eto heno: trigolion y Bae newydd ôl-ddiwydiannol ac ôl-ddatganoledig y tro hwn. Gwleidyddion, cyfryngis, pobol fusnes, penaethiaid cwangos ac elusennau – nid y cyfuniad mwyaf tawedog fel arfer. Ond wrth i'r gyflwynwraig agor yr amlen fach yn ei dwylo, fe allech chi fod wedi clywed y cnepyn lleiaf o lo yn syrthio ar yr hen lawr pren, wrth i'r ystafell gyfan ddal ei gwynt...

'Don't get your hopes up, love,' sibrydodd ei bòs, Derwyn Williams, yn ei chlust.

Nid oedd angen ei hatgoffa. Gallai Alaw restru llu o resymau pam na fyddai ei henw hi ar y darn bach o bapur yn nwylo'r gyflwynwraig – nid oedd wedi bod yn y *Western Mail* dros y flwyddyn ddiwethaf, ni fu ei llun yn y *Daily Post* na'i hwyneb ar *Newyddion 9*. Rhan o'r rheswm am hynny oedd ei bod hi mor ddiawledig o brysur. Ers cael ei hethol gwta flwyddyn ynghynt, roedd hi wedi llafurio'n ddisylw ac yn ddiddiolch yn weinidog yn yr Adran Dreftadaeth dros y dyn a eisteddai wrth ei hochr.

Ef oedd y rheswm arall pam na fyddai ei henw yn yr amlen. Nid oedd Ysgrifennydd y Cabinet dros Dreftadaeth a'r Iaith Gymraeg, Derwyn Williams, yn weithiwr caled, ond roedd ganddo'r gallu rhyfeddol i amsugno clod fel sbwng. Efe oedd yn cyrraedd ar y diwrnod mawr, yn wên o glust i glust, i wynebu'r camerâu â'r siswrn mawr yn ei law i agor pa adeilad newydd, canolfan ymwelwyr neu hen gastell bynnag oedd wedi cael trawsnewidiad £1.2m o goffrau'r Cynulliad yr wythnos honno, diolch i'w gwaith caled hi a'r gweision sifil.

Fe fyddai'r wobr yn siŵr o fynd i un o newydd-ddyfodiaid y

gwrthbleidiau, oedd â'r amser a'r diffyg cyfrifoldebau i gynnal ymgyrchoedd yn erbyn cau hyn a'r llall, a gyrru datganiad i'r wasg bob tro yr oedd rhywun yn taro rhech, ac a oedd yn benderfynol o sicrhau fod ei enw, neu yn well fyth ei lun, yn y papurau bron bob dydd. Ni fyddai'r 'ymgyrchydd' penigamp yma, a fyddai yn siŵr o fod yn yr wrthblaid nes iddo gasglu ei bensiwn, byth yn gorfod tynnu ei fys o'i din, a gwneud penderfyniad anodd, neu wireddu un o'i addewidion gwag.

Serch hynny, ni allai Alaw ddiffodd y llygedyn o obaith ffug oedd yn mynnu llochesu yn ei mynwes.

'… Gutyn Howells, o Blaid Cymru!'

Daeth bonllef o ben draw'r ystafell a dechreuodd mintai Plaid Cymru guro'u dwylo yn orfoleddus wrth i'r AC buddugol godi o'i sedd â'i ddwylo fry, fel y Pab yn derbyn ei enwebiad o flaen y dorf ar sgwâr Sant Pedr. Wedi cyrraedd y llwyfan derbyniodd ddarn o lechen â'i enw arno, a chartŵn nad oedd yn arbennig o ddoniol ohono mewn gwisg meddyg yn ceisio dadebru Gwasanaeth Iechyd Gwladol Cymru.

Ymunodd Alaw Watkins yn y curo dwylo. Roedd Gutyn Howells yn ddewis gweddol boblogaidd, hyd yn oed ymysg aelodau'r Blaid Lafur. Hynny yn bennaf oherwydd bod y gwleidydd ifanc yn treulio'r rhan fwyaf o'i amser yn yr Eli Jenkins yn llymeitian gydag Aelodau Cynulliad o bob plaid yn hytrach nag yn ei swyddfa yn cyflawni unrhyw beth o werth. Clywodd Alaw ei fod wedi hudo sawl newyddiadurwraig a lobïwr ifanc i'w fflat yn y Bae dros y misoedd diwethaf. Ac roedd rhaid iddi gyfaddef y byddai'n llawer gwell ganddi ei gael ef yn gydymaith iddi, pe bai'n rhaid iddi ddewis, na'r baedd blonegog oedd yn hepian wrth ei hochr y funud honno.

Trodd ei phen i gael cipolwg ar Derwyn Williams. Roedd yn pwyso'n ddiog ar y bwrdd a gwydred o siampên yn un llaw, yn gwylio'r sioe ar y llwyfan â llygaid pŵl. Roedd ei drwyn chwyddedig wedi troi'n goch fel tomato, fel y gwnâi bob tro yr oedd wedi meddwi. Hoffai Alaw fod wedi gwahodd y cartwnydd i greu darlun ohono, er mwyn iddo gael gweld mor chwerthinllyd yr oedd yn edrych ar ôl sobri.

Teimlai na allai fod yn fwy atgas iddi nag yr oedd y foment honno, nes iddo estyn ei law a mwytho ei choes.

'Derwyn, ddim fan hyn,' meddai dan ei gwynt.

Trodd ef ei ben a gwenu arni'n feddw.

'Pam lai? Dwi'n bôrd. Awn ni 'nôl i dy fflat i ffwcio.'

'Mae yna newyddiadurwyr o'n cwmpas ni'n bobman,' sisialodd yn ei glust. 'Wyt ti am i dy wraig ddod i wybod amdanon ni?'

Roedd hynny fel petai wedi ei sobri rhywfaint. Gwyrodd ei ben i'r cyfeiriad arall gan ddylyfu gên, ac ni wnaeth unrhyw ymdrech bellach i roi ei law i fyny ei sgert.

Derbyniodd Gutyn Howells ragor o gymeradwyaeth frwd a sawl chwiban o fyrddau ei blaid wrth iddo ddechrau ar ei araith.

'Rydyn ni'n byw mewn oes pan mae ffydd y cyhoedd yn ein sefydliadau democrataidd wedi ei siglo i'w seiliau,' meddai. 'Y sgandal treuliau, y sgandal hacio ffonau, y chwalfa ariannol. Neo-ryddfrydiaeth. Drychwch ar Brexit, drychwch ar Trump. Mae'r bobol yn galw am rywbeth newydd, ddim yr un hen wleidyddion llwgr â'u trwynau yn y cafn...'

Yada yada yada, meddyliodd Alaw. Roedd y gynulleidfa wedi ymdawelu'n llwyr erbyn hyn, fel petaent yn blant ysgol Sul yn cael gwybod eu bod nhw i gyd yn mynd i uffern.

Aeth Gutyn yn ei flaen: 'Rhaid i bob un sy yma heddiw, boed yn wleidydd, yn aelod o'r cyfryngau, unrhyw un sy'n rhan o'n sffêr gyhoeddus, benderfynu – a ydyn nhw yma i wneud beth sydd orau dros Gymru, i wireddu ewyllys y bobol a chryfhau'r genedl, ynteu ai gelenod ydyn nhw, yn sugno gwaed y wlad er mwyn eu pesgi nhw eu hunain?'

Rhochiodd Derwyn Williams â phleser. 'Ti'n meddwl ei fod o'n credu'r *bullshit* yna?'

Am unwaith, roedd yn rhaid i Alaw gytuno â'i bòs. Beth oedd 'ewyllys y Cymry' mewn gwirionedd? Dangosodd y blynyddoedd diwethaf y datgysylltiad llwyr rhwng y wleidyddiaeth adain-chwith, o blaid mewnfudo ac Ewrop, y credai Gutyn ynddi, a'r hyn a oedd yn rhyngu bodd y pleidleisiwr hiliol, rhywiaethol cyffredin.

Gorffennodd yr araith ac ymlwybrodd Gutyn yn ôl i'w sedd rhwng y byrddau gwyn, ei wobr yn boeth yn ei law. Y tu hwnt i ychydig guro dwylo boneddigaidd, roedd y neuadd yn dawedog.

'And now for the award for Public Champion of the Year. A nawr am wobr Pencampwr Cyhoeddus y Flwyddyn,' meddai'r gyflwynwraig, fel pe bai'n cyfieithu ar y pryd ar ei rhan ei hun.

Gwasgodd Alaw y darn o bapur oedd yn cynnwys ei haraith yn

ei dwrn, a'i ollwng yn ôl i'w bag. Estynnodd am y botel siampên ac ail-lenwi ei gwydryn. Wrth iddi gymryd dracht helaeth ohono sylweddolodd fod Derwyn wedi troi i siarad â'r newyddiadurwr, Daniel Lewis o'r *Western Mail*, oedd yn eistedd wrth ei benelin dde.

'It's the easiest fucking job in the world,' meddai. 'It's not like the ONS publish growth forecasts for Welsh every quarter. We've set a target for a million speakers by 2050 – I'll be fucking dead by then!'

Sibrydodd y newyddiadurwr rywbeth a chwarddodd Derwyn.

'It's not my job to create more Plaid Cymru voters. Just bung a few well-paid public sector jobs in the direction of the Welsh-speaking middle class and they'll quickly lose their revolutionary zeal.'

Rhagor o sibrwd.

'Yeah, they should call me the "Minister for Running Away from the Welsh Language Society",' meddai, a chwerthin. Gwyddai Alaw ei fod yn cyfeirio at ddigwyddiad ar faes Eisteddfod yr Urdd y llynedd pan oedd aelodau'r mudiad wedi ei orfodi i guddio yn Nhŷ Sali Mali. 'The kids have a bit more fire in them. But ten years later, they'll be the ones in nice middle-class jobs, with their fucking kids protesting against them.'

'And the winner is... A'r enillydd yw... Derwyn Williams!'

Trodd Alaw ei phen yn syn. Doedd hi ddim hyd yn oed yn cofio beth oedd y wobr. A gallai weld nad oedd Derwyn chwaith yn sylweddoli mai ei enw ef gafodd ei gyhoeddi. Roedd yn parhau i siarad yn uchel â'r newyddiadurwr, a hwnnw'n ceisio torri ar ei draws er mwyn ei gyfeirio at y llwyfan. Yn y cyfamser roedd llifoleuadau'r neuadd wedi troi tuag ato.

'What was the award for?' gofynnodd Alaw i'r dyn busnes Gwyddelig oedd yn eistedd ar y chwith iddi.

'For his work stopping the car park on the Cadwgan Castle site.'

Bu bron i Alaw dagu ar ei chynddaredd. Hi oedd wedi gweithio fel caethwas ar rwyflong, wedi teithio i'r safle ei hun sawl gwaith er mwyn siarad â'r protestwyr, ac anfon negeseuon di-rif at Cadw, Cyfoeth Naturiol Cymru a phob cwango arall o dan haul oedd â budd yn y datblygiad. Roedd plant chweched dosbarth ar brofiad gwaith yn yr adran wedi cyfrannu mwy at y prosiect na'r... *git* hollol iwsles a eisteddai wrth ei hymyl.

Ond ar ôl pwyllo, ailystyriodd. Roedd Derwyn Williams ar fin gwneud ffŵl llwyr ohono'i hun o flaen pawb. Roedd wedi meddwi'n gocyls, ei eiriau yn aneglur, a'i drwyn yn tywynnu fel Goleudy'r Mwmbwls. Roedd bellach wedi codi yn ei sedd, yn stiff ac eto'n simsan fel hen goc a oedd wedi cael hanner tabled o fiagra, a golwg ddryslyd ar ei wyneb. Trawodd yn erbyn ambell fwrdd ar ei daith hir i gyfeiriad y llwyfan a'r gyflwynwraig oedd yn dal i gynnal yr un wên ffals, botocs-aidd ar ei hwyneb.

Esgynnodd y grisiau, un gris gofalus ar y tro, a chydio yn ei wobr.

'Diolch yn fawr,' meddai'n foneddigaidd. 'Hoffwn i ddiolch yn bennaf i fy ngwraig a'r plant am eu cefnogaeth ddiwyro. Ac wrth gwrs i drigolion ardal Cadwgan am eu cynhaliaeth ddiflino drwy gydol yr ymgyrch.'

Diawliodd Alaw. Er ei fod yn gallu bod yn annymunol iawn y tu ôl i ddrysau caeedig, roedd gan Derwyn ryw garisma hyderus a oedd yn ddigon i dwyllo'r mwyafrif – a hi ei hun, ar adegau, hefyd. Roedd fel dyn gwahanol unwaith iddo gamu ar y llwyfan. Dan y goleuadau amryliw ni allai weld ei drwyn coch; roedd yn sefyll yn syth, ac yn ynganu pob sill yn glir ac yn ofalus.

'Hoffwn hefyd wrth gwrs ddiolch i'r tîm yn yr Adran Diwylliant ac Iaith, ac wrth gwrs i fy Ngweinidog Cadwraeth hynod weithgar, Alaw Watkins.'

Ni allai Alaw gredu'r peth. Roedd wedi ei chanmol! Cododd ar ei thraed a churo ei dwylo fel morlo hapus a oedd newydd ddal pysgodyn. Teimlai ddagrau yn cronni yn ei llygaid wrth i Derwyn gamu yn ansicr i lawr o'r llwyfan a baglu'n ôl i gyfeiriad y bwrdd. Suddodd ef yn ôl i'w sedd yn ddiolchgar, a gadael i'r wobr syrthio o'i afael ar lawr â chlec.

'Diolch,' meddai Alaw, a rhoi clamp o gusan iddo ar ei foch.

'Ha! Ddudest ti neithiwr y byddet ti'n sugno fy nghoc pe bawn i'n dy grybwyll di mewn araith. Ti'n cofio? Ha.'

Gwyddai Alaw mai tynnu ei choes yr oedd. Ond yna trodd yn ôl at y newyddiadurwr wrth ei ochr, a phwyntio bawd dros ei ysgwydd tuag ati.

'You see the tits on her? Look at them. Fucking amazing. That's her main contribution, I tell you. They've kept me working long into the night.'

Suddodd calon Alaw ryw ychydig. Oedd hi mor hawdd â hynny i'w phlesio? Oedd, a dyna dristwch pethau. Gallai Derwyn fod yn sglyfaeth un eiliad, cyn ei swyno'n llwyr yr eiliad nesaf, a gwneud iddi ei chasáu ei hun am gael ei thwyllo ganddo unwaith eto.

Dim ond un wobr oedd ar ôl, uchafbwynt y noson, sef Aelod Cynulliad y flwyddyn. Roedd hanner gobaith yn siffrwd yng nghalon Alaw o hyd, ond gwyddai fod ganddi gymaint o siawns o gipio'r wobr yma ag yr oedd ganddi o ennill cap dros Gymru.

Aelod UKIP ar y rhestr ranbarthol aeth â hi, oedd yn dipyn o jôc o ystyried ei fod yn byw yn Surrey a phrin wedi gosod blaen ei droed yn y wlad ers cael ei ethol. Ond roedd y ddysgl yn wastad, a phob plaid wedi gadael gyda gwobr yr un, a gwên fodlon ac ychydig yn feddw ar wynebau pawb. Wrth i Alaw blygu i godi ei bag trowyd y prif oleuadau ymlaen, yn boenus o lachar, fel pe bai'n amser cau mewn clwb nos am dri y bore a'u bod nhw eisiau i bawb adael ar frys. Tynnodd ei siaced amdani a chamu allan i oerfel y nos, y croen gŵydd yn lledu ar draws ei choesau noeth. Hongiai lleuad lachar fel llusern Tsieineaidd yn yr awyr ddu uwchlaw.

Cyfarchodd y tacsi cyntaf a welodd yn pasio. Diolchodd i'r gyrrwr. Roedd yn credu ei bod hi wedi llwyddo i ffoi, ond cyn i'r gyrrwr roi ei droed ar y sbardun agorodd y drws drachefn a gwthiodd Derwyn Williams ei gorpws sylweddol i sedd y teithiwr.

'13 Plaice Street,' bytheiriodd.

Suddodd calon Alaw wrth sylweddoli ei fod yn bwriadu mynd adref gyda hi. Efallai nad oedd yn cellwair pan ddywedodd ei fod yn disgwyl rhywbeth am y ffafr o grybwyll ei henw ar ddiwedd yr araith. Nid dyna'r tro cyntaf iddo wneud defnydd ohoni yn y fath ffordd. Fe fyddai'n ei hatgoffa'n fynych mai diolch iddo ef yr oedd hi wedi sicrhau swydd y Gweinidog Cadwraeth yn ei adran yn y lle cyntaf.

Trodd yn ei sedd a chilwenu arni. 'Cyfla i ni ddathlu,' meddai, gan ddal ei wobr yn un llaw, a halio hanner potel o siampên yr oedd wedi llwyddo i'w bachu yn y llall.

Ond wrth iddo siarad fe ganodd y ffôn yn ei boced.

'Helô?' atebodd. 'Yes. What, right now? It's nine fucking p.m. Yes, I'm sober. OK, I'll be over in a minute.' Stwffiodd y ffôn yn ôl i boced ei siaced. 'Sori *babe*, Tango oedd yna, y SpAd oren diawledig 'na. Maen nhw isio fi draw yn Cathays Park ASAP. Wela i di fory ryw ben, *OK, sweet cheeks*?'

Gorchmynnodd i'r gyrrwr stopio'r car ar ochr y ffordd, a gollyngwyd Alaw yn y fan a'r lle ym mhen gorllewinol y Bae, filltir dda o'i fflat.

'Wela i di fory, *babe*,' galwodd Derwyn ar ei hôl, cyn chwythu cusan ati. Rhuodd y tacsi i ffwrdd.

Ystyriodd Alaw ffonio am dacsi arall, ond tybiodd y byddai'n cymryd chwarter awr dda i'w chyrraedd, ac y byddai'r un mor ddiogel yn cerdded adref ag y byddai yn sefyll ar ochr y stryd yn disgwyl amdano. Roedd hi wedi bod yn ddiwrnod cynnes braf, ond roedd awel fain, ychydig yn hallt bellach, yn chwythu i mewn o gyfeiriad y môr. Tynnodd ei siaced yn dynnach amdani.

Dechreuodd gerdded adref ar lan y dŵr, yn simsan yn ei sodlau uchel, gan astudio nenlinell Caerdydd, oedd wedi ei hadlewyrchu'n berffaith yn y llyn artiffisial a ymestynnai tuag at y môr y tu hwnt. Gwesty Dewi Sant a'i het dri chornel, bocs matsys y Senedd, Canolfan y Mileniwm a'i chefn crwm fel hen fenyw yn bwydo hwyaid. Roedd hi'n ddinas brydferth, meddyliodd Alaw. Roedd hi wedi credu hynny erioed. Ond roedd rhyw anesmwythder yn llechu yno hefyd. Rhyw bydredd. Nid pydredd gweledol y chwyldro diwydiannol a oedd wedi ei ddisodli gan wydr a phren llathredig y Bae, ond rhywbeth dyfnach a oedd wedi treiddio i fêr esgyrn y lle. Pydredd trefn wleidyddol a oedd wedi mynd ychydig yn rhy gysurus, yn ei thyb hi; lle'r oedd yr ychydig brentiedig yn symud yn llyfn o un comisiwn, o un cyngor ac un ymddiriedolaeth i'r llall, a hynny heb lawer o ystyriaeth i'w teilyngdod. Ond y cyfan a welai'r mwyafrif oedd y sglein arwynebol.

'Hoi!'

Bu bron i Alaw neidio o'i chroen wrth glywed llais y dyn yn gweiddi arni. Trodd yn ei hunfan ar ei sodlau uchel gan ddisgwyl gweld rhyw ddihiryn yn dod amdani. Ond yna gwelodd fod car wedi stopio ar ochr y ffordd, a'r ffenest i lawr. Hongiai dyn mas drwy'r ffenestr, ei dei yn llac a'i ên heb ei siafio.

Kerb-crawler, meddyliodd.

'I'm not a whore, I'm just walking home!'

'Alla i weld 'ny,' meddai Gutyn Howells. 'Ti moyn lifft? So fe'n saff i gered rownd ffor' hyn amser 'ma o'r nos.'

'Sai'n derbyn lifft gan ddieithriaid.'

'*Come on*, ni'n rhythu ar ein gilydd ar draws y siambr 'na bron bob dydd.'

'Ti'n rhythu arna i, falle.'

'Reit, fi'n deall. 'Se'n well 'da ti ga'l dy lofruddio a dy daflu i afon Taf na derbyn lifft gan nashi fel fi, ife?'

Camodd Alaw oddi ar y pafin yn ofalus ac agor y drws. Gwthiodd ei gwallt o'i llygaid i gael gwell golwg. Roedd yn gar newydd, a digon o le ynddo, ond yn drewi o sigarennau. Roedd canu operatig Cymraeg yn tasgu o'r seinyddion bob ochr iddi. Eisteddodd.

'Diolch am y lifft,' meddai, mor oeraidd ag y gallai. 'Ti 'di bod yn yfed?'

'Croeso,' meddai Gutyn â gwên, gan daro'r *indicator* ac ailymuno â llif y traffig oedd yn symud i gyfeiriad y fflatiau ar ochr orllewinol y Bae. 'Naddo. Wel, dim ond peint o gwrw Glyndŵr.'

'Bois bach, oes rhaid i'ch diod chi fod yn genedlaetholgar hefyd?'

Chwarddodd Gutyn yn ffals. Er ei fod yn gyrru, gallai Alaw deimlo ei lygaid yn gadael y ffordd bob hyn a hyn ac yn ymlwybro dros ei chorff.

'Pwy sy'n canu?' gofynnodd o'r diwedd, gan obeithio dwyn ei sylw oddi ar ei choesau hirion.

'Timothy Evans. Pavarotti Llambed maen nhw'n ei alw fe.'

'O. O'n i'n meddwl mai'r boi Go Compare 'na oedd e am funud.'

Chwarddodd Gutyn yr un chwerthiniad ffug unwaith eto. Chwerthiniad gwleidydd ar drothwy'r drws. Chwerthiniad rhywun oedd eisiau rhywbeth.

Sylwodd Alaw ar y tlws Aelod Cynulliad Newydd y Flwyddyn oedd wedi ei osod rhyngddyn nhw yn y daliwr cwpanau. Teimlodd y dagrau'n cronni yn sydyn wrth i siom a rhwystredigaeth y noson ei bwrw drachefn. Ond llwyddodd i wasgu'r teimlad hwnnw'n ddwfn i'w mynwes. Roedd hi'n haws teimlo'n grac.

Gwelodd Gutyn ble roedd hi'n edrych a gwenu'n hunanfodlon. 'Ti'n lico fe? Ma'n golygu lot i fi. Fi'n credu es i i bach o hwyl 'da'r araith. Ond beth yw'r ots? Ddim yn aml ma rhywun yn ca'l meddiannu'r pulpud, ife?'

'Ie. Duw a ŵyr fod angen rhywbeth i'ch cadw chi i fynd yn y Blaid 'na,' meddai, gan adael i'w llais blymio mor bell ag y gallai i ddyfnderoedd rhew'r Arctig.

'Be ti'n feddwl?'

'Wel, mae'n rhaid ei fod yn rhwystredig i chi, byth yn dod yn agos at rym go iawn. Mae angen rhwbeth i ga'l chi mas o'r gwely yn y bore, yn do's e?'

Cilwenodd Gutyn. 'Beth sy'n fy ngha'l i mas o'r gwely yn y bore yw'r gred ein bod ni'n adeiladu Cymru well.' Roedd y cynhesrwydd yn ei lais yntau wedi diflannu erbyn hyn.

'Ac mae'r gweddill ohonon ni'n bwriadu creu Cymru waeth, ydyn ni?'

Tapiodd Gutyn yr olwyn â'i fys yn ddiamynedd. 'Pwy fydd hanes yn ei gofio yn y pen draw?' gofynnodd o'r diwedd. 'Y pleidiau unoliaethol a wnaeth bopeth yn eu gallu i ffrwyno Cymru a'i chadw yn ddim ond smotyn ar ben ôl gweddillion ymerodraeth sydd ddim yn malio taten am ei phobol na'i diwylliant? Neu'r llond llaw hwnnw fu'n arwain eu pobol drwy'r anialwch i wlad yr addewid?'

'Ie, wy'n siŵr y byddan nhw adeiladu cerflun ohonot ti o fla'n y Senedd rhyw ddydd,' meddai. 'Un mawr ohonot ti ar gefn dy ffycin geffyl.' Roedd y geiriau'n dod yn rhwydd yn ei diod.

'Dim ond dweud y gwirionedd odw i, Alaw. Dim ond carreg sarn i San Steffan yw'r Cynulliad i Lafur. Os y'n nhw'n meddwl am Gymru â balchder o gwbwl, dim ond balchder yn yr hyn all Cymru ei gynnig i Loegr yw hwnnw.'

Teimlai Alaw fel codi'r wobr a'i bwnio dros ei ben. 'Wy'n llawn gyment o genedlaetholwr â ti, Gutyn,' meddai'n grac. 'Y gwahaniaeth yw 'mod i moyn beth sy orau i Gymru fel ma hi, nage rhyw iwtopia ddychmygol fel y bydden i'n lico iddi fod.'

'Ma'n rhaid bod yn uchelgeisiol. 'Na broblem Llafur. Dim uchelgais.'

'A'ch problem chi nashis yw bod gennych chi fwy o feddwl o Gymru nag o'r Cymry, ac i'r diawl â budd yr ola er lles balchder cenedlaethol. Byset ti'n derbyn annibyniaeth – hyd yn oed pe bai e'n neud pobol Cymru'n dlotach?'

'Wel —?'

'Ie neu na, Gutyn?'

'Bydden,' meddai'n bendant, 'achos wy'n teimlo y byse annibyniaeth yn neud pobol Cymru yn fwy cyfoethog – yn y pen draw.'

'Ie, ie. Wel, ti ddim gwell nag UKIP a'r Toris yn y bôn wedyn, nagwyt ti? Cenedlaetholdeb yn gynta, synnwyr ariannol rhywle lawr y lein. Ble ges i fy magu, yn y Cymoedd, so pobol yn gallu fforddio meddwl fel'na. Tro i'r chwith fan hyn.'

'Â phleser.' Llywiodd Gutyn y car o amgylch y tro ac i gyfeiriad ei fflat. Stopiodd. 'Duw, gwranda arnon ni. Fel dou robot yn ailadrodd sothach ein pleidiau drosodd a drosodd. Ai 'ma beth ma blwyddyn yn y Cynulliad wedi ei neud i ni, dwed?'

'Dwed di. Nid sothach sy 'da fi.'

'Fe ddylen ni Aelodau Cynulliad newydd sticio 'da'n gilydd.' Tynnodd yr handbrec a throi i edrych arni. 'Cwrdd am ddiod fach o dro i dro, dod i nabod 'yn gilydd yn well. Rhagor o gydweithio trawsbleidiol.' Gwelodd hithau fod ei lygaid yn crwydro unwaith eto. 'Bydde gobeth newid pethe yn yr hen le 'ma wedyn. Ai dyma sut o't ti'n disgwyl i bethe fod, pan gest ti dy ethol? Bwrw dy ben yn erbyn y wal, ddydd ar ôl dydd?'

'Wy'n weinidog,' atebodd Alaw yn bwysig. 'Sai'n taro fy mhen ar ddim byd. Wy'n cael rhoi polisïau fy mhlaid ar waith.'

'A phwy sy'n penderfynu'r polisïau 'ny? Ti? Derwyn Williams? Y Prif Weinidog? Neu ryw *focus group* yn Llundain?'

Gwnaeth Alaw geg gam. 'Wy moyn mynd mas.'

'Smo'r drws ar glo.'

Cododd Alaw a chamu'n drwsgl dros y bwlch i'r pafin.

'Smo ti'n mynd i 'ngwahodd i mewn am goffi ar ôl i fi roi lifft i ti?'

'Diolch eto.'

'Alaw…'

'Wy'n siŵr y gwelwn ni'n gilydd mewn digon o seremonïau diflas eraill. Nos da, Gut.'

Caeodd y drws yn glep a cherdded y deg llath olaf at ei fflat. Dringodd y grisiau troellog a datgloi'r drws. Clywodd gar Gutyn yn cychwyn i lawr y stryd. Clodd y drws ar ei hôl, tynnu ei hesgidiau a'i siaced, gosod y larwm am 5 a.m., a syrthio i'w gwely.

Teimlodd yn euog am eiliad iddi fod yn gymaint o fitsh. Ond pa ddewis oedd ganddi? Y peth olaf oedd hi ei eisiau oedd Gutyn Howells yn rhannu ei gwely heno. Weithiau, roedd yn haws ei lapio ei hun mewn haen o rawn caled a pheidio â chaniatáu mynediad i neb. Fyddai hi na neb arall yn cael dolur wedyn.

Plygodd ei chorff yn belen amddiffynnol, tynnu'r dwfe drosti a chanolbwyntio ar syrthio i gysgu. Roedd diwrnod arall o waith caled o'i blaen.

Joni

ROEDD HI'N CHWILBOETH yn y car, a doedd y system oeri ddim fel petai'n gweithio o gwbwl. Hen Skoda a yrrai ei dad, o'r cyfnod pan oedden nhw'n destun jôcs ar iard yr ysgol. Bu'n rhaid i Joni sodro ei glustffonau iPod yn ei glustiau a throi y gerddoriaeth *death metal* hyd yr eithaf er boddi'r synau rhuglo poenus a oedd eisoes yn dod o grombil yr injan.

'Mae yna wenynen dan foned y car yma'n rhywle,' gwaeddodd ei dad, wrth iddyn nhw yrru i fyny'r rhiw heibio Ysgol Bro Teifi ac i lawr ffordd osgoi Llandysul.

'Wy'n gwbod dy fod ti'n lico hen bethe, Dad, ond sai'n credu eith y car 'ma'n bell.'

'Braidd yn rhydlyd, dyna'r oll – wedi bod ym maes parcio *long stay* Heathrow ers wyth mis. O, dyma ni.'

Breciodd yn ddirybudd a thynnu'r car i ochr yr hewl. Sylweddolodd Joni ble'r oedden nhw, ond yn rhy hwyr. Teimlodd ei frest yn tynhau.

'Dwi'n mynd i weld dy frawd.' Oedodd. 'T'isio dod?'

'Nagw,' meddai Joni. Daeth y geiriau mas fel crawc broga.

'Siŵr?' Astudiodd ei dad ei wyneb yn bryderus, gan grychu ei dalcen. 'Ti'n edrach fel taset ti 'di gweld ysbryd.'

Siglodd Joni ei ben yn fud. Deallai ei dad nad oedd diben gwthio'r peth ddim pellach, a gadawodd y car, cau'r drws a cherdded draw tuag at yr hen gapel anghyfannedd a'r fynwent y tu hwnt i'r clawdd.

Arhosodd Joni yno am chwarter awr dda, cyn gorfod gadael y car i gael ei wynt ato. Llifai diferion o chwys i lawr ei dalcen, ac nid y gwres llethol yn unig oedd yn gyfrifol. Nid oedd wedi dychwelyd i olwg y capel ers y noson honno bedwar mis ynghynt, pan ffarweliodd â Iaco. Gwelai'r olygfa yn aml yn ei freuddwydion – gwastadedd o eira yn writgoch gan waed, drws agored y capel yn geg ddolefus, a'i ffenestri drylliedig yn llygaid cyhuddgar yn syllu arno o bellteroedd. Iaco yn eistedd ar y garreg fedd, cyn troi ei ben, a'i wyneb yn las marwol. Ei geg yn agor a'r geiriau yn dod ohonynt, fel pe bai o waelod ffynnon: 'Ti. Ti na'th hyn i fi, Joni.'

Penderfynodd Joni yn y fan a'r lle fod yn rhaid iddo ddilyn ei dad i gyfeiriad y capel. Dim ond er mwyn bwrw'r darlun hwnnw o'i gof. Dim ond er mwyn profi nad oedd ysbryd Iaco yn mynychu'r beddau. Dringodd dros yr iet fel milwr yn mynd dros y top, a rhedeg nerth ei draed i fyny'r llwybr bach tuag at y fynwent.

Safodd yn stond. Roedd yr olygfa wedi newid yn llwyr. Roedd hynny i'w ddisgwyl, wrth gwrs, ond roedd rhywbeth ym meddwl Joni wedi tybio y byddai'r cyfan wedi ei gadw fel yr oedd, fel safle trosedd. Trawsffurfiwyd y fynwent o gae rhewedig i ddryswch o flodau gwyllt, a dawnsiai glöynnod byw yma a thraw ymysg y cerrig beddi. Pefriai ffenestri drylliedig y capel yng ngoleuni'r haul, gan ddallu Joni wrth iddo agosáu. O godi ei law dros ei lygaid, gwelodd ei dad a'i gefn ato ger un o'r beddi gerllaw. Safai yno'n ddisymud, a'i ddwylo yn ei bocedi, yn syllu ar fedd bychan iawn, dim mwy na blwch bach marmor, a oedd bron o'r golwg ymysg y gwair hir. Nid oedd ei dad fel petai wedi sylwi arno i ddechrau, ond o'r diwedd trodd, a thynnu llaw o'i boced, ac amneidio arno i agosáu.

'Dyfrig Teifi,' meddai o'r diwedd, gan gyfeirio at y bedd. Gwenodd, ond roedd y crychau bob ochr i'w lygaid fel petaent wedi dyfnhau'n greithiau. Ni ddywedodd ddim am ennyd, ac yna: 'Y peth anodd oedd deffro un bora… flynyddoedd ar ôl iddo farw, a sylwi nad oeddwn i'n ei gofio fo dim mwy. O'n i'n gallu edrych ar lun, a gweld sut o'dd o'n edrych. Ond roedd y ffordd o'dd 'i lygaid bach direidus yn dawnsio, y ffordd o'dd o'n deud "Dad", wedi mynd.'

Edrychodd Joni ar y dyddiad ar y garreg fedd. Roedd Dyfrig Teifi wedi marw yn dair oed, ryw dri mis yn unig cyn ei enedigaeth ef.

'Paid â gadael i'r peth gnoi arnat ti am flynyddoedd, fel 'nes i,' meddai ei dad wedyn.

Gwasgodd ysgwydd Joni, cyn troi a cherdded i lawr ac allan drwy'r llidiart. Ymestynnodd cysgod cwmwl dros y fynwent a theimlodd Joni yn ddiamddiffyn yn fwyaf sydyn. Dilynodd ei dad i'r car.

℧

Ar ôl troi oddi ar yr M4 ar gyffordd orllewinol y brifddinas daethant i ganol tagfa o geir, a'r rheini fympar wrth fympar, fel rhes o gŵn yn arogli penolau ei gilydd. Allai ei dad wneud dim ond canu ei gorn yn ddiamynedd, gan obeithio y byddai hynny'n agor y môr coch o oleuadau traffig o'u blaenau. Gallai Joni weld canol dinas Caerdydd i'r dwyrain iddynt – coesau pry cop Stadiwm y Mileniwm ac ambell floc o fflatiau yn codi eu pennau uwchben yr adeiladau Fictoraidd a Sioraidd oddi tanynt. Rhyngddynt, roedd toeau warysau ystad ddiwydiannol gorllewin y ddinas, ac afon Elái yn pefrio yn yr haul. Tywynnai'r olygfa fel rhith yng ngwres y cerbydau o'u hamgylch.

Petai Iaco wedi byw, fe fydden nhw'n paratoi i symud yma i Gaerdydd gyda'i gilydd cyn bo hir, meddyliodd. Eu bywydau'n un cwlwm. A phendantrwydd Iaco yn araf chwalu wrth iddo dderbyn y gallen nhw fod yn nhw eu hunain yn y ddinas fawr. Gallai Joni weld y ddau yn dal dwylo wrth fynd am dro ym Mharc Biwt ar fore niwlog o hydref, a'r dail yn garped coch dan eu traed.

Caerdydd oedd prifddinas ei freuddwydion bellach, gydag ef a Iaco yn frenhinoedd arni. Ond roedd pris i'w dalu am freuddwydio, sylwodd wrth ddeffro. Roedd fel cyffur, yn dod ag ychydig funudau o orfoledd ond yn mynnu pris uchel hefyd. Torrai realiti drwy'r rhith fel cyllell finiog, ac agor clwyfau newydd.

Yn ddisymwth llaciodd y dagfa, ac ychydig funudau yn ddiweddarach roedd y Gaerdydd rithiol fu ar y gorwel yn cau amdanynt yn adeiladau go iawn a'r hen Skoda yn sefyll yn stond ym maes parcio aml-lawr Cei'r Fôr-forwyn.

'Mae'n drueni, tydi?' meddai ei dad, wrth groesi'r ffordd. 'Fatha cerddad mewn i dafarn o'dd yn arfar bod yn hen ffasiwn a gweld 'u bod nhw wedi gwarad yr holl hen bethau cŵl a rhoi ryw bethau pin a gwydr yn 'u lle.'

Edrychodd Joni o'i amgylch. 'Am be ti'n sôn, Dad?'

'Y Bae. Roedd o'n arfar bod yn un o borthladdoedd prysura y byd ar un adag. Fyddat ti ddim yn gwbod fod yr un cnepyn o lo wedi bod yma o gwbwl erbyn hyn. Yr holl hen hanes yna wedi mynd o'r golwg.'

'Ti ffaelu cadw pethe'r un peth am byth.'

'Dwi'n gwbod hynny. Ond ti'n gallu cadw rhai pethau, yn dwyt? Os ti'n newid rhwla'n llwyr, 'dio ddim yr un lle mwyach.'

Nid Bae Caerdydd yn unig oedd wedi cael ei drawsnewid. Roedd ei dad wedi eillio, ac wedi gwisgo siwt dywyll, crys glas a thei tywodliw. Edrychai'n hynod anghyfforddus, ond yn syndod o smart. Roedd mam Joni wedi mynd i chwarae hyd yn oed yn fwy â'i gwallt ar ôl ei weld.

Roedd y ddau hefyd wedi gorfodi Joni i wisgo crys tywyll smart yn hytrach na'i grys-t du arferol, a chribo'i wallt. Yn anffodus, erbyn hyn roedd yn chwysu fel mochyn, ac roedd clytiau tywyllach fyth o leithder o dan ei geseiliau.

'Wedi mynd yn gymdeithas sy'n taflu popeth ydan ni,' parhaodd ei dad i bregethu wrth gerdded ar draws Plass Roald Dahl i gyfeiriad y Senedd. 'Taflu bwyd, taflu nwyddau... taflu adeiladau fydd hi nesa. Am faint bydd y Senedd yn sefyll? Bydd y cestyll yn dal yma, i'n hatgoffa i ni gael ein gorchfygu. Ond symbolau ein hadfywiad a'n hunanreolaeth ni – wedi mynd mewn can mlynadd. Rhaid i ti adeiladu cenedl i bara, does?'

Roedd Joni ar fin dweud wrtho na allai pob adeilad fod yn byramid, ond daliwyd ei lygad gan y Senedd, ei thalcen gwydr yn disgleirio dan gaead trwm y to pren. Dyma'r tro cyntaf i Joni weld yr adeilad â'i lygaid ei hun, ac roedd ychydig bach fel gweld wyneb enwog ar ochr stryd – roedd wedi ei gyfareddu ganddo. Ond dim ond wyneb ydoedd wedi'r cwbwl. Deallodd gan ei dad fod y gwaith go iawn yn mynd rhagddo yn nyth morgrug brics coch Tŷ Hywel y tu cefn iddo, ac i'r cyfeiriad hwnnw yr anelon nhw.

Daeth yr Ysgrifennydd Treftadaeth i gwrdd â nhw wedi iddynt gamu drwy'r gwiriad diogelwch. Roedd yn ddyn tal, a chanddo fol cwrw oedd yn hongian dros ei wregys a sawl tagell dan ei ên. Ond roedd ganddo wyneb cyfeillgar, a chwilfrydig, a chroesawodd Joni a'i dad fel hen ffrindiau.

'O'r diwadd, Mr Cadwaladr!' meddai gan bwyso ymlaen ac ysgwyd ei law yn frwdfrydig. 'A dyma —'

'Y mab, Joni Teifi.'

'Derwyn Williams, yn falch i'ch cyfarfod chi.' Gwasgodd ei law, a'i dynnu tuag ato'n annisgwyl, fel petai'n ceisio llusgo ei fraich o'i soced. 'Peidiwch â phoeni, mae fy merch i'n mynd drwy'r un *phase*,' meddai â winc gyfeillgar ar ei dad. 'Yn gwrthod gwisgo unrhyw beth ond dillad tywyll.' Cyn i Joni gael ymateb roedd wedi troi ei gefn arnynt a brasgamu i ffwrdd. 'Dilynwch fi os gwelwch yn dda.' Arweiniodd hwynt i fyny'r grisiau triongl, troellog tuag at y pumed llawr.

'Mae'r lle 'ma'n dipyn o ddrysfa,' meddai ei dad, wrth iddynt ddilyn y gwleidydd i lawr un o nifer o goridorau unfath.

'Fe gymerodd ychydig flynyddoedd i fi ffeindio fy ffordd o gwmpas,' meddai Derwyn, gan agor un o'r drysau pren dwbl ac amneidio arnynt i fynd i mewn o'i flaen. Roedd ei swyddfa yn ystafell fawr, foethus, gyda desg dderw yn ei chanol a digon o blanhigion i gyflogi o leiaf un garddwr. Ar un ochr i'r ystafell roedd ffenestr wydr fawr a wynebai swyddfa arall, cynllun agored oedd yn fwrlwm o weithwyr.

'Mae'n flin gen i ddeud y bydd ein sgwrs yn fatar cyfrinachol,' meddai Derwyn. Edrychodd ar Joni. 'Bydd rhaid i'ch hogyn gamu tu allan yn anffodus. Gallai fod yn sbei o Rwsia wedi'r cwbwl!' meddai gyda gwên a winc.

'O, wel, wrth gwrs,' meddai ei dad. Gwelodd Joni gysgod euogrwydd ar ei wyneb. 'Ti'n meindio aros tu allan? Dwi'n siŵr na fyddwn ni'n hir.'

'Paid poeni,' meddai Derwyn. 'Wna i drio dod o hyd i rywun i'w ddifyrru tra 'dan ni'n sgwrsio. Ar y gair, dyma Alaw!'

Suddodd calon Joni, ond cododd eto'n syth wrth weld merch hynod gyfeillgar yr olwg yn cerdded draw i gyfeiriad y swyddfa. Edrychai fel petai yn ei hugeiniau hwyr a gwisgai grys gwyn a sgert ddu smart a ymestynnai ychydig fodfeddi heibio i'w phengliniau.

'Mae hi'n Aelod Cynulliad ar restr Dwyrain De Cymru,' ychwanegodd yr Ysgrifennydd Treftadaeth.

'Aelod Cynulliad?' gofynnodd Bleddyn yn syn.

'Ie, maen nhw'n mynd i edrych yn fengach o hyd, tydyn? Gweithiwr bach caled, chwarae teg. Ac mae'n ferch dalentog iawn, os 'dach chi'n dallt beth sy gen i,' meddai gyda winc arall i gadarnhau'r awgrym.

Agorodd ddrws ei swyddfa.

'Alaw, dyma Joni Teifi. Mae ganddo ddiddordeb ysol yng ngwaith y Cynulliad. Fyddet ti'n meindio rhoi *tour* bach iddo am ddeg munud tra 'mod i'n trafod busnes pwysig efo'i dad? Byddai wrth ei fodd yn gweld yr olygfa dros y bae o'r llawr ucha, dw i'n siŵr.'

Stumiodd wyneb Alaw Watkins, gan awgrymu y byddai'n well ganddi wthio hoelion poeth i'w llygaid na gwarchod mab unrhyw un ar gais Derwyn, ond nid oedd hwnnw fel petai'n malio, oherwydd fe gyfeiriodd Joni allan o'i swyddfa a chau'r drws.

'Iawn?' meddai Joni yn swil wrthi, a'i ddwylo yn ei bocedi.

'Gwranda,' meddai hi mor foesgar â phosib. 'Does dim amser 'da fi i wneud hyn mewn gwirionedd.' Edrychodd o'i chwmpas am rywbeth i'w ddifyrru. 'Ti'n hoffi compiwters?'

'Ym… odw.'

'Grêt.' Arweiniodd ef at gyfrifiadur ar ddesg gyferbyn â swyddfa Derwyn, a theipio ei manylion i mewn. 'Croeso i ti fynd ar y we, neu chwarae *solitaire* neu rywbeth. Sori. Rhaid i fi fynd.'

Roedd hi ar fin troi i'w adael pan ddaeth dyn talsyth, trwsiadus allan o'r lifft a brasgamu'n bwysig i gyfeiriad swyddfa'r Ysgrifennydd Treftadaeth. Roedd gwawr oren annaturiol ar ei groen ac roedd pob blewyn o'i wallt ariannaidd yn ei le. Gwisgai siwt a'i ffitiai fel maneg a thei sidan, ac roedd ganddo ffolder coch llachar dan ei fraich. Swagrodd heibio fel dyn oedd wedi arfer swagro heibio'r camerâu i mewn i Rif 10 Stryd Downing, a chau drws swyddfa'r Ysgrifennydd Treftadaeth ar ei ôl.

'Pwy oedd hwnna?'

'Jeremy Oldham,' atebodd Alaw. 'SpAd i Ysgrifennydd Diwylliant San Steffan. Beth ma fe'n neud fan hyn, sgwn i?'

'SpAd?' gofynnodd Joni'n ddryslyd. Gallai weld ei dad a Derwyn Williams drwy'r ffenestr wydr, yn llamu ar eu traed er mwyn cyfarch y dyn pwysig.

'Special Advisor,' meddai Alaw. 'Tango ma pawb yn ei alw fe tu ôl i'w gefn.' Gwelodd Joni hi'n estyn am declyn tebyg i stethosgop ar ei desg. 'Hei, ti'n gallu cadw cyfrinach?'

Nodiodd Joni.

'Paid â gwchud wrth neb, cofia,' sibrydodd yn gynllwyngar. Brathodd ei gwefus. 'Dyw Derwyn byth yn cofio diffodd y set cyfieithu ar y pryd yn ei swyddfa. Wy'n defnyddio'r rhain er mwyn clywed beth mae e'n ddweud.'

Gwenodd Joni.

'Ti moyn *go*?'

'Odyn ni'n ca'l?'

'Wrth gwrs bo ni ddim.' Rhoddodd un o'r clustffonau yn nwylo Joni. 'Ond smo nhw'n mynd i ffeindio mas, nag y'n nhw? Falle byddan nhw'n trafod stwff *top secret*,' meddai gyda winc ychydig yn nawddoglyd.

Ond cyn iddi allu gosod y clustffonau ar ei phen, canodd y ffôn.

'Helô?' atebodd, a thinc diamynedd yn ei llais. 'Ie, fi ar fy ffordd lawr nawr. Iawn, dim problem.' Rhoddodd y ffôn yn ôl yn ei grud. 'Sori, rhywun o *Golwg* eisiau fy holi i am hawl y cyhoedd i fynd at Gastell Bryngwran. Cyffrous, yndife?'

Nodiodd Joni a'i gwylio'n anelu am y lifft, gan adael cwmwl o bersawr oglau afal ar ei hôl. Gosododd y clustffonau ar ei ben ac yn sydyn iawn roedd yn gallu clywed yn union beth oedd yn digwydd yr ochr arall i ffenestr fawr wydr y swyddfa. Gallai glywed lleisiau'r Ysgrifennydd Treftadaeth, ei dad a'r dyn oren pwysig (neu hunanbwysig) yn glir fel cloch.

Roedd y SpAd yn dal ar ei draed a'r ddau arall yn gwrando arno'n astud.

'Dwi'n siŵr eich bod chi'ch dau wedi gweld y penawdau newyddion ynglŷn â Thŵr Llundain,' meddai. Roedd ganddo lais llyfn, cyfoethog ac acen dyn oedd yn trin y Gymraeg fel set tsieina fregus i'w dadorchuddio ar achlysuron pwysig yn unig.

Gwelodd Joni ei dad yn edrych yn syn ac yn symud yn anesmwyth ar ei sedd ledr. 'Tŵr Llundain?'

'Ie. Roedd rhywun neu rywrai wedi ceisio dwyn y tlysau brenhinol nos Sadwrn.'

'Mae'n ddrwg gen i, ro'n i hyd at fy nhalcan mewn twll cloddio ynghanol diffeithwch yr Aifft ar y pryd.'

'Paid â phoeni,' meddai Derwyn Williams. 'Fe fydd Jeremy yn mynd drwy fanylion yr achos yn awr.'

'Fel y gallwch chi ddychmygu,' meddai hwnnw, 'mae'r papurau ar dân: y *Telegraph* yn dehongli'r digwyddiad fel ymosodiad o dramor ar y Teulu Brenhinol a'r *Sun* yn gwneud jôcs plentynnaidd am organau cenhedlu. Ond mewn gwirionedd mae lle i amau ai'r *crown jewels* oedd y targed go iawn.'

Cododd ar ei draed a gwelodd Joni ef yn tynnu co' bach o'i siwtces a'i gysylltu â chyfrifiadur yr Ysgrifennydd Treftadaeth. Plygodd y tri oedd yn y swyddfa i gael golwg arno.

'Dyma ambell lun a dynnwyd pnawn ddoe yn yr *underground bunker* dan y tŵr.'

Cliciodd drwy'r lluniau a newidiodd lliw'r golau a adlewyrchai ar wynebau'r tri.

'Yr hyn nad yw'n hysbys eto yw bod dau o'r lladron – os mai dyna oedden nhw mewn gwirionedd – wedi marw. Ac yn waeth byth, sut y buon nhw farw…'

Cliciodd eto, a gwelodd Joni'r braw ar wyneb ei dad a'r Ysgrifennydd Treftadaeth.

'Iesu annwl!' meddai Derwyn Williams, gan droi ei olwg oddi wrth y sgrin.

Daliai ei dad i syllu ar y sgrin. 'Mae'n edrych fel pe bai rhannau o'u hwynebau wedi cael eu… byta. Lle mae'r llygaid?'

Ysgydwodd y SpAd ei ben. 'Dyna beth ydan ni wedi bod yn ei ofyn. Dydyn ni ddim wedi symud y cyrff eto, ond mae archwiliad *post-mortem* yn awgrymu eu bod nhw wedi cael eu… ym, pigo i farwolaeth gan aderyn.'

Tynnodd Derwyn Williams facyn coch o'i boced a'i roi dros ei geg. 'Allen ni symud ymlaen at sleid arall?'

'Dydyn nhw ddim llawer gwell, mae arna i ofn,' meddai Jeremy, gan glicio eto.

Syllodd ei dad ar y lluniau am ychydig eiliadau. 'Cigfrain?' gofynnodd.

'Dyna ydan ni'n ei feddwl, hefyd. Nhw'n draddodiadol sy'n byw yn y tŵr. Ond tydi hynny ddim yn gwneud synnwyr. Yn gyntaf, roedd y dynion ymhell o dan y ddaear pan ddigwyddodd yr ymosodiad, a tydi'r cyrff ddim wedi cael eu symud yn ôl ein harbenigwyr fforensig. Yn ail, dyw cigfrain ddim fel arfer yn mynd am dargedau byw o'r maint yna – ŵyn, ie, dynion, na. Mae miliynau o dwristiaid yn mynd i'r tŵr bob blwyddyn a dyw'r cigfrain erioed wedi ymosod ar unrhyw un. Yn drydydd, mae adenydd y cigfrain wedi eu tocio fel nad ydyn nhw'n gallu hedfan o'r tŵr. Ac maen nhw wedi eu cloi mewn caets.'

'Ydach chi'n meddwl i'r dynion gael eu lladd cyn i'r cigfrain eu… blingo?' gofynnodd ei dad.

'Fe fyddai hynny'n gwneud synnwyr. Rhywun yn ceisio cuddio eu holion, efallai? Ond dyw'r *post-mortem* ddim yn awgrymu hynny. Roedd un o'r dynion wedi datgymalu ei ysgwydd, ond rydyn ni'n credu mai damwain wrth dorri i mewn oedd hynny. Pwy, neu beth bynnag a wnaeth hyn iddyn nhw, dyna a'u lladdodd nhw.'

Gwasgodd fotwm arall ar y cyfrifiadur a chododd y tri eu pennau.

'Dyna ddigon am y tro,' meddai. 'Dw i'n credu eich bod chi'n deall y sefyllfa yn go dda.'

'Pam galw arna i, 'ta?' gofynnodd ei dad. 'Dw i 'di arfar delio â chyrff wedi eu mymïo filoedd o flynyddoedd yn ôl, nid rhai wedi eu blingo i'r asgwrn echdoe. A dw i ddim wedi astudio archaeoleg a hanes y Normaniaid adeiladodd y tŵr ers dyddiau prifysgol.' Sylwodd Joni fod ei dad wedi newid o'r acen a ddefnyddiai gydag ef i rywbeth llawer mwy ffurfiol.

'Wrth reswm, dim ond nifer fach iawn o bobol sydd wedi cael gwybod am hyn,' meddai Jeremy Oldham. 'Dim ond ni'n tri, y Prif Weinidog yn San Steffan, yr Ysgrifennydd Diwylliant, a hanner dwsin o bobol eraill yn Whitehall a'r heddlu sy'n gwybod y ffeithiau i gyd.'

Teimlodd Joni banig yn cydio ynddo. Roedd hwn yn fater difrifol dros ben, ac fe allai fod mewn trwbwl go iawn am glustfeinio. Ond eto, nid oedd ei chwilfrydedd yn caniatáu iddo dynnu'r clustffonau o'i ben. Suddodd i lawr i'w sedd a smalio edrych ar sgrin y cyfrifiadur.

'Felly nid ar chwarae bach rydyn ni wedi eich gwahodd chi yma, Mr Cadwaladr,' aeth Jeremy Oldham yn ei flaen. 'Daeth i'r amlwg yn fuan yn yr ymchwiliad fod yna gysylltiad rhwng yr achos yma a threftadaeth Cymru, ac felly fe wnes i gysylltu â Derwyn…'

'Ac fe wnes i alw amdanat ti, Bleddyn. Dw i'n credu mai ti yw'r dyn cywir ar gyfer y gwaith.'

'Arbenigwr ar hanes a chwedlau Cymru,' ategodd Jeremy Oldham. 'Daethpwyd o hyd i ddyfais recordio ar un o'r dynion a darn o bapur a chwestiwn arno. Yn Gymraeg.'

Cododd ei dad ei aeliau.

'Mae'n amlwg bod y neges wedi ei hysgrifennu'n seinegol, fel bod rhywun o dramor yn gallu ei darllen. Ond mae'n dweud,' tynnodd Jeremy ddarn o bapur o'r siwtces, 'Ble mae'r Pair Dadeni?'

Crychodd ei dad ei dalcen. 'Roedd hwn ar gorff un o'r lladron?'

'Oedd. Dw i'n cymryd eich bod chi'n gyfarwydd â'r chwedl?'

'Wrth gwrs 'mod i. Mae'r rhan fwya o bobol Cymru yn gyfarwydd â hi, am wn i.'

'Ond chi yw golygydd y gyfrol academaidd *Dadeni: Astudiaeth o gyfansoddiad Branwen Ferch Llŷr – Ail Gainc y Mabinogi*? Mae Derwyn wedi rhannu rhai o'r manylion, ond efallai y gallwch chi lenwi'r bylchau.'

Plygodd ei dad ei freichiau. 'Wel, fel y dudoch chi, mae'r Pair Dadeni yn grair hynod o bwerus a rhyfeddol sy'n ymddangos yn ail gainc y Mabinogi. Mae peiriau hud yn weddol gyffredin yn chwedlau'r Gwyddelod, felly mae'n bosib ei fod wedi ei drosglwyddo ganddyn nhw i'r Cymry drwy'r traddodiad llafar.' Rhwbiodd ei ên. 'Yn syml iawn, mae'n stori am gawr o'r enw Bendigeidfran sy'n achub ei chwaer Branwen o afael Brenin Iwerddon. Mae'r Brenin, Matholwch, yn hwylio draw i Harlech un dydd, ac yn gofyn am gael ei phriodi hi. Yn ystod y wledd briodas mae Efnisien, hanner brawd Bendigeidfran, yn cyrraedd ac yn anhapus iawn bod Branwen wedi ei rhoi i Matholwch heb ei ganiatâd – felly mae'n ymosod ar geffylau Brenin Iwerddon ac yn torri eu clustiau a'u gwefusau i ffwrdd. Mae'r cawr Bendigeidfran yn awyddus i gadw'r ddesgil yn wastad, yn llythrennol yn yr achos yma, a dyna lle mae'r Pair Dadeni yn cyrraedd y stori – mae'n cael ei roi yn anrheg i Frenin Iwerddon.'

'Beth yw'r Pair felly?' gofynnodd Jeremy Oldham, gan bwyso ymlaen.

'Wel, fel y dwedais i, mae yna sawl pair yn chwedloniaeth Cymru ac Iwerddon, ond y Pair Dadeni heb os nac oni bai yw'r mwya nerthol ohonynt. Roedd y Pair Dadeni yn arf a allai ddad-wneud angau. Gellid taflu dyn marw i mewn iddo, a byddai'n cael ei atgyfodi'n fyw. Yr unig wahaniaeth oedd na fyddai'n gallu siarad.'

'Wy'n gweld. Arf peryglus iawn yn y dwylo anghywir, felly.' Edrychodd ar Derwyn.

'Oedd,' meddai ei dad. 'Beth bynnag, roedd hynny'n plesio Matholwch a hwyliodd yn ôl i Iwerddon efo'i wraig newydd, ac fe anwyd mab iddyn nhw – Gwern. Ond fe aeth pethau'n ddrwg rhyngddyn nhw o fewn y flwyddyn, wrth i'r hyn wnaeth Efnisien i'w geffylau chwarae ar feddwl y Brenin. Cyn hir fe gafodd Branwen ei gyrru i weithio yn y gegin. Ei hunig obaith oedd anfon gair at ei brawd yng Nghymru i'w hachub, felly clymodd nodyn at goes aderyn a'i anfon at Fendigeidfran yng Nghaernarfon. Cerddodd y cawr drwy'r môr efo llynges o'i ddynion ac ymosod ar Iwerddon.'

'Rhaid ei fod yn gawr tal,' meddai Derwyn.

Cododd ei dad ei ysgwyddau. 'Pwy a ŵyr pa mor hen yw gwreiddiau'r chwedlau hyn? Ddeng mil o flynyddoedd yn ôl fe fyddai Môr Iwerddon yn debycach i afon neu lyn. Beth bynnag, wrth glywed fod y cawr yn agosáu, dechreuodd Matholwch boeni ac anfonodd negesydd at Bendigeidfran yn addo dau beth. Y cynta oedd y byddai

Gwern, mab Matholwch a nai Bendigeidfran, yn cael bod yn frenin Iwerddon. Yr ail oedd y byddai'n adeiladu tŷ digon tal i Bendigeidfran allu mynd i mewn iddo.'

'Pawb yn hapus?' gofynnodd Jeremy Oldham.

'Ddim cweit. Adeiladwyd y tŷ ac mi gynhaliwyd gwledd yno, ond aeth pethau'n ffradach pan benderfynodd Efnisien gydio yn Gwern a'i daflu i mewn i'r tân. Fel y medrwch chi ddychmygu, nid oedd hynny wrth fodd y Gwyddelod ac fe ddechreuon nhw a'r Cymry ymosod ar ei gilydd.'

'Mae'n fy atgoffa i o drip rygbi i Ddulyn fues i arno un tro,' meddai Derwyn.

Anwybyddodd ei dad y jôc. 'Dyna pryd y dechreuodd Matholwch wneud defnydd o'r Pair Dadeni. Taflodd ei filwyr ei hun i mewn er mwyn eu hatgyfodi. Ni allai'r Cymry eu goresgyn a lladdwyd Bendigeidfran hyd yn oed. Gwelodd Efnisien hynny a, gan dderbyn rhywfaint o gyfrifoldeb am yr holl ffradach, neidiodd i mewn i'r pair a'i dorri'n deilchion o'r tu mewn.

'Dim ond saith o Gymry, a Branwen, oroesodd y frwydr. Torrwyd pen Bendigeidfran i ffwrdd ac fe gariwyd ef yn ôl i Gymru gyda nhw. Ar ôl cyrraedd Ynys Môn, torrodd calon Branwen am ei bod hi'n teimlo mai ei bai hi oedd y cwbwl, ac fe fuodd hi farw yn y fan a'r lle.'

'*The face that launched a thousand ships*, ife?' meddai Jeremy Oldham. 'Stori ddiddorol. Ond mae'n ymwneud â gogledd Cymru ac Iwerddon, nid Llundain. Beth yw'r cysylltiad â Thŵr Llundain? Ydych chi'n meddwl bod y neges yn fath o *code*?'

'Dim o reidrwydd,' meddai Bleddyn. 'Mae yna gysylltiad gweddol bendant rhwng Tŵr Llundain a'r Pair Dadeni.'

Edrychodd y SpAd a'r Ysgrifennydd Treftadaeth ar ei gilydd yn syn.

'Ddwedais i mai hwn oedd y boi iawn,' gwenodd Derwyn yn falch.

'Dydi'r rhan yma o'r chwedl ddim mor enwog â'r gweddill,' meddai ei dad. 'Ond yn ôl yr hanes, ar ôl hwylio yn ôl i Brydain, claddwyd pen Bendigeidfran ar y Gwynfryn, yn wynebu Ffrainc. Mae'r Gwynfryn yn Llundain.'

'Aha. Dyna un cliw,' meddai Jeremy.

'Dyma gliw arall i chi – maen nhw'n deud mai'r Gwynfryn yw safle Tŵr Llundain heddiw.'

Pwysodd yr Ysgrifennydd Treftadaeth ymlaen yn ei sedd. 'Dal 'mlaen. Ti'n awgrymu o ddifri bod y dynion hyn wedi torri i mewn i Dŵr Llundain er mwyn ceisio dod o hyd i'r Pair Dadeni?'

'Fydden i ddim yn meddwl. Mae'r chwedl yn deud yn glir iawn i hwnnw gael ei ddinistrio'n deilchion. A dim ond chwedl ydi hi beth bynnag, does dim tystiolaeth bod y fath beth wedi bodoli erioed. Ond dyna'r unig gysylltiad â'r chwedl alla i feddwl amdano... Oedd yna unrhyw dystiolaeth arall ar y cyrff?'

'Roedd ganddyn nhw fagiau llawn offer cloddio. Offer recordio sain. A'r papur,' meddai Jeremy Oldham.

'Dyna pam o'n i'n meddwl y byddai arbenigedd archaeolegol o gymorth,' meddai'r Ysgrifennydd Treftadaeth.

'Bydd rhaid i mi weld y safle,' meddai Bleddyn.

Nodiodd Jeremy Oldham. 'Fe drefnwn ni hynny yn syth. Dw i'n meddwl eich bod chi eisoes wedi profi eich gwerth. Ond bydd rhaid i chi fynd yn syth yno heddiw. Maen nhw eisoes wrthi'n symud y cyrff, a bore fory fe fyddan nhw wedi gorffen clirio gweddill y llanast. *We need answers ASAP* cyn bod pobol yn dechrau colli amynedd. Does dim angen i fi ddweud bod y wasg, ac MI5, yn gweiddi am atebion. Synnen i ddim bod MI5 yn gwrando arnon ni nawr.'

Rhwygodd Joni'r clustffonau o'i ben mewn braw a'u cuddio yn y drôr o dan ddesg y cyfrifiadur. Ceisiodd edrych mor ddifater â phosib wrth weld bod y dynion yn dod allan o'r swyddfa.

'Ti'n bihafio allan fan hyn?' gofynnodd yr Ysgrifennydd Treftadaeth â gwên wrth agor y drws. 'Gest ti hwyl efo Alaw?'

'Ym, mae hyn braidd yn lletchwith,' meddai ei dad gan edrych arno. 'Mae yna fatar brys 'di codi ac mae'n rhaid i fi deithio i Lundain. W't ti'n meddwl y byddi di'n iawn i fynd adra ar y bỳs?'

'Yr holl ffordd 'nôl i Fangor Teifi?' gofynnodd Joni yn gegrwth. 'Sai'n meddwl bydd Mam yn hapus...'

'A... ia... hmmm.'

Meddyliodd Joni am y cyfan roedd wedi ei glywed yn yr ystafell. Roedd yr hanes wedi deffro chwilfrydedd ynddo na theimlodd ers amser hir. *Y gallu i ddod â rhywun yn ôl o farw'n fyw.* Dyna oedd wedi glynu yn y cof. Cynnodd gannwyll yn ei feddwl – dim ond cannwyll – ond ar ôl tywyllwch y misoedd diwethaf roedd goleuni'r fflam bron â'i ddallu.

'Wy'n dod 'da ti, Dad,' meddai.

Edrychodd ei dad arno'n amheus. 'Ti'n siŵr? Mwy o gyfarfodydd? Fyddi di wedi diflasu.'

'So ni'n gweld lot o'n gilydd,' meddai'n dawel.

Gwelodd fod hynny wedi gwneud y tro. Euogrwydd ei dad oedd ei wendid. Ni allai ei wrthod. 'Iawn, 'te,' meddai'n anfoddog.

'Fydd angen car arnoch chi?' gofynnodd Derwyn.

Agorodd ei dad ei geg i ddweud na ond roedd Joni eisoes wedi achub y blaen arno.

'Bydd, os gwelwch yn dda. Fydde hen Skoda Dad wedi torri i lawr cyn i ni gyrraedd Pont Hafren.'

'Dim problam, mi wna i drefnu eich bod chi'n cael yr allweddi i un o'r jags gweinidogol. A gyrrwr.' Gwenodd yr Ysgrifennydd Treftadaeth, a bwrw cefn ei dad â chledr ei law. 'Mae hwn yn fatar o ddiogelwch cenedlaethol, wedi'r cwbwl!'

Isgoed

SYLLODD YR INSBECTOR Isgoed Evans ar y corff a orweddai ar lawr yr ystafell ymolchi. Roedd y pwll o waed o'i amgylch yn parhau i ledu, gan lifo yn nentydd bach rhwng y teils gwyn o boptu iddo. Arweiniai'r llwybr gwaedlyd o'r corff, heibio'r gawod a thrwy'r drws ac i lawr y coridor i'r ystafell wely gerllaw.

Rhwbiodd Isgoed y blewiach ar ei ên ac yna disgyn ar ei gwrcwd i gael gwell golwg. Doedd cyrff ddim yn bethau dieithr i heddwas fel ef. Prin y byddai wythnos yn mynd heibio heb iddo weld o leiaf un ohonynt, os nad hanner dwsin.

Ond roedd rhywbeth arbennig o druenus am hwn, yn sypyn pinc anffurfiedig ar lawr. Corff bychan ydoedd. Edrychai fel lwmp o jeli coch, wedi ei dywallt o gast siâp dynol. Peth bach crebachlyd, truenus, wedi ei ddifetha cyn ei amser gan fyd creulon, didostur.

Cododd Isgoed ac estyn tywel gwyn o'r cwpwrdd a phlygu i lawr a lapio'r bychan ynddo. Doedd ddim mwy nag ychydig fodfeddi o hyd. Roedd mor ysgafn, mor frau, bron nad oedd yn pwyso unrhyw beth o gwbwl. Cwtsiodd ef yn dynn am funud a'i siglo yn ôl ac ymlaen, fel pe bai'n ei suo i gwsg tragwyddol.

'Paid â phoeni,' cysurodd. 'Dad sy 'ma. Ti wedi dod i'r byd yn rhy gynnar. Nage dy fai di yw e. Wy a dy fam yn dy garu di'r un peth.' Oedodd am eiliad. 'Taliesin o'dd dy enw di i fod, ti'n gwbod? Wel, mae'n bosib y bydden ni wedi newid ein meddyliau. Taliesin neu Anwen, taset ti'n ferch. Pwy a ŵyr? Ond o'dd dy fam a fi yn hoffi Taliesin.' Ochneidiodd. 'Ti wedi dod â llawer o hapusrwydd i dy fam a fi yn barod, ti'n gwbod. Dy weld di'n ysgwyd dy law arnon ni ar y sgan. O'dd dy fam yn egseited bost, yn dangos y lluniau i bawb.' Gwenodd. 'Wnawn ni ddim dy anghofio di, t'mbod. Ti fel…' Meddyliodd am eiliad. 'Fel seren wib, wedi mynd mewn wincad, ond yn gadael argraff ar bawb a'th welodd di.'

Cusanodd y tywel lle'r oedd y corff bregus wedi ei gladdu ynghanol y plygion. Gwyddai o brofiad na fyddai Eli eisiau ei weld. Roedd hi wedi gweld y cyntaf ond roedd hynny wedi gwneud pethau'n waeth. Bob man yr oedd hi'n edrych, roedd hi'n ei weld drachefn. Penderfynodd Isgoed mai'r peth gorau fyddai iddo roi'r corff o'r golwg, yn ddistaw a heb dynnu gormod o sylw at y peth. Roedd yna *protocols* i'w dilyn, fel yn achos unrhyw farwolaeth arall. Aeth i'r twll dan grisiau i nôl hen focs esgidiau. Gosododd y corff, wedi ei lapio mewn tywel, ynddo'n ofalus a chau'r caead.

Gwyddai mai fel hyn y byddai'r stori'n gorffen. Fel hyn yr oedd yn gorffen bob tro. Doedd y creaduriaid ddim moyn aros i mewn. Y corff yn gwrthod y babi; neu'r babi'n gwrthod y corff; ni wyddai. Roedd un yn wenwyn i'r llall. Ei fai ef oedd y cwbwl.

Gadawodd y bocs ar lawr wrth ddrws y ffrynt a dilyn y smotiau gwaed i'r ystafell wely. Gallai glywed Eli yn llefen yn dawel yr ochr arall i'r drws. Roedd ar dir cyfarwydd. Os oedd wedi gweld cannoedd o gyrff, roedd wedi cysuro cannoedd o famau, tadau, gwŷr, gwragedd, cariadon a ffrindiau dros y blynyddoedd hefyd. Gwyddai beth i'w ddweud a sut i'w ddweud.

Agorodd y drws a chamu i mewn.

'Wy wedi ffonio'r fydwraig,' meddai. 'Fe fydd hi 'ma mewn deg munud.'

Eisteddodd wrth ochr Eli ar y gwely a rhoi ei fraich o'i hamgylch. Tynnodd hi tuag ato a suddodd ei hwyneb i'w frest.

''Na fe,' cysurodd, gan fwytho ei chefn. ''Na fe.'

'Sai'n gwbod beth 'yf fi wedi'i neud o'i le,' sibrydodd hi, ei llais gryg wedi ei gladdu yn ei siwmper drwchus.

'Ma'r pethe 'ma'n digwydd i lot o bobol.' Mwythodd Isgoed ei gwallt du cyrliog.

'O'n i mor hapus gynne. Mor siŵr, y tro m-ma… wedi mynd mor bell.' Dechreuodd wylo eto, ei chorff cyfan yn crynu.

Gadawodd Isgoed iddi grio. Gwell cael y cyfan mas, fel y cynghorodd gannoedd o berthnasau ar hyd y blynyddoedd. Doedd dim pwynt rhoi'r emosiwn mewn bocs a'i gario o gwmpas i bobman. Peth bregus ydoedd, a doedd dim wybod pryd na ble y byddai'n syrthio ac yn torri'n deilchion ar lawr.

Ni theimlai ef ei hun ddim byd llawer. Absenoldeb emosiwn. Twll yn ei galon lle bu rhywbeth cynt: hapusrwydd a gobaith am y dyfodol. Dros amser fe fyddai'r twll hwnnw yn troi'n graith, a honno'n un o nifer. Un boenus petai'n pigo arni. Y peth gorau oedd atal…

Ond parhai'r teimlad 'beth os?' hwnnw i gnoi ar ei feddwl. Dychmygai Taliesin yn cymryd ei gamau cyntaf… chwarae ar ffrâm ddringo ym Mharc y Rhath… graddio o'r brifysgol… croesawu ei blant ei hun i'r byd, ac yntau ac Eli'n dotio ar yr wyrion a'r wyresau newydd. Yr holl hanner atgofion ystrydebol yna… Teimlai ddagrau'n cronni, ond llwyddodd i'w gwrthsefyll. Chwarae rôl y cysurwr oedd yn bwysig nawr.

Wedi'r cyfan, dywedodd wrtho'i hun, nid oedd yn nabod Taliesin bach fawr gwell na'r cyrff eraill y daeth ar eu traws yn ystod ei oes. Wynebau oedden nhw, wynebau'r ymadawedig, eu gwedd yn dangos dim ond arlliw o'r bersonoliaeth a fu, neu a fyddai wedi blaguro.

'Beth am i ni neud rhwbeth i gofio Taliesin?' gofynnodd yn sydyn. 'Rhwbeth sbesial na fydden ni 'di neud petai e wedi byw? Fel ei fod e'n gadael ei stamp ar y byd yn ei ffordd fach ei hun? Fe fydde hynny'n gysur, yn bydde fe?'

'Fel beth?' gofynnodd hi.

'Wel, o'n i wedi meddwl, tase'r un peth yn digwydd eto… falle y bydde fe'n werth mabwysiadu plentyn, yn lle treial ca'l un 'yn hunen?'

Tawelodd yr wylo a thynnodd Eli ei phen o ganol ei grys, gan adael clwt o wlypter arno. Tynnodd ei bysedd ar draws ei thrwyn i gael gwared â'r lleithder. Roedd ei hwyneb yn llwyd concrid. Gwelodd iddo ddweud y peth anghywir.

'Ti moyn rhoi lan yn barod?' Gwthiodd gwrlyn o wallt rhydd y tu ôl i'w chlust.

'Dim dyma'r tro cynta i fi golli plant, Eli.' Dyna'r gwir plaen wedi ei ddweud o'r diwedd. Gwell cael y cyfan allan nawr, meddyliodd, tra oedd y boen ar ei heithaf.

Syllodd arno'n ddiddeall.

'Ti'n cofio Sandra?' meddai. 'Y ferch o'n i'n mynd mas 'da hi am gwpwl o flynyddoedd cyn dechre caru 'da ti?'

Nodiodd ei phen yn fud.

'Fe wnaethon ni golli dau hefyd. Un yn weddol gynnar yn ei beichiogrwydd, a merch fach ar ôl tua pum mis.'

Cododd Eli law grynedig i'w thalcen. 'Pam ti'n gweud hyn nawr?'

Doedd yna ddim gwewyr yn ei llais, dim cynddaredd. Doedd hynny ddim yn golygu nad oedd yn dod. Fe fyddai'n ffrydio i'r golwg yn y man, yn gryfach am ei fod wedi ei ddal yn ôl gyhyd.

Gwyddai Isgoed ei fod ar dir peryglus. Dylai fod wedi aros wythnosau, os nad misoedd, cyn codi'r pwnc. Doedd pobol yn eu galar ddim yn meddwl yn strêt. Ond doedd dim troi'n ôl yn awr.

'Achos sai moyn dy roi di drwy'r un peth 'to. Ma'n amlwg… ma'n amlwg fod rhwbeth yn bod arna i.'

Chwarddodd Eli, braidd yn annisgwyl. 'Ma 'da Sandra dri o blant nawr. Ma 'da ddi efeilliaid.' Roedd goslef ryfedd yn ei llais.

'O's. Tri o fechgyn bach. Ma'n nhw'n byw lan yn Cwm-cou.'

Gwenodd Eli eto. Gwên wirion, freuddwydiol. 'Dim fy mai i o'dd e, 'te.'

'Nage, Eli.'

Teimlodd y glatsien yn taro ei wyneb cyn iddo sylweddoli bod ei llaw hi wedi symud. Bu bron iddo syrthio yn ôl ar ei hyd ar y gwely.

'Pam na wedest ti wrtha i o'r blan, y pwrsyn? Ar ôl i ni golli Dafi?' Cododd glustog o'r gwely a rhyw fath o geisio ei fygu, heb lawer o lwyddiant. 'Wy wedi mynd trwy hyn i gyd, ac o't ti'n gwbod drwy'r amser!'

Brwydrodd Isgoed i ddianc o'i gafael, ei hewinedd fodfeddi o'i wyneb. 'Do'n i ddim yn gwbod!' meddai. 'Dim ond nawr 'nes i feddwl…!'

Rhythodd arno. 'Dim ond nawr?' gofynnodd yn anghrediniol. 'Cer!' sgrechiodd, gan ei ryddhau o'i gafael. 'Sai moyn gweld ti!' Bwriodd ef ar ei frest. 'Sai moyn gweld ti – byth – 'to!'

Cododd Isgoed o'r gwely a mynd wysg ei gefn i gyfeiriad y drws, ei ddwylo wedi eu codi yn amddiffynnol o'i flaen. Roedd yn ddyn mawr, wedi arfer gorfod ymdrin â throseddwyr peryglus. Ond pan oedd cythraul yn meddiannu merch roedd hi'n fwy brawychus nag unrhyw lanc â hwdi ar ei ben a chyllell yn ei law.

'Byth 'to!' sgrechiodd drachefn wrth gau drws yr ystafell wely â chlep a siglodd yr adeilad.

Safodd Isgoed yno am eiliad, yn syllu ar batrwm y pren ar y drws. Roedd yr adrenalin yn llifo drwy ei gorff. Roedd yn crynu. Meddiannodd ei hun. Yna fe aeth i nôl ei siaced, a mynd at ddrws y tŷ, gan godi'r bocs sgidiau oedd yn arch dros dro i'w fab ar ei ffordd.

Gallai glywed Eli yn crio yn yr ystafell wely. Nid igian crio chwaith. Beichio crio.

Safodd Isgoed wrth ddrws y ffrynt i ddisgwyl am y fydwraig. Teimlai y dylai'r tywydd y tu allan fod wedi gweddu'n well i'r achlysur. Dylai fod yna storm, neu damaid o law o leiaf. Ond roedd yn brynhawn braf, chwilboeth arall. Ond er gwaethaf cusan cynnes yr haul ar ei groen, roedd yn crynu drosto.

Ni allai feddwl beth i'w wneud nesaf. Pan mae dy fywyd yn chwalu o dy gwmpas, y cwbwl alli di ei wneud yw disgwyl i weld lle mae'r darnau'n disgyn, meddyliodd.

O'r diwedd, gwelodd gar yn tynnu i mewn ar y pafin y tu allan i'r tŷ. Daeth y fydwraig ohono a brysio i fyny'r dreif.

'Diolch am ddod —'

'So chi 'da hi?' gofynnodd yn syn.

'Mae'n ypset,' ffwndrodd. Trosglwyddodd y bocs esgidiau i'w gofal.

Pipiodd i mewn. 'Gwaedu?'

'Credu bod hi 'di stopo nawr.'

Gwthiodd heibio iddo ac i mewn i'r tŷ. Parhaodd Isgoed i din-droi yno am sbel, ei ddwylo yn ei bocedi, fel dyn na wyddai lle i droi. Caeodd ei lygaid ac anadlu'n drwm. Gwrandawodd... Gallai glywed sŵn yr adar, a phlant yn chwarae i lawr wrth Barc y Rhath. Roedd yn ddiwrnod braf. Angorodd ei hun yn y presennol. Fe fyddai popeth yn iawn, gydag amser. Yna dilynodd hi yn ôl i mewn.

ʊ

Ychydig oriau yn ddiweddarach cerddodd Isgoed i lawr i'r caffi nid nepell o bencadlys heddlu Parc Cathays, lle y byddai ef ac un o'i gontacts yn cwrdd am swper bron unwaith yr wythnos er mwyn rhoi'r byd yn ei le. Roedd yn well gan Isgoed Evans gerdded yn hytrach na gyrru car pan allai. Roedd Caerdydd yn ddinas ddigon twt, ac roedd y caloriau y byddai yn eu llosgi yn caniatáu iddo fwynhau cinio beunyddiol o facwn, wy, bîns, sosej a phwdin gwaed heb deimlo'r un gic o euogrwydd, na thrawiad disymwth ar y galon. Dyfodol ei berthynas ef ag Eli, nid y troseddau a oedd ganddo yn ei lyfr log, a oedd ar ei feddwl yn bennaf y bore hwnnw. Roedd eisoes wedi ei gyrru hi i mewn i'r Ysbyty Athrofaol ac yn ôl am archwiliad, ond nid oedd wedi torri gair ag ef ar hyd y daith. Roedd yn braf cael dianc o dawelwch llethol y tŷ.

Wrth agor drws y caffi gwelodd fod ei gyfaill Raam eisoes yn ei briod le ym mhen draw'r ystafell. Roedd y caffi wedi dechrau llenwi. Myfyrwyr o neuaddau Senghennydd oedd y prif *clientele* ac roedd sawl un ohonynt yno'n cymryd mantais o'r *all day breakfast* ar ôl deffro'n hwyr.

'O'n i'n dechrau meddwl na fyddet ti'n cyrraedd o gwbwl,' meddai Raam, â gwên gyfrin ar ei wyneb hirgrwn. 'Am y tro cynta ers sbel…'

Llusgodd Isgoed gadair fetel ar draws y llawr teils coch gyda gwich. 'Ma'n ddrwg 'da fi. Eli wedi colli'r babi 'to.'

Gwgodd Raam. 'Ddrwg iawn 'da fi, cofia… Cofia fi ati.' Doedd Raam erioed wedi cwrdd ag Eli, ac erbyn meddwl doedd Isgoed erioed wedi cwrdd â gwraig Raam chwaith. Serch hynny, roedd y ddau yn clywed cymaint am fywydau ei gilydd nes y teimlai fel ei deulu estynedig erbyn hyn.

'Os yw'n gysur,' meddai Raam, 'fe fydd y plentyn yn cael ei ailymgnawdoli yn fuan. Cofia fod yr enaid, yr ātman, yn beth tragwyddol.'

'Diolch… am wn i.'

Cyn pen dim daeth y weinyddes draw â dau lond plât o frecwast hynod o seimllyd, a phaned o goffi'r un. Doedd dim angen iddi gymryd eu harcheb nhw erbyn hyn.

'Wy 'di bod yn meddwl dechrau 'to,' meddai Isgoed, wrth roi trefn ar y wledd o'i flaen â'i fforc. 'Os yw pethau'n mynd ar chwâl 'da Eli. Rhoi'r gorau i'r swydd a… symud mlân. Mynd dramor am bach, falle.'

Oedodd Raam wrth godi tomato i'w geg. 'A 'ngadael i 'ma ar fy mhen fy hun?'

'O, dere. Siŵr allet ti ddod o hyd i ffrind arall i rannu brecwast 'da ti.'

Rhoddodd Raam ei gyllell a'i fforc yn ôl ar ei blât a phwyso yn ôl. 'Ond ry'n ni'n deall ein gilydd, Isgoed. Mae 'na rwymyn rhyngon ni nad oes modd ei dorri. Ry'n ni'n datws o'r un rhych.'

Stwffiodd Isgoed ychydig o'i frecwast yntau i'w geg, a chnoi'n feddylgar. Roedd Raam yn ddisgynnydd i'r gymuned o Hindŵiaid a ymsefydlodd yn nociau'r brifddinas ddiwedd y bedwaredd ganrif ar bymtheg. Roedd bellach yn ohebydd i bapur newydd y *South Wales Echo*, gan ganolbwyntio ar y cymunedau tlodaidd hynny lle nad oedd yna fel arfer groeso i'r heddlu. Roedd Raam yn aml yn gwybod yn well nag Isgoed beth oedd yn digwydd ar strydoedd y Sblot, neu Riverside, neu benrhyn Tre-biwt dafliad carreg o'r Bae, lle'r oedd talp sylweddol o gymuned ethnig Caerdydd wedi ei gorlannu, rhwng y gwestai a'r fflatiau moethus o boptu iddynt.

Er mwyn talu Raam yn ôl am ei wybodaeth, roedd Isgoed yn ei dro yn cynnig yr hyn a wyddai o fyd yr heddlu. Yr unig gytundeb rhwng y ddau oedd nad oedden nhw'n gweithredu'n uniongyrchol ar y wybodaeth yr oedd un yn ei rhoi i'r llall. Roedd rhaid iddyn nhw gael eu gweld yn dilyn trywydd y drosedd neu'r stori, hyd yn oed os oedden nhw'n gwybod beth oedd ar ddiwedd y daith. Ni chofiai Isgoed a oedden nhw erioed wedi pennu'r rheolau yma ar lafar neu a oedden nhw wedi deall ei gilydd o'r dechrau.

'Smo ni ddim mor debyg â hynny, wedi'r cwbwl, Raam,' meddai Isgoed a'i geg yn llawn. 'Wy'n lico sos coch, ti'n lico sos brown. Wy wedi'i ffrio i fi, wy wedi'i sgramblo i ti…'

'Mae gen ti dy Fabinogi, mae gen i fy Ramayana,' meddai Raam â winc gyfrin.

Gwenodd Isgoed, ond yna cofiodd am Eli. ''Se'n well gen i ga'l mab na Mabinogi ar hyn o bryd.'

Llyncodd Raam lond ceg o goffi. 'Pam wyt ti'n fan hyn, beth bynnag, os ydi hi newydd golli plentyn?' meddai wedyn.

'Sdim lot o groeso yn y tŷ,' meddai'n wylaidd, gan agor sach fach o sos coch a gadael iddo ddylifo i lawr dros ei bwdin gwaed. Yn fwyaf sydyn, codai ei frecwast gyfog arno. 'Sai'n gwbod odw i am drafferthu mynd 'nôl.'

'Ddylet ti ddim mo'i gadael hi yn y stad yna, gyfaill. Mae'n *karma* drwg.' Anelodd Raam fforc fygythiol tuag ato. 'Mae angen sorto beth bynnag sydd rhyngddoch chi, neu dim ond drwg a ddaw, i'r ddau 'noch chi.'

'Efallai mai'r *karma* gorau fyddai ei gadael hi. Geith hi symud mlân, cwrdd â dyn arall, cael llond tŷ o blant. Dim ond tri deg pedwar oed yw hi, digon o amser i fagu teulu. Ddim mor hynafol â ni.' Siglodd ei ben. 'Dyna ddigon o siarad babis, ta p'un 'ny. Ma 'da fi wybodaeth i ti.'

Goleuodd wyneb Raam. Crwydrodd ei olwg yma a thraw o amgylch yr ystafell fel aderyn wedi ei ryddhau o'i gawell. 'Does neb yn gwrando,' sibrydodd o'r diwedd.

'Roedd y gwasanaethau cudd mewn cyfarfod ym Mharc Cathays neithiwr,' sibrydodd Isgoed. 'Wedi dod draw fin nos yr holl ffordd o Lundain, mae'n debyg. Aeth yr uwch-arolygydd adre am 6 p.m., ond erbyn 9 p.m. roedd wedi cael ei alw yn ôl i ddelio â nhw.'

Gwgodd Raam. 'Mae'n swnio fel rhywbeth gwrthderfysgaeth. ISIS? Wy'n gwbod bod yr heddlu'n cadw llygad ar sawl tŷ ar fy mhatsh i.'

'Sai'n gwbod y manylion. Maen nhw fel arfer yn trefnu pethau fel'na wythnosau o leia o flaen llaw. Roedd yr ymweliad 'ma yn gwbwl ddirybudd. Roedd un o weinidogion y Cynulliad wedi cael ei alw yno hefyd. Derwyn Williams?'

Edrychodd Raam arno'n syn. 'Ti'n siŵr? Yr Ysgrifennydd Treftadaeth a'r Iaith Gymraeg? Pam ar y ddaear fyddai fe mewn cyfarfod gyda MI5?'

'Sdim syniad 'da fi. Efallai eu bod nhw wedi dod o hyd i Feibion Glyndŵr yn cuddio yn Riverside?' Gwenodd Isgoed ar ei jôc ei hun.

Eisteddodd Raam yn ôl yn ei sedd ac estyn am ei goffi. 'Roedd Derwyn Williams mewn seremoni wobrwyo yn y Bae neithiwr hefyd. Meddw gocyls, mae'n debyg. Ei law hanner ffordd lan sgert ei Weinidog Cadwraeth.'

'Bois bach, fe fyddai wedi bod yn gyfarfod diddorol 'da MI5 felly. Pwy yw ei ddirprwy, 'te?'

'Alaw Watkins.' Ysgydwodd ei law yn amwys. 'Rhyw *valley girl*.'

'Affêr?'

'Wrth gwrs. Wel, smo hi'n briod. Mae gan Derwyn wraig a merch lan yn ei etholaeth, rhywle yn y gogledd. Mae'n brolio wrth unrhyw un sy'n fodlon gwrando bod ganddo'r Alaw 'ma ar ei chefn drwy'r amser… Neu dyna beth ydw i wedi ei glywed.'

'Pam nad yw e wedi bod yn y papur, 'te? Byddai ei etholwyr yn hoffi gwybod. Heb sôn am ei wraig.'

'Isgoed bach, 'sen ni'n gwneud *exposé* ar bawb yn y Senedd sydd wedi cael affêr fyddai neb ar ôl. Rhaid gadael i ambell bysgodyn bach fynd, er mwyn dal pysgod mwy yn y pen draw.' Cododd ei baned a sipio ychydig o'r coffi oedd yn prysur oeri. 'Mae'r holl beth yn atgoffa rhywun peth mor brin ac arbennig yw perthynas gadarn, erbyn hyn,' meddai, ac ni allai guddio ei wên.

'Llygad dy le, Raam.'

'Mae gan Brahman lygaid ym mhob man.'

'Wel, fe geith e gadw'r gweddill iddo'i hun. Dim ond dy rai di sydd angen arna i.' Cododd Isgoed a thynnu ei got yn ôl amdano. 'Wy'n mynd 'nôl i weld Eli. Dyw hi ddim yn haeddu bod yn y tŷ diflas 'na ar ei phen ei hunan.'

'Pob lwc, gyfaill.'

Trodd Isgoed i adael, cyn oedi. 'Ti'n siŵr bod y ffoetysau 'ma'n cael eu hailymgnawdoli, wyt ti?'

Nodiodd Raam ei ben.

'Be wyt ti'n meddwl fydd e, 'de? Sai moyn iddo ddod 'nôl fel mwydyn neu rywbeth ych-a-fi fel'na.'

'Efallai y bydd yn ysgyfarnog, yn llamu drwy'r caeau, yn robin goch, yn hwylio ar y gwynt, neu efallai yn bysgodyn yn afon Taf… Ond na phoener, fy nghyfaill, beth bynnag y bydd, fe fydd yn fyw, ac yn rhydd.' Plygodd ei ben.

'Diolch, Raam.' Gadawodd Isgoed y caffi gan deimlo'n llawer mwy gobeithiol am y dyfodol na phan gamodd i mewn. Fe fyddai Eli yn ei gymryd yn ôl, roedd yn sicr o hynny. Roedden nhw wedi adeiladu bywyd gyda'i gilydd. Pan chwalodd pethau efo Sandra, roedd llawer o broblemau ganddyn nhw heblaw am ddiffyg plant. Babanod er mwyn ceisio pontio perthynas oedd y rheini. Roedd gan ei berthynas ef ag Eli seiliau – tŷ, ffrindiau'n gyffredin, cyfrif banc ar y cyd. Roedd hi'n 'yrrwr a enwir' ar yswiriant ei gar. Roedd y ddau yn hoffi gwylio *Game of Thrones* a *House of Cards*. Doedd pethau fel yna ddim yn chwalu dros nos.

Ac eto, roedd hi eisiau plant. Plant yr oedd yn gwybod nad oedd yn gallu eu rhoi iddi. Hyd yn oed petai hi'n derbyn hynny, fe fyddai'n treulio gweddill ei hoes yn syllu'n drist ar epil ei ffrindiau, pan nad oedd yn meddwl ei fod e'n ei gweld. Fe fyddai pob seremoni fedyddio, pob un o bartïon pen-blwydd plant eu ffrindiau a'i theulu fel cannoedd o gyllyll bach yn procio ei chalon.

Fe fyddai hi'n ei gymryd yn ôl. Ond roedd rhaid iddo benderfynu a fyddai'n caniatáu iddi wneud hynny.

Joni

'DWN I DDIM sut 'dach chi'n ymdopi â ffyrdd Cymru,' meddai tad Joni wrth y gyrrwr. 'Pe bai'n rhaid i fi yrru o'r de i'r gogledd yn gyson, 'swn i'n mynd o 'ngho.'

Tynnodd y gyrrwr law oddi ar y llyw a mwytho'i fwstásh claerwyn. 'Pwyll ac amynedd a bery hyd y diwedd,' meddai. 'Pan ydw i'n sownd y tu ôl i un o lorris Mansel Davies, neu drelar Ifor Williams, fydda i ddim yn anobeithio. Fydda i'n tynnu mewn ar ochr y ffordd, cynnau sigarét ac ymlacio am ryw chwarter awr.' Gwenodd. 'Wrth gwrs, pum munud ar ôl ailgychwyn dw i'n dal lan 'da lorri Mansel, ond o leiaf fydda i wedi ca'l hoe.'

'Wa-w, ma peiriant Blue-ray yn y car 'ma!' meddai Joni, gan dyrchu yng nghefn y sedd o'i flaen.

Roedd y daith o Gaerdydd i Lundain yn un lawer brafiach na'r daith o Landysul i Gaerdydd – nid yn unig oherwydd moethusrwydd y car, ond am nad ei dad oedd yn gyrru y tro yma.

'Jamie Holmes yw fy enw i, ond mae pawb fan hyn yn fy ngalw i'n "Home James"!' meddai'r gyrrwr â gwên. Edrychai fel hen ddyn digon cyfeillgar, ac roedd wedi siarad pymtheg y dwsin â'i dad yr holl ffordd ers iddyn nhw adael Caerdydd.

''Na beth yw diwrnod bendigedig!' meddai, gan osod sbectol haul ar ei drwyn. 'Wy'n dweud erioed bo tywydd Cymru bach fel y tîm rygbi cenedlaethol.'

'Shwt 'ny?' gofynnodd Joni.

'Misoedd ar fisoedd o ddigalondid, ac wedyn llond llaw o ddyddiau *amazing* sy bron yn neud iawn am y cwbwl.'

''Dach chi'n gyrru'r Ysgrifennydd Treftadaeth yn bell?' gofynnodd ei dad.

'I bob twll a chornel o Gymru,' meddai'r gyrrwr. 'Wy'n nabod pob dafad wrth ei gweld erbyn hyn.' Edrychai tua chwe deg oed, ond yn ddyn cefnsyth a heini, fel pe bai wedi newid cyfeiriad ar ôl ymddeol o waith fel heddwas neu filwr. 'Ond wy'n gyrru pob un o'r gweinidogion, nid Mr Williams yn unig. Heblaw am yr Ysgrifennydd

Trafnidiaeth. Mae eistedd yn sedd y teithiwr yn ei wneud yn sâl, pwr dab.'

'Unrhyw sgandals?' gofynnodd Joni.

'Synnech chi,' meddai'r gyrrwr. 'So nhw'n sylweddoli 'mod i'n gallu'u clywed nhw'n parablu ar 'u ffonau symudol. Pe bawn i'n un am flacmel fe allwn i fod wedi ymddeol ers blynyddoedd.' Gwenodd.

Chwarddodd Bleddyn.

'Beth yw eich gwaith chi, 'te?' gofynnodd y gyrrwr i'w dad. 'Os nad oes ots 'da chi 'mod i'n gofyn.'

'Archaeolegydd ydw i. Wedi treulio'r rhan fwya o'r pum mlynadd diwetha i fyny at fy mhennau gliniau mewn twll yng nghanol yr Aifft.'

'Wel, gobeithio bo chi ddim wedi cael eich melltithio mewn rhyw ffordd. Dau beth wy wedi eu gwahardd o'r car hyn: smygu a melltith. Wy'n gwbod beth ddigwyddodd i Arglwydd Caernarfon druan ar ôl tresbasu ym medd Tutankhamun.'

'Mae rhybuddion ar waliau pob beddrod yn yr Aifft fod Horus yn mynd i rwygo fy llygaid o'u tyllau am dresbasu,' meddai Bleddyn. 'Ond dw i'n dal mewn un darn hyd yma. Wedi deud hynny, mae'r hen Ffaro wedi dial arna i droeon yn ei ffordd unigryw ei hun.'

'Fues i mas yn yr Aifft yn y 50au, gyda'r fyddin,' meddai'r gyrrwr. 'A'r peth cynta ddywedon nhw wrtha i pan gyrhaeddais i'r llysgenhaty oedd "Peidiwch byth â chymryd yn ganiataol mai rhechen fyddwch chi." O'dd 'da fi fola tost am fisoedd. Dim dŵr potel i'w gael bryd hynny yn anffodus. Digon balch i gael dychwelyd i Gymru lonydd erbyn y diwedd, a Chymru lân yn fwy na dim.'

Roedd Joni wedi ofni y byddai'r siwrne i Lundain yn llusgo, ond diolch yn bennaf i'r holl adloniant oedd i'w gael yn y car, yn ogystal â straeon difyr y gyrrwr a'i barodrwydd i roi ei droed i lawr, fe wibiodd yr M4 heibio yn llawer cynt na'r disgwyl. Wrth iddyn nhw gyrraedd cyrion Llundain cafodd y gyrrwr alwad ffôn gan was sifil yn dweud bod dwy ystafell ddwbl wedi eu trefnu ar eu cyfer mewn gwesty o'r enw The Tower Hotel ar lan afon Tafwys yn nwyrain y ddinas.

'Ydych chi'n mynd i Lundain yn aml?' gofynnodd y gyrrwr wrth iddynt fynd heibio i arwydd Legoland.

'Sai 'di bod ers bo fi'n ddeuddeg oed,' meddai Joni.

'Fe af i â chi ar hyd y *scenic route*, 'te.'

Arafodd eu taith fymryn wrth i draffig canol y ddinas gau amdanynt. Ond fe gadwodd Jamie Holmes at ei air ac fe gafodd Joni gip ar Balas Buckingham, Big Ben a'r London Eye cyn iddynt wibio ar hyd glannau Tafwys i gyfeiriad y tŵr. Roedd Joni mor falch iddo ddod gyda'i dad. Am y tro cyntaf ers misoedd, roedd wedi llwyddo i wthio'r arholiadau, a'i euogrwydd am farwolaeth Iaco, i gefn ei feddwl. Bu fel un marw am fisoedd, heb flas nac awydd am fywyd. Ond roedd dirgelwch y tŵr a chyffro'r daith wedi ei adfywio.

'Ewch i mewn i ddod o hyd i'ch stafelloedd ac yna fe af i â chi draw at y tŵr,' meddai'r gyrrwr wrth iddynt gyrraedd y maes parcio.

'Fe allen ni gerdded, siawns,' meddai Bleddyn. 'Dw i'n gallu gweld y tŵr o fan hyn.'

Siglodd y gyrrwr ei ben. 'Bydd rhaid i chi fynd i mewn drwy'r fynedfa swyddogol. A bydd cyrraedd yng nghefn Jagiwar gweinidogol yn gwneud hynny'n llawer haws, credwch chi fi.'

Edrychai derbynfa'r gwesty yn debycach i gyntedd maes awyr i Joni. Roedd y llawr yn fôr o farmor a charped hufen, a'r drychau oedd wedi eu mewnosod yn y waliau yn gwneud i'r ystafell ymddangos hyd yn oed yn fwy o faint nag ydoedd. Crwydrai'r gwesteion drwyddi fel morgrug, eu lleisiau'n sisial yn y gwagle. Dynion busnes oedd y mwyafrif, o bob cwr o'r byd yn ôl eu golwg, yn rhy flinedig a phrysur i gymryd llawer o sylw o'r cyfoeth o'u hamgylch. Safai potiau blodau lelog yma a thraw i ychwanegu rhywfaint o liw a bywyd i'r lle.

Wedi casglu eu goriadau aeth Joni a'i dad i fyny'r grisiau Eifftaidd eu naws at eu hystafelloedd gwely. Gosodwyd hwynt mewn dwy ystafell wely ddwbl ar wahân. Yma, roedd y dewis o liwiau ychydig yn fwy cysurus. Roedd carped glas arlywyddol trwchus ar lawr a dodrefn o'r un lliw, papur wal o liw hufen cyfoethog a desg dderw swmpus a theledu plasma 32 modfedd arno. Canolbwynt y cyfan oedd gwely 'dwbl' y gallai pedwar neu bump fod wedi ei rannu yn weddol gyfforddus.

Drwy'r ffenestr roedd golygfa o afon Tafwys a Phont y Tŵr. Roedd y llifoleuadau bob ochr iddo wedi cynnau a hithau'n dechrau nosi. I lawr ar y cwrt rhwng y gwesty a'r afon roedd cerflun o ddolffin a oedd yn chwythu dŵr o'i gefn. Agorodd Joni'r ffenestr ac anadlu'r awel oer a chwythai ar hyd yr afon. Clustfeiniodd ar synau'r ddinas – murmur y twristiaid yn tynnu eu hunluniau oddi tano, grwnian y traffig dros y bont, sŵn cyrn yn canu, seirenau'r heddlu yn y pellter, siffrwd afon Tafwys yn erbyn ei glannau. O leiaf roedd y sŵn olaf yn gyfarwydd. Aeth i orwedd ar y gwely a chau ei lygaid, gyda gwên fodlon ar ei wyneb.

Ni chawsai lawer o gyfle i bendwmpian pan ddaeth cnoc ar y drws. Ei dad oedd yno. 'Hei, tydi hynna ddim yn deg! Mae gen ti well golygfa na fi,' meddai. Aeth heibio i'r gwely ac at y balconi. 'A! Dw i wrth fy modd yn dod i Lundain. Dylen ni'r Cymry ymfalchïo ynddi hefyd. Wyddost ti fod un o bob chwech o bobol Cymru wedi treulio rhan o'u bywydau yma yn yr ail ganrif ar bymtheg?'

Eisteddodd Joni ar y gwely. 'O'n i'm yn gwbod bo ti'n fachan y ddinas, Dad.'

'Alla i'm aros ynddyn nhw'n rhy hir. Mae angen anadlu arna i. Ond mae pob stryd a thirnod yn diferu o hanes. Mi allet ti sefyll bron yn unrhyw le yng nghanol y ddinas, tyllu yn syth i lawr a dod o hyd i rywbeth hynod o ddiddorol, dw i'n siŵr.'

'Taset ti'n tyllu'n syth i lawr nawr fe fyddet ti'n lando yn stafell wely rhywun arall, ac wedyn fyddet ti'n ca'l dy dowlu mas.'

Chwarddodd ei dad.

'O ddifri, Dad, 'sen i'n gwbod bo ti'n aros mewn llefydd fel hyn 'sen i di dod 'da ti'n amlach.'

'Hy! Croeso i ti neud, ond cysgu mewn ffos fyddi di'n amlach na heb.' Edrychodd ei dad ar ei wats. 'Reit, dw i am fynd draw i'r tŵr. Dwn i'm faint o amsar fydda i. Oriau efallai. W't ti am aros fan hyn neu fynd allan i chwara'r twrist? Mae gen i bach o arian.' Estynnodd i'w boced.

Petrusodd Joni. Yr holl ffordd o Gaerdydd bu'n meddwl pa eiriau i'w defnyddio i argyhoeddi ei dad i ganiatáu iddo yntau fynd i Dŵr Llundain hefyd. Ers iddo glywed am y Pair Dadeni, roedd y dirgelwch fel petai'n ei ddenu fel magned. Bron na allai glywed llais yn galw arno o'r tŵr...

'A gweud y gwir, Dad, fydde ots 'da ti 'sen i'n dod gyda ti?' gofynnodd. 'Wy 'di bod yn meddwl beth i neud ar ôl gadael ysgol, a ma dy waith di'n swno'n 'itha diddorol...'

Edrychodd ei dad arno'n amheus. 'Annwl. A finnau'n meddwl bod y cwbwl yn dy ddiflasu di'n llwyr...'

'Wy'n ddyn nawr. Wy'n addo peidio neud na gweud dim byd,'

meddai, gan feimio tynnu sip ar draws ei geg a thaflu'r bachyn i ffwrdd.

Ochneidiodd ei dad. 'Dwn i'm, mae'n jobyn eitha pwysig. Byddai'n rhaid i mi ddeud dy fod ti yno i'n helpu fi efo'r ymchwiliad. Dy fod ti'n brentis o ryw fath.'

'Yn gwmws. Meddylia amdano fe fel profiad gwaith.'

'Ti'n debycach i dy fam nag o'n i'n feddwl. Gwbod pa fotymau i'w gwasgu i gael dy ffor'.' Rhwbiodd ei wefusau yn erbyn ei gilydd yn ansicr. 'Neu efallai mai wedi etifeddu fy natur stwbwrn i w't ti… Ocê, 'ta.'

Sbonciodd Joni oddi ar y gwely. Teimlai'r cyffro'n lledu drwyddo fel gwefr.

Yna cododd ei dad fys rhybuddiol. 'Ond paid â 'niawlio i os w't ti'n cicio dy sodlau mewn stafall oer, damp a thywyll tan oriau mân y bora.'

'Dim problem.'

Ar ôl cloi'r ystafell, fe aethon nhw i lawr y coridor ac at y lifft i'w cludo i lawr i'r lobi. Wrth i'r drysau gau canodd ffôn symudol Joni.

'Helô?' atebodd.

'Le yn y byd 'yt ti? Pam so ti 'nôl 'to?'

Teimlodd Joni ei galon yn llamu. Damia, meddyliodd. Roedd ar fin cael ei dad i drwbwl. 'Ym… i weud y gwir, ni yn Llunden,' meddai.

'Beth?' Roedd llais ei fam yn beryglus o ddistaw.

'Gyda gwaith Dad. Ni'n aros mewn gwesty… sdim rhaid i ni dalu.'

'Ma 'da ti arholiade dydd Iau!'

'Mae'n iawn, Mam, fydda i 'nôl mewn pryd.'

'Ma'n rhaid i ti adolygu!'

'Fues i'n swoto trw'r dydd ddoe.'

'O, do, siŵr o fod.' Dywedodd rywbeth aneglur dan ei gwynt, oedd yn debyg iawn i reg. 'Odi dy dad 'na nawr?'

Rhoddodd Joni y ffôn i'w dad, oedd wedi bod yn gwrando ar un hanner o'r drafodaeth â golwg bryderus ar ei wyneb.

'Helô?' gofynnodd yn ffug siriol gan godi'r ffôn yn ochelgar at ei glust.

Gwelodd Joni ef yn gwingo wrth i lifeiriant o feirniadaeth dasgu o'r ddyfais.

'Dydd Mercher? Wel, o'n i'm yn gwbod, nag oeddwn i?'

Daeth rhagor o ddweud y drefn o ben arall y lein.

'Ti oedd am i fi dreulio mwy o amsar efo fo. Gallwn i fod wedi ei roi ar fŷs yn ôl i Landysul... Na, dw i ddim yn rhoi gwaith o flaen popeth arall... Na, dw i ddim yn anghyfrifol.'

Safodd y lifft yn stond ac agorodd y drysau ar y brif fynedfa.

'Rhaid i fi fynd. Mi fydd Joni'n ôl cyn gynted â phosib yfory, dw i'n addo 'wan.' Gwasgodd y botwm coch a rhoi'r ffôn yn ôl i'w fab.

'Sori, Dad,' meddai Joni wrth iddyn nhw gamu o'r lifft. 'Dylen i fod wedi gweud.'

'Fi ddylai ymddiheuro i ti,' meddai, ac ychwanegu dan ei wynt, 'Am dy adael efo dy fam gyhyd.' Gwnaeth wyneb fel petai'n cnoi ar wenynen. 'Ddylai hyn ddim cymryd yn rhy hir, beth bynnag. Alla i ddim gadael y gloddfa am yn hir iawn heb iddyn nhw neud smonach o bethau.'

Roedd James yn disgwyl amdanynt yn y maes parcio, yn sefyll yn syth fel sowldiwr wrth y car gweinidogol.

Ochneidiodd ei dad. 'Wedi ein cludo i Dŵr Llundain gan gyn-filwr yng ngwasanaeth ei Mawrhydi,' meddai. 'Ma 'mol i'n troi fwya sydyn.'

Chwarddodd y gyrrwr. 'Ydych chi'n gwbod beth sy'n digwydd i Gymry sy'n ceisio dianc?' Trodd yn ei sedd a gwenu'n ddieflig ar Joni wrth iddyn nhw ddringo i mewn a chau eu gwregysau.

Ysgydwodd Joni ei ben yn betrus.

'Glywaist ti erioed am Gruffudd fab Llywelyn Fawr?' gofynnodd.

'Naddo,' meddai Joni.

'Be maen nhw'n ei ddysgu i chi yn yr ysgol yna?' gofynnodd Bleddyn.

'Ceisiodd ddianc o un o ffenestri'r tŵr drwy glymu dillad gwely at ei gilydd,' meddai James. 'Ond datododd un o'r clymau wrth iddo ddringo i lawr. Daeth y gwarcheidwad o hyd iddo'r bore wedyn. Neu beth oedd yn weddill ar ôl i'r cigfrain orffen ag e.'

'Awtsh.'

'Mae'r ffenestr ddringodd e allan ohoni'n dal yno, wedi ei bricio lan,' meddai James. 'Falle cei di gipolwg arni os edrychi di'n ofalus.'

Teimlai Joni ambell löyn byw yn corddi yn ei stumog wrth i'r car danio. Dechreuodd ailystyried a oedd wedi gwn.eud y peth cywir yn gofyn am gael mynd i'r tŵr. Ond roedd yn rhy hwyr nawr. Roedd y car eisoes wedi troi allan o faes parcio'r gwesty ac i'r chwith drwy dwnnel dan gesail Pont y Tŵr. Roedd y fynedfa yn berwi o heddlu, nifer ohonynt yn dal gynnau er mwyn sicrhau na fyddai unrhyw ymwelydd digroeso yn cael mynd ymhellach na hynny. Fe fu tipyn o drafodaeth gyda'r gyrrwr, ac ambell i alwad ffôn, cyn iddyn nhw adael i'r car fynd heibio.

Ar ôl gyrru ymhellach i lawr y twnnel daethant at faes parcio tanddaearol lle'r oedd holl staff y tŵr yn amlwg yn parcio'u ceir.

'Dyma ni,' meddai James. 'Wy'n mynd i droi fy nhrwyn yn ôl am Gaerdydd nawr. Bydd un o yrwyr y Llywodraeth yn dod i'ch nôl chi'n ddiweddarach, ac yn mynd â chi adre bore fory.'

'Diolch am dy gwmni, James,' meddai tad Joni. 'A phob lwc efo'r lorïau Mansel Davies.'

Ar ôl ffarwelio, daeth un o'r gwarcheidwaid diogelwch draw a mynd â nhw ar eu hunion i swyddfa gerllaw.

'You're Bledain Cadwaladur?' gofynnodd y gwarcheidwad.

Nodiodd ei dad ei ben. 'Bleddyn.'

'And who's this?'

'My son and assistant, Joni Teifi.'

Syllodd arno am eiliad. 'Johnny TV? You'd better write that down for me,' meddai ac estyn darn o bapur i Joni. Ar ôl nodi'r enwau ar gyfrifiadur printiodd y dyn gardiau adnabod a'u lamineiddio cyn eu rhoi i'r ddau i'w hongian o amgylch eu gyddfau. 'Follow me.'

Roedd Joni'n disgwyl iddyn nhw ddringo i fyny i'r tŵr ei hun, ond yn hytrach fe aethon nhw i lawr, yn ddyfnach i grombil islawr yr adeilad. Dechreuodd deimlo bod pethau'n cau amdano. Roedd y coridorau concrid yn gul a'r nenfwd yn isel. Erbyn iddynt gyrraedd y gwaelod roedd wedi llwyr ailystyried ei benderfyniad i ddod o gwbwl. Ond yna daethant o'r diwedd at goridor hirfaith ag un drws mawr metel hanner ffordd ar ei hyd. Roedd hwnnw ar led. Dynodai'r tâp heddlu oedd yn ymestyn o wal i wal, a'r staeniau rhuddgoch ar lawr, mai dyma lle cafodd y dynion eu lladd. Ond doedd dim golwg o'r cyrff erbyn hyn.

'Can we have a look inside the room?' gofynnodd Bleddyn.

'That's why you're here,' meddai'r swyddog diogelwch, ei lais yn atseinio ar hyd y coridor gwag. 'Let me know if you want to touch anything.'

Cododd dâp yr heddlu er mwyn iddyn nhw fynd ar eu cwrcwd oddi tano.

Edrychodd Joni o amgylch yr ystafell. Roedd y waliau concrid yn gwbwl foel a llyfn. Heblaw am ddarnau o offer ar wasgar yma ac acw, ac ambell ddiferyn o waed, ni allai weld unrhyw beth o bwys. Dim byd roedd hi'n werth teithio'r holl ffordd i Lundain i'w weld, beth bynnag. Dim Pair Dadeni, sut bynnag roedd hwnnw i fod i edrych. Efallai y byddai'n ôl yn Llandysul cyn iddi wawrio, fel y dymunai ei fam, meddyliodd.

'Roedden nhw'n tyllu twll,' meddai Bleddyn. 'Yli ar yr offer yma. Stwff da hefyd. Fe allet ti dorri mewn i *vault* banc efo'r offer hyn.'

'Aethon nhw ddim yn bell iawn,' meddai Joni. 'Sdim ôl ar y llawr, ta beth.'

'Hmm…' Penliniodd Bleddyn ar y llawr teils. Yna fe aeth at y drws a chyfarch y dyn diogelwch. 'Are you completely sure nothing has been touched?' gofynnodd.

'They've taken one or two of the tools, to check for fingerprints, and moved the bodies,' atebodd. Cododd ei ysgwyddau. 'But otherwise it's just as they found it.'

Penliniodd Bleddyn eto ynghanol yr ystafell. 'Mi oedd y bobol hyn yn arbenigwyr. Ro'n nhw'n ofalus iawn wrth roi pethau yn ôl fel oeddan nhw. Doeddan nhw ddim am i neb wbod iddyn nhw fod yma.' Gwelodd Joni fod llygaid ei dad yn sgleinio'n gyffrous. 'Mae rhywun wedi codi rhai o'r teils gwenithfaen yma sydd ar lawr.'

'Maen nhw'n edrych 'run peth i fi, no,' meddai Joni.

'Cred di fi. Dw i wedi arfar archwilio beddrodau yn yr Aifft. Y peth cynta w't ti'n chwilio amdano yw arwyddion bod lladron wedi bod yno yn symud pethau o dy flaen di, ac maen nhw'n aml yn ofalus iawn wrth beidio â gadael unrhyw ôl. Ond ddim mor ofalus â hyn.'

Llusgodd gledr ei law ar hyd ymyl un o'r teils.

'Hon,' meddai, a gwthio blaenau ei fysedd odani.

Edrychodd Joni dros ei ysgwydd. 'Dad, wyt ti fod i neud 'ny?'

'Na. A ddylat ti ddim fod wedi gwrando ar ein sgwrs breifat ni yn y Cynulliad bora 'ma ar dy glustffonau cyfieithu. A beth am glustfeinio ar dy fam a finnau yn siarad pan oeddat ti yn yr atig neithiwr? Ond dw i ddim yn gweld bai arnat ti, ti 'di etifeddu natur fusneslyd dy dad hefyd…'

Gydag ebychiad o ymdrech, llwyddodd i godi'r deilsen drom o'r llawr a'i gosod yn ofalus wrth ymyl y twll. Doedd dim ond gwagle oddi tani.

Taflodd Joni gipolwg petrus i gyfeiriad y drws rhag ofn bod y dyn diogelwch wedi eu clywed.

'Mae yna rwbath i lawr yno, beth bynnag,' sibrydodd ei dad.

Tynnodd fflachlamp fechan o'i boced i oleuo'r twll. Daliodd y golau ar rywbeth yn y düwch.

Syllai pâr o lygaid mawr, fel llynnoedd, yn ôl i fyny arnyn nhw.

'Henffych,' meddai llais.

Alaw

DADLWYTHODD Y BAGIAU Waitrose o'i char a'u cario i fyny i'w fflat. Roedd yr haul yn machlud ac roedd awel oer, ac arogl gwymon yn gymysg â hi, yn chwythu o gyfeiriad y môr, gan achosi i'r bagiau grynu fel pe baen nhw'n ceisio dianc o'i gafael. Dringodd Alaw y grisiau mewnol a datgloi'r drws. Doedd ei fflat ddim yn anferth o bell ffordd, ond roedd yr olygfa yn gwneud iawn am hynny. Drwy ffenestri mawr yr ystafell fyw gallai weld Gwesty Dewi Sant a'r Senedd ar y gorwel. Roedd dŵr y bae yn llechen las, lonydd.

Gwagiodd y bagiau Waitrose a chadw'r bwyd a'r nwyddau yn y ffrij a'r cypyrddau eraill. Yna fe aeth i led-orwedd ar un o'r soffas moethus lliw hufen a chicio ei sgidiau du sodlau uchel i ffwrdd, cyn ymestyn bysedd ei thraed. Un o'i phrif bleserau mewn bywyd oedd cael rhyddhau ei thraed dolurus o'i sodlau uchel ar ddiwedd diwrnod hir o waith. Rhwbiodd nhw yn awchus er mwyn annog y gwaed i lifo. Dechreuodd hi bendwmpian ar y soffa gyffordddus wrth i gwch gwib sïo yn ôl ac ymlaen ar ei daith o amgylch y bae.

Deffrowyd hi gan ddaeargryn bychan o dan ei phen ôl. Ei ffôn. Ochneidiodd. Oedd rhaid iddi ei ateb? Pe bai'r Senedd yn llosgi i lawr fe allai hi weld hynny o'r ffenestr.

Cododd y ddyfais i'w chlust. 'Alaw Watkins.'

'Helô, Alaw.' Roedd hi'n nabod y llais yn syth, y llais crynedig, taer, penderfynol. 'Kevin Strauch sydd yma, o Bobol yn Erbyn Nwy Siâl?'

Ochneidiodd Alaw yn fewnol, ond llwyddodd i sicrhau fod ei llais yn ddigon cyfeillgar. 'Shwmae, Kevin. Sut wyt ti?'

'Fe fues i'n eich gwylio chi heddiw, Alaw. Yn y Senedd,' meddai'r llais. 'Siomedig braidd nad ydych chi wedi codi pwnc y drilio am nwy siâl ym Mwlch y Ffos eto.'

'Rwy'n cadw llygad ar y datblygiad, fel yr addewais i y byddwn i'n ei wneud.'

'Byddai'n braf cael nodi eich gwrthwynebiad ar y Cofnod. Ac roedd sôn y byddech chi'n fodlon cael tynnu eich llun gyda'r protestwyr?'

Ie, chi oedd wedi sôn am hynny, meddyliodd Alaw. Roedd pobol fel Kevin yn boen gyson yn ei hystlys, yn ei ffonio o hyd ac yn ceisio ei chornelu yn ei swyddfa. Sut oedd e wedi cael gafael ar ei rhif ffôn personol, beth bynnag? Roedd Kevin yn ddyn ifanc, carismataidd, ac idealistig – yn ymgyrchu ar bob pwnc dan haul, o achub y Gymraeg i arfau niwclear Trident i drydedd lain lanio Heathrow – ond roedd rhwydd hynt i ymgyrchydd gwyrdd fod yn ddelfrydwr. Roedd rhaid i wleidydd fod yn realydd.

Doedd dim y gallai hi ei wneud am y tro ond ailadrodd addewidion gwag yn y gobaith o roi terfyn ar y sgwrs. Hoffai ddweud y gwir wrtho, sef bod ei phlaid eisoes wedi cytuno'n fewnol na fydden nhw'n gwrthwynebu'r drilio ym Mwlch y Ffos, er mai polisi swyddogol y blaid oedd gwrthwynebu drilio am nwy siâl. Roedd y cwmni oedd y tu ôl i'r cynllun yn addo y byddai'n creu 1,500 o swyddi, manna o'r nefoedd mewn ardal mor dlawd. Nid oedd am roi esgus i'r pleidiau eraill gael honni bod y llywodraeth yn gwrthwynebu creu swyddi yn lleol. Ar ben hynny, roedd y Cwnsler Cyffredinol yn amheus a fyddai modd atal y drilio beth bynnag. Byddai'r cwmni yn apelio ac yn llusgo'r cyfan drwy'r llysoedd, ac roedd peryg y gallai'r holl beth danseilio grymoedd y Cynulliad yn y pen draw.

Doedd dim y gallai Alaw ei wneud, beth bynnag. Pe buasai ganddi ei hetholaeth saff ei hun fe fyddai modd iddi dynnu'n groes i'w phlaid ar rai materion lleol. Ond aelod ar restr Dwyrain De Cymru oedd hi. Ni fyddai unrhyw un y tu allan i fybl y Bae yn gweld ei cholli hi pe bai'r blaid yn dewis gwleidydd llai trafferthus ar frig y rhestr honno y tro nesaf.

'Ry'n ni'n disgwyl nes bod y cwmni wedi cyflwyno'r cais cynllunio i weld beth yw hyd a lled y datblygiad,' meddai Alaw gan ailadrodd y llinell oedd wedi ei bwydo iddi drwy e-bost gan bencadlys y blaid.

'Beth yw'r ots be sy'n y cais cynllunio – dylech chi fod yn gwrthwynebu ar egwyddor,' meddai Kevin. 'Rydyn ni'n gwbod o brofiad yn yr Unol Daleithiau a gogledd Lloegr bod drilio am nwy siâl yn ansefydlogi'r tir ac yn gwenwyno'r dŵr.'

'Does dim byd alla i ei wneud ar hyn o bryd.'

'Ydych chi eisiau Aber-fan arall ar eich dwylo?'

Ochneidiodd Alaw yn fewnol unwaith eto, ond cadwodd ei thymer. 'Sdim eisie gor-ddweud…'

'Mae gen i wybodaeth ar eich cyfer chi allai newid eich meddwl. Dw i'n gyndyn i'w rhannu dros y ffôn, rhag ofn bod eraill yn gwrando… A fyddai'n bosib i fi ddod draw i'ch fflat i drafod wyneb yn wyneb?'

Aeth ias i lawr cefn Alaw. 'Sut oeddech chi'n gwbod 'mod i yn fy fflat?' gofynnodd mewn llais bach.

Clywodd saib ar ben arall y ffôn. 'Do'n i ddim, Alaw. Ond mae gan bob Aelod Cynulliad gartre, yn does?'

'Iawn,' meddai Alaw, yn flin gyda hi'i hunan am gael ei dychryn mor hawdd. 'Fe wnawn ni drefnu cyfarfod rhywbryd yn y dyfodol agos – yn fy swyddfa. Mae'n wythnos brysur ond efallai cyn diwedd y mis…'

'Gobeithiaf eich gweld bryd hynny felly. Ond cymerwch ofal, Alaw, mae yna rymoedd ar waith yn y wlad yma y tu hwnt i'ch cylchoedd gwleidyddol.'

Cododd Alaw ar ei heistedd. 'Ydych chi'n fy mygwth i, Mr Strauch?'

'Bygwth? Na. Rhybuddio, ydw. Nid nwy siâl yn unig sydd yn y bryniau o amgylch Bwlch y Ffos. Beth bynnag, siaradwn yn fuan, ie?'

Clywodd Alaw glec y ffôn yn diffodd o'r pen arall. Taflodd ef ar y soffa. *Nutter*, meddyliodd. Byddai'n rhaid iddi sôn wrth staff diogelwch y Cynulliad am Kevin Strauch. Mwy na nwy siâl yn y bryniau o amgylch Bwlch y Ffos? Beth arall oedd yno – corachod?

Ochneidiodd. Y peth diawledig am bobol fel Kevin Strauch oedd bod ganddyn nhw bwynt. Dim ond cyfaddawdu ar ei hegwyddorion yr oedd hi wedi ei wneud ers cyrraedd y Cynulliad. Roedd ei thad hi ei hun wedi mynd i'w fedd yn ei rhybuddio am yr union beth. Cofiai ei sgwrs olaf ag e flwyddyn ynghynt. Roedd hi wedi penderfynu ymweld ag ef, yn ei dŷ cyngor ym Mhenrhiw-ceibr, ryw bythefnos ar ôl cael ei hethol yn Aelod Cynulliad. Gwnaeth hynny yn y gobaith y byddai o'r diwedd yn cael rhywfaint o gymeradwyaeth ganddo cyn iddo fynd. Roedd yr hen löwr wedi dioddef o niwmoconiosis ers degawdau. Ond dim ond rhybudd a gafodd yn y diwedd.

Cyn iddi adael, cafodd ei wynt ato o'r diwedd a datgan: 'Mae hwn yn hen dŷ ac o dro i dro mae morgrug yn dod mewn trwy grac yn y wal ac yn dringo dros bopeth. Wyt ti'n cael y broblem 'ny?'

Credai Alaw am funud ei fod wedi ffwndro. 'Wy'n byw mewn fflat yn y Bae.'

'Wrth gwrs dy fod ti. Beth bynnag, pan fydd y morgrug yn dod mewn, wy'n gosod caead potyn i lawr a'i lenwi 'da jam. Wedyn, yn lle dringo dros bopeth a mynd dan dra'd, ma'n nhw'n hapus i gasglu o amgylch y jam.' Gwenodd arni. 'Mae'n braf i hen ddyn gael cwmni.'

Gwenodd Alaw yn ôl arno. Meddyliodd am funud mai edliw iddi nad oedd hi'n ymweld yn ddigon aml yr oedd, ond yna fe ychwanegodd:

'Weithiau, pan wy'n teimlo'n greulon, wy'n gosod potyn jam cyfan i lawr ar eu cyfer nhw. Sut all mwy o jam fod yn greulon? Wel, ma'r morgrug wrth 'u bodde, ond mae'r mwya barus yn dringo i lawr i ganol y jam, a so nhw'n gallu dianc. Mae ochrau'r potyn yn rhy slic. Sdim ots faint maen nhw'n ysgwyd 'u coese bach i geisio dianc, ma'n nhw'n gaeth yn y cymysgedd.'

Edrychodd arno'n fud.

'Potyn jam yw'r Cynulliad, Alaw,' meddai. 'Wedi ei osod yno er mwyn denu morgrug bach sosialaidd a chenedlaetholgar fel ti, rhai sydd ddim yn gallu gwrthsefyll ei demtasiynau melys. Y cyfle i newid pethe. Ond ma'n nhw'n cael 'u dal yn ei gymysgedd gludiog ac yn anghofio beth oedden nhw 'na i'w gyflawni yn y lle cynta. Wy wedi ei weld yn digwydd sawl tro, sawl dyn neu ddynes ifanc yn gadael am San Steffan neu'r Cynulliad gan addo newid y byd, ond yn dychwelyd yn bobol hollol wahanol. A rhaid i tithau hefyd, os wyt ti am gyflawni unrhyw beth o werth, ymochel rhag treiddio yn rhy ddwfn i ganol y jam. Mae yna sawl potyn jam wedi ei osod i lawr ar ein cyfer gan y rheini sydd am ein caethiwo. Y Cynulliad, S4C, Swyddfa Comisiynydd y Gymraeg, y prifysgolion, y BBC – gallwn fwydo ar y jam, pesgi arno, ond rhaid i ni beidio byth â chael ein caethiwo ganddo. Cofia di am hynny pan wyt ti'n ymlacio yn dy fflat yn y Bae.'

Bssss! Deffrowyd Alaw o'i myfyrio. Yr intercom. Os mai Kevin Strauch oedd yno, fe fyddai hi'n galw'r heddlu. Fe fyddai hi'n mynd â'i ffôn symudol gyda hi rhag ofn.

Cododd a cherdded yn droednoeth ar draws y carped trwchus oedd hefyd yn lliw hufen – y lliw oedd yn tawelu ei meddwl – tuag at y drws ffrynt.

Cododd y teclyn siarad oedd yn gysylltiedig â'r monitor y tu allan. Roedd camera bach yno er mwyn iddi allu gweld pwy oedd yn galw. Sbeciodd drwyddo a thynnu wyneb. Yno safai Derwyn, yn pwyso ar falconi'r grisiau oedd yn arwain i fyny at y fflat. Roedd ganddo sbectol haul ar ei drwyn a gwên ysmala ar ei wyneb.

'Haia del,' meddai.

Gwasgodd y botwm i'w adael i fyny.

'O'n i'n meddwl bod dy ferch yn dod i aros heno?' meddai hi wrth agor y drws iddo, heb allu cuddio'r siom yn ei llais.

'Wedi cael gwared ohoni. Mae'n well ganddi dreulio amsar efo fy ngherdyn banc na fi.'

Camodd Alaw i'r naill ochr. 'Dere i mewn, 'te.'

Cerddodd yr Ysgrifennydd Treftadaeth heibio iddi a thaflu ei fag a'i siaced ar y soffa. Caeodd hi'r drws ar ei ôl.

'Gwna dy hun yn gartrefol,' meddai wrth ei weld yn mynd yn syth at y rac gwin llechen yn y gegin.

'Mi wna i – Ein Cynulliad Cenedlaethol sy'n talu am dy gadw di, wedi'r cwbwl. Be ti isio, bach o *bubbly*?'

'Ma rheina'n ddrud.'

Clywodd gorcyn yn popio. 'Fi yw'r Ysgrifennydd Treftadaeth. Mae disgwyl i fi werthuso'r gora sy gan y farchnad i'w gynnig – mae'n rhan o'r *job description*, wedi'r cwbwl.'

Eisteddodd Alaw ar y soffa a daeth Derwyn yn ei ôl gyda gwydryn o siampên yr un iddyn nhw. Eisteddodd wrth ei hymyl a throsglwyddo'r gwydryn i'w llaw.

'Dyna chdi, cariad. Duw a ŵyr fy mod i'n ei haeddu fo, ar ôl y diwrnod dw i 'di'i gael.'

'Beth oedd Jeremy Oldham moyn, ta beth? Fe welais i e'n mynd heibio i dy swyddfa, gan fy anwybyddu i'n llwyr.'

'Roedd Tango yn ymweld ar fusnes cyfrinachol.'

'Come off it,' meddai Alaw. Nid oedd neb erioed wedi yngan y geiriau cyfrinachol a Derwyn Williams yn yr un gwynt. 'Utgorn Gogledd Cymru' oedd ei lysenw yn ei etholaeth. 'O'dd 'da fe rwbeth i'w neud â'r archaeolegydd yna a'i fab?'

'Ia, rhyw fusnas yn Llundain. Dw i'm yn siŵr pam eu bod nhw wedi ein llusgo ni i mewn i bethau.' Plethodd ei aeliau. 'Tydi'r adran ddim yn cael nawdd ychwanegol i neud gwaith ymchwil mandariniaid

San Steffan. Y cyfan wnes i oedd gwglo "arbenigwyr ar fytholeg Cymru" ac enw'r boi yma ddoth fyny gynta ar LinkedIn.' Ochneidiodd. 'Ond dyna ni, mae wedi ei sortio rŵan.' Sipiodd ei siampên.

'O'dd e rwbeth i'w neud â'r lladrad yna yn y Tŵr?'

Edrychodd Derwyn arni'n slei. 'Fe wna i ddeud wrthot ti, Alaw, achos dw i'n gwbod na fyddai'r bochau byns hyfryd yna byth yn fy mradychu i. Oedd, roedd a wnelo'r mater â Thŵr Llundain. Maen nhw'n meddwl bod yna ryw fath o gysylltiad rhwng y lladrad a mytholeg Cymru. Ti'n gwbod, y Brenin Arthur a'r Greal Sanctaidd a rhyw folycs fel'na. Ond roedd y Bleddyn Cadwaladr yma i weld fel tasa fo'n gwbod ei stwff, diolch byth.'

Edrychodd ar Alaw a gwenu.

'Yli arna chdi, *champagne socialist* go iawn,' meddai wrth iddi gymryd dracht braidd yn farus i sadio ei nerfau.

Gwridodd Alaw. Roedd yn gwybod sut i wneud iddi deimlo'n euog.

'Tynnu coes,' meddai. 'Os ydi Alaw Watkins AC "*from the Valleys*" isio treulio ei hamser sbâr yn yfed *bubbly* mewn fflat foethus tra bod ei hetholwyr yn byw mewn tai teras hyll ar lethrau Abercwmboi, yn marw'n araf o niwmoconiosis…'

'O, ffyc off, Derwyn,' meddai Alaw. 'O leia dw i'n byw ger fy rhanbarth. Pryd oedd y tro diwetha i ti gael dy weld yng Ngwêl yr Wyddfa, neu beth bynnag ydi enw dy etholaeth?'

'A gorfod bod dan yr un to â'r misus? Dim ffiars o beryg. Mi fyddwn i'n marw o ddiflastod. A beth bynnag, mae bron â bod yn daith chwe awr i'r gogledd. Pa mor bell ydi Rhyd y Blew ar hyd yr A465? Pum munud?'

Gwgodd Alaw. Roedd gallu Derwyn i'w chythruddo ynghlwm yn bennaf â'i allu i roi proc hegar i'w chydwybod. Ac ar ôl edrych i lawr ei thrwyn ar gyfoeth materyddol y Bae a dweud nad oedd yn werth taten o'i gymharu â chyfoeth cymunedol ac agosatrwydd trigolion y Cymoedd, roedd hi wedi ei rhwydo ganddo, fel pysgodyn tew. Allai hi ddim dychmygu mynd 'nôl i fyw ar y stryd tai teras lle y'i magwyd hi, erbyn hyn. A dweud y gwir roedd y bobol yno'n codi ofn arni. Beth fyddai'r hen Alaw bymtheg oed wedi ei ddweud, yr un oedd yn arfer mynd i ymgyrchu dros y blaid gomiwnyddol? Yr hen Alaw a fyddai wedi bod yno ar flaen y gad gyda Kevin Strauch?

O, wfft. Gwthiodd yr euogrwydd o'r neilltu. Ei swyddogaeth hi oedd gweithio'n galed dros Lywodraeth y Cynulliad, ac mi oedd hi'n gwneud hynny, ac os nad oedd hi'n gwisgo sachliain a lludw ac yn byw mewn twll tin o le fel Abercwmboi, doedd dim angen iddi deimlo'n euog am hynny. Roedd blynyddoedd o waith caled o'i blaen, ond ryw ddydd, fe fyddai hi'n hawlio ar safle uwch yn ei phlaid a'r gallu i ddylanwadu ar ei chyfeiriad gwleidyddol. Yna fe fyddai pethau'n newid.

Roedd Derwyn yn dal i barablu am ei hoff bwnc, sef ef ei hun.

'Dw i'n deud wrthot ti, dw i wedi cael ail wynt ers cael dod i lawr i fa'ma. Do'n i heb sylweddoli pa mor gaeth o'n i yn y gogledd. Mae fatha bod yn y coleg eto yma. Y rhyddid i neud be dw i isio, pryd dw i isio.'

Tynnodd ei ffôn symudol o'i boced a syllu ar y sgrin.

'Ie, gwas bach i dy iPhone wyt ti erbyn hyn, yn hytrach na dy wraig,' meddai Alaw.

Gwnaeth Derwyn sioe o wasgu'r botwm 'off' a rhoi'r teclyn yn ôl yn ei boced. Gosododd law ar ben-glin Alaw a'i fwytho.

'Bwyta mewn 'ta allan heno?' gofynnodd.

'Mewn, am wn i. Sai moyn i bobol ein gweld ni 'da'n gilydd a dechrau siarad.'

'Does neb yn mynd i amau dim. Rydan ni'n gweithio efo'n gilydd, Alaw fach. *Working supper* fyddai o.' Cododd Derwyn y ffôn at ei glust a wincio arni. 'Ac mae hynny'n golygu y gallwn ni hawlio'r arian yn ôl…'

'Ym… Derwyn,' meddai.

'Ia?'

'Does dim rhaid i ni gael secs heno, o's e? Wy wedi blino, ti'n gweld. A tithe. Mae wedi bod yn wthnos hir…'

Syllodd Derwyn yn fud drwy ffenestr y fflat, i ben draw'r llyn llonydd. 'Na, na. Does dim rhaid i ti neud unrhyw beth nad wyt ti isio ei neud.'

'Diolch.'

Roedd yn dawel am rai eiliadau.

'Mae yna *reshuffle* ar droed, wyddost ti? Dywedodd y Prif Weinidog wrtha i heddiw. Mae isio fy nghyfarfod i ddiwadd yr wythnos. Gofyn fy marn ar bethau.' Trodd ei ben a syllu i lygaid Alaw. 'Isio gwbod a ydw i'n credu fod yna rywrai yn haeddu pethau gwell. Neu a oes yna rywun sy ddim yn tynnu ei phwysau.'

Cododd Alaw ei gwydr i'w gwefusau a llowcio'r gweddill ar ei ben.

'Mwy o siampên?' gofynnodd Derwyn.

Nodiodd Alaw ei phen. Byddai'n noson hir arall.

Joni

'**M**A RHWBETH LAWR fyn'na,' meddai Joni a'i lais yn crynu.
'Fe glywis i o hefyd,' meddai ei dad. Sadiodd ei hun ar ymyl y pydew a chyfeirio ei fflachlamp i ganol y twll du. Roedd y waliau wedi eu creu o garreg lefn ac yn syrthio ddegau o droedfeddi i lawr i'r tywyllwch. Beth bynnag oedd i lawr yno, roedd wedi ei ollwng yn ddwfn, ddwfn, i'r gwaelodion.

'Ein cyfeillion o dramor greodd y twll yma. Ac mae rhywun wedi ceisio dringo i lawr yn weddol ddiweddar,' meddai. 'Sbia ar y marciau ar y wal o amgylch yr ymyl... ac mae yna raff wedi rhwbio yn erbyn yr ochr fan hyn.'

Llithrodd golau'r fflachlamp i lawr ymyl y wal.

'Ond daethon nhw at rwbath wedyn. Rhyw fath o siambr gladdu. Mae yna farciau ar y waliau hefyd, ti'n gweld? Patrymau a chylchoedd, fel rhwbath o feddrod Celtaidd. Helô?' Chwibanodd. 'Oes yna rywun i lawr fan'na?'

Daeth sŵn mwmian a thuchan o waelod y twll.

Edrychodd Joni a'i dad ar ei gilydd. Dyna'r llais unwaith eto... yn atseinio i fyny tuag atynt, ond eto fel pe bai yn atseinio ar draws y canrifoedd...

Trodd Bleddyn at Joni a gosod llaw ar ei ysgwydd.

'Dwi'n falch bo ti yma efo fi,' meddai.

'Diolch,' meddai Joni. Nid oedd yn deall. Ni ddeallai beth oedd y llais a glywodd ychydig eiliadau ynghynt. Ni ddeallai beth oedd i lawr yno.

'Dw i'n mynd i lawr,' meddai ei dad. Cododd a chlymu rhaff o amgylch olwyn clo'r drws metel ym mhen draw'r ystafell, cyn cysylltu'r pen arall â'i felt. 'Joni, bydd yn rhaid i ti wneud ffafr efo fi a chydio'n dynn yn y rhaff 'ma. Gad fi i lawr bob yn dipyn, dallt?'

'Ond Dad... sai'n gwbod shwt...'

'Oeddat ti isio helpu. Dyma dy gyfla di.'

Rhoddodd y rhaff yn nwylo Joni. Cydiodd ef ynddi a'i ddwylo'n chwysu.

'Ti'n barod?'

'Odw.'

'Dal yn dynn, cofia.'

'Ond Dad, beth am y dyn tu fas?'

Gosododd ei dad fys ar ei wefus. 'Yn ddistaw bach…'

Llithrodd drwy'r hafn yn y ddaear ac fe deimlodd Joni y rhaff yn tynhau. Gafaelodd yntau ynddi fel petai ei fywyd ef ei hun ar fin llithro drwy ei fysedd. Rhywsut, y cyfan allai feddwl amdano oedd Iaco yn plymio i ddyfnderoedd afon Teifi… beth petai ei dad yn plymio i waelod y twll nawr? Beth fyddai pawb yn ei feddwl ohono wedyn? Ond roedd y rhaff wedi ei throelli'n dynn o amgylch y bachyn ac roedd hwnnw'n sicrhau nad ar chwarae bach y llifai drwyddo. Y cyfan oedd angen i Joni ei wneud oedd rhoi plwc bach iddi bob hyn a hyn i sicrhau nad oedd ei dad yn disgyn yn rhy gyflym.

Atseiniodd llais o ddyfnderoedd y twll. Llais ei dad, yn gorchymyn iddo stopio. 'Wow!'

Pwysodd Joni dros y twll. 'Beth?'

Saib.

'Dw i am ddatod y rhaff am eiliad.'

Teimlodd Joni y rhaff yn llacio.

'Dad, beth wyt ti'n ei weld?'

'Pethau anhygoel.' Roedd cryndod tawel yn llais ei dad. Rhyw barchedig ofn.

Teimlai'r pum munud nesaf fel oes. Roedd y tawelwch yn llethol. Ofnai Joni beth a ddywedai'r heddlu pe baent yn cerdded i mewn a'i weld fel yna. Sut fyddai'n esbonio'r peth? Ond ofnai yn bennaf am ei dad, i lawr yn y pydew. Beth pe bai yn syrthio i lawr rhyw dwll annisgwyl? Beth os oedd wedi ei anafu yn awr, a heb unrhyw fodd o roi gwybod iddo?

Beth ddywedai ei fam y tro hyn?

Yn sydyn teimlodd rywbeth yn plycio ar y rhaff drachefn, fel petai'n pysgota yn afon Teifi unwaith eto, ac wedi dal eog tew. Ymledodd y teimlad o ryddhad drwy bob modfedd o'i gorff wrth i lais ei dad godi i gwrdd ag ef.

'Reit, dwi'n dod 'nôl i fyny.' Roedd cyffro yn gymysg ag arswyd yn ei lais. 'Llusga'r rhaff yn ôl drwy'r bachyn wrth i mi ddringo.'

Tynnodd Joni drachefn a thrachefn nes bod ei wyneb yn goch a'i ddwylo'n ddolurus. Roedd smotiau piws yn dawnsio o flaen ei lygaid erbyn iddo weld y llygedyn cyntaf o olau tortsh ei dad yn cyffwrdd crib y twll. Daeth pen ei dad i'r golwg, fel milwr yn sbecian dros ymyl ffos. Wedi edrych i weld nad oedd neb gerllaw, gwthiodd rywbeth i fyny dros y rhiniog, rhyw fath o belen anwastad, tebyg i bêl lan y môr oedd wedi colli aer.

Codai oglau afiach ohono. Oglau pydredd, oglau cynrhon, oglau marwolaeth.

'Mae'n edrach fel rhyw fath o... ben wedi ei fymïo,' meddai ei dad. Dringodd allan o'r twll a phlygu i lawr i gael gwell golwg arno. 'Arglwydd mawr.'

Doedd dim amheuaeth mai pen ydoedd. Neu, o leiaf, rhywbeth a oedd wedi ei lunio fel pen. Edrychai'n llychlyd a chrebachlyd fel hen afal, fel pe bai wedi bod yno dan y ddaear ers canrifoedd. Roedd y llygaid a'r geg ar gau, a'r wyneb cyfan yn hongian am i lawr, fel petai'n myfyrio'n ddwys neu yn pendwmpian cysgu. Roedd y cyfan yn fwy o faint nag olwyn car.

Yn sydyn, symudodd yr amrannau ac fe agorodd pâr o lygaid du, du, fel pyrth ebargofiant. Edrychodd drwy Joni, yn ddwfn i grombil ei fod.

'Mi a welaf angau yn nesáu,' meddai. 'Ffowch oddi yma yn awr, ac arbedwch eich eneidiau.'

Roedd y llais mor glir â dwrn. Allai Joni ddim dweud o ble y daeth, a throdd ei ben yn sydyn gan feddwl bod rhywun yn gweiddi yn ei glust. Ond doedd neb yno. Roedd fel petai'r llais wedi dod o'r tu mewn i'w ben ei hun. Roedd yn amlwg fod ei dad wedi ei glywed hefyd, oherwydd fe neidiodd y fflachlamp o'i law a bu bron iddo faglu'n ôl i mewn i'r twll.

'Dad?'

'Paid â gofyn. Paid. Bydd o i gyd yn gneud synnwyr rhyw ddydd. Gobeithio. Ond rŵan, mae'n rhaid i ni fynd o 'ma.'

Edrychodd Joni eto ar y pen. Roedd y llygaid wedi cau drachefn, ac ni allai fod yn gwbwl siŵr ai yn ei ddychymyg y'u gwelodd nhw ar agor.

'Ty'd â rhwbath i fi,' meddai ei dad. 'Roedd yna bentwr o fagiau bins du y tu allan i'r drws.'

Yn gryndod drwyddo, sbeciodd Joni rownd y gornel, ond doedd dim golwg o'r dyn diogelwch mwyach. Rhedodd i nôl y rholyn o fagiau oedd yn gorwedd ger y tâp diogelwch a mynd ag ef yn ôl i mewn at ei dad.

'Dw i ar fin torri pob rheol archaeolegol yn y byd mawr crwn, ond dyna ni,' meddai Bleddyn. Rhoddodd ei ddwylo o amgylch y pen a'i godi o'r llawr. Disgynnodd rhagor o lwch a phridd oddi arno.

Agorodd Joni geg y bag du.

'Mae'n ddrwg gen i,' meddai ei dad, wrth ollwng y pen yn ofalus i waelod y bag.

'Na phoener,' meddai'r llais drachefn.

Syllodd Joni a'i dad ar ei gilydd a braw ac ansicrwydd yn llenwi eu llygaid.

'Dwy fil o flynyddoedd yr ydwyf wedi llechu o dan y ddaear,' meddai'r llais. 'Breuddwydiais yn hir am ddinas fawr yn cael ei hadeiladu yn goron uwch fy mhen. Gyda'm dychmygion y creais i hi. Fe siapiais i ei strydoedd a'i nentydd, fe'i chwalais hi â rhyfel a thân a'i chreu hi eto o'r newydd. Fe'i gwarchodais i hi, a hudo pobloedd newydd o bob cwr o'r byd i'w hatgyfnerthu rhag ei gelynion.'

'Ife'r pen sy'n siarad?' sibrydodd Joni, ei lais yn wich llygoden o anghrediniaeth. Teimlai fel pe bai'r cyfan yn digwydd i rywun arall, rhywun pell i ffwrdd, ac mai dim ond gwylio roedd ef.

'Dwi'm yn gwbod,' atebodd ei dad yn glwc. 'Ond byddai'n well gwrando ar beth sydd ganddo i'w ddeud, dwi'n meddwl.'

'Rydych ddoeth, felly gwrandewch – rhaid ffoi ar fyrder,' meddai'r llais. 'Yn ddiau, mae'r Saith yn nesáu, ac mi fyddant am eich gwaed.'

'Y Saith?' gofynnodd Bleddyn.

'Y Saith sy'n llechu yn y tŵr. Y Saith addawodd fy ngwarchod, ganrifoedd yn ôl, er mwyn diogelu'r deyrnas rhag i estroniaid ei gorchfygu.'

Edrychodd Joni ar ei dad. 'Saith beth sy'n llechu yn y tŵr?'

'Gen i ryw syniad,' sibrydodd ei dad, 'ond dwi'n gobeithio 'mod i'n rong. Ond well i ni ei heglu hi, cyn i ni ffeindio allan. Does dim gobaith rhoi hyn i gyd yn ôl fel yr oedd o.'

Taflodd Bleddyn y bag du dros ei ysgwydd, wrth i Joni sbecian o amgylch y gornel.

'Sai'n gweld neb,' sibrydodd.

Sleifiodd y tad a'r mab a'u pennau i lawr ar hyd y coridor concrid i gyfeiriad y grisiau oedd yn mynd i fyny at y maes parcio. Dechreuodd Joni ddringo, ond gosododd ei dad law ar ei ysgwydd.

'Ti'n clywad rhwbath?' gofynnodd.

Clustfeiniodd Joni. Nid oedd wedi clywed y llais. Ac roedd y coridor yn gwbwl dawel… heblaw am sŵn pell… sŵn na allai Joni roi ei fys arno, fel siffrwd cannoedd o blu ar waliau cerrig.

Gafaelodd ei dad yn dynnach yn ei ysgwydd ac amneidio tuag at smotiau bach coch oedd ar waelod y grisiau. Dilynodd llygaid Joni lwybr y smotiau i'r brig. Yno yr oedd y dyn diogelwch, ar ei gefn, yn syllu arnynt yn ddall. Doedd dim ond tyllau lle y bu ei lygaid ynghynt. Roedd ei geg ddidafod yn sgrech fud. Y tu hwnt iddo gallai Joni weld cysgodion, a chlywed yr un sŵn, y sŵn siffrwd, a hwnnw'n dod yn nes…

'Ni ddylid mentro'r ffordd hon,' meddai'r llais o'r pen.

'Dwi'n credu bod y pen yn iawn,' meddai Bleddyn. Trodd ar ei sawdl a'i heglu hi yn ôl i lawr y coridor y daethant ohono, gan lusgo'r bag ar ei ôl. 'Ty'd, Joni!'

'Ond ni'n mynd y ffordd rong,' meddai wrth ei ddilyn.

'Y ffor' iawn yw mor bell â phosib o beth bynnag sy'n dod ffor' arall.'

'Mae diangfeydd eraill i'w cael,' meddai'r pen eto. 'Ond bydd rhaid mynd yn ddyfnach i grombil y Gwynfryn.'

Aethant i lawr y coridor, heibio'r ystafell lle'r oedden nhw wedi dod o hyd i'r pen. Doedd dim ffordd arall allan fan hyn, dim ond gwter yn y llawr a drws wedi ei selio â briciau.

Syrthiodd ei dad ar ei gwrcwd, a, gyda chryn ymdrech, llwyddodd i dynnu caead haearn y gwter i fyny a'i daflu â chlec bŵl fodfeddi oddi wrth draed Joni. Edrychodd hwnnw dros ei ysgwydd a gweld cysgodion yn cronni ym mhen draw'r coridor. Dychmygai iddo glywed ambell grawc yn gymysg â'r si.

'Mae'r Saith ar gyrraedd,' meddai'r llais.

'Ia, wn i,' meddai Bleddyn. Cydiodd yn Joni a gwneud ystum arno i ddringo i lawr i mewn i'r twll o'i flaen. Roedd oglau erchyll yn codi ohono, hyd yn oed yn waeth na'r oglau a ddeuai o'r sach. Ond roedd y dewis yn un hawdd i Joni. Roedd ofn greddfol, cyntefig wedi cydio ynddo; ofn dyn yn ffoi drwy goedwig rhag cnud o fleiddiaid. Lapiodd ei freichiau am ei gorff a llithro drwy'r agorfa fel lasyn drwy dwll esgid, a'i gael ei hun yn syrthio ymhellach na'r disgwyl a glanio yn lletchwith ar lawr llithrig a gwlyb.

Gwaeddodd mewn braw.

'Wyt ti'n iawn?' Ymddangosodd amlinell pen ei dad yn y twll uwch ei ben.

'Odw. Mae'n ffordd bell i lawr. Ac mae'n smelo'n ofnadwy.'

'Os yw'n garthffos bydd 'na lwybr yn ôl i'r wyneb.' Ni hoffai Joni feddwl pa fath o lwybr fyddai hwnnw. 'Dalia'r bag pan mae'n dod i lawr, 'nei di?'

Tywyllodd y clwtyn o olau uwch ei ben, fel diffyg ar yr haul, wrth i leuad y bag du ei lenwi. Clywodd ebychiad olaf o ymdrech gan ei dad ac fe syrthiodd y bag drwy'r twll ac i lawr ar ei ben. Daliodd ef lond ei freichiau, a llenwyd ei ffroenau ag arogl llwch a phydredd. Bu bron iddo gyfogi.

'Sym!' galwodd ei dad, cyn disgyn drwy'r twll a glanio â chlec ar y llawr wrth ei ymyl. 'Owff!' Cododd ar ei draed. 'Gobeithio bod y pen yn dal mewn un darn.'

Roedd Joni yn poeni'n fwy am ei ben ôl. Rhwbiodd ef yn boenus.

Edrychodd ei dad i fyny ar y twll uwch eu pennau.

'Na phoenwch am y caead,' meddai'r pen. 'Ni fyddai yn rhwystr iddynt. Gwadnau eich traed yn unig all eich achub chi nawr.'

Trodd ei dad ei fflachlamp yn ôl ymlaen a'i defnyddio i oleuo'r gofod i bob cyfeiriad o'u hamgylch. Gwelodd Joni eu bod nhw mewn ystafell o deils gwyn, tamp a oedd yn cael ei haraf feddiannu gan len o fwsogl melynwyrdd. Roedd oglau'r tamprwydd yn gymysg â drewdod annioddefol a ddeuai o gyfeiriad grisiau metel yng nghornel yr ystafell a droellai i lawr i'r dyfnderoedd tywyll oddi tanynt.

Yna gwelodd Joni rywbeth a wnaeth i'w galon lamu.

'Dad!' meddai, gan bwyntio i fyny at y gwter.

Trodd Bleddyn olau'r fflachlamp yn ôl i fyny at y nenfwd. Sbeciai rhywbeth i lawr arnynt. Wyneb ydoedd, ond roedd yn farw – ni allai unrhyw beth byw edrych fel yna – ond nid oedd yn gwbwl ddifywyd chwaith. Syllai'r llygaid brain i lawr arnynt yn llawn malais. Llygaid na welent gariad, caredigrwydd na golau'r haul. Wrth iddynt wylio, llithrodd y cythraul drwy'r twll a dechrau hwylio i lawr tuag atynt, yn araf bach, fel petai'n farcud wedi ei gario ar y gwynt. Gwisgai'r corff tenau got o garpiau du amdano, a oedd yn cyhwfan bob ochr iddo fel plu aderyn.

Nid oedd Joni wedi gweld unrhyw beth mor erchyll erioed, hyd yn oed yn ei freuddwydion. Roedd fel petai'r gwewyr meddwl a deimlai dros y misoedd diwethaf wedi ei droi yn greadur o gig a gwaed. Trodd ei gorff i ffoi cyn disgwyl am unrhyw gyfarwyddyd gan ei ymennydd.

'Y grisiau,' tagodd ei dad ag unrhyw ddewrder yn ei lais yntau wedi diflannu yn llwyr.

Arweiniai'r rheini at dwnnel cul, ac fe ymbalfalon nhw'n hanner dall yn eu blaenau, y naill yn baglu ar draws y llall. Atseiniai sŵn bwrlwm dŵr o'u cwmpas. Roedd y fflachlamp yn rhy bitw i oleuo mwy nag un darn bach o'r ffordd o'u blaenau ar y tro.

'Lle y'n ni?' gofynnodd Joni.

'Mewn twnnel archwilio carthffos, dwi'n meddwl. Dwi'n cofio edrych ar y mapiau 'ma unwaith – mae yna un dan Fryn y Tŵr. Rhaid bod ffor' yn ôl i'r wynab yma'n rhywle.' Fflachiodd y fflachlamp o'u blaenau unwaith eto, heb feiddio troi i weld beth oedd y tu ôl iddynt. 'Ystol!' meddai, gan anelu'r golau at y wal yn y pen pellaf.

Edrychodd Joni i fyny. Gwelai ei bod yn arwain at eurgylch egwan o oleuni ymhell uwch eu pennau.

Stwffiodd ei dad y fflachlamp i'w boced a chydio yn yr ystol â'i law rydd, a dechrau dringo a'r bag dros ei ysgwydd. Dilynodd Joni ef i fyny. Roedd y grisiau metel yn seimllyd ac yn oer. Ond dringodd yn gyflym drwy'r tywyllwch, heb wybod faint o ffordd oedd oddi tanynt na chwaith uwch eu pennau, gan ddychmygu llaw esgyrnog yn cau o amgylch ei ffêr unrhyw eiliad. Cripiai rhywbeth i fyny o dan ei draed yn y tywyllwch, mor ddu ac anobeithiol â dyffrynnoedd isaf ei iselder.

'Aros eiliad!' Safodd ei dad yn stond. 'Mae yna gaead twll archwilio yma. Cym y bag am eiliad, tra ydw i'n trio ei agor.'

Gollyngodd Joni ei afael yn yr ystol ag un llaw a llwyddodd i ddal y bag. Roedd yn drwm iawn i'w gario ag un llaw, a dyfalai fod ei dad yn chwys drabŵd gyda'r ymdrech. A'i gyhyrau yn llosgi, a'i galon yn curo yn ei frest, ysai Joni am gael dianc rhag yr oerfel, yr oglau, a'r erchyllbeth yna a welsant, yn sleifio i fyny ar eu holau, a'i ddwylo marw ar bob gris. Clywodd sawl ebychiad uwch ei ben, ac anadlu lluddedig ei dad, ac fe suddodd ei galon am eiliad, wrth iddo ddyfalu eu bod nhw wedi eu caethiwo yno. Ond yna fe wnaeth ei dad un ymdrech olaf. A chyda gwich o ryddhad llithrodd gaead y twll archwilio i'r naill ochr a gwelodd Joni rywfaint mwy o olau yn treiddio drwy'r agoriad. Dringodd ei dad allan ac yna estyn i mewn am y bag, ac yna fraich Joni, a'i lusgo i'r wyneb. Caeodd yr agoriad yn glep ar ei ôl.

Gorweddai Joni ar lawr, wedi ymlâdd, a'i dad wrth ei ymyl. Teimlodd yr awyr iach yn llenwi ei ysgyfaint, cyn agor ei lygaid ac edrych o'i gwmpas. Edrychai'r bobol a âi heibio arnyn nhw'n rhyfedd iawn, a hwythau'n gorwedd yno, eu dillad yn llysnafedd i gyd, a chaead y twll archwilio ar dro wrth eu hymyl. Ond ni ddaeth neb atynt i gynnig help llaw chwaith, dim ond cerdded o'r naill ochr.

Wedi cael ei wynt ato cododd Joni ar ei draed. Gallai weld waliau uchel Tŵr Llundain yr ochr arall i'r stryd, wedi eu goleuo o bob ochr gan lifoleuadau, a thŵr y Shard yn disgleirio fel diemwnt yr ochr draw iddo. Eisteddodd ei dad yn drwm ar un o'r meinciau a oedd wedi eu gosod yno ar gyfer twristiaid.

'Pam ydych chi'n eistedd?' gofynnodd y llais.

'Achos dw i 'di blino,' meddai Bleddyn. 'Mae'n dipyn o waith dy gario di o gwmpas i bobman, ti'n gwbod.'

'Nid yw'r perygl ar ben eto.'

'Beth o'dd y peth 'na yn y twll?'

'Ydych chwi hefyd yn chwilio am y Pair Dadeni?' gofynnodd y llais.

Cydiodd Bleddyn yn y bag du a'i agor led y pen. Edrychodd Joni dros ei ysgwydd. Doedd y golau ddim cystal fan hyn ond fe allen nhw weld yr wyneb crychlyd, y llygaid caeedig a'r geg anystwyth. Doedd dim arwydd o symudiad pan siaradai. Edrychai fel un o'r pennau oedd yn cael eu casglu gan ganibaliaid ynysoedd y Môr Tawel, wedi eu sychu yn grimp yn y tywod nes eu bod yn fach, fach. Ond roedd y pen yma yn anferth.

'Be wyt ti?' gofynnodd Bleddyn.

'Pam rwyt yn gofyn cwestiynau y gwyddost yr ateb iddynt yn barod?'

Ochneidiodd Bleddyn.

'Pwy yw e, Dad?' gofynnodd Joni.

'Bendi-blydi-geidfran,' meddai Bleddyn a chau'r bag. 'Reit, hyn dw i'n ei awgrymu.' Anadlodd yn ddwfn. 'Y peth cynta ydi ein bod ni'n ei heglu hi yn ôl i Gymru cyn gynted ag y bo modd. Heno. Wedyn cuddio hwn lle ddeith neb o hyd idda fo. Bydd amser i feddwl wedyn.'

'Onid ydych yn deall?' gofynnodd y llais. 'Ni fydd y perygl ar ben nes eich bod chi'n fy ngwaredu. Rydych chi wedi fy nghipio o'r Gwynfryn. Bydd y Saith yn benderfynol o fy nychwelyd yno.'

'Beth 'dach chi isio i ni neud, 'ta? Eich taflu chi i afon Tafwys?'

'Er mwyn gwybod ffawd y Pair bydd yn rhaid i ni roi clust i'r llawr,' meddai Bendigeidfran. 'Bydd rhaid yn gyntaf deithio i'r Isfyd.'

'Yr Isfyd? 'Dan ni newydd fod yn y blydi Isfyd.'

'Rydych yn camddeall. Bydd yn rhaid gofyn cymorth un sy'n gwybod beth fydd hynt y Pair. Hwnnw yw Arglwydd yr Isfyd.'

'Lle ma'r Isfyd?' gofynnodd Joni.

'Wel, yn ôl y Mabinogi, mae o yng Nghwm Cuch,' meddai ei dad. 'Ond mae hwnnw'r holl ffor' 'nôl yn Nyffryn Teifi.'

'Mae Isfyd yma yn Llundain,' meddai'r pen. 'Ac yno y mae Arawn yn teyrnasu.'

Edrychodd Bleddyn arno'n hurt. 'Dw i 'rioed 'di clywad am yr un chwedl sy'n deud bod yr Isfyd yn Llundain. Ac mae gen i PhD yn y Mabinogi, ti'n gwbod.'

'Credaf fod eich mab yn gwybod yr ateb. Mae efe yn meddu ar wybodaeth drylwyr am isfydoedd Llundain.'

Trodd Bleddyn at ei fab a golwg amheus ar ei wyneb. 'Wyt ti?'

'Yr Isfyd? Ymmm… Pa Isfyd sydd yn Llunden?'

Roedd pen Joni'n troi. Ni allai ei feddwl brosesu'r hyn yr oedd wedi ei glywed a'i weld yn ystod yr hanner awr diwethaf. Roedd yn crynu drwyddo a'r cyfan roedd e eisiau ei wneud oedd dychwelyd adref.

'Plis, Joni,' meddai ei dad. 'Mae'n rhaid i ti feddwl. Mae Bendigeidfran yn deud 'i fod o mewn yna'n rhwla.'

Ond yna gwawriodd arno. Byddai'r holl flynyddoedd o ddarllen cylchgronau am sin clybiau nos hoyw Llundain yn ddefnyddiol wedi'r cwbwl.

Cododd Joni ei ben a syllu i lygaid ei dad. 'The Underworld.'

Alaw

Teimlodd Alaw law yn ymbalfalu yn y tywyllwch. Cyffyrddodd ei chorff fan hyn a fan draw fel dyn dall yn ceisio teimlo'i ffordd, cyn cydio yn un o'i bronnau. Gwasgodd yn arbrofol. Yna daeth tafod tew o rywle a llyfu ei brest, ac yna i fyny ei gwddf, ac at ei hwyneb. Gallai deimlo gwrych ei farf, fel cannoedd o goesau pryfed cop yn cripian ar draws ei chroen.

Diolch byth bod y golau i ffwrdd, meddyliodd. Dim ond unwaith yr oedd hi wedi cysgu gyda Derwyn Williams gyda'r golau ymlaen ac roedd rhai o'r delweddau erchyll wedi eu serio ar ei chof am byth. Roedd teimlo ei gorff blonegog, llipa drosti yn ddigon i godi cyfog, heb iddi orfod ei weld hefyd.

Ar ôl ychydig bach mwy o sugno teimlodd ef yn lledu ei choesau a'i bidyn yn procian fan hyn a fan draw wrth geisio dod o hyd i ffordd i mewn. Roedd hi'n falch bod y rhagchwarae rhywiol ar ben. Dyma fyddai'r rhan hawsaf, o'i safbwynt hi. Gorwedd yn ôl a meddwl am... beth? Cymru? Wedi'r cyfan, roedd Cymru, fel hi, mewn sefyllfa ddigon tebyg, wedi gorfod ymddarostwng, gan obeithio na fyddai'r penyd yn rhy boenus.

Aeth meddwl Alaw yn ôl i'w phrofiad rhywiol cyntaf. Dim ond pymtheg oedd hi, ac wedi mynd i barti yn nhŷ ei ffrind. Heb arfer yfed ac wedi meddwi yn gocyls. Deffro wedyn ar wely, gan deimlo bod rhywun ar ei phen hi, yn ei mygu hi, a sylweddoli â braw beth oedd yn digwydd...

Gwthiodd yr atgof o'i meddwl. Doedd hi ddim yn mynd i ddechrau pigo ar yr hen grachen yna unwaith eto. Hen atgof ydoedd i'w ail-fyw'n ysbeidiol mewn hunllef ddigymell. Tra oedd yn effro, gallai gau ei llygaid a chilio i gragen ei meddwl. Ystafell o waliau gwyn a charped lliw hufen lle na allai'r tywyllwch ei chyrraedd hi. Lle na allai glywed rhochian nwydus y dyn a oedd ar ei phen.

'Alaw... ti mor ffycin secsi. Dw i'n caru ti, Alaw.'

'A ti, Derwyn,' meddai, heb glywed ei llais ei hun.

Ond nid y weithred oedd y rhan waethaf. Gobeithiai mewn

ffordd na fyddai byth yn gorffen, am ei fod yn atal dros dro'r don o hunangasineb a fyddai'n golchi drosti'r eiliad y llwyddai i ddianc i'r ystafell ymolchi. Nid cael ei threisio yr oedd – roedd hynny'n ddigon drwg. Roedd hyn yn waeth; roedd hi yma o'i gwirfodd. A hynny am na allai ddygymod â methiant. Drwy gydol ei haddysg roedd hi wedi rhagori ym mhopeth. Roedd hi'n benderfynol o ddangos y gallai merch o'r Cymoedd lwyddo mewn bywyd, ac am ugain mlynedd dda roedd y llwyddiant hwnnw bron â bod yn ddiymdrech. Pedair A Serennog. Gradd dosbarth cyntaf mewn Gwleidyddiaeth o Brifysgol Durham. Cwblhau MA yn Aberystwyth gan weithio'n rhan-amser fel ymchwilydd i'w phlaid.

Nid oedd hyd yn oed wedi disgwyl cael ei hethol yn Aelod Cynulliad a hithau ar ddechrau ei gyrfa wleidyddol. Unwaith eto roedd popeth wedi disgyn i'w le, fel pe bai ffawd o'i phlaid. Ei ffrindiau yn dal i geisio penderfynu beth roedden nhw am ei wneud, yn eiddigeddu wrth weld ei llwyddiant. A'r disgwyl oedd y byddai pethau'n parhau'r un fath. Fe fyddai hi'n dal i ragori ym mhopeth, yn dringo'r ysgol mor rhwydd, ac un dydd fe fyddai'n arweinydd. Ni allai benderfynu ai Prif Weinidog Cymru neu'r Deyrnas Unedig yr oedd am fod – un yn gyntaf, efallai, ac yna'r llall? Ond ym mha drefn?

Ond yr ennyd y camodd i mewn i Siambr y Senedd, roedd popeth wedi newid. Roedd wedi ei chaethiwo. Yn ddim ond pysgodyn bychan mewn pwll llawn siarcod. Naill ai roedd hi'n cael ei thrin yn nawddoglyd fel plentyn ysgol, neu fel darn o gig i syllu arno'n llwglyd. Parhâi'r drysau i agor iddi, ar yr amod ei bod hi'n chwarae â'r nobyn yn gyntaf.

Clywodd Derwyn yn chwythu ei blwc a theimlo'i gorff yn llacio, nes bod ei fraster yn llenwi pob pant ar ei chorff fel uwd mewn powlen. Roedd hynny'n ormod. Llusgodd ei hun allan oddi tano ac i lawr dros erchwyn y gwely.

'Lle ti'n mynd?' gofynnodd ei lais yn y tywyllwch.

'Angen pi-pi arna i,' meddai gan lithro'n noeth drwy gil y drws ac i'r ystafell ymolchi. Trodd y gawod ymlaen, cydio mewn *loofah* a sgrwbio'n orffwyll nes bod ei chroen yn goch. Yna lapiodd ei hun mewn gŵn trwchus, gwyn. Allai hi ddim wynebu mynd yn ôl i'r ystafell wely a'i weld e'n gorwedd yno ar y cynfasau chwyslyd a'i goesau ar led, felly fe aeth drwodd i'r ystafell fyw ac agor drysau'r balconi led y pen er mwyn iddi gael anadlu'r awyr iach. Gadawodd i'r awel oeri ei chroen, a'i lanhau. Roedd dyfroedd Bae Caerdydd wedi troi'n wyn llaethog dan garped o niwl. Edrychodd allan, y tu hwnt i'r morglawdd, i gyfeiriad y gweunydd.

Yna daliodd rhywbeth ei llygad; rhywbeth sgleiniog. Meddyliai am eiliad mai adlewyrchiad goleuadau'r ddinas ar wyneb y dŵr ydoedd. Ond roedd yn agosáu, beth bynnag oedd, wedi ei gario gan gerrynt oedd o'r golwg dan yr wyneb. Winciai arni bob hyn a hyn, fel seren wib yn croesi wybren dywyll.

Ar fympwy, penderfynodd Alaw fynd i lawr at ymyl y dŵr i weld beth ydoedd. Gwyddai fod pob math o sothach yn cael ei daflu i'r dyfroedd hyn, ond roedd ei chwilfrydedd wedi ei threchu.

Caeodd ddrysau gwydr y balconi, a, gan dynnu ei gŵn nos yn dynnach amdani, agorodd ddrws y ffrynt a chripian i lawr y grisiau ac yna ar draws y stryd at ymyl y lan. Roedd beth bynnag oedd yno bellach yn ddigon agos iddi gael golwg iawn arno. Edrychai fel cyllell fawr neu gleddyf, ac roedd rhywbeth wedi ei glymu o amgylch y carn. Pam nad oedd wedi suddo?

Aeth i lawr y grisiau bach at wyneb y llyn ac ymestyn ei braich tuag ato. Ond roedd yn rhy bell iddi allu ei gyrraedd. Cymerodd ambell gam ymhellach i lawr y grisiau, nes ei bod hyd at ei phengliniau yn y dŵr. O'r diwedd llwyddodd i gydio yn y llafn â'i dwylo, a'i godi. Roedd yn syndod o drwm. Sgleiniai yng ngolau egwan lampau'r strydoedd. Ie, cleddyf – un canoloesol, neu atgynhyrchiad o arf o'r cyfnod hwnnw, yn ôl ei olwg. Byseddodd ef. Roedd yn dal yn finiog. Rhedodd ei llygaid ar ei hyd tuag at ei waelod. Hongiai llaw yno, ei bysedd pydredig yn dal eu gafael ar y carn.

Sgrechiodd Alaw a bu bron iddi daflu'r cleddyf yn ôl lle y daethai. Ond llwyddodd i ddal ei gafael ar y llafn. Ysgydwodd ef bob ffordd nes i'r llaw lipa ollwng ei gafael yn y carn a glanio ger ei throed. Ciciodd hi oddi wrthi a suddodd i'r dyfnderoedd. Roedd hi'n crynu drosti erbyn hyn, mewn braw ac oherwydd oerfel y dŵr, felly brysiodd yn ôl i fyny'r grisiau i gynhesrwydd y fflat, gan sychu'r cleddyf â'i gŵn nos.

'Derwyn,' meddai wrth gerdded i mewn trwy'r drws. 'Co beth ges i hyd iddo fe yn y dŵr. Mae'n anhygoel. Roedd —'

Ond gallai glywed llais Derwyn o'r gawod. Roedd yn canu yn

uchel ac yn llawen, 'Sosban fach yn berwi ar y tân… Sosban fawr yn berwi ar y llawr…' Roedd ei ddillad glân yn hongian dros gefn un o'r cadeiriau wrth y bwrdd bwyd.

Eisteddodd Alaw ar y soffa a gosod y cleddyf ar draws ei phengliniau. Roedd yn sicr yn greadigaeth hardd. Mwythodd ef â'i llaw, a thynnu darn o wymon oddi ar y carn. Roedd siâp dwy sarff wedi eu naddu arno.

Cododd ei ffôn oddi ar y bwrdd bach wrth y soffa, a dechrau deialu rhif yr heddlu i adrodd am y llaw. Ond yna oedodd. A fyddai'n ddoeth iddi roi gwybod iddynt? Sut byddai hi'n esbonio cicio'r llaw yn ôl i'r dŵr? A beth pe baen nhw'n ceisio cymryd y cleddyf oddi arni? Roedd yn edrych fel crair gwerthfawr, ac roedd yn sicr bod amgueddfa'n chwilio amdano erbyn hyn.

Oedd, roedd rhywbeth hudolus am y cleddyf yma, rhywbeth oedd yn golygu na allai hi lacio ei gafael arno. A ddaeth unrhyw un o hyd i gleddyf mewn llyn erioed o'r blaen? Ni allai ond teimlo rhywsut mai ei chleddyf hi oedd hwn. Ei fod wedi ei dewis hi i'w drafod.

Roedd Derwyn yn dal i ganu: 'Mae'r baban yn y crud yn crio – wa, wa, wa, wa, wa, wa, wa!'

Cododd y cleddyf a'i ddal yn ei dwylo gerfydd y carn. Teimlodd wefr yn mynd drwy ei chorff. Teimlai'n nerthol a hyderus. Roedd cymylau duon ei hanobaith wedi eu disodli fwyaf sydyn, gan ddatgelu llwybr clir o'i blaen. Pwy oedd yn sefyll yn ei ffordd, wedi'r cwbwl? Ciwed o wleidyddion analluog, gwehilion San Steffan, wedi eu dyrchafu ar sail eu llwfrdra a'u parodrwydd i dderbyn y drefn. Ffyliaid fel Derwyn Williams oedd mor argyhoeddedig o'u hawl i reoli nes bod pawb arall wedi eu credu nhw. Bu bron i Alaw chwerthin. Fe allai gwleidydd o safon, gwleidydd greddfol, dorri drwyddynt, fel cyllell boeth drwy fenyn.

Gwelai Gymru hithau fel yr oedd. Rhith o genedl, yn honni bod ganddi ymreolaeth tra bod y pleidiau gwleidyddol yn dilyn gorchmynion eu harweinyddion yn San Steffan, a'r gweision sifil eu cynghreiriaid yn Whitehall. Llwyddiant mawr Cymru yn yr ugeinfed ganrif oedd iddi fynd o fod yn wlad a oedd wedi ei hintegreiddio i Loegr i'r fath raddau fel nad oedd angen ei sefydliadau ei hun arni o gwbwl, i fod yn wlad yr oedd angen senedd ddirprwyol er mwyn cadw gwell golwg arni.

Dydw i ddim am gael fy nghaethiwo ganddynt rhagor, meddyliodd.

Roedd Derwyn wedi symud ymlaen at diwn arall: 'Mi welais Jac y Do, yn eistedd ar ben to… Het wen ar ei ben a dwy goes bren, ho ho ho ho ho ho…'

Trodd Alaw ei golygon tuag at yr ystafell ymolchi. Cododd y cleddyf yn ei dwylo a symud yn ysgafndroed tuag at y drws. Gwthiodd ef yn gilagored â'r llafn. Drwy'r stêm gallai weld amlinell corff noeth Derwyn Williams y tu ôl i len y bath. Safai yno'n golchi ei hun â phibell y gawod.

'Mi welais iâr fach yr ha', yn mynd i werthu ffa… Fe'u gwerthodd yn rhes, ond collodd y pres, ha ha ha ha ha ha…'

Tynnodd ei gŵn nos oddi arni a'i daflu ar lawr yr ystafell fyw. Doedd hi ddim am ei staenio yn ddiangen. Yna sleifiodd yn ei blaen. Trodd yr ager yn ddŵr wrth gyffwrdd â llafn oer y cleddyf a diferu i'r llawr. Cydiodd yn llen y gawod a'i rhwygo yn ôl.

'O, helô biwtiffyl… t'isio ymun—?'

Gyrrodd Alaw'r cleddyf yn ddwfn i'w stumog, gan roi ei phwysau cyfan y tu ôl iddo. Ymbalfalodd Derwyn am len y gawod er mwyn ceisio'i sadio ei hun. Caeodd ei law rydd ar lafn llithrig y cleddyf a cheisio ei dynnu allan ohono. Roedd ei wyneb yn bictiwr o fraw a syndod.

'Cymer honna'r cwd,' meddai Alaw.

Tynnodd y cleddyf yn rhydd a'i drywanu unwaith eto, yn ei frest. Pistyllodd y gwaed ohono, gan gymysgu â'r dŵr oedd yn ffrydio i lawr ei gorff.

'Ac mae hwn i bob bastad arall sy'n methu cadw ei ddwylo iddo'i hun…'

Tynnodd y cleddyf allan a'i godi uwch ei phen. Roedd yn drwm ofnadwy ac fe grynai ei breichiau â'r ymdrech. Daeth ag ef i lawr ar gefn gwddf yr Ysgrifennydd Treftadaeth, oedd wedi suddo i lawr ar un glin.

'Ac i bawb sydd wedi siarad i lawr ata i, ac edrych drwydda i…' Aeth Alaw i lawr ar ei chwrcwd a syllu i mewn i lygaid Derwyn. 'Sut mae'n teimlo i gael fy nghoc i y tu mewn i ti?'

Syrthiodd Derwyn ymlaen a tharo ei ben yn erbyn ochr y bath, cyn llithro yn anymwybodol i mewn i'r pwll o ddŵr oedd wedi cronni ar ei waelod. Llifai stribyn coch llachar o'i frest, o amgylch ymyl y bath, ac i lawr twll y plwg.

Gadawodd Alaw i'r cleddyf llaith ddisgyn ar lawr yr ystafell ymolchi, ac fe aeth ar ei chwrcwd wrth ei ymyl. Claddodd ei hwyneb yn ei dwylo a gadael i'r dagrau lifo. Ond dagrau o lawenydd oeddynt – roedd hi wedi ei rhyddhau o'i chaethiwed. Teimlai'n nerthol. Yn fwy nerthol nag a deimlasai hi erioed.

Ar ôl ychydig funudau cododd ar ei thraed drachefn a sbecian i mewn i'r bath. Roedd corff Derwyn wedi troi'n glaerwyn. Gwyddai nad oedd gobaith ganddi ei dynnu oddi yno. Trodd drwyn y gawod arni hi ei hun a gadael iddo olchi'r diferion gwaed oddi arni a thros lawr yr ystafell ymolchi. Yna cododd ei gŵn nos gwyn a'i wisgo drachefn. Teimlai'n lân, a hynny am y tro cyntaf ers blynyddoedd.

Aeth i'r gegin ac estyn potel o win iddi ei hun. Roedd Derwyn wedi gorffen y siampên. Ond roedd digon o Rioja, ei ffefryn. Agorodd hi a thywallt gwydraid o'r hylif rhuddgoch i'r gwydr a'i lyncu ar ei ben, cyn tywallt un arall.

A ddylai deimlo cywilydd, euogrwydd, edifeirwch? Na, roedd hi'n ymwybodol o fodolaeth yr emosiynau hyn, yn bygwth yn yr encilion, ond ni allent gyffwrdd â hi. Dyna'r hen Alaw. Yr un a fyddai'n ofni Derwyn Williams. Roedd yr Alaw newydd yn gryf. Wyddai hi ddim o ble'r oedd y cryfder wedi dod.

Roedd fel petai popeth wedi disgyn i'w le. Roedd y gybolfa o hanner syniadau yn ei phen wedi asio i un cyfeiriad clir. Roedd fel petai rhywun wedi agor ffenestr yn ei phen a gadael yr hen wynt trymllyd allan, a'r awyr iach i mewn.

Roedd hi'n gwybod yn union beth oedd angen ei wneud.

Fe fyddai Cymru'n rhydd.

Joni

ROEDD Y TYWYDD wedi troi erbyn i Joni a Bleddyn gyrraedd dociau anghyfannedd dwyrain y ddinas. Crogai'r glaw fel clychau rhew yng ngoleuadau blaen y tacsi, a chodi'n bistyll byrlymus yng ngwteri'r warysau brics coch bob ochr iddynt. Yr unig arwydd o fywyd oedd twr o bobol yn cysgodi mewn lloches fetel ar ochr un o'r hen adeiladau brics coch ar y llain o dir diffaith rhyngddynt ac afon Tafwys, a churiad trwm cerddoriaeth a oedd fel petai'n codi'n ddaeargryn o'r ddaear dan eu traed. Astudiodd Joni'r adeilad yn ofalus. Roedd yr ychydig ddrysau a ffenestri oedd yn y golwg y tu ôl i'r cen a dyfai arno wedi eu gorchuddio â phren neu haearn sinc. Serch hynny, gallai weld canllaw grisiau cul oedd yn arwain o dan y ddaear, a bob hyn a hyn gwelai unigolyn yn esgyn neu ddisgyn.

'Wyt ti'n siŵr mai dyma'r Underworld?' gofynnodd ei dad. 'Dw i ddim yn licio ei olwg o.'

'Dyna'r syniad,' atebodd Joni. Ond roedd rhaid iddo gytuno. Roedd wedi breuddwydio sawl tro am gael ymweld ag un o glybiau mwyaf drwg-enwog Llundain, lle y câi'r *clientele* fod yn nhw eu hunain, ymhell o wg cymdeithas. Ond nawr, ac yntau wedi cyrraedd, roedd y syniad yn llawer llai apelgar. Edrychai rhai o'r cwsmeriaid fel doliau *voodoo* wedi eu procio ag un pin yn ormod.

Roedd ofnau eraill yn llechu yn ei galon hefyd. Doedd e ddim am i'w dad wybod ei fod yn hoyw. Dim eto, ta beth. Doedd e ddim yn gwybod beth fyddai'r ymateb. Wedi'r cwbwl, roedd ei dad wedi troi ei gefn arno unwaith yn barod. Roedd rhan ohono'n bles ei fod wedi llwyddo i'w helpu, i ddangos nad oedd yn gwbwl ddiwerth fel mab. Ond beth os, ar ôl gweld y clwb nos, byddai ei dad yn dechrau amau sut roedd yn gwybod am y lle?

'You stayin' or wot?' gofynnodd y gyrrwr tacsi.

Nodiodd Joni ei ben, a doedd gan ei dad ddim dewis ond rhoi'r arian yng nghledr llaw'r dyn. Camodd y ddau allan o grombil y tacsi du i ganol y gawod ddiflas o law. Suddodd troed Joni yn syth i bwll dŵr a theimlodd y gwlybaniaeth rhewllyd yn llenwi ei esgid, ond brasgamodd ymlaen gyda'i dad i gyfeiriad y criw a gysgodai yn erbyn y wal, yn nannedd y gwynt oer a chwythai o gyfeiriad yr afon Tafwys. O leiaf yr oedd ganddyn nhw ddillad cynnes, yn wahanol i rai o'r merched a oedd yno mewn llewys byr a sgertiau byrrach fyth.

Cerddodd Joni at gefn y ciw ac edrych i lawr dros reilen y grisiau. Gallai weld dau fownser gweddol ddychrynllyd yr olwg yn cysgodi'r drws. Roedd un croenddu, tew a'i wallt yn fohican oren ar ei ben a modrwy fel un tarw yn ei drwyn, ac roedd y llall yn wyn, â phen moel, a chanddo graith hir ar ei foch, a breichiau fel bagiau ailgylchu a oedd wedi eu stwffio'n llawn sbwriel nes iddynt golli eu siâp.

'Sai'n credu y cawn ni fynd i mewn ffordd hyn, Dad,' meddai Joni. 'Yn enwedig yn cario pen mewn bag bin.'

Agorodd ei dad y bag eto. 'Be 'dan ni fod i neud rŵan, 'ta?'

Doedd dim ateb o'r sach.

'Mae'n ddigon tawedog pan mae o isio bod,' meddai Bleddyn.

'Pen mewn cwd ydwyf,' meddai'r llais, ychydig yn ddiamynedd.

'A fo ben, bid bont?'

'A fo ben, ni wna lawer heb gorff. Bwrw'r drws i lawr ni allaf.'

'Iawn.' Edrychodd ar Joni. 'Efallai fod yna ffordd arall i mewn, rownd y cefn.'

Sleifiodd y ddau o olwg y lleill, a chamu dros ffens isel. Doedd dim rhwystr arall hyd y gwelai Joni, dim ond arwydd mawr ac amlwg yn rhybuddio pobol i ochel rhag y cŵn. Aeth ias i lawr cefn Joni. Gallai eu clywed nhw cyn eu gweld, yn chwyrnu ac yn llusgo eu cadwyni ar hyd y concrid tamp. Dechreuon nhw udo a chyfarth yn ffyrnig wrth iddo ef a'i dad agosáu. Ond diolch byth, gwelodd fod y cŵn wedi eu carcharu mewn caetsys yn erbyn y wal bellaf.

'Dwi'n casáu cŵn,' meddai ei dad drwy ei ddannedd, gan gerdded wysg ei ochr ar hyd ymyl yr adeilad er mwyn cadw pellter rhyngddo a'r creaduriaid ffyrnig ychydig lathenni i ffwrdd.

'Shgwl Dad, maen nhw'n wyn.'

Credai Joni fod ei lygaid yn chwarae triciau arno yn y golau gwan i ddechrau, ond wrth nesáu gallai weld bod pob ci yn wyn fel y galchen, a chanddyn nhw drwynau a chlustiau pinc a llygaid coch.

'Cŵn albino!' meddai. 'Ti'n meddwl ei fod e'n eu casglu nhw?'

Oedodd ei dad cyn ateb. 'Yndw, a dwi'n eitha sicr rŵan ein bod ni yn y lle iawn. Pwy ond Arglwydd yr Isfyd fyddai â chnud o gŵn claerwyn?'

Gyda hynny agorodd drws yng nghefn yr adeilad, a thaflwyd llafn o olau ar draws yr iard. Dechreuodd y cŵn gyfarth yn ffyrnicach fyth. Safai cysgod yno. Disgwyliai Joni i bâr o freichiau cyhyrog gau amdanynt a'u taflu wysg eu tinau i'r afon. Ond hen fenyw grebachlyd a ymddangosodd, a'i gwallt hir yn ymestyn ymhell i lawr ei chefn.

'Ie, ie. Well i chi ddod mas o'r glaw, 'de,' meddai cyn iddyn nhw gael cyfle i agor eu cegau. 'O'n i'n gallu eich clywed chi'n browlan tu fas,' meddai wedyn, cyn troi ar ei sawdl. 'Peidiwch poeni am rheina, moyn eu cinio ma'n nhw. A nage chi fydd hwnnw.'

Camodd y ddau yn frysiog ar ei hôl hi dros y rhiniog, gan gau'r drws yn glep ar udo dolefus y cŵn. Ond nid oedd fymryn tawelach y pen arall i'r drws. Crynai'r adeilad cyfan o dan ddyrnu diddiwedd bas y gerddoriaeth tecno trwm. Hebryngwyd hwynt i lawr coridor a oedd yn blastr o bosteri di-ri gigiau nes iddynt gyrraedd rhodfa fctel a groesai uwchben dawnslawr y clwb nos. Bymtheg troedfedd oddi tanynt, fflachiai goleuadau amryliw ar fôr tymhestlog o gyrff chwyslyd oedd yn dawnsio'n orffwyll i'r gerddoriaeth. Ynghanol y dawnswyr, mewn caets oedd yn hongian o'r to ar fachyn cig, roedd merch fronnoeth yn gwingo yn erbyn y bariau.

'Fysa dy fam yn mynd i dop caets tasa hi'n gwbod 'mod i'n dy arwain di mewn i le fel hwn,' gwaeddodd ei dad dros y sŵn.

'Dad, dwi'n un deg saith, nid saith,' atebodd Joni, gan gael trafferth clywed ei lais ei hun. 'Wy 'di bod mas yn clybo o'r blaen, ti'n gwbod…'

'O ia, a ma 'na betha tebyg i hyn yng Nghastellnewydd Emlyn ar nos Sadwrn?'

'Os wyt ti'n mynd i'r llefydd iawn…'

Boddwyd chwerthin ei dad gan daranu'r uchelseinyddion.

Agorodd yr hen wreigan ddrws ym mhen draw'r rhodfa a gadael i'r ddau ohonyn nhw, a'r bag, gamu heibio iddi.

Tu hwnt i hwnnw roedd swyddfa fechan, flêr. Gorchuddiwyd y waliau brics moel â phosteri o'r miloedd o gigiau oedd wedi eu cynnal yn y clwb dros y degawdau. Ynghanol yr ystafell safai desg hynod o anniben, a phâr o goesau hir tenau arni, mewn trowsus lledr tyn. Gwisgai perchennog y coesau siaced binc lachar ac uwch ei ben gwelid gwrych anferth o wallt claerwyn, o'r math a fu'n ffasiynol ymysg cantorion pop yr 80au.

Caeodd yr hen wreigan y drws ar eu holau, gan bylu gryn dipyn ar sŵn y gerddoriaeth tu hwnt. Serch hynny, parhâi'r swyddfa i grynu'n rhythmig fel curiad calon.

'Mallt?' gofynnodd y mop o wallt. Roedd wyneb yno'n rhywle, wyneb esgyrnog dyn a edrychai fel pe bai wedi byw sawl bywyd. 'A phwy yw'r rhain?'

'O'n nhw mas y bac,' ebe'r hen wreigan. 'Yn siarad Cwmrâg. Rhwbeth 'da nhw i chi mewn bag bin du.'

Llygadodd y dyn y bag. 'Dim mwy o blydi miow miow gobeithio, smo fe'n cytuno 'da fi rhagor.'

'Na, yn anffodus,' meddai Bleddyn.

'Ketamine?'

Trodd Bleddyn y bag ben i waered a disgynnodd pen Bendigeidfran ohono mewn cawod o lwch, gan ychwanegu at y blerwch ar y ddesg.

Symudodd y dyn ddim modfedd ond cododd un ael wen mewn syndod.

'A, Bendy-big-boy,' meddai. 'Shwt ma'n hongian?'

'Fel y gweli di.'

'Sdim byd ar ôl i'w hongian, 'weden i.' Tynnodd ei goesau oddi ar y ddesg, a phwyso ymlaen i gael gwell golwg ar y pen nobl. 'Hmmm,' meddai, a gwgu. Edrychodd ar Joni a Bleddyn. 'Wy'n cymryd mai'r pen 'ma sy wedi eich arwain chi ata i?'

'Ia,' atebodd Bleddyn.

'A chi'n gwybod pwy odw i?'

'Arawn, Arglwydd yr Isfyd,' meddai Bleddyn. 'Ond wela i ddim Isfyd.'

'Mi wneith y tro.' Pwyntiodd Arawn at y drws. 'Dim yr Isfyd swyddogol mwyach, cofiwch. Wedi fy nhaflu mas o fan'no gan dduwiau mwy poblogaidd, neu o leia… llai amhoblogaidd.'

'Collwyd Annwn, felly?' gofynnodd Bendigeidfran.

'Mae e dal 'na, ond sdim pwynt cynnal parti os o's neb yn dod,' meddai Arawn. 'Pwy sy'n marw gan gredu eu bod nhw am fynd i Annwn erbyn hyn? Neb. Sai'n cael cludo pobol dros y trothwy rhwng byw a marw mwyach.' Gwthiodd ei fop helaeth o wallt allan o'i lygaid.

'Dim ond taflu ambell i hen feddwyn mas a dros y trothwy i sobri ar y stryd. Mae Gwyn ap Nudd yn gwarchod y lle yn fy absenoldeb.' Pwysodd ymlaen. 'Ond so hynny'n bwysig nawr. Y cwestiwn pwysig cynta yw, pwy y'ch chi?'

'Bleddyn Cadwaladr, archaeolegydd. Dyma fy mab, Joni Teifi.'

'A'r ail gwestiwn. Pam, O! pam, bod ganddoch chi ben Bendigeidfran mewn bag plastig du?'

'Doedd 'na fawr o ddewis,' meddai Bleddyn. 'Un eiliad, oeddan ni wedi cydio yn y pen, a'r funud nesa roedd rhyw… greaduriaid ar ein holau ni.'

'Ie, ac fel arfer, bryd 'ny, mae unrhyw un hanner call yn gollwng y pen, a MOMFG. 'Na'r ffycin syniad.' Cododd Arawn ei goesau ar y ddesg drachefn, fodfeddi o ben y cawr. 'Roedd y Saith wedi addo amddiffyn pen Bendigeidfran, a'i gadw yn y Gwynfryn, nes bod Sul y pys yn slwj,' meddai. 'Smo nhw'n mynd i fod yn bles iawn fod rhywun wedi mynd â'i ddwgyd e.'

'O'n nhw wedi pigo llygaid un dyn mas o'i socedi!' meddai Joni. Ni allai gael y darlun hwnnw o'i feddwl.

'Ie, mae gormod o natur y deryn ynddyn nhw erbyn hyn. All neb dreulio gormod o amser ar ffurf anifail heb fabwysiadu rhai o'u greddfe sylfaenol. Gofynnwch i Flodeuwedd. Mae'n joio byta llygod o hyd.'

'Ond rydan ni'n saff fan hyn, siawns,' meddai Bleddyn. 'Yn ôl y chwedlau dydyn nhw ddim yn cael gadael Tŵr Llundain, neu bydd y deyrnas yn chwalu.'

Ysgydwodd Arawn ei ben. 'Camddehongliad, yn anffodus. *Chinese whispers*, y chwedl wedi newid bob yn dipyn bach dros y canrifoedd. Dewch i mi adrodd yr hanes.' Agorodd un o ddroriau'r ddesg a thynnu pêl ddisgo ohono. Rhwbiodd y llwch oddi arni â llawes ei siaced binc, ei gosod ar ei ddesg a'i throelli.

Syllodd Joni arni, wedi ei gyfareddu gan befrio'r goleuadau. Asiodd y cyfan yn ddarlun o'i flaen. Gwelodd y môr a gwelodd long arno. Saith dyn yn dychwelyd o ryfel yn Iwerddon a phen Bendigeidfran wedi ei glymu wrth hwylbren y llong. Yna gwelodd ferch ifanc, a'i chalon yn torri, yn ei thaflu ei hun i afon Alaw. Gwingodd. Nid ei hwyneb hi a welai yn y dŵr, yn ymbalfalu am aer, ond un Iaco. Roedd eisiau plymio i mewn ar ei ôl, gweiddi arno, ond yna gwelodd wyneb arall – wyneb plentyn. Ac yna wyneb ei dad yn wylo. Roedden nhw gartref unwaith eto. Ond roedd ei dad yn gadael y tŷ…

'Rwyt ti'n edrych ar yr adlewyrchiad ar arwyneb y belen, fachgen,' meddai llais o rywle. Gwelodd wyneb Arawn yn dawnsio drwy'r golau tuag ato, fel bwled o belydrau. 'Rhaid i ti fodloni ar weld yr hyn ydw i am ei ddangos i ti.'

Newidiodd y darlun. Gwelodd y saith dyn eto, ar lan afon Tafwys y tro hwn. Ond nid Llundain, y ddinas fawr, oedd yno. Dim ond cors helaeth a'r Gwynfryn fel ploryn yn codi ohoni. Claddwyd pen Bendigeidfran yn y fan a'r lle, a thyngwyd llw i'w warchod hyd angau a thu hwnt – nes bod y tir yn syrthio'n ôl i'r môr. Oblegid byddai presenoldeb Brenin Ynys Prydain yno drwy gydol amser yn gwarchod y deyrnas rhag chwalu.

Deffrôdd Joni o'r weledigaeth. Roedd yn ôl yn y swyddfa, y gerddoriaeth yn dyrnu drwy'r waliau ac roedd y bêl ar y bwrdd wedi rhoi'r gorau i droelli. Ni wyddai am ba hyd y bu'n syllu iddi. Roedd ei ben yn troi.

'Gwir oedd hynny,' meddai Bendigeidfran. 'Cymerodd y Saith lw i'm gwarchod ac maent wedi gohirio eu marwolaethau eu hunain er mwyn cyflawni hynny.'

'Felly, beth wyt ti'n ei wneud fan hyn, 'te?' gofynnodd Arawn.

'Mae arnaf angen gwybodaeth. Mae cynllwyn ar droed. Mae ein gelynion yn troedio'r tir. Maent yn chwilio am y Pair Dadeni.'

Teimlodd Joni yr un wefr yn saethu drwyddo ag o'r blaen wrth glywed am y Pair. Felly roedd yna obaith bod y chwedl yn real. Gyda'r gallu i ddod â'r marw yn fyw…

'Y Pair?' gwgodd Arawn. 'Fe wnaeth dy hanner brawd Efnisien ei chwalu'n deilchion yn Iwerddon.'

Suddodd calon Joni drachefn. Ond yna cododd eto fymryn wrth i Bendigeidfran siarad.

'Yn wir,' meddai. 'Er hynny, cefais fy nadebru gan ddau ddyn echnos a oedd yn benderfynol o gael gwybod am ei leoliad. Heb gymorth un ag ystorfa helaeth o wybodaeth am yr hen dduwiau, ni allent wybod ym mhle yr oeddwn wedi fy nghladdu. Mae rhywun yn chwilio am y Pair, ac efallai'n meddu ar yr hudoliaeth i'w ail-lunio – a gall fod yn arf grymus ac erchyll yn y dwylo anghywir. Bûm i fy hun yn dyst i'w rym. Collais bopeth, gan gynnwys fy myddin, fy nai, fy mrawd a'm hannwyl chwaer. Ni allaf ganiatáu i'r un dyn feddu arno eto. Gwyddwn y gallwn ymddiried y wybodaeth hon i ti o bawb, Arawn, gan nad oes budd i arglwydd y meirw atgyfodi'r un corff gelain.'

'Ond pam fyddai unrhyw un isio'r Pair?' gofynnodd Bleddyn.

'Pŵer,' meddai Arawn. 'Rhaid i chi gofio ein bod ni i gyd yn dduwiau go iawn un tro, cyn dyfodiad y grefydd newydd, a'i chofnodwyr a'n darostyngodd ni i fod yn ddim ond cymeriadau meidrol mewn chwedlau diddim.' Aeth ei lygaid yn bell, fel petai'n syllu'n ôl drwy'r canrifoedd. 'Bendigeidfran fan hyn oedd Arglwydd Ynys Prydain yn ei chyfanrwydd, a minnau'n Arglwydd yr Isfyd. Ond deuthom yn ysglyfaeth i foderniaeth a chynnydd, yn adleisiau o orffennol tywyll, yn straeon i'w hadrodd o amgylch y tân, yn hytrach na duwiau i'w haddoli. Rydw i wedi derbyn fy ffawd, ond nid peth anghyffredin yw i rai grefu am t'm bach o'r hen rym 'na 'nôl.' Cododd un bys hir a chrafu ochr ei drwyn. 'A gyda chrefydd ar drai, rhyddfrydiaeth yn cilio, ac awdurdodyddiaeth a chenedlaetholdeb eithafol yn deffro o drwmgwsg, efallai fod ambell un wedi gweld ei gyfle i ailafael mewn pethau. Allech chi ddychmygu beth allai byddin fodern ei wneud â phair fyddai'n atgyfodi milwyr o farw'n fyw?'

'Mae'n amlwg beth sydd angen ei gyflawni, felly,' meddai Bendigeidfran. 'Rhaid i ni ddarganfod pwy sydd y tu ôl i'r cynllwyn hwn, a'u hatal rhag cael gafael ar y Pair.'

'Wel pob lwc i chi, ond does 'da fi ddim syniad lle i ddechrau,' meddai Arawn. 'Wy 'di colli cysylltiad â'r hen griw, rhaid cyfadde. O'n i'n gwbod bod Blodeuwedd yn cadw siop flodau yn Llanbedr Pont Steffan. Roedd Gwydion yn rhyw fath o ymgyrchydd newid hinsawdd efo Greenpeace, yn galw ei hunan yn Kevin Strauch, y tro diwetha i mi ddod ar ei draws. Buodd Llwyd ap Cil Coed yn Archesgob Cymru am sbel. Fe wnaethoch chi basio Ceridwen ar y ffordd i mewn.'

'Hi oedd yn y caets?' gofynnodd Joni'n syn.

'Hudo dynion fu ei thalent hi erioed. Mae'n rhaid i ni wneud beth allwn ni i gadw ein pennau uwch y dŵr. Mae Ceridwen, fel pob duwies, yn enjoio cael ei haddoli.' Crymodd ei ysgwyddau. 'Bydd rhaid i chi ddychwelyd i Gymru, dod o hyd i rai o'r duwiau sy'n weddill, a darganfod y gwir. Ond hen griw twyllodrus ydyn nhw, mae arna i ofn.

Fyddwch chi ddim yn gwbod pwy i ymddiried ynddyn nhw, a phwy i'w hosgoi fel melltith.'

'Na sut i ffeindio'r naill na'r llall,' meddai ei dad.

'Alla i roi un neu ddau o enwe i chi,' meddai Arawn. Cydiodd mewn clawr CD oedd ynghanol y clytwaith o ddarnau papur ar ei ddesg, ac ysgrifennu ar un gornel. 'Dyma'r unig gysylltiadau sy 'da fi ar ôl yng Nghymru erbyn hyn. Mae'r cynta yn byw yng Nghaerdydd. Heddwas yw e. Teyrnon Twryf Lliant. Cafodd ei yrru draw i Lundain adeg y terfysg yna ychydig flynyddoedd yn ôl, a dyma fi'n digwydd taro arno ar y stryd. Finnau â *Molotov cocktail* yn fy llaw. Fe geson ni noson a hanner. Fe fydd yn eich helpu.'

Estynnodd y darn papur i Bleddyn, a'i cymerodd. Darllenodd ef a'i stwffio i'w boced.

'Yr unig enw arall sy 'da fi i ar eich cyfer chi yw Sisial y Brwyn. Chwaer Mallt fan hyn, a hen gyfaill.' Cyfeiriodd at yr hen ddynes a'u harweiniodd i mewn i'r clwb nos. 'Mae hi'n byw mewn pentre o'r enw Cenarth ar lannau afon Teifi, o fewn tafliad carreg i ffiniau fy nheyrnas innau.'

Cododd Joni ei ben. Nid oedd Cenarth ymhell o gartref. Teimlai ei fod ar dir cyfarwydd am y tro cyntaf.

'Ond os y'ch chi moyn teithio o Gaerdydd i Genarth ar draws tir agored Cymru, gyda Bendigeidfran, bydd angen i chi fod yn wyliadwrus,' meddai Arawn. 'Fe gewch chi fynd ag un o'm cŵn 'da chi, os yw hynny'n pleso. Cŵn Annwn. Sdim byd gwell i'w gael ar yr ynysoedd 'ma. Fe fydd yn eich rhybuddio os bydd perygl yn agos, ac fe fydd o gymorth mawr i chi ar dirwedd anghyfarwydd.'

Meddyliodd Joni am y cŵn mawr, dychrynllyd yn y cytiau yn y cefn ac ystyried faint o gymwynas yr oedd Arawn yn ei gwneud â nhw mewn gwirionedd.

'Ym, diolch,' meddai Bleddyn yn ansicr.

Ar ôl stwffio Bendigeidfran yn ôl i'w fag, arweiniodd Arawn nhw yn ôl ar draws y rhodfa uwchben y clwb nos, uwchben y môr o gyrff chwyslyd, ac allan drwy gefn yr adeilad. Yno agorodd gwt un o'r cŵn mawr ffyrnig a oedd yn cyfarth arno'n gyffrous.

'Smo nhw'n hapus iawn â cherddoriaeth y clwb nos,' meddai, gan gosi gên y creadur. 'Clustiau sensitif iawn, er mwyn hela.' Trodd at y cŵn. 'Dim cwrso ceirw heno, yn anffodus, fy anwyliaid i,' meddai, gan fwytho eu pennau bwystfilaidd. 'Mae un ohonoch chi'n mynd i fynd am wâc 'da fy ffrindie i fan hyn.'

Cododd y glicied ar un o'r cytiau a llamodd y ci allan ohono, cyn sefyll ar ei goesau ôl a llyfu wyneb ei berchennog yn frwdfrydig.

'Lawr, Pero!' meddai.

'Pero?' gofynnodd Joni yn syn.

'Clorthlwym yw ei enw go iawn. Ond mae'n swno'n llai od gweiddi Pero ar Fryn y Briallu ar fore Sul. Mae gennych chi hefyd Tos, Jac, Wil, Twm a Bow Bowie,' meddai gan gyfeirio atynt bob yn un. Clymodd Arawn dennyn ar Pero a'i gynnig i Bleddyn. Cymerodd hwnnw ef yn anfodlon, a neidiodd pan ddechreuodd y ci lyfu cledr ei law. 'Mae e'n lico chi. Ffarwél, gyfeillion!' meddai Arawn. 'Mae trên yn cychwyn o Orsaf Paddington i Gaerdydd mewn llai na hanner awr. Wy'n awgrymu eich bod chi'n neidio arno fe. Ond cofiwch beth ddwedes i. Peidiwch â chroesi tir mawr Cymru yn ddiamddiffyn. Mae yna bethau gwaeth na Pero, a gwaeth hyd yn oed na'r Saith, yn llechu yng nghilfachau chwedlonol tir mawr ein cenedl.'

Isgoed

CODODD ISGOED EVANS y siwtces trwm olaf, oedd yn llawn dillad, a'i gario o ddrws ffrynt y tŷ i lawr y dreif at y pafin lle'r oedd wedi parcio ei gar. Agorodd y bŵt a thaflu'r siwtces i mewn, i ganol yr holl focsys a bagiau plastig eraill. Roedd y bŵt, a sedd gefn y car, yn orlawn yn barod. Roedd yn syndod iddo faint o drugareddau yr oedd ef ac Eli wedi llwyddo i'w casglu dros y blynyddoedd.

Trodd yn ôl at ei wraig, oedd yn sefyll wrth y drws mewn crys-t gwyn, a'i breichiau wedi eu plethu.

'Ti'n hollol siŵr?'

'Odw, Isgoed. Yn hollol siŵr.'

'So ti moyn ailfeddwl…? Os ti isie amser —'

'Jest cer, Isgoed.'

Ochneidiodd Isgoed. Roedd wedi treulio'r bore cyfan yn llwytho popeth i mewn i'r car. Mewn un ffordd gallai weld pethau o'i safbwynt hi. Roedd rhywbeth braf am y syniad o gael dechrau o'r dechrau â dalen lân. Ysgubodd ei lygaid dros holl gynnwys y bŵt. Roedd Eli ac yntau wedi casglu cymaint o ddillad, nwyddau a theganau ar gyfer y babi. Y tri babi a dweud y gwir. Roedd Eli wedi bod wrthi'n paratoi ers bron i chwe blynedd am y diwrnod y bydden nhw'n cael dod ag ef neu hi adref o'r ysbyty. Pe bai un ohonyn nhw wedi byw fe fyddai ganddo ef neu hi fwy o festiau, clytiau a photeli nag y byddai wedi gallu eu dwyno erioed.

Ddaeth y diwrnod ddim, ac roedd hi wedi derbyn na fyddai byth yn dod bellach, felly roedd popeth yn mynd i'r dymp.

'Ti'n siŵr nag wyt ti moyn rhoi'r pethe 'ma i elusen?' gofynnodd eto.

'Twla nhw. Wy'n gwbod 'mod i'n hunanol. Ond dillad a theganau ein plant ni o'dd rhein i fod. Sai moyn i neb arall 'u cyffwrdd nhw.'

Roedd hynny'n hollol afresymol, ym marn Isgoed, ond doedd e ddim am ddweud hynny wrthi. Roedd hi'n haeddu bod yn hollol afresymol o dan yr amgylchiadau. Peth felly oedd galar. Ei unig wir bryder oedd y byddai hi'n troi rownd un diwrnod a'i ddiawlio a'i feio am daflu'r trugareddau hyn. Peth felly oedd galar, hefyd.

Roedd yn siŵr y gallai dwyllo Eli'n hawdd, cymryd arno iddo fynd â'r pethau i'r dymp. Roedd gwerth ffortiwn fach yng nghefn y car. Dros dair mil o bunnoedd yn hawdd o stwff babis, a'r rheini fel newydd. Holl betheuach blynyddoedd cyntaf eu plant, heb eu cnoi, heb eu byseddu na'u difetha â phaent neu eu gorchuddio â bwyd. Heb eu llychwino gan atgofion sentimental. Atgofion o bethau na fu. Gwyddai y byddai'r holl stwff yna yn fanna o'r nefoedd i sawl un ym mhencadlys yr heddlu oedd yn feichiog neu â gwraig neu gariad oedd yn disgwyl. Ond doedd e ddim am fentro y byddai Eli'n dod i ddarganfod y gwir. Byddai unrhyw dwyll ychwanegol yn ergyd farwol i berthynas a oedd eisoes yn hongian gerfydd yr edefyn mwyaf brau posib.

'Hwyl, 'te. Caru ti.'

'Caru ti 'fyd. Ta-ra.' Roedd hi wedi diflannu yn ôl i'r tŷ cyn iddo ef eistedd yn sedd y gyrrwr a thanio'r injan, hyd yn oed.

Roedd eisoes wedi cyrraedd cyrion y ddinas pan ganodd ei ffôn. Sodrodd ei declyn *hands free* ar ei glust a'i droi ymlaen. Gwyddai ei fod yn edrych fel ffŵl ond doedd fiw i heddwas o bawb gael ei weld yn siarad ar y ffôn wrth yrru.

'Helô?'

'Hi Ice-cold.'

'Oh, hi.' Adnabu Isgoed lais ei fòs, y Ditectif prif-Arolygydd John Morgan, yn syth. Roedd y busnes 'Ice-cold' yn jôc a ddeilliodd o anallu sawl heddwas Seisnig dros y blynyddoedd i ynganu ei enw.

'Sorry to disturb. I know you're not working again until this Thursday, but, um, we've got a bit of a situation that needs dealing with. You know that Welsh Assembly Minister, Derwyn Williams, I was telling you about? The one who was in the meeting with MI5?'

'The Cabinet Secretary for Culture and the Welsh Language.'

'Yes, well done. I never had you down as a political anorak. Anyway, we just got a call from Whitehall. They've been trying to get hold of him all last night and throughout the morning. He hasn't been answering his phone. We've phoned his house, he isn't there. We've phoned his constituency property, his wife says he's still down in Cardiff working.'

'Aha.'

'I know it's your time off. But he lives quite near you, a few streets across, I think. Since you're so close, would you mind just going over and paying him a visit? He's probably KO'd somewhere on the back lawn, with a bottle of scotch in his hand. We just need to find him so that we can tell our friends over at the Met that he's OK. If you find him, wake him, sober him up, and call back.'

'Dim problemo, chief.'

'Diolch Isgoed,' meddai, a gorffen yr alwad.

Roedd Isgoed yn ddigon hapus i gael gohirio ei daith ddiflas i ddadlwytho ei gar yn y dymp, felly aeth o gwmpas y gylchfan agosaf a bwrw'n ôl i gyfeiriad y Rhath. Roedd cartref Derwyn Williams yng Nghaerdydd yn dŷ pâr, heb fod yn arbennig o fawr, ond mae'n siŵr mai'r trethdalwr oedd yn talu amdano wedi'r cwbwl, meddyliodd. Gwyddai nad oedd rhai o'r ACau oedd yn byw yn agosach i'r brifddinas yn cael tŷ o gwbwl, a'u bod yn gorfod aros yng ngwesty pum seren Dewi Sant pan oedden nhw'n dod i Gaerdydd. Y creaduriaid! Ei slymio hi go iawn.

Parciodd ei gar ar y pafin y tu allan a mynd i gnocio ar y drws ffrynt. Doedd dim ateb yno, felly aeth i'r cefn i weld a oedd yr Ysgrifennydd Treftadaeth yn gorwedd yn yr ardd â photel o *scotch* yn ei law. Ond na, dim Derwyn. Ac yn waeth byth, dim potel o *scotch*.

Safodd yno'n pendroni am funud. Roedd ganddo drwy'r dydd i ddod o hyd i'r dyn, meddyliodd. Fyddai Eli ddim ei eisiau yn ôl yn y tŷ ar frys. Roedd angen llonydd arni, wedi'r cwbwl. 'Amser i feddwl.' Byddai'n well petai ef yn aros o'r ffordd a rhoi cwpwl o oriau iddi, yn lle bod dan draed.

Ond ble gallai'r hybarch Ysgrifennydd Treftadaeth fod wedi mynd? Roedd Caerdydd yn ddinas fawr, yn llawn tafarndai, clybiau a phuteindai lle gallai gwleidydd fynd i drybini, a doedd dim sicrwydd bod Derwyn Williams hyd yn oed o fewn ei ffiniau.

Roedd Isgoed yn hoffi dirgelwch, ac roedd yn hoffi sialens. Pendronodd eto, cyn cofio'r wybodaeth a gafodd gan Raam y dydd o'r blaen. Tynnodd ei ffôn o'i boced a'i ffonio.

'Helô Isgoed, fy nghyfaill, sut wyt ti?' meddai'r llais o'r pen arall. Roedd yn swnio fel pe bai mewn car yn rhywle, neu o leiaf allan ar y stryd. Doedd gan Raam ddim acen arbennig o gryf wrth siarad

Cymraeg. Efallai oherwydd bod yr acen Indiaidd a'r acen Gymreig yn reit debyg yn y lle cyntaf, myfyriodd Isgoed.

'Popeth yn iawn y pen 'ma. Ddrwg 'da fi ddweud y bydd rhaid i fi ganslo cinio heddi. Eli moyn i fi symud pethe'r babi mas o'r tŷ.'

'Ond o't ti'n dal i deimlo na allet ti fynd drwy'r dydd heb glywed fy llais i. Mae hynny'n golygu lot, gyfaill.'

Gwenodd Isgoed. Roedd Raam yn un da am seboni ei gysylltiadau newyddiadurol.

'Dy wybodaeth di dwi angen a dweud y gwir. O't ti'n gwbod bod yr Ysgrifennydd Treftadaeth ar goll?'

'O ie? Diddorol, diddorol iawn…' Gallai ddychmygu Raam yn estyn am ei lyfr nodiadau, ei ffôn yn sownd rhwng ei ysgwydd a'i glust.

'Digwydd bod, fi sydd wedi ca'l y jobyn o dreial dod o hyd iddo fe.'

'Dyw e ddim yn gorwedd yn noeth yn ei ardd â photel o *scotch* yn ei law, ydi e?'

'Na… hei, pam fod pawb yn dweud 'ny?'

'Ddaeth y bobol drws nesa o hyd iddo mewn cyflwr tebyg lan yn y gogledd un tro. Roedd y stori yn y papurau i gyd. Mae'r dyn yn dipyn o lej.'

'Ha ha, ie. Na, na, wy wedi bod draw i'w gartre yn barod, *the lights are off and nobody's home*. O'n i'n meddwl mynd draw i dŷ'r Alaw Watkins 'na, honna ma fe'n ca'l affêr 'da hi?'

Chwarddodd Raam y pen arall i'r ffôn. 'Wel, ie, pam lai? Ond troedia'n ofalus…'

'Pam?'

'Wel, mae pawb yn gwybod eu bod nhw'n cael affêr. Ond falle nad yw hi'n gwybod bod pawb yn gwybod eu bod nhw'n cael affêr, os wyt ti'n deall beth sy 'da fi.'

Mwythodd Isgoed ei ên. 'Deall.'

Nododd ei chyfeiriad, cyn diolch i Raam a therfynu'r alwad. Aeth yn ôl i'w gar teulu llawn teganau a fests – nid y car heddlu traddodiadol, meddyliodd.

Wrth yrru tuag at fflat Alaw Watkins yn y Bae, penderfynodd godi ei galon drwy ganolbwyntio ar nodweddion mwy dymunol peidio â chael plant. Wedi'r cwbwl, roedd llai o gegau i'w bwydo yn golygu mwy o arian ac amser iddo ef ac Eli ei wario arnynt hwy eu hunain.

Fe allen nhw fynd ar dripiau dramor, mynd allan am fwyd yn aml, prynu car newydd coch swanc to clwt, yr holl bethau yna na fydden nhw'n gallu eu gwneud pe bai tri chwarter ei gyflog misol yn mynd ar ddillad ysgol, tripiau i Folly Farm a Chastell Coch, cadw'r tŷ yn gynnes ddau ddeg pedwar awr y dydd, ac yn y blaen. Duw a ŵyr nad oedd eu ffrindiau nhw oedd wedi cael plant yn mynd o gwmpas y lle yn wên o glust i glust, chwaith. Roedden nhw'n cwyno'n ddi-baid am y plant, am y diffyg cwsg, eu bod nhw'n treulio pob awr o bob dydd yn clirio, a gwneud y golch, a mynd â'u hepil cwynfanllyd a sgrechlyd yn ôl ac ymlaen i'r ysgol ac i gemau pêl-droed a bale a gwersi nofio, a ddim yn cael munud o lonydd, a phob math o bethau eraill. A dweud y gwir, roedd y ffrindiau oedd yn rhieni yn edrych yn llawer mwy diflas na'r rhai oedd wedi penderfynu peidio â'u cael nhw.

Roedd yn bryd rhoi eu siom o'r neilltu a chanolbwyntio ar y cadarnhaol.

Cymhelliad greddfol oedd cenhedlu, dyna'r cwbwl, meddyliodd Isgoed. Rhan o esblygiad y ddynol ryw. Doedd yna ddim cymhelliad rhesymegol dros greu fersiwn bach ohonot ti dy hun fyddai angen cysur a gofal cyson. Efallai y dylai esbonio hynny wrth Eli. Ond gwyddai, yn ddwfn yn ei chalon, y byddai'r boen yno o hyd. Wedi'r cwbwl, un peth oedd peidio â chael plant o gwbwl. Peth arall oedd cael rhywbeth i'w garu, ac yna ei golli.

Gwta ugain munud yn ddiweddarach, gan ddilyn cyfarwyddiadau Raam, roedd wedi cyrraedd y rhes o fflatiau yn y Bae. Roedd yn wyntog ac yn oer ar lan y dŵr. Ar ôl penwythnos poeth roedd y tywydd wedi troi, a'r awyr yn un llechen lwyd, ddiflas. Aroglai'r lle o wymon a halen. Nid oedd Isgoed yn arbennig o hoff o'r llyn artiffisial a grëwyd yno. 'Tra môr yn fur i'r bur hoff bau,' meddai'r anthem genedlaethol... wel, roedden nhw wedi llwyddo i newid hynny fan hyn, o leiaf.

Serch hynny, roedd rhaid i Isgoed gyfaddef bod hwn yn lle braf i fyw. Roedd hyd yn oed ambell alarch o flaen y fflat, yn llithro yn ymddangosiadol osgeiddig ar hyd wyneb y dŵr. Gwyddai eu bod nhw, mewn gwirionedd, yn padlo yn ffyrnig dan yr wyneb. Dyna drosiad da am fywydau pobol oedd yn byw mewn llefydd fel hyn, yn ei brofiad ef – popeth yn edrych yn berffaith a sgleiniog ar yr wyneb, ond cynnwrf gwyllt o'r golwg. Pawb yn gorweithio, yn caru ar y slei, yn cymryd cyffuriau, yn dioddef oherwydd tor priodas. Pwy a wyddai beth oedd yn digwydd y tu ôl i'r drysau Ffrengig dwbl yma? Wel, roedd ar fin cael gwybod, yn un o'r fflatiau o leiaf.

Canodd cloch fflat Alaw Watkins. Roedd y systemau intercom ar y fflatiau modern hyn yn boen. Roedd cnocio fel plismon yn sgìl yr oedd wedi ei berffeithio dros y blynyddoedd. Roedd bygythiad ac awdurdod diamynedd ym mhob ergyd. Nid oedd sgrech groch y swnyn yn cyfleu'r un awdurdod.

O'r diwedd, daeth llais bach, fel sibrwd, dros y system. 'Helô?' Gwyddai ei bod hi'n gallu ei weld, oherwydd roedd twll camera bychan ar y monitor.

Edrychodd arno. 'Ga i ddod mewn?'

'P-pwy y'ch chi?'

Cofiodd Isgoed nad oedd yn gwisgo ei ddillad heddwas. Roedd mewn hen siwmper las yr oedd Eli wedi ei gweu iddo ychydig flynyddoedd yn ôl, a throwsus du a oedd yn frith o frychau paent glas ers paentio ystafell y babi. Tynnodd ei gerdyn adnabod o'i boced a'i ddal i fyny o flaen y monitor.

'Mae'n ddrwg 'da fi. Y Ditectif Arolygydd Isgoed Evans.'

'Man a man i chi ddod lan, s'da fi ddim byd i guddio,' meddai o'r diwedd.

Am beth rhyfedd i'w ddweud, meddyliodd Isgoed. Camodd i fyny'r grisiau. Roedd hi eisoes yn disgwyl amdano, a'r drws ar agor.

'Shwmai?' meddai. Roedd hi'n annisgwyl o ifanc ac yn ddigon prydferth, am wleidydd, ond edrychai'n llwyd ac yn denau wyneb yn wyneb. Doedd bosib y byddai hi'n pryderu gymaint â hynny am ei haffêr? Roedd rhywbeth am ei phryd a'i gwedd yn gwneud Isgoed yn anesmwyth iawn. Cofiodd am Eli yn ceisio ei fygu â'i chlustog. Roedd yr un ansefydlogrwydd yn llygaid hon.

'Diolch yn fawr,' meddai. Camodd heibio iddi ac i mewn i'r tŷ. 'Mae gennych chi gartre hyfryd yn fan hyn.' Edrychai braidd yn ddienaid, fel petai'r cyfan wedi ei rwygo'n syth o gatalog IKEA.

'Chi moyn paned o goffi?'

'Byddai hynny'n hyfryd, diolch,' atebodd â gwên. Fe aeth Alaw Watkins drwodd i'r gegin. 'Smo chi isie gwybod pam bo fi 'di galw?'

'Chi'n chwilio am yr Ysgrifennydd Treftadaeth?'

'Odw. Sut o'ch chi'n gwbod hynna, 'te?'

'Mae e yn y stafell molchi.'

Beth ddiawl? Gallai weld bod drws yr ystafell molchi ar agor. Roedd Alaw'n dal i botsian yn y gegin. Camodd Isgoed tuag at yr ystafell a sbecian heibio'r drws.

'Smo fe 'ma.'

'Yn y bath,' galwodd hi.

Camodd Isgoed ymlaen yn ofalus a sbecian dros ochr y bath. Chwibanodd yn ddistaw. Roedd y corff yn hollol noeth, yn gorwedd wyneb i waered mewn pwll bas o ddŵr. Edrychai fel pe bai wedi marw ers tua deuddeg awr – roedd hi'n anoddach gwybod pan oedd corff wedi gwlychu. Roedd wedi dechrau chwyddo ryw fymryn, o ganlyniad i'r nwy a ryddhawyd gan y bacteria a oedd wedi dechrau gwledda y tu mewn iddo. Gallai Isgoed weld sawl clwyf dwfn yn ei gefn, lle'r oedd rhywbeth – cleddyf neu uffern o gyllell fawr – wedi mynd yr holl ffordd drwyddo.

Sylweddolodd yn sydyn ei fod mewn perygl enbyd. Roedd wedi gweld yr olygfa yma droeon mewn ffilmiau arswyd. Fe fyddai'r ferch yn dod drwy'r drws y tu ôl iddo a'i drywanu ef yn yr un modd. A chyn bo hir fe fyddai wedi ei ychwanegu at y pentwr yn y bath, nes bod yr ymwelydd nesaf yn cyrraedd. Fe fyddai fel fersiwn gwyrdroëdig o chwedl Bluebeard. Aeth wysg ei gefn drwy'r drws ac edrych yn frysiog o amgylch yr ystafell fyw.

'Oes yna unrhyw un arall yma, Alaw?' galwodd.

'Na, dim ond ni'n dau. A'r Ysgrifennydd Treftadaeth, wrth gwrs.'

'Wrth gwrs.'

'Am beth ydych chi'n chwilio?' Ymddangosodd Alaw yn nrws y gegin, ei dwylo ymhleth.

'Yr arf a ddefnyddioch chi er mwyn cyflawni'r weithred.'

Diflannodd yr ychydig liw oedd yn weddill o'i gruddiau. 'So chi'n mynd i gymryd fy nghleddyf i, ydych chi?'

'Nagw, wrth gwrs. Dim ond eisie cael golwg arno.' Gwenodd yn ffals. Roedd yn amlwg nad oedd hon yn llawn llathen. Efallai i'r dyn fod yn ei churo hi, a'i bod hi wedi ymateb yn reddfol wrth ei hamddiffyn ei hun. Roedd llofruddio dyn mewn gwaed oer yn ddigon i wneud rhywun dipyn bach yn dw-lali, hyd yn oed os nad oedden nhw felly cynt.

'Chi moyn golwg agos arno fe?' gofynnodd hi.

'Na, mae'n iawn, cariwch chi mlân i wneud y coffi. Rhowch wbod i fi lle mae e, ac fe fydd hynny'n ddigon.'

Ni symudodd Alaw, dim ond estyn ei llaw y tu ôl i ddrws y gegin. Yn sydyn roedd y cleddyf yn ei dwylo. Roedd yn wompyn o beth. Synnai Isgoed ei bod hi'n gallu ei godi o gwbwl gyda'i breichiau eiddil. Edrychai'n ddigon miniog, hefyd. Mae'n siŵr ei bod hi wedi ei brynu o ryw wefan oedd yn eu gwerthu i gyd-fynd â ffilmiau mawr. Beth oedd y cleddyf yma, un Harry Potter neu un *Lord of the Rings*?

Cododd Alaw'r cleddyf uwch ei phen. Gyda sgrech annaearol, rhuthrodd tuag ato. Roedd Isgoed ar fin gwneud ei ddynwarediad gorau o dacl enwog Gavin Henson ar Mathew Tait ym muddugoliaeth Cymru yn erbyn Lloegr ym Mhencampwriaeth y Chwe Gwlad 2005 pan ebychodd yn syn: 'Caledfwlch!'

Stopiodd Alaw yn stond, a chaniatáu i'r llafn syrthio ryw fymryn. 'Sut wyt ti'n gwybod ei enw?'

'Wy'n ei nabod e.'

Edrychodd Alaw ar y cleddyf ac arno ef am yn ail. 'Mae'n siarad â fi,' meddai, â llais gwan. 'Mae'n dweud wrtha i am wneud pethe.'

'Wy'n gwbod.' Agosaodd ati. Roedd ei ben yn troi. 'Rho'r cleddyf i lawr.'

Ond fe gododd hi'r llafn drachefn. 'Paid â dod yn agosach. Fe nghleddyf i yw e. Fe wna i dy ladd di. Wy wedi gwneud 'ny'n barod.'

'Iawn, iawn. Paid â phoeni. Sai'n mynd i gymryd y cleddyf, ta beth. Ond o ran diddordeb…', ceisiodd Isgoed swnio mor ddidaro â phosib, 'lle gest ti afael arno fe?'

'Fe ddaeth o hyd i mi,' meddai. Gadawodd i'r cleddyf orffwys ar ei hysgwydd tra pwyntiodd â'i llaw rydd allan drwy'r ffenestri dwbl i'r balconi. 'Fan 'na.'

'Reit, wy'n gweld.' Cododd ei ddwylo o'i flaen. 'Nawr, wy moyn i ti wneud ffafr â fi, Alaw. Wy moyn i ti daflu'r cleddyf yn ôl i'r dŵr.'

Fe aeth Isgoed wysg ei gefn at y drysau dwbl. Doedden nhw ddim ar glo. Agorodd nhw ac arwain Alaw allan i'r balconi.

'Dere mlân, a thafla'r cleddyf yn ôl i mewn i'r dŵr.'

'Na.'

'Alaw Watkins, ry'ch chi 'di lladd dyn. Mae'r cleddyf yn dystiolaeth yn eich erbyn chi. Fe allech fynd i'r carchar. Rhaid i chi gael ei wared e.'

'Mae'r cleddyf moyn aros 'da fi. A minnau 'dag e.'

'OK, dim problem…' Roedd Alaw'n syllu allan dros y Bae, draw i gyfeiriad y Senedd a'r Pierhead, â golwg benderfynol ar ei hwyneb. Gwelodd Isgoed ei gyfle. Camodd y tu ôl iddi a chydio yn y cleddyf bob ochr iddi.

Roedd hi'n syndod o gryf am un mor fain. Ceisiodd ei dynnu i fyny, dros ei phen, ond daliodd hi ei gafael ar garn y cleddyf nes bod ei migyrnau'n wyn. Ond yn y pen draw llwyddodd Isgoed i'w rwygo o'i gafael hi. Cyn gynted ag y cyffyrddodd yn y cleddyf fe'i trawyd gan y sŵn – fel rhu dŵr yn baldorddi yn ei glust. Miloedd o leisiau anghofiedig o oes arall.

'… na, hi yw'r un… hi yw'r Un Darogan… rhowch ni yn ôl… hi yw'r un y mae ffawd wedi ei ddewis… fe fyddwn ni'n adfer grym y Cymry…'

Anwybyddodd Isgoed hwynt. Anelodd y cleddyf dros y balconi a'i daflu fel gwaywffon i'r dyfroedd. Ond ni ddigwyddodd yr hyn yr oedd wedi ei ddisgwyl. Nid ymddangosodd braich hir, euraid a derbyn y cleddyf wrth iddo droelli drwy'r awyr, a'i lusgo'n ôl i waelodion y dyfnderoedd du. Glaniodd y cleddyf â sblash ac yna arnofio ar yr wyneb fel corcyn.

Sgrechiodd Alaw fel pe bai Isgoed newydd daflu ei phlentyn cyntaf-anedig i'r dŵr, cyn rhuthro allan o'r fflat, i lawr y grisiau, a phlymio i mewn i'r bae. Nofiodd allan at lle yr oedd y cleddyf yn gorwedd. Fel magned dechreuodd hwnnw brysuro'n ôl tuag ati hithau. Daeth Alaw allan o'r dŵr, gan ddal y cleddyf yn fuddugoliaethus dros ei phen.

'Ti'n gweld?' gwaeddodd ar Isgoed o ymyl y dŵr, gan dynnu cudyn o'i gwallt gwlyb o'i hwyneb. 'Fi mae e wedi ei ddewis. Fi! A neb arall. Does dim troi'n ôl yn awr.' Chwarddodd yn orfoleddus.

Rhegodd Isgoed dan ei wynt. Tynnodd ei ffôn o'i boced a ffonio Raam.

'Gyfaill… beth ydw i wedi ei wneud i haeddu dwy alwad mewn un diwrnod? Wyt ti wedi dod o hyd i'n ffrind?'

'Raam, dere draw yma, nawr. I dŷ Alaw Watkins. Anghofia bopeth arall, a dere'n syth.'

Oedodd Raam wrth glywed y difrifoldeb yn ei lais. 'Stori fawr?'

'Nid stori fawr… chwedl.'

℧

Roedd hi'n eistedd ar y soffa yn ei gŵn nos, a'r cleddyf ar ei glin, pan ddychwelodd ef â'r coffi. Cymerodd y ddiod yn awchus, ac ar ôl sawl llymaid roedd hi wedi rhoi'r gorau i grynu. Eisteddodd Isgoed gyferbyn â hi a'i gwylio am funud.

Hi siaradodd gyntaf, gan ostwng y mŵg fodfedd o'i cheg. 'Mae'r cleddyf yn eich nabod chi,' meddai.

'Wy'n siŵr ei fod e,' meddai Isgoed, a chrafu ochr ei foch. Nid oedd wedi eillio ers dyddiau. 'Do'n i ddim yn disgwyl ei weld e 'to, ar ôl yr holl ganrifoedd, mae'n rhaid cyfadde.'

Syllodd hi i waelodion y cwpan yn ei llaw.

'Mae'n dweud eich bod chi'n… yn… dduw.'

Nodiodd Isgoed.

Cododd ei llygaid i syllu arno. 'Chi wedi byw am byth?'

Agorodd Isgoed ei geg i ateb, ond ni allai ddod o hyd i'r geiriau. Roedd wedi cymryd arno fod yn ddyn meidrol cyhyd fel bod cyfaddef fel arall yn teimlo mor annaturiol â dadwisgo'n gyhoeddus. Roedd heb ddweud wrth Eli, hyd yn oed. Ni fyddai'n deall.

'Fe allech chi ddweud fy mod i wedi byw cannoedd o fywydau. Un ar ôl y llall,' meddai.

'Ie, ond…'

'Allech chi ddweud i sicrwydd mai'r un person ydych chi nawr ag oeddech chi ddeng mlynedd yn ôl? Hyd yn oed ddeg eiliad yn ôl?' meddai, gan godi ei war. 'Mae Teyrnon Twryf Lliant wedi byw am ganrifoedd. Ond Isgoed Evans —'

'Dyna oedden nhw'n eich galw chi?' Edrychai'n hollol ddryslyd. 'Teyrnon Twryf Lliant. Sai erioed wedi clywed yr enw.'

Bu'n rhaid i Isgoed wenu. 'Ti'n cofio'r stori yn y Mabinogi am y bwystfil oedd yn dwyn ebolion, a'r dyn a lwyddodd i'w yrru oddi yno?'

Meddyliodd am eiliad. 'Ydw, wy'n credu.'

Pwyntiodd Isgoed at ei wyneb ei hun. 'Yn anffodus dydw i ddim yn cael bod yr un mor dreisgar â lladron Caerdydd. Ond mae'n braf… teimlo bod pobol fy angen i. Yn dibynnu arna i. Fel o'n nhw o'r blaen.'

Syllodd arno'n hir.

'Mae'n gallu bod yn unig, bod yn dduw,' ychwanegodd. 'Does 'na neb i weddïo iddo.'

Cymerodd hi sip arall o'i choffi.

Sylwodd Isgoed fod y sgwrs wedi ei gwrth-droi. Mai ef oedd yn esbonio, yn ateb y cwestiynau, tra bod ganddi hi gorff yn y bath a'r arf angheuol yn ei dwylaw.

'Pan ddest ti o hyd i'r cleddyf,' dechreuodd, 'neu… pan ddaeth y cleddyf o hyd i ti… welaist ti fraich yn cydio ynddo?' gofynnodd. 'Yn ei ddal e lan?'

'Wrth gwrs,' meddai Alaw yn ddi-lol.

'Ac fe gymeraist ti'r cleddyf o afael y fraich?'

Siglodd ei phen yn ddiamynedd. 'Fe syrthiodd y fraich i ffwrdd.'

Edrychodd Isgoed arni'n syn.

'Doedd y fraich ddim yn styc i'w chorff,' meddai Alaw. Gosododd y mẁg ar y bwrdd coffi gerllaw, a gosod ei dwylo ar lafn y cleddyf. Caeodd ei llygaid, a throi ei phen y mymryn lleiaf i'r naill ochr fel pe bai hi'n clustfeinio ar rywbeth. 'Mae'r cleddyf yn dweud bod y fraich yn perthyn i ferch dlos… ac iddi gael ei llofruddio.'

Pwysodd Isgoed ymlaen yn ei sedd. 'Iarlles y Ffynnon?' gofynnodd. 'Ei llofruddio gan bwy?'

'Smo'r cleddyf yn siŵr. Roedd pedwar dyn. O'n nhw'n gwisgo mygydau. O'n nhw eisiau ei chymorth hi. Yn dweud bod rhyfel ar y ffordd. Ei bod yn bryd iddi ddewis ochr.'

Oedodd. 'Ac?'

'Fe ddewisodd hi'r ochr anghywir.'

Canodd yr intercom ac fe dawelodd Alaw. Brathodd Isgoed ei wefus mewn rhwystredigaeth. Cododd a chroesi'r ystafell at y teclyn siarad. Ar y sgrin gallai weld Raam, â golwg ddifrifol ar ei wyneb. Gwasgodd y botwm i ddatgloi drws y ffrynt.

'Mae fy ffrind yn dod lan nawr,' meddai wrth Alaw. 'Paid poeni, fe fydd e'n ein helpu ni.'

'Os yw e'n ceisio cymryd y cleddyf, fe wna i ei ladd e hefyd,' meddai Alaw. Nid rhybudd ydoedd, ond ffaith foel.

Gwenodd Isgoed yn dosturiol. 'Wy'n siŵr na fydd angen.'

Funud yn ddiweddarach roedd Raam wedi esgyn at y drws. 'Beth sy'n digwydd, gyfaill?' gofynnodd gan gamu heibio iddo i mewn i'r fflat. Edrychodd ar Alaw'n amheus, a'r cleddyf ar draws ei glin.

'Alaw, dyma Raam. Raam, dyma Alaw.'

'Ry'n ni wedi cwrdd,' meddai Raam. 'Buodd Alaw yn agoriad y

ganolfan dreftadaeth newydd lan yn Nhre-biwt.' Nodiodd Alaw ei phen. 'Y cleddyf —?'

'Cer i'r ystafell molchi,' meddai Isgoed.

Aeth draw a sbecian drwy'r drws. Rhegodd mewn iaith estron. 'Ti 'di arestio hi?'

'Na, a smo ti'n mynd i sgrifennu dim byd yn dy lyfr nodiadau, chwaith. Does neb yn mynd i gael gwbod am hyn heblaw amdanon ni'n tri.'

Roedd y dryswch yn llygaid dwfn Raam yn dweud y cyfan. Serch hynny, gwyddai Isgoed mai ef oedd un o'r unig rai a fyddai'n deall yr hyn a oedd ganddo i'w ddweud.

'Nid Derwyn Williams yw'r unig un sydd wedi cael ei lofruddio,' meddai. 'Wyt ti'n gyfarwydd â chwedl Iarlles y Ffynnon?'

Cododd Raam ei ysgwyddau. 'Siŵr i ti sôn. Amser maith yn ôl.'

'Wel, mae hi'n gorwedd rhywle ar waelod y ffynnon ar hyn o bryd, mae'n debyg.'

Trodd llygaid Raam yn ôl at y cleddyf. Doedd Alaw ddim yn hoffi hynny.

'Pwy yw hwn?' gofynnodd hi'n gyhuddgar.

'Ro'n i'n meddwl eich bod chi wedi cwrdd o'r blaen,' meddai Isgoed.

'Na, pwy yw e?' Roedd bygythiad newydd yn ei llais. Gwelai fod y cledd yn ei dwylo yn crynu, fel pe bai'n symud o'i wirfodd ei hun, yn ysu am gael ei ddefnyddio drachefn.

Edrychodd Raam ar Isgoed yn ansicr.

'Mae hi'n gwbod – am y duwiau,' meddai.

Agorodd hwnnw ei lygaid led y pen. 'A. Dw i'n neb o bwys,' meddai o'r diwedd. 'Dim ond un o dduwiau'r Hindŵiaid. Seithfed afatar Vishnu a bod yn fanwl.'

Gwgodd Alaw arno. 'Ond pam wyt ti yng Nghaerdydd? Ar ein tiriogaeth *ni*?'

'Fe ddes i draw gyda'r siwgwr a'r brethyn a'r bobol yn y bedwaredd ganrif ar bymtheg,' meddai Raam yn falch. 'Fe allet ti ddweud mai fi yw fersiwn y Cymry o seithfed afatar Vishnu.'

Culhaodd llygaid Alaw, a gallai Isgoed weld nad oedd yr ateb wrth ei bodd.

'Ond y peth pwysica ar hyn o bryd…' meddai Isgoed wrth Alaw, yn awyddus i newid y pwnc, 'yw pwy wyt ti.'

Edrychodd Alaw arno'n syn. 'Sa i 'di newid. Alaw Watkins odw i. Aelod Cynulliad ar restr ranbarthol Dwyrain De Cymru. Y Gweinidog Cadwraeth.'

'Ceidwad Caledfwlch, y mwya grymus ymysg cleddyfau chwedlonol y Cymry. Ac, o ganlyniad i hynny, y Mab… wel, yr *Un Darogan*.'

Edrychodd arno'n betrusgar. Gwelodd yntau wendid yn ei llygaid. Roedd y bygythiad wedi mynd. Roedd yr hen Alaw yno'n rhywle o hyd. 'A beth os nad ydw i moyn bod yn Un Darogan?'

'Does dim dewis gyda ti. Y cleddyf sy'n dewis. Bob tro mae angen dybryd ar y Cymry mae'r cleddyf yn cyflwyno ei hun i rywun newydd. Fe gyflwynodd ei hun i Arthur, i Llywelyn, i Glyndŵr. A nawr mae wedi dy ddewis di.'

'Ond hen chwedl yw honno,' meddai Raam. 'Beth mae hi'n mynd i'w wneud, brasgamu i mewn i'r Cynulliad a llofruddio pawb, fel y mae hi wedi ei wneud i Derwyn Williams? Sai'n mynd o gwmpas Trebiwt yn saethu pobol â fy mwa saeth aur. Mae'r oes wedi newid.'

'Yn sicr, a dyna pam bod rhaid i ni ymyrryd er mwyn osgoi cyflafan.' Fe aeth Isgoed i lawr ar ei liniau o flaen Alaw a'r cleddyf. 'Cyffyrdda â fe,' gorchmynnodd.

Roedd Isgoed wedi clywed unwaith bod eneidiau pob dyn oedd wedi eu lladd gan Caledfwlch wedi eu cloi yn y llafn. Ai eu lleisiau nhw oedd yn siarad ag Alaw yn awr, yn gweiddi, ac ymbil, a gorchymyn? A oedd enaid Derwyn Williams bellach i mewn yno'n rhywle hefyd, yn gymysg â'r gweddill?

'Gwranda arna i,' meddai. 'Fi yw Teyrnon Twryf Lliant. Arglwydd Gwent Iscoed. Beth yw dy fwriad?'

'Eu gorchfygu nhw i gyd,' meddai Alaw. Roedd ei llais yn oeraidd a phell, fel petai'r cleddyf yn siarad drwyddi. 'Maen nhw wedi bradychu ein cenedl.'

'Pam wnest ti ladd Derwyn?'

'Doedd e'n ddim ond gelen ar gorff Cymru. Roedd rhaid iddo farw. A'r gweddill hefyd.'

'Sut?'

'Torri eu pennau nhw i ffwrdd! Cipio grym! A datgan mai fi yw'r llyw! Rydym ni'n mynd i adfer Cymru i'w llawn ogoniant.'

Siglodd Isgoed ei ben. 'Elli di ddim mynd i mewn i'r Cynulliad a thorri pennau pawb i ffwrdd. Nage fel'na mae pethe'n gweithio dyddie 'ma.'

Pendronodd Alaw am eiliad. 'Bom?'

Gososdd ei law ar ei llaw hithau. 'Mae'r byd wedi newid ers oes Llywelyn a Glyndŵr. Mae ar bobol Cymru angen arweinydd i'w hysbrydoli, i roi hyder iddyn nhw ac i'w harwain ymlaen at bethau gwell. Ond nid llofrudd.'

Dechreuodd Alaw chwibanu a thuchan, wrth i'r lleisiau ymddiddan y tu mewn iddi.

'Caledfwlch,' meddai Isgoed. 'Ym meddwl dy geidwad newydd fe ddoi di o hyd i'r arfau sydd eu hangen arnat i gipio grym drachefn. Ei meddwl miniog hi fydd dy lafn.'

Rhegodd Alaw. Doedd Isgoed ddim yn cofio digon o'r hen Gymraeg i adnabod y rheg, ond roedd y naws yn ddigamsyniol. Cododd ar ei draed.

'Alaw,' meddai. 'Rhaid i ti guddio'r cleddyf yma yn rhywle saff ac ymgynghori ag ef dim ond pan wyt ti ar dy ben dy hun, pan nad oes neb arall yno i weld.'

'Dydw i ddim yn deall,' meddai Raam. 'Mae hi wedi lladd rhywun, Isgoed. Pam ddim ei harestio hi?'

'Mae 'na rymoedd ar waith fan hyn sy tu hwnt i feidrolion,' atebodd. 'Mae angen i fi fynd at galon pethe, ac alla i ddim gwneud hynny os yw hanner heddweision Heddlu De Cymru yn cropian hyd y lle 'ma fel morgrug.' Cofiodd rywbeth yn sydyn. 'Aeth Derwyn i gyfarfod 'da'i gwasanaethau cudd echnos. Wyt ti'n gwbod rhywbeth am hynny, Alaw?'

Gollyngodd hi ei gafael ar y llafn. Roedd hi'n llwyd, fel pe bai ymgynghori â'r cleddyf wedi sugno'r egni ohoni. 'Dim ond bod e wedi gorfod gadael ar frys. Roedd rhyw SpAd o Lywodraeth San Steffan wedi dod draw i'w weld yn ei swyddfa ddoe. Rhywbeth am Dŵr Llundain, a rhyw archaeolegydd…' Ysgydwodd ei phen yn ddryslyd.

'Adawodd Derwyn Williams unrhyw beth yma?'

'Dim ond ei fag,' meddai Alaw. Amneidiodd â'i llaw. 'Mae e draw fan'na.'

Cododd Isgoed a mynd i chwilota yn y bag. 'Fyddai ots 'da ti pe bawn i'n cadw hwn?'

Siglodd Alaw ei phen.

'Onid ydyn ni'n anghofio un peth?' torrodd Raam ar ei draws. 'Mae yna gorff yn pydru yn y bath. Beth ydyn ni'n mynd i'w wneud â hwnnw?'

'Wel… Heddwas, newyddiadurwr a gwleidydd. Pwy'n well i ddinistrio'r dystiolaeth? Fe alla i gael gwared â'r holl olion y bydd yr heddlu yn chwilio amdanyn nhw o'r ystafell molchi, a chael gwared â'r corff. Ond bydd angen *alibi* go gryf ar Alaw. Raam, allet ti gynnal cyfweliad ag Alaw ar gyfer dy bapur newydd, a honni – petai'r heddlu'n gofyn – iddo ddigwydd fan hyn, neithiwr, adeg y llofruddiaeth?'

Ochneidiodd Raam. 'Ro'n i'n gwbod y byddet ti'n tynnu helynt am fy mhen.'

Rhoddodd Isgoed law ar gefn ei gyfaill. 'Ffrind yw ffrind.'

Bedair awr yn ddiweddarach taniodd Isgoed ei gar a chychwyn yn ôl tuag at ogledd y ddinas. Roedd y car yn teimlo'n drymach, yn enwedig y bŵt. Roedd wedi gorfod symud rhai o'r nwyddau babanod i sedd y teithiwr, i wneud lle i'r llwyth newydd oedd ganddo yn y cefn.

Ond roedd pen y daith yr union yr un fath – y dymp.

Joni

DEFFRÔDD JONI A dylyfu gên. Edrychodd o'i gwmpas yn gysglyd, cyn cydio'n dynnach ym mreichiau ei sedd wrth i atgofion arswydus anturiaethau'r noson gynt ffrydio'n ôl i'w feddwl. Am unwaith yr oedd wedi mwynhau cwsg dihunllef, ond teimlai yn awr ei fod yn deffro i hunllef newydd. Sylweddolodd wrth i'w banig leddfu ei fod yn dal ar y trên o Lundain i Gaerdydd. Tywynnai rhywfaint o oleuni'r bore drwy'r ffenestri bob ochr i'r cerbyd. Roedd trwyn ei dad yn ei ddyfais e-ddarllen, a sylweddolodd Joni iddo fod yn cysgu ar ei ysgwydd a gadael clwt o wlybaniaeth yno.

'Mae'n ddrwg 'da fi,' meddai.

Gwenodd ei dad arno. 'Dim problem. Fatha'r hen ddyddiau pan oeddat ti'n arfar mynd i gysgu yn fy nghôl i'n fabi.'

Cochodd Joni, a cheisio newid y pwnc. Ond nid oedd yn siŵr beth i'w newid iddo. Doedd e erioed wedi bod yn un da am ddechrau sgwrs. Iaco oedd yr unig un erioed y teimlai y gallai siarad ag ef, heb boeni am oriau wedyn am yr hyn a ddaeth allan o'i geg.

'Unwaith ydan ni'n cyrraedd Caerdydd bydd angen i ti ddal trên i Gaerfyrddin, a wedyn dal y bỳs i Landysul,' meddai ei dad, gan ddal i syllu ar sgrin ei e-ddyfais.

'Beth?' gofynnodd. Teimlai Joni fel pe bai wedi cael ei fwrw yn ei stumog.

'Mae angen i fi ddod o hyd i'r dyn 'ma yng Nghaerdydd. Does gen i ddim amsar i fynd â ti adra ar gyfer dy arholiadau a dod yn ôl wedyn.'

Trodd Joni ei ben i edrych allan drwy'r ffenestr. Doedd e ddim am i'w dad weld yr olwg ar ei wyneb. 'O'n i'n meddwl bo fi 'di helpu.'

'E?'

'Dod o hyd i Arawn.'

'O, ia. Diolch. Ond fe glywist ti dy fam. Mae hi isio ti adra cyn diwedd y dydd.'

Meddiannodd Joni ei hun. Beth oedd yn ei ddisgwyl, beth bynnag? Rhywbeth anghyfleus i gefnu arno ar y cyfle cyntaf posib ydoedd i'w dad, wedi'r cwbwl.

Trodd ei ben. 'Beth sy mor ddiddorol?' gofynnodd. Sylwodd nad oedd ei dad wedi edrych arno drwy gydol y sgwrs.

'E-lyfr lawrlwythais i gynna. *Myths and Legends of Wales* gan T J Rhys. Sothach Fictoraidd am dylwyth teg gan fwya. Wedi ei hunangyhoeddi, beryg. Meddwl o'n i efallai y byddai rhwbath ynddo allai fod o ddefnydd, nes i mi gael gafael ar fy llyfrau ysgolheigaidd.'

'Lle ma'r rheini?'

'Mae'r rhan fwya mewn pentwr yn nhŷ dy fam. Ti'n meddwl wneith hi bostio nhw allan i fi?'

Meddyliodd Joni am ei fam druan yn cario'r llyfrau clawr caled trwchus i lawr i'r post. Roedd hynny'n ddigon i roi'r felan iddo a phenderfynodd adael cwmni ei dad ac anelu am y tŷ bach. Gwthiodd heibio heb ymddiheuriad a chamu'n ochelgar dros Pero. Bu'r ci anferth yn gorwedd yn un domen lafoerllyd, yn yr eil rhwng y seddi, drwy gydol y daith. Bu'r casglwr tocynnau heibio sawl tro, ond roedd yn well ganddo lamu dros yr anifail na cheisio ei symud.

Sbeciodd Joni i fyny ar y silff uwch eu pennau er mwyn sicrhau bod y bag du a oedd yn cynnwys pen Bendigeidfran yn dal yno. Roedd yntau wedi bod yn dawel ers dechrau'r siwrne.

Cerddodd heibio i'r seddi eraill, gan ei sadio'i hun yn erbyn simsanu'r cerbyd. Edrychodd dros ei ysgwydd a gweld bod Pero wedi codi ei ben a'i wylio yn mynd yr holl ffordd i'r cwpwrdd cyfyng ym mhen draw'r cerbyd, heb dynnu ei lygaid oddi arno unwaith.

Cododd Joni'r badell a phwyso yn erbyn un o'r waliau cyfyng rhag i ysgwyd y trên darfu ar ei annel. Yn unigedd yr ystafell honno, byddai ganddo lonydd o'r diwedd i feddwl am y modd yr oedd ei fyd wedi ei droi ben i waered dros y pedair awr ar hugain diwethaf. Po fwyaf y meddyliai am y peth, mwyaf yn y byd y disgwyliai ddeffro o freuddwyd. Teimlai fod angen iddo roi prawf ar realiti. Anadlodd a gadael i oglau llym, cemegol diaroglyddion y tŷ bach lenwi ei ffroenau. Caeodd ei lygaid a theimlo'r trên yn symud oddi tano. Gwrandawodd yn astud ar glecian yr olwynion ar y cledrau. Na, nid breuddwyd oedd y cwbwl. Oedd, roedd yno nawr. Roedd y cwbwl a ddigwyddodd dros y pedair awr ar hugain diwethaf wedi digwydd mewn gwirionedd. Dyna oedd realiti, er bod yr hyn a ystyriai yn realiti wedi newid o'i gwmpas yn llwyr.

Roedd ar ganol gwagio ei bledren pan ddiffoddodd y golau

yn sydyn. Rhegodd, a chwifio ei law rydd yn yr awyr gan obeithio ailgynnau'r sensor. Ond yna clywodd sŵn udo dolefus y tu allan i'r drws a oedd yn ddigon i fferru ei waed. Yr un arswyd pur a deimlodd yn Nhŵr Llundain…

Daeth llif y piso i ben ac fe gaeodd ei falog yn frysiog cyn sbecian drwy gil y drws. Roedd y cerbyd cyfan mewn tywyllwch a doedd dim i'w weld y tu hwnt i'r ffenestri. Mae'n rhaid eu bod nhw mewn twnnel, meddyliodd, ond gallai weld digon drwy'r caddug i adnabod corff claerwyn Pero ym mhen draw'r cerbyd. Eisteddai gan edrych i fyny at y to, yn oernadu fel y byddai blaidd yn udo ar y lleuad. Gwelai Joni fod nifer o deithwyr eraill yn y cerbyd a'u dwylo dros eu clustiau, ac un ferch fach yn beichio wylo. Roedd ei dad yn ceisio rheoli'r ci ar y naill law ac ymresymu â'r casglwr tocynnau ar y llaw arall.

'I'm sorry, he must be afraid of the dark. Sh! Pero. Ca' dy geg, y ci dwl.'

'Lle'r a'th y gole?' gofynnodd Joni wrth agosáu.

''Dan ni yn Nhwnnel Hafren,' meddai ei dad. 'Dwn i'm be sy'n bod, nam trydanol mae'n debyg.'

Edrychodd Joni draw at y ffenestr gyferbyn. Gallai weld eu hwynebau nhw wedi eu hadlewyrchu yno, ef a'i dad a'r dyn tocynnau, yn glaerwyn ar ddu. Ond roedd wyneb arall yno. Wyneb hŷn, wyneb dyn. Trodd i edrych dros ei ysgwydd, gan feddwl bod rhywun yn sefyll y tu ôl iddo. Ond doedd neb yno.

Trodd yn ôl at y ffenestr. Roedd yn dal yno, ei groen yn welw a'i lygaid yn ddu. Ond roedd fel petai'n arnofio yno yn y düwch tu hwnt, heb gorff yn perthyn iddo. Yna symudodd yn nes, tuag at y ffenestr, a gwelodd fod clogyn o garpiau du a oedd yn gysylltiedig â'r pen yn chwipio yma a thraw yn llif y gwynt. Syllodd yr wyneb gwyn arno'n fud.

'D… Dad,' meddai Joni. 'Y Saith.' Roedd pob greddf yn ei gorff yn ysu am gael dianc o olwg y llygaid dieflig hynny, ond ni allai. Cripiodd y parlys drwy bob modfedd o'i gorff. Ymestynnodd yr eiliadau'n oriau. Gallai deimlo presenoldeb y creadur yn ei feddwl. Yn tyrchu. Yn chwilio am wendid, yn chwilio am drallod. Ac roedd digonedd ym meddwl Joni Teifi iddo wledda arno. Diflannodd unrhyw gariad a bodlonrwydd o feddwl Joni. Roedd yn arnofio ar fôr tymhestlog o ofid.

'Joni!' Teimlodd y cerbyd yn bownsio o'i amgylch. Nid ef oedd yn cael ei ysgwyd. Gwelodd wyneb pryderus ei dad o'i flaen. Roedd ei ddwylo amdano.

'Dad?' Daeth ato'i hun.

'Wyt ti'n iawn? Lle est ti?' Pwyntiodd fys y tu hwnt i'r ffenestr. 'Maen nhw tu allan.'

Fe aeth golau heibio iddyn nhw. Trên yn mynd i'r cyfeiriad arall, efallai. Ond am ennyd gallai Joni weld y Saith yn eu llawn ogoniant. Roeddynt oll wedi nesáu at y ffenestri erbyn hyn, pedwar un ochr a thri ar y llall, eu cyrff wedi crebachu bron â bod yn ddim o dan eu clogynnau hir, carpiog. Herciai eu pennau pydredig yma a thraw, yn chwim fel symudiadau aderyn, wrth iddynt chwilio am eu prae.

Nid edrychodd Joni yn hir. Nid oedd am ymgolli yn y llygaid duon hynny unwaith eto.

'What's the matter?' gofynnodd y dyn tocynnau, ei wyneb ef yn ddrych i'r ofn ar wyneb Joni a'i dad. 'Was he having a fit?'

'Mae'n bryd i ni fynd,' meddai Bleddyn, a llusgo'r bag du oedd yn cynnwys pen Bendigeidfran o'r silff uwch ei ben. 'Ty'd di â Pero.'

Tynnodd Joni yn galed ar ei dennyn, a'i gledrau'n chwys oer, ond roedd y ci yn amharod i symud. Roedd wedi tawelu ei nadu a dechrau chwyrnu'n uchel i gyfeiriad y creaduriaid tu draw i'r ffenestr. Tynnodd Joni yn galetach. O'r diwedd ufuddhaodd a throedio'n anfodlon ar ei ôl.

Fe aethon nhw drwy sawl cerbyd, pob un yn dywyll, ac ambell i deithiwr wedi tanio eu ffonau symudol ac yn eu defnyddio fel fflachlampau.

Daeth neges dros yr uchelseinydd. 'This is the driver. We apologize for the momentary loss of electricity in the rear carriages. Normal services will resume as soon as possible.'

Fe gyrhaeddon nhw'r cerbyd olaf yng nghefn y trên. Roedd yn wag. Ymbalfalodd ei dad yn ei boced a thynnu ei fflachlamp ohoni, a goleuo'r cerbyd a'r ffenestri. Doedd dim golwg o'r creaduriaid yno. Roedd yn wag.

'Ti'n meddwl bod ni 'di colli nhw?' gofynnodd.

Wrth iddo ddweud hynny llithrodd y drws ym mhen draw'r cerbyd ar agor ac fe arnofiodd un o'r Saith i mewn, ei glytiau carpiog heb gyffwrdd â'r ddaear. Hwyliodd tuag atynt fel petai'n slefren fôr yn nyfnderoedd eigion y ddaear. Roedd ei wyneb cythreulig yn glaerwyn yng ngolau'r torsh.

'Rhed, Joni,' meddai ei dad. 'Fe wna i ei ddal o'n ôl.'

'Ond...'

Gwthiodd Bleddyn ef yn ôl i gyfeiriad y cerbydau eraill. 'Dos, rŵan!' gwaeddodd. 'Gwranda ar dy dad am unwaith.'

Ceisiodd Joni gymryd cam yn ôl, ond ni allai symud Pero. Roedd pawennau'r ci mawr fel petaent wedi eu hoelio i lawr y trên. Chwyrnai fel injan wrth i'r erchyllbeth agosáu. Roedd yn disgwyl ei gyfle, a daeth hwnnw wedi i'r creadur gyrraedd o fewn ychydig droedfeddi iddynt. Llamodd Pero at y bwgan, gan rwygo'r tennyn o ddwylo Joni. Gyda naid suddodd ei ddannedd i wddf y bwgan, ei lusgo i'r llawr a'i ysgwyd bob sut fel doli.

Cododd y cythraul a chwyldroi yn yr unfan gan geisio ei ysgwyd oddi arno.

Fel petai rhywun wedi gwasgu switsh, ail-lenwyd y cerbyd â golau boreol. Gallai Joni weld caeau gwyrdd Sir Fynwy yn ymestyn bob ochr iddynt. Roedden nhw allan o'r twnnel. Dychwelodd Pero tuag atynt gan boeri carpiau o'i geg. Doedd dim golwg o'r Saith yn y cerbyd.

'Ci da,' meddai ei dad â rhyddhad, gan fwytho ei ben. 'Ci da iawn, iawn, wir.' Cusanodd ben Pero. Trodd at Joni. 'Ti'n iawn?' Nodiodd Joni ei ben yn ansicr. Byddai angen iddo ddychwelyd i'r tŷ bach yn o fuan.

Agorodd y drws y tu ôl iddynt a daeth pen y casglwr tocynnau i'r golwg.

'He's quietened down now, has he? Do you think he'll be OK the whole way to Cardiff?'

'He'll be fine. It was just the darkness, I suppose,' atebodd Bleddyn.

'Right. Well, stay in this carriage. There are fewer people in here.'

Syrthiodd Joni i mewn i sedd gyfagos, a chau ei lygaid. Roedd ei galon yn curo fel drwm. Eisteddodd ei dad gyferbyn ag ef, gyda golwg luddedig arno.

'Diolch,' meddai Joni o'r diwedd.

'Am beth?'

'Driest ti fy achub i.'

Edrychodd ei dad arno'n hurt. 'Ti'n fab i fi, Joni. Dwi'm isio i'r un peth…' Ochneidiodd yn ddwfn, a rhwbio ei lygaid gyda'i fysedd. 'Mae hyn yn drysu pethau. Fyddi di ddim yn gallu dal trên i Gaerfyrddin.' Tynnodd ei ffôn o'i boced. Gwelodd Joni fod ei law yn crynu. 'Bydd rhaid i ni deithio efo'n gilydd, yn y car. Ac ella, gobeithio, gall Pero fan hyn ddelio â mwy nag un ar y tro.' Mwythodd ben y ci mawr gwyn â'i law rydd.

'Does dim rhaid mynd adre, Dad. Allen i ailsefyll yr arholiadau yn yr haf, ta beth.'

'Fe fyddai dy fam yn fy lladd i. Fe fyddai'n well gen i wynebu'r Saith. Pryd ma'r arholiad cynta?'

'Dydd Iau.'

Edrychodd ei dad ar sgrin ei ffôn. 'Wel, mae'n ddydd Mawrth rŵan.'

Er gwaethaf bygythiad y Saith, teimlai Joni ei galon yn llonni fymryn wrth i belydrau'r haul gynhesu ei wyneb drwy'r gwydr. Roedd ei dad yn pryderu yn ei gylch, rhyw fymryn o leiaf. Neu ai ofn denu llid ei fam pe na bai'n gwneud hynny oedd arno? Ceisiodd wthio'r cwestiwn hwnnw o'i feddwl.

Arhoson nhw yno am weddill y daith, cyn gadael gyda'r rhan fwyaf o'r teithwyr eraill yng Ngorsaf Canol Caerdydd a dal trên arall i lawr i'r Bae. Roedd y ddinas wedi ymddangos yn brysur i Joni gwta ddiwrnod yn ôl, ond ar ôl Llundain ymdebygai i dref fach hamddenol.

'Mae angen i ni nôl y car ac yna mynd i gyfeiriad y Rhath,' meddai ei dad wrth iddynt gerdded heibio Canolfan y Mileniwm. 'Dyna lle ddudodd Arawn oedd y dyn yma'n byw.' Tynnodd y darn papur o'i boced ac edrych ar y cyfeiriad. 'Teyrnon rywbath… Yna fedrwn ni droi trwyn y car am adra.'

'Fydd e'n saff? Beth os y'n ni'n arwain y Saith ato?'

'Sna'm llawar o ddewis, Joni. Tra bod pen Bendigeidfran efo ni, fyddan nhw ddim yn rhoi'r gorau i'w cwest.'

'Fe allen ni roi'r pen 'nôl iddyn nhw. 'Na beth ma'n nhw moyn, ontefe?'

Trodd ei dad tuag ato, a golwg beryglus yn ei lygaid. 'Na,' meddai'n bendant. 'Glywist ti Bendigeidfran. Mae angen i ni ddod o hyd i'r Pair 'ma, ac allwn ni ddim gneud hynny ar ein pennau ein hunain. Fe allai syrthio i'r… dwylo anghywir…'

Aeth yn ei flaen a gadael Joni yn yr unfan. Doedd heb ddisgwyl yr ymateb hwnnw gan ei dad. Teimlai fod rhywbeth arall yn chwarae ar ei feddwl.

Yna clywodd lais bach yn sibrwd wrtho. Ni wyddai ai Bendigeidfran oedd yn siarad eg ef, neu ai ei sylweddoliad ei hun oedd hwn. 'Mae eisiau'r Pair iddo'i hunan…'

Ysgydwodd ei ben a dilyn ei dad ar draws yr hewl a thuag at faes parcio Cei'r Fôr-forwyn.

ʊ

Anelodd Bleddyn drwyn y car i gyfeiriad gogledd y ddinas. Ymddangosai'r haul yn ysbeidiol drwy'r cymylau gan daflu ei oleuni ar y tai teras Fictoraidd urddasol bob ochr i'r strydoedd. Gallent weld plant yn chwarae ar y ffrâm ddringo ger llyn y Rhath a'u mamau yn eistedd ar y meinciau neu'n gwthio eu coetsis babanod ac yn cloncian yn llon. Ond gwyliai Joni'r awyr am siffrwd adenydd cigfrain, a gwyddai fod ei dad yn gwneud hynny hefyd pan nad oedd ei lygaid ar y ffordd.

Daethon nhw at y tŷ o'r diwedd. Penderfynodd Bleddyn glymu Pero i'r reilins tu allan.

'Ti'n meddwl bo fe'n saff, Dad?' gofynnodd Joni.

'Go brin fydd rhywun yn trio'i ddwyn o?'

'Poeni am y lleidr o'n i, dim y ci.'

Bu'n rhaid iddyn nhw ddisgwyl am sbel cyn i rywun ddod at y drws, ond o'r diwedd agorwyd ef gan ddynes yn ei thridegau cynnar, mop o wallt du cyrliog ar ei phen a chrys-t gwyn amdani. Sylwodd Joni fod ei llygaid yn goch.

'Can I 'elp you?' meddai, gan eu llygadu yn amheus.

'Chi'n siarad Cymraeg?' gofynnodd ei dad.

'Odw.'

'Bleddyn dw i a dyma fy mab Joni. Rydan ni'n chwilio am Teyrnon Twryf Lliant. Ydi o'n byw yma?'

Edrychodd y ddynes arnynt yn bur ddryslyd, ond yna daeth cysgod gwên i ymylon ei gwefusau. 'Odych chi'n ffrindie 'da fe ar y gêm ffantasi 'na?'

'Gêm ffantasi?'

'Ie. Chi'n gwbod, yr un 'na lle ma fe'n rhedeg ambytu'r lle fel arwr, yn ymosod ar goblynnod a dreigie?'

'World of Warcraft?' awgrymodd Joni.

Nodiodd y ferch. 'Ie, 'na fe. Ma fe'n galw ei hunan yn "Teyrnon" ar hwnnw. Teyrnon Lliw Llyffant.'

Tro ei dad ydoedd i edrych yn ddryslyd. 'Wrth gwrs,' meddai. ''Dan ni'n ei nabod drwy'r gêm, tydan ni, Joni? Fi yw, ym… Lleu Llaw Gyffes, a hwn yw, ym…'

'Deathspell Omega.'

'Ia,' meddai Bleddyn, gan gilrythu ar ei fab. 'Meddwl y bysan ni'n galw draw i ddeud helô, gan ein bod ni yn y cyffiniau.'

Crymodd hithau ei hysgwyddau. 'Wel, croeso i chi ddod miwn. Wy'n falch bod gan Isgoed ffrindie, hyd yn oed os y'n nhw'n rhai rhithiol.' Camodd o'r neilltu.

'Isgoed?' gofynnodd ei dad wrth gerdded heibio.

'Ie. 'Na'i enw go iawn, pan dyw e ddim yn galw'i hunan yn "Teyrnon Lliw Llyffant". Mae e wedi mynd â phethe i'r dymp. Wna i ei decstio i weld lle mae e arni.'

Aethon nhw drwy'r cyntedd ac i mewn i'r ystafell fyw. Roedd yn amlwg yn hen dŷ ac nid oedd yr ystafell hon wedi newid llawer dros y degawdau. Codai oglau mws o rywle, a gallai Joni weld ambell lain o ddamprwydd o amgylch y nenfwd. Safai lle tân anferth o farmor gwyrdd ar un pen, ac roedd gweddill yr ystafell yn llawn dodrefn, gan gynnwys dwy gist ddroriau, desg a thair soffa fawr las a edrychai'n gyfforddus iawn, os braidd yn llychlyd. Roedd bwrdd coffi a rýg amryliw wedi ei weu â llaw ar lawr rhyngddynt.

'Mae'n dŷ braf,' meddai Bleddyn. Dyfalai Joni mai bod yn gwbwl ddidwyll yr oedd, o ystyried ei hoffter o hen bethau.

'Ma fe wedi bod yn nheulu Isgoed ers dros ganrif. Wedi ei basio i lawr o hen hen ddad-cu i ddad-cu, ac ymlaen iddo fe. Ddim wir at y 'nhast i, ond hei – sdim morgais, oes e? Disgled?'

'Os dach chi'n cynnig, diolch,' meddai Bleddyn.

Eisteddodd y ddau ar un o'r soffas wrth i'r ddynes fynd drwodd i'r gegin.

Trodd ei dad ato. 'Deathspell Omega?'

Cododd Joni ei war. 'Dyna fy enw i ar World of Warcraft.'

'Annwl dad. Wel, yn amlwg, does gan hon ddim syniad bod ei

gŵr yn dduw Celtaidd. Neu mae'n cuddio'r peth. Felly paid â deud dim wrthi.'

Daeth y ferch yn ôl gyda phaned yr un iddyn nhw a dwy sleisen o fara brith a menyn yn drwch arnynt. Bwytaodd Joni'n awchus. Nid oedd yn sylweddoli pa mor llwglyd ydoedd.

'Diolch yn fawr,' meddai Bleddyn, wrth lyncu'r darn olaf. 'Roedd fy nain yn Nolgellau yn arfar gneud bara brith yn union yr un fath. Sori, anghofiais i holi beth oedd eich enw chi…'

Cyn iddi gael cyfle i ateb, clywsant ddrws y ffrynt yn agor a llais ei gŵr yn gweiddi, 'Yffach dân, Eli, welest ti seis y ci 'na o fla'n y tŷ? Mae'n anferth! Albino 'weden i: ffyr gwyn, llygaid coch a…' Bu saib. 'Smo ti 'di gweld dyn â gwallt hir gwyn, wyt ti?'

Daeth i'r ystafell fyw a syllu'n ochelgar ar y ddau ddieithryn a eisteddai yno. Roedd ganddo fag gliniadur du dros ei ysgwydd. Gosododd ef ar lawr, a'i wthio'n frysiog o'r golwg y tu ôl i gadair freichiau gyda'i droed.

'Isgoed, dyma Llaw Lleu Gyffes a Deathsmell Omega,' meddai Eli. 'Dy ffrindie o World of… betingalw?'

Syllodd Isgoed arnynt yn fud. Edrychai ychydig yn hŷn nag Eli, yn ei bedwardegau efallai. Roedd arno olwg dyn a oedd wedi cael diwrnod hir iawn.

Cododd Bleddyn ar ei draed ac estyn ei law. 'Mae'n ddrwg gen i, 'dan ni ddim wedi cwrdd, yn y cnawd.' Gafaelodd yn llaw lipa'r dyn.

'Sut oeddech chi'n gwbod lle'r o'n i'n byw?' gofynnodd yn ddrwgdybus.

'Arawn sydd wedi ein gyrru ni. Ti'n gwbod, Arawn, o Lundain?' meddai Bleddyn. Gwelodd Joni fflach o ddealltwriaeth yn gwawrio ar wyneb y dyn.

'O,' meddai, heb wenu. 'Arawn. Yr hen goes. A sut mae'n cadw?'

'Mae'n cadw yn iawn, diolch am ofyn. Ymmm…'

Syrthiodd tawelwch chwithig dros y stafell. Teimlai Joni ei bod yn bryd iddo gymryd yr awenau. Roedd yn amlwg nad oedd ei dad wedi chwarae gêm gyfrifiadur erioed.

'Ni 'di ca'l ein hala ar gwest arbennig yn World of Warcraft,' meddai Joni. 'Un lefel wyth deg, os nad yn uwch.'

'Wy'n gweld.' Eisteddodd Isgoed wrth ymyl Eli. Roedd fel petai'n deall y gêm. 'Un anodd a pheryglus iawn, 'te. A beth yn union sydd ynghlwm â'r cwest yma?'

Esboniodd Joni'r hanes iddo, gan lynu at ieithwedd World of Warcraft orau allai fel na fyddai Eli yn deall am beth roeddynt yn sôn. Gwelodd yr ofn a'r pryder yn cynyddu yn llygaid Isgoed, yn enwedig pan grybwyllodd y Saith.

'Ond sut y'ch chi'n disgwyl i mi helpu?' gofynnodd hwnnw o'r diwedd.

'Ni wedi dod 'ma i ofyn y'ch chi eisie ymuno â ni ar y *raid*,' meddai Joni.

'Neu o leia i holi oes gen ti unrhyw syniadau ynghylch sut i ddod o hyd i'r Pair Dadeni,' ychwanegodd ei dad.

Symudodd Isgoed yn anesmwyth yn ei sedd. Roedd wedi mynd braidd yn welw. 'Wel a dweud y gwir, wy wedi bod AFK ers sawl blwyddyn nawr. Sai'n siŵr alla i ymuno ar *raid* arall gyda chi.'

'Beth yw AFK?' gofynnodd Eli.

'Away from keyboard,' atebodd Joni.

'Ond digwydd bod, wy ar fath o gwest fy hunan,' meddai Isgoed. 'Odych chi'n gyfarwydd â Iarlles y Ffynnon?'

'Yndw,' meddai Bleddyn.

'Waw, mae yna ferched yn y byd yma hefyd?' gofynnodd Eli.

Tynnodd Isgoed wyneb arni. 'Wel, mae rhywun wedi ei lladd hi hefyd. Yn ffodus neu'n anffodus, fe aeth y crair hud sydd yn ei meddiant i ddwylo chwaraewr braidd yn fyrbwyll a dibrofiad.' Edrychodd o'r naill i'r llall.

'A,' meddai Bleddyn. 'Ti'n meddwl bod yna gysylltiad rhwng yr… ym, orchwyl w't ti ynghlwm â hi a'n un ni?'

'Wel, mae'n ormod o gyd-ddigwyddiad i feddwl fel arall.'

Cododd Eli o'i sedd, gan ysgwyd ei phen, â gwên ar ei hwyneb. 'Chi fechgyn a'ch gemau. Fel iaith arall i fi. Fydden i'n disgwyl gwell yn eich oed chi,' meddai wrth Bleddyn ac Isgoed.

Gwenodd ei chymar arni'n wan wrth iddi adael yr ystafell. Yna pwysodd ymlaen yn ei sedd.

'Dyw hyn ddim byd i'w wneud â World of Warcraft, odi fe?' sibrydodd.

'Na,' meddai Bleddyn. 'Mae pen Bendigeidfran yn y bag.'

'O, mam bach.' Eisteddodd Isgoed yn ôl a thynnu ei fysedd drwy ei wallt. 'A dim Lleu Llaw Gyffes ydych chi, chwaith, ife?'

'Na!'

'O'n i'n meddwl bo chi ddim byd tebyg iddo.' Cnodd ei wefus. 'Hoffwn i'ch helpu chi, bois, ond ma 'da fi lawer iawn ar fy mhlât ar hyn o bryd. Mae Iarlles y Ffynnon wedi cael ei llofruddio, mae Caledfwlch wedi mynd i ddwylo Aelod Cynulliad, ac mae pethau rhyngdda i ac Eli yn eitha... bregus. Alla i ddim mynd ar dramp lan a lawr Cymru i chwilio am y Pair Dadeni.' Gostyngodd ei lais ac edrychodd yn ddifrifol arnynt. 'Dim ar chwarae bach mae un duw yn lladd un arall,' meddai. 'Mae yna rywbeth rhyfedd iawn yn mynd ymlaen.'

Ystyriodd Joni awgrymu y dylen nhw adael pen Bendigeidfran gydag Isgoed a'i heglu hi. Cafodd yntau ei swyno gan addewid y Pair Dadeni i ddechrau, ond roedd yr hyn ddigwyddodd ar y trên wedi newid ei feddwl. Ni fyddai llawer o obaith iddo gyfodi Iaco o farw'n fyw petai ef ei hun wedi cael ei rwygo'n rhubanau gan lid haid o gigfrain Llundain.

Ond penderfynodd mai taw piau hi. Cofiodd y fflach beryglus yn llygaid ei dad ynghynt.

'Mae Arawn wedi dweud y dylen ni fynd i weld rhywun o'r enw Sisial y Brwyn, yng Nghenarth,' meddai ei dad.

'Os oes unrhyw un wedi clywed unrhyw beth, Sisial y Brwyn fydd honno. Mae ei chof yn treiddio'n ddwfn i'r tir, fel gwreiddiau derwen.' Cododd Isgoed. 'Ond well i chi fynd ar hast, cyn i'r Saith eich synhwyro. Fyddwch chi moyn bod gartre cyn iddi nosi.'

Daeth Eli yn ôl i mewn i'r ystafell. 'Ydych chi'n mynd yn barod?' gofynnodd yn syn, wrth weld Joni a Bleddyn yn codi ar eu traed, Joni yn ceisio llarpio gweddill ei de.

'Yndan. Diolch yn fawr am y banad a'r bara brith.'

Hebryngodd Isgoed nhw at y drws a'i gau y tu ôl iddynt. Edrychodd i fyny ac i lawr y stryd yn wyliadwrus. 'Sut fyddwch chi'n mynd i Ddyffryn Teifi?' sibrydodd. 'Mae'n beth peryglus gyrru ar draws tir agored Cymru a phen Bendigeidfran yn eich meddiant.'

'Ia, dyna ddudodd Arawn,' meddai Bleddyn. 'Ond does dim llawar o ddewis os nad ydan ni isio cerddad yr holl ffordd adra.'

'Gair o gyngor – ewch adre drwy'r Cymoedd. Mae gan y chwedlau wreiddiau basach. Doedd y Cymry a sefydlodd yno ddim yn rhoi llawer o goel ar yr hen gredoau. Straeon tylwyth teg rhamantaidd oeddent iddyn nhw. Fe gewch chi siwrne saffach.'

'Fe wnawn ni hynny,' meddai Bleddyn. 'Ond be os bydd y Saith yn ein dal ni?'

Surodd wyneb Isgoed. 'Yna bydd yn rhaid gobeithio bod gan dylwyth teg ddannedd.'

Isgoed

GWYLIODD ISGOED YR archaeolegydd a'i fab yn diflannu rownd y gornel. Brathwyd ef gan euogrwydd yn fwyaf sydyn am beidio â gwneud rhagor i'w helpu nhw. Pa obaith oedd ganddynt, yn crwydro ar draws cefn gwlad gyda phen Bendigeidfran mewn sach a'r Saith ar eu holau? Fe fydden nhw'n lwcus i gyrraedd y Bannau. Gwyddai yn ei galon ei fod wedi eu gweld am y tro olaf.

Ond allai e ddim helpu pawb. Dyna un peth yr oedd wedi ei ddysgu fel heddwas. Roedd angen iddo ddatrys achos Iarlles y Ffynnon. Ac roedd ei angen ar Eli.

Aeth yn ôl i'r tŷ, a dod o hyd iddi'n ail-lenwi'r potyn bagiau te yn y gegin. Roedd gwên drist ar ei hwyneb. Lapiodd ei freichiau o'i hamgylch a gofyn a oedd hi'n iawn, gan obeithio cael rhywfaint o faldod yn ôl.

'Odw, wrth gwrs,' meddai, gan ei rhyddhau ei hun o'i afael. Diflannodd y wên.

Brifiwyd ef braidd gan ei diffyg serch. 'Sori am yr ymweliad disymwth,' meddai. 'Amseru gwael, braidd.'

Caeodd hi'r potyn a thaflu pecyn gwag y bagiau te i'r bin. 'O'dd hi'n braf gweld wynebau newydd. Cofio fod 'na fyd y tu fas i'r walie 'ma 'fyd. Gest di rif ffôn y dyn?'

'Naddo. Pam?' gofynnodd ychydig yn fwy siarp nag roedd wedi'i fwriadu. 'Sai prin yn ei nabod e,' ychwanegodd yn frysiog.

'Iawn, Isgoed. Dim un o dy gyfweliadau heddlu di yw hwn. Dim ond meddwl bod angen i ti neud mwy o ffrindie. Sdim neb 'da ti heblaw amdana i a dy gyd-weithwyr, a'r newyddiadurwr 'na ti'n cwrdd â fe bron bob dydd.'

'Raam?'

'Ie, Raam. Ti'n treulio mwy o amser 'da fe nag wyt ti 'da fi.' Culhaodd ei llygaid. 'Mae'n od nag ydw i erioed wedi cwrdd â fe.' Oedodd. 'Dim cuddio bodolaeth ffifflen wyt ti, ife?'

'Mae Raam yn *ddyn* neis iawn. *Contact* yw e, mwy na ffrind. Rhan bwysig o waith unrhyw heddwas.'

'Wel 'na ni, 'te, *sdim* ffrindie i ga'l 'da ti.'

Meddyliodd Isgoed am hynny wrth ddringo'r grisiau, gyda bag du Derwyn Williams dan ei gesail. Efallai ei fod wedi mynd braidd yn ynysig dros y blynyddoedd. Y gwirionedd oedd bod gwneud ffrindiau a magu teulu yn benderfyniadau anodd pan oeddech chi'n gwybod y bydden nhw i gyd yn marw un dydd a'ch gadael chi ar eich pen eich hun drachefn. Weithiau, mi *oedd* yn haws peidio â charu o gwbl na thorri calon. Hefyd, ar ôl bod ar y ddaear gyhyd, roedd manion bywyd, y siarad gwag, wedi dechrau ei ddiflasu. Dim ond y troeon trwstan oedd o ddiddordeb iddo mwyach. Y marwolaethau, y llofruddiaethau. Eiliadau mwyaf ingol bywydau'r meidrolion. Ni allai'r un duw wadu diddordeb yn y pethau hynny.

Roedd ganddo Eli, beth bynnag.

'Ti moyn cinio?' gofynnodd hi o waelod y grisiau.

'Beth bynnag sy hawsa.'

Aeth i mewn i'r ystafell ymolchi yn gyntaf a chael golwg arno'i hun yn y drych. Roedd straen y dyddiau diwethaf yn amlwg ar ei wyneb. Ei groen yn welw a bagiau du fel cleisiau dan ei lygaid. Llygaid a oedd wedi gweld llawer gormod dros y canrifoedd. Edrychai'n *hŷn*. Ni fyddai heneiddio yn poeni'r rhelyw, ond roedd yn dipyn o sioc i Isgoed, gan ei fod yn edrych fel petai ar drothwy ei ganol oed ers mil o flynyddoedd. Gwyddai am dduwiau eraill oedd wedi crebachu'n ddim wrth i bobol golli cof amdanynt, yn byw ar y cyrion fel crwydriaid neu feudwyaid nad oedd neb yn eu hadnabod nac yn sylwi arnynt, nes un dydd roedden nhw'n diflannu yn gyfan gwbl o gof dyn, fel ochenaid ar y gwynt. Un dydd ni fyddai neb yn cofio am Teyrnon Twryf Lliant ond academydd oedrannus yn sgriblan yn ei swyddfa, neu, yn waeth byth, fe fyddai'n droednodyn parhaol ar wefan fel Wikipedia, wedi ei ddal fel glöyn byw mewn casyn gwydr, heb fywyd ond yn methu marw chwaith.

Ar ôl eillio a thwtio rhywfaint ar y blewiach ar ei wyneb, aeth i'w stydi er mwyn tyrchu ym mag Derwyn Williams. Agorodd sip y bag a thynnu trwch o bapurau ohono. Byseddodd drwyddynt. Roedd y rhan fwyaf yn bapurau briffio diwerth. Nodiadau cyn cyfweliad ar y gyfres radio *O'r Bae*, lein y Blaid Lafur ar ymgyrch i agor rheilffordd o Gaerfyrddin i Aberystwyth, yr argyfwng cylchrediad oedd yn wynebu papurau newydd y wlad, ac yn y blaen. Ond roedd un ffolder a ddaliodd lygad Isgoed. Ffolder coch, pwysig yr olwg. Agorodd ef a sbecian i mewn.

Teimlodd gymysgedd o gyffro ac ofn yn ei fynwes wrth weld y geiriau 'Top Secret' a 'Confidential' ar frig y dudalen flaen. Ymhellach i lawr, roedd rhestr o'r ychydig bwysigion oedd yn cael darllen y ddogfen – Prif Weinidog y Deyrnas Unedig, sawl enw o MI5 a Whitehall nad oedd Isgoed yn gyfarwydd â nhw a'r diweddar Ysgrifennydd Treftadaeth ei hun.

Darllenodd y cynnwys yn awchus, gan ymhyfrydu yn y ffaith ei fod yn torri sawl cyfraith gwlad drwy wneud hynny. Ond sylweddolodd nad oedden nhw fawr callach nag ef ynglŷn â'r hyn a ddigwyddodd gyda'r nos yn Nhŵr Llundain ar 11 Mai. Roedd Europol wedi cadarnhau enwau'r dynion, sef lladron a oedd yn gyfrifol am sawl heist soffistigedig ar y cyfandir dros y degawd a hanner diwethaf. Yr hyn a oedd ar goll oedd unrhyw gymhelliad amlwg.

Daliodd un darn arall o wybodaeth sylw Isgoed, sef cred MI5 bod dyn arall, anhysbys hefyd ar y safle ac wedi llwyddo i ddiffodd y trydan ar y llawr cyntaf, ond bod generaduron wrth gefn wedi deffro bryd hynny a throi'r trydan yn ôl ymlaen. Roedd y dyn hwnnw wedi diflannu ac roedden nhw'n parhau i geisio cael gafael arno. Roedd olion ei fysedd yn cyd-fynd â chyfres o lofruddiaethau yn ardal Paris a Dyffryn Marne ddegawdau ynghynt na chawsant eu datrys erioed. Ac roedd y rhychau arnynt yn awgrymu ei fod yn ddyn oedrannus iawn.

Ac roedd un darn allweddol olaf o wybodaeth: credai MI5 i'r dynion aros yng Ngwesty Dewi Sant ym Mae Caerdydd y noson cyn torri i mewn i Dŵr Llundain.

Eisteddodd Isgoed yn ôl yn ei sedd, gosod y ffeil ar ei ddesg, a meddwl. Roedd ganddo fantais dros MI5 fan hyn, sef bod ganddo eisoes yn ei feddiant ambell ddarn o'r jig-so oedd yn eisiau ganddyn nhw. Fydden nhw ddim yn gwybod am lofruddiaeth Iarlles y Ffynnon a'r cysylltiad tebygol â mater y Pair. Ond cofiodd fod y ddogfen o'i flaen wedi ei hysgrifennu fore dydd Sul. Roedd hi bellach yn brynhawn dydd Mawrth.

'Fan hyn wyt ti,' meddai Eli. Bu bron iddo neidio o'i sedd. Doedd e heb ei chlywed yn dod i fyny'r grisiau. Edrychodd hi ar y pentwr o bapurau swyddogol yr olwg ar ei ddesg. 'Smo ti'n gweithio, wyt ti?' gofynnodd yn gyhuddgar.

'Dim ond clirio'r hen ddesg 'ma. Meddwl ei fod werth ei wneud gan fod gen i gwpwl o ddyddie sbâr.'

'Glywest ti fi'n gweiddi bod cinio'n barod?'

Dilynodd hi'n anfoddog i lawr i'r gegin, gan dorri ei fol eisiau dychwelyd at yr achos. 'Gyda llaw,' meddai, mor ddidaro â phosib, 'bydd rhaid i fi daro mewn i'r pencadlys am ryw hanner awr prynhawn 'ma. Nôl cwpwl o bethe. Y gliniadur ac yn y blaen.'

'Moyn chwarae rhagor o World of Warcraft, ife? Weithie fydda i'n meddwl bo ti'n byw bywyd hollol ar wahân nad ydw i'n gwbod dim byd amdano.'

Ar ôl bwyta ei frechdan ham a chaws, sleifiodd Isgoed o'r tŷ, gan deimlo ei fod yn ffoi o olwg un o warcheidwaid Alcatraz. Gyrrodd yn ôl i ganol y dref a pharcio y tu allan i bencadlys yr heddlu. Aeth i fyny yn y lifft i'r swyddfa a mynd yn syth at ei gyfrifiadur. Agorodd y fewnrwyd a chwilio am unrhyw gyrff oedd wedi cael eu darganfod yn ardal y Bae.

Roedd un. Nos Wener. Merch anhysbys, y daethpwyd o hyd i'w chorff yn y dŵr reit y tu allan i Westy Dewi Sant. Roedd rhan o'i braich dde ar goll. Perffaith. Roedd pethau eisoes yn disgyn i'w lle. Edrychodd i weld lle'r oedd ei chorff yn awr. Ysbyty Athrofaol Cymru.

Cyn gadael aeth i weld y bòs, y Ditectif Brif-Arolygydd, a gofyn am fis o wyliau. Ychwanegodd iddo fod draw i dŷ Alaw Watkins, ond heb weld siw na miw o'r Ysgrifennydd Treftadaeth.

'She let me in, I had a good look around, but no sign of him,' meddai. 'She had a journalist from the *South Wales Echo* around the night before, but apart from that hasn't seen a living soul all day.'

'Oh. She lives down on the west side of the Bay, doesn't she? They found his car in the Tesco's by there.' Gwgodd. 'Anyway, I've been told to forget about it now. Chief Constable tells me MI5 are all over it like a rash. Can you believe that?'

'MI5 are looking for his body too?' Ceisiodd Isgoed guddio'r cryndod yn ei lais. 'Why?'

'Well, he was in that meeting with them a few days ago. I told you about it, remember? Maybe it's got something to do with that. Anyway, it's not your problem now. Or mine either, it seems.' Tynnodd yn ddiamynedd ar ei fwstásh, gan ddynodi nad oedd yn gwerthfawrogi ymyrraeth y gwasanaethau cudd. 'Enjoy your holiday, Isgoed. Take it easy, yeah?'

Diolchodd Isgoed iddo a mynd yn ôl i lawr yn y lifft am ei gar. Edrychodd bob ffordd cyn mynd i mewn iddo, rhag iddo weld unigolyn neu fan amheus yr olwg a allai fod yn cadw llygad arno. Bu'r newydd bod MI5 hefyd yn ymchwilio i farwolaeth Derwyn Williams yn ysgytwad. Roedd angen troedio'n fwy gofalus. Gyrrodd o amgylch y bloc gwpwl o weithiau er mwyn sicrhau bod neb yn ei ddilyn. Yna penderfynodd anelu trwyn y car am Westy Dewi Sant, tra ei bod yn parhau'n olau.

Parciodd ger Sinema'r Odeon a chrwydro i lawr ar droed, heibio Canolfan y Mileniwm a Techniquest i'r man lle cafodd y corff ei ddarganfod yn y dŵr. Safodd yno am funud yn gwrando ar sugno a slochian y dyfroedd du islaw. Ceisiodd ei roi ei hun yn esgidiau'r llofruddion. Efallai eu bod nhw wedi trefnu i'w chyfarfod hi, meddyliodd. Roedd hi'n rhan o'u cynlluniau nhw, ond fe aeth rhywbeth o'i le.

Teimlai'n rhwystredig yn sydyn iawn. Nid oedd ganddo ddim o'r offer wrth law a fyddai ganddo fel arfer fel heddwas. Ni allai fartsio i mewn i'r gwesty gyda gwarant a mynnu gweld eu CCTV. Nid oedd ganddo gymorth y tîm fforensig, na'r bad achub i chwilio'r bae am gliwiau pellach.

Penderfynodd fentro'i lwc. Doedd ganddo ddim i'w golli. Aeth i mewn i'r gwesty. Roedd y lobi'n drawiadol iawn. Roedd craidd yr adeilad wedi ei gafnu allan er mwyn creu rhes o rodfeydd oedd yn dringo fel grisiau i fyny at y nenfwd gwydr. Edrychai fel ysgerbwd rhyw bysgodyn anferth. Ond nid oedd Isgoed yn rhy hoff o wyndra diheintiedig, digymeriad y lle.

'Can I help you, sir?' gofynnodd y ddynes wrth y ddesg yn ddisgwylgar, gan dorri ar draws ei fyfyrio.

Fflachiodd ei fathodyn, yn rhy gyflym iddi ddarllen ei enw a'r manylion eraill. Gobeithiai ei fod wedi peri braw iddi, ond yna dywedodd hithau'n hy:

'Are you with the man who came in earlier?'

Llwyddodd Isgoed i beidio â gadael i'r dryswch ymddangos ar ei wyneb.

'He said he was from the police as well,' meddai hi. Nid edrychai'n fwy na 25 oed, ond roedd ganddi osgo rhywun oedd yn bwriadu rhedeg y lle erbyn ei bod hi'n 30. Roedd ei gwallt melyn wedi ei glymu yn gynffon ceffyl ffurfiol y tu ôl i'w phen.

'What did he look like?' gofynnodd Isgoed mor ddidaro â phosib.

Plethodd ei breichiau ac eistedd yn ôl yn ei sedd. 'Tall. Welsh accent. Had a moustache. Asked to see the CCTV.'

'Ah, yes, I know who you're talking about,' honnodd. Damia, a fu'r gwasanaethau cudd yma o'i flaen?

'So what do *you* want then?' gofynnodd hi.

'I'm looking for a missing elderly man. He was on holiday from France. May have been here with two younger men. Probably around Friday night.'

'I'm not sure that I'm allowed to give out that information,' meddai'n bendant. 'I'll have to talk to the manager...'

Roedd mynd i weld y rheolwr yn gam ychydig yn rhy bell. Roedd yn debygol o fod mewn cysylltiad â phwy bynnag oedd yn ymchwilio i farwolaeth y ferch, a doedd Isgoed ddim am i'w enw gyrraedd yn ôl i MI5.

'All I'm asking for is—,' dechreuodd.

'Please keep your voice down, sir,' meddai, gan bwyso ymlaen yn ei sedd.

Nid oedd wedi codi ei lais rhyw lawer, mewn gwirionedd, ond roedd popeth yn atseinio'n uwch yng ngwagle tawel y lobi. Ond deallodd Isgoed fod gan hon wendid, sef dymuniad i beidio â gwneud ffws o flaen y gwesteion eraill. Fe allai hynny fod yn fanteisiol.

'Listen to me,' meddai, gan godi ei lais ychydig yn uwch eto. 'The police were here on Friday night, fishing a corpse out of the water next to this hotel. These people are suspects. I need any information you may have.'

Caeodd ceg yr ysgrifenyddes yn dynn, fel yr edrychai fel llafn cyllell. Trodd pennau rhai o'r gwesteion eraill a oedd yn crwydro o amgylch y lobi tuag atynt mewn syndod.

'Do I have to go get a warrant from the Magistrate's Court to get this hotel to comply with the police?' gofynnodd Isgoed wedyn.

'I'll check the details now, officer, if you'll keep your voice down,' meddai'r ysgrifenyddes rhwng ei dannedd. Teipiodd ar ei chyfrifiadur am ryw hanner munud. 'There are only two surnames that look

French to me. That's just my opinion, of course. They came in on Friday night, and left on Saturday morning.'

'Do you remember if there was an elderly man with them?'

'These are the records. If you're depending on my own memory, then yes, I do recall there being two young men and one elderly man.'

'Can I have the names and booking address?'

'No. I can't give out private data without approval, as you well know, as a policeman.' Dywedodd hynny fel pe bai'n amau'r peth.

'OK, but I'll need to see the room.'

'Fine,' meddai hi. Roedd hi'n amlwg wedi cael digon ohono erbyn hyn. 'But it's already been cleaned, so there won't be anything in there. It's spotless.'

'That's OK,' meddai Isgoed. 'We policemen can see the marks your cleaners can't.' Cymerodd y cerdyn i agor y drws oddi wrthi. 'Thank you.'

Edrychodd yr ysgrifenyddes arno'n grac, cyn ailosod y wên ar ei hwyneb ar gyfer y cwsmer nesaf.

Aeth Isgoed i fyny yn y lifft i'r trydydd llawr.

Hoffai'r ystafell lawer yn fwy na'r lobi. Roedd yno garped lliw hufen a waliau a chadeiriau gwyn a gwyrddlas. Brithwyd y waliau â delweddau du a gwyn o'r brifddinas – boncyff canolog y Senedd, Neuadd y Ddinas a nenfwd estyniad canolfan siopa Dewi Sant. Roedd yr ystafell hefyd yn gwbwl ddifrycheuyn, wedi ei gosod yn barod ar gyfer y gwestai nesaf. Ystyriodd dynnu ei sgidiau a mynd i gysgu ar y gwely dwbl moethus, ond nid oedd am ymyrryd â threfniant gofalus y clustogau. Yn hytrach, fe aeth allan ar y balconi a mwynhau'r olygfa ysblennydd dros y Bae. Roedd yn syllu yn syth i lawr corn gwddf y Senedd. Sgleiniai'r adeiladau o'i amgylch yn oren cynnes yn haul y prynhawn, ond roedd arwyneb copr Canolfan y Mileniwm mor dywyll â malwen ddu.

Edrychodd i lawr o'r balconi. Dawnsiai'r dyfroedd ymhell oddi tano. A daflwyd yr Iarlles oddi ar y balconi, efallai? Ni allai weld olion brwydr...

Aeth drwy bob cwpwrdd a drôr yn yr ystafell. Dim byd ond Beibl y Gideoniaid, a chydau o goffi a bagiau te. Edrychodd y tu ôl i'r celfi ac o'r diwedd fe ddaeth o hyd i rywbeth nad oedd y glanhäwr wedi

145

sylwi arno. Wedi ei wasgu rhwng cefn un o'r cypyrddau a'r wal roedd corcyn.

Tynnodd Isgoed ef oddi yno a'i ddal at ei drwyn. Roedd oglau siampên yn dal arno. Daliodd ef o'i flaen. Roedd y gair Mātronā a'r flwyddyn 2014 wedi eu bwrw i wyneb y corcyn mewn du.

Gallai Isgoed ddychmygu'r Ffrancwyr yn cael un botel olaf o siampên cyn gadael ar gyfer eu gorchwyl olaf. Pop! A'r corcyn yn hedfan drwy'r awyr ac yn glanio o'r golwg, tu ôl i'r cwpwrdd, lle na fyddai hyd yn oed y glanhäwr yn sylwi arno.

Tynnodd ei ffôn o'i boced a gwglo enw'r siampên a'r dyddiad. Gwefan Ffrengig oedd yr unig ganlyniad, a doedd dim sôn am 2014. Rhaid ei fod wedi ei brynu yn Ffrainc. Meddyliodd am y gyfres o lofruddiaethau yn ardal Paris a Dyffryn Marne. Oedd y rhwyd yn tynhau fymryn? Rhoddodd y corcyn yn ei boced.

Penderfynodd mai'r cam nesaf oedd ymweld â'r corff. Ymadawodd â'r gwesty heb edrych i gyfeiriad y ferch y tu ôl i'r cownter. Aeth yn ôl i'r car a mynd ar wib drwy ganol y ddinas, i fyny Heol Lloyd George ac yna oddi ar y gylchfan i gyfeiriad Heol Eglwys Fair. Drysodd ryw fymryn wrth gofio bod y stryd honno bellach wedi ei chau i draffig. Roedd canol y ddinas wedi newid cymaint dros y blynyddoedd diwethaf, yn llawer rhy gyflym iddo ef. Cofiai Gaerdydd yn gors fwdlyd anial a di-nod, lle'r oedd pysgotwyr yn dysgu eu plant sut i lywio cwrwgl ymysg y brwyn wrth lannau afon Taf. Hyd yn oed ar ôl i'r haearn a'r glo ddylifo i lawer o'r Cymoedd, fel ffrwydrad annisgwyl o ager crasboeth a'i hysgubodd ef a'r hen gredoau eraill o'r tir, doedd pethau ddim wedi newid mor gyflym ag yr oedden nhw heddiw.

Cyrhaeddodd maes parcio Ysbyty Athrofaol Cymru o'r diwedd. Trawyd ef wrth gerdded tuag at borth blaen yr ysbyty ei fod wedi ymweld â'r lle deirgwaith yn y dyddiau diwethaf: unwaith am sgan y babi, unwaith gydag Eli ar ôl iddi golli'r plentyn a nawr er mwyn edrych ar gorff. Roedd yn anodd ganddo ddychmygu cymaint o hapusrwydd, tor calon, pleser ac ing a ddigwyddai o fewn waliau un adeilad. Edrychodd ar rai o'r bobol a âi heibio. Dyn canol oed mewn gwisg llawdriniaeth las, yn dal sigarét mewn llaw grynedig. Bachgen bach wedi colli ei wallt yn cael ei wthio mewn cadair olwyn gan ei fam i gyfeiriad y maes parcio, gweddill ei deulu yn dyrfa dynn o'i gwmpas. Doctor Indiaidd yn dylyfu gên wrth adael shifft a'i lygaid yn ddolurus gan flinder. Roedd Isgoed eisiau eu dilyn nhw adref a darganfod mwy am eu straeon nhw.

Cosai oglau'r gwrth-heintwyr ei drwyn wrth iddo fynd i lawr yn y lifft i'r elordy. Heblaw am wichian olwynion y trolïau a chlecian y droriau oedd yn cynnwys y celanedd, roedd mor dawel â… wel, y bedd. Doedd neb chwaith wrth y dderbynfa, felly bodiodd drwy'r ffolder ar y ddesg nes iddo ddod o hyd i'r corff yr oedd yn chwilio amdano. Roedd patholegydd y Swyddfa Gartref eisoes wedi cyflawni ei awtopsi, gan ddod i'r casgliad iddi farw o golli gwaed drwy anaf i'w braich. Nid oedd ID ar y corff ac nid oedd neb wedi cysylltu i'w hawlio. Cafodd ei symud o ystafell yr heddlu i un o'r droriau eraill wrth i gyrff eraill gymryd ei le.

Bachodd Isgoed y goriad o'r tu ôl i'r ddesg a mynd i lawr i'r ystafell lle'r oedd y corff yn cael ei gadw. Llusgodd y drôr priodol ar agor. Curodd y cwmwl o ager rhewllyd a gododd ohono o'r neilltu â'i law, er mwyn cael gweld yn well. Ie, dyna hi, meddyliodd. Iarlles y Ffynnon. Glynai dafnau o iâ at ei chroen fel gwlith ar flodyn. Ni wyddai a oedd ganddi enw arall, neu fywyd y tu hwnt i'r dyfn-fannau dyfrllyd lle y trigai yn yr hen chwedlau. Roedd golwg heddychlon iawn ar ei hwyneb ifanc, tlws. Gorweddai ar flanced o wallt euraid a lifai y tu hwnt i'w phen ôl.

Tynnodd ei ffôn symudol o'i boced a thynnu llun o'i wyneb, ac yna'r anafiadau i'w chorff. Doedd Isgoed ddim yn siŵr beth oedd yn digwydd i dduwiau marw. Nid oedd yn bwriadu cael gwybod, chwaith. Ond roedd pwy bynnag a oedd wedi lladd hon yn gwybod yn iawn beth roeddynt yn ei gyflawni. Roeddynt am iddi golli'r cleddyf ac roeddynt am i Alaw, neu rywun arall o'r un anian, ddod o hyd iddo.

'Nos da, Iarlles,' sibrydodd. Caeodd y cwpwrdd drachefn.

Ochneidiodd. Roedd ganddo gorff. Roedd ganddo gorcyn. Roedd ganddo ardal. Ond beth oedd y tu ôl i'r cwbwl?

Pwy fyddai eisiau lladd duw?

℧

Yr unig lwybr posib oedd gan Isgoed ar ôl oedd ymweld â'r unig dduw arall y gwyddai ei leoliad i sicrwydd erbyn hyn. Roedd Gwydion fab Dôn bellach yn brotestiwr amgylcheddol llawn-amser a oedd o flaen ei well yn amlach na'r *naked rambler*. Roedd yn gymeriad chwedlonol yn swyddfa'r heddlu, heb sôn am dudalennau'r Mabinogi. Os oedd yna drwbwl, fe fyddai Gwydion rywle yn ei ganol. Gwyddai mai ei *cause célèbre* ar hyn o bryd oedd pibell nwy hylifol a oedd yn cael ei hadeiladu o Aberdaugleddau i Swydd Gaerloyw.

Aeth ar hyd yr M4 tua'r dwyrain ac yna i fyny'r A4042. Llywiwyd ef gan y sat nav i fferm ger Gilwern. Doedd yr hewl yno yn ddim mwy na llwybr fwdlyd a dechreuodd boeni bod y sat nav wedi ei arwain ar gyfeiliorn. Ond yna gwelodd gar heddlu wrth y clawdd a gwyddai ei fod yn y lle iawn. Roedd rhaid iddo ddangos ei fathodyn er mwyn cael mynd heibio.

Roedd y protestwyr wedi meddiannu cae cyfagos i dŷ fferm. Rhedai craith hir ar draws y tir lle'r oedd y bibell nwy yn cael ei gosod. Gwyddai Isgoed fod Gwydion a'i griw wedi llesteirio'r broses adeiladu bob cam o'r ffordd, yn amlach na pheidio drwy gadwyno eu hunain i'r jaciau codi baw, gan rybuddio y gallai'r bibell ffrwydro un dydd a chwythu rhan helaeth o dde Cymru yn yfflon.

Wrth agosáu, gallai Isgoed weld ambell un o'r protestwyr yn eistedd yn y jac codi baw a'r offer arall oedd ar y safle. Roedden nhw wedi chwistrellu sloganau ar gynfasau a'u hongian o goeden gerllaw ac o'r offer tyllu. Roedd yna hefyd babell wedi ei gosod gerllaw y tŷ a sosbanaid o fîns yn coginio ar dân gerllaw. Crwydrai ieir yma a thraw gan bigo ar y gweddillion bara ar lawr.

'Helô!' gwaeddodd Isgoed, er mwyn cael sylw'r protestwyr.

'You a cop?' gwaeddodd rhywun o un o'r peiriannau.

Nodiodd Isgoed ei ben. 'I suppose so. Is Kevin Strauch here? I need to chat with him.'

Edrychodd y protestwyr ar ei gilydd. 'Why would Kevin want to talk to you?' gofynnodd un ohonynt o'r diwedd. Roedd hi'n ferch ifanc mewn het wlanog a edrychai fel petai angen bath arni.

'We're old friends.'

'Friends with a cop?' gofynnodd, gyda hanner chwerthiniad anghrediniol. Roedd hynny mor hurt iddi ag awgrymu bod y Pab yn ffrindiau mynwesol â Hugh Hefner.

Lle mae Gwydion yn dod o hyd i'r dilynwyr yma? gofynnodd Isgoed iddo'i hun. Roedd fel Iesu Grist. Ni fyddai'n mynd i unlle heb o leiaf dwsin o ddisgyblion ffyddlon.

'Tell him Teyrnon is here to see him,' meddai o'r diwedd. Trodd ei gefn ac edrych i lawr y dyffryn, gan godi ei law dros ei lygaid i'w gwarchod rhag yr haul. 'That should get his attention.'

Dringodd y ferch ifanc i lawr o'r jac codi baw yr oedd hi'n clwydo arno a'i baglu hi o amgylch talcen y tŷ. Disgwyliodd Isgoed yn y fan a'r lle, yn ymwybodol o'r parau o lygaid yn ei wylio yn ofalus. Ysgydwodd brigau'r goeden ger y tŷ, er nad oedd gwynt, gan gadarnhau bod rhywun yn cuddio i fyny yno hefyd yn cadw llygad ar yr hewl.

'How do you know him?' gofynnodd un o'r lleill o'r diwedd. Roedd yn ddyn yn ei ugeiniau, a'i wallt mewn *dreadlocks*. Roedd rhywfaint o barchedig ofn ynghlwm â'r modd y dywedodd 'him', bron fel pe bai'n haeddu priflythyren.

'He's done some undercover work for me,' meddai Isgoed â gwên ddieflig ar ei wyneb, dim ond er mwyn gweld beth fyddai eu hymateb.

Edrychodd y protestwyr ar ei gilydd â syndod yn eu llygaid. Daeth yn amlwg i Isgoed bryd hynny bod Gwydion yn parhau i'w ystyried ei hun yn dduw, neu ei fod o leiaf am i eraill ddangos yr un faint o ymroddiad iddo. Roedd pob un ohonyn nhw wedi eu swyngyfareddu ganddo.

'I don't believe you!' atebodd y dyn yn hy.

'You're a big fan of his, are you?' gofynnodd yn ddidaro.

'He's opened my mind.'

Cododd Isgoed ei war a throi ei gefn arno. Roedd golygfa hyfryd yn fan hyn. Gallai weld i lawr dyffryn afon Wysg i gyfeiriad y Fenni.

Roedd y ferch fach bellach wedi dod yn ei hôl, a dywedodd yn ddifrifol: 'Kevin will see you now.'

Gadawodd Isgoed y tylwyth o brotestwyr a dilyn y ferch i gefn y tŷ. Safai pabell werdd Gelert a oedd wedi gweld dyddiau gwell yng nghanol cae mwdlyd, fel ploryn ar ben ôl mochyn. Roedd y babell ychydig yn fwy na'r un y tu blaen i'r tŷ, ond efallai nad oedd yn debyg i'r deml yr oedd Isgoed wedi hanner ei disgwyl. Roedd y sip ar agor a'r fflapyn blaen yn hongian yn llipa am i lawr. Aeth ar ei gwrcwd a gwthio ei ben i mewn.

'Gwyds?' gofynnodd, wrth i'w lygaid arfer â'r tywyllwch.

Gallai weld ffigwr mewn pâr o jîns blêr a hwdi yn eistedd ym mhen draw'r babell, gan orffwys ei ben ôl ar sach gysgu. Nid oedd wedi eillio ers rhai dyddiau ac roedd barf yn cripian fel ffwng ar draws ei wyneb. Roedd ganddo sigarét yn ei law ond roedd yr oglau'n awgrymu nad tybaco oedd ynddo.

'Teyrnon,' meddai, ei lais yn bell. 'Doeddwn i ddim yn disgwyl dy weld di mor fuan.'

Fe aeth y cyfarchiad hwn dan groen Isgoed braidd. Nid oedd yn hoffi pobol oedd yn cymryd arnynt eu bod yn gwybod mwy nag ef.

Llusgodd weddill ei gorff i mewn i'r babell ac eistedd. 'Lle gefaist ti afael ar rhain?' gofynnodd gan amneidio â'i ben yn ôl i gyfeiriad y tŷ.

'Y nhw sy'n dewis dilyn,' atebodd. 'Dim ond cynnig arweiniad ydw i. Dwi wedi eu rhyddhau nhw o feddwl nad oes dim i fywyd ond moethusrwydd a materoliaeth.'

Trodd Isgoed ei ffôn ymlaen ac agor y llun o Iarlles y Ffynnon. Trosglwyddodd ef i ddwylo Gwydion. Sgleiniai ei wyneb yn wyn iasol yng ngolau gwan y ddyfais. Edrychodd am ychydig eiliadau cyn rhoi'r ffôn yn ôl i Isgoed. Ond ni ddywedodd ddim, dim ond croesi ei freichiau ar ei goesau.

'Wyt ti'n gwbod rhywbeth am hyn, Gwydion?' gofynnodd Isgoed.

'A be os ydw i? Beth os mai fi wnaeth ei llofruddio hi? A fyddet ti'n fy arestio i?'

Gwgodd Isgoed. Roedd Gwydion yn dechrau mynd ar ei nerfau. 'Pam ddywedaist ti nad oeddet ti'n disgwyl fy ngweld i mor glou?'

Ni ddywedodd Gwydion ddim.

'Ffycin hel, jest ateb y cwestiwn, wnei di,' meddai Isgoed. 'Neu mi af i â phob un o dy apostolion di i lawr i'r stesion, dim ond i wastraffu dy amser di. Wy'n siŵr bod digon o fwg drwg arnyn nhw i gyfiawnhau hynny.'

'Mae yna newid mawr ar y gweill, Isgoed,' meddai Gwydion yn hamddenol. 'Mae'r byd yn newid. Mae pobol wedi cael llond bol o dueddiadau dinistriol cyfalafiaeth neo-ryddfrydol oruwchgenedlaethol. Maen nhw am weld blaenoriaethu pethau â gwerth gwirioneddol... diwylliant, iaith, natur, hamdden. Hapusrwydd...'

'Beth ddiawl sydd 'da hynny i'w wneud â Iarlles y Ffynnon?' Pwysodd ymlaen. 'Dere mlân, Gwydion. Falle bo ti'n gallu twyllo'r plant 'ma gyda rhyw *mumbo jumbo*. Wy moyn gwbod be ddiawl sy'n digwydd. O's 'da hyn rwbeth i'w wneud â'r Pair Dadeni?'

Cododd Gwydion ei olygon a syllu ato â'i lygaid glas treiddgar. 'Dwi ddim yn gwbod a wyt ti ar ein hochr ni, Teyrnon.'

Pwyllodd Isgoed ryw fymryn. 'Sai'n gwbod chwaith. Achos sai'n gwbod beth yw'r ochrau 'to.'

'Roedd hi'n hogan neis, yr Iarlles. Ond roedd hi yn y ffordd.'

'Ti wnaeth —?'

Gwenodd Gwydion. 'Naci. Dy rybuddio di ydw i, i beidio â sefyll yn y ffordd.'

Gwgodd Isgoed arno. 'Wyt ti'n fy mygwth i, Gwydion?' Oedodd. 'Pwy sy y tu ôl i hyn?' Tynnodd y corcyn y daeth o hyd iddo yn y gwesty o'i boced a'i ddal o'i flaen. 'Wyt ti'n gwbod rhywbeth am y Ffrancwyr 'ma?'

Cymerodd Gwydion y corcyn oddi arno a'i droi rhwng ei fysedd. Darllenodd yr arysgrif oedd arno. 'Mātronā.' Estynnodd ef yn ôl i Isgoed. 'Fe fydd hi'n galw arnat ti pan fydd hi'n barod i dy groesawu. Fe fydd hi'n galw arnon ni i gyd.'

Ochneidiodd Isgoed. Roedd yn gwastraffu ei amser fan hyn. Cododd i adael.

Cyn dringo'n ôl allan i'r awyr agored, trodd yn ôl at Gwydion. 'Pam Alaw Watkins?' gofynnodd.

'Am ei bod hi'n wan. Ni fydd ganddi'r ewyllys i wrthod dylanwad y cledd. Fe fydd hi'n gwneud yn union beth ydan ni angen iddi hi ei wneud.'

Siglodd Isgoed ei ben. Cododd ar ei draed ac ymlwybro yn ôl ar draws y cae. Safai'r ferch fach lygodaidd ddeg llath oddi wrtho yn ei wylio'n dod. Roedd hi'n rhwbio ei braich â golwg boenus ar ei hwyneb.

'Have you got a family?' gofynnodd yntau, wrth droedio'n ôl i gyfeiriad y tŷ.

Amneidiodd â'i phen.

'Talked to them recently?'

Nid atebodd.

'Give them a call, will you? Life's too short.'

Sylwodd unwaith eto arni'n rhwbio ei braich. Ataliodd hi gyda'i law a llygadu'r croen. Gallai weld ôl craith newydd yn diflannu i blygion ei llawes.

'Is he hurting you?' gofynnodd.

Ysgydwodd ei phen unwaith eto. 'We did it. To show him.'

Culhaodd llygaid Isgoed. 'Why?'

'To show that we are loyal. That we'd be ready to serve when she returned.'

'Who returned?'

Cododd y ferch ei llawes.

Roedd 'M' wedi ei chrafu yn fellten goch, yn ddwfn i groen ei braich.

Joni

ROEDDEN NHW NEWYDD wibio heibio i Ferthyr Tudful ar yr A470 pan ddechreuodd y car ysgwyd hyd yn oed yn fwy ffyrnig na'r arfer. Ymateb cyntaf Joni i'r twrw a'r bustachu a ddaeth o'r injan oedd meddwl bod y daith i fyny o Gaerdydd i flaenau'r Cymoedd wedi bod yn ormod i'r hen Skoda a'i fod wedi ildio o'r diwedd, ac roedd ar fin agor ei geg i'w ddiawlio, a diawlio ei dad am fynnu ei yrru adref. Ond wrth i hwnnw chwilio am le i aros ar ymyl y ffordd er mwyn cael edrych o dan y boned, dechreuodd y clytsh a'r olwyn symud ar eu liwt eu hunain a'u llywio nhw oddi ar y gylchfan ger Cefncoedycymer ac i lawr llwybr bach troellog di-nod i ganol coedwig dywyll.

'Beth ddiawl?' ebychodd ei dad wrth iddo frwydro'n ofer yn erbyn symudiadau disymwth y car. Ar ôl ychydig funudau o fownsio i lawr y llwybr caregog, cododd y brêc llaw fel ebychnod ac fe stopiodd y Skoda yn stond.

Edrychodd Bleddyn ar Joni â golwg o ddryswch llwyr ar ei wyneb. 'Dydi'r car erioed 'di gneud hynny o'r blaen,' meddai.

'Sai'n credu mai'r car sy'n gyfrifol, Dad.'

Roeddynt wedi dod i stop ar ddiwedd heol hosan, yng nghysgod clogwyn uchel. Dechreuodd Pero udo'n wyllt yn ôl ei arfer, a bu'n rhaid i Joni ei ollwng yn rhydd o'r cefn rhag iddo eu byddaru. Fe aeth ei dad allan yn ogystal, i gael golwg o dan y boned. Agosaodd ato yn ofalus, rhag i'r car ddechrau symud drachefn, a thynnu'r glicied er mwyn datgelu cyflwr yr injan.

Clywyd ebychiad ac fe neidiodd creadur bach tywyll i'r golwg cyn diflannu i'r prysgwydd gerllaw. Llamodd Pero ar ei ôl, ond roedd beth bynnag ydoedd yn llawer rhy chwim iddo. Bytheiriodd mwg du o'r injan ar ei ôl.

'Wiwer?' galwodd Joni o'r car.

'Beth bynnag oedd o, mae o 'di chwalu'r injan yn rhacs.'

'Sdim *cover* AA 'da ti?'

Caeodd ei dad foned y car yn glep. 'Be ti'n feddwl?'

'Wel, so ni'n mynd i fod adre mewn pryd ar gyfer yr arholiadau,' meddai Joni, yn hanner gobeithiol.

'Paid â deud hynna.' Agorodd ei dad y bŵt a thynnu'r bag oedd yn cynnwys pen Bendigeidfran ohono. Taflodd ef dros ei ysgwydd a chychwyn yn ôl i fyny'r ffordd tuag at yr A470. 'Ty'd, ella gallwn ni fodio yn ôl i Ddyffryn Teifi cyn iddi nosi. Wedyn ffonio dy fam a gobeithio bydd hi'n hapus i ddod i'n nôl ni.'

'Beth am ffonio hi nawr ar y mobeil?'

'A deud be?' atebodd yn ddiamynedd. 'Tasan ni'n medru cyrraedd Llambed, ella mai dim ond hannar ein lladd ni wneith hi.'

Dilynodd Joni ef yn anfodlon, ei hwdi dros ei ben a'i ddwylo yn ei bocedi. Dyna fyddai'r gwaethaf o'r ddau fyd – cyrraedd adref mewn pryd i sefyll yr arholiad, ond heb unrhyw amser i astudio ar ei gyfer. Ciciodd un o'r cerrig oedd ar y llwybr o'i flaen mewn rhwystredigaeth.

'Wyt ti isio swotio ychydig ar gyfar dy arholiadau wrth fynd?' gofynnodd ei dad. Roedd ei lais wedi meddalu, fel pe bai'n synhwyro ei anhapusrwydd. 'Dw i'n gwbod rhywfaint am ddaearyddiaeth.'

'Sai'n credu 'ny, Dad,' atebodd.

'Iawn, iawn. O leia dw i'n trio helpu.'

'Wel, so ti 'di bod lot o help dros y deg mlynedd dwetha.'

Roedd Joni'n difaru dweud hynny cyn gynted ag y gadawodd y geiriau ei geg. Disgwyliai i'w dad ei ateb yn ôl yn ddig, ei ddwrdio am fod yn bengaled, ond fe arhosodd yn dawel. Bu saib hir ac anesmwyth wrth iddynt gerdded. Ystyriodd Joni ymddiheuro, ond ni allai ddod o hyd i'r geiriau.

Ei dad siaradodd o'r diwedd. 'Y cyfan alla i ddeud ydi sori am wn i. Sdim esgus gen i, a dyna'i diwadd hi. Ella nad yw'r ateb hwnnw'n gneud y tro.'

Ysgydwodd Joni ei ben. 'Sai moyn esgus, Dad.'

'Mae'n anodd esbonio i fachgen.'

'Sai'n fachgen chwaith.'

Petrusodd ei dad am sbel. Ymestynnodd un llaw, fel pe bai'n ceisio cydio mewn esboniad.

Roedd Joni'n difaru codi'r pwnc. Y peth olaf roedd arno'i eisiau oedd i'w dad agor ei galon. Roedd ganddo ddigon o broblemau ei hun heb gario rhai ei dad ar ben hynny.

'Roedd dy fam isio i fi fod yn rhywun arall,' meddai ei dad o'r diwedd. 'Eisiau i fi fod o gwmpas o hyd, a chael swydd normal, a gweithio o naw tan bump a bod adra cyn swper. Efallai 'mod i isio'r un pethau. Ond sylweddolais i'n rhy hwyr nad dyna pwy ydw i.'

Edrychodd Joni i fyny fry ar ganghennau'r coed uwch eu pennau. Roedd yr haul yn torri drwy'r dail gan adael patrymau clytwaith ar eu hwynebau wrth iddynt gerdded.

'Nid dyna pwy ydw i,' ailadroddodd ei dad. 'Dwi'n licio teithio, a gweld pethau. Ro'n i'n anniddig, yn casáu'r peth.'

'So fe'n bwysig, Dad,' meddai Joni. 'Ma fe wedi bod.'

Doedd ei dad yn amlwg ddim yn gwrando. Roedd yn siarad er ei fwyn ei hun, nid er ei fwyn ef. 'Ces fy nghaethiwo'n ara bach. Dyna fy nghamgymeriad. Roedd yr holl beth yn gamgymeriad.'

Edrychodd Joni arno'n siarp. 'Ife camgymeriad o'n i, 'te?'

'Na! Paid byth â deud hynna, Joni,' dwrdiodd. 'O'n i'n dy garu di a dy frawd. A dy fam.'

Meddyliodd Joni am ei fam druan. Er mor gariadus y gallai fod, roedd rhywbeth amdani'n mynd dan ei groen. Yn benodol, ei hwyliau cyfnewidiol. Byddai'n ei yrru'n gwbwl wallgo drwy fod yn hynod o hael ac yn hynod o ddiamynedd bob yn ail, ac nid oedd ganddo unrhyw syniad nes bod yr haelioni neu'r diffyg amynedd yn ymddangos pa wedd ar ei fam y byddai'n ymdrin â hi. Treuliodd oriau weithiau yn ei arddegau yn gorwedd yn ei wely, yn myfyrio ar beth roedd wedi ei wneud i'w phechu hi, pam roedd hi mor oeraidd tuag ato, lle mewn gwirionedd, wrth edrych yn ôl, fe sylweddolodd ei bod hi'n debygol o fod yn poeni am rywbeth arall cwbwl wahanol – ei swydd, neu'r morgais, neu gant a mil o bethau eraill nad oedd ganddo unrhyw amgyffred ohonynt bryd hynny. Y gwirionedd efallai oedd ei fod yn chwarae rôl ei dad, sef gorfod ymdopi â thryblith emosiynol gwraig, ond heb yr awdurdod na'r aeddfedrwydd emosiynol i wneud hynny'n effeithiol. Roedd yn anodd byw dan yr un to â rhywun oedd mor amlwg yn anhapus â'i bywyd ei hun; rhywun nad oedd ganddi unrhyw le i chwythu stêm ond i'w gyfeiriad ef. Ond ar yr un pryd, roedd hi'n ddigon annwyl yn ddigon aml fel bod y syniad ohoni'n cael unrhyw fath o loes gan ei dad yn peri gofid iddo.

'Mae hi dal moyn ti 'nôl, t'mbod,' meddai'n dawel.

Syllodd ei dad arno'n syn. 'Ti'n meddwl?'

'Mae'n amlwg. I fi, ta beth.'

Doedd e ddim yn siŵr pam y dywedodd hynny. Mi *oedd* yn amlwg. Ond eto, roedd y ffaith nad oedd yn amlwg i'w dad yn brawf ei fod yn gwbwl ddall i anghenion emosiynol ei fam, ac mai dim ond ei brifo hi eto a wnâi. A Joni fyddai'n dioddef, am mai ef oedd yn gorfod byw gyda hi.

Daethant at frig y bryn ac oedodd y ddau wrth weld yr olygfa o'u blaenau. Lled-orweddai dyffryn braf oddi tanynt, ei ymylon serth yn gyforiog o goed a phob un yn gwisgo coron newydd o ddail. Saethai afon yn rhuban glas llachar o ben y cwm cyn ymledu yn llyn eang yn ei ben draw. Gwasgarwyd y cymylau tenau drwy'r awyr fel blawd.

'Hy,' meddai ei dad, fel petai'r ysblander yn ei wawdio. 'Ni allaf ddianc rhag hon, ynde?'

Edrychodd Joni arno'n ymholgar.

'T H Parry-Williams,' meddai ei dad. 'Y gwir yw, Joni, fod yna un arall yn y berthynas.'

Teimlodd Joni ei du mewn yn corddi. 'O't ti'n gweld rhywun tu ôl i gefn Mam?'

Chwarddodd ei dad. 'Na. Cymru, Joni. Cymru.' Cychwynnodd i lawr y bryn. 'Dyna'r gwahaniaeth, ynde? O leia yn yr Aifft ti'n gallu cydio yn rhwbath, gneud rhwbath ymarferol – tynnu etifeddiaeth y wlad o'r tywod efo dy ddwylo dy hun.' Ymestynnodd ei law i gwpanu'r bryniau pellennig. 'Yng Nghymru does dim gafael. Mae popeth gwerth chweil yn llithro drwy dy fysedd: ar yr aelwyd, mewn sgwrs rhwng tad a mab, rhwng cyfeillion yn y siop, mewn capel ac ysgol wedi ei chau. A pho fwya ti'n ymbalfalu amdano, mwya ti'n sylweddoli na all dy ymdrechion gyflawni dim. Dy fod ti'n cwffio'n erbyn grymoedd sy tu hwnt i dy reolaeth.' Trodd ei ben at Joni. 'Pwy fysa isio cael ei eni yn Gymro Cymraeg a chario'r iaith a'r diwylliant fel croes ar ei gefn drwy ei fywyd? Ges i lond bol o deimlo'n ddiwerth – o'n i'n methu godda aros yng Nghymru rhagor.'

Siglodd Joni ei ben. 'Sai 'di meddwl am y peth.'

'Gwyn dy fyd di.' Trosglwyddodd ei dad y bag bin du i'w ysgwydd arall. Bu'n dawel am ychydig, ond yna dywedodd: 'Rŵan 'mod i wedi bod yn onest â ti am dy fam a fi, be am i ti fod yn onest â fi ynglŷn â beth ddigwyddodd rhyngot ti a dy ffrind y noson ddiflannodd o?'

Syrthiodd calon Joni. Dyna'r peth olaf yr oedd am ei drafod yn awr. Roedd wedi disgwyl i'w dad godi'r pwnc ryw ben. Ond roedd uniongyrchedd y cwestiwn yn annisgwyl. Ni theimlai chwaith ei bod yn gyfnewidfa deg. Doedd ei dad heb ddatgelu unrhyw beth am ei berthynas â'i fam iddo, hyd y gallai ef ei ddehongli.

'Mam sydd wedi gofyn i ti holi, ife?' gofynnodd o'r diwedd.

Cododd ei dad ei ysgwyddau.

Agorodd Joni ei geg, ond fe'i caeodd eto. Teimlodd yr emosiwn yn ei feddiannu. Pam roedd hyn mor anodd?

'Sai'n barod i siarad am y peth,' meddai o'r diwedd.

Roedd yn casáu'r teimlad hwnnw, bod rhyw Joni arall y tu mewn iddo. Joni yr oedd rhaid cadw ei ben dan y dŵr yn gyson. Roedd eisiau rhoi'r argraff i'w dad ei fod yn ddyn. Yn gallu rheoli ei emosiynau. Nid oedd am ddatgelu'r Joni arall oedd dan yr wyneb, yr un oedd wedi ei anafu i'r byw, yr oedd ei wylo parhaus wedi creu llifogydd yn islawr ei isymwybod.

'Mae hi'n poeni amdanat ti,' meddai ei dad.

Edrychodd Joni ar y llawr. Brathodd ei wefus. Roedd arno eisiau siarad. Roedd yn ysu am gael siarad. Ond ysgydwodd ei ben. Teimlai'r cyhyrau yn ei wyneb yn tynhau wrth i'r teimlad ffrwtian oddi mewn iddo. 'Sai jest yn gallu —'

'Dwi yma i ti, Joni —'

Roedd eisiau gweiddi arno: 'Sai'n gallu! Pam na alli di a Mam ddeall hynna a gadael fi fod?' Ond yna cododd ei olygon a stopio'n stond. 'Be – beth yw hwnna?'

O'u blaenau nhw roedd y ffordd yn diflannu i geg ogof.

Edrychodd ei dad yn ôl ar hyd y ffordd y daethant. 'Mae'n rhaid ein bod ni wedi cerdded i'r cyfeiriad anghywir,' meddai.

Ochneidiodd Joni. Roedden nhw wedi bod yn cerdded yn ddigon hir fel yr oedd, am chwarter awr a rhagor, ac roedd yn dechrau poethi. Agorodd ei geg i siarad.

'Isht,' meddai ei dad.

Clustfeiniodd. Gallai glywed sŵn dyrnu ysgafn. Meddyliai am eiliad mai cnocell y coed ydoedd, rywle ymysg y canghennau o'u cwmpas. Ond yna sylweddolodd fod y cnocio'n atseinio o geg yr ogof. Dechreuodd Pero chwyrnu.

'Y Saith?' sibrydodd â braw.

'Dwi'm yn meddwl,' meddai ci dad.

Gwrandawodd y ddau yn astud.

'Maent yn eich galw chi,' meddai Bendigeidfran yn sydyn. Neidiodd Joni wrth glywed ei lais yn torri ar draws y distawrwydd o'u cwmpas.

'Pwy?' gofynnodd Bleddyn.

'Y Bwcaod. Maent yn eich gwahodd i mewn.'

Ysgydwodd Joni ei ben. 'Sai'n mynd i mewn fan'na, no,' meddai'n bendant.

'Does gennych chi ddim dewis,' atebodd Bendigeidfran. 'Rydym ar eu tiriogaeth nhw. Rhaid derbyn eu gwahoddiad, neu fe fyddant wedi eu sarhau.'

'A be fyddai oblygiadau hynna?' gofynnodd Bleddyn yn ansicr.

Bu saib. '*Nid* ydych am eu sarhau.'

Roedd yr ychydig wynt yn y coed o'u hamgylch wedi tewi, a sŵn y cnocio yn fwy taer byth.

Agosaodd Bleddyn at yr agorfa a thynnu ei fflachlamp o'i boced. Dilynodd Joni ef yn betrus. Nid oedd unrhyw beth deniadol am geg yr ogof. Edrychai'n seimllyd a gwlyb â barf o gen o'i amgylch, fel safn rhywbeth a oedd ar fin eu llyncu nhw.

'Dal di'r bag,' sibrydodd ei dad. A'i ddwylo'n rhydd daliodd y fflachlamp o'i flaen a chamu drwy'r agorfa, gyda Joni wrth ei gwt. Amgylchynwyd hwynt gan awyr laith a thywyllwch llethol. Fe allen nhw ddal i glywed y sŵn cnocio o'u blaenau, ond yn hytrach na dod yn nes roedd fel petai'n pylu yn y pellter, yn eu tywys ymhellach i ddyfnderoedd yr ogof.

'Be 'di bwca, Dad?' gofynnodd Joni.

'Roedd glowyr yn arfer credu eu bod nhw'n cael eu gwarchod gan greaduriaid bach o'r enw'r Bwcaod,' sibrydodd ei dad, wrth iddyn nhw droedio'n ofalus drwy'r tywyllwch, eu traed yn crafu'r cerrig mân ar lawr. 'Roedd y Bwcaod yn llawn drygioni, ac yn aml yn torri peirianwaith neu offer ac yn dwyn bwyd. Ond roeddan nhw hefyd o gymorth i'r glowyr. Yn curo ar y waliau er mwyn eu rhybuddio bod y pyllau glo ar fin dymchwel.'

'Dad —'

'Roedd mwynwyr tin a chopr Cernyw yn credu mai eneidiau mwynwyr marw oeddan nhw, yn curo ar y waliau i rybuddio'r byw am be oedd ar fin digwydd.'

Syrthiodd diferyn i lawr cefn Joni gan yrru ias ar hyd ei gorff. Aeth cryndod drwyddo. Y peth olaf yr oedd eisiau cwrdd ag ef i lawr fan hyn oedd mwynwr marw.

'Os yw curo ar y waliau yn golygu bod y pwll glo ar fin chwalu – pam y'n ni lawr 'ma?' gofynnodd. Roedd ei lais ef a'i dad yn llenwi'r tywyllwch, yn rhwbio yn erbyn ei gilydd yn anesmwyth yn y caddug.

'Wel, does dim troi'n ôl rŵan,' meddai Bleddyn. 'Ond o leia mae gen i fy nhortsh.'

Prin roedd y geiriau wedi gadael ei geg pan ddiffoddodd y golau trydanol yn ddisymwth.

'Damia. A finna newydd roi batris yn'o fo —'

Roedd y sŵn cnocio bellach wedi cynyddu nes ei fod yn un cacoffoni o'u cwmpas. Yna neidiodd Joni wrth iddo weld golau bwganaidd yn arnofio tuag atyn nhw ar hyd y twnnel.

'Y-y-ysbryd!' meddai.

Tawodd y cnocio'n sydyn.

'Rydych yn tresmasu ar dir y Tân a'r Goleuni, Gefail y Dur a Chreadigaethau'r Bwca,' galwodd llais awdurdodol. 'Pwy ydych chi?'

'Ym… Bleddyn Cadwaladr.'

'A Joni Teifi.'

'Rydych chi'n meiddio siarad cyn eich Arglwydd?' gofynnodd y llais drachefn, yn anghrediniol.

'Y?' meddai Joni.

'Y bag,' sibrydodd Bleddyn. Cymerodd ef o ddwylo Joni, a thynnu pen Bendigeidfran ohono. 'Dyma ein harglwydd. Bendigeidfran fab Llŷr, Brenin Ynys Prydain.'

Gwelodd Joni'r golau'n gostwng, fel petai'r unigolyn oedd yn ei gludo yn ymgrymu.

'Mae Gweithfa Cantref Ceudwll yn eich croesawu chi. Mae gwledd o fara a chaws wedi ei pharatoi ar eich cyfer yn y Neuadd Fawr.'

Camodd Joni a Bleddyn ymlaen yn ufudd.

'Mae yna un amod bach – rydych chi'n rhy dal i ymdeithio i bresenoldeb y Parch Bach. Yn gyntaf, bydd rhaid torri eich pennau i ffwrdd.'

Clywodd Joni bonllefau gorfoleddus. Roedd y syniad yn amlwg wrth fodd yr holl fwcaod a lechai yn y tywyllwch o'u cwmpas. Cododd Joni ei ddwylo ym amddiffynnol o'i flaen ac ystyried a oedd yn rhy hwyr i'w heglu hi am yr wyneb, ac a fyddai'n gwybod y ffordd.

'Rhaid fod yna ryw gamddealltwriaeth,' meddai Bleddyn. 'Bendigeidfran? Help?'

'Na phoener, defod symbolaidd ydyw eich croesawu i Gantref Ceudwll,' meddai'r bwca. 'Mae pob ymwelydd o'r Uwchfyd yn cael eu croesawu yn yr un modd.'

'Sut all torri ein pennau bant fod yn ddefod symbolaidd?' gofynnodd Joni.

'Dwi ddim yn credu eu bod nhw o ddifri, Joni,' meddai ei dad, heb lawn guddio'r nerfusrwydd yn ei lais. 'Mi af i gynta. Os ydw i'n rong – rhed.' Clywodd Joni ef yn shifflo ymlaen ar hyd y coridor, tuag at y golau. ''Dach chi am i fi fynd i lawr ar fy ngliniau, ta be?'

'Fydd ddim rhaid gwneud hynny. Nawr... y torri pen defodol.'

Clywodd Joni y cnocio o'i amgylch yn cynyddu unwaith eto, nes bod y sŵn yn fyddarol.

Yna clywodd sgrech aflafar yn y tywyllwch. Sgrech ei dad.

'Dad!' gwaeddodd. Ymbalfalodd ar draws y cerrig o'i flaen, cyn baglu dros rywbeth meddal ar lawr. Aeth ar ei gwrcwd a rhoi ei ddwylo drosto. 'Be ma'n nhw 'di neud?'

'Aaaawww,' atebodd ei dad.

Teimlodd Joni ryddhad yn ymledu drwyddo. Roedd pen ei dad yn amlwg yn gysylltiedig â'i gorff, o leiaf.

'Fe wnaethon nhw gicio fi yn fy ngheillia,' meddai. 'Ac wedyn fy nharo dros fy mhen â phastwn.' Clywodd ef yn codi yn ôl ar ei draed. 'Pam ddiawl wnaethoch chi hynny?'

Clywyd giglan mawr o'u cwmpas.

'Mae'n draddodiadol,' esboniodd y creadur. 'Mae'n dyddio'n ôl i Frwydr Troed-y-Wig, pan ddarostyngodd Tanglwydd Caer Ceudwll arweinydd byddin tal-ddynion Carreg Uchel â chic graff ei hannel, ac yna torri ei ben i ffwrdd pan oedd yn gorwedd ar lawr yn mwytho'i berlau brenhinol poenus. Mae'n arwydd o ddarostyngiad yr ymwelydd cyn iddo ymweld â'r Parch Bach.'

'Wel, dyna ni wedi cyflawni'r ddefod,' meddai Joni'n obeithiol.

Teimlodd esgid maint un plentyn yn ergydio rhwng ei goesau. Lledodd y boen gyfoglyd drwy ei gorff wrth iddo lithro i lawr ar ei liniau. Yna trawodd pastwn bychan ochr ei ben.

'Ha!'

'Oooooo...' sibrydodd mewn poen.

'Am unwaith rwy'n falch mai dim ond pen ydwyf,' meddai Bendigeidfran a'i lais yn llawn cydymdeimlad.

'Mae'r ddefod wedi ei chwblhau. Dilynwch fi,' meddai'r bwca'n fodlon.

Cododd Joni ar ei gwman a baglu'n boenus ar ôl y golau oedd yn prysur gilio i'r pellter. Clywodd ei dad yn stwffio pen Bendigeidfran i'r bag, ac yna'n cerdded ychydig yn sigledig ar eu holau.

Ychydig lathenni yn ddiweddarach agorodd y twnnel yn geudwll enfawr oedd wedi ei oleuo ym mhob cornel gan ffaglau nwy. O'r braidd y gallai Joni gredu ei lygaid. Roedd tref gyfan fel petai wedi ei gwasgu i bob twll a chornel o'r hollt hwn yn y ddaear. Adeiladwyd tai unllawr yn gybolfa anniben ar ben ei gilydd. Yn y pellter, gwelai Joni olau ffwrnais enfawr a simneiau anferth yn ymdoddi i'r pibonwy hirion ar nenfwd yr ogof.

'Croeso i Gantref Ceudwll,' meddai'r bwca a'u harweiniodd drwy'r ogof. Yng ngoleuni llusernau'r dref cafodd Joni olwg iawn ar y creadur. Edrychai tua'r un taldra â phlentyn dwy oed, serch bod ei gorff yn gyhyrog a'i olwg yn debycach i ddyn yn ei lawn faint na phlentyn. Roedd yn noeth o'i wast i fyny ac yn gwisgo trowsus melfaréd a helmed haearn am ei ben. Roedd ei groen a'i wyneb yn ddu gan huddygl, ond fflachiai ei lygaid yn glaerwyn yn y golau gwan. Trotiodd o'u blaenau, yn dal ei lamp o'i flaen wrth fynd drwy strydoedd y dref.

Gallai Joni glywed siffrwd nifer o leisiau o'u cwmpas a gwelodd sawl wyneb yn syllu arnynt o ddrws a ffenestr. Roedd yna fwcaod benywaidd yn ogystal. Gwisgent siolau coch a hetiau du uchel oedd yn poeri cudynnau ager.

Sylweddolodd Joni fod yna rai adeiladau yn y dref oedd ddwywaith gymaint â'r gweddill. Ymdebygent i focsys llwyd diaddurn.

'Dyma'r addoldy,' meddai'r bwca wrth agosáu at un ohonynt. 'Mae pum deg saith yn y dref, a phob un yn gwasanaethu dadansoddiad gwahanol o gyfarwyddiadau adeiladu Llawlyfr y Gorisaf. Dyma addoldy'r Methodyllwyr Calchfaenaidd.'

Agorwyd y drysau blaen ar eu cyfer. Edrychai fel pe bai yna le i bob coblyn yn y dref eistedd yno. Syllai'r pulpud i lawr arnynt fel nyth gwennol o'r uchelfannau. O boptu iddo safai'r organ fwyaf a welodd Joni erioed. Roedd yn gymysgedd o bibellau copr a phlwm ac iddi liferau mor gymhleth fel y gellid dychmygu bod angen hanner dwsin o'r bwcaod i'w gweithio.

Wrth iddynt ddynesu at res flaen yr eisteddleoedd daeth coblyn arall i gwrdd â hwynt, ei het ddu uchel yn ddrych i simneiau'r ffatri ym mhen draw'r ogof.

'Ai chi yw arglwydd Cantref Ceudwll?' Crymodd Bleddyn ei ben.

'Does dim arglwyddi yma,' meddai'r bwca. 'Y tu hwnt i'r Gorisaf. Bernir pob Bwca yn ei olwg Ef ar sail ei grefft.'

'Yr Isel Barchedig yw arweinydd ysbrydol a chyllidol ein Gweithredfa,' meddai'r bwca a oedd wedi eu harwain drwy'r ogof.

Gwenodd arnynt. 'A lle mae ein gŵr gwadd, felly?'

Edrychodd Joni a Bleddyn ar ei gilydd yn ddryslyd, cyn i Bleddyn gofio a thynnu pen Bendigeidfran o'r bag bin.

'A, Bendigeidfran!' meddai'r Isel Barchedig. 'Mae'n bleser eich croesawu chi yma. Anfonodd Arawn neges ar y tyrch-wifrau yn dweud eich bod ar eich ffordd.'

'Henffych, Barchedig Bach,' meddai'r pen. 'Roeddwn i'n nabod un o'ch rhagflaenwyr, y Coblyn Trych ap Arad.'

Tynhaodd gwên y Parchedig fymryn. 'Mae hynny'n hen hanes. Mae'r hen Feistri Tanddaearol segur oll wedi eu disodli erbyn hyn, a'r grym yn ôl yn nwylo'r rhai gweithgar.'

'Mae llawer wedi digwydd tra oeddwn i ar y Gwynfryn. Fe fydden ni'n derbyn yn falch unrhyw wybodaeth sydd gennych chi – y mae eich clustiau at y ddaear. Rydyn ni'n deall bod rhai yn ymofyn y Pair.'

'Pair?'

'Y Pair Dadeni.'

'Does gennym ni ddim llawer o goel mewn rhyw bethau hudol fel yna rhagor,' atebodd y bwca. 'Disodlwyd yr hen dduwiau gan ledaenwyr efengyl proffwydi'r Gorisaf. Ac mae'r rheini yn eu tro dan fygythiad gan broffwydi newydd, sy'n sibrwd am faterioliaeth, a hamdden, a hawliau'r gweithwyr, yn hytrach na charthu'r enaid drwy lafur caled.' Tynnodd oriawr efydd addurnedig o boced ei wasgod a'i hastudio. Dododd hi'n ôl yn ei lle. 'Ond dyw cystudd yr uwchdiroedd ddim yn ein poeni ni fan hyn. Rydyn ni'n cadw ein hunain i ni'n hunain, yn tyllu am i lawr heb edrych am i fyny, wedi'n puro ein hunain yn nhanau ffwrneisi gwybodaeth, ac wedi dyfod yn hil wytnach a chryfach o ganlyniad. Cynnydd yw ein harwyddair bellach. Gadewch i mi ddangos i chi.'

Arweiniodd nhw drwy ddrws yng nghefn yr addolfa i ystafell arall a oedd yn llai ei maint, ond yn llawn sŵn a phrysurdeb. Rhoddodd Joni ei ddwylo dros ei glustiau i'w gwarchod. Llenwai oglau inc poeth ei ffroenau. Ym mhen draw yr ystafell safai peiriant anferth llawn cocos gloyw a liferau di-ri a oedd yn poeri cyfrolau trwchus o bob agorfa. Wrth waelod y peiriant gweithiai cannoedd o'r Bwcaod, yn gosod llinellau teip ar gyfer y tudalennau nesaf.

'Beth yw hud yng ngoleuni gwyddor?' gwaeddodd y Parch Bach dros y sŵn aflafar. 'Yn nyddiau Trych ap Arad roedd dysg wedi ei chladdu yn ddwfn yng nghramen y ddaear, mewn lle nad oedd neb ond y breintiedig yn gallu ei chyrraedd. Ond ers dyfeisio'r wasg hon, mae'r cyfrolau megis llu o lusernau, yn tasgu goleuni i bob cornel dywyll o'r ogofâu hyn, gan ddisodli ofergoeliaeth â gwybodaeth fuddiol.'

Arweiniodd hwynt o'r swyddfa ac ar hyd strydoedd cul y trefi. Teimlai Joni ryddhad wrth i aer oer lenwi ei ysgyfaint, ar ôl gwres llethol yr ystafell argraffu.

'Ond mae gen i ddyfais arall i'w dangos yn ogystal, a fydd yn peri cryn hwylustod i chi,' meddai'r Isel Barchedig. Daethant at adeilad arall, adeilad hir, a edrychai fel castell neu deml. Rhedai cledrau metel i mewn iddo, o dwnnel cyfagos. Dyfalai Joni mai gorsaf o ryw fath ydoedd. Tynnodd yr Isel Barchedig ei oriawr o boced ei wasgod a'i hastudio drachefn. 'Dylai fod yma unrhyw eiliad…'

Clywyd sŵn fel storom daranau yn atsain yn y pellter, a chrynodd y creigiau o'u hamgylch fel pa bai'r nenfwd ar fin syrthio ar eu pennau. Llenwyd yr ogof â hyrddiad o ager poeth. Drwy'r cwmwl saethodd trên stêm, yn wibdaith o baent du ac ymylwaith efydd, ei bistonau'r ffustio o'i flaen. Clywyd gwich wrth i'r breciau daro, gan dasgu gwreichion i bob cyfeiriad, a daeth y cyfan i stop disymwth ychydig droedfeddi y tu hwnt iddynt, gan dasgu mwg a thân fel draig ddi-serch a oedd wedi ei deffro o drwmgwsg hir o dan y ddaear.

'Dyma ein hagerfarch newydd,' meddai'r Parch Bach, ei lygaid yn sgleinio. 'Onid yw'n rhyfeddod – pob bollt ac olwyn yn eu lle, ac yn rhan o rwydwaith ehangach sy'n uno teyrnas y Bwca â rhwymyn dur. Mae milltiroedd lawer o ffyrdd haearn wedi eu gosod gennym drwy ogofâu tanddaearol Cymru, a thu hwnt, i'r Tiroedd Coll, fel ein bod bellach mewn cyfeillach â'n hir-elynion am y tro cyntaf ers iddynt orchfygu'r tramwyfeydd hynny. Wele,' meddai, wrth i goblynnod ddechrau dadlwytho'r trên, 'dyma nifer o'u llyfrau hwythau wedi ein cyrraedd ni, yn eu hiaith fecanyddol-graff eu hunain, a hynny yn gyflymach ac yn rhatach nag y gallwn gynhyrchu ein cyfrolau ein hunain. Dengys fod y Gorisaf wedi trosglwyddo ei feistrolaeth ar amser a symudiad i'w ddilynwyr. O fewn ei gerbydau tanllyd Ef y mae pob coblyn dan y nenfwd yn gyfartal, ac ar yr un daith tuag at ddyfodol o heddwch a chytgord i bawb.'

'Mae'n drawiadol iawn,' meddai Bleddyn, gan grafu ei ben. 'Ond be sy gan hyn i'w neud â ni?'

'Roedd Arawn yn sôn bod angen tramwyfa saff arnoch, felly rydyn ni wedi paratoi cerbyd arbennig – ychydig yn fwy o faint – a fydd yn eich tywys chi i Ddyffryn Teifi, lle mae coblynnod enwad yr Ungloddwyr yn trigo yn ogof y Smentiad Du.' Gwenodd. 'Fe ddylech chi fod adref o fewn dim.'

Edrychodd Joni a'i dad ar ei gilydd mewn anghrediniaeth. Ni allai Joni gredu eu lwc. Fe fyddai yn ôl yn Nyffryn Teifi cyn iddi nosi, wedi'r cwbwl. A byddai ganddo hyd yn oed rywfaint o amser i astudio cyn wynebu ei arholiad cyntaf.

'Gwych!' meddai.

'Ond mae un peth sydd angen ei gwblhau cyn i chi fynd,' meddai'r Parch Bach yn rhwysgfawr.

'Beth?'

Tynnodd bastwn o'i wasgod a'i ddal i fyny i'r coblynnod a oedd wedi ymgasglu o'u hamgylch gael ei weld. Suddodd calon Joni.

'Y ddefod ymadael!'

Alaw

'DEWCH MEWN, ALAW,' meddai Prif Weinidog Cymru. Croesoedd Alaw y carped llwyd a dewis un o'r seddi gyferbyn â'i ddesg. Gwenodd Prys Gregori yn gyfeillgar arni, cyn troi'n ôl i deipio ar ei gyfrifiadur.

'Ry'ch chi'n ymwybodol, wy'n cymryd, ein bod ni un Ysgrifennydd Cabinet yn brin?' gofynnodd, gan edrych arni drwy gil ei lygad.

'Wy ar ddeall ein bod ni'n cael trafferth cael gafael ar Derwyn,' atebodd Alaw.

'Hm. Dim ond Aelod Cynulliad allai ddiflannu am dridiau, a neb yn gweld ei eisie.'

Roedd y Prif Weinidog yn ei bumdegau cynnar, a chanddo gorff main, siwt lwyd a thei coch, sbectol â ffrâm ddu a gwallt wedi britho. Edrychai'n debycach i was sifil na gwleidydd, meddyliodd Alaw. Pe bai'r gair 'biwrocrataidd' yn gallu cael ei ymgorffori mewn unigolyn, ef fyddai hwnnw.

Nid oedd llawer o ôl personoliaeth ar ei swyddfa chwaith. Roedd ffenestr fawr yn y pen pellaf a gynigiai olygfa orau Tŷ Hywel dros do adeilad y Senedd. Ond doedd dim addurniadau heblaw am lun o'i deulu ar ei ddesg a cherflun Grogg o Gareth Edwards yng nghrys y Llewod.

Gwgodd. 'O'n i ar ddeall eich bod chi a'r Ysgrifennydd Treftadaeth mewn perthynas?' gofynnodd.

Cnodd Alaw ei gwefus. Sut oedd e'n gwybod? Ac os oedd e'n gwybod, pwy arall a wyddai?

'Does 'da fi ddim problem â hynny,' meddai'r Prif Weinidog wedyn, gan wfftio'r peth â'i law. 'Wy'n hoffi gwbod lle mae dwylo crwydrol Derwyn Williams, ac yn teimlo'n saffach o wybod eu bod nhw ar un o ACau ein plaid ein hunain. Ond ar hyn o bryd does dim syniad 'da fi lle mae gweddill Derwyn Williams chwaith, ac mae hynny *yn* bryder.'

Ymlaciodd Alaw fymryn. Ond roedd y datguddiad yn ei phoeni hi. Dechreuodd ofni bod Derwyn Williams wedi bod yn brolio eu perthynas wrth eraill tu hwnt i'w chefn. Ond doedd bosib bod hyd yn oed ef mor ddwl â hynny?

Ond gwyddai fod Prys Gregori yn annhebygol o dynnu unrhyw sylw cyhoeddus at ei haffêr hi â Derwyn. Dyn pwyllog ydoedd, dyn pwyllgor, dyn dibynadwy, oedd yn cadw'r ddesgil yn wastad bob tro. Roedd wedi dringo ysgol fewnol y Blaid Lafur a'i gyflwyno'i hun fel pâr saff o ddwylo pan oedd yr ymgeiswyr eraill ychydig yn rhy ddadleuol i blesio'r naill garfan na'r llall. Mor ddibynadwy a threfnus ac anataliadwy â bys cloc, dyna oedd Prys Gregori. A thra bod ei blaid yn weddol gyfforddus ar y blaen yn y polau piniwn yng Nghymru ers dros gan mlynedd, pam cynhyrfu'r dyfroedd?

Ond gwyddai Alaw nad i drafod Derwyn Williams y cafodd hi ei galw yno y bore hwnnw. Gallai weld copi o'r *Western Mail* ar y ddesg o'i flaen. Ar ôl gorffen teipio ei neges, dechreuodd Prys Gregori fflicio drwyddo, a gwgu wrth wneud sioe o ddarllen cyfweliad Alaw ar y dudalen flaen.

'Rydyn ni'n paratoi datganiad ar y cyd â'r heddlu,' meddai o'r diwedd. 'Fe fydd y stori am Derwyn yn arwain y bwletinau newyddion heno, wy'n dyfalu. Fe fydda i'n gyrru e-bost at bob AC ac aelod o'r staff yn y man yn gofyn iddyn nhw gau eu cegau am y peth, gan eich cynnwys chi.'

'Wrth gwrs. Fel y dywedoch chi, mae'n fater i'r heddlu yn unig.'

'Rydych chi'n dweud "wrth gwrs" fel petai ymwneud â'r wasg yn beth cwbl ddierth i chi, ond ry'ch chi wedi dweud pethe annoeth iawn mewn print y bore 'ma, Alaw Watkins.' Cyfeiriodd at y papur newydd o'i flaen, a hoelio Alaw â'i lygaid. Roedd ganddo lygaid llwyd, yr un mor llwyd â'i siwt. Yr un mor llwyd â'r awyr undonog a oedd yn mygu Caerdydd y bore hwnnw. 'Pethe mawr iawn, a dweud y gwir. Er enghraifft: galw am ffordd ddeuol o Gaerdydd i'r gogledd-orllewin. Gwrthwynebu ein polisi o sicrhau bod trefi'r gogledd-ddwyrain yn rhan o gytref ehangach Manceinion a Lerpwl. Galw am ddatganoli darlledu i'r Cynulliad. Galw am gau ysgolion Saesneg yng Nghaerdydd a'r gogledd-ddwyrain er mwyn gwneud lle i ysgolion dwyieithog a chyfrwng Cymraeg. Mae'r rhestr yn ddiddiwedd. Mae'n rhaid bod y newyddiadurwr yn meddwl ei bod hi'n ddiwrnod Dolig.'

Roedd Prys Gregori yn gyn-brifathro, ac roedd hynny'n gwbl amlwg yn awr. Teimlai Alaw bwl o euogrwydd, fel pe bai hi'n ferch fach unwaith eto, wedi ei galw i'r swyddfa i gael stŵr. Roedd hynny'n deimlad rhyfedd, gan nad oedd hi erioed wedi bod yn ferch ddrwg a chael stŵr gan brifathro go iawn.

'Wel? Does yr un o'r pethe hyn yn bolisïau swyddogol y Blaid Lafur. Mae nifer ohonyn nhw, a dweud y gwir, yn tynnu'n gwbwl groes i amcanion y blaid. Ac mae gennych chi gof da dros ben am gynnwys ein maniffesto, Alaw Watkins.'

Pwysodd Prys Gregori yn ôl yn ei sedd, dodi'r sbectols yn ôl ar ei drwyn, ac edrych arni drostynt unwaith eto. Roedd yn amlwg ei fod yn hoffi gwneud hynny.

Gwyddai Alaw fod disgwyl iddi ddweud ei bod yn ddrwg ganddi. Roedd hi wedi siarad ar ei chyfer… na, yn wir, roedd y newyddiadurwr wedi tynnu'r cwbwl allan o'i gyd-destun. Trafodaeth ddigon cyfeillgar dros lasied o win ydoedd, ac roedd hi wedi mynd i hwyl. Wedi dwlu ar y ffaith bod rhywun yn meddwl bod ei barn fach bitw hi'n bwysig. Dyna fyddai'r hen Alaw wedi ei ddweud. Fe fyddai Prys Gregori, oedd yn ddyn digon rhesymol, yn datgan ei fod yn siomedig iawn ynddi, a'i bod hi'n amlwg yn dal braidd yn ifanc a dibrofiad, ond ei fod yn ymwybodol ei bod hi dan bwysau mawr ac y byddai'n anghofio'r mater am y tro, ar yr amod ei bod hi'n trafod â'r Prif Chwip a'r tîm cyfathrebu cyn siarad â'r wasg yn y dyfodol.

Ond roedd Alaw newydd oddi mewn iddi yn awr. Ac er mawr syndod iddi ac i Prys Gregori, fe gymerodd yr Alaw honno'r awenau.

Crocsodd ei breichiau. 'Dyna fy marn i,' meddai'n bendant.

'Ond nid dyna bolisïau swyddogol y Blaid Lafur!'

'Does bosib bod hawl gen i feddu ar rywfaint o annibyniaeth barn?'

Ni wyddai Alaw o ble'r oedd ei geiriau'n dod. Roedd hi'n codi ofn arni hi ei hunan. Dechreuodd ei chalon guro'n gyflymach.

Ochneidiodd y Prif Weinidog. Bwriodd ei fysedd yn rhythmig ar y ddesg. Roedd hyn yn mynd i fod yn anoddach na'r disgwyl. 'Ry'ch chi'n weithiwr caled ac wedi cadw eich pen i lawr hyd yma, Alaw Watkins. Petaech chi'n cadw ar y llwybr hwnnw fe allech chi fynd yn bell iawn yn y Blaid Lafur. Dod yn Aelod *Seneddol* hyd yn oed, efallai, rhyw ddydd. A chofiwch mai bregus iawn yw mwyafrif Derwyn ar Ynys Môn. Pe bai'n colli ei sedd, fe fyddech chi ar flaen y ciw am ddyrchafiad i fod yn Ysgrifennydd Treftadaeth yn ei le. Ar yr amod eich bod chi'n profi yn y cyfamser, yn eich pedair blynedd nesaf yn y Senedd, fod gennych chi ddigon o feistrolaeth ar y briff i gyflawni'r gwaith. Sai'n hoffi pobol sy'n cicio yn erbyn y tresi ac yn creu trwbwl. Does dim byd i'w ennill o wneud hynny mewn llywodraeth. Wy moyn pobol sy'n gweithio'n galed, sy'n dangos crebwyll gwleidyddol, ac yn gallu cadw Cymru yn saff i'r Blaid Lafur.'

Dyna'i diwedd hi, meddyliodd Alaw. Dyma'r amser i gytuno, ac ymddiheuro, a gadael yr ystafell mewn un darn. Ond synnodd ei hun unwaith eto drwy ddyfalbarhau.

'Ydych chi'n gofyn i mi aberthu fy nghredoau gwleidyddol er mwyn hyrwyddo fy ngyrfa?'

Edrychodd Prys Gregori arni'n anghrediniol. 'Wrth gwrs fy mod i, y fenyw ddwl! Beth y'ch chi'n credu yw'r gêm 'ma, gwleidyddiaeth ysgol uwchradd? Chi'n rhan o blaid wleidyddol, nid yn ymgeisydd annibynnol sy'n gallu troi fan hyn a fan draw, fel ceiliog y gwynt, yn ôl eich mympwy eich hun. Digwydd bod, ydw, wy'n cydymdeimlo â'ch barn ar ddarlledu, a sawl peth arall. Ond wy hefyd yn gwbod y bydd yna sawl Aelod Seneddol fydd yn codi twrw am y peth.' Rhwbiodd ei fys a'i fawd yn erbyn ei gilydd. 'Hyn a hyn o gyfalaf gwleidyddol sydd gen i.'

Cododd Alaw ar ei thraed a gosod ei chledrau ar y ddesg. Teimlai ei bod hi'n gwylio'i hun o bell. Pwy oedd y ferch hon oedd yn fodlon herio'r Prif Weinidog? 'Fy etholwyr sy'n dod gynta i mi,' meddai'n bendant.

'Hisht â'ch nonsens! Aelod ar y rhestr ranbarthol ydych chi. Ffrwyth anomaledd mathemategol diolch i ambell sedd arall yn digwydd mynd yn groes i'r disgwyl. Doedd eich enw chi ddim hyd yn oed ar y papur pleidleisio, ac ni fydd byth yn ymddangos yno os yw'r ymddygiad rhyfelgar yma'n parhau.' Ysgyrnygodd arni. Ond yna meddalodd fymryn. Siglodd ei ben yn drist. 'Wy wedi fy siomi ynoch chi, Alaw fach. Ro'n i'n nabod eich tad yn eitha da yn yr Undeb yn Abercwmboi. Fe fyddai'n loes calon iddo weld eich ymddygiad chi heddiw…'

'Caewch hi am fy nhad,' gwaeddodd. 'Fu e farw'n ddyn chwerw iawn, wedi gweld ei blaid yn troi ei chefn ar bron popeth yr oedd e'n credu ynddo. Fe wnaeth fy nhad fy rhybuddio i am bobol fel chi, oedd yn fodlon cefnu ar eu hegwyddorion…'

Trodd wyneb y Prif Weinidog yn biws. 'Rhag eich cywilydd chi.' Safodd ar ei draed a phwyso ar draws y ddesg. 'Rydw i'n addo i chi nawr, p'un a yw'r Ysgrifennydd Treftadaeth yn dod i'r fei ai peidio, fe fyddwch chi'n cael mynd yn yr ad-drefniad nesa, yn syth mas drwy'r drws 'na.'

'Os ydych chi'n fy narostwng i, fe wna i adael y blaid,' atebodd Alaw yn stwbwrn. Roedd hi wedi mynd yn rhy bell i gyfaddawdu'n awr. 'Efallai y gwna i ymuno 'da Plaid Cymru, neu'r Ceidwadwyr. Neu beth am UKIP? Merch ifanc o'r Cymoedd, yn cefnu ar Lafur am y blaid honno sy'n dwyn cymaint o'ch pleidleisiau chi. Fe fyddai hynny'n destun sgwrs.'

Crynodd tagell y Prif Weinidog â chynddaredd. Gwyddai Alaw bryd hynny ei bod hi wedi ei daro yn ei fan gwan.

Gwenodd arno'n filain. 'Erbyn meddwl, fe fyddai eich mwyafrif chi dros y tair brif wrthblaid yn dechrau edrych yn denau iawn wedyn, yn byddai? Dyna bicil. Fe allen nhw gydweithio er mwyn pleidleisio yn erbyn unrhyw fesur yr ydych chi yn ei gyflwyno gerbron. Tipyn o gam gwag ar eich rhan chi. Fe fyddai gan y mwyafrif lais wedyn.'

Gwenodd Alaw yn heriol, cyn martsio draw at ddrws y swyddfa, ei agor, a'i gau'n glep ar ei hôl. Pwysodd yn ei erbyn, yn crynu drwyddi, yr adrenalin yn llifo drwy ei gwythiennau.

O le ddiawl daeth yr Alaw yna? Doedd hi erioed wedi colli rheolaeth fel hynny o'r blaen, wedi gadael i'w theimladau ei meddiannu. Ond roedd y geiriau a ddaeth allan o'i cheg yn hollol huawdl, fel pe bai hi wedi eu cynllunio o flaen llaw, yn gwybod yn union beth i'w ddweud.

Sut i ddinistrio gyrfa mewn llai na phum munud, meddyliodd wrthi ei hun wrth simsanu i lawr y coridor. Wel, dyna ni. Roedd y gaseg eira wedi cychwyn ar ei thaith i lawr y mynydd. Fe fyddai'n rhaid iddi roi ei chynllun ar waith nawr, yr un roedd hi wedi bod yn pendroni yn ei gylch ers nos Lun pan ddaeth hi o hyd i'r cleddyf.

Gwyddai ei bod wedi dal y Prif Weinidog ar y droed ôl heddiw. Doedd e ddim wedi disgwyl iddi ymateb fel y gwnaeth. Roedd hynny'n ddealladwy o ystyried pa mor llwfr a pharod i blesio yr oedd hi wedi bod yn y gorffennol. Dodd *hi* heb ddisgwyl iddi ymateb fel y gwnaeth chwaith. Ond ni fyddai Prys Gregori ar y droed ôl yn hir.

Dim ond mater o amser fyddai cyn iddo agor porth uffern a rhyddhau ei gythreuliaid ar ei hôl hi.

Yr unig gwestiwn bellach oedd o ba gyfeiriad y byddai'r ymosodiad cyntaf yn dod.

Neidiodd ar y trên o'r Bae i orsaf Stryd y Frenhines, cyn cerdded draw i swyddfeydd Llywodraeth Cymru ym Mharc Cathays. Roedd ffenestri cul yr adeilad fel saethdyllau, a'r waliau cerrig moel yn cyfleu delwedd gwbwl wahanol i'r Senedd. Edrychai fel caer amddiffynnol oedd dan warchae. Ar ôl cyrraedd ei swyddfa aeth ar ei hunion i chwilio drwy ei ffeiliau nes iddi ddod o hyd i'r llyfryn oedd yn cynnwys enwau, cyfeiriadau e-bost a rhifau ffôn pob Aelod Cynulliad. Daeth o hyd i'r enwau yr oedd hi'n edrych amdanynt. Alwyn Jones, arweinydd Plaid Cymru, Sarah Pincher, arweinydd y Ceidwadwyr, a Rupert Mole, arweinydd – ac un o dri Aelod Cynulliad yn unig – plaid y Democratiaid Rhyddfrydol. Cododd y ffôn a deialu'r rhif cyntaf.

'Odi Alwyn yna?'

'Pwy sy'n holi?' gofynnodd llais benywaidd.

'Yr Aelod Cynulliad, Alaw Watkins.'

'O'r Blaid Lafur?' Roedd tinc drwgdybus yn y llais. Acen Sir Feirionnydd. 'Dio'm yma ar hyn o bryd. Alla i gymryd neges?'

'Fyddai'n bosib iddo fy ffonio i ar ei ffôn symudol? Cyn gynted ag y bo modd, os gwelwch yn dda.'

Treuliodd ddeg munud yn dileu e-byst nes i'r ffôn ganu drachefn.

'Alaw, ia? Alwyn sy 'ma. Sut alla i eich helpu chi?' Roedd ei lais yn bell a braidd yn ffurfiol.

'Moyn cyfarfod o'n i, os yn bosib.'

'I drafod be, yn union?'

'Hoffwn i adael y manylion nes ein bod ni'n cwrdd. Yn breifat. Rwy'n addo na fydd eich amser yn cael ei wastraffu.'

'O ia?' Gwyddai beth oedd yn mynd drwy feddwl arweinydd Plaid Cymru'r eiliad honno. Merch i genedlaetholwraig danllyd, a gweinidog o löwr sosialaidd. Siaradwr Cymraeg. O'r Cymoedd! Fe allai yn hawdd fod yn aelod o Blaid Cymru… Pe bai hi'n newid plaid fe fyddai yn dipyn o hwb iddyn nhw, ac i'w arweinyddiaeth ef, oedd wedi bod ar dir ychydig yn garegog ers canlyniad cymharol siomedig yr etholiad y llynedd. Cyfle i dynnu blewyn o drwyn y

Blaid Lafur. Ac fe fyddai hi'n edrych yn dda ar bamffled. 'Oedd gen ti amser mewn golwg?' gofynnodd yn ddidaro.

'Cyn gynted ag y bo modd.'

'Gwranda, mae croeso i ti ddod draw heno os wyt ti eisiau. Mae gen i bwyllgor tan saith, ond yna fe fydda i'n aros yn fy fflat ym Mhontprennau.' Ysgrifennodd Alaw'r cyfeiriad ar ddarn o bapur wrth iddo ei adrodd ar ben arall y ffôn. 'Tua wyth yn iawn?'

'Perffaith. Alla i ymddiried ynoch chi i gadw hyn dan eich cap?'

'Wrth gwrs,' meddai Alwyn, gyda thinc ychydig yn siomedig yn ei lais. Roedd yn amlwg yn torri ei fol eisiau dweud wrth bawb.

Dyna un cyfarfod wedi ei drefnu, felly, meddyliodd Alaw, wrth osod y ffôn yn ôl ar ei grud. Cnodd ei bawd. Roedd hi'n tybio mai Alwyn fyddai'r hawsaf o'r tri i'w argyhoeddi i ddilyn ei chynllun. Wedi'r cwbwl, ef fyddai fwyaf ar ei ennill. Ond ni fyddai argyhoeddi un, na chwaith dau, o arweinwyr y prif wrthbleidiau yn ddigon. Roedd angen cefnogaeth Plaid Cymru, y Ceidwadwyr a'r Democratiaid Rhyddfrydol oll, ac fe fyddai angen iddyn nhw wedyn argyhoeddi aelodau eu pleidiau nhw hefyd.

Eisteddodd yn ôl a syllu drwy'r ffenestr. Gallai weld dros y clawdd i mewn i ganol Parc Cathays, lle y safai Cofeb Ryfel Genedlaethol Cymru, a'r adeiladau Edwardaidd tu hwnt, gan gynnwys Neuadd y Ddinas a'r Amgueddfa Genedlaethol. Roedd mor gartrefol â sgwâr pentref ar ddiwrnod fel hwn, a gallai weld pobol ifanc yn lled-orwedd ar y gwair, yn mwynhau picnic neu glonc. Doedd dim llawer ohonynt. Roedd y myfyrwyr prifysgol oll wedi troi am adref erbyn hyn. Roedd wedi codi ychydig yn brafiach, er ei bod yn dal i fod ychydig yn gymylog, ond doedd dim byd yn y tywydd i adlewyrchu'r dymestl wleidyddol a fyddai'n chwythu drwy'r ddinas yn yr oriau a'r dyddiau nesaf, pe bai ei chynllun yn gweithio.

Ystyriodd faint o ddyddiau braf fel hyn y byddai hi'n eu methu dros y blynyddoedd nesaf. Duw a ŵyr ei bod hi wedi methu digon ohonyn nhw dros y flwyddyn ddiwethaf, yn gaeth i'r swyddfa gyda thomen o waith papur rhyngddi a'r ffenestr. Dim rhyfedd bod rhagflaenydd Prys Gregori wedi ymddeol i'w randir i dreulio gweddill ei oes yn tyfu bresych.

Ond nid ei bywyd hi oedd yn bwysig mwyach. Fe fyddai'n ei chysegru ei hun i Gymru a'i phobol.

Deffrowyd hi o'i breuddwydio gan sŵn 'ping', a ddynodai fod e-bost wedi cyrraedd ei mewnflwch. Roedd ebychnod coch wrth ei ymyl, yn arwyddo ei bod yn neges gan staff y Prif Weinidog neu'r Prif Chwip, yr oedd rhaid i bob un o ACau y Blaid Lafur ei ddarllen.

Darllenodd y teitl: 'Reshuffle'.

Roedd Prys Gregori wedi taro'n ddi-oed felly. Cliciodd Alaw arno a'i chalon yn ei gwddf.

Dear All,

As is common knowledge we've had a reshuffle pending for some time. I had considered holding back until the summer, but the unfortunate disappearance of Derwyn (see earlier memo) has forced my hand somewhat.

I have now spoken to each AM who will be affected by the reshuffle individually, and can reveal the changes in full:

Simon Clotter to Health

Trevor Myrddin-Jones moves from Health to Business

I've decided to combine the Agriculture and Environmental briefs; Huw Bale takes charge

Alaw Watkins becomes acting Welsh and Culture Secretary as well as retaining the Conservation brief.

The changes will be revealed to the press this afternoon

Best Regards,

PW

Darllenodd Alaw'r e-bost deirgwaith eto. Doedd y cynnwys ddim yn gwneud unrhyw synnwyr iddi. A oedd wedi gyrru'r e-bost cyn eu sgwrs nhw?

Daeth cnoc ar y drws a gwthiodd Eryl Humphries, cyfarwyddwr yr Adran Iaith a Threftadaeth, ei ben i mewn.

'Llongyfarchiadau!' meddai â gwên siriol.

'Diolch,' meddai Alaw, â chryndod yn ei llais. 'Dere i mewn. Mae'n... annisgwyl, rhaid cyfadde.'

'Peidiwch siarad dwli,' meddai'r gwas sifil gan gamu heibio'r drws. Roedd ganddo bentwr o bapurau wedi eu hargraffu o dan ei gesail chwith. 'Mae'n gwneud synnwyr perffaith cael rhywun sy'n nabod yr adran gystal i gymryd yr awenau ar fyr rybudd. Ac mae'r PW wedi bod yn disgwyl am gyfle i symud Trevor Myrddin-Jones o'r Adran Iechyd ers y cawlach yna —'

'Diwrnod da i gladdu newyddion drwg,' meddai Alaw, gyda gwên wan.

'Yn sicr.' Edrychodd Eryl yn anghyfforddus am eiliad. 'Dyna yn bennaf ydw i wedi dod i siarad â chi amdano, a dweud y gwir. Ga i eistedd?'

Sythodd Alaw yn ei sedd. Roedd rhywbeth am ei dôn yn ei gwneud yn nerfus. 'Wrth gwrs.'

'Nawr eich bod chi'n Ysgrifennydd Treftadaeth, eich cyfrifoldeb chi ydi —'

'Sdim angen i ti 'ngalw i'n chi nawr, dim ond am fy mod i'n aelod o'r Cabinet.'

Gwenodd gan ddangos rhes o ddannedd cam. 'Dy gyfrifoldeb *di* yw hyn nawr, gwaetha'r modd,' cywirodd ei hun, gan lithro i'w gadair. 'Cafodd Derwyn orchymyn ym mis Chwefror fod angen torri ugain y cant ar wariant yr adran.'

'Ugain y cant?' gofynnodd Alaw yn gegrwth.

'Ie… Diwygiadau i'r adolygiad ar wario ar ôl i'r Adran Iechyd fynd y tu hwnt i'w chyllideb. Penderfynwyd na ddylai Cadwraeth wynebu unrhyw doriadau pellach, felly doedd dim angen i ti fod yn y lŵp. Ond daethpwyd i'r casgliad bod rhywfaint o fraster ar ochr Iaith ac elfennau eraill o'r briff Treftadaeth, gan gynnwys y celfyddydau a'r cyfryngau a chyhoeddi, yn bennaf, ac roedd Derwyn, chwarae teg iddo, yn gwbwl barod i ysgwyddo'r baich.'

Cydiodd Alaw ym mreichiau ei sedd, gan ei pharatoi ei hun am y gwaethaf. 'Ocê,' meddai.

Edrychodd Eryl Humphries ar y pentwr o bapurau a oedd ganddo. 'Wel, dyma'r cyrff fydd ar eu colled fwyaf… Bydd nawdd yr Eisteddfod Genedlaethol yn syrthio o £470,000 y flwyddyn i £270,000 y flwyddyn. Toriad o ryw 43%, felly… Bydd gan Gyngor Celfyddydau Cymru tua £5m yn llai i'w rannu rhwng cyrff eraill, sef cwymp o tua 20%.' Cydiodd mewn ail ddarn o bapur. 'Bydd cymhorthdal Comisiynydd y Gymraeg yn cael ei gwtogi i £4m. A bydd grant y Cyngor Llyfrau yn cael ei dorri o £7m i £5m. Mae'r ffigyrau i gyd fan hyn i ti gael golwg manylach arnyn nhw,' meddai wrth basio'r papurau iddi.

Teimlai Alaw yn benysgafn. Roeddynt yn doriadau dwfn iawn, ac yn ymosodiad ar yr union fath o Gymry Cymraeg dosbarth canol a oedd yn debygol o godi homar o ffrae.

'Mae pobol yn mynd i fynd off 'u penne,' meddai. 'Pryd fydd y toriadau yma'n cael eu cyhoeddi?'

'Wel, o ystyried bod yr Eisteddfod yn cael ei chynnal ar Ynys Môn eleni, yn etholaeth Derwyn, fe benderfynwyd y byddai braidd yn lletchwith yn wleidyddol iddo gyhoeddi'r toriadau cyn hynny, felly penderfynwyd eu dal nhw yn ôl tan fis Medi.'

Gostyngodd Alaw ei phen. 'Ond mae Derwyn wedi diflannu…'

'Yn gwmws. Ac os nad yw'n dod i'r golwg yn yr oriau nesa, mae'r Prif Weinidog newydd fy ffonio i ddweud y dylid cyhoeddi'r toriadau yn syth, dan dy enw di fel yr ysgrifennydd dros dro. Fel y dywedaist ti, mae'n ddiwrnod da i gladdu newyddion drwg.' Gwenodd yn wan unwaith eto.

'Wy'n mynd i gael fy rhwygo'n ddarnau…'

Gwenodd Eryl yn dosturiol. 'Bedydd tân,' meddai. 'Ond os wyt ti'n goroesi hyn fe wnei di argraff dda ar weddill y Cabinet, wy'n siŵr. Cofia fod y Prif Weinidog wedi gorfod ymdopi ag argyfwng clwy'r traed a'r genau dim ond deufis ar ôl cael ei wneud yn Weinidog Amaeth.'

Diawliodd Alaw. Prys Gregori! Roedd ei gêm yn amlwg – ei defnyddio hi fel gwialen fellt i gymryd yr holl feirniadaeth, ac yna ei thaflu hi ymaith unwaith yr oedd hi wedi cael ei ffrio'n ulw.

Edrychodd Alaw drwy'r ffenestr drachefn, ei meddyliau'n gymysg i gyd. Wrth iddi edrych bwriodd ambell ddafn o law y ffenestr, ac yna fe drodd yn gawod. Roedd y rheini fu'n lled-orwedd ar y gwair eisoes wedi cilio i'w llochesi, gan weld y cymylau du yn dod.

Clywodd 'ping!' drachefn wrth i e-bost arall gyrraedd ei mewnflwch. Roedd hwn hefyd gan y Prif Weinidog. Cliciodd arno.

'Siachmat,' meddai'r neges.

Er gwaethaf ei chynddaredd, bu'n rhaid i Alaw chwerthin.

'Ydi popeth yn iawn?' gofynnodd Eryl.

'Odi, mae popeth yn grêt,' atebodd Alaw wrth godi. 'Paid â gwneud dim am y tro.' Camodd at y drws. 'Wy'n mynd i wrth-droi'r toriadau yma, os alla i.'

'Gwrth-droi? Ond mae'r holl waith cyfrifyddiaeth wedi ei wneud.

Mae'r PW wedi gorchymyn i ni fwrw ymlaen. Y datganiad wedi ei ddrafftio, y...'

Ceisiodd Alaw gyfleu cymaint o awdurdod â phosib yn ei llais. Ymestynnodd am yr un llais a oedd gan ei thad wrth bregethu o'r pulpud ar y Sul. 'Fi yw'r Ysgrifennydd Treftadaeth,' meddai. Credai iddi lwyddo. 'Ac mae'n amlwg bod gan y Prif Weinidog hyder llwyr ynof i ar hyn o bryd. Bydd oedi am y tro nes ein bod yn cynnal adolygiad llawn o'r toriadau.'

Siachmat wir, meddyliodd wrth estyn am ei chot. Nid oedd y darnau i gyd ar y bwrdd gwyddbwyll eto. Dim ond ar fin dechrau'r oedd y gêm.

Isgoed

LIFODD DEIGRYN BACH olaf o geg y botel win wrth i Isgoed ei dal dros gaead y bin ailgylchu. Gollyngodd ei afael arni, a syrthiodd i grombil y twll du cyn chwalu'n deilchion â chlec foddhaol.

Fel unrhyw dduw arall gwerth ei halen, roedd Isgoed yn hoff o reoli pethau, ac yn fwy byth, eu dinistrio. Hoffai ddychmygu'r poteli yn pledio am eu bywydau cyn iddo eu gollwng i wynebu eu tynged. Peidiwch â phoeni, meddai wrthynt, bydd bywyd newydd yn eich disgwyl chi y tu draw i gaead y bin. Fe gewch chi eich ailymgnawdoli fel gwydr mewn jar o jam organig, neu ffiol dal blodau efallai.

Crash. Aberth arall i dduw ailgylchu.

Roedd ar fin gollwng y botel wydr olaf i mewn a throi am adref, pan welodd gopi o'r *Western Mail* ar lawr ger y bin ailgylchu papur, ag ôl traed mwdlyd wedi ei sathru bob sut i'r tarmac. Ni fyddai'n talu llawer o sylw i gynnwys y rhacsyn fel arfer, os nad oedd yn trafod ymchwiliad yr oedd yn gweithio arno. Yr hyn a ddaliodd ei sylw oedd llun Alaw Watkins ar y dudalen flaen.

Aeth ias drwyddo. Dychmygai am funud ei bod hi wedi cael ei harestio, neu yn waeth byth, wedi lladd rhywun arall. Cododd y papur brwnt o'r llawr a chraffu arno'n agosach. Pwyllodd fymryn pan welodd enw Raam uwchben yr erthygl. Drwy'r baw ar dalcen y papur gwelai iddo gael ei gyhoeddi ddydd Mercher ac roedd hi bellach yn ddydd Sul. Cofiodd iddyn nhw gytuno y byddai Raam yn gwneud cyfweliad ag Alaw, er mwyn sicrhau bod ganddi *alibi* noson llofruddio Derwyn. Ond nid oedd wedi disgwyl i'r erthygl fod ar y dudalen flaen, chwaith.

Cafodd fren-wêf yn fwyaf sydyn. Edrychodd o'r botel win yn ei law i'r papur newydd, ac yn ôl eto. Cofiodd am y corcyn y daeth o hyd iddo yn yr ystafell yng Ngwesty Dewi Sant. Gwin lleol. Siampên Mātronā 2014.

Tynnodd ei ffôn o'i boced, a deialu rhif Raam.

'Wy 'di ca'l syniad,' meddai.

'Dwi ddim yn lico dy syniadau di'n ddiweddar,' atebodd Raam. 'Ti'n meddwl y dylen ni fod yn cael y sgwrs yma ar y ffôn?'

Roedd y ddau wedi cytuno i gadw ymhell oddi wrth ei gilydd am y tro, nes bod yr ymchwiliad i farwolaeth Derwyn Williams yn dod i ben. Roedd yr heddlu wedi dod o hyd i'w gorff fore Iau. Er mor ofalus yr oedd wedi bod wrth gael gwared ohono, roedd Isgoed wedi cael llond twll o ofn y byddai cliw yn datgelu mai ef oedd wedi ei symud, yn enwedig os oedd MI5 yn ymchwilio i'r achos. Roedd wedi bod yn brysur iawn y diwrnod y daeth o hyd i'r corff yn fflat Alaw – gan fynd igam-ogam ar draws Caerdydd fel pryf copyn. Y cyfan oedd angen i rywun ei wneud oedd olrhain un edefyn i'w ben ôl.

'Tasen nhw'n gwbod rhywbeth, wy'n credu y bydden ni wedi clywed erbyn hyn,' meddai Isgoed, gyda mwy o hyder nag yr oedd ef ei hun yn ei deimlo.

'Reit,' atebodd Raam, heb ei argyhoeddi. 'Lle wyt ti?'

'I lawr yn maes parcio Tesco ym Mhenarth,' atebodd. Edrychodd o'i gwmpas. Roedd hi'n nosi, yr awyr orllewinol yr un lliw ag eirinen aeddfed a'r lampau stryd wedi'u cynnau. 'Meddwl falle y gallen i ddod o hyd i gar Derwyn Williams. Ond wy'n credu falle bod yr heddlu wedi ei symud.'

Clywodd Raam yn ochneidio ar ben arall y ffôn. Dyma'r peth agosaf at annedwyddwch a fynegodd ei gyfaill erioed.

'Wyt ti fel heddwas erioed wedi clywed yr hen ddywediad, "Paid â dychwelyd i safle'r drosedd"?' gofynnodd.

'Sdim lot o ddewis 'da fi. Wy 'di cyrraedd diwedd y daith fel arall. Ond wy 'di cael syniad. Newydd weld dy gyfweliad gydag Alaw Watkins yn y *Western Mail.*'

'Mae hi mewn dŵr poeth o'r herwydd, wy'n clywed. Wedi dweud gormod. Ond benderfynais i roi'r cyfan i mewn rhag ofn na fyddai'r erthygl yn cael ei chyhoeddi o gwbwl ac wedyn fyddai ganddi ddim *alibi…*'

Oedodd nes i Isgoed ddweud: 'Diolch.'

'Hapus i helpu,' meddai'n goeglyd. 'Ac…?'

Gostyngodd Isgoed ei lais. 'Dim ond gofyn un ffafr.'

'Ti'n pentyrru ffafrau ar hyn o bryd. Ti'n siŵr y byddwn ni'n gweld digon o'n gilydd yn y carchar i ti ad-dalu'r cyfan ohonyn nhw?'

Cychwynnodd Isgoed yn ôl am y car. Roedd paranoia Raam wedi

ei atgoffa y gallai'r gwasanaethau cudd fod yn cadw golwg arno, yn enwedig os oedd e'n sefyll ar ganol maes parcio yn clebran ar y ffôn.

'Eisie gwybodaeth am ddarllenwyr y papur newydd o'n i,' meddai.

'O, ie? Fel beth?'

Agorodd y car a dringo i mewn iddo a chau y drws.

'Ffrancwyr oedd wedi torri i mewn i Dŵr Llundain. Wy'n weddol siŵr mai'r un Ffrancwyr oedd wedi llofruddio'r Iarlles. Mae hynny'n awgrymu bod yr holl beth wedi ei drefnu o dramor.'

'Felly bydd MI6 ar ein holau ni hefyd, yn ogystal ag MI5?'

Cydiodd Isgoed yn olwyn y car â'i law rydd. 'Byddai pwy bynnag sydd wedi bod yn cynllunio hyn i gyd yn Ffrainc eisie gwbod beth oedd yn mynd mlân yng Nghymru.' Edrychodd o amgylch y maes parcio wrth siarad, er mwyn sicrhau nad oedd neb yn cadw golwg arno. 'Oni fyddai'n gwneud synnwyr eu bod nhw'n tanysgrifio i'n papurau newydd?'

'Neu yn mynd ar y we?'

'Raam, mae duwiau yn anobeithiol ar y we, ti'n gwbod hynny. Dyw rhai ohonyn nhw ddim wedi dod i delerau â memrwn eto. Rhestr tanysgrifwyr eich papurau yn ardal Champagne dwi eisie. Ma 'da fi dystiolaeth sy'n awgrymu iddyn nhw fod yn yr ardal. *Shot in the dark.* Ond fe fyddai'n ffafr fawr i mi.'

Clywodd Raam yn ochneidio. 'Iawn, fe wna i drio 'ngorau, gyfaill. Mae yna ysgrifenyddes ar yr ail lawr sydd bob tro'n gwenu'n neis arna i… wy'n siŵr y bydd hi'n fodlon darparu'r wybodaeth…'

'Diolch yn fawr. A phob lwc.'

Eisteddodd yno yn y car am funud, gan edrych draw dros y bae, ei feddwl yn gwibio yma a thraw, yn chwilio am yr allwedd a fyddai'n datgloi gweddill yr achos. Edrychodd i gyfeiriad y morglawdd a'r môr tu hwnt a sgleiniai fel cefn morfil yn codi i'r golwg.

Yna daliodd rhywbeth ei lygaid. Brycheuyn du, yn gwibio tuag ato o gyfeiriad y morglawdd. Meddyliodd i ddechrau mai gwylan ydoedd, yn pysgota ymysg brenhines y gweunydd. Ond roedd yn symud yn rhy gyflym, bron yn unionsyth ar draws yr awyr. Ac roedd yn rhy fawr o lawer i fod yn aderyn. Hofrenydd? Nage. Teimlodd Isgoed ei galon yn fferru. Yn nisgleirdeb y ddinas gwelodd y breichiau ar led, a'r wyneb gwelw, a'r clogyn carpiog yn nadreddu ar ei ôl. Am eiliad meddyliodd fod y bwgan yn anelu'n syth amdano, ond yna hedfanodd heibio, draw dros Gaerdydd, i gyfeiriad canol y ddinas.

Gwyddai Isgoed i sicrwydd beth yr oedd newydd ei weld. Un o'r Saith.

Roedd angen iddo ddychwelyd adref ar frys. Taniodd y car, cyn sgathru'r teiars wrth gyflymu allan o'r maes parcio, a digio dyn a oedd ar fin croesi'r ffordd â llond ei ddwylo o fagiau siopa. Aeth i fyny penrhyn Biwt ac yna Stryd Richmond, gan hollti'r ddinas yn stribyn o oleuni symudliw bob ochr iddo. Parhaodd i wylio'r awyr wrth iddo yrru, ond roedd goleuadau lampau'r strydoedd a'r adeiladau o'i gwmpas yn rhy lachar iddo allu gweld dim. Gadawodd y car ar y stryd tu allan i'w dŷ a rhedeg at y drws ffrynt.

'Eli?' gwaeddodd, wrth agor y drws. Pipiodd i mewn i'r ystafell fyw, ac yna'r gegin. 'Ble'r wyt ti?'

'Wy fan hyn,' meddai hi, gan ddod i lawr y grisiau. Roedd ganddi bowlen o Coco Pops yn ei dwylo. Gwelodd yr ofn ar ei hwyneb. 'Beth sy'n bod?'

Clywodd Isgoed gnoc ar y drws. Rhewodd. A ddylai ateb? Roedd rhywbeth yn dweud wrtho na fyddai un o'r Saith yn trafferthu gofyn am ganiatâd i ddod i mewn. Fe fyddai wedi gwibio i lawr y simnai, fel Siôn Corn anfad.

'Ateb e, Isgoed,' meddai Eli, a'i hwyneb yn ddarlun o ddryswch pur.

Cydiodd Isgoed ym mwlyn y drws a'i agor yn araf. Safai merch yno. Nid edrychai'n ddim hŷn na 25. Roedd hi'n gwisgo top di-strap coch llachar, corsed du gloyw, sgert lawer rhy fyr a phâr o deits tyllog a edrychai fel pe baen nhw wedi gweld dyddiau llawer gwell. Am ei thraed, gwisgai sodlau uchel â gwadnau fyddai wedi gallu tynnu corcyn o botel win.

'Haia del,' meddai gan wincio ar Isgoed.

Syllodd arni'n gegagored, a chyn iddo allu dweud gair roedd hi wedi gwthio ei chluniau siapus heibio iddo ac i mewn i'r tŷ.

'Ti'n meindio 'mod i'n crasio fan hyn am bach?' gofynnodd, gan gael cipolwg ar yr ystafell fyw. 'Dwi ddim yn teimlo'n saff allan ar y stryd.'

'Isgoed, pwy yw hon?' gofynnodd Eli, â thinc drwgdybus yn ei llais.

Daeth Isgoed o hyd i'w lais yntau. 'Ceri, beth wyt ti'n ei wneud 'ma?'

Roedd Ceridwen yn ddigon o ryfeddod i edrych arni, ond ei symudiad a'i hosgo oedd yn hudo dynion. Brasgamodd i lawr y cyntedd ac i mewn i'r gegin fel model yn camu ar hyd y *catwalk* ym Mharis, ei choesau hir, euraid yn ymestyn fel pelydrau'r haul o'i phen ôl. Dilynodd Isgoed hi.

'Dwi angen lle i aros,' meddai. 'Mae Arawn wedi ei chael hi. Y Saith wedi ei ladd.'

'Arawn, wedi marw?' gofynnodd Isgoed. 'Ti'n siŵr mai'r Saith oedd yn gyfrifol?'

'Ei wefusau a'i glustiau wedi eu sleisio i ffwrdd. Pwy 'blaw am y Saith fyddai wedi gwneud hynny iddo?'

'Felly beth wyt ti'n ei wneud fan hyn?'

Pwysodd yn erbyn y ffwrn ac edrych arno'n gyhuddgar. 'Ti'n disgwyl i mi aros allan fan'na efo'r Saith o gwmpas y lle?' gofynnodd. 'Ro'n i'n gwbod lle'r oeddat ti'n byw. Mae Llwyd ap Cil Coed yn edrach i lawr ei drwyn arna i. A dwi ddim am aros efo Gwydion yn ei baball fwdlyd.'

Daeth Eli at y drws. 'Sai'n credu ein bod ni wedi cwrdd o'r blaen,' meddai, gan gwneud ei gorau i fod yn gwrtais. Roedd hi wedi gosod y bowlen coco pops ar y bwrdd a phlethu ei breichiau, ac roedd golwg braidd yn amheus ar ei hwyneb. Ni allai Isgoed weld bai arni.

'Haia,' meddai Ceridwen, gan edrych arni i fyny ac i lawr. 'Ti 'di bachu un del fan hyn, Isgoed,' meddai, gyda'r hanner coegni a oedd, ym mhrofiad Isgoed, mor nodweddiadol o'r Gogs. Yna pwysodd i lawr i fusnesa yn un o'r cypyrddau.

'Isgoed?' gofynnodd Eli dan ei gwynt.

'Mae'n ddrwg 'da fi, Eli,' sibrydodd wrthi. 'Wy wedi gweithio 'da Ceri yn y gorffennol…'

'Mae hi'n edrych fel…'

'Putain. Odi, mae hi. Fues i'n gweithio ar gyfyngu'r puteiniaid i rai ardaloedd o'r ddinas ychydig flynyddoedd yn ôl, eu diogelu rhag pobol oedd yn eu cam-drin. Dyna le y des i ar draws Ceri.'

Yn y cyfamser roedd Ceridwen wedi cydio mewn afal, ac roedd yn ei fwyta yn y modd mwyaf rhywiol posib, a'r sudd yn llifo i lawr ei gên.

'Ond ddwedodd hi ei bod hi'n cwato rhag rhywun…'

'Ei phimp. Dyn cas a pheryglus.'

'Odi fe wedi lladd rhywun?'

'Mae'n anodd gwbod ar hyn o bryd. Ond efallai mai'r peth gorau fyddai gadael iddi aros yma am y tro.' Rhoddodd law ar gefn Eli. 'Os fydda i'n rhoi gwbod i'r stesion fe fydd hi 'nôl mas ar y stryd o fewn oriau. Fyddwn ni ddim mewn perygl, wy'n addo.'

Doedd hynny ddim o reidrwydd yn wir. Roedd yn bosib eu bod nhw mewn llawer iawn o berygl, yn enwedig os oedd Ceridwen wedi arwain y Saith at y drws ffrynt. Byddai'n well gan Isgoed gael ymweliad gan MI5 nag un o'r rheini. Ond gwyddai hefyd fod ganddo ddyletswydd i amddiffyn Ceri. Roedd gan yr hen dduwiau gyfrifoldeb at ei gilydd, ac yn fwy na hynny, efallai ei bod yn gwybod rhywbeth am farwolaeth Iarlles y Ffynnon.

Gwgodd Eli, a gallai Isgoed ddeall pam. Gwisgai hen gardigan, roedd ei gwallt du cyrliog fel nyth gwag ar noson o aeaf, a'i chroen mor welw â'r lleuad. Ar yr un pryd, edrychai Ceridwen fel… wel, duwies. Ei chroen fel sidan, ei gwallt fel rhaeadr euraid, bronnau fel cadwyn o fynyddoedd a gwefusau fel dau stribyn o dda-da mafon.

'Fe geith hi aros yma am heno,' sibrydodd Eli. 'Fe geith hi stafell y babi, ac fe fyddi di i lawr fan hyn, ar y soffa. Fory, fe fydd rhaid i ti ddod o hyd i rywle arall iddi aros. Neu ti fydd allan ar y stryd, gwboi.'

Ochneidiodd Isgoed. Roedd hynny'n ddigon teg. Ond doedd e ddim yn siŵr sut y byddai'n cael ei gwared hi chwaith, dim os oedd y Saith ar grwydr.

Canodd ei ffôn. Gwelodd enw Raam ar y sgrin blaen. Esgusododd ei hun a mynd allan i'r coridor i'w ateb.

'Elô, elô, elô?' Roedd hon yn un o'i hen jôcs ef a Raam. 'Y fi sydd yma unwaith eto.'

'Diolch am ddod yn ôl ata i,' meddai Isgoed. 'Sori, alla i ddim siarad yn hir. Gest ti lwc?'

'Do. Wyddost ti mai dim ond tri deg o bobol yn Ffrainc sy'n tanysgrifio i'r *Western Mail* neu'r *Echo*? Ac mae yna dri sy'n tanysgrifio i'r ddau.'

'Oes gen ti enwau i mi?'

'Jones, Raymond, yn Perpignan. Odron, M, yn Nyffryn Marne. Ac Williem, Gwenaul, Llydaw.'

Ystyriodd Isgoed yr enwau fesul un. 'Odron?'

'Dyna mae'n ddweud fan hyn. Odron, M.'

Crychodd talcen Isgoed. 'Odron, M. Diolch, Raam. Ti'n gwbod beth, mae'n bosib fod rhywbeth fan hyn wedi'r cwbwl. Allet ti wneud ffafr arall i fi a thecstio'r cyfeiriad llawn ata i, os gweli di'n dda?'

'Dim problem. Pob lwc, gyfaill.'

Aeth Isgoed yn ôl i'r gegin. O fewn hanner munud cyrhaeddodd y neges destun. Syllodd arni, ei wefusau'n symud.

'Ti'n ffansïo mynd ar wyliau i rywle poeth, Eli?' gofynnodd o'r diwedd.

'Ga i ddod hefyd?' gofynnodd Ceridwen.

'Na chei.'

'Lle oedd gen ti mewn golwg?' gofynnodd Eli'n ddidaro.

'Dyffryn Marne yn Ffrainc? Gwin a siampên. Cyfle i ni gael dianc am bach.'

Gwenodd Eli arno.

'Sôn am win, dwi bron marw o sychad,' meddai Ceridwen. Aeth ar ei chwrcwd a llusgo potel o win o'r rac, ac yna agor cwpwrdd a thynnu tri gwydr ohono.

'Pam lai?' meddai Eli. 'Os y'n ni'n dathlu ca'l mynd ar wylie.'

Ddwyawr yn ddiweddarach roedd y merched ar eu trydedd botel, ac Isgoed ar ei drydydd gwydryn, wedi methu yn llwyr â dal i fyny â nhw gyda'i fol yn gwlwm o nerfau. Roedd Ceridwen yn llowcio'r gwin yn llon ac yn mynd yn hapusach â phob llymaid, tra bod Eli fel petai'n ceisio dileu atgof y dyddiau diwethaf o'i chof. Roedd y ddwy ohonynt bellach yn hanner gorwedd ar y soffa yn y stafell fyw.

'Sai 'di ca'l sesh fel hyn ers oesoedd,' meddai Eli. 'Tro diwetha oedd priodas Eilir a Ceri. Ti'n cofio, Isgoed? Wnes i gwmpo...' Dechreuodd chwerthin yn afreolus, nes bod ei hwyneb yn goch. '...wnes i gwmpo wrth dreial twyrcio ar y *dancefloor*! Ac fe wnaeth fy ffrind Betsi dreial fy helpu, a chwmpo'n glatsh hefyd!'

Chwarddodd Ceridwen yn llawen. Roedd gwres y gwin fel petai'n ei gwneud yn fwy prydferth byth. Roedd ei chroen yn loyw a'i llygaid yn pefrio yn siriol. Ymestynnodd ei thafod ystwyth a llyfu diferyn o'r hylif coch oddi ar ei gwefus. Croesodd Isgoed ei goesau.

'Cofio finnau mewn gig un tro...' meddai Ceridwen. 'Dyma fi a fy ffrind yn penderfynu dringo i fyny o'r gynulleidfa i'r llwyfan.

A dyma ni'n mynd i fyny a phawb yn curo dwylo a ballu. Ond oeddan ni'n feddw gaib, a dyma fi'n syrthio reit i ganol y gynulleidfa! Diolch byth fod 'na bobol yna i fy nal i!' meddai. 'Deud y gwir roedd llwyth o hogiau yna, pob un yn ddigon hapus i gael ei fachau arna i! Ha ha ha.'

Chwarddodd Eli yn hir, ond yna suddodd ei gên i blygion ei chardigan.

'Ti'n iawn, Eli?' gofynnodd Isgoed.

'O… amser cysgu i fi, wy'n meddwl,' meddai. 'Wela i chi yn y bore.'

Arweiniodd Isgoed hi i fyny'r grisiau, gyda dargyfeiriad i'r bathrwm oherwydd ei bod hi'n meddwl ei bod ar fin bod yn sâl. Rhoddodd hi yn y gwely a rhoi cusan ar ei thalcen.

'Sori… sori,' meddai.

'Sdim isie ymddiheuro. Ti'n haeddu joio.'

Ni wyddai a oedd yn ei glywed ynteu a oedd hi eisoes yn cysgu.

Pan gamodd i mewn i'r ystafell fyw roedd Ceridwen eisoes yn hanner gorwedd ar y soffa, ei choesau ar led. Roedd un llaw yn chwarae â chwrlyn o'i gwallt melyn a'r llall yn mwytho ei chorff.

'Ty'd amdani, 'ta,' meddai.

Eisteddodd Isgoed gyferbyn â hi. 'Bydd rhaid i ti adael fory,' meddai'n bwyllog.

'Hmmm, ia?' Syrthiodd o'r soffa a mynd ar ei phengliniau ar y carped o'i flaen. 'Efallai y gallen i… newid dy feddwl di?' Cydiodd yn sip ei falog.

Symudodd Isgoed ei llaw o'r neilltu. 'Beth ddigwyddodd i Arawn?'

'Dwi wedi deud wrthat ti,' meddai â gwen.

'Dim ond ei fod wedi marw. Lle oeddet ti? Lle oedd Mallt y Nos?'

'O'n i allan yn gweithio. Welodd Mallt ddim byd o bwys. Fyddai'r Saith wedi gallu mynd â'i llygaid hi, a fyddai hi ddim callach. *C'mon*, mae dy wraig yn cysgu fyny grisiau.' Agorodd ei llygaid led y pen. 'Hei, oes gen ti siwt plisman yn y tŷ? A *truncheon*? Byddai hynna'n *really kinky*.'

'Mae Iarlles y Ffynnon wedi cael ei lladd hefyd.'

'Ia, wel, mae'r Saith yn *pissed off* bod rhywun 'di mynd â Bendigeidfran.'

'Dim y Saith laddodd hi. Doedd gan yr Iarlles ddim byd i'w wneud â'r peth. Ti 'di clywed unrhyw beth?'

'Dwi'n gwbod dim, Teyrnon.' Gwgodd Ceridwen. 'A dydi'r holl siarad 'ma am gyrff marw ddim yn secsi o gwbwl. Gad i fi sugno dy goc, wir dduw. Gei di neud be bynnag t'isio efo fi wedyn. Dîl?'

Siglodd Isgoed ei ben. 'Dwi ddim eisie ti mewn unrhyw ffordd, Ceridwen. Mae gen i Eli.'

Cydiodd Ceridwen ynddo a theimlo ei galedrwydd drwy ei drowsus. Gwenodd. 'Mae hwn yn deud stori wahanol! Mae hi fel derwen gadarn. Dydi hyd yn oed Cernunnos ddim mor horni â ti, ac mae ganddo fo gyrn go iawn.'

Cododd Isgoed ar ei draed a symud at y drws. Roedd yn amlwg nad oedd hi'n gwybod dim am y Pair Dadeni na Iarlles y Ffynnon chwaith. Ac roedd yn dechrau ystyried a oedd yn werth ei chadw o dan ei do o gwbwl os mai fel hyn roedd pethau i fod.

Yn y cyfamser roedd hi wedi datod ei chorsed a gadael i'w bronnau lifo allan. 'Isgoed, mae pob dyn isio fi,' meddai Ceridwen. 'Nid y dynion meidrol yn unig. Dw i'n dduwies. Wyt ti erioed wedi ffwcio duwies o'r blaen?'

'Does gen ti ddim byd newydd i'w gynnig i fi. Wy wedi cael digon o ffwco.' Ceisiodd beidio ag edrych arni. '*Steady-as-she-goes* i mi nawr.'

'Be 'di pwynt cariad? Dim ond gwywo mae cariad. Ond pleser…' Cydiodd ynddo o'r tu ôl, a mwytho'i wddf â'i gwefusau. 'Dylai shag da fod yn rhan o bob dydd, fel brecwast a swpar. Pam lai? Fe allet ti 'nghael i faint fynni di. Wna i aros fan hyn efo ti am byth rhag y Saith, yn saff yn dy ddwylo cyhyrog di… Arglwydd Gwent, a'r dduwies Ceridwen, yn gariadon o'r diwadd. Fe alla i roi plant i ti. Dim o'r busnes maethu 'ma, fel y gwnest ti efo Pryderi.' Trodd i'w hwynebu. Gallai deimlo ei thethau yn galed ar ei groen. 'Mae'r Eli 'na mor oer â physgodyn sy 'di bod yn y *deep freeze* ers pythefnos. Fe fyddwn i'n trio ei dadmer hi fy hun, ond efallai ei bod hi'n her y tu hwnt i allu duwies, hyd yn oed.'

'Dw i'n caru Eli,' ebychodd Isgoed. 'Nos da, Ceridwen.'

Gollyngodd ef. 'Iawn,' meddai. Camodd at y grisiau a'i gwthio ei hun yn erbyn y canllaw. 'Os wyt ti'n ailfeddwl, ti'n gwbod lle i ddod o hyd i fi. Fyddi di'n methu cysgu, achos bydd dy goc yn galed ac yn pwyntio tuag ata i fel cwmpawd. Ond falle wna i adael i ti ddiodde am heno, fel bod pethau hyd yn oed yn well nos fory...'

'Nos da, Ceridwen.'

'Nos da, *lover*.'

Diflannodd i fyny'r grisiau, gan siglo ei phen ôl fel pendil cloc.

Gorweddodd Isgoed ar y soffa wag a'i diawlio hi. Roedd rhyw hud yn perthyn i'r ferch yna. Rhyw hud oedd yn perthyn i bob merch i ryw raddau neu'i gilydd. Ond beth bynnag ydoedd, roedd gan Ceridwen gyflenwad diderfyn ohono. Hi oedd llygad y ffynnon. Roedd hi'n gyffur, cyffur yr oedd Isgoed yn gwybod ei fod yn ddrwg iddo, ac un na fyddai'n gallu rhoi'r gorau iddo unwaith y byddai'n dechrau arno. Dyna sut yr oedd hi'n cael ei haddoli. Ei ddymuniadau rhywiol fyddai ei gweddïau a'i riddfan fyddai ei hemynau. Fe fyddai yn ei ddefnyddio nes bod dim ohono ar ôl, yn feddyliol nac yn gorfforol, ac yna'n troi ei chefn arno am rywun arall.

Roedd wedi bod yn troi a throsi ar y soffa am chwarter awr dda yn ceisio peidio â meddwl amdani pan glywodd sŵn i fyny'r grisiau. Sŵn griddfan isel. Doedd bosib? Neidiodd ar ei draed a chripian i fyny'r grisiau, nes dod at ei ystafell wely ef ac Eli. Agorodd y drws.

Roedd Eli yn parhau i orwedd ar y gwely, yn ei dillad, ond roedd llaw Ceridwen hanner ffordd i lawr ei throwsus. Roedd hithau wedi tynnu ei thop ac yn syllu i lygaid agored Eli, ei hwyneb yn bictiwr o bleser. Trodd ei phen i edrych arno.

'Be sy, Isgoed? Dwi wedi ei chynhesu hi i ti. Tydi hi ddim cymaint o hen bysgodyn rhewllyd ag oeddwn i'n ofni...'

Croesodd Isgoed at y gwely a thynnu Ceridwen i ffwrdd gerfydd ei braich. Roedd hi'n wên o glust i glust.

'Allan,' meddai Isgoed.

'Dwyt ti ddim yn mynd i fy nhaflu i allan ar y stryd, i'r Saith fy nghael i? Rhaid i ni dduwiau sticio efo'n gilydd. Dim ond defnyddio un bys bach wnes i! *C'mon*, allet ti joinio ni! Fydd o ddim yn cheatio wedyn. Yli, mae hi isio fo cymaint â fi a ti.'

'Allan!' bloeddiodd Isgoed.

Arweiniodd hi i lawr y grisiau at y drws a'i agor.

'Isgoed!' sgrechiodd. 'Fe wna i unrhyw beth! Unrhyw beth! Plis! Fe wnân nhw fy ninistrio i! Dinistrio fy nghroen perffaith! Ei blicio i ffwrdd, plis... Fydda i'n dda i ddim i neb...'

Gwthiodd hi drwy'r agoriad.

'Cer i ffwco,' meddai. Caeodd y drws ac yna ei agor drachefn. 'Rowndabowt ar dop Stryd Biwt yw'r lle amlyca.'

Caeodd y drws â chlec derfynol. Roedd hi wedi cael ei chyfle, ond wedi ei daflu'n ôl yn ei wyneb. Fe fyddai'n rhaid iddi fentro'i lwc yng nghwmni un o'r duwiau eraill, neu'r Saith.

Aeth yn ôl i fyny'r grisiau. Eisteddai Eli i fyny ar y gwely. Roedd hi'n dal yn llwyd, ond roedd rhywfaint o'r lliw wedi dychwelyd i'w gruddiau.

'Isgoed, ma'n flin 'da fi... o'n i ddim yn gwbod beth oedd yn digwydd. Un funud o'n i'n cysgu, y nesa...'

'Paid â phoeni,' meddai. 'Wy'n deall... Y bitsh 'na.' Mwythodd ei phen.

'Aros gyda fi heno, 'nei di?' gofynnodd, a'i gofleidio.

Tua ugain munud yn ddiweddarach, wrth iddo ddechrau pendwmpian gydag Eli yn ei freichiau, clywodd wich bell allan yn y ddinas, fel llygoden oedd wedi cwrdd â thrap. Ni wyddai Isgoed ai plant yn chwarae ydoedd, ynteu merch anhysbys wedi cael braw.

Ond roedd pwll o euogrwydd yn cronni ynddo. Efallai fod Ceridwen wedi cwrdd â'r Saith.

Cydiodd yn dynnach yng nghorff cynnes Eli a thynnu'r blanced dros eu pennau.

Joni

Gwisgai'r lleuad lawn wên gam. Syllodd Joni i fyny arni o sedd y teithiwr, gan ddisgwyl i'w fam ddychwelyd o Spar Llandysul gyda chwpwl o ganiau cwrw a photel o win. Er ei bod hi'n nos roedd hi wedi bod yn ddiwrnod poeth ac roedd y gwres yn dal i lenwi'r car fel mygdarth. Edrychodd i fyny ac i lawr y Stryd Fawr, ond heblaw am un unigolyn ychydig yn simsan ar ei draed yn gadael bwyty Tsieineaidd Dan 'i Sang â bag llawn bocsys bwyd dan ei gesail, ni allai weld yr un enaid byw.

Fyddai fawr o barti yng nghwmni ei dad a'i fam i ddathlu diwedd ei arholiadau. Roedd yn talu'r pris bellach am ei fethiant i wneud ffrindiau da yn ystod ei gyfnod yn yr ysgol uwchradd. Tra oedd bechgyn a merched eraill yr un oed ag ef allan yn meddwi'n wyllt yng Nghaerfyrddin neu Gastellnewydd Emlyn, diweddglo di-ffrwt fyddai i'w ddyddiau ysgol ef. Ei unig bleser oedd teimlo ei ymennydd yn gollwng gafael ar yr holl ffeithiau dibwynt oedd wedi ymgasglu yno dros yr wythnosau diwethaf, fel balŵn yn colli gwynt.

Yr arholiad cyntaf, yr un daearyddiaeth, fu'r anoddaf. Roedd wedi fferru. Dawnsiai geiriau fel 'cyfathrebiadau' a 'chymeriant' o flaen ei lygaid, ac ni allai wneud pen na chynffon o gwestiwn am gyflenwadau dŵr ym Molifia. Ticiai'r cloc yn rhy swnllyd ym mhen draw'r ystafell wrth i'r eiliadau lifo heibio. Yn waeth byth, roedd y disgyblion eraill o'i amgylch yn ysgrifennu fel lladd nadroedd.

Roedd wedi agor ei lyfryn A4 a syllu arno'n fud. Tudalen wag. Dyna ni – cadarnhad ar bapur o'i gyflawniadau mewn bywyd.

Bu ar fin rhoi'r ffidil yn y to, ond yna trodd ei olygon at y sedd wag drws nesaf i'w un ef lle y byddai Iaco wedi eistedd. Meddiannodd fymryn arno'i hun. Pa hawl oedd ganddo ef i beidio â gwneud y gorau o'r cyfleoedd na chafodd Iaco? Felly penderfynodd ysgrifennu rhywbeth. Trio. Ni wyddai a oedd hynny'n ddigon ai peidio.

Roedd yr arholiad am y Natsïaid yr wythnos ganlynol ychydig yn haws. Roeddynt wedi eu hastudio yn y fath fanylder dros y blynyddoedd fel y gwyddai fwy am gyfnod Hitler wrth y llyw nag am hanes ei genedl ei hun.

Gwibiodd siâp tywyll ar draws wyneb y lleuad. Deffrôdd Joni o'i freuddwydio. Edrychodd o'i amgylch, i fyny ac i lawr y stryd. Teimlodd ias yn cerdded drosto o'i ben i wadnau ei draed.

Agorodd ddrws y car a chamu allan.

Unig fantais yr arholiadau oedd iddynt fod yn gyfle iddo anghofio am ei daith i Lundain, am y Saith, Bendigeidfran a'r Pair Dadeni. Roedd am ddileu'r cyfan o'i feddwl, fel trawma, a pharhau fel pe na bai wedi digwydd o gwbwl. Ond nawr gallai deimlo'r hen arswyd hwnnw a deimlai yn y tŵr, ac ar y trên, yn dychwelyd. Y teimlad bod rhywbeth yn ei wylio. Y teimlad hwnnw bod y byd yr oedd yn gyfarwydd ag ef yn toddi ymaith o'i amgylch a bod rhywbeth annaearol ar gerdded…

Dychmygai'r Saith yn hwylio amdano, mor ddistaw ag ystlumod yn ehedeg drwy'r goedwig.

'Mam!' gwaeddodd wrth ei gweld hi'n camu allan o Spar hanner ffordd i lawr y stryd. 'Dere glou.'

'Wy'n dod,' galwodd. 'O'n i ddim yn siŵr beth o't ti moyn, coch neu wyn, wedyn wy 'di dod â'r ddou.'

'Dere 'nôl i'r car. Ma 'na…'

Rhewodd yn yr unfan wrth glywed crawc aderyn uwch ei ben. Gallai weld ei amlinell ddu yn eistedd ar wifren teliffon a oedd yn crogi uwchlaw y stryd. Edrychai i lawr arno a'i llygaid dol yn sgleinio yng ngoleuni'r lampau.

Aeth Joni draw i sedd y gyrrwr. Roedd ei fam wedi gadael y goriad yn y blwch menig. Taniodd y car, gollwng y brêc llaw a gwasgu i lawr ar y sbardun. Bownsiodd y car i lawr y lôn fel cangarŵ nes cyrraedd lle'r oedd ei fam yn sefyll.

'Beth ddiawl ti'n neud?' gofynnodd hi'n syn.

'Dere mewn, nawr.'

Fe aeth hi'n ufudd i sedd y teithiwr, wedi ei dychryn gan y cadernid yn ei lais. Gollyngodd Joni ei droed drachefn cyn iddi gael cyfle i wisgo'i gwregys.

'Joni, smo'r platiau dysgwr ar y car!' meddai wrth iddynt wibio ymaith i lawr prif stryd Llandysul.

Edrychodd Joni yn y drych i weld a oedd yr aderyn yn ei ddilyn. Ni allai weld dim ond cymylau llwyd yn lledu ar draws yr awyr fel lludw.

Efallai ei fod wedi gorymateb, ac mai dim ond hen frân gyffredin ydoedd.

'Beth sy'n bod?'

'Dim byd… dim ond meddwl 'mod i wedi gweld y bois rygbi. O'n i'n geso y bydden nhw'n creu trwbwl pe baen nhw'n fy ngweld i.'

Gwyddai y byddai'r esgus yna'n gwneud y tro i'w fam. Roedd hi'n parhau i ddrwgdybio'r criw ers achos Sioned Spar.

'Gobeithio bod neb yn dy fwlio di'n yr ysgol, Joni.'

'Nag oes, Mam. A wy wedi gorffen ysgol nawr ta beth, on'd odw i? Wy'n mynd i archaeolega 'da Dad.'

℧

Doedd dim dathliad y noson honno. Wedi i Joni adrodd yr hanes, fe aeth ei dad yn syth i ddweud wrth Sheila y bydden nhw'n gadael y bore wedyn.

'Oes angen mynd ar gyment o frys?' gofynnodd hi. Gallai Joni weld y siom yn ei llygaid. 'O'n i'n disgwyl i chi aros am wythnos eto o leia… Faint fyddwch chi bant?'

'Os ydi Joni am fynd efo fi 'nôl i'r Aifft mae angen ei roi o ar ben ffordd.' Stwffiodd ei dad ei babell i'w fag cefn. 'Ti am iddo fo fod yn saff, yn dwyt?'

'Wel, odw, wrth gwrs. Ond peth cynta bore fory…'

'Mae angen iddo ddysgu sut i oroesi yn yr awyr agored.' Gwenodd a gosod llaw gysurlon ar ei braich. 'Heb ei fam yn coginio iddo ac yn golchi ei ddillad.'

'A beth wedyn?'

Bu'r cwestiwn yn hofran yn yr awyr rhyngddynt am ychydig eiliadau. Edrychodd Joni a'i dad ar ei gilydd.

'Mae gen i fy ngwaith i fynd yn ôl ato,' meddai ei dad o'r diwedd. 'Ddeith Joni hefyd os yw'n cael blas arni.' Ysgydwodd ei ben. 'Mae'n ddrwg gen i, Sheila. Mi fyddai Joni wedi mynd i'r brifysgol cyn bo hir beth bynnag.'

Safodd ei fam yno a'i hwyneb yn goch, yn nodio iddi ei hun.

'Mae'n bryd i Joni fynd i'w wely,' meddai ei dad wedyn. 'Mae siwrnai hir o'n blaenau. Bydd hi'n dipyn o antur, yn bydd hi, Joni?'

Gwenodd yntau ar ei dad, wrth i hwnnw gydio yn ei ysgwydd yn y modd mwyaf tadol posib – y ddau yn gobeithio y byddai hynny yn cynnig rhywfaint o gysur i'w fam druan. Ciliodd hi o'u golwg wedyn, i mewn i'r gegin. Clywodd Joni'r tegell yn berwi, ond ni chlywodd hi'n codi i estyn mŵg. Roedd yr holl sirioldeb a fu ynddi dros yr wythnosau diwethaf wedi diflannu.

Aeth Joni i fyny i'w ystafell, ond ni allai gysgu. Dim ond syllu i fyny ar y ffenestr uwch ei ben, gan ofni gweld wyneb un o'r Saith yn gwgu i lawr arno, neu waeth. Roedd yr awyr tu allan i'r ffenestr yn las golau gan leufer y lloer. Pendwmpiodd am ryw hanner awr, ond yna neidiodd o'i wely, gan glywed lleisiau. Meddyliai am funud eu bod nhw'n dod o'r tu allan. Ond yna daeth yn ymwybodol mai lleisiau ei rieni oeddynt, yn sgwrsio oddi tano. Rhoddodd ei glust ar lawr.

'Alla i ei odde e'n mynd a dod, fel o'n i'n gallu dy odde di'n mynd a dod. Ond alla i ddim godde ei golli fe, Bleddyn.'

'Am unwaith dw i'n mynd i fod yn treulio amsar efo fo. A rŵan ti'n siarad fel petawn i'n ei gymryd o oddi arnat ti.'

'O'n i moyn i ti ei roi e o fla'n dy waith, nage treial ei neud e'n rhan o dy waith.'

Bu tawelwch am ychydig wedyn. O'r diwedd dywedodd ei dad: ''Na i'n siŵr ei fod o'n ffonio ac e-bostio bob dydd…'

'Fel nest ti addo y byset ti'n neud?' Bu saib. Gallai glywed y teimlad yn llais ei fam. 'Fe ddiflannest ti, a hynny ar yr adeg fwya poenus bosib. Fe golles i un mab. Ac wedyn fe golles i ti. Y cyfan wy'n gofyn yw bo ti ddim yn ei ddwyn e oddi arna i 'fyd.'

Ar ôl ychydig funudau daeth yn amlwg na fyddai'r un o'r ddau yn dweud rhagor. Chwarter awr wedyn clywodd ei dad yn paratoi ei wely gwynt. Ond ni allai Joni gysgu drachefn. Awr yn ddiweddarach nid oedd wedi clywed ei fam yn mynd i'w gwely. Agorodd ei drapddor yn araf bach a sleifio i lawr y grisiau. Gallai glywed ei dad yn chwyrnu o ble y gorweddai ynghanol yr ystafell fyw. Aeth i mewn i'r gegin.

Eisteddai ei fam wrth y bwrdd a'i chefn tuag ato. Gwelodd ei bod hi wedi agor y Rioja a brynodd ar gyfer y parti a bod y botel bellach yn dri chwarter gwag. Roedd hyn yn peri gofid iddo, gan fod ffyrc yn gallu dal eu diod yn well na'i fam.

'Mam?'

Neidiodd hithau, gan wthio ei chadair ar hyd y llawr teils gyda gwich.

'O Joni, ti sy 'na. Meddwl o'n i…'

'Ti'n iawn?'

Edrychodd yn ddwys i waelod ei gwydryn, a siglo ei phen.

Ni wyddai Joni beth i'w ddweud wrthi. Roedd yna rywbeth anochel am y cyfan a oedd yn rhwystredig iawn iddo. Roedd wedi gwylio'r garwriaeth rhwng ei dad a'i fam yn araf ailgynnau ers pythefnos bellach. Doedd e heb fynd â hi mas am fwyd na dim byd felly. Doedden nhw heb fynd i'r sinema. Doedden nhw ddim hyd yn oed wedi cusanu. Wel, hyd y gwyddai ef. Ond roedd cael ei dad yno yn rhan o'r cartref wedi newid pethau'n sylfaenol. Roedd darn olaf y jig-so wedi llithro i'w le. Cydbwysedd wedi dychwelyd. Roedd yna normalrwydd, lle na wyddai Joni ynghynt bod abnormalrwydd. *Felly dyma sut mae teulu i fod.*

Roedd ei fam wedi codi'i gobeithion. Fel y gwyddai Joni y byddai'n ei wneud. Ac roedd ei dad wedi dryllio'r gobeithion hynny. Eto, fel y gwyddai Joni y byddai.

'Sori, Mam,' meddai, gan ddringo i ben stôl. 'Dim ond moyn beth sy orau i fi ma Dad.'

'Y broblem gyda dy dad,' meddai ei fam wrth dywallt yr olaf o'r Rioja i'w gwydryn, 'yw smo fe'n gweld hyn,' ystumiodd yn amwys o'i chwmpas. 'So fe'n gweld pobol, a phethe. Ma fe'n gweld cenhedloedd. Ma fe'n gweld teyrnasoedd yn codi ac yn cwmpo. Y'n ni lawr fan hyn yn ddim ond pethe bach, bach, bach…' Daliodd flaenau ei bysedd at ei gilydd.

'Morgrug?' awgrymodd Joni.

'Ie,' cytunodd. 'Ma fe'n gweld ambell un yn fwy na'i gily'. Y rhai hanesyddol. A dyna ble ma fe moyn bod. So fe moyn bod lawr fan hyn yn y baw 'da ni forg…' Daeth igian o rywle. 'Ni forg-hic-ins.'

'Credu 'se well i ti fynd i'r gwely, Mam,' meddai Joni'n dyner.

'Sai 'di gorffen 'y ngwin 'to.'

'Wna i ei roi yn y ffrij i ti.'

Nodiodd ei fam ei phen a chodi o'i sedd. Ond gwelodd Joni ei bod hi braidd yn ansicr ar ei thraed, felly sadiodd hi ar ei ysgwydd a'i llywio hi i gyfeiriad ei gwely. Gorweddodd hi i lawr.

'Nos da, Mam.'

Amneidiodd hi ar Joni i agosáu.

'Dyw bod yn ŵr ac yn dad ddim yn ddigon iddo fe. Paid â gadael iddo fe neud i ti feddwl fel arall. Paid â bod yn ffŵl fel fi.' Trodd ei hwyneb oddi wrtho.

Diffoddodd Joni y golau a gadael yr ystafell wely. Aeth i'r gegin a thywallt gweddill y gwin coch i'r sinc. Yna aeth yn ôl i'w wely, ac ystyried a fyddai'n gallu cysgu. Tua dau o'r gloch y bore llwyddodd o'r diwedd.

Aflonyddwyd ei freuddwydion gan sŵn curo parhaus ar ffenestr y llofft, a dychmygodd fod cannoedd o bigau yn taro'n ddiddiwedd yn erbyn y gwydr, gan fygwth ei ddryllio'n ddarnau mân. Ond pan ddeffrôdd o'r diwedd, a hithau tua phump y bore, gwelodd mai sŵn glaw trwm ar y ffenestr oedd yn gyfrifol. Ni chysgodd wedyn nes iddo glywed sŵn rhywun yn symud yn y lolfa oddi tano, a dringodd i lawr yr ysgol i gyfarch ei fam, a oedd yn dal yn eithaf bregus yr olwg. Roedd hi wedi paratoi brecwast o wy wedi'i ffrio, ffa pob, sosej, bacwn a phwdin gwaed ar ei gyfer ef a'i dad.

'O'n i ddim moyn i chi ddiflannu hcb weud da bo,' meddai wrth iddo eistedd. Roedd ei llygaid yn goch.

Daeth ei dad i mewn wedyn, wedi mynd i nôl Pero o'r cwb a grëwyd iddo yn y sied tu allan. Bwytaon nhw eu brecwast mewn distawrwydd.

Ddwyawr yn ddiweddarach, a'u boliau'n llawn, roedd Joni a'i dad yn barod i adael, eu bagiau'n drwm ond eu hwyliau'n drymach. Safai ei fam wrth y drws, ei cheg yn llinell ddifrifol a chysgod unigrwydd eisoes yn tywyllu'i hwyneb.

'Fe wela i ti cyn bo hir, Mam,' meddai Joni. Edrychai hithau mor druenus yn sefyll yno fel y penderfynodd wneud rhywbeth na wnaethai ers blynyddoedd a rhoi cwtsh iddi. Syrthiodd hi i mewn i'w goflaid fel doli lipa. Nodiodd ei dad arni, a throi am yr hewl.

Roedd hi'n dal i sefyll wrth y drws yn eu gwylio nhw'n mynd pan ddiflannon nhw o amgylch y tro a chychwyn i fyny'r lôn serth i Drebedw. Roedd hi'n fore glawog ac afon Teifi'n llithro'n chwim fel eog dan bont Henllan. Ar ôl eu profiad gyda'r car wrth deithio o'r Cymoedd, a chyda Cenarth ychydig filltiroedd yn unig i ffwrdd, penderfynwyd mai mynd ar droed fyddai saffaf. Cerddodd y ddau mewn tawelwch, gan gnoi ar eu meddyliau unigol. Dim ond Pero a gadwai sŵn – erbyn iddyn nhw groesi'r bont dros afon Teifi yn Henllan roedd wedi dechrau cwynfan yn isel.

'Mae'n rhaid ei fod e bytu sythu,' meddai Joni, gan rwbio'r diferion glaw a ddisgleiriai ar flew byr y ci ymaith â'i law.

'Wel, be allwn ni neud,' gofynnodd ei dad yn ddiamynedd, 'rhoi côt arno fo?'

Nid atebodd Joni. Erbyn hyn roedd y diferion yn chwythu bron â bod yn llorweddol i'w wyneb, ac yn llosgi ei lygaid.

Gwelodd ambell adeilad yn y pellter.

'Castellnewy'?' gofynnodd yn obeithiol.

'Pentrecagal yw hwnna. Ti wedi byw yma am ddwy flynedd ar bymtheg, Joni. Ti ddim yn sylwi ar beth sy'n mynd heibio dy ffenast di?'

'Ha – mae'n enw eitha ffyni, on'd yw e?' meddai Joni, wrth iddyn nhw gyrraedd yr arwydd. Edrychodd ei dad arno'n ddiddeall. 'S'mots.'

Roedd newid yn sŵn y gwynt wrth iddyn nhw gyrraedd Castellnewydd Emlyn, ac er ei bod hi'n parhau i fwrw glaw yn ysbeidiol roedd llygedyn o las i'w weld ymysg y cymylau ar y gorwel. Teimlodd Joni eiliad neu ddwy o wres ar ei groen wrth i'r haul ddod i'r golwg, digon i'w atgoffa ei bod hi bron yn haf, wedi'r cwbwl. Ond roedd y glaw yn dyrnu i lawr arnynt cyn waethed ag erioed.

'Wy'n cofio mynd i Genarth pan o'n i'n grwt, twlu cerrig yn yr afon 'da Mam,' meddai o'r diwedd.

Edrychodd ei dad fel petai wedi ei frifo. 'Efo fi oeddat ti'n gneud hynny!'

'Ife?'

'Ia. Doedd dy fam ddim yn dy adael di ar gyfyl yr afon, dim ar ôl beth ddigwyddodd i dy frawd.' Edrychodd arno braidd yn gyhuddgar. 'Mae fel tasat ti wedi fy nileu i o dy blentyndod yn llwyr.'

Roedd Joni ar fin ateb bod ei dad wedi dewis ei ddileu ei hun, ond brathodd ei dafod.

'Ti'n cofio mynd i Ffair Llandysul, a cholli dy flanced arbennig?' gofynnodd ei dad wedyn. 'A wedyn dyma ni'n dod o hyd iddi yn cael ei chynnig yn wobr ar y stondin tombola?'

'Na.'

'A fi'n mynd â ti i'r Eisteddfod yng Nghasnewydd, a gorfod mynd adra yn syth ar ôl i ti ddisgyn ar dy wynab i bwll o faw a finna wedi anghofio ail set o ddillad?'

Cododd Joni ei war.

'Roeddat ti'n bedair oed ar y pryd!'

'Wyt ti'n cofio bod yn bedair o'd?'

'Na, ond ti llawer iau.'

Bu rhywfaint o atal ar y glaw, ond bob hyn a hyn fe syrthiai diferion trwchus a oedd yn ffurfio'n llynnoedd ym mynwesau'r dail uwch eu pennau.

'Darllenais i erthygl yn y *New Scientist* unwaith,' meddai Joni o'r diwedd. 'Sneb yn cofio eu plentyndod mewn gwirionedd. Ni'n clywed beth mae'n rhieni'n 'i ddweud amdanon ni ac yn *meddwl* ein bod ni'n cofio'r pethe hynny hefyd.'

'Annwl.'

'Fe ofynnon nhw i efeilliaid am eu hatgofion plentyndod. Ond do'dd yr atgofion ddim 'run peth o gwbwl, hyd yn oed pan o'dd y ddau wedi ca'l yn gwmws yr un profiad.' Tynnodd Joni ei fag yn dynnach ar ei gefn. ''Na shwt ma'r cof yn gweithio. Do's neb yn cofio'r digwyddiadau gwreiddiol, ni'n newid ein hatgofion i siwtio'n hunen.'

'Fel adrodd chwedla.'

'Ie.'

Roedd golwg synfyfyriol ar wyneb ei dad. 'Ond be 'di'r gwirionedd wedyn? Be ddigwyddodd, neu be sy'n cael ei gofio?'

Ond roedd meddwl Joni eisoes wedi ei lusgo i orbid gwahanol, sef yr hyn a ddywedodd ei dad am fynd ag ef i Genarth ychydig funudau ynghynt.

'Beth o't ti'n ei olygu gynne, am Dyfrig?' gofynnodd. 'Bo Mam ddim isie fi'n chwarae wrth yr afon?'

Bu saib.

'Dydi dy fam heb ddeud wrthat ti?' gofynnodd ei dad yn floesg. Clodd ei lygaid am rai Joni, a fflachiai poen fel cyllell ynddynt.

'Na,' meddai Joni mewn dychryn. Difarodd ddweud dim. Nid oedd wedi bwriadu achosi loes i'w dad.

Bu ei dad yn dawel am funud, a gobeithiai Joni ei fod am ollwng y pwnc. Cofiodd yn ôl i'r tro diwethaf iddo godi pwnc o bwys gyda'i dad, wrth iddynt gerdded yn y Cymoedd. Roedd pethau wedi mynd yn flêr yn gyflym iawn.

'Dim ond wedi picio allan o'r tŷ am funud o'n i, i roi rhwbath yn y car,' meddai ei dad o'r diwedd. Crychodd ei drwyn. 'Gadewais i o'n chwarae yn y stafell fyw, efo'i set trenau pren, fel y byddai…'

'Dad, sdim rhaid i ti…'

Ond bwriodd ei dad ymlaen. Roedd fel ceisio stopio trên stêm a oedd eisoes wedi tynnu allan o'r stesion. 'Dim byd gwahanol i'r arfer. Roedd dy fam yn y gegin gerllaw.' Gwgodd. 'Rhaid 'mod i 'di gadael y drws cefn ar agor, neu heb ei gloi yn iawn, neu…' Edrychodd i lawr ar y tarmac du dan ei draed. 'Dwi wedi troi a throsi'r peth yn fy meddwl, dwi ddim yn siŵr iawn erbyn hyn be dw i'n gofio a be dw i'n ddychmygu… Beth bynnag, pan gyrhaeddais i 'nôl roedd o wedi mynd. Wedi rhedag i lawr y llwybr bach yn yr ardd gefn…'

Gorffennodd Joni ei frawddeg drosto. 'A mynd i'r afon.'

Nodiodd ei dad ei ben. 'Tair oed oedd o. A dwi'n gorwadd yn effro weithia yn meddwl, sut fyddai bywyd pe bai o ddim wedi digwydd…' Roedd ei lygaid yn bell. 'Dwi'm hyd yn oed yn gallu bod yn hapus heb… heb deimlo'n euog.'

'Mae'n ddrwg gen i, Dad.'

Gwenodd yn drist. 'Chwarae teg i dy fam, os oedd hi'n fy meio i, nath hi'm deud. Mi dreuliodd hi lot gormod o amsar yn fy nghysuro i pan ddylai hi fod yn galaru. A phan gest ti dy eni, mi edrychais i arnat ti yn ei chôl, a gweld…' Tagodd ar ei eiriau ei hun.

'Beth, Dad?'

Clodd ei lygaid am ei rai ef drachefn. 'Mi welais i Dyfrig.' Stopiodd yn stond. 'Ac mae'n teimlo fel peth hollol wirion i'w ddeud, ond o'n i'n teimlo y byddwn i'n bradychu Dyfrig, a'i fywyd yn golygu dim, pe bawn i'n symud ymlaen, a derbyn… copi ohono.' Ysgydwodd ei ben. 'Doedd dy fam ddim yn dallt, pam 'mod i ofn… ofn caru eto…'

Sychodd ei dad ei lygaid â'i lewys, ond y cyfan a gyflawnwyd oedd taenu rhagor o wlybaniaeth dros ei wyneb.

'Sori,' meddai, a'i wefus yn crynu. 'Mae'n anodd, ar ôl cadw teimladau dan glo mor hir… Hei, ti'm yn crio, nag wyt? Do'n i'm isio dy ypsetio di.'

Er cywilydd iddo'i hun, roedd rhaid i Joni gyfaddef nad diferion o law oedd yr unig rai oedd yn rhedeg i lawr ei ruddiau yntau bellach. Roedd wedi ofni y byddai hyn yn digwydd. Ni oedd ei greithiau emosiynol ef wedi gwella eto, ac o'u procio byddai pob math o deimladau amrwd yn llifo ohonynt fel crawn.

Rhoddodd ei dad law gysurlon ar ei ysgwydd.

'Hei, paid poeni, Joni. Dim dy fai di oedd o chwaith.'

'O'n i'n caru Iaco, ac o'dd e'n 'y ngharu i, ond wnes i fygwth gweud wrth bawb a… a…' Cymerodd ychydig eiliadau iddo adfer rheolaeth ar ei lais ei hun. 'O'n i angen e… Ma'n ddrwg 'da fi…'

Ysgydwodd ei dad ei ben yn ddiddeall.

Esboniodd Joni y cyfan wrtho. Yr holl flynyddoedd o dryblith, y bwlio, y berthynas â Iaco. Sioned Spar. Ei ymadawiad disymwth o'r capel. Rhyddhau'r pistyll o emosiynau cymysglyd a oedd wedi ffrwtian y tu mewn iddo gyhyd.

Gwrandawodd ei dad yn astud. Rhwbiodd cefn ei fab yn lletchwith.

Hyd yn oed wrth i'r hunan isymwybodol, y Joni emosiynol hwnnw, ddod i'r golwg, gallai'r Joni arall sefyll i'r naill ochr a gwylio'r peth yn digwydd. A meddwl pa mor absŵrd oedd y cyfan, y ddau ohonynt yn eu dagrau ar ymyl ffordd yn y glaw.

O'r diwedd dywedodd ei dad: 'Dwi'm yn malio tatan dy fod ti'n… hoyw, wrth gwrs, a fydd dy fam di ddim chwaith. Ro'n ni'n dau…' Mwmialodd yn aneglur. 'Ond dwi ddim yn dallt pam na ddudust ti'r hanas am Iaco o'r blaen. Dim dy fai di oedd o. Dim ti daflodd o i afon Teifi. Does gen ti'm rheswm i deimlo cywilydd.'

'Ddylen i fod 'di cau 'ngheg…'

'Yli, Joni. 'Dan ni i gyd yn gneud pethau 'dan ni'n eu difaru mewn bywyd. Efallai y dylat ti fod wedi deud wrth yr heddlu, a theulu Iaco. Roedd ganddyn nhw hawl i wbod. Ond fel arall, wnest ti'm byd o'i le.'

'O'n i moyn i'w rieni gofio Iaco fel o'dd e,' snwffiodd Joni. Cododd ei ysgwyddau, a gadael i'r dagrau olaf syrthio heb eu sychu i lawr ei ruddiau. 'O'n i ddim moyn bradychu ei gyfrinach e. 'Na'r unig beth o'n i'n gallu neud drosto fe. Yr unig beth.'

Gwenodd ei dad arno, fel pe bai'n deall y cwbl. Ac yna fe ddechreuon nhw gerdded eto, y glaw yn dawnsio fel gwydr o amgylch eu traed. Am unwaith roedd Joni'n falch bod taith gyhyd o'u blaenau, fel na fyddai angen torri gair eto am sbel. Dim ond cerdded. Ac wrth i'r dagrau sychu, teimlodd Joni fel pe bai pwysau mawr wedi eu codi o'i ysgwyddau. Roedd wedi cario'r pwysau hynny gyhyd, fel nad oedd wedi sylweddoli cymaint yr oedd y cyfan yn ei wasgu i lawr.

O'r diwedd daeth arwydd Cenarth i'r golwg wrth iddynt droi'r gornel. Gallai Joni weld y caffi te a chacs ar y gornel, a'r bont garreg oedd yn croesi ceunant afon Teifi. Roedd yr afon lwydlas yn llifo'n fwrlwm o ewyn gwyllt i lawr i'r creigiau ger y bont, ac roedd wedi llyncu'r tir isel ar ochr ddeheuol yr afon. Â'r bag yn ei law, aeth Joni a'i dad i mewn i'r caffi er mwyn cael sychu rhywfaint. Roedd merch ysgol y tu ôl i'r cownter ac roedd Joni'n meddwl ei fod yn ei nabod hi o un o'i nosweithiau mas yng Nghastellnewydd Emlyn. Edrychai'n bur amheus arnyn nhw, ac ar y ci anferth a ddaeth i mewn gyda nhw.

Dewisodd Pero'r eiliad honno i ysgwyd y gwlybaniaeth o'i groen, gan daflu dafnau budr dros y waliau a'r cownter glân.

'Ym, sori. Dau banad o de, os gwelwch yn dda,' meddai Bleddyn. 'T'isio cacan, Joni?'

'Mmmm… sleisen o'r gacen siocled yna, plis.'

O gau'r drws, roedd y caffi yn gynnes a chlyd, ac fe aethon nhw i eistedd yn y gornel bellaf. Doedd neb arall yno ar ddiwrnod diflas fel hwn. Llithrodd Pero rhwng y byrddau, cyn gorwedd ar lawr a chau ei lygaid.

'Be 'dan ni'n mynd i'w neud rŵan, 'ta?' gofynnodd Bleddyn, wrth adael i'w fygaid o de poeth gynhesu cledrau ei ddwylo.

'Gofyn i Bendigeidfran. Sdim gwa'th o drio.'

Agorodd Bleddyn y bag du oedd yn gorwedd mewn pwdel soeglyd dan y bwrdd a'i agor.

'Brân! Deffra.'

'Henffych well. Nid oeddwn yn cysgu.'

'Ti'm yn gwbod lle mae Sisial y Brwyn yn byw, w't ti?'

'Yng Nghenarth.'

''Dan ni yng Nghenarth!'

'Felly yn wir. Pe na bawn i mewn sach, fe allen i weld hynny drostof fi fy hunan. I ble'r aeth y ci?'

'I nunlla, mae o'n dal yma.'

'Felly pam nad ydych chi wedi ei roi ar waith? Ci hela ydyw, wedi'r cwbwl.'

Edrychodd Bleddyn ar Joni, ac yna ar yr hen gi o dan y bwrdd. Roedd wedi cau ei lygaid, ei frest yn codi a gostwng mewn modd a oedd yn awgrymu ei fod wedi mynd i'r cwtsh sgwâr. Gwingai ei bawennau bob hyn a hyn wrth iddo gwsg-hela. Codai drewdod tamp oddi arno.

'Pero!' sibrydodd Bleddyn a'i wthio â'i droed. Anwybyddodd y ci ef. Rhoddodd Bleddyn bwniad ychydig yn fwy hegar iddo, ac fe agorodd ei lygaid. Trodd ei ben i syllu'n gyhuddgar arnynt. 'Allet ti ein harwain ni at Sisial y Brwyn?'

Edrychodd y ci i gyfeiriad y drws. Daeth sŵn sïo nerthol o'r tu hwnt iddo, wrth i ragor o law ddyrnu adlen y caffi. Claddodd ei drwyn rhwng ei bawennau mawrion.

'Ma 'da fe bwynt, Dad. Allen ni ddim disgwyl nes bod y glaw yn stopio?'

'Fe allai fwrw drwy'r dydd a'r nos. Tyrd, Pero.' Tynnodd dennyn y ci o'i fag a'i glymu ar ei goler. Hanner llusgodd ef ar draws llawr y caffi tuag at ddrws y cownter, er mwyn cael talu'r ferch. Dechreuodd Pero gwynfan.

'Odi e'n iawn?' gofynnodd y ferch.

'Yndi. Dwi ddim wedi arfar delio â chi.'

'Dim ond ar wyliau'r haf wy 'ma.'

'Gyda chi mor fawr, dw i'n feddwl…' mwmbialodd Bleddyn.

'Beth?' Edrychodd y ferch arno'n syn.

'Y ci!'

'O.'

Llusgodd Bleddyn Pero allan i'r glaw, a thynnodd Joni wyneb ymddiheurol ar y ferch wrth adael.

'Be goblyn sy'n bod ar y blydi ci 'ma? Mae'n bwrw llai o law rŵan nag oedd hi cynt.' Roedd y tennyn bron â thorri wrth i Bleddyn lusgo Pero, oedd yn udo fel un o'i go erbyn hyn, i lawr at y bont oedd yn croesi afon Teifi. 'Rhaid i ti ein harwain ni at Sisial y Brwyn, ti'n dallt?'

Edrychodd Joni uwch eu pennau. Teimlodd ias oer yn lledu drwyddo. 'D… dad,' meddai, a chydio yn llawes wlyb ei got law.

Roedd siapiau tywyll yn ymrithio drwy'r cymylau uwch eu pennau, fel slefrod duon mewn môr tymhestlog.

'O, Dduw,' meddai ei dad, gan dynnu ei gwfl yn ôl er mwyn cael gweld yn well. 'Ty'd, Pero, 'dan ni angen ei heglu hi.'

Ond doedd y ci ddim yn fodlon symud modfedd arall. Roedd yntau hefyd yn gwylio'r awyr.

Yn fwyaf sydyn, disgynnodd y Saith, fel petaent yn bypedau ar linynnau wedi eu trin gan ddwylo anweledig a oedd o'r golwg uwch y cymylau. Pedwar un ochr i'r bont, a thri'r ochr draw.

Dechreuodd Pero gyfarth yn ffyrnig, a thynnu ar ei dennyn. Llithrodd o afael Bleddyn, ac fe neidiodd i ben wal gerrig yr hen bont ac ysgyrnygu ar y cyrff ysgerbydol a oedd yn arnofio yno.

'Joni – rhed,' meddai ei dad.

'Na, Dad!'

'Pen Bendigeidfran maen nhw isio. Efo fi ma hwnnw. Mi all Pero gadw un draw, ond ddim y cwbwl. Dos, rŵan.' Gollyngodd Bleddyn ei sach gerdded ar lawr, a thynnu bag plastig ohono. 'Isio'r pen dach chi?' gwaeddodd, gan ysgwyd y bag yn uchel. 'Dyma fo!'

Taflodd y bag plastig oddi ar y bont, a glaniodd yn y dŵr gyda sblash. Cydiodd y cerrynt ynddo a dechreuodd deithio yn gyflym i lawr yr afon. Ond gyda gosgeiddrwydd aderyn, plymiodd un o'r Saith i lawr, cipio'r bag o'r dŵr a'i gludo'n ôl i'r awyr.

Rhwygodd y cwdyn plastig du yn ddarnau ac fe ddisgynnodd hen flanced ohono a glanio'n glewt ar wyneb y dŵr oddi tano, cyn diflannu i ganol y rhaeadrau crychewynnog ymhellach i lawr yr afon. Edrychodd y creadur arno, ac ysgyrnygu, gan ddangos rhes o ddannedd melyn.

'A,' meddai Bleddyn, 'roeddwn i wedi gobeithio y bysa'r tric yna'n tynnu eu sylw nhw fymryn yn hirach a deud y gwir.'

Troellodd y Saith o'u hamgylch mewn cytgord perffaith. Roeddynt bellach ychydig droedfeddi oddi wrthynt, a neidiodd Pero yn yr unfan wrth geisio eu cyrraedd. Ond ni allai Joni a'i dad symud. Roedd trem gythreulig y cigfrain wedi eu hoelio yn yr unfan.

Dyma ni, meddyliodd Joni, a chodi ei ddwylo'n amddiffynnol o'i flaen. Roedden nhw ar fin tynnu ei lygaid o'i ben, a chyflawni pwy a ŵyr pa erchyllterau eraill. Gobeithiai y byddai'n marw cyn i'r artaith fynd yn ormod. Ystyriodd ei daflu ei hun o'r bont, ymuno â Iaco yn y dyfnderoedd islaw. Nid marwolaeth gyflym oedd y dewis gwaethaf, bob tro.

'Wel, wel, be sy mlân fan hyn, 'de?'

Nid oedd Joni wedi sylwi ar y twmpath o gotiau a safai wrth ei ymyl. Roedd hi fel petai wedi ymddangos o nunlle. Edrychai fel hen ddynes a oedd ar ei ffordd i nôl neges o'r siop. Nid oedd fel petai

wedi gweld y creaduriaid erchyll bob ochr iddynt o gwbwl. Roedd
Joni ar fin ei rhybuddio i gadw draw, ond yna fe gododd hithau law
awdurdodol, a sibrwd i'r gwynt.

'Dyma fy nheyrnas i; does gennych chi ddim hawl i fod yma.'

Chwarddodd y Saith, chwerthin gyddfol erchyll fel sŵn sinc yn
gwagio.

'Peidiwch â dod rhyngddon ni a'n prae,' meddai un ohonynt. 'Fe
gawn ni ein gwobr, ac yna fe fyddwn yn gadael eich teyrnas.'

'Nid oes neb yn cael hela ar fy nhiriogaeth i, Heilgwn fab Gorath.
Fe fydd unrhyw un sy'n fy amharchu drwy wneud hynny'n gorfod
talu'r pris.'

'Ewch o'n golwg ni, wrach,' meddai un arall o'r Saith. 'Does gennych
chi ddim grym mwyach. Dim ond hen sisial ydych chi. Sisial yn y
brwyn.'

Amneidiodd yr hen fenyw tua'r nen ac fe lonyddodd y gwynt a'r
glaw yn gyfan gwbwl. Crogai dafnau bychain o ddŵr fel sêr yn yr awyr
o'u cwmpas. Peidiodd ysgwyd y coed a siffrwd carpiau'r creaduriaid.
Yr unig sŵn oedd bwrlwm yr afon wrth iddi dasgu yn erbyn wal y
bont oddi tanynt. Edrychai'r Saith yn bur ansicr.

Yna clywodd Joni garnau ceffylau, yn atseinio fel taran drwy'r
awyr. Roedd degau ohonyn nhw, yn gŵn a cheffylau a rhyfelwyr
hynafol mewn arfwisgoedd trwm. Teithion nhw drwy'r awyr ar lwybr
anweledig, a thorri drwy ganol y Saith. Eu mathru nhw dan garnau'r
ceffylau a'u sgubo ymaith ar draws yr awyr gan boeri gwreichion a
melltithion. Diflannodd y llu mawr i'r cymylau drachefn, gan adael
dim ond atsain murmur ar yr awel i awgrymu eu bod nhw wedi bod
yno o gwbwl. Dechreuodd y glaw rhewedig syrthio drachefn.

'Anhygoel!' meddai Bleddyn yn hanner gorffwyll, gan edrych tua'r
nen, ei lygaid yn llenwi â dŵr.

'Dewch,' meddai'r hen ddynes a safai o'u blaenau, a'i chroen fel
deilen grin. 'Fe fydd y Saith yn dychwelyd – ond mae'n hollbwysig nad
ydyn nhw'n olrhain eich camau nesaf.'

Dechreuodd hi hercian ymaith ar hyd y ffordd. Aeth Joni, Bleddyn
a Pero ar ei hôl.

'I le ni'n mynd?' gofynnodd Joni'n swrth. Nid oedd ei ymennydd
wedi llawn amgyffred yr hyn a welodd dros y munudau diwethaf
eto.

'Fe gewch chi weld.' Edrychodd dros ei hysgwydd ar Joni a hanner gwenu, ei llygaid yn pefrio. 'Fe fyddwch yn falch o wybod, efallai, bod hen gyfeillion yn eich disgwyl chi ar ben y daith…'

Alaw

'H ELÔ? OES UNRHYW un gatre?'
Curodd Alaw ar ddrws y tŷ drachefn, gan obeithio i Dduw
ei bod hi wedi dod o hyd i'r lle iawn. Roedd wedi parcio mewn
archfarchnad ger y doc gan feddwl mai siwrne fer ar droed oedd
rhyngddi a'r tŷ. Doedd y map ddim yn dangos bod y tŷ hanner ffordd
i fyny bryn uchel, ac roedd hi'n chwys drabŵd erbyn iddi gyrraedd
drws y ffrynt.

Doedd gweld y tŷ ddim wedi ei llenwi hi â gobaith, chwaith. Roedd
yn dŷ mawr, Fictoraidd, ond roedd golwg flêr a braidd yn llwm arno.
Ni tŷ dyn oedd wedi bod yn Aelod Seneddol ac yna'n Aelod Cynulliad
am dros ugain mlynedd oedd hwn. Roedd yr ychydig blanhigion o'i
flaen naill ai'n tyfu'n wyllt neu wedi eu tagu gan chwyn. Roedd y patio
a'r ffenestri yn fudr â baw'r stryd, a phaent coch y drws mor arw â
rhisgl boncyff.

Edrychodd Alaw ar ap Google Maps ar ei ffôn symudol. Ie, Rhif
23, Gwêl y Môr, Caernarfon. Roedd y tŷ'n gweddu i'w enw, o leiaf.
Ymestynnai'r Fenai yn saeth lachar o un pen i'r gorwel i'r llall, ac Ynys
Môn yn bancosen wastad werdd tu hwnt iddi.

Ystyriodd gnocio eto. Bosib bod Dafydd Morris-Hopkins yn
gymharol fyddar erbyn hyn. Neu ei fod yn ei hanwybyddu hi. Roedd hi,
fel pawb arall, wedi clywed y straeon amdano. Bod colli arweinyddiaeth
ei blaid yn ergyd drom iddo a'i fod wedi chwerwi. Ei fod wedi colli ei
wraig yn fuan wedyn, a bellach yn byw mewn aflendid, yn anfodlon
gweld neb, yn feudwy yn ei gartref ei hun. Roedd rhai hyd yn oed yn
honni ei fod wedi mynd o'i go, yn ofni gadael y tŷ rhag ofn iddo ddal
afiechyd ac yn tyfu ei farf a'i ewinedd yn hir fel Howard Hughes.

Ond doedd Alaw ddim am fodloni ar adael heb gael cyfle i siarad ag
ef. Roedd angen Dafydd Morris-Hopkins arni os oedd ei chynllun am
weithio. Ef oedd gwleidydd mwyaf dawnus ei oes. Pe bai wedi ymuno
ag un o'r prif bleidiau yn Senedd San Steffan, meddai rhai, roedd yn
berffaith bosib mai ef fuasai'r Prif Weinidog cyntaf o dras Gymreig ers
Lloyd George. Hyd yn oed o fewn Plaid Cymru roedd wedi llwyddo

i gyflawni gwyrthiau, gan ennill eu sedd gyntaf yn y gogledd yn y 70au a chwarae rhan amlwg yn llwyddiant y refferendwm ar sefydlu'r Cynulliad.

Ac er iddo ddiflannu o wyneb y ddaear ers degawd a mwy, roedd yn parhau'n enw hynod boblogaidd ymysg y cyhoedd hefyd. Yn enwedig felly gan mai'r canfyddiad oedd bod ei blaid ei hun wedi ei fradychu.

Cnociodd drachefn ar y drws, yn uwch y tro yma, ac yna ar y ffenestr.

'Peidiwch da chi!' taranodd llais o'r pen arall i'r drws. 'Dydw i ddim isio eich blydi *Herald*, a dyna ni!'

Llamodd calon Alaw. Efallai na fyddai'r daith yn un gwbwl ddi-fudd wedi'r cwbwl. 'Mr Dafydd Morris-Hopkins!' gwaeddodd. Aeth i lawr ar ei chwrcwd ac agor y blwch llythyrau. 'Alaw Watkins sy 'ma. Chi'n fodlon cael gair?'

'Dwi ddim isio blydi yswiriant, na phaneli solar, na thŷ haul, na dim byd arall chwaith! Gadewch lonydd i mi!'

'Mater gwleidyddol yw e.'

Clywodd glicied y drws yn agor. Roedd yn rhy dywyll y tu hwnt i'r porth iddi allu gweld yn iawn, ond codai oglau afiach ohono, fel pe bai yn agor caead bedd. Yn araf bach ymddangosodd dyn tal ond cefngrwm, mewn gŵn bath coch a phâr o sliperi glas. Astudiodd hi'n ofalus dros hanner sbectols crwn.

'Efo'r Urdd 'dach chi?' gofynnodd.

'Wy'n Aelod Cynulliad.' Cododd ar ei thraed.

'Glywis i eu bod nhw'n ystyried gadael i blant un ar bymtheg oed bleidleisio. Do'n i ddim yn gwbod y bysan nhw'n ista yn y Siambr hefyd.' Plygodd i lawr yn boenus o araf er mwyn codi rhyw bost sothach oddi ar ei stepen drws. Glynai ei wallt arian am ei ben fel y dail olaf ar goeden yn yr hydref. 'Os ydach chi yma i ofyn i mi ymuno â'r Blaid Lafur, 'dach chi ddeugain mlynedd yn hwyr. Dw i'n dal yn driw i Blaid Cymru – y nhw sy wedi troi cefn arna i!'

'Dim dyna sy 'da fi,' meddai Alaw. Gwyddai, os allai groesi'r rhiniog, y byddai ganddi obaith. 'Ga i ddod i mewn am bum munud, ac esbonio'r cwbwl?'

Gwgodd arni. 'Os ydach chi'n meddwl y gallwch chi fy swyno i efo'ch gwên ddel, well i chi ailfeddwl.' Trodd ei gefn arni'n araf. 'Mae'r hen gorff mor farwaidd â'r dre 'ma.'

Sylweddolodd Alaw fod angen newid tacteg arni. Smaliodd golli ei thymer. 'Mr Morris-Hopkins, wy 'di teithio pum awr yn y car o Gaerdydd i fod 'ma. Pedair lorri Mansel Davies, chwe threlar Ifor Williams. Saith set o oleuadau coch. Y cyfan i'ch gweld chi.'

Chwifiodd ei law yn ddiystyriol. 'Os ydi'r ffyrdd o'r de i'r gogledd mor ofnadwy â hynny, gwariwch ychydig o arian arnyn nhw!' Synhwyrodd Alaw ei fod ar fin cau'r drws yn glep. Ond yna oedodd, a chyfeirio'i golygon dros ei hysgwydd â'i law. 'Dudwch wrtha i, Alaw Watkins, beth ydych chi'n ei weld fan'cw?'

Trodd Alaw. Roedd muriau'r castell yn bentwr siang-di-fang o gerrig, yn lled-orwedd yn ddiog ac anghyflawn ar hyd y cei. Tyrrai adeiladau eraill fel madarch llwydaidd o'i amgylch. Roedd yr haul wedi ymddangos o'r tu ôl i gwmwl a'i belydrau'n dawnsio ar doeau llechi gwlyb y tai oddi tanodd.

'Ca'narfon,' meddai.

Culhaodd ei lygaid. 'Tre sy'n ara ddadfeilio,' meddai. 'Dim swyddi, dim busnes, dim uchelgais.' Cododd ei ffon gerdded a rhoi prociad iddi. ''Dach chi'n poeni dim beth sy'n digwydd i ni fyny fan hyn, felly pam ddylwn i falio be sy gennych chi i'w ddeud am beth sy'n digwydd i lawr fan yna?'

Caeodd y drws gyda grym annisgwyl, gan chwythu chwa arall o awel ddrewllyd i'w hwyneb. Siglodd Alaw ei phen yn rhwystredig, ac aeth i lawr ar un pen-glin at y blwch llythyrau unwaith eto. 'Ma 'da fi gynllun i newid pethe! Ond alla i ddim ei neud e heb eich help chi. Plis! Chi'n troi eich cefn ar Gymru!'

'Nid fy Nghymru i yw hi!' bloeddiodd yn gandryll.

Pwyllodd Alaw.

'Wy'n gwbod eich bod chi'n siomedig,' meddai. 'Ond mae pawb yn dal i'ch cofio chi.'

Bu saib o ben arall y drws. 'Dydyn nhw ddim isio fi,' meddai o'r diwedd. 'Maen nhw wedi gneud hynny'n ddigon clir.'

'Arweinwyr y blaid oedd 'ny. Mae'r bobol moyn chi. So chi'n gwbod 'ny am eich bod chi wedi cloi eich hunan yn y tŷ 'ma gyhyd.'

Doedd dim ond tawelwch o ben arall y drws. Ofnai Alaw ei bod hi wedi mynd yn rhy bell, a'i fod wedi cilio i'w lofft gan ei gadael hi'n dadlau â gwaelod y grisiau. Ond yn sydyn cododd y glicied ac agorodd y drws drachefn. Bu bron i Alaw syrthio am yn ôl.

Syllodd Dafydd Morris-Hopkins i lawr arni. Roedd ei ysgwyddau wedi eu tynnu'n ôl a'i ên i fyny. 'Beth yn *union* ydach chi isio?'

'Mae angen ymgeisydd ar Blaid Cymru. Ar gyfer sedd Ynys Môn ac Arfon.' Cododd ar ei thraed. 'Bydd isetholiad o fewn mis. Roeddech chi'n arfer cynrychioli'r sedd. Chi'n cofio?'

'Ydw i'n cofio?' gofynnodd, gan syllu arni fel pe bai'n hurt. 'Mi wnes i gynrychioli Ynys Môn yn y Senedd a'r Cynulliad am bron i chwarter canrif.'

'Fydde diddordeb 'da chi mewn dod yn ôl?' gofynnodd gan bwyso ymlaen yn eiddgar.

'Fe adawais i ag urddas,' meddai, gan osod ei ddwylo ar ei gluniau. 'Fy mreuddwyd oes o sefydlu Cynulliad i Gymru wedi ei wireddu a phobol yr ynys yn fy nghefnogi i'r carn. Rŵan rydach chi isio i mi gamblo'r cyfan – fy iechyd, a fy enw da – ar un etholiad ola. A hyd yn oed pe allech chi fy nghymell i, i ba ddiben? I gael eistedd yn sedd y Llywydd, fel hen daid ffwndrus yn ceisio cadw rheolaeth ar griw o blant bach mewn meithrinfa?'

Siglodd Alaw ei phen. 'Ond wy'n gwbod beth y'ch chi moyn. Y wefr o fod yn ei chanol hi unwaith 'to.' Gwasgodd ei dwylo'n ddyrnau. 'Cynllwynio â gwleidyddion eraill ar gwrt y Senedd. Cymeradwyaeth y dorf.'

Astudiodd hi'n ofalus, ei lygaid tywyll yn treiddio i mewn iddi. O'r diwedd safodd i'r naill ochr. 'Dydach chi fawr o argyhoeddwr, Alaw Watkins. Ond rydach chi'n iawn am un peth, sef fy mod i'n affwysol o bôrd. Felly fe gewch chi ddod i mewn am bum munud a deud eich deud, dim ond am nad oes unrhyw beth o werth ar y teledu.'

Tywyswyd Alaw i grombil y tŷ. Roedd yn llawer mwy o faint nag yr edrychai o'r stryd, yn treiddio'n bell i ochr y bryn. Sbeciodd drwy ddrws agored y parlwr wrth fynd heibio. Doedd dim ôl blerwch, ond roedd gorchudd o ddwst dros bobman a awgrymai nad oedd yr ystafell wedi ei chyffwrdd ers blynyddoedd. Fe aethon nhw heibio'r gegin, oedd mewn cyflwr tebyg, ac yna i'r lolfa.

Roedd yn amlwg mai i mewn yn fan hyn roedd y cyn-wleidydd yn byw. Roedd ganddo sedd o ledr coch, gyfforddus a threuliedig yr olwg, a sawl llyfr wedi ei bentyrru wrth ei hochr, y rhan fwyaf yn fywgraffiadau gwleidyddol. O boptu i'r lle tân safai silffoedd o gyfrolau trymion, pob yn ail ohonynt wedi eu tynnu yn bentyrrau i'r llawr gan adael tyllau du, fel gwên plentyn oedd wedi dechrau colli ei ddannedd. Roedd mygiau a soseri te ym mhobman, ar bob cwpwrdd a bwrdd ac ar y silff ben tân.

'Steddwch,' meddai Dafydd, gan godi pentwr o bapurau newydd o'r sedd gyferbyn â'i un ef. 'Rhaid i fi ymddiheuro am gyflwr y lle. Falmai oedd yn gwneud llawer o'r gwaith tŷ, heddwch i'w llwch. A heddwch a gafodd y llwch byth ers hynny.'

Roedd Alaw eisoes wedi crwydro draw at y lle tân er mwyn astudio'r lluniau yno. Roedd ambell un wedi dechrau colli eu lliw. Dafydd yng nghwmni gwleidyddion – Gwynfor Evans, Saunders Lewis, James Callaghan. Yn derbyn gradd er anrhydedd gan Brifysgol Bangor. Ac ambell lun ysgol newydd yr olwg.

'Ma 'da chi blant?'

'Mae gen i wyrion hefyd. Dyna nhw.'

'Odyn nhw'n dod i'ch gweld chi?'

''Dach chi yma i drafod gwleidyddiaeth,' meddai, ei lygaid yn fflachio. 'Felly, trafodwn.'

Cyfeiriodd Alaw at ei sedd, un werdd gyfforddus – cyn-sedd Falmai, dyfalai – ac fe eisteddodd.

'Hoffwn i ddeud i ddechrau 'mod i'n dallt eich gêm chi,' meddai Dafydd. Gwenodd yn fuddugoliaethus. 'Llafur ydach chi, nid Plaid Cymru. Mae Prys Gregori wedi eich anfon chi yma i geisio fy argyhoeddi i sefyll eto, er mwyn creu rhwyg mewnol o fewn y Blaid. Y peth ola sydd ei angen ar Alwyn yw hen elyn yn dychwelyd i herio ei arweinyddiaeth.'

'Dim o gwbwl,' Pwysodd Alaw ymlaen yn ei sedd. 'Mae Alwyn yn gwbod 'mod i yma heddiw, a dyw Prys Gregori ddim. Ac mae Alwyn yn fodlon i chi sefyll unwaith 'to. Ar yr amod eich bod chi'n fodlon ar swydd y Llywydd.'

'Y Llywydd. Ha! Felly mi wnes i ddyfalu'n gywir. Yr un bluen na fuodd yn fy het.' Syllodd Dafydd i'r grât wag, gan gnoi blaen un o'i fysedd. Yna trodd yn ôl i edrych arni. Astudiodd hi'n hir â llygaid cyfrwys. Bron na allai Alaw weld olwynion rhydlyd ei feddwl yn ymryddhau o'u segurdod. Teimlai ias annifyr fwyaf sydyn – roedd eisoes sawl cam ar y blaen iddi yn barod. Edrychai ei lygaid craff heibio'r etholiad, heibio'r misoedd nesaf hyd yn oed. Heibio iddi hi.

O'r diwedd, estynnodd am feiro ac un o'r padiau ger ei sedd ac ysgrifennu ar y papur. Gwelodd Alaw fod y llyfryn yn llawn nodiadau traed brain yn barod. 'Mae Alwyn yn fwy di-glem nag oeddwn i'n feddwl os yw'n tybio mai fel yna fydd pethau,' meddai wrth sgriblan. 'Fydda i ddim yn anweledig, hyd yn oed yn sedd y Llywydd.'

'Dim ond eich bod chi'n deyrngar —'

Ysgydwodd ei ben. 'Yr eiliad mae pobol yn dechrau amau ei arweinyddiaeth – ac ni fydd yn cymryd yn hir, gan fod Alwyn mor affwysol o ddigrebwyll – fe fydd y sïon yn lledu.' Cododd ei olygon o'r pad papur. 'Bydd straeon yn ymddangos yn y *Western Mail*, wedi eu plannu yno gennych chi yn y Blaid Lafur, yn awgrymu fy mod i ar fin ei herio. Yr hyn nad ydw i'n ei ddallt yw – sut yn union fydd o ar ei ennill o fy nghael i'n ôl?'

'Môn,' meddai Alaw gan godi ei hysgwyddau. 'Mae Plaid yn desbret i gael y sedd yn ôl. Does dim ymgeisydd da arall.'

'Hmmm…' Simsanodd am eiliad. Nid edrychai fel pe bai wedi ei argyhoeddi.

'Mae'r wobr yn fwy na 'ny,' meddai Alaw. 'Os yw'n ennill y sedd fe fydd Plaid Cymru, y Democratiaid Rhyddfrydol a'r Ceidwadwyr gyda'i gilydd ar bum sedd ar hugain. Yr un faint â'r Blaid Lafur.'

'Ond hyd yn oed efo'r un faint o Aelodau Cynulliad â Llafur, allan nhw ddim ennill pleidlais o ddiffyg hyder yn Prys Gregori, dim heb gefnogaeth UKIP. A wedyn fe fydd UKIP yn rhedag y sioe.'

'Na, achos wy hefyd yn bwriadu rhoi'r gorau i chwip y Blaid Lafur, a chefnogi'r glymblaid newydd.'

Cododd ei aeliau. 'Dau ddeg chwech sedd i ddau ddeg pedwar.' Llyfodd ei wefus. 'Ac a fydd pobol Môn yn gwbod am y ddarpar glymblaid yma cyn yr etholiad?'

'Na fyddan, wrth gwrs.'

Symudodd ryw ychydig i flaen ei sedd. 'Ac mae arweinwyr y gwrthbleidiau *oll* wedi cytuno i hyn?'

'Pob un.'

Chwarddodd Dafydd, a bwrw ochr ei goes â'i law. 'Hen jaden fach slei wyt ti,' meddai. Rhoddodd y pad papur i'r naill ochr. 'Pwy feddyliai y gallai meddwl gwleidyddol mor dan din guddio y tu ôl i wyneb mor ddiniwed.' Diflannodd ei wên. 'Ond dydi o ddim yn mynd i weithio.'

Suddodd calon Alaw. Oedd Dafydd wedi darganfod nam yn ei chynllun a fyddai'n chwalu'r holl beth yn yfflon?

Gwisgodd wyneb braidd yn nawddoglyd, fel pe bai'n siarad â phlentyn ysgol. 'Mae ceisio cael gwleidyddion i symud i'r un cyfeiriad fel ceisio corlannu cathod. Ti byth yn gwbod beth sy'n mynd ymlaen i fyny fan hyn,' meddai gan brocio ochr ei ben. 'Sbia arna i. Un funud roedd pawb yn gwenu arna i, ac yn fy mharchu, y funud nesa ces i wbod eu bod nhw i gyd wedi cwrdd i gynllwynio tu ôl i fy nghefn mewn rhyw dŷ cyrri ym Mhontcanna. Ches i ddim hyd yn oed gyfla i holi "Et tu?". W't ti wir yn meddwl y bydd modd cael dau ddeg chwech o Aelodau Cynulliad i symud i'r un cyfeiriad ar hyn, heb i neb dynnu'n groes?'

Edrychodd Alaw ar y llawr, a chrensian ei dannedd. Ond roedd hi'n gwybod y byddai ei chynllun yn gweithio. Roedd y dyfodol a ddangosai'r cleddyf iddi mor eglur. Bron na allai gydio ynddo.

Pendronodd yr hen ddyn a'i gwylio am ychydig eiliadau. Gwasgodd flaenau ei fysedd ynghyd a gorffwys ei ên arnynt. Roedd yn ceisio darllen ei meddwl hi. Roedd eisiau esbonio iddo beth oedd yn mynd drwy ei phen, beth oedd ei chymhelliad. Ond ni allai, am na allai ei esbonio iddi hi ei hun eto.

Rhoddodd yr hen wleidydd y ffidil yn y to yn y diwedd. 'Deud wrtha i,' meddai. 'Beth yw diben hyn i gyd?'

Er gwaetha'r dryswch yn ei meddwl, daeth y geiriau allan ohoni'n huawdl a rhwydd unwaith eto, yn yr un modd ag y daethant yn swyddfa Prys Gregori. Fel pe bai rhywun arall yn siarad drwyddi. 'Sai'n credu mwyach mai pwrpas datganoli oedd newid pethe i Gymru, ond yn hytrach ei chadw'r un fath.'

Amneidiodd Dafydd arni â'i fys. 'Dos yn dy flaen.'

Cydiodd Alaw yn dynnach ym mreichiau'r gadair a pharhau. 'Y nod oedd troi Cymru yn rhyw fath o gapsiwl amser, lle fyddai Llafur yn rheoli am byth, a thwyllo cenedlaetholwyr i gredu bod y wlad yn symud i gyfeiriad newydd ar yr un pryd. Esgus bod yn darian i wrthsefyll grym y farchnad rydd, ond heb roi'r grymoedd i Gymru a fyddai'n caniatáu iddynt wneud hynny.' Cododd ei golygon uwchlaw'r lle tân, lle'r oedd torlun pren o gei y dref wedi ei fframio. 'Sai'n credu, a dweud y gwir, bod Senedd Cymru yn ddim mwy o senedd i'r Cymry nag oedd castell Caernarfon yn gastell iddyn nhw.'

Gwenodd Dafydd yn fodlon. 'Yr un hen stori.' Pwysodd yn ôl yn ei sedd a chodi un goes yn araf dros y llall. Roedd e'n meddwl ei fod wedi ei deall hi o'r diwedd. 'Roedd fy mhen i unwaith yn llawn o'r un ddelfrydiaeth â thi. Ond mi ddysgais o brofiad chwerw nad yw achub Cymru mor hawdd â hynny. Dim pan nad yw Cymru isio cael ei hachub.'

'Alla i argyhoeddi'r bobol…'

'O, mae argyhoeddi'r bobol yn hawdd,' meddai. 'Ella bod rheoli gwleidyddion fel ceisio corlannu cathod, ond defaid yw'r cyhoedd.' Ochneidiodd. 'Nid y bobol yw'r broblem, ond eu meistri. Os wyt ti am gyflawni unrhyw beth yng Nghymru, rhaid i ti eu hargyhoeddi *nhw*.'

Gyda chryn ymdrech, cododd o'i sedd a cherdded yn simsan at ei silff lyfrau. Llithrodd gyfrol drwchus oddi arni a'i phwyso yn ei ddwylo.

'*Owain Glyndŵr* gan Glanmor Williams,' meddai, cyn ei dangos i Alaw. 'Be oedd yn mynd drwy ei ben o? Cenedlaetholwr oedd o yn y bôn? Naci!' Syllodd ar y clawr. 'Arglwydd ffiwdal a welodd ei gyfle i gipio tir ac urddas. Roedd angen cefnogaeth y bobol arno i wneud hynny, felly fe ofynnodd i'w feirdd ganu caneuon i argyhoeddi'r cyhoedd mai ef oedd y Mab Darogan a fyddai'n rhyddhau'r Cymry o afael y Saeson. Beirdd Cymru – *tabloid press* celwyddog eu cyfnod. Hunan-fudd un dyn oedd y tu cefn i'r cwbwl!'

Gollyngodd y gyfrol ar bentwr simsan o lyfrau eraill. Sganiodd y silff lyfrau drachefn.

'Hanes yr Ymneilltuwyr yn y bedwaredd ganrif ar bymtheg,' meddai wrth fachu cyfrol arall. 'Pobol a wnaeth fwy na neb arall i godi'r sefydliadau cenedlaethol a fu'n sail i'r Gymru Fodern. Y Llyfrgell Genedlaethol. Prifysgol Cymru. Amgueddfa Cymru. Papurau cenedlaethol. Ai cenedlaetholwyr oeddynt? Naci! Angen cefnogaeth y cyhoedd i ddatgysylltu Eglwys Sefydledig oedd yn camwahaniaethu yn erbyn Ymneilltuwyr oedden nhw. Mudiad cenedlaethol wedi ei yrru gan hunan-fudd, unwaith eto!'

Cwympodd y twr llyfrau dan bwysau'r gyfrol ychwanegol. Cerddodd Dafydd yn ôl i'w sedd yn boenus ac eistedd drachefn. Roedd y bendro arno.

'Mae yna fwy i genedlaetholdeb na hunan-fudd,' meddai Alaw, gan siglo ei phen.

Wfftiodd Dafydd hynny. 'Ro'n i yno, Alaw. Ym merw'r trafodaethau i sefydlu'r Cynulliad. Roedd Llafur yn gwbod mai nhw fyddai yn ei reoli, ac fe welodd y Cymry Cymraeg gyfla i greu rhagor o swyddi bras iddyn nhw'u hunain yn y sector gyhoeddus. Roedd budd i sawl busnas o weld ailddatblygu Bae Caerdydd.' Edrychodd i lawr ar ei ddwylo, fel pe bai'r gwythiennau amlwg oedd yno yn fodd i olrhain yr hanes. 'Arian a grym oedd yn bwysig i'r rheini yr oedd eu barn nhw o bwys, nid Cymru. Cymru oedd yr hyn a werthwyd i'r pleidleiswyr er mwyn sicrhau eu cydsyniad. Dyna ydi cenedlaetholdeb – rhywbeth i smalio ein bod ni i gyd ar yr un ochr, tra bod un grŵp bach breintiedig yn pluo ei nyth.'

Tynnodd ei sbectol oddi ar ei drwyn a'i golchi ar ymyl ei ŵn bath wrth i Alaw gnoi cil ar ei eiriau.

'Y rheswm nad yw Cymru yn annibynnol yw nad oes unrhyw fantais i'r dosbarth grymus hwnnw o weld hynny'n digwydd,' meddai wedyn. 'Maen nhw o blaid cenedlaetholdeb Cymreig pan mae'n creu swyddi bras a sefydliadau y gallan nhw eu rheoli, ydyn. Ond tydi tyrcwn ddim yn pleidleisio dros Dolig. Heb arian y Trysorlys, lle fyddai S4C, a'r Llyfrgell Genedlaethol, a'r Cynulliad, a nifer rif y gwlith o sefydliadau eraill?' Nodiodd ei ben. 'Diwedd y gân yw'r geiniog.'

'Sefwch yn Ynys Môn ac Arfon, 'te. Does gennych chi ddim byd i'w golli. Fe allwch chi newid pethau.'

Gosododd Dafydd ei sbectol yn ôl ar ei drwyn. Eisteddodd yno am sbel yn meddwl yn ddwys. 'Ac os mai'r cyfan ydw i'n ei gyflawni yw siglo'r Cynulliad i'w seiliau, efallai fod hynny'n werth ei wneud hefyd?' Edrychodd arni. 'Ocê, 'ta. Ocê, 'ta.'

Nodiodd Alaw ei phen yn eiddgar. Roedd hi ar ben ei digon. Roedd pob rhan o'i chynllun yn disgyn i'w lle, hyd yma, yn union fel yr oedd y cleddyf wedi addo iddi.

Cododd Dafydd ar ei draed yn boenus.

'Mae hyn yn achos ddathlu,' meddai. 'Mae gen i botel o whisgi yn y cwpwrdd dan y grisiau. Anrheg ymddeol gan Alwyn Jones. Alla i ddim addo nad oes gwenwyn ynddi, ond byddai ei hyfed rŵan, i ddathlu fy nychweliad gwleidyddol, yn sicrhau ei bod yn gymysgedd flasus o eironig o leia.'

'Diolch, ond mae'n well i fi fynd,' meddai Alaw. 'Mae'n daith hir yn ôl i lawr i Gaerdydd.'

'Mwy i mi felly.'

Arweiniodd hi i lawr y coridor yn ôl at ddrws y ffrynt.

'Diolch eto,' meddai Alaw a throi i adael.

'Un gair o gyngor cyn i ti fynd, Alaw fach.' Cydiodd yn ei braich, a gallai glywed oglau atgas ei anadl yn boeth ar ei hwyneb. 'Mae yna ddau fath o bobol mewn gwleidyddiaeth. Y rhai sy'n defnyddio eraill er eu dibenion eu hunain a'r rhai sy'n cael eu defnyddio. A hyd yn oed pan wyt ti weithiau yn meddwl mai ti yw meistr y gêm, ac mai ti sy'n symud y darnau i gyd i'w lle, dwyt ti ddim yn ymwybodol o'r llaw anweledig yna, sy'n dy symud dithau yn ddiarwybod. Os wyt ti ddim ond yn gofyn un cwestiwn i ti dy hun yn gyson, y cwestiwn ddylsat ti ei ofyn yw: pwy sy'n fy symud i ac i ba ddiben?'

'Does neb yn fy symud i.' Rhyddhaodd Alaw ei braich o'i afael.

'Mae rhywun yn ceisio symud pawb. Siwrna saff.'

Camodd Alaw allan i'r stryd a chaewyd y drws arni. Cafodd ei hun yn syllu ar y paent coch garw ar y drws unwaith eto a'i meddwl yn troi.

Joni

Edrychai tŷ Sisial y Brwyn fel pe na bai unrhyw un wedi bod ar ei gyfyl ers blynyddoedd maith. Gorchuddiai eiddew bob modfedd o'r wal, ac roedd wedi ei guddio oddi wrth yr hewl fawr gan lwyni a chwyn. Serch ei fod yn edrych fel adfail anlletygar o'r tu fas, roedd ei berchennog wedi sicrhau ei fod mor glyd â phosib y tu mewn. Digon elfennol oedd y celfi derw, ond roedd tân eisoes yn y grât, rygiau amryliw dros y llawr teils a waliau digon trwchus i gadw'r stormydd mwyaf tymhestlog draw.

Eisteddodd Joni a'i dad a sychu eu traed, gyda phaned yr un i gynhesu eu dwylo.

Roedd Sisial y Brwyn wedi diosg sawl haen drwchus o ddillad, gan ddatgelu dynes nad oedd fawr mwy na chroen ac asgwrn. Roedd hi'n eistedd gyferbyn â nhw nawr, yn mwytho pen Pero, oedd yn lled-orwedd o flaen y tân, â blaen ei hosan.

Llyncodd Bleddyn weddill ei de a gosod y mẁg ar y bwrdd.

'Ddwedodd Arawn y dylen ni ddod i'ch gweld chi.'

'Rwy'n gwybod,' atebodd.

'Ni'n chwilio am y Pair Dadeni.'

Syllodd arno a'i gwedd rychiog mor amyneddgar â derwen. 'Rwy'n gwybod hynny hefyd. Ac mae pen Bendigeidfran yn eich sach. Rwy'n gwbod y cwbwl. Ac mae gen i'r holl atebion. Yr atebion yr hoffai Arawn fod wedi eu rhoi i chi, ond na allai.'

'Be? 'Dan ni wedi dod yr holl ffordd i fan hyn i glywad pethau y gallai Arawn fod wedi eu deud wrthon ni?' gofynnodd Bleddyn.

'Roedd Arawn yn gwybod yn union lle'r oedd y Pair Dadeni. Ond doedd fiw iddo ddweud wrthoch chi yn Llundain, rhag ofn i'r gelyn gael gafael arnoch a'ch arteithio chi'n ddidostur, nes eich bod chi'n datgelu beth oeddech chi'n ei wybod.'

'Pa elyn? Y Saith?'

'Na, fyddai'r Saith ddim yn eich arteithio chi. Dydyn nhw ddim mor greadigol â hynny. Pen Bendigeidfran maen nhw moyn. Dyna eu hunig orchwyl, ac fe wnân nhw ladd unrhyw un sydd yn eu ffordd.

Rydyn ni'n ymdrin â gelyn llawer mwy... dichellgar. Rhywun sydd moyn cael gafael ar y Pair ei hunain. I ba ddiben, sai'n gwbod 'to...'

'O'n i'n meddwl bo chi'n gwbod y cwbwl!' poerodd Joni.

'Yr atebion perthnasol i'r cwestiynau sydd angen eu gofyn ar hyn o bryd,' meddai, ychydig yn swta. 'Does dim ots pwy yw'r gelyn am nawr, dim ond ein bod ni'n gwbod ei fod ef neu hi am gael gafael ar y Pair. Sy'n golygu bod angen i ni gael gafael arno yn gyntaf.'

Dilynodd ei llygaid wreichion y tân wrth iddynt ddawnsio o'i blaen.

'Mae gan unrhyw beth sydd â bywyd ynddo hefyd ôl-fywyd, ac roedd y Pair yn llawn bywyd,' meddai o'r diwedd, ei llais yn ddwys a dolefus. 'Bywydau miloedd a lyncwyd ganddo. Roedd rhaid iddyn nhw fynd i rywle. Ac fe aeth y Pair i'r man mwyaf amlwg, sef teyrnas Arawn – yn Annwn. Lle'r ydoedd yn saff, am filoedd o flynyddoedd... tan nawr, yn amlwg.'

'I Annwn roedd y Celtiaid yn meddwl eu bod nhw'n mynd, ar ôl iddyn nhw farw,' meddai ei dad wrth Joni.

'O, fel y nefoedd, 'te?' gofynnodd yntau'n llawn gobaith.

'Ddim yn union, na...'

Llyncodd Joni ei boer, 'uffern?'

'Meddyliwch amdano fel byd cyfochrog i hwn,' meddai Sisial y Brwyn. 'Byd yr Helwyr y'i gelwir. Ond wrth i ganfyddiadau pobol newid, wrth iddynt droi at y grefydd newydd, fe newidiodd Annwn hefyd. Daeth yn lle tywyll a brawychus, yn ddwfn yng nghrombil y graig, lle y trigai eneidiau coll. Fel uffern, ie. Pwy a ŵyr beth sydd bellach yn llechu yn ddwfn yng nghoridorau tywyll yr hen blas?'

'Wel, dyna ni,' meddai Bleddyn. Dechreuodd godi. ''Dan ni wedi cyflawni ein gorchwyl. Fe wnawn ni adael pen Bendigeidfran fan hyn efo chi, lle mae'n saff, a dychwelyd am adra.'

Bu gwg Sisial y Brwyn yn ddigon i'w wthio'n ôl i'w sedd.

'Rydych chi'n fy nharo i fel y math o ddyn na fyddai'n codi i gynnig ei sedd i hen fenyw ar fŷs,' meddai.

'Dim o gwbwl —'

'Ond eto rydych chi'n disgwyl i hen fenyw wneud y daith beryglus i waelodion Annwfn?'

'Dydi hyn affliw o ddim byd i'w neud â ni!'

'Y cyfan sydd ei angen er mwyn i ddrygioni deyrnasu yw i bobol dda wneud dim!' Pwysodd ymlaen yn ei sedd. 'Mae Arawn wedi cael ei ladd. Daethpwyd o hyd i'w gorff bythefnos yn ôl, wedi ei grogi o gawell yn ei glwb nos. Fe ddihangodd fy chwaer, Mallt y Nos, a dweud y cwbwl wrtha i. Rhyw fân dduwiau oedd yn gyfrifol, rhyw epil i Wydion. Bleiddwn, Hyddwn a Hychdwn Hir oedd eu henwau. Ond dilyn gorchmynion eraill yr oeddynt; rhai sy'n ysu am gael eu dwylo ar y Pair. Ac yn siŵr i chi, gorfodwyd Arawn i ddatgelu'r hyn a wyddai cyn marw, ac maen nhw ar y ffordd yma nawr i gipio'r hyn maen nhw moyn.' Eisteddodd yn ôl. 'Y Pair yw'r arf mwyaf nerthol sy'n hysbys i'r ddynoliaeth. Mae'n rhoi'r gallu i chi godi byddin o'r meirw nad oes modd ei threchu. Os yw'r gelyn yn cael gafael arno, fe fyddant yn teyrnasu dros y cwr hwn o'r byd am filoedd o flynyddoedd. Fe fyddant yn rhannu'r byd rhwng y grymus a'r gwan, yn pwylldreisio'r bobol i'w haddoli. Dyw duw byth yn bodloni ar yr hyn sydd ganddo.' Oedodd, ac wrth i'r dicter ei gadael fe ddyfnhaodd y rhychau ar ei chroen. 'Ond dim ond hen ddynes ydw i, ac un ffwndrus,' meddai, a'i llais yn grynedig. 'Alla i wneud dim i'w hatal.'

'Fe lwyddoch chi i gyflawni math o wyrth ar y bont,' meddai Bleddyn. 'Mae'n amlwg fod gennych chi ryw fath o bŵer.'

'Roeddwn i'n arfer bod yn dduwies rymus iawn. Un o afonydd mawr yr ynysoedd hyn, yn ffin rhwng teyrnasoedd. Roedd arwyr mawr a'u dilynwyr yn arfer cyflwyno aberthau i'm gogoneddu… eu harfau, arfwisg, bwyd a diod, hyd yn oed ambell i aberth ddynol. Fe lyncais y cwbwl yn awchus a thyfu mewn nerth. Ond does neb yn credu yndda i mwyach. Y cyfan sydd ar ôl ohona i yw'r gwynt yn rhedeg ar hyd y lan ar ddiwrnod oer, i ddeffro atsain cof mewn rhyw gerddwr neu bysgotwr a fydd yn oedi yn y fan a'r lle a chydnabod mawrhydi'r afon. Dyna'r cwbwl ydw i bellach. Sisial y Brwyn. Mae fy ffawd wedi ei chlymu i'r afon a fy nhynged i fydd cerdded ei glannau nes ei bod wedi sychu'n ddim.'

Syllodd yn synfyfyriol i'r tân. Yn y golau gwan, edrychai ei hwyneb mor greithiog ag wyneb y lleuad.

'Ond sut fyddwn ni'n cyrraedd Annwn?' gofynnodd Joni. 'O's bosib bod rhaid i ni… farw?'

Ei dad a'i hatebodd. 'Mae un fynedfa i Annwn sy'n cael ei enwi yng nghainc gyntaf y Mabinogi. Yno yr oedd Pwyll Pendefig Dyfed yn hela

214

pan ddaeth ar draws Arawn. Mae gerllaw tarddell afon Cuch, ychydig filltiroedd o fan hyn.'

'Cywir,' meddai'r hen wraig. 'Ond fydd hi ddim yn bosib i chi groesi'r porth i Annwn eich hunain. Bydd angen tywyswyr arnoch chi. Eneidiau a ddaeth i'm meddiant. Digwydd bod, mae gennym ni wirfoddolwyr. Dewch.'

Cododd o'i sedd wrth y lle tân, gwisgo ei chot drwchus a'i hesgidiau cerdded trymion amdani, a straffaglu tuag at ddrws cefn y bwthyn, a oedd yn arwain i lawr y cob mwdlyd tuag at yr afon.

Edrychodd Joni ar ei dad yn bur ansicr.

'Sai'n lico hyn, Dad,' sibrydodd.

'Pam?'

'Achos mae gen i syniad pwy yw'r tywysydd…'

Roedd hi'n dal i fwrw ryw ychydig, a'r dafnau yn pitran patran ymysg y deiliant ar ymyl yr afon. Arhosodd Sisial y Brwyn fodfeddi o lif y dŵr a chodi ei dwylo o'i blaen. 'Eneidiau coll yr afon,' galwodd. 'Rwy'n galw arnoch i'ch cynnig eich hunain, i arwain ein harwyr ar y llwybr rhwng y byd hwn a'r byd nesaf, i odre Annwn.'

Pefriodd wyneb afon Teifi a chododd ohoni ddau olau bychan fel pryf tân. Ehedodd y goleuadau ar draws y dŵr tuag atynt, a'u hamgylchynu, gan atseinio fel clychau. Yna plymiasant yn ôl i'r dŵr drachefn.

Ochneidiodd Joni wrth i ben cyfarwydd ymgodi o'r dŵr o'i flaen, ac yna gorff hir ac esgyrnog. Roedd Iaco hyd yn oed yn gwisgo'r un dillad ag yr oedd y diwrnod hwnnw yn y capel, er eu bod nhw bellach yn garpiau. Llusgwyd ef i fyny i'r awyr fel petai ar linynnau anweledig, ac arnofiodd yno o'u blaenau.

Llaciodd ei geg. 'Shwmae, Joni,' meddai'r llais cyfarwydd. Roedd ei groen yn chwyddedig a glas a'i lygaid yn bantiau gwag.

'Iaco,' atebodd Joni, ei galon yn ei wddf.

Roedd yn syfrdanol i Joni y gallai rhywbeth yr oedd wedi bod yn dyheu amdano cyhyd deimlo fel hunllef. Roedd fel petai wedi cael cynnig cegaid o'i hoff fwyd, ond wedi darganfod wrth frathu arno ei fod yn llawn cynrhon a llwydni. Roedd ei galon wedi dolurio am Iaco cyhyd, ond ac yntau bellach yn sefyll o'i flaen, ei reddf gyntaf oedd troi oddi wrtho a chyfogi. Yr hen Iaco yr oedd arno ef ei eisiau, cyn iddo ei ladd ei hun, yr un byw a chariadus. Safai'r Iaco ysgerbydol yma fel barnwr ar ddydd y Farn, yn ei alw i gyfrif o'r diwedd am yr hyn a wnaeth iddo. Ei euogrwydd wedi ymgnawdoli, a hwnnw'n gnawd pydredig, yn ddrych i'w gyflwr pechadurus ei hun.

Ymestynnodd fys fel mwydyn llwyd ac amneidio ar Joni i'w ddilyn.

'Felly dyma ein tywysydd,' meddai Bleddyn ag ochenaid o ryddhad.

'Dal dy wynt,' meddai Sisial y Brwyn, gan ddal cefn ei llaw ar ei frest. 'Mae gen ti dy dywysydd dithau.' Gwenodd arno â rhes o ddannedd fel taffi.

'Dere, Joni,' meddai Iaco. 'Ma 'da ni bethe i'w trafod.' Trodd yn y fan a'r lle a gwibio ymaith i lawr yr afon. Dilynodd Joni ef drwy'r prysgwydd. Nid edrychodd dros ei ysgwydd i weld tywysydd ei dad, er bod ganddo syniad go dda pwy ydoedd.

Dilynodd Iaco mewn distawrwydd am sbel, gan bigo ei ffordd drwy'r brwyn a'r tir corsiog ar ymyl yr afon. Ofnai ddweud dim. Gwelai gefn y bwgan o'i flaen a theimlai fod ei dawelwch yn ddyfarniad. Tywysydd anfoddog oedd hwn. Ond o'r diwedd, trodd pen Iaco ar ei ysgwyddau a syllu'n syth tuag ato.

'Mae'n braf dy weld di 'to, Joni.'

Gostyngodd Joni ei olwg i'r llawr fel nad oedd yn gorfod edrych i fyw yr wyneb dychrynllyd.

'Ti'n meindio bo fi'n gofyn sut mae fy nheulu erbyn hyn?' Roedd rhyw ddyhead yn ei lais oeraidd.

'Sai 'di siarad â nhw.'

Ni ddywedodd Iaco unrhyw beth arall am gyfnod, ond yna fe laciodd ei ên drachefn.

'Wy'n gaeth. Sai'n gallu mynd dim pellach.'

Meddyliodd Joni ei fod yn siarad am eu sgwrs, ond yna fe ychwanegodd:

'Wedi fy nghlymu i'r byd hwn gan gadwyn fy euogrwydd.'

'Ti'n euog?' gofynnodd Joni mewn anghrediniaeth. Edrychodd yn syth i'w lygaid am y tro cyntaf. 'Beth amdana i? Petawn i heb dy adael di'r diwrnod 'na, wedi bygwth dweud wrth bawb —'

'Dim ond meddwl amdana i fy hun wnes i. Ddim fy nheulu, na ti.'

'Wedyn, ti ddim yn fy meio i?'

'Beio ti? Nagw, wrth gwrs bo fi ddim,' meddai Iaco. 'Ofn o'n i, ofn y dyfodol. Yn meddwl y byddai marw yn haws na byw. Ond rhwng camu oddi ar y bont a tharo'r dŵr rhewllyd 'na, 'nes i ddifaru. O'dd yr eiliadau 'na fel oriau. Ma'n nhw'n dweud bod dyn yn gweld ei fywyd cyfan yn gwibio o flaen ei lygaid cyn marw – ond dim 'na beth welais i. Fe welais y bywyd y byddwn i wedi ei fyw, bywyd llawn posibiliadau. Wedi'i dowlu off y bont fel sbwriel. Ma marwolaeth yn beth mor derfynol, ti'n gweld mor fach yw gofidion dibwys bywyd.'

Daeth dagrau i lygaid Joni. Ond roedd geiriau Iaco'n gysur.

'Y bywyd y bydden ni wedi ei fyw gyda'n gilydd,' meddai Joni.

Ysgydwodd y corff celain ei ben yn araf, fel petai'n pryderu ei fod am ddisgyn i ffwrdd.

'Na,' meddai. ''Na beth wy wedi dod 'nôl i weud wrthot ti. Y bwriad o'r dechre o'dd bo fi'n mynd i Gaerdydd a ti'n mynd i Aber. Wedyn bydden i'n tecsto i weud bod perthynas o bell ddim yn gweithio mas, a chwpla 'da ti.'

Ni allai Joni amgyffred ei eiriau i ddechrau. Nid oedd newid gêr meddyliol yn ddigon. Roedd angen adeiladu'r cerbyd o'r newydd er mwyn prosesu'r newid cyfeiriad dirnadol roedd y datganiad hwnnw yn gofyn amdano.

'Dim ond ffling fach o'dd e,' meddai Iaco. 'Byw i'r eiliad o'n i, tra bo ti moyn i bethe bara am byth. Driais i weud wrthot ti, ond o'dd e fel boddi ci bach. O'n i ffaelu…'

Bwriodd llawn arwyddocâd ei ddatganiad Joni fel jac codi baw. Teimlai gymysgedd o alar a rhyddhad, a dicter yn gymysg ag ef. Galar bod Iaco fel petai wedi marw'r eilwaith; marwolaeth waeth mewn ffordd. Nid Iaco oedd wedi marw y tro hwn, ond cariad Iaco tuag ato. Yn wir, nid oedd wedi marw am nad oedd wedi byw. Bu'r cyfan yn gelwydd. Iaco yn dweud ei fod yn ei garu, er mwyn cael defnyddio ei gorff. Yn bwriadu ei daflu ymaith yr holl amser, fel hen facyn.

Ond yn gymysg â hynny roedd rhywfaint o ryddhad. Fe fyddai'r cyfnod nesaf yn un o alaru dwfn unwaith eto, ond roedd Joni'n ddigon hirben i sylweddoli mai dyma hefyd fyddai ei achubiaeth, yn y pen draw. Roedd Iaco wedi rhoi iddo'r goriad a fyddai'n ei ryddhau o'r carchar o iselder y bu'n gaeth ynddo ers misoedd. Ni allai barhau i alaru dros ddyfodol na fyddai erioed wedi bod.

Ac yna'r dicter. Roedd y llifogydd o ddagrau a fu'n cronni yn ei isymwybod bellach yn berwi, yn codi'n gudynnau mawr o stêm.

'Fe wnest ti rili ffycio fi lan, ti'n gwbod?' meddai o'r diwedd. 'Rili fy ffycio i lan. Fy ffycio i lan tu hwnt i unrhyw beth y bydden i wedi'i styried yn bosib.'

'Ddrwg 'da fi.'

Ni allai Joni ddod o hyd i fwy o eiriau na hynny.

'Allen i dy ladd di,' meddai o'r diwedd.

'Rhy hwyr.'

'Wy'n falch. Wy... wy'n falch, y ffycer.' Ciciodd garreg i gyfeiriad yr afon. Ond wnaeth hynny ddim ond brifo bysedd ei draed.

Cerddon nhw mewn distawrwydd am ennyd. Ond yna eginodd emosiwn arall ym meddwl Joni. Drwgdybiaeth.

Oedodd. 'Ti jest yn dweud beth wy moyn ei glywed, on'd wyt ti? Lleddfu 'y nghydwybod i?'

'Nagw.'

'Ti'n fy ngharu i go iawn... 'Na pam ti'n dweud y pethe hyn.' Ysgydwodd ei ben. 'Trwsio pethe fel bo ti'n ca'l rhyddhad i symud mlân.' Cnodd Joni ei wefus. 'Sai'n gwbod beth i feddwl. Allet ti jest siarad yn blaen 'da fi am unwaith? Beth yw'r pwynt dod 'nôl o'r bedd, jest i chwarae gêms 'da fi, a gwneud mwy o annibendod o 'mhen i?'

Pe bai corff celain yn gallu ochneidio, byddai Iaco wedi gwneud hynny. 'O'dd rhwbeth rhynton ni, oedd. O'n ni'n dau dros 'yn pen a'n clustie am ein bod ni wedi ffeindio rhywun arall mewn pentre bach o'dd yn fodlon ein caru ni am beth o'n ni. Ond smo hynna'n ddigon.' Syllodd ymaith dros yr afon. 'Trysta fi. Smo nwyd yn ddigon. Ma marw'n rhoi pethe mewn persbectif. Ma'r hormons a'r emosiyne a'r cemege'n driblan mas ohonat ti. Ti'n gweld pa mor... ddibwys o'dd pethe.'

'O'dd e ddim yn ddibwys,' meddai Joni'n bendant. 'Os o'dd e'n ddibwys, yna pethe dibwys yw'r unig beth o'dd yn neud bywyd werth ei fyw.'

'Rhyw ddydd fe fyddi di'n edrych 'nôl...'

'Fydda i ddim, Iaco. Fydda i ddim.'

Roedd hi eisoes wedi dechrau nosi, er na allai, yn ôl cyfri Joni, fod yn hwyrach na tua thri o'r gloch y prynhawn. Roedd y dyffryn wedi tawelu, heb sŵn yr adar yn canu na char cyfagos. Dim ond sŵn llifo'r afon, a dail y coed yn sisial hwiangerddi uwch eu pennau. Yna crensian ei gamau ei hun dan draed.

'Eira?' gofynnodd yn syn. Deffrowyd ef o'r trobwll meddyliol.

'Mae'n aeaf yma'n awr, ym Myd yr Heliwr,' sibrydodd Iaco.

Edrychodd Joni o'i amgylch. Roedd y coed hefyd yn wahanol – eu rhisgl yn wyn a'u dail yn goch fel gwaed. Gwelodd symudiadau creaduriaid yn eu mysg. Hydd â choedwig o gyrn yn codi o'i ben gosgeiddig. Blaidd a'i lygaid yn sgleinio'n goch yn y caddug. Baedd yn ffroeni wrth wreiddiau'r coed.

'Beth y'n nhw?' gofynnodd.

'Dyma lle y bu Cŵn Annwn, a'u meistr, yn hela ar un adeg,' ebe Iaco. 'Ers iddyn nhw fynd, mae'r creaduriaid wedi cael llonydd i redeg yn wyllt. Paid â'u dilyn; fe wnân nhw dy arwain di i drafferthion.'

Clywodd Pero yn chwyrnu y tu ôl iddynt, gan awgrymu ei fod ef yn ysu am fynd ar ôl rhai o'r creaduriaid. Gallai Joni weld ei dad yn ei ddilyn, a'i dywysydd bychan yntau yn arnofio gerllaw. Roedd y ddau yn ymddiddan. Ei dad, a Dyfrig.

Roedd coesau Joni yn gwegian erbyn iddyn nhw ddringo i fyny drwy'r lluwchfeydd eira i frig y cwm. Dilynon nhw'r afon, a lifai weithiau yn gyflym wrth ymbalfalu dros atalfa greigiog, a bryd arall yn araf, wedi ei gwasgu'n llyfn dan lestr o iâ.

O'i flaen, ym mhen draw ceg yr afon, gwelai gaer wedi ei hadeiladu i ochr y dyffryn, a'r dyfroedd yn tywallt fel cyfog o borth yn y wal gerrig.

'Porth Annwn?' gofynnodd.

'Fe fydd rhaid i mi dy adael yn awr.'

'Dere 'da fi, Iaco,' meddai Joni. 'Bydd yn gwmni i fi.'

'Sai'n barod i groesi'r adwy,' meddai, gyda hanner gwên ar ei wyneb cam. 'Dim 'to.'

Estynnodd Joni ei law a chydio ym mraich oer a thamp y llanc marw. 'Mae dy deulu yn dy garu di, Iaco. Paid â chosbi dy hun.'

Daeth arlliw o wên i wyneb Iaco, er gwaethaf ei ên doredig. Pylodd y cysgod bwganaidd gan adael dim ond golau bychan, ac yn sydyn doedd Joni ddim yn gafael mewn dim. Saethodd y gannwyll gorff ymaith ar draws wyneb y nant cyn diflannu eto i'r dŵr.

Eisteddodd Joni ar y llawr mwsoglyd ger y porth nes gweld bod ei dad a'i dywysydd yn nesáu tuag ato. Gwelodd ef yn ffarwelio â'r ddrychiolaeth fechan fu'n ddrych i'w gamau i fyny'r cwm. Yna dringodd i fyny tua'r porth â gwên boenus ar ei wyneb.

Eisteddodd wrth ochr Joni a chwythu ar ei ddwylo er mwyn ceisio eu cynhesu.

'Dwi'n blydi oer,' meddai.

'Odyn nhw wedi mynd?' gofynnodd Joni. Roedd ei ddannedd ef yn clecian hefyd.

'Ddim wedi mynd,' meddai Bleddyn. Ysgydwodd ei ben. 'Byddan nhw wastad yma.' Cododd ar ei draed. 'Ty'd i mewn i ni weld oes 'na rwla i gynhesu. Dylai Arglwydd yr Isfyd fod â thân o leia.'

Camodd drwy borth y gaer, a dilynodd Joni ef. Llenwodd oglau tamp a phwdr ei ffroenau. Roedd ei dad eisoes wedi tynnu tortsh o'i boced ac yn ei fflachio o'i amgylch. Roeddynt mewn ystafell tua phymtheg troedfedd ar draws o waliau cerrig, a oedd yn wag heblaw am ffynnon farmor yng nghanol y llawr. Uwch ei phen hongiai powlen aur brydferth, wedi ei rhwymo â chadwyni a ymestynnai tuag at y nenfwd. Er i Joni grychu ei wddf yn ôl i'r eithaf ni allai weld pen draw iddynt.

Cododd ei dad law rybuddiol. 'Chwedlau Celtaidd 101 – Paid â chyffwrdd y bowlen aur,' meddai. Aeth heibio iddo a sbecian i lawr i mewn i'r ffynnon. Yna edrychodd ar Pero, a oedd wedi loncian i mewn gan ysgwyd y dafnau olaf o wlybaniaeth yr eira oddi ar ei bawennau. Roedd bellach yn brysur yn gosod ei ôl ar wal farmor y ffynnon.

'Ai ffordd hyn mae Annwn?' gofynnodd i'r ci.

Cyfarthodd hwnnw. Ar ôl gorffen gwneud ei fusnes, neidiodd dros ymyl y ffynnon a phlymio i'r düwch. Syllodd Joni ar ei ôl.

'I le'r aeth e?'

'Adra,' meddai ei dad. Taflwyd ei eiriau'n ôl ato gan atsain y ffynnon. Cododd ei goesau yntau dros yr ymyl a'i ollwng ei hun i lawr. Diflannodd fel ceiniog loyw wedi ei gollwng i bydew.

'Helô?' galwodd Joni ar ei ôl. 'Ti'n iawn, Dad?' Gwrandawodd yn astud am unrhyw sŵn, am lais ei dad neu gyfarth Pero. Ond doedd dim ond ei sŵn ei hun. Atsain ei lais. Ei galon yn curo. Ei waed yn ffrydio drwy ei wythiennau. Teimlai'n unig yn sydyn iawn. Roedd yn gas ganddo uchder. Ond nid oedd dewis arall yn ei gyflwyno ei hun – ni allai fynd yn ôl. Pwy a ŵyr pa fwystfilod a bwganod oedd yn llechu yn y goedwig o'i amgylch?

Aeth ar ei gwrcwd ar ymyl y ffynnon ac edrych i lawr i ganol y düwch. Meddyliodd ai fel hyn y teimlai Iaco ar ymyl pont Alltcafan.

Ddim yn gwybod beth ddôi nesaf. Ddim yn gallu troi yn ôl. Ystyriodd a fyddai ef yn difaru yn yr un modd. Penderfynodd beidio â meddwl. Roedd yn haws peidio. Caeodd ei lygaid a thaflodd ei hun ymaith i'r tywyllwch.

Isgoed

'O'T TI'N GWBOD bod gweithwyr y selerydd yn ardal Champagne yn y ddeunawfed ganrif yn gorfod gwisgo masgie haearn trwchus, achos bod cymaint o boteli yn ffrwydro yn eu hwynebe nhw?' gofynnodd Eli. 'Os o'dd un botel yn ffrwydro fe fydde'r boteli nesa iddyn nhw'n ffrwydro 'fyd. Dros nos, fe fydde rhai o'r tai gwin mowr yn colli eu stoc i gyd, bron.'

'Dyna beth yw gwastraff,' meddai Isgoed, gan wthio ei sbectol haul yn uwch ar ei drwyn.

Roedd Eli wedi cael gafael ar y llyfr tywys yn y winllan gyntaf iddyn nhw ymweld â hi'r bore hwnnw, ac wedi bod yn darllen pob ffaith am ardal Champagne fesul un wrth iddyn nhw wibio i lawr y ffordd ddeuol rhwng Reims ac Épernay.

'Do'dd gan y bobol ddim syniad pam bod y boteli'n ffrwydro, felly o'n nhw'n galw "champagne" yn "ddiod y Diafol".'

'Wel, wy'n troi'n dipyn o hen gythrel ar ôl cwpwl o wydrau o siampên, 'fyd.'

Cawsai'r ddau eu blas cyntaf o siampên yn barod (ond dim mwy na blas yn achos Isgoed, gan ei fod yn gyrru). Pefriai'r gwydrau fel wyneb afon Marne wrth iddynt ei chroesi i'r de-ddwyrain, gan adael cynhesrwydd melys a oedd yn dal i lenwi ei geg.

''Drych ar hwn,' parhaodd Eli i ddarllen. 'Dewch i archwilio ein labyrinth tanddaearol, a gweld â'ch llygaid eich hunain wrth i'n ffrwythau gael eu trawsnewid yn un o winoedd mwya moethus y byd. Mae'r coridore'n ymestyn am 17.4 milltir! Waw, dychmyga fod yn gaeth lawr fan'na heb wbod y ffordd mas.'

'Sôn am ddod mas, beth am i ti dynnu dy drwyn mas o'r llyfr 'na, Eli. Ma golygfeydd godidog fan hyn.'

Ymestynnai rhesi a rhesi o winwydd i bob cyfeiriad, fel pe bai'r bryniau bob ochr iddynt wedi eu cribo gan gawr. Faint oedd gwerth un cae? Addawodd Isgoed brynu o leiaf un botel ddrud o'r stwff cyn diwedd y gwyliau. Dim ond un. Fe allai fynd yn gostus fel arall.

'Fyddwn ni'n ca'l blasu'r gwin hefyd,' meddai Eli, ei phen yn dal yn y llyfr.

'Wel, 'na'r broblem, fe fyddwn ni'n gocyls erbyn diwedd y dydd, ar y rât 'ma. Efallai y dylen ni fod wedi dal y trên yn lle rhentu car.'

'Ti sy'n dreifo. Alla i yfed faint bynnag wy moyn, gwboi.'

'Pwy sy'n gweud? Mae dy enw di i lawr ar yr yswiriant 'fyd.'

'Wy ofn gyrru ar ochr anghywir y ffordd.'

'Wel, ar ôl bach o siampên, efallai y byddi di'n neud 'ny ta beth…'

Chwarddodd wrth i Eli ei fwrw â'i thywyslyfr.

Chafodd Isgoed ddim trafferth o gwbwl yn argyhoeddi Eli i ddod gydag ef i Ffrainc. Heblaw am un trip i Ibiza ar ôl cwblhau ei harholiadau Lefel A, doedd hi erioed wedi bod dramor. Ond roedd angen ychydig bach o waith i'w hargyhoeddi i fynd i Ddyffryn Marne yn benodol. Esgus Isgoed oedd bod hen fodryb yn byw yn yr ardal, ac roedd yn awyddus i'w gweld. Dim ond hanner celwydd oedd hynny. Os oedd ei amheuon am Madame Odron yn gywir, roedd hi'n berthynas o ryw fath.

Wrth gyflymu i lawr y ffordd yn yr heulwen, a chefn gwlad ysblennydd ardal Champagne yn ymrannu fel menyn bob ochr iddyn nhw, roedd yn anodd credu eu bod nhw wedi deffro yn eu tŷ llwyd yng Nghaerdydd y bore hwnnw. Roedd wedi bwrw glaw mân wrth iddyn nhw yrru am y maes awyr, er mwyn hedfan i Baris ac yna ar draws i Reims. Roedd yn amlwg eu bod nhw wedi gadael ar yr amser iawn. Y flaenoriaeth yn awr oedd cyrraedd eu gwesty yn Épernay. Roedd eu hystafell nhw i fod yn barod am 4 p.m., felly roedden nhw wedi cael amser i weld un winllan yn Reims cyn parhau â'r daith.

Gwta chwarter awr yn ddiweddarach roedd Isgoed yn llywio'r car i ganol Épernay, gyda rhywfaint o help gan y sat nav ar ei ffôn. Roedd maes parcio'r gwesty mewn hen glos braidd yn llychlyd yr olwg. Llusgodd y bagiau o'r bŵt ac i mewn i'r adeilad. Roedd eu hystafell yn fawr, ond roedd ambell dwll yn y plastr ar y wal, a staeniau rhyfedd ar y nenfwd. O leiaf roedd yr ystafell ymolchi yn ddigon moethus â thŷ bach cyffredin yn hytrach na thwll yn y llawr, sef yr hyn fu'n poeni Eli.

Ar ôl iddyn nhw ddadbacio fe aeth Isgoed i lawr a dangos y cyfeiriad oedd ganddo ar gyfer Madame Odron i'r dyn wrth y ddesg flaen.

'C'est l'Avenue Champagne,' meddai'r dyn yn syn. 'Je ne pense pas que votre tante vit là-bas.'

Ar ôl ychydig yn rhagor o drafod mewn Ffrangeg rhydlyd, deallodd Isgoed y dylai'r stryd fod yn hawdd dod o hyd iddi, yng ngogledd-orllewin y ddinas. Cynigiodd y dyn god post iddo i'w ddodi yn sat nav ei ffôn.

'Mae'n dweud fan hyn mai'r Avenue Champagne yw'r stryd gyfoethoca yn y byd,' meddai Eli wrth iddyn nhw fynd i'r car drachefn. ''Na le ma pencadlys sawl un o'r cwmnïau siampên mawr, a ma miliyne o boteli siampên wedi eu storio yn y selerydd sialc o dan y ddaear.' Cododd ei phen o'r llyfr. 'Ti'n siŵr mai fan'na ma dy anti'n byw?' gofynnodd yn amheus.

'Dim ond cyfeiriad ar ddarn o bapur sy 'da fi,' cyfaddefodd Isgoed. 'Os yw hi'n *multi-billionaire*, ma hi wedi cadw'r peth yn dawel iawn.'

Odron, M.

M. Odron.

Modron. Roedd y cliw yno yn enw'r siampên. Siampên Mātronā. Meddyliodd am ciriau Gwydion. *Fe fydd hi'n galw arnat ti pan fydd hi'n barod i dy groesawu.* Doedd bosib i'r corcyn gael ei adael yno'n fwriadol, er mwyn iddo fe ddod o hyd iddo?

Sylweddolodd nad oedd ganddo syniad beth i'w ddweud petai'n dod wyneb yn wyneb â hi, os mai hi ydoedd. Roedd wedi ei dychmygu hi'n byw mewn fflat neu dŷ teras rywle yn strydoedd troellog y dref, gan gredu y gallai fod wedi mynd draw yno un noson gan adael Eli yn y gwesty, cael mynediad i'r tŷ a'i holi nes cael atebion ynglŷn â'r hyn yr oedd hi'n ei wybod. Hyd yn oed os nad oedd hithau'n rhan o'r cynllwyn a drefnwyd o Ffrainc i ladd Iarlles y Ffynnon a dwgyd y Pair, gobeithiai y byddai'n gwybod pwy oedd. Ond os oedd hi'n byw mewn tŷ moethus, gyda staff a gweithwyr diogelwch, fe fyddai'n llawer anoddach cael gafael arni i'w chroesholi.

Doedd e ddim am wneud unrhyw beth fyddai'n peryglu Eli, chwaith, ac os mai M. Odron oedd y tu ôl i'r cwbwl, fe allai fod mewn perygl gwirioneddol.

Gadawodd i'r sat nav yn ei ffôn arwain y ffordd ar draws y ddinas nes iddyn nhw droi ar gylchfan a'u cael eu hunain ar yr enwog Avenue Champagne. Chwibanodd Eli wrth weld y tai bob ochr iddynt; adeiladau mawr, crand, lliw hufen, wedi eu corlannu y tu ôl i ffensiau du tal. Unwaith eto, roedd Isgoed ymysg duwiau. Ond nid oedd angen hud a lledrith ar y rhain. Roedd eu grym mewn arian.

Roedden nhw ar fin mynd heibio i'r plasty mwyaf crand eto pan gyhoeddodd y sat nav: 'Vous avez atteint votre destination'.

Tynnodd Isgoed y car at ymyl y ffordd a syllu ar y tŷ mewn penbleth.

'Dyna'r tŷ?' gofynnodd Eli.

'Sai'n credu bod "tŷ" yn gwneud cyfiawnder â'r lle. Ond 'na'r cyfeiriad sy 'da fi. Mae'n rhaid 'mod i wedi cawlo rhywsut.'

'Wel, cer mas i gnoco ar y drws, 'te,' meddai hi, a'r cyffro yn amlwg yn ei llais.

Gadawodd Isgoed y car ar y pafin o flaen giatiau caeedig y plasty. Ni allai weld unrhyw symudiad y tu hwnt i'r ffens uchel. Dim ond rhesi a rhesi o ffenestri unfath a tho serth a sawl simnai yn codi ohono. Safai drws mawr du ben pellaf y llwybr o raean euraid, a balconi uwch ei ben. Rhwng y tŷ a'r ffens roedd gardd wedi ei thendio'n berffaith. Ond doedd yna ddim cerbydau yn y lle parcio chwaith.

Gwasgodd y botwm ar y giât.

Bu distawrwydd am gyfnod hir, nes i lais benywaidd sibrwd o'r peiriant. 'Oui?'

'Ife dyma dŷ M. Odron?'

Er syndod iddo daeth ateb Cymraeg ohono. 'A, Teyrnon. Rydw i wedi bod yn dy ddisgwyl di. Dere â'r car i mewn.'

Llamodd calon Isgoed, a bu'n rhaid iddo lamu yn ôl yn gorfforol hefyd wrth i giatiau mawr y plasty siglo'n agored ar eu liwt eu hunain.

'Wel?' gofynnodd Eli, a'i llygaid fel soseri, wedi iddo frasgamu'n ôl i'r car. 'Odyn ni'n ca'l mynd mewn?'

'Odyn, am wn i,' meddai Isgoed yn ansicr. Rhwbiodd gefn ei wddf. Roedd y croeso parod wedi ei wneud yn fwy drwgdybus byth.

Ond gwyddai na allai droi'n ôl yn awr. Roedd greddf y ditectif wedi cydio ynddo, greddf yr anturiwr. Ac am y tro cyntaf ers amser hir, roedd dirgelwch go iawn i'w ddatrys. Roedd blas ar fywyd. Blas siampên.

Trodd drwyn y car tuag at y giât agored ac i lawr y llwybr graean tuag at y tŷ.

Joni

'SH!' BU BRON iddo fynd i gefn ei dad wrth i hwnnw aros yn yr unfan, a chodi bys rhybuddiol i'w ddistewi.

'Beth wyt ti'n gallu ei weld?' gofynnodd Joni, ei lais yn anghyfforddus o uchel yn y tawelwch, er ei fod yn hanner sibrwd.

Ni ddywedodd ei dad ddim, dim ond amneidio arno i ymuno ag e wrth ymyl y graig. Sbeciodd drosti.

'Caer Annwn,' meddai.

Ymrithiai o'u blaenau. Yng ngolwg Joni edrychai'n debycach i hen goeden yr oedd ei changhennau wedi eu plygu yma a thraw yn y gwynt na chastell o garreg. Roedd mwy o dyrau nag y gallai eu cyfri, a nifer ohonynt mor uchel nes eu bod yn asio â nenfwd yr ogof. Ond yn hytrach nag esgyn yn unionsyth, troellent fel gwinwydd ymysg ei gilydd. Safai ambell lwyn yma ac acw ar y tiroedd o'i amgylch, heb yr un ddeilen grin ar eu canghennau noeth. Y tu hwnt i hynny, doedd dim ond gwagle.

'Oes rhaid i ni fynd mewn?' gofynnodd Joni. Edrychai fel darlun wedi ei hanner cofio o hunllef plentyn.

'Oes, yn anffodus.' Ochneidiodd ei dad. 'Ti'n gwybod be, roedd yn well o lawer gen i'r duwiau 'ma pan oedden nhw mewn llyfrau.' Gwenodd ar ei fab. 'Ty'd, dwi ddim yn gweld neb ac mae Pero i'w weld yn ddigon diddig.' Llusgodd ei hun i fyny'r graig, cyn sefyll ac edrych o'i gwmpas. Ysgydwodd ei ben.

'Be sy'n bod?'

'Gwlad o ormodedd ac ieuengrwydd bythol oedd Annwn, yn ôl y chwedlau.'

'Beth ddigwyddodd iddi?' gofynnodd Joni wrth ddringo i fyny ar ei ôl, gyda Pero wrth ei ochr.

Cododd ei dad ei war. 'Anghofiodd pobol.'

O ben y bryn gallai Joni weld y ffordd yr oeddynt wedi dringo, a'r tir o amgylch y gaer. Roedd y cyfan fel darlun gan rywun a oedd wedi gwneud llawer o ymdrech ar rai elfennau ohono, ond wedyn wedi lliwio o amgylch yr ymylon yn go gyffredinol. Atgof ydoedd, ac wrth i'r atgof hwnnw edwino roedd y castell a'r tiroedd o'i amgylch hefyd wedi dechrau colli eu siâp a phylu o'r golwg. Tywynnai llewyrch ariannaidd o rywle, er na allai Joni weld na haul na lleuad. Tybiai ei fod yn dod o waliau caer Annwn ei hun a oedd yn pefrio fel rhew.

'Mae'r Pair Dadeni i mewn yno'n rhwla,' meddai ei dad, gan syllu ar y porth agored. Roedd yn amlwg nad oedd syniad ganddo ble i ddechrau chwilio. 'Pero yw'r unig un sy 'di bod 'ma o'r blaen.' Aeth ar un ben-glin a mwytho pen y ci. 'Lle mae'r Pair, Pero?'

Dechreuodd hwnnw drotian o'u blaenau nhw, drwy borth y gaer, ac ar draws ambell glos, gan snwffian y llawr. Dim ond dyfnhau a wnaeth y teimlad llethol o wacter wrth iddynt groesi'r trothwy. Nid oedd yr un enaid byw i'w weld o'u hamgylch, dim tanau yn yr aelwydydd a dim bwyd yn y ceginau. Dim clecian arfau yn y closydd. Y cyfan a glywsant oedd sŵn fel rhewlif yn dryllio a atseiniai drwy'r ystafelloedd gweigion, fel pe bai'r castell cyfan yn crebachu o'u hamgylch.

'Smo'r lle hyn yn mynd i gwmpo ar ein penne ni, odi fe?' gofynnodd Joni.

'Mae wedi sefyll hyd yma.' Nid oedd llais ei dad yn llawn argyhoeddiad.

Daethant o'r diwedd at ddrws uwch na'r lleill a dechreuodd Pero ei grafu â'i bawen. Llusgodd Bleddyn ef ar agor gyda gwich rydlyd o du'r colfachau ac fe drotiodd y ci i mewn. Dyfalai Joni mai dyma oedd prif neuadd y castell. Codai'r waliau uchel yn fwa uwch eu pennau, ac roedd ffenestri tal o wydr lliw pŵl wedi eu gosod ynddynt, yn darlunio brwydrau a hen chwedlau eraill. Roedd sawl paen o'r gwydr wedi syrthio neu hollti, a dawnsiai llwch yn y lleufer disglair, ariannaidd a dywynnai drwyddynt. Ym mhen draw'r neuadd roedd gorsedd euraid ac fe eisteddai dyn arni. Edrychai'n farw, ond nid oedd hynny nac yma nac acw fan hyn. Gerllaw, mewn cilfach yn y wal, crymai dau ddyn arall dros fwrdd gwyddbwyll, eu hwynebau dan gysgod eu cycyllau.

Croesodd Pero y gwagle eang, cyn gorwedd wrth droed yr orsedd.

'O leia mae'r ci wedi dod o hyd i'w wely,' meddai Bleddyn.

Wrth glywed ei lais yn atseinio drwy'r neuadd wag, trodd y dyn a eisteddai ar yr orsedd ei ben tuag atynt, yn araf bach fel drws beddrod yn sgrafellu ar agor. Roedd ei wyneb yn ddu fel huddygl a'i wallt yn wyn fel eira. Yn fwyaf rhyfeddol oll, roedd ganddo bâr o adenydd, fel rhai gwyfyn, ar ei gefn.

Greddf gyntaf Joni wrth weld yr olwg frawychus oedd arno oedd ffoi oddi yno. Synnodd pan gamodd ei dad yn ei flaen a phlygu ei lin: 'Henffych, Gwyn ap Nudd, frenin y Tylwyth Teg,' meddai.

'Does yr un enaid byw wedi treiddio i Gaer Annwn ers dros fil a hanner o flynyddoedd,' atebodd hwnnw, ei lais fel gwlith rhewllyd ar dwmpath claddu. 'Dywedwch wrthyf i – pam y dylwn i ganiatáu i chi fyw?' Trodd ei ben at y dynion yn y cycyllau. 'Rydyn ni'n brin affwysol o eneidiau.'

Cododd ei dad ar ei draed, ac ymateb yn frysiog: 'Rydan ni wedi dod drwy'r porth o Gwm Cuch ar drywydd y Pair Dadeni.'

Newidiodd ystum Gwyn ap Nudd fymryn. Cododd un ael fel marc cwestiwn. 'A! Fe'ch gwelais chi'n gynharach, wrth arwain yr helfa dros bont Cenarth. Y tro cyntaf ers amser hir i mi gymryd yr awenau. Chi gafodd eich anfon gan Arawn?'

'Ia. Ond mae newyddion drwg gennym ni. Mae Arawn wedi trengi.'

Cododd y brenin ei war yn lluddedig. 'Ie, roeddwn i wedi gobeithio cael rhywfaint o lonydd ganddo am yr ychydig filoedd o flynyddoedd nesaf, ond wedyn dyma fe wedi landio.' Trodd at y ddau ffigwr oedd yn chwarae gwyddbwyll yn y gilfach gerllaw. 'Arawn – mae dy negeswyr di wedi cyrraedd o'r diwedd.'

Tynnodd un ohonynt ei gwcwll oddi ar ei ben a datgelu bod ganddo ef yn ogystal fop o wallt claerwyn. 'A! Roeddech chi'n hir yn dod.'

Edrychodd Bleddyn arno'n syn. 'Be ddiawl wyt ti'n neud fan hyn?'

'Wy wedi marw. I le arall fydden i'n mynd?'

Sylwodd Joni fod ei wyneb wedi ei lurgunio mewn modd erchyll ers iddynt ei weld ddiwethaf. Roedd ei glustiau, ei wefusau a'i amrannau wedi eu torri ymaith.

'Ydi Bendy yn eich meddiant o hyd?' gofynnodd.

Tynnodd Bleddyn y bag bin du o'i gefn, ac ar ôl ychydig o ymbalfalu, llwyddodd i godi pen Bendigeidfran ohono a'i osod ar lawr.

'Henffych, Gwyn ap Nudd,' meddai hwnnw. Yna syllodd â'i lygaid mawr du i gyfeiriad Arawn. 'Ai'r Saith sydd wedi anharddu dy wedd?'

Gwgodd Arawn. 'Sai'n credu y dylet ti o bawb fod yn trafod harddwch gwedd neb, big B,' meddai. 'Na, teulu Dôn wnaeth hyn i mi. Bleiddwn, Hyddwn a Hychdwn Hir, epil Gwydion.' Mwythodd y clwyfau erchyll ar ei wyneb. 'Ond roedd un arall yno, fy mhrif arteithiwr. Roedd e'n gwisgo mwgwd, ac ni wedodd e air yr holl amser. Fe dorrodd fy ngwefusau, fy nghlustiau a fy amrannau i ffwrdd.'

'Roedden nhw am wybod ble'r oedd y Pair?' gofynnodd Bendigeidfran. Nodiodd Arawn. 'Ac fe ddatgelaist ti hynny iddyn nhw?' meddai'n gyhuddgar.

'Wrth gwrs. O'dd y dyn yn y mwgwd yn mynd amdana i fel Mr Blonde yn *Reservoir Dogs*! Fy ngwallt i oedd nesa, medden nhw, os na fydden i'n dechrau siarad.' Twtiodd y mop claerwyn ar ei ben yn amddiffynnol. '*A fate worse than death*, myn taten i!'

Yn sydyn, cododd y dyn a fu'n chwarae gwyddbwyll ag ef ei olygon. 'Mae yna ddrafft oer echrydus yma!' meddai drwy farf mor wyn ag ewyn. Edrychodd o'i gwmpas yn wyllt. 'Caewch y drws. Seithennyn! Lle'r aeth y bachgen yna?'

'Mas yn yfed unwaith eto, Gwyddno, mae'n siŵr i ti,' meddai Gwyn ap Nudd. Trodd ei olygon yn ôl atyn nhw. 'Pen draw y cyfan yw bod rhaid i ni benderfynu nawr beth i'w wneud â'r Pair. Ni all aros fan hyn yn Annwn – mae hynny'n glir. Bydd epil Gwydion yn siŵr o gyrraedd cyn bo hir a mynnu ei gael.'

'Beth yw'r *plan*, 'te, Bendy?' gofynnodd Arawn.

Trodd golygon pawb at Bendigeidfran, eu hwynebau'n ddwys. Unwaith eto, teimlai Joni'n anesmwyth yn ei bresenoldeb. Nid oedd pen y cawr yn edrych i'w gyfeiriad ef, ond eto teimlai fod ganddo lygaid ar bawb a phopeth, bod ganddo'r allwedd i bob drws yn ei feddwl ac y gallai fynd a dod fel y mynnai.

Ti yw arwr y chwedl hon, Joni Teifi, meddai'r llais yn ei ben. Ni wyddai ai ei lais ei hun ydoedd neu lais Bendigeidfran, yn ffurfio môr ei feddyliau'n afonydd i redeg lle y mynnent. *Fe fydd darluniau ohonot ti ryw ddydd yn harddu neuaddau fel hon.*

'Dim ond llais yn 'y mhen i wyt ti,' meddai.

Beth sy'n wirionedd ond yr hyn sydd yn y pen? gofynnodd y llais. *Nid yw gwynt yn troi'n sŵn cyn cyrraedd y glust. Nid yw ffwr arth yn feddal nes cyffwrdd y croen. Nid yw hyd yn oed cenhedloedd yn bodoli ond yn nychmygion pobol. Yr hyn sydd yn y pen yw'r gwirionedd.*

Torrodd llais dwfn Bendigeidfran ar draws rhediad ei feddyliau. 'Nid hap a damwain yw trywydd chwedlau,' meddai. 'Trefnwyd y llwybr sydd o'n blaenau eisoes, ac mae'r llwybr hwnnw – i mi – yn glir.'

Gwrandawodd pawb wrth i Bendigeidfran siarad am hanes ei deulu ef ei hun, teulu Llŷr, a'u brwydr faith â theulu Dôn dros y canrifoedd. Siaradodd am hen frwydrau na wyddai Joni ddim amdanynt. Brwydr Cad Goddeu, pan arweiniodd y dewin Gwydion fyddin o goed yn ei erbyn, a hen ysgarmesoedd ym Myd yr Heliwr a ysgydwodd deyrnasoedd cyfan i'w seiliau. Gwelodd hwy hefyd; dangosodd Bendigeidfran y cyfan iddo yn llygad ei feddwl, nes bod y geiriau a'r delweddau yn pylu i'w gilydd ac ni allai ddweud pa un oedd pa un.

'Mae'n amlwg felly pwy sydd wedi bod yn ceisio cael gafael ar y Pair,' meddai Bendigeidfran. 'Teulu Dôn. Y twyllwr Gwydion a'i feibion. Gelynion pennaf fy nheulu innau. Maent ar eu ffordd yma i gipio'r Pair a'i ddefnyddio i'n caethiwo ni oll, yn fwy na thebyg.'

'Rhaid i ni gwato'r crochan, felly, fel nad ydyn nhw'n cael eu dwylo budron arno,' ychwanegodd Gwyddno.

'Ni fydd cuddio'r Pair yn ddigon,' meddai Bendigeidfran. 'Mae ganddynt dragwyddoldeb i edrych amdano. Rhaid ei atgyfodi i'w lawn rym, a'i ddefnyddio i frwydro'n ôl yn eu herbyn nhw. Dyma'r atalrym eithaf – ni fydd ein gelynion yn meiddio ymosod arnom tra bo gennym y Pair wrth law.'

Edrychai Arawn a Gwyn ap Nudd braidd yn ansicr.

'Bendigeidfran bach, mae'r ffrae rhwng dy deulu di ac epil Dôn yn hen hanes,' wfftiodd Gwyddno. 'Gormod o frwydro ymysg ein gilydd fu ein problem ni'r Cymry erioed. Gadewch iddyn nhw gael y Pair – pa ots i ni beth wnân nhw ag ef yn yr Uwchfyd?'

'Sefwch o'r neilltu felly,' atebodd Bendigeidfran. 'Anghofiwch y cyfrifoldeb sydd arnoch a bodlonwch ar fynd yn angof. Dewch â'r Pair gerbron Arawn, ac mi wnaf i gwblhau'r orchwyl hon fy hunan.'

Tynnodd Arawn sach o'i wregys. Nid edrychai yn ddim mwy na chwdyn arian o ran maint. Ond pan drodd hi wyneb i waered agorodd y geg yn llydan ac fe syrthiodd pentwr helaeth o ddarnau mawr o haearn du ohoni a gwasgaru dros y priddlechi ar lawr.

'Sut lwyddest ti i ffito hwnna mewn sach mor fach?' gofynnodd Joni yn syn.

'Bag hudol Rhiannon yw e,' meddai Arawn. 'Gallet roi beth bynnag wyt ti moyn ynddo, ac ni fyddai'n llawnach nag yr oedd o'r blaen.'

'A bydd rhaid ei ddefnyddio,' meddai Bendigeidfran, 'er mwyn cludo'r Pair i'r man lle y gellir ei greu o'r newydd. Yn ôl i'r man y'i crëwyd yn y lle cyntaf.'

'A lle yw hynny?' gofynnodd Gwyn ap Nudd.

'Llyn y Pair!' meddai Bleddyn.

'Beth? Pwy yw'r dyn yma?' poerodd Gwyddno.

'Flin gen i, mae gen i ddoethuriaeth ar Bedair Cainc y Mabinogi,' meddai Bleddyn gan gamu ymlaen. 'O Lyn y Pair y daeth y Pair Dadeni yn wreiddiol. Cafodd ei gario oddi yno ar gefn y cawr, Llasar Llaes Gyfnewid.'

'Rwyt yn gywir, Bleddyn,' meddai Bendigeidfran. 'Rwy'n cofio Llasar ei hun yn adrodd yr un hanes. Rhaid dychwelyd i Lyn y Pair yn awr. Y dyfroedd rheini sy'n meddu ar y nodweddion hudol sydd yn rhoi i'r Pair ei allu i atgyfodi'r meirw. Nid oes llwybr i gyrraedd yno o bydew Annwn, ond mae mynediad iddo yng Nghymru – ar Ynys Gwales.'

Pwysodd Gwyn ap Nudd yn ôl yn ei sedd. 'Felly pwy fydd yn cludo'r Pair ar yr antur hon? Rydym ni ymysg y meirw – does gennym ni ddim awdurdod i ymyrryd â materion y byw.'

Unwaith eto, clywodd Joni y llais yn ei ben. Unwaith eto, ni allai fod yn siŵr ai ei feddyliau ei hun oeddynt. Roedd ei ystyriaethau fel petaent yn cael eu llusgo i un cyfeiriad, gan fagned ymenyddol. Ni allai osgoi'r teimlad bod Bendigeidfran unwaith eto yn ysbeilio ei ymennydd. Yn ei bwylldreisio.

Fe allai'r Pair Dadeni ddod â Iaco o farw'n fyw.

Roedd Joni wedi breuddwydio am ddefnyddio'r Pair er mwyn atgyfodi Iaco ers clywed amdano am y tro cyntaf yng nghyfarfod ei dad yng Nghaerdydd. Ond nid oedd mor siŵr bellach ai ei chwilfrydedd ef ei hun a'i galwodd i'r tŵr, neu a oedd Bendigeidfran yn galw arno bryd hynny hefyd.

Mae pawb yn meddwl dy fod di'n llofrudd, meddai'r llais wedyn. *Ond fe allet ti ddychwelyd yn arwr.*

Teimlodd Joni ergyd y cyhuddiad hwnnw i'r byw. Ond gwyddai nad o'i isymwybod ei hun y daeth.

'Cer mas o 'mhen i, Bendigeidfran,' meddai dan ei wynt. 'Cer i ffeindio rhywun arall i neud dy waith di —'

'Fe af i i Lyn y Pair,' meddai ei dad.

Syllodd Joni arno'n syn. 'Na, Dad, sdim angen i ni. Dim ein brwydr ni yw hon.'

'Dyma fy nghyfla i i gyflawni rhwbath am unwaith,' meddai. 'Sna'm rhaid i ti ddod, Joni. Dos di 'nôl at dy fam.'

'Ti 'di cyflawni digon.' Gostyngodd ei lais yn ddrwgdybus. 'Ai ti sy wedi penderfynu hyn, neu Bendigeidfran?'

Edrychodd ei dad arno'n ddiddeall.

Ysgydwodd Joni ei ben mewn rhwystredigaeth. Ni allai adael i'w dad fynd ar ei ben ei hun. 'Rhaid i fi ddod hefyd, 'te.'

'Nag oes.'

'Sdim dewis 'da ti, Dad. Os wyt ti'n mynd, wy'n mynd.'

'Felly y mae,' cyhoeddodd Bendigeidfran. 'Cefais fy nghludo o Iwerddon gan saith unigolyn dewr, a elwir yn Gynulliad y Pen Urddol. Rydw i'n datgan yn awr mai dyma Ail Gynulliad y Pen Urddol…'

'Pam y Pen Urddol?' torrodd Joni ar ei draws. 'Beth am Gynulliad Joni a Bleddyn? Ei di ddim yn bell hebddon ni.'

'Cynulliad y Pen Urddol a Joni a Bleddyn,' addefodd Bendigeidfran. 'Chwi fydd yn fy nghludo ar y daith, er mwyn dod o hyd i —'

Clywyd sŵn fel ergyd yn atseinio drwy goridorau caer Annwn. Tybiai Joni am ennyd mai'r un sŵn crebachu a glywyd eisoes ydoedd. Ond tawodd Bendigeidfran a chododd Gwyn ap Nudd, Arawn a Gwyddno eu pennau mewn braw.

'Mae yna rywun wrth byrth y castell,' meddai Gwyddno. 'Ac nid y meirw mohonynt.'

'Epil Gwydion?' gofynnodd Gwyn ap Nudd. 'Dewch i ni gael gweld beth maen nhw eisiau.' Dirgrynodd ei adenydd a chododd ychydig droedfeddi oddi ar y llawr, cyn ysgubo ar draws yr ystafell ac allan drwy'r drws agored ym mhen pella'r neuadd.

'Shgwlwch ar hwn a'i adenydd,' meddai Arawn. 'Dilynwch chi fi, 'te – ar droed.'

Helpodd Joni nhw i gasglu holl ddarnau drylliedig y Pair Dadeni ynghyd a'u taflu i sach Rhiannon. Ni chynyddodd o ran maint, ac nid oedd yn drymach o ganlyniad chwaith. Er gwaethaf ei brotestio, gollyngwyd Bendigeidfran i mewn hefyd. Clymwyd y sach at wregys Bleddyn, ac yna fe ddilynasant Arawn a Gwyddno ar hyd coridorau gweigion y gaer, gan ddringo'r grisiau llydan nes dod at frig un o'r tyrau uchel. O'r fan honno gallent weld i lawr dros byrth y castell.

Yno roedd Gwyn ap Nudd eisoes yn hofran uwch y porth,

yn siarad â chiwed o bobol mewn du. Roeddynt yn rhy bell i ffwrdd i Joni weld eu hwynebau, ond edrychai fel pe bai ganddynt un dyn yn wystl.

'Pwy sydd yna, Gwyn?' galwodd Arawn.

Un o'r dynion mewn du a'i hatebodd: 'Arawn! Gobeithio y byddi di'n gallach na dy olynydd. Rydym ni wedi dod i feddiannu'r Pair. Fe gyfaddefaist ti mai fan hyn y mae o. Gadewch ni i mewn, neu bydd Seithennyn fan hyn yn ei chael hi.'

'Agorwch y drws!' plediodd y dyn a oedd yn eu gafael.

'Bw! Caewch hi!' gwaeddodd Gwyddno o'r tŵr.

Tynnodd un o'r dynion rywbeth o'i boced a'i anelu at ddrysau blaen y gaer. Saethodd fflamau ohono a tharo yn eu herbyn, ond ni symudasant.

'Dwyt ti ddim yn ddigon craff dy annel, Gwydion,' meddai Gwyn ap Nudd. 'Neu efallai nad yw dy hudlath yn ddigon mawr!' Gwibiodd o'r neilltu wrth i'r dewin anelu ei fflamau tuag ato ef.

'Ty'd i lawr fan hyn, fy nhylwythen annwyl, i mi gael dy wasgu'n fflat!' gwaeddodd Gwydion.

'Well i ni fynd â chi oddi yma,' meddai Arawn wrth Joni a'i dad. 'Synnen i daten mai ceisio denu ein sylw ni mae Gwydion wrth i un o'i feibion sleifio i mewn drwy fynedfa arall.'

Aeth Arawn â nhw i lawr i stablau'r castell a chyfrwyo ceffylau gwyn ar eu cyfer. Dringodd Joni ar gefn ei ferlen ef yn bur simsan. Llamodd ei stumog wrth i'r anifail adael y ddaear ac esgyn i fyny fry ymysg y tyrau troellog a ymlwybrai tuag at nenfwd yr ogof. Caeodd ei lygaid a chydio'n dynn, yn go siŵr ei fod naill ai am gael ei wasgu'n grempog yn erbyn y creigiau uwch ei ben, neu gael ei saethu o'r awyr gan fflach o hud oddi tanynt. Ond o'u hagor drachefn, gwelodd eu bod eisoes yn hwylio dros gefn gwlad Cymru. Gallai weld Cenarth tua'r gogledd-ddwyrain ac afon Teifi yn dolennu'n osgeiddig ymaith i gyfeiriad Aberteifi. Glaniodd y ceffylau mewn llannerch a gadael iddo ef a'i dad gamu oddi arnynt.

'Yn anffodus, bydd rhaid i chi deithio'r gweddill o'r ffordd ar droed,' meddai Arawn. 'Nid oes digon o goel yn Annwn i'w hud ymestyn llawer pellach na ffiniau'r deyrnas.'

'Fe wnawn ni'n gora,' meddai Bleddyn.

'Ond cofiwch, os yw pethau'n mynd o chwith, cadwch Annwn

mewn cof. A chofiwch sôn wrth eich ffrindiau. Fel arall, mae'n mynd i fod yn dragwyddoldeb diflas iawn.'

Tynnodd ar gyfrwy'r ceffyl ac ehedeg dros y gwrychoedd moel a thuag at yr wybren. Trodd y ceffylau eraill ar eu sawdl a'i ddilyn.

'Lle y'n ni?' gofynnodd Joni.

'Dwi'n meddwl bod "pryd ydan ni" yn gwestiwn pwysicach,' meddai ei dad wrth edrych ar ei wats.

Tynnodd Joni ei ffôn o'i boced. Roedd wedi dadebru, ac yn crynu fel hosan wynt. 'Be ddiawl?' Roedd y ffôn wedi dal cysylltiad 4G ac yn ôl y sgrin roedd yn ddiwedd mis Mehefin, roedd ganddo chwe deg tri o negeseuon testun ac un deg saith o alwadau heb eu hateb. Pob un gan ei fam.

'Mae pob un o'r chwedlau yn nodi bod amsar yn mynd yn llawar cyflymach yn yr Isfyd.' Gwgodd ei dad a thremio draw i gyfeiriad amlinell Mynyddoedd y Preseli ar y gorwel. 'Dyna'n cyfeiriad ni, am wn i. Draw ar hyd gogledd Sir Benfro a thuag at Ynys Gwales.' Cododd ei law tuag at y gorwel, cyn cydio, â'i law arall, yn y bag bychan oedd yn hongian o'i felt. Yna gwenodd ar Joni. 'Dwi'n falch dy fod ti efo fi, o leia.'

'O't ti wir yn disgwyl i fi aros gatre? Ond wy'n cytuno 'da ti am un peth erbyn hyn.'

'Be?'

'O'dd well 'da fi'r duwiau pan o'n nhw mewn llyfrau hefyd.'

Isgoed

Deffrowyd Isgoed gan y golau llachar. Roedd pelydrau'r haul wedi crwydro ar draws y carped ar lawr yr ystafell, ac i fyny erchwyn y gwely, cyn lled-orwedd ymysg y pentwr o flancedi gydag ef ac Eli. Cododd ar ei eistedd gan gysgodi ei lygaid rhag y gwawl.

Roedd Eli yn dal i gysgu, ei phen wedi ei gladdu yn ei chlustog plu. Edrychai yn gwbwl ymlaciedig, ei chroen yn heulfelyn ar ôl dyddiau yn yr ardd, a'i gwallt du yn sgleinio fel pe bai cannoedd o ddiemwntau wedi eu pwytho i mewn iddo. Pa ddiwrnod oedd hi? Cododd Isgoed ei ffôn symudol o'r bwrdd wrth ei ymyl, ond roedd y batri wedi mynd yn fflat. Roedd wedi gadael y *charger* yn y gwesty.

Gwyddai eu bod wedi cyrraedd ar ddydd Mawrth, ond roedd y dyddiau fel pe baent wedi asio yn un ers hynny. Roedd mor esmwyth arnynt yma, a doedden nhw ddim wedi trafferthu dychwelyd i'w gwesty yng nghanol y dref ar ôl y fath groeso. Roedden nhw wedi bwyta'n dda, wedi yfed yn dda (roedd miloedd o boteli o siampên yn y seler, ond doedd Isgoed ddim yn ddigon o arbenigwr i wybod pa un oedd yr orau, ac felly roedd yn tueddu i ddewis ar hap). Yr unig bleser nad oedd wedi ei gynnig iddynt hyd yn hyn oedd cwrdd â'u gwestywraig. Bu Madame Odron i ffwrdd ar fusnes bob dydd ers iddyn nhw gyrraedd y plasty, ac fe gawson nhw eu croesawu gan ei bwtler mud.

Edrychai hwnnw mor hen roedd yn syndod ei fod yn gallu symud o gwbwl, ond roedd yn eu gwasanaethu bob awr o'r dydd, os oedd angen, dim ond iddyn nhw ofyn. Un tro roedd Isgoed wedi crwydro lawr llawr am dri o'r gloch y bore yn y gobaith o gael cipolwg iawn o amgylch y plasty, a chael braw wrth weld y bwtler yn sefyll fel delw ar waelod y grisiau yn ei ddillad gwaith. Efallai ei fod yn cysgu ar ei draed, fel ceffyl, meddyliodd. Yn sicr, roedd rhywbeth ceffylaidd am ei wyneb hir a'i ddannedd mawr melyn.

Hyd y gwelai doedd yna heb arall yn y tŷ anferthol, ac felly gallai'r bwtler roddi ei holl amser i'w gwasanaethu nhw.

'Bonjour,' mwmialodd wrth weld yr hen ddyn yn disgwyl amdano ar frig y grisiau. 'Mae Eli yn dal yn y gwely.' Penderfynodd ofyn eto am Madame Modron. 'A fydd ein lletywraig ar gael rhywbryd heddiw?'

Siglodd y bwtler ei ben yn araf.

Nid oedd hyd yn oed esboniad heddiw. Cythruddodd hyn Isgoed ryw fymryn. Er gwaethaf haelioni eu lletywraig, roedd gormod o reddf yr heddwas ynddo, ac roedd drwgdybiaeth wedi dechrau tyllu fel mwydyn i ddyfnder ei feddwl. 'Fe fydde cywilydd arna i,' meddai wrtho'i hun, 'petawn i ddim yn datrys llofruddiaeth yr Iarlles. Bydd rhaid i mi fynnu gweld Modron, neu dorri i mewn i'w siambrau preifat.'

Ond wrth din-droi ar y ben y grisiau, sylweddolodd nad oedd ganddo ddim syniad sut y byddai'n cyflawni hynny. Doedd dim o'u blaenau ond diwrnod arall o ymlacio a gwledda, mwynhau'r ardd a'r pwll nofio, ac yfed rhai o'r diodydd drutaf yn y byd. Fe allai fod yn waeth, meddyliodd.

'Fe wna i ddisgwyl nes bod Eli yn deffro cyn cael brecwast,' meddai wrth y bwtler. 'Wy am ymestyn fy nghoesau a mynd am dro o amgylch y plas.'

Trodd ei gefn arno a dringo'r grisiau i'r ail lawr. Dyfalai na allai'r hen fwtler ffwndrus wneud llawer i'w atal. Edrychai fel y byddai awel fain yn ddigon i'w fwrw i'r llawr.

Roedd Modron wedi gadael nodyn iddynt pan gyrhaeddon nhw, yn dweud bod pob rhan o'r plasty ar agor iddynt oni bai am y drws a arweiniai i'r trydydd llawr. Os oedd Modron wir yn byw yn y castell, dyfalai ei bod yn llechu yno'n rhywle, o dan y to serth. Yn ôl y nodiadau a gludwyd gan y bwtler mud roedd hi fel arfer 'i ffwrdd ar fusnes', ond o dro i dro fe fyddai'n dweud ei bod hi 'yn brysur'. I Isgoed roedd hynny'n arwydd ei bod hi rywle ar dir y plas.

Crwydrodd o amgylch y coridorau hirfaith gan sbecian y tu hwnt i bob drws. Arweiniai'r rhan fwyaf at ystafelloedd gwely, neu lyfrgelloedd, neu lolfeydd. Roedd yr oglau llaith, a'r haen o ddwst, yn awgrymu nad oedden nhw wedi cael llawer o ddefnydd. Cymerodd olwg ar sawl un o'i silffoedd llyfrau. Roedd llyfrau ar hanes a chwedlau Ffrainc ac Ynysoedd Prydain yn flaenllaw yn eu mysg.

Ar ôl crwydro am ychydig eto clywodd dwrw traed ar y llawr carpedog y tu ôl iddo. Roedd yn amlwg o'r camau araf a phwyllog mai'r bwtler oedd yno. Penderfynodd Isgoed sleifio y tu ôl i un o'r drysau a'i wylio'n mynd heibio. Agorodd y drws agosaf a chamu i mewn. Roedd yn ystafell wely, fel degau o rai eraill yr oedd wedi eu gweld eisoes. Gwyliodd drwy gil y drws wrth i'r bwtler gamu heibio iddo, ei gefn crwm yn cuddio popeth ond corun ei ben.

Ond yna, fel petai wedi clywed sŵn, neu wedi synhwyro ei bresenoldeb, trodd y bwtler a syllu yn syth i'w lygaid.

Aeth calon Isgoed i'w wddf.

'Dim ond ca'l pip ar rai o'r stafelloedd,' esboniodd yn frysiog.

Tuchodd y bwtler a pharhau ar ei dramp ar hyd y coridor.

Teimlodd Isgoed ei galon yn curo. Doedd dim rheswm iddo i ofni'r hen fwtler cwpsog, ond roedd eu cyfarfod yn awgrymu nad oedd mor fyddar a ffwndrus ag yr oedd ei osgo yn ei awgrymu. Ystyriodd ei ddilyn ar hyd y coridor i weld lle'r oedd yn mynd, ond roedd yn annhebygol y gallai wneud hynny heb iddo ei synhwyro drachefn.

Gwrandawodd nes i sŵn traed y bwtler dewi, ac yna parhau â'r gwaith o drio pob drws ar hyd y coridorau. Ar ôl chwarter awr arall roedd ei law wedi dechrau gwneud dolur. I beth oedd angen yr holl ystafelloedd hyn yn y tŷ? Gallai teulu o gant fyw yma. Roedd ar fin rhoi'r gorau iddi, a mynd i ddeffro Eli, pan ddaeth o'r diwedd ar draws drws nad oedd yn agor pan drôi'r ddolen. Meddyliodd am eiliad ei fod yn sownd, neu fod yna rywbeth y pen arall yn ei atal rhag ei agor. Ond er iddo daro ei ysgwydd yn ei erbyn arhosodd yn ddisymud.

Aeth i lawr ar ei gwrcwd a syllu drwy dwll y clo, ond ni allai weld dim ond tywyllwch.

Gwrandawodd Isgoed yn astud am sŵn traed y bwtler, cyn cymryd sawl cam yn ôl i ben arall y coridor, ac yna ei hyrddio'i hun yn erbyn y drws. Crensiodd y pren ac ildiodd y drws fymryn. Cymerodd gam arall yn ôl a bwrw ei sawdl yn ei erbyn. Disgynnodd yn ôl ar ei golfachau. Y tu hwnt i'r drws roedd grisiau, yn esgyn i'r llawr nesaf.

Roedd Isgoed yn anadlu'n drwm erbyn hyn, ac yn ymwybodol y byddai'r sŵn wedi atseinio i bob cyfeiriad ar hyd y coridorau. Camodd yn frysiog dros yr hyn oedd yn weddill o'r drws, cyn ei godi yn ôl i'w le y tu ôl iddo. Ni fyddai'n twyllo neb, yn enwedig y bwtler oedd yn hen gyfarwydd â'r coridorau hyn, ond efallai y gallai sicrhau ychydig o amser ychwanegol iddo'i hun pe bai rhywun yn dod ar ei ôl.

Roedd yn rhy dywyll ar y grisiau iddo weld llawer. Ymbalfalodd am switsh golau, ond heb ddod o hyd i un. Roedd y staer yn llychlyd a'r pren yn pydru mewn ambell fan, ond gallai Isgoed weld ôl traed arnyn nhw yn esgyn i'r llawr nesaf.

'So ti'n mynd i 'nhwyllo i mor hawdd â hynny, Modron,' meddai.

Ystyriodd yn sydyn a oedd yn gwneud y peth iawn yn gadael Eli lle'r oedd. Pe bai'n herio Modron a fyddai hi mewn perygl? Roedd hi wedi bod fel dynes wahanol ers iddyn nhw gyrraedd y plasty. Roedd hi'n hapusach nag y gwelodd Isgoed hi erioed o'r blaen, yn chwerthin ac yn closio ato bob cyfle. Hoffai ddweud ei bod hi'n ôl fel yr oedd hi o'r blaen, ond os rhywbeth roedd hi'n fwy cariadus. Y noson gynt roedden nhw wedi caru am y tro cyntaf ers iddi golli'r babi. Synnodd Isgoed iddi roi ei breichiau o'i amgylch – dyna'r tro cyntaf y cofiai hi'n ei gofleidio. Roedden nhw wedi caru'n nwydus a gallai Isgoed deimlo unrhyw dyndra oedd yn weddill yn eu perthynas yn codi ymaith fel ager, gyda'r chwys ar eu croen.

Gwenodd wrth gofio, ond gwyddai y byddai'n well iddo fwrw ymlaen, neu fe allai ei ymdrechion i ailgynnau ei berthynas ef ag Eli fod yn ofer. Os mai Modron oedd wedi llofruddio Iarlles y Ffynnon, ni fyddai'n petruso cyn gwneud yr un peth iddo fe. Sleifiodd ar ei union i fyny'r grisiau, gan wneud cyn lleied o sŵn â phosib. Cyrhaeddodd y brig a chydio yn nolen y drws ar y landin gan obeithio nad oedd hwnnw hefyd ar glo.

Llithrodd ar agor â gwich. Ond wrth agor y drws, dyfalai Isgoed yn syth ei fod ar y trywydd anghywir. Roedd yn amlwg na ddefnyddiwyd y llawr hwn ers blynyddoedd, os nad degawdau. Cododd cwmwl o lwch a ddawnsiai o'i amgylch yng ngoleuni'r ffenestri digyrtens. Roedd y waliau'n wlyb gan leithder ac roedd oglau ffiaidd yno, fel petai rhywbeth wedi hen farw.

Cripiodd yn araf bach i lawr y pasej, ei draed yn gwichian ar y llawr pren.

Ym mhen draw'r coridor roedd drws ar agor, ac ystafell wely y tu hwnt iddo. Unwaith eto, gallai Isgoed weld olion traed yn y llwch yn arwain ar ei hyd. Traed mawr, yn agos at ei gilydd ac yn awgrymu camau araf, gofalus. Aeth i mewn. Roedd gwely yno, oedd wedi ei ddefnyddio'n ddiweddar. Roedd y cynfasau wedi cael eu tynnu'n ôl a gallai weld llyfr yn gorwedd ar yr ymyl. Ond roedd rhywbeth arall yno hefyd. Gwelodd fflach o symudiad a sylweddoli bod llygoden fawr newydd ddiflannu o dan y gwely. Cymerodd Isgoed gam yn ôl tuag at y wal. Roedd cyrtens fan hynny ac agorodd Isgoed hwynt er mwyn gadael ychydig o olau i mewn i'r ystafell er mwyn iddo gael gweld yn iawn.

'Euuuuuuuuuhhhh?'

Trodd Isgoed ar ei sawdl. Safai'r bwtler ben arall y gwely, gan syllu arno drwy'r goleuni egwan â'i ddau lygad dyfriog. Syrthiodd ceg Isgoed yn agored, ond ni ddaeth unrhyw sŵn ohono.

Ni symudodd y bwtler. Roedd yn dal yn ei ddillad gwaith, ond dyfalai Isgoed mai er ei ddefnydd ef yr oedd y gwely.

'Mae'n ddrwg 'da fi,' meddai, gan gamau'n ôl at y drws.

'Beth wyt ti'n neud, yn crwydro o gwmpas lan fan hyn?'

Nid y bwtler a siaradodd. Edrychodd Isgoed i gyfeiriad y drws, ac yno safai Eli â gwên ysmala ar ei hwyneb.

'Eli?' gofynnodd. 'Beth wyt ti'n —?'

'Fe ddylwn i ofyn yr un peth i ti. Yn fy ngadael i yn y gwely oer yna, ar fy mhen fy hunan bach.' Camodd tuag ato a rhwymo ei dwylo amdano a'i gusanu'n nwydus.

Cydiodd yn ei breichiau i'w hatal. 'Sai'n deall…?'

Rhyddhaodd ef. 'Beth sy'n bod? Ti ffaelu aros i gael dy fachau arna i fel arfer. Paid â gadael i'r bwtler dy ddychryn di. Mae'n hollol ddiniwed. ''Yn dwyt ti, bach?'

Syllodd y bwtler arnynt yn fud, ei geg yn llipa.

Edrychodd Isgoed o'r naill i'r llall yn gegagored.

'Rwyt ti i fod yn dditectif, Teyrnon Twryf Lliant, Arglwydd Gwent Is Coed. Hyd yn hyn rwyt ti wedi bod yn ofnadwy o araf yn rhoi dau a dau at ei gilydd.'

Teimlodd Isgoed ei gorff yn fferru. 'Nid Eli…?'

'Naci'r ffwlbart. Mae dy gariad annwyl di'n berffaith saff, wedi ei chloi i lawr yn y seler. Paid â phoeni, mae digon o siampên i lawr yno i'w chadw'n hapus.' Chwyldrôdd yn yr unfan ac fe newidiodd nodweddion ei hwyneb a'i chorff yn llwyr. Trawsnewidiodd yn ferch yn ei hugeiniau hwyr, ei gwallt brown wedi ei glymu'n gynffon hir y tu ôl i'w phen. Roedd ganddi lygaid fioled a gwefusau trwchus, sgarled. 'Duwies afon ydw i fan hyn, Teyrnon. Rydan ni'n… hyblyg.' Gwenodd yn eofn arno. 'Oeddat ti wir yn meddwl mai Eli oeddat ti wedi treulio'r wythnos ddiwethaf yn ei chwmni hi? Eli oedd yn chwerthin, ac yn jocian, yn cael amser da ac isio dy ffwcio di? Fe fyddai'n llawer gwell petaet ti'n troi dy gefn ar y genod meidrol yna, Teyrnon. Maent fel pren soeglyd sydd byth yn cynnau.'

Teimlai Isgoed gymysgedd o ddicter a chywilydd. Roedd hi wedi cymryd mantais ohono. 'Tasen i'n gwbod…'

'O, wfft. Roeddat ti'n ddigon diolchgar ar y pryd. Ac yn dechnegol, wnest ti ddim ei thwyllo hi. Mae pawb ar eu hennill, felly. Os yw'n gwneud pethau'n haws i ti, fe alla i fynd yn ôl i edrych fel Eli. Sophia Loren ydw i ar hyn o bryd. Cyn iddi fynd braidd yn rhychlyd, wrth gwrs…'

'Oes Modron go iawn mewn yna'n rhywle, neu dim ond esgus bod yn bobol eraill wyt ti?'

'Wyddost ti, dwi ddim yn cofio sut un oedd hi. Dos i edrych ar Eglwys Gadeiriol Notre Dame. Mae yna gerflun ohona i yno'n rhywle. Dydi'r Ffrancwyr ddim mor barod i anghofio eu hen dduwiau â'r Cymry.'

'Pam wyt ti'n gwneud hyn?'

'Ro'n i isio i ni ddod i nabod ein gilydd yn well, Teyrnon.' Agosaodd ato, nes bod eu gwefusau bron yn cyffwrdd. 'Isio gwybod a oedd rhywfaint o'r duw ynddot o hyd. Rwyt ti'n well na'r llysnafedd meidrol yma. Rydw i'n dod â'r hen griw yn ôl at ei gilydd. Fe ddylet ti ymuno â ni.'

'Wy'n hapus fel 'yf i, ond diolch am y cynnig.'

'Wyt ti, nawr? Piti. Dyna ddywedodd Iarlles y Ffynnon, druan. Doedd hi ddim isio bod yn rhan o fy nghynllwyn. Ond roeddwn i ar frys bryd hynny. Chop chop! Ond dwi wastad wedi dy licio di, felly mi gei di amsar i newid dy feddwl.' Edrychodd ar y bwtler. 'Evs, dos â'r un yma draw i'r fila, wnei di, cariad?'

'Wy'n mynd i gymryd Eli a mynd,' meddai Isgoed. Gwthiodd Modron o'r ffordd a chamu i gyfeiriad y drws.

'Teyrnon?'

Stopiodd wrth y drws, a'i gefn ati. 'Ie?'

'Ti'n cofio i mi sôn bod y bwtler yn hollol ddiniwed? Na fyddai'n anafu pry? Wel, fe ddwedais i gelwydd bach.'

Cyn i Isgoed allu ymateb teimlodd freichiau cyhyrog yn gafael amdano. Er gwaethaf yr olwg fregus oedd ar y bwtler, roeddynt yn galed a chadarn fel dau foncyff. Codwyd ef oddi ar ei draed ac i gyfeiriad y drws.

'Eli!' gwaeddodd, nes bod ei ysgyfaint yn llosgi.

'Paid â gwingo. Mi fydd o'n dy frifo di. Mae wrth ei fodd yn torri gwefusau a chlustiau pobol.' Chwarddodd wrth i'r creadur ei lusgo drwy'r drws. '*Au revoir*, Teyrnon. Mi siaradwn ni eto, unwaith gei di amsar i feddwl.'

Alaw

'DAETH YN BRYD carthu'r Cynulliad,' meddai Alaw. 'Ac felly rwy'n sefyll o'ch blaenau chi heddiw, er mwyn cyhoeddi fy mod i wedi penderfynu cefnogi'r llywodraeth glymblaid newydd yn eu pleidlais o ddiffyg hyder yn erbyn y llywodraeth.'

Oedodd er mwyn i'r gynulleidfa gael cnoi cil ar arwyddocâd ei geiriau. Syrthiodd ambell geg yn agored. Sïodd y camerâu fel haid o wenyn gwyllt.

Gwyddai ei bod wedi gwneud y penderfyniad iawn yn cynnal y gynhadledd ar y stâr llechi o flaen y Senedd. Llawer gwell nag ystafell gynadledda ddigymeriad yng nghrombil Tŷ Hywel. Roedd am i'w geiriau fod o bwys hanesyddol; roedd eisiau serio delwedd y diwrnod hwn yng nghof y gwylwyr. Er ei bod yn fore braidd yn llwyd roedd un pelydr o haul wedi torri drwy'r cymylau gan ei throchi hi mewn gwres a goleuni wrth iddi siarad, fel pe bai bys yr Hollalluog yn anelu sêl ei fendith ati.

Edrychodd allan dros bennau'r dorf, yn newyddiadurwyr, dynion camera, ffotograffwyr, a hyd yn oed ambell aelod o'r cyhoedd oedd wedi crwydro draw i weld beth oedd yr holl ffws. Roedd hi wedi briffio Raam y diwrnod cynt ynglŷn â'r hyn oedd ar droed, ac roedd hwnnw wedi rhoi digon o'r stori yn y *Western Mail* i gynhyrfu'r dyfroedd, fel gollwng diferyn o waed i'r môr er mwyn denu'r siarcod. Gwenodd Alaw. Doedd hanner y newyddiadurwyr yno heb weld y fath gyffro erioed. Gallai weld yn eu llygaid hwythau eu bod yn ymwybodol o arwyddocâd hanesyddol yr hyn oedd yn digwydd. Am y tro cyntaf ers blynyddoedd, efallai erioed, roedd gwleidyddiaeth Cymru yn *ddiddorol*.

Ac am y tro cyntaf erioed, roedd ganddi rym go iawn yn ei dwylo. Meddwodd ar y teimlad. Ar y sylw. Ni wyddai sut yr oedd erioed wedi goddef ei llafur di-wobr dan reolaeth Derwyn.

'Mae Cymru'n wynebu problemau dybryd,' meddai wrth y dorf, gan geisio peidio â gadael i'w gorfoledd ddangos. 'Mewn dros ugain mlynedd dan reolaeth y Blaid Lafur, mae'r economi, ein system drafnidiaeth a'n hiaith a'n diwylliant wedi dadfeilio. Roedd y bleidlais i adael yr Undeb Ewropeaidd yn brawf na fydd y Cymry'n goddef sefydliadau gwleidyddol sydd wedi eu siomi nhw yn hir. Mae'n amser am newid. Mae'n bryd dod â degawdau o fethiant gwleidyddol i ben, a chynnig dyfodol newydd i Gymru.'

Safai arweinydd Plaid Cymru, Alwyn Jones, ac arweinydd y Ceidwadwyr, Sarah Pincher, bob ochr iddi. Roeddynt mor bell oddi wrth ei gilydd ag y gallen nhw fod ac ar yr un pryd ynghyd yng ngolwg y camerâu newyddion. Safai Rupert Mole, arweinydd y Democratiaid Rhyddfrydol, ar y gris nesaf i fyny, y tu ôl i'w hysgwydd, o bosib i wneud iawn am y ffaith ei fod fymryn yn fyrrach.

'Dyna pam fy mod i'n bwriadu cefnogi Llywodraeth Genedlaethol,' meddai wedyn, ar ôl ennyd o saib. Gwyddai fod angen i'w haraith fod yn fyr ac yn bwrpasol. Roedd ganddi gymaint i'w ddweud, ond ni fyddai'r newyddion teledu yn darlledu mwy nag ychydig frawddegau ohoni. Roedd hi am i'w neges graidd gyrraedd y tu hwnt i fybl y Bae. 'Llywodraeth sy'n cyfuno'r holl dalent sydd ymhob plaid er mwyn mynd i'r afael â heriau'r pymtheg mlynedd nesaf o ddatganoli. Oes yna unrhyw gwestiynau?'

Cododd Golygydd Gwleidyddol BBC Cymru, Tegid Roberts, ei law fel trap llygoden.

'Alaw. Rydych chi, neu mi'r oeddech chi, yn Ysgrifennydd Treftadaeth yn llywodraeth y Blaid Lafur,' meddai. 'Ar lefel bersonol – hunanol, efallai – beth yn union ydych chi'n gobeithio ei ennill drwy ymuno â'r glymblaid yma? Ydych chi am gael sedd yn y Cabinet?'

'Dim hunan-fudd unigolion sy'n bwysig. Yr hyn fydd o les i Gymru sy'n bennaf yn fy meddwl. Rydym ni am frwydro dros bob un person ym mhob dinas a thref a phentref yng Nghymru. Ond fe fydd gen i ran weithredol flaenllaw o fewn y llywodraeth...'

'Ond pwy fydd yn penderfynu hynny?' gofynnodd y newyddiadurwr. 'Mae isetholiad Ynys Môn ac Arfon yn golygu bod gan Blaid Cymru a'r Ceidwadwyr un ar ddeg sedd yr un. Pwy fydd yn arwain y llywodraeth?'

Ond cyn iddi gael cyfle i ateb, teimlodd law ar ei hysgwydd. Sylweddolodd fod Rupert Mole, ar y gris uwchlaw, eisiau siarad. Estynnodd y meic iddo.

'Penderfynwyd oherwydd natur y glymblaid hon bod angen arweinydd arnom a allai fod yn ddiduedd ac a allai weithredu safbwyntiau y tair prif blaid oddi mewn iddi,' meddai. 'Mae Alaw wedi cytuno i gyflawni'r swyddogaeth honno, ac mae ganddi ein cefnogaeth lawn.'

Daeth rhagor o dwrw o'r dorf wrth iddynt geisio deall beth a ddywedwyd. Cododd gohebydd ifanc o gylchgrawn *Golwg* ei llaw.

'I fod yn gwbwl glir,' meddai. ''Dach chi'n deud mai Alaw Watkins fydd y Prif Weinidog?'

Estynnodd Alaw am y meicroffon ac fe'i hildiwyd iddi. 'Ers ei sefydlu mae'r Cynulliad wedi ymfalchïo mewn gwneud pethau'n wahanol,' meddai Alaw. 'Rydym ni wedi gochel rhag gwleidyddiaeth gwerylgar San Steffan, gan roi'r pwyslais yn hytrach ar gonsenws trawsbleidiol. Does yna ddim rheswm chwaith dros ddynwared y rheolaeth *top-down*, o'r brig a welir gan Lywodraeth y Deyrnas Gyfunol.' Roedd hi bellach yn ailadrodd yr un *spiel* ag a ddefnyddiodd er mwyn argyhoeddi arweinwyr y pleidiau eraill i gytuno â'i chynllun. 'Er mai fi fydd yn meddu ar deitl y Prif Weinidog, fy swyddogaeth bennaf fydd canoli'r trafodaethau rhwng y pleidiau eraill a sicrhau bod y rhaglen waith y cytunwyd arni yn cael ei gweithredu.'

Roedd yna le i siarad plaen er mwyn ysbrydoli'r genedl. Roedd yna hefyd le i jargon gwleidyddol er mwyn osgoi'r cwestiynau anodd.

'A beth yn union fydd eich rhaglen?' galwodd llais cyfarwydd o'r cefn. Gwelodd mai Raam a safai yno. 'Nid oes gennych chi faniffesto ar y cyd sydd wedi ei gyflwyno i'r bobol mewn etholiad.'

'Fel ym mhob clymblaid, fe fydd rhaid i'r pleidiau benderfynu ar eu blaenoriaethau eu hunain,' meddai. Rhyfeddai unwaith eto at ei gallu i siarad yn hyderus o flaen torf o'r fath. Ni allai'r hen Alaw fod wedi gwneud hyn. Y cyfan oedd angen iddi ei wneud oedd agor ei cheg ac roedd y geiriau fel pe baent yn llifo ohoni. 'Ond mae gennym ni ddau brif amcan i ddechrau. Y cyntaf fydd buddsoddiad anferth yn isadeiledd Cymru. Yn y ffyrdd, y rheilffyrdd a phob math o drafnidiaeth gyhoeddus…'

'A phwy sy'n mynd i dalu am hynny?'

'Llywodraeth San Steffan,' meddai Alaw yn ddi-lol. 'Maen nhw wedi tanfuddsoddi yn isadeiledd Cymru ers degawdau. Fe fyddwn ni'n rhoi'r pwysau gwleidyddol arnyn nhw i newid hynny. Rydyn ni'n mynd i ailadeiladu Cymru, ac mae San Steffan yn mynd i dalu am hynny.'

'Rydych chi'n gwthio'r Blaid Lafur allan o rym,' meddai rhywun o Radio Cymru. Safai tua'r blaen, gyda'i feicroffon ei hun wedi ei ymestyn tuag ati. 'Ond beth yn union sy'n atal Plaid neu'r Democratiaid Rhyddfrydol rhag mynd i lywodraeth â'r Blaid Lafur eu hunain?'

Llwyddodd Alaw i barhau i wenu, ond rhegodd dan ei gwynt. Dyna gwestiwn yr oedd hi wedi gobeithio ei osgoi. Ond wrth iddi ymbalfalu am ateb symudodd Alwyn Jones draw a chydio yn y meicroffon.

'Mae gan Blaid Cymru a'r Democratiaid Rhyddfrydol hanes diweddar o fod yn is-bartneriaid mewn clymblaid,' meddai. 'Yr hyn a welir yw bod y blaid fwyaf yn tueddu i hawlio'r clod am y prif lwyddiannau, ac yn gallu beio popeth aeth o'i le ar y blaid leiaf. Fe fydd y glymblaid hon yn wahanol – fe fydd yn glymblaid o bartneriaid cydradd.'

'A beth am farn aelodau eich pleidiau chi ar lawr gwlad?' gofynnodd Tegid Roberts. 'Fydd pawb ddim yn hapus.'

'Dyw hi byth yn bosib plesio pawb,' meddai Alwyn Jones. 'Ond yr unig fodd o'u profi'n anghywir yw trwy lwyddo.'

'Ac fe fyddwn ni'n llwyddo,' meddai Alaw. 'Mae pobol Cymru wedi ymdopi â methiant gyhyd, maen nhw wedi anghofio beth yw llwyddiant. Fe fyddwn ni'n cael chwyldro, a chodi Cymru newydd o'r llwch.'

Gyda hynny daeth y gynhadledd i ben. Fe grwydrodd y gwleidyddion yn ôl i gyfeiriad Tŷ Hywel, ac fe frysiodd rhai o'r newyddiadurwyr yn ôl at eu desgiau er mwyn sicrhau bod eu gwefan nhw ar y blaen i bawb arall gyda'r hanes. Bu ffôn Alaw yn ddaeargryn bychan ym mhoced ei chot ers iddi agor ei cheg, gan awgrymu bod y cyfan eisoes wedi cyrraedd y rhwydweithiau cymdeithasol. Arhosodd i wneud ambell gyfweliad ychwanegol i'r BBC ac ITV, gan ailadrodd yr un pwyntiau droeon yn Gymraeg a Saesneg, ond yna roedd hi ar ei phen ei hun.

Wrth i'r grisiau o flaen y Senedd wacáu, sylwodd Alaw nad oedd hi'n gwybod yn iawn lle i fynd. Yn sicr, ni allai ddychwelyd yn ôl i ganol ei chyd-weithwyr yn y Blaid Lafur yn Nhŷ Hywel. Tybiai na fyddai unrhyw groeso iddi fan yna. Y tu hwnt i'r drwgdeimlad llwythol rhwng y pleidiau, fe fyddai nifer ohonynt yn colli swyddi yn y llywodraeth o'i phlegid hi. Byddai degau o staff cynorthwyol yn cael eu diswyddo. Ni allai chwaith fynd i'r Adran Dreftadaeth yn swyddfeydd Llywodraeth Cymru ym Mharc Cathays. Roedd y gweision sifil yno'n effeithlon. Fe fydden nhw wedi clirio ei desg cyn iddi gyrraedd.

Roedd ar fin troi am adref, ond daeth awydd sydyn arni i fynd yn ôl i'r Senedd ei hun. I rannu'r foment hanesyddol hon gyda'r adeilad. Ei Senedd hi. Ni allai guddio ei gwên wrth ddringo'n ôl i fyny'r grisiau llechi tuag at y fynedfa. Beth bynnag a ddigwyddai o hyn ymlaen, roedd yr hen drefn wedi ei chwalu am byth a byddai creadigaeth newydd yn codi o'r dinistr.

Roedd rhaid iddi chwerthin wrth feddwl am Alwyn Jones a Sarah Pincher. Ni allai'r naill oddef meddwl am y llall yn Brif Weinidog. Byddai'n hunanladdiad gwleidyddol o ran eu hetholwyr i'r naill ymostwng i'r llall. Ond roeddynt wedi bodloni ar gynnig ei henw hi, nid am eu bod yn credu ei bod yn gryf, ond am am eu bod yn credu ei bod hi'n wan. Tybiai'r ddau mai nhw fyddai â'r gallu unigryw i ddylanwadu arni hi, i'w llywio yn ôl eu hanghenion hwy.

Roeddynt ar fin cael eu siomi.

Camodd drwy ddrws blaen y Cynulliad a thrwy'r archwiliad diogelwch arferol. Bob tro y gwnâi hyn ni allai osgoi'r eironi bod y Senedd yn llythrennol wedi ei chreu o wydr, er mwyn gwahodd y cyhoedd i mewn, ond bod gorfod iddynt wagio eu pocedi a chamu drwy borth tra bo gweithwyr diogelwch â gynnau yn eu gwylio.

Daliodd neges ar wyneb ei ffôn ei llygad wrth iddi ei godi o'r sganiwr diogelwch. Curai ei chalon fel drwm wrth ei darllen.

Alaw, rwyt ti'n gwneud camgymeriad dybryd. Petaet ti wedi trafod y mater â fi o flaen llaw fe fyddwn i wedi gallu dy gynghori yn erbyn gweithredu fel hyn. Rydw i wedi bod yn amyneddgar iawn â thi, oherwydd dy fod ti mor ifanc ond hefyd er cof am dy dad, oedd yn ddyn egwyddorol a oedd yn ffyddlon i'w blaid a'i gyfeillion.

Sgroliodd i lawr yn frysiog â'i bys.

Ond mae'r niwed yr wyt ti wedi ei wneud i dy yrfa wleidyddol, ac i'r Blaid Lafur, yn anadferadwy. Rwy'n ymbil arnat i ailystyried. Os nad er dy les dy hun, yna er lles Cymru a'r cymunedau yr ydym ni wedi treulio ein bywydau yn brwydro drostynt. PW

Agorodd y blwch ymateb, a dechrau teipio gyda'i bawd wrth gerdded:

Prys, diolch i ti am dy bryder ynglŷn â fy ngyrfa wleidyddol. Joia dy "PW", am na fyddi di ar yr orsedd yn hir.

Ystyriodd Alaw am eiliad. Na, roedd hynny'n blentynnaidd. Ni fyddai gwladweinydd yn ysgrifennu'r fath beth. Dileodd ef a chau'r ffôn.

Aeth i lawr y grisiau i'r cwrt a oedd yn amgylchynu'r brif Siambr ac yn cynnig mynediad i'r ystafelloedd pwyllgora bob ochr iddi. Lle braidd yn oeraidd ydoedd, gyda'i lawr o lechen dywyll o dan lefel y stryd, lle nad oedd ond ychydig iawn o heulwen yn eu cyrraedd. Yma yn y cysgodion oedd y cynllwynio gwleidyddol yn digwydd, y trafod tic-tacs cyn camu i faes y frwydr.

Ond roedd y Siambr ei hun yn hollol wahanol. Camodd i mewn a gadael i'r cynhesrwydd cynhenid ei chofleidio. Ar y teledu fe allai edrych fel pydew tanddaearol yng nghrombil y Senedd, yn dalwrn cylchol lle'r oedd yr ACau yn rhwygo ei gilydd yn ddarnau â'u geiriau miniog. Cofiai'r ofn oedd arni y tro cyntaf iddi gamu i mewn yno, yn fuan ar ôl cael ei hethol. Ond nid felly yr oedd hi o gwbl. Roedd yn brydferth. Roedd y pren o dderw Cymreig yn gynnes, ac roedd y drych conigol a hongiai yn y llusern uwch eu pennau gan adlewyrchu'r heulwen yn llenwi'r lle â golau ysgafn, arallfydol.

Dros flwyddyn ers ei hethol nid oedd y Siambr wedi colli ei hud, na'i gafael ar ei dychymyg. Roedd bod yno'n deimlad cynnes a chartrefol, fel bod yn ôl yn y groth. Yma y byddai'r Gymru newydd yn gael ei geni.

Crwydrodd draw at y darn o gelfyddyd gwydr a orweddai ynghanol llawr yr ystafell. Calon Cymru. Roedd craciau bychain yn lledu o'r ymyl tua'r canol lle'r oedd Aelod Cynulliad boliog – Derwyn Williams o bosib – wedi bod yn troedio arno. Ond nid oedd hynny'n tynnu dim oddi wrth ei theimladau tuag ato. Doedd yr un sefydliad, yr un genedl, yn berffaith. Roedd y craciau bychain yn ychwanegu at gymeriad y lle.

Gwyddai fod ambell un o staff gweinyddol y Cynulliad wedi taflu ceiniogau i mewn i'r pydew o dan y darn celf gwydr cyn iddo gael ei osod. Ystyriodd Alaw beth fyddai ar feddwl y person nesaf i weld y ceiniogau hynny. A fyddai gan y symbolau Prydeinig yr un arwyddocâd? Neu a fyddai'r grym a fu unwaith ynghlwm â nhw wedi mynd yn angof, a hwythau bellach yn greiriau o oes a fu?

Cododd ei golygon at gadair y Prif Weinidog wrth galon y Siambr. Cymerodd gip i fyny i eisteddle'r cyhoedd uwchben er mwyn sicrhau nad oedd neb yn edrych, ac yna aeth draw ac eistedd yno. Troellodd arni. Dychmygodd y Siambr yn llawn a llygaid pawb arni hi. Roedd yn deimlad braf. Yn deimlad nerthol.

'Paid â mynd yn rhy gysurus.'

Neidiodd Alaw ar ei thraed ac edrych o'i hamgylch. Ni allai weld o lle'r oedd y llais wedi dod. Yna camodd Dafydd Morris-Hopkins o'r agoriad ym mhen draw'r siambr. Roedd ei lygaid yn dawnsio.

'Dafydd,' atebodd, gyda rhyddhad. 'Llongyfarchiadau ar gael eich ethol. Deg mil o fwyafrif, wy'n clywed.'

Cododd ei war. 'Fawr o gystadleuaeth a dweud y gwir.' Tynnodd fys ar draws wyneb un o'r desgiau. 'Roedd pawb yn edrych arna i'n bur ryfedd wrth i mi gyrraedd yn ôl. Fel pe bawn i'n chwedl o'r gorffennol oedd wedi ailymgnawdoli.' Cododd ei olygon i fyny'r twndis. 'Wel, wel.'

'Rhyfeddol, on'd yw e?'

'Dwi erioed wedi bod i mewn fan hyn o'r blaen.'

'Erioed?' gofynnodd Alaw yn syn.

'Doedd yr adeilad heb ei hadeiladu pan ges i fy niorseddu. Dyna faint o hen grair ydw i.' Cilwenodd arni. 'Mae hyn yn llawer mwy *glamorous*.' Aeth draw at sedd y Llywydd. 'Efallai y dylwn i wneud fy hun yn gysurus,' meddai. Rhoddodd law ar ymyl y sedd, ond yna gollyngodd hi. 'Na, na. Mae'r anrhydedd hwnnw… mae eto i ddod.'

Crwydrodd i lawr i'r cylch canol ac edrych ar y Brysgyll seremonïol aur a oedd wedi ei osod ym mlaen desg y Llywydd. Ymestynnodd ei law.

'Well i chi beidio â thwtsh â hwnna,' meddai Alaw. 'Mae larwm arno. Oni bai eich bod chi eisie gweld y giardiau diogelwch yn rhuthro lawr 'ma.'

'Na,' meddai Dafydd. 'Mae gen i bethau i'w trafod â ti.' Tynnodd gadair iddo'i hun ac eistedd gerllaw Alaw. 'Mi wnes i fwynhau'r gynhadledd,' meddai. 'Mae Llafur eisoes yn galw Plaid yn "bypedau bach y Ceidwadwyr".'

'Wel, mae hynny i'w ddisgwyl, on'd yw e? Roedd Alwyn yn gwbod beth fydde'n digwydd pan gytunodd i ymuno â'r glymblaid.'

'Oedd o? Ac oeddat ti wedi rhagweld ei fod o, mewn gwirionedd, yn bwriadu mynd i glymblaid â'r Blaid Lafur?'

Aeth ias drwy wythiennau Alaw.

'Mae'n cynnal trafodaethau â Prys Gregori yn ei swyddfa yn Nhŷ Hywel yr eiliad hon,' meddai Dafydd.

Cydiodd llaw oer yn ei chalon a'i gwasgu. 'Ond —,' ffwndrodd. Roedd ei llaw yn crynu. Teimlai fel pe bai ei holl fyd wedi ei droi wyneb i waered. Ei bod wedi ei bwrw gan don annisgwyl oedd yn bygwth ei llusgo allan i'r môr. 'Mae… mae e wedi cytuno i ffurfio clymblaid. Ry'n ni wedi cyhoeddi'r peth ar y stâr o flaen y Senedd…'

'Mae Alwyn Jones yn bwriadu caniatáu i'r trafodaethau chwalu, ar sail cweryl ynglŷn â chydsynio i wleidydd mor amhrofiadol arwain y llywodraeth. Yna fe fydd yn cyhoeddi bod Plaid Cymru yn bwriadu mynd i glymblaid â'r Blaid Lafur.'

'Ond pam —?'

'Drwy gytuno i weithredu dy gynllun bach di, mae wedi dwyn dau Aelod Cynulliad oddi ar Lafur, a chael un newydd iddo'i hun.'

'Ond wedodd e gwta awr yn ôl bod y glymblaid ddiwetha â Llafur wedi mogi'r Blaid…'

'Siawns dy fod ti o bawb yn gyfarwydd â'r ymadrodd *playing hard to get*? Mae Alwyn isio gwasgu pob consesiwn posib oddi wrth Prys Gregori. Ac fe fydd yn eu cael, a mwy.' Gwenodd arni'n ddieflig. Gwelai Alaw ei fod yn mwynhau ei hun. Yn mwynhau chwarae â hi, fel y byddai cath yn chwarae â llygoden. 'Tri ysgrifennydd yn y Cabinet yn lle dau. Alwyn Jones ei hun yn Ddirprwy Brif Weinidog. A'r cyfan gymaint yn haws yn wleidyddol na mynd i glymblaid â'r Ceidwadwyr. Diet Coke i *the real thing* Llafur fu Plaid Cymru dan arweinyddiaeth Alwyn Jones erioed.' Gwenodd. 'Fe ddywedais i wrthat ti am beidio mynd yn rhy gysurus yn dy sedd.'

Ystyriodd Alaw. 'Ffyc!' bloeddiodd ac fe atseiniodd ei geiriau'n uchel yng ngwagle'r Siambr. Edrychodd o'i hamgylch. Roedd y teimlad o bŵer fu'n rhedeg fel gwin drwy ei gwythiennau lai na phum munud ynghynt wedi mynd, gan adael gwacter enaid yn ei le.

Pwysodd Dafydd ymlaen yn ei sedd a rhoi llaw dosturiol ar ei braich. 'Rwyt ti wedi bod yn hynod o naïf, Alaw.' Ysgydwodd ei ben. 'Fe ddylat ti fod wedi rhagweld y byddai hyn yn digwydd o'r dechrau. Alwyn Jones, un o'r gwleidyddion lleiaf carismataidd a medrus yn y Cynulliad yma, wedi dy chwarae di fel ffidil. Dylai hynny fod yn wers i ti.'

'Gwers?' Bu bron i Alaw chwerthin. 'Gwers i be?'

Edrychodd i fyny'r twndis. Roedd y pelydrau o haul a fu'n goglais wyneb y drych conigol, gan wneud iddo befrio fel crisial, wedi cilio a'r Siambr yn llenwi â chysgodion.

'Ma 'ngyrfa wleidyddol i ar ben,' meddai'n bendant.

'Fel arfar, rhaid iddyn nhw ddechrau yn gyntaf.' Gollyngodd Dafydd afael yn ei braich a bwrw'r ddesg dderw gyda chledr ei law. 'Ond na phoener! Mi allwn ni achub ein clymblaid fach ni eto.'

Syllodd Alaw arno'n hurt. 'Fe wna i unrhyw beth.'

'Er mwyn mynd i glymblaid â'r Blaid Lafur mi fydd angen caniatâd grŵp Aelodau Cynulliad Plaid Cymru ar Alwyn Jones,' meddai. 'Ond mae'r rhan fwyaf ohonynt yn casáu'r Blaid Lafur â chas llwythol, tanbaid, er gwaetha'r tebygrwydd yn eu polisïau.' Pwniodd yr awyr â'i fys. 'Fe fyddai llawer ohonynt wrth eu boddau yn eu gweld yn colli grym. Mae gen i'r crebwyll gwleidyddol a'r enw da ymysg fy nghyfoedion i lywio eu barn nhw yn ôl i gyfeiriad y glymblaid â'r Ceidwadwyr a'r Democratiaid Rhyddfrydol, ac o'ch plaid chithau.'

Eginodd gobaith newydd yng nghalon Alaw. O deimlo gwefr gwir rym yn ei dwylo, fe fyddai'n gwneud unrhyw beth yn awr i'w gadw. I gadw'r sedd hon wrth galon y Siambr. Fe fyddai'n lladd unwaith eto, pe bai Dafydd yn gofyn iddi wneud.

'Ond pam y'ch chi'n fy helpu i?' gofynnodd. Ar ôl brad Alwyn, roedd hi'n talu i fod yn ddrwgdybus o bawb.

Syrthiodd ysgwyddau Dafydd. Ochneidiodd. Pan siaradodd, roedd cryndod yn ei lais na chlywsai Alaw o'r blaen. 'Mi frwydrais i drwy fy oes i sefydlu'r hen le 'ma,' meddai. Edrychodd o'i amgylch. 'Yn fangre i genhedlaeth newydd o wleidyddion Cymreig â thân yn eu boliau. Nid dyna a ddigwyddodd. Siop siarad betrus, ddi-fflach a cheidwadol a gafwyd,' poerodd ag atgasedd. Yna edrychodd i fyw llygaid Alaw. 'Ond dwi'n gweld rhywfaint o'r ddelfrydiaeth a'r egni a'r syniadau newydd ynddot ti – ac ia, y naïfrwydd – a oedd gen i pan gefais i fy ethol gynta yn hogyn dau ddeg wyth oed.'

Gwenodd Alaw arno. Roedd yn hen ddyn annwyl yn y bôn. Teimlodd gysylltiad newydd ag o, yr un teimlad o sicrwydd a diogelwch ag a gafodd wrth swatio yng nghôl ei thad yn blentyn. 'Diolch, Dafydd.' Daeth deigryn i'w llygaid. Pwysodd ymlaen a'i gofleidio.

Derbyniodd ei choflaid hi'n fodlon. Yna cododd ar ei draed, gan sadio'i hun ag un llaw ar y ddesg bren.

'Ond mae yna reswm arall pam dwi am dy helpu.'

'Beth?'

'Mae'r lle yma wedi bod yn blydi *boring*,' meddai. 'Clymblaid rhwng Alwyn Jones a Prys Gregori? Dim diolch. Mae'r Cymry isio rhwbath newydd, rhwbath y gallan nhw gael eu dannedd iddo.' Caeodd ei law yn ddwrn. 'Maen nhw isio gweld llywodraethau yn chwalu, clymbleidiau annhebygol, personoliaethau cryf wrth y llyw.' Cododd ei freichiau'n fuddugoliaethus tua'r twndis uwch ei ben. 'Mae pawb yn gwbod bod mwy yn cael ei gyflawni yn ystod dyddiau rhyfel nag mewn heddwch. Mae angen tân gwyllt arnon ni. A ti, Alaw Watkins… ti yw'r wreichionen fydd yn cynnau'r cwbwl.'

Camodd o amgylch y ddesg a thuag at yr agorfa ar ochr y Siambr.

Llygadodd Alaw ef yn amheus. 'Fe ddywedoch chi fod yna ddau fath o bobol mewn gwleidyddiaeth,' meddai cyn iddo adael. 'Y rhai sy'n defnyddio eraill er eu dibenion eu hunain a'r rhai sy'n cael eu defnyddio. A nawr, wy'n teimlo 'mod i'n cael fy nefnyddio.'

'Ti'n dysgu'n gyflym, Alaw fach.' Prociodd ochr ei dalcen â'i fys. 'Rhaid i ti fod un cam ar y blaen i dy elynion bob tro. Ond all neb wneud hynny heb gyfeillion gwleidyddol. Roedd hyd yn oed Moses angen rhywun i gynnal ei freichiau.'

Gadawodd Dafydd drwy'r agorfa.

Teimlai Alaw yn unig yn y Siambr fawr wag yn fwyaf sydyn. Roedd y pedair wal yn ei gwylio, yn ei beirniadu hi. Yn bwrw llinyn mesur hanes drosti. Roedd ansicrwydd yr hen Alaw yn bygwth ei meddiannu, ond sadiodd ei hun. Fe fyddai popeth yn iawn. Fe fyddai Dafydd yn cael y gorau ar Alwyn. Edrychodd i fyny. Roedd llygedyn o olau yn goglais wyneb y llusern wydr uwch ei phen o hyd.

Isgoed

P E BYDDAI'N RHEDEG, gwyddai y câi ei saethu.
Nid oedd mewn cell, ac eto roedd yn garcharor. Y broblem oedd nad oedd unman iddo ffoi. Y cwbwl a amgylchynai'r fila am filltiroedd i bob cyfeiriad oedd caeau a chaeau o winwydd o dan awyr las, ddigwmwl a haul crasboeth. Gallai weld un hewl a ddiflannai i rywla dros y gorwel, ond ni fyddai'n cyrraedd mor bell â hynny. Roedd wedi gweld y dynion yn crwydro yng nghanol y caeau, fan hyn a fan draw, â gynnau mawr dros eu hysgwyddau. Ac roedd rhagor ohonynt ar nenfwd y fila.

Doedd dim gobaith dianc. Bu Isgoed yn gaeth yno ers dyddiau, heb unrhyw gwmni ond llond llaw o weision a morwynion oedd yn gwrthod ateb yr un o'i gwestiynau. Roedd wedi eu clywed nhw'n siarad Ffrangeg ymysg ei gilydd, ond beth bynnag a ofynnai ef, mewn unrhyw iaith, nid oeddynt yn ei ateb.

Roedd y disgwyl yn annioddefol. Ni allai gysgu'n iawn a phan oedd yn pendwmpian fe fyddai'r hunllefau'n ei ddeffro drachefn. Hunllefau am Eli. Ni wyddai Isgoed lle'r oedd hi nawr, na hyd yn oed a oedd hi'n dal yn fyw. Roedd gwybod mai ef oedd wedi ei rhoi hi yn y fath berygl yn gur parhaol yn ei frest. Ysai yn fwy na dim i gael ei dal yn ei ddwylo a dweud wrthi bod popeth yn iawn.

Yr un peth oedd ar goll oedd Modron ei hun: nid oedd wedi ei gweld, na chlywed ganddi, ers cyrraedd y fila. Roedd yn torri ei fol eisiau siarad â hi. Roedd eisiau pledio am gael gweld Eli, iddi gael ei rhyddhau. Unrhyw beth i dorri ar undonedd yr ystafell boeth a'r olygfa dddigyfnewid drwy ei ffenestr.

Agorodd drws yr ystafell wely a daeth rhywun i mewn. Neidiodd i fyny o'i wely gan feddwl efallai fod giard wedi cyrraedd, naill ai i'w ladd o'r diwedd neu i gynnig dihangfa iddo. Ond merch ifanc oedd hi, un o'r morynion, yn fawr hŷn na dwy ar bymtheg oed. Roedd wedi ei gweld o'r blaen. Doedd hi ddim yn siarad, na hyd yn oed yn edrych arno wrth iddi dacluso'r ystafell a dod â'i fwyd. Heb enw go iawn, roedd Isgoed wedi dechrau ei galw hi'n Llygoden, oherwydd y modd yr oedd hi'n gwibio o amgylch yr ystafell yn tacluso ac yn clirio platiau a chytleri, cyn diflannu'n ôl drwy'r drws fel pe bai ei ofn arni.

Roedd wedi gadael llonydd iddi, ar ôl yr ychydig ymweliadau cyntaf. Gwyddai nad oedd hi'n bwriadu dweud dim wrtho, ac mai'r cyfan a ddymunai oedd cael twtio ei ystafell mewn heddwch. Ond fe fyddai pethau'n wahanol heddiw. Roedd wedi stwffio cyllell finiog i fyny ei lawes ar ôl swper y noson gynt, ac nid oedd y gwas di-weld a ddaeth i gasglu ei blât wedi sylwi ei bod yn eisiau.

Gafaelodd ym mraich y forwyn. Sgrechiodd hithau mewn ofn, a cheisio tynnu'n rhydd. Roedd Isgoed yn difaru gorfod ei chymryd yn wystl, ond nid oedd unrhyw ddewis arall.

'Modron!' gwaeddodd nerth ei ben. 'Wy moyn siarad â Modron!'

'Je ne sais pas!' gwaeddodd hi. 'Je ne sais pas qui c'est.'

Agorodd y drws drachefn ac fe gamodd dyn i mewn. Roedd yn gwisgo du o'i gorun i'w sawdl ac yn cario dryll. Camodd yn bwyllog i gyfeiriad Isgoed, cyn codi'r dryll dros ei ysgwydd a'i daro ar ei dalcen â'r carn. Syrthiodd Isgoed am yn ôl, a smotiau piws a melyn yn dawnsio o flaen ei lygaid. Ond roedd wedi llwyddo i ddal ei afael yn y ferch. Tynnodd y gyllell o'i boced a'i dal at ei gwddf.

'Stopiwch! Neu fe wna i ei thorri hi,' meddai'n wyllt, gan deimlo gwaed yn diferu o'i ben ac i mewn i'w lygaid.

Oedodd y dyn a rhoi ei ddryll o'r neilltu. Roedd yn gwisgo mwgwd a goglau tywyll, felly roedd yn amhosib i Isgoed weld ei lygaid nac unrhyw arlliw o'r hyn a oedd yn mynd drwy ei feddwl.

'Je veux parler à Modron,' plediodd drachefn.

Pwysodd y dyn ei ben i'r naill ochr. Yna gafaelodd yn ei fwgwd a'i dynnu'n rhydd o'i ben. Ni allai Isgoed gredu'r peth. Yr hen ddyn o'r plasty ydoedd. Gwenodd arno â'i ddannedd cam.

'Ble ma hi?' mynnodd Isgoed unwaith eto, a'r ofn yn cydio ynddo.

Cododd yr hen ddyn rywbeth at ei wddf. Rhyw fath o ddyfais siarad. Daeth llais mecanyddol ohono. 'Ti'n gafael ynddi,' meddai.

Yn ei syndod gollyngodd Isgoed y llygoden fach. Roedd ganddi laswen wirion ar ei hwyneb wrth iddi gamu yn ôl oddi wrtho.

'Ro'n i'n disgwyl gwell, Isgoed,' meddai. 'Pum diwrnod mewn caethiwed cyn ceisio ffoi…'

'Wy 'di cael digon o'r ffycin gemau yma,' cyfarthodd yntau.

Cododd y gyllell o'i flaen, ei ddwylo'n crynu. 'Wy moyn atebion. A wy moyn gweld Eli. A wy am i bobol roi'r gorau i anelu ffycin drylliau at fy mhen i.'

'Digon teg,' meddai Modron yn bwdlyd. 'Efnisien, cadwa'r gwn yna.'

Gollyngodd yr hen ddyn y gwn i'r llawr.

'Efnisien?' gofynnodd Isgoed yn syn. 'Ond... fe fuodd e farw... wrth ddinistrio'r Pair.'

'Dydi o'n dal ddim yn edrach yn fyw iawn i fi.' Cododd un ysgwydd. 'Mae enaid anfeidrol yn llechu yn ei hen gorff yn rhwla, fel chwilen o fewn rhisgl gwag hen goeden gnotiog. Dyna ffawd unrhyw un a fu'n y Pair Dadeni. Bywyd tragwyddol, ond ddim ar eu telerau nhw, yn anffodus. Mae mor fud â boncyff ac yn drewi fel celain.' Gwenodd. 'Mae o eisiau sgrechian, ond dydi o ddim yn gallu. Mae angen anadl ar ddyn i sgrechian, a does dim anadl gan y meirw. Mae'r holl gasineb, yr holl lid, wedi ei gloi y tu mewn iddo, heb unrhyw allanfa. Ac mae'n gryf o hyd, digon cryf i wasgu pen dyn yn uwd, meddan nhw. Paid â'i groesi.'

Ni wyddai Isgoed ai gwaed neu ddagrau oedd yn llosgi ei lygaid. 'Os yw e wedi cyffwrdd ag Eli...'

'Creda fi, mae Eli'n cael ei thrin fel tywysoges. Chafodd yr un carcharor gystal triniaeth ers i Napoleon gael ei alltudio i St Helena. Er mor droëdig yw'r syniad o gariad rhwng duw a pherson meidrol, dwi ddim am ei lladd hi... eto. Ond ni fydd y trefniant hwnnw'n parhau os nad ydw i'n cael dy gefnogaeth.'

'Ti moyn fy nghefnogaeth i? Ma 'da ti ffordd ryfedd iawn o ddangos 'ny, yn 'y nghloi i lan fan hyn am ddyddie.'

'Dries i dy y sbwylio di. Rŵan dwi wedi trio dy ddiflasu di. Nesaf fe fydda i'n dy arteithio di. Gyda llaw, wyt ti isio gwbod beth fyddai'n digwydd petaet ti'n ceisio dianc?'

Ysgydwodd Isgoed ei ben.

'Mi dduda i wrthot ti 'run fath, rhag ofn dy fod ti'n ddigon gwirion. Mi fydd Efnisien yn dal fyny â ti. Mae'n chwim iawn am ddyn heb guriad calon, a dydi o byth yn stopio. Yna mi fydd yn cymryd cyllall o'i boced ac yn torri dy wefusau, dy amrannau a dy glustiau i ffwrdd. Mae wrth ei fodd yn gwneud hynny.'

Nodiodd Efnisien ei ben yn frwdfrydig, a rhwbiodd ei dafod ar draws ei wefusau, fel ymgymerwr yn sychu caead arch. Camodd Isgoed yn ôl.

'Gall dyn fyw hebddyn nhw,' meddai Modron. 'Beth bynnag, rŵan dy fod ti'n gwbod y canlyniadau, ac yn fwy awyddus i siarad, mae'n siŵr ei bod hi'n saff dy ryddhau di. Tyrd i gael sgwrs efo fi.'

Roedd yn dda gan Isgoed adael yr hen ystafell glòs. Roedd ei goesau'n gwegian oddi tano ar ôl treulio gormod o amser yn segura rhwng pedair wal. Cerddodd y tri i fyny drwy'r fila wag i batio ar y to. Fe allai hi fod yn olygfa ysblennydd, ond roedd Isgoed wedi diflasu arni. Roedd bwrdd ac ychydig gadeiriau wedi eu rhoi yno a sawl potel o siampên ar rac gerllaw.

Cydiodd Modron yn un ohonyn nhw a thynnu ar y corcyn. Saethodd ymaith â chlec dros ymyl y tŷ, gan adael ffrwd o ewyn gwyn ar ei ôl. Tywalltodd hi'r hylif euraid i wydryn main a'i estyn i Isgoed. Roedd y swigod yn codi'n awchus i ymyl y gwydr ac yn ffrwtian dros y brig bron â bod. Cododd Isgoed ef i'w geg.

Blas cras, melys, sur ond ffres oedd yn byrlymu fel pinnau bach ar hyd ei dafod. Tân gwyllt yn goglais ei geg, yn ffrwydro'n sawl blas gwahanol ac yn gyrru ias i lawr ei wddf. Ffrydiodd y swigod i'w ben bron yn syth. Ymlaciodd fymryn.

'Mae'r botel yma'n costio dros fil o bunnoedd yn y siopau,' meddai Modron.

Syllodd Isgoed yn syn ar y gwydr yn ei law, fel petai'n sydyn iawn yn ymwybodol ei fod yn dal rhywbeth hynod o fregus. 'Jiawch.'

'Mae'n syndod sut gall yr enw "champagne" ychwanegu at bris y botel. Mae gwin pefriog llawn cystal yn cael ei gynhyrchu mewn sawl rhan o Ffrainc, a hyd yn oed yn ne Lloegr, ond heb yr enw "champagne", does neb isio talu'n ddrud amdanyn nhw. Mae'r union ddiod yma, o'r ardal hon, bellach yn gyfystyr â chyfoeth a dathlu a llwyddiant. Rhyfadd o beth, yntê?' Edrychodd arno dros dop ei gwydryn.

'Mmm,' meddai Isgoed gan gymryd llowc barus arall o'r hylif heulfelyn. Roedd yn sicr yn blasu'n hyfryd iddo ef. Os rhywbeth, roedd gwybod bod pob llwnc yn costio tua hanner canpunt ar y farchnad agored yn rhoi mwy o gic i'r parti yn ei geg.

'Mae'r un peth yn wir am Gymru,' meddai Modron. 'Canfyddiad yw popeth. Beth yw canfyddiad pobol Cymru?'

Cododd Isgoed ei ysgwyddau. Er ei fod wedi treulio dyddiau diddiwedd yn gaeth i'w ystafell, roedd wedi blino.

'Glaw. Defed. Mynyddoedd.'

'Ar ei ben,' meddai Modron, ychydig yn drist. Cymerodd ddracht o'i gwydr a'i droelli o amgylch ei cheg. 'Pan mae pobol yn meddwl am Gymru, maen nhw'n meddwl am wlad ddiflas, dlawd, wlyb, dan y fawd. Gwlad wedi ei choncro. Yn diriogaethol ac yn feddyliol.'

'Ma'n nhw'n iawn, 'weden i.' Sipiodd Isgoed ei siampên drachefn.

Aeth Modron i bwyso yn erbyn y balconi ac edrych allan dros y caeau gwinwydd. 'Na, canfyddiad yw popeth. Mae'r Saeson yn licio meddwl amdanyn nhw eu hunain fel y concwerwyr a'r Cymry fel y rhai sydd wedi cael eu gorchfygu. Ond mae'r gwrthwyneb yn wir, mewn gwirionedd, tydi?' Trodd ei phen ac edrych arno. 'Y Saeson sydd wedi cael eu gorchfygu dro ar ôl tro, a'r rheswm maen nhw'n dal dig at y Cymry ydi ein bod ni wedi llwyddo i beidio â chael ein concro – wedi mynnu cadw ein hiaith a'n diwylliant ein hunain.' Amneidiodd tuag ato gyda'i gwydryn. 'Gwilym Goncwerwr, er enghraifft. Concwerwr pwy oedd o, Isgoed?'

Cododd Isgoed ei war. 'Y Saeson am wn i.'

'Yn union. A wedyn mae'r Plantagenetiaid, y Tuduriaid, y Stiwardiaid, yr Hanofeiriaid, pob un mor Seisnig â chinio rhost dydd Sul os wyt ti'n gwrando ar eu fersiwn swyddogol nhw o'r hanes, ond pob un ohonyn nhw wedi concro'r Saeson. Gwendid, a chryfder, y Saeson, yw eu parodrwydd i wisgo mantell eu concwerwyr a smalio mai eu syniad nhw oedd y cwbwl o'r dechrau un.' Daliodd ei gwydryn i fyny at olau'r haul ac astudio'r swigod bach oedd yn codi ynddo. 'Petai Hitler wedi llwyddo i oresgyn Prydain, dealla, nid yn unig byddai'r Saeson i gyd yn siarad Almaeneg, ond fe fydden nhw'n mynnu mai eu syniad nhw oedd hynny reit o'r cychwyn.' Gwenodd arno'n drist.

'A ti'n dweud y byddai'r Cymry'n dal i siarad Cymraeg?'

'Yndw,' meddai'n bendant. 'Gwlad sy'n gwrthod cael ei choncro yw Cymru. Ond dydi'r Cymry ddim yn gweld hynny. Maen nhw wedi llyncu chwedl eu cymdogion. Fy mwriad i yw deud y gwir, adfer eu hyder – rhyddhau Cymru o'i chadwyni meddyliol.'

Syllodd Isgoed dros y balconi. Roedd rhywbeth yn dweud wrtho fod cynllun Modron ar gyfer dyfodol y wlad wedi ei drefnu yn yr un modd â'r rhesi o winwydd a ymestynnai hyd at y gorwel. Roedd wedi ffrwythloni ac aeddfedu dros y degawdau, ac unwaith yr oedd popeth yn ei le, fe fyddai'r pwysau mor ddi-ildio â hwnnw mewn potel o siampên. Ac roedd hi ar fin tynnu'r corcyn.

Ochneidiodd. 'A beth ddiawl sy 'da hyn i'w wneud â fi?' gofynnodd o'r diwedd.

'Ti ddoth i chwilio amdana i, ti'n cofio? Am be oeddat ti'n chwilio, Teyrnon?'

Cododd ei war. 'Heddwas 'yf fi. O'n i moyn dod o hyd i'r llofrudd.'

Gwenodd Modron arno'n anghrediniol, yn gwybod ei fod yn dweud celwydd wrtho'i hun. 'Roeddet ti'n clywad yr alwad. Yn teimlo ym mêr dy esgyrn fod rhywbath ar droed. Wedi blino ar fod yn ddim mwy na meidrolyn – isio bod yn dduw unwaith eto.'

Ysgydwodd Isgoed ei ben. 'Rhagor o bosau. Wâc wast arall oedd hon, fel mynd i weld Gwydion.'

'Fe wna i siarad yn blaen felly,' meddai. Rhoddodd ei gwydryn siampên ar fwrdd cyfagos. 'Bu'r cynllun ar waith ers dros ddegawd. Sylweddolais pan bleidleisiodd y Cymry o blaid eu Senedd eu hunain fod rhywbeth yn egino yno, am y tro cyntaf ers canrifoedd, a bod gobaith eto i roi pethau'n ôl fel yr oeddynt i fod. Y cam cynta yw sicrhau bod gan y wlad arweinyddiaeth effeithiol. Roedd hynny'n golygu argyhoeddi Iarlles y Ffynnon i ildio ei chleddyf, er mwyn i'r cleddyf fynd i feddiant y person cywir i wneud y gwaith.'

'Alaw Watkins,' meddai Isgoed. 'Fe drodd y cleddyf hi'n llofrudd.'

Cododd Modron ei hysgwyddau. 'Be oedd Derwyn Williams wedi ei wneud dros Gymru i haeddu cael byw? Mae Cymru wedi ei darostwng gan y cleddyf ers canrifoedd – mae'n briodol mai â chleddyf yn ei llaw y bydd y dywysoges newydd yn cerfio lle iddi ei hun yn y byd. Ond nid yw cleddyf yn ddigon.'

'Y Pair Dadeni,' meddai'n bendant.

'O gael gafael arno, o'i roi at ei gilydd drachefn, mi fydd gennym ni rym dros y meirw. Symbol a fydd yn dal dychymyg y bobl. Y *pièce de résistance*. Nid yn unig byddai'r Pair Dadeni yn atgyfodi dynion… fe fyddai'n atgyfodi cenedl.'

Ysgydwodd Isgoed ei ben. 'Ti 'di'i colli hi, Modron. Nid yn y canol oesoedd y'n ni. Os yw'r Cymry moyn bod yn rhydd, gallan nhw bleidleisio dros hynny eu hunen.'

'Ac o fodloni ar y broses ara' yna, o obeithio y bydd y Deyrnas Gyfunol yn dryllio drwy hap a damwain, bydd unrhyw arlliw o'r hyn mae'n ei olygu i fod yn Gymry wedi hen grebachu o'r tir. Ti'n gwbod be mae hynny'n ei olygu i ti.'

'Beth ti'n feddwl?' gofynnodd yn gyndyn, ond gan wybod yn iawn beth oedd ganddi.

Gwenodd hi'n ysmala. 'Ti 'di sylwi dy fod ti'n heneiddio?'

Suddodd calon Isgoed. Roedd yn amau hynny ers tro. Edrychodd ar ei ddwylo, a fu unwaith mor ifanc, ond oedd bellach yn llwyd ac yn grychiog.

'A methu cael plant?'

Cododd Isgoed ei ben. 'Sut o't ti'n gwbod 'ny?'

'Rwyt ti'n pylu o'r golwg, Teyrnon. Fel yr holl dduwiau eraill sy wedi mynd tu hwnt i ebargofiant. Ti'n ddim bellach ond troednodyn yn chwedloniaeth y genedl, wedi dy bereneinio mewn llyfrau academaidd llychlyd. Yn chwarae gemau cyfrifiadur yn y gobaith o ail-greu rhywfaint o rym y gorffennol. Onid wyt ti eisiau'r grym go iawn yn ôl?' Edrychodd allan dros y tiroedd o'u hamgylch. 'Dwi wedi bod yn lwcus. Mae ffermwyr ofergoelus ledled y dyffryn yn dal i dywallt poteli siampên i'r tir gan ddweud fy enw. Dw i'n parhau i fod yn dduwies yma yn Nyffryn Marne. Ond ni fyddwch chi dduwiau Cymreig mor ffodus. Os nad ydach chi'n gweithredu rŵan, tra bo hyder y Cymry yn eu gallu eu hunain ar gynnydd, mi fydd y fflam yn diffodd am byth.'

Trodd, gan bwyso ei chefn ar y balconi.

'Dwi dy angan di a'r duwiau eraill ar flaen y gad. A wnei di ymuno â fi?'

Cododd Isgoed ac ystyried yn hir, gan edrych allan dros y caeau gwinwydd. Ond doedd dim byd cyfnewidiol am yr olygfa o'i flaen. Na'i feddwl ef chwaith. Roedd yr ateb yr un fath bob tro. Gadawodd i'w wydr siampên lithro o'i afael. Gwyliodd ef yn malurio islaw.

'Na,' meddai'n bendant, gan droi i wynebu Modron. 'Falle 'mod i wedi treulio gormod o amser yn byw fel meidrolyn. Yn 'u sgidie nhw. Achos sai moyn i'r un dyn aberthu dim byd i mi, rhagor. Os ydw i'n chwalu yn ddim, wel, dyna ni.' Gostyngodd ei ben. 'Ni all yr un chwedl barhau am byth.'

Crychodd Modron ei gwefus. 'O'r gorau,' meddai â thinc o siom yn ei llais. 'Bydded yn chwedlau neu'n genhedloedd, y cryf sy'n goroesi yn y pen draw. Rydan ni'n cychwyn am Gymru heno, ac mi fyddi di'n aros fan hyn, i bylu o'r cof.' Galwodd ar ei gwarchodwr. 'Efnisien, dos â Teyrnon i lawr i'r selar.' Gwenodd arno'n drist. 'Daeth yn bryd ei aduno â'i gariad meidrol.'

Joni

*P*ssst...
    Agorodd Joni ei lygaid ac edrych o'i gwmpas yn ddryslyd. Bu'n breuddwydio am ryfel, a duwiau, a theyrnasoedd dan y môr, a... ond hyd yn oed wrth iddo ymbalfalu ymysg y delweddau, roeddynt yn llithro o'i afael. O fewn eiliadau dim ond olion blas a theimlad y freuddwyd oedd yn weddill, cysgod rhywbeth wedi ei daflunio ar gefn ei feddwl.

'Joni.'

Gallai weld ei dad yn gorwedd wrth ei ymyl, ei lygaid ar gau. Roedd yn cysgu. Edrychodd o amgylch y babell. Roedd lleisiau trigolion eraill y maes gwersylla wedi tewi ac roedd popeth yn dywyll fel y fagddu. O ble daeth y sibrwd a oedd wedi ei ddeffro, fel sisial y gwynt yn ei glust?

Dadsipiodd rywfaint ar waelod blaen y babell a gwthio ei ben allan. Disgleiriai'r sêr uwchlaw fel ffrwythau ar ganghennau coeden anweledig.

'Datglyma'r cwd.'

Roedd y llais yn dod o'r tu mewn i'r babell. Caeodd y sip ac edrych i lawr ar wregys ei dad, lle'r oedd sach ddiwaelod Rhiannon wedi'i chlymu. Yn araf bach a bob yn dipyn, fel nad oedd yn ei ddeffro, datododd y cwlwm. Cludodd y sach ysgafn i ben draw'r babell, mor bell â phosib o glyw ei dad, a'i hagor.

Roedd edrych i fag diwaelod yn brofiad rhyfedd. Ni allai ei lygaid amgyffred yr hyn a welai. Arnofiai'r cynnwys o'i flaen, ond ni wyddai a oedd yn fychan ynteu'n bell. Ond yr hyn a roddai'r sioc fwyaf iddo oedd gweld pen Bendigeidfran yn y gwagle, ei lygaid yn byllau du, yn syllu yn syth ato, i mewn iddo, i ddyfnder ei enaid.

'Daeth yn bryd i ni adael, fy machgen i,' meddai.

'Yn barod?' gofynnodd yn gysglyd. 'Ma'n orie mân y bore. Bydd rhaid i fi ddeffro Dad...'

'Gad iddo gysgu yn hwy. Nid ei orchwyl ef mo hon mwyach. Rhaid i Ail Gynulliad y Pen Urddol barhau hebddo.'

'Sai'n mynd i unman heb Dad.'

'Rydw i wedi edrych yn ddwfn i'w feddwl,' meddai Bendigeidfran. 'Mae'n dymuno cael y Pair Dadeni, i'w arddangos er ei anrhydedd ei hun. Dyna ei gynllun o'r dechrau. Daw hynny cyn popeth arall. Hyd yn oed ei fab.'

'Dyw hynny ddim yn wir.'

'Rwyt ti'n gwybod y gwirionedd yn dy galon, Joni,' meddai. 'Fe fydd yn troi ei gefn arnat yn fodlon, er mwyn hyrwyddo ei yrfa ei hun, fel y gwnaeth yn y gorffennol. Does dim wedi newid yn ei natur.'

Caeodd Joni y bag.

'Joni!'

Agorodd y bag drachefn. Teimlai Joni am eiliad iddo gael ei feddiannu, bod ewyllys Bendigeidfran yn ei reoli fel y mae llaw yn rheoli maneg. Ni allai ei wrthsefyll. Syrthiodd i wacter ei lygaid diwaelod.

'Rydw i wedi gweld y dyfodol,' meddai. 'Fe fydd chwant dy dad am y Pair yn ei ddinistrio. Paid â gwneud yr hyn a wnaethost ti i Iaco iddo ef. Ni fydd anwybodaeth yn llethu dy euogrwydd y tro hwn. Rwyf yn dy rybuddio rhag blaen.'

Roedd hynny'n ormod i Joni. Gwrthryfelodd yn erbyn y pŵer estron a oedd yn ei reoli. Caeodd bob drws yn ei feddwl ar y procian busneslyd.

'Gwed di 'ny 'to,' sgyrnygodd, 'ac fe wna i daflu'r sach yma i'r môr oddi ar Benmaen Dewi.' Caeodd y cwdyn a thynhau'r cortyn mor dynn ag y gallai. Cripiodd yn ôl i ben draw'r babell a rhoi y bag ar wregys ei dad drachefn.

Cydiodd Joni yn ei glustog a chau ei lygaid yn dynn. Ond ni allai gysgu. Nid oedd arno awydd breuddwydio am dduwiau a rhyfeloedd, ac ofnai adael ei feddwl yn ddiamddiffyn er mwyn i Bendigeidfran sleifio o'i amgylch tra oedd yn anymwybodol, fel lleidr yn y nos.

ʊ

Codai Ynys Gwales o'r môr aflonydd o'u blaenau fel cefn crwban anferthol. Ymgodai a gostyngai'r cwch ar fympwy'r tonnau a'i haliai yma a thraw. Roedd yr awyr yn lliw briw, a'r dŵr oddi tani yn wyrdd chwydlyd. Dyfalai Joni fod gwawr debyg ar ei wyneb yntau. Corddai ei fol llawn cymaint â'r dyfroedd oddi tanynt.

'Alla i ddim mynd lawer agosach.' Llygadodd capten y llong y creigiau ewynnog yn ddrwgdybus. 'Dylech chi fod wedi dod dwe, o'dd y môr mor llonydd â phancysen.'

'Os allech chi fynd â ni'n ddigon agos i ni fedru neidio i ffwrdd, mi fysan ni'n ddiolchgar,' gwaeddodd ei dad o gefn y llong, wrth i'r gwynt chwipio'r geiriau o'i geg.

Nodiodd y capten ei ben yn araf. Cafodd cychod yr RSPB eu canslo am ychydig ddyddiau o ganlyniad i'r tywydd, felly bu'n rhaid talu dros ddau gan punt i'r morwr hwn i'w cludo nhw yno ar fwrdd ei gwch pysgota. Nid oedd wedi gofyn pam roedden nhw'n fodlon gwario cymaint ar drip arbennig yng nghanol chwip o storom, ond roedd yn amlwg yn dechrau codi amheuon erbyn hyn.

'Sdim byd i ga'l 'na ond cerrig a cachu adar,' meddai. 'A dim cysgod. Os chi'n chwilio am Grassholm Luxury Lodge, ma hwnnw draw yn Bluestone.'

'Ma gynnon ni babell,' atebodd Bleddyn.

Bu bron i'r morwr chwerthin. 'Rhyw sort o wyddonwyr y'ch chi?'

'Rhyw fath. Mi wnawn ni dalu cant arall, os ewch chi â ni'n agosach.'

Cododd y capten ei war a llywio'r llong yn agosach at y creigiau. 'Os y'ch chi'n dwyn wyau, peidwch wasto'ch amser. Dim ond huganod sy 'na, degau o filodd ohonyn nhw, a smo nhw'n brin.'

Aeth â nhw i ymyl rhes o byllau bas ger yr ynys. Nid oedd lle i oedi yno, ond byddai'n bosib iddynt neidio o'r cwch a sgrialu i fyny ymyl y graig. Hyd yn oed ynghanol haf, edrychai'r ynys yn gwbwl anghyfannedd – dim ond clwmp o graig lwyd ar ymyl y byd. Roedd y copa'n wyn fel eira, lle'r oedd degau o filoedd o adar yn nythu ac wedi baeddu'r cerrig o'u cwmpas.

'Odych chi moyn i fi ddod 'nôl?' gofynnodd y morwr wrth i Bleddyn ddringo dros yr ymyl.

'Fe ddaliwn ni gwch mewn 'chydig ddiwrnodiau.'

Dilynodd Joni ei dad, a theimlo'r dŵr rhewllyd yn cau fel cyffion am ei fferau. Brysiodd drwy'r pyllau bas tuag at y llethr a arweiniai i fyny at gopa'r ynys. Erbyn iddynt gyrraedd yno, roedd y morwr eisoes wedi codi llaw ac yn hwylio oddi yno, rigin ei gwch yn canu fel cloch yn y gwynt wrth ymadael.

'Pob lwc i chi!' gwaeddodd, a'i eiriau bron â chael eu colli yn y gwynt.

Eisteddodd ei dad a thynnu ei sgidiau er mwyn eu sychu.

'Gobeithio ein bod ni yn y lle iawn, neu mi fydd y dyddiau nesa'n ddiflas ar y naw,' meddai. Chwythai glaw o'u cwmpas a oedd mor fân nes ei fod bron fel niwl, ond teimlai Joni yn llawer gwell o gael ei draed yn ôl ar dir cadarn.

'Dychmygwch dreulio wyth deg mlynedd yn y man hwn, yng nghwmni'r Saith,' meddai Bendigeidfran. 'Ond o leiaf roedd gwledd a chân bryd hynny, cyn i Heilyn fab Gwyn Hen agor y drws tuag at Gernyw ac Aber Henfelen.'

''Na beth yw enw!' ebychodd Joni.

'Ia,' meddai ei dad. 'Hefyd, Taliesin, Pryderi, Manawydan fab Llŷr, Glifiau Ail Daran, Ynawg a Gruddiau fab Muriel. Y Saith. Cynulliad y Pen Urddol.'

'Bois bach,' meddai Joni, gan ailadrodd yr enwau yn ei ben. 'Beth wnaethon nhw i'w mamau i haeddu'r enwau 'ny?'

'A deud y gwir, ro'n i isio dy alw di'n Gruddiau Ynawg ap Bleddyn, ond oedd dy fam cau gadael i mi.'

Fe ddringon nhw i ben yr ynys a throi i edrych yn ôl dros eu hysgwyddau. Roedd y tywydd yn rhy wael i weld arfordir Cymru, tua wyth milltir i'r dwyrain. Ond y tu hwnt i'r gwynt main, roedd yn weddol heddychlon i fyny uwchlaw'r tryblith dyfriog oddi tanynt. Gallai Joni deimlo'r aer oer yn llenwi ei ysgyfaint fel megin.

'Dyma'r tir mwya gorllewinol yng Nghymru gyfan.' Ar ôl treulio wythnosau yng nghwmni ei dad, gwyddai Joni fod ganddo fwy o ffeithiau annefnyddiol yn ei feddiant na Wikipedia.

'Am beth y'n ni'n chwilio?' gofynnodd.

'Yn ôl y Mabinogi roedd yna gaer yma, ar frig yr ynys. Dwi'n dyfalu mai dyna lle fydd y fynedfa i Fyd yr Heliwr a Llyn y Pair.' Edrychodd Bleddyn draw lle'r oedd yr adar wedi nythu. 'Dan yr holl giwana 'na, fetia i. Hei, wyddost ti fod tua un ym mhob deg o huganod y byd yn byw ar yr ynys yma?'

'O ie? Pa liw y'n nhw fel arfer?'

'Gwyn.'

'Felly sdim rhai du i ga'l?'

'Nag oes.' Trodd ei dad i weld beth oedd yn syllu arno. Ymysg y gymysgfa o adar claerwyn ar y copa, roedd ambell frycheuyn du, fel pe bai gwallt yr ynys wedi britho.

Dechreuodd Joni eu cyfri. 'Saith,' meddai. Teimlodd arswyd yn cripio dros bob modfedd o'i gorff.

Cydiodd ei dad yn ei fraich. 'Y diawliaid, maen nhw yma o'n blaenau, yn disgwyl amdanon ni. Ro'n nhw'n gwbod i le o'n ni'n mynd. Ac na fysan ni'n medru dianc.' Edrychodd o'u hamgylch yn wyllt, fel pe bai'n disgwyl gweld cwch wedi ei angori'n gyfleus ger y lan. 'Sdim dewis. Joni – tyrd!'

Disgwyliai Joni y byddent yn ei heglu hi i lawr tuag at y môr. Yn ceisio cael sylw'r morwr, o bosib. Ond roedd ei gwch eisoes yn frycheuyn ar y gorwel. Yn hytrach, trodd ei dad a sgrialu i fyny'r graig tuag at gopa'r ynys, at y cigfrain. Dilynodd Joni ef.

Roedd yr huganod dan draed ymhobman. Roedd degau o filoedd ohonynt, ym mhob cyfeiriad, a'u hymateb cyntaf wrth i'r tad a'r mab faglu i'w canol oedd hedfan yn wyllt o'u blaenau. Cododd Joni ei ddwylo o'i flaen i'w hamddiffyn wrth i'r adenydd a'r pigau a'r coesau fwrw yn ei erbyn. Roedd y cerrig dan draed yn llithrig gyda'u baw.

Ynghanol y corwynt o gyrff gwyn, gwelodd Joni chwyrlïad du. Roedd un o'r Saith wedi ehedeg uwchben y dyrfa o adar ac yn closio tuag atynt.

'Dad!' meddai Joni, a phwyntio tuag at y gigfran ddu frawychus uwch eu pennau.

'Rhed tuag ati!' gwaeddodd ei dad.

Credai Joni fod hyn yn ffwlbri llwyr, ond wrth iddynt frasgamu i'r cyfeiriad hwnnw codwyd ton arall o adar gwyn o'u blaenau a hedfanodd yn syth i gwrdd â'r creadur dieflig a'i wthio am yn ôl. Roedd ei dad wedi tynnu ei fag o'i gefn, ac yn ei siglo i bob cyfeiriad er mwyn aflonyddu ar ragor o'r adar o'u cwmpas. Roedd yr awyr yn llawn sgrechfeydd wrth iddynt ehedeg i'r awyr.

'Ble mae'r fynedfa, Bendigeidfran?' gofynnodd ei dad yn orffwyll. 'Mae hi fan hyn yn rhwla yn ôl y chwedl.'

Roedd bron y cwbwl o'r adar bellach wedi ffoi. Ond nid oedd y Saith wedi cilio ymaith. Ffurfiasant gylch o'u cwmpas, eu carpiau yn chwythu yma a thraw yn y gwynt.

'Does dim dihangfa —' meddai ei dad. Edrychodd ar Joni. 'Mae ar ben arnon ni.' Yn sydyn tynnodd fag Rhiannon o'i wregys a'i agor. Estynnodd ben Bendigeidfran ohono. 'Ai dyma oeddach chi isio?'

'Dad!' gwaeddodd Joni.

Gwelodd Joni lygaid y Saith yn pefrio'n ffyrnicach. Roedd rhywbeth tebyg i wên ar eu hwynebau anfad. Rhywbeth tebyg i chwant yn eu llygaid.

Tynnodd ei dad gyllell o'i boced. Daeth â hi i lawr wrth ymyl pen Bendigeidfran a thorri un o'i glustiau i ffwrdd. Rhwygodd hi o'i bonyn a'i rhoi yn llaw Joni.

'Beth —?'

'Mewn â ti i'r sach, Joni.'

'Dad, na.'

Syllodd ei dad i'w lygaid. 'Alla i ddim colli mab arall, hyd yn oed am eiliad. Rŵan dos o 'ngolwg i.'

Caewyd y sach dros ei ben.

Teimlodd Joni ei hun yn syrthio i'r tywyllwch. Llithrodd drwy'r gofod, gan ymbalfalu ond heb fedru dal gafael ar ddim byd. Wrth i'w lygaid arfer â'r tywyllwch, daeth yn ymwybodol o wrthrychau eraill yn gwibio o'i amgylch. Darnau o'r pair, ambell waywffon, utgorn a tharian.

Caeodd ei lygaid. Ymestynnai ei feddwl y tu hwnt i ffiniau'r sach, gan ymbalfalu am angorfa yn y storm.

Bendigeidfran? Wyt ti yno? Gad i mi siarad â Dad.

Bu saib.

'Ydw, Joni, rydw i yma.'

Yn sydyn, gallai weld y tu hwnt i ffiniau'r bag. Gallai weld ei dad ar gopa Ynys Gwales. Syweddolodd ei fod yn gweld drwy lygaid Bendigeidfran. Ond nid drwy ei lygaid chwaith. Gwelai y darlun cyfan. Gallai weld copa Ynys Gwales, a'r Saith. Roeddynt yn cau fel rhwyd am ei dad.

'Mae'n ddrwg gen i, Joni.'

Gwelodd ei dad yn rhedeg, nerth ei draed, oddi ar y copa, i lawr y llethr, tuag at y môr. Cydiai ym mhen Bendigeidfran gyda'i ddwylaw. Hedfanodd y Saith ar ei ôl. Daeth at ymyl y clogwyn ac edrych yn ôl. Dychmygai Joni ei fod yn edrych i fyw ei lygaid.

'Gobeithio imi wneud y peth iawn, yn y diwadd.'

Camodd ymaith.

'Dad!'

'Ia, Joni?'

'Wy'n dy garu di.'

Ond roedd yn rhy hwyr iddo glywed ateb.

Isgoed

A TSEINIODD SŴN TRAED Isgoed ac Efnisien yn gymysg â'i gilydd drwy'r seler danddaearol. Ymestynnai'r twnnel o dan y ddaear am rai milltiroedd. Ni welai Isgoed unrhyw ben draw iddo, ac roedd sawl coridor arall yn ceincio oddi ar y brif rodfa.

Roedd y poteli siampên wedi eu pentyrru bob ochr, o'r llawr hyd at y nenfwd isel. Rhaid eu bod eisoes wedi cerdded heibio i filoedd ohonynt. Hongiai llechi yma a thraw yn nodi dyddiad cynaeafu'r grawnwin i greu'r gwin. 1991, 2005, 2008, 2016. Dyna'r unig arwydd, hyd y gwelai Isgoed, bod y blynyddoedd yn parhau i dreiglo heibio ar yr wyneb. Hynny a'r lampau trydan a oedd wedi eu gosod bob ychydig lathenni i oleuo eu ffordd. Fel arall, awgrymai'r waliau cerrig a'r nenfwd fwaog nad oedd adeiladwaith y seler wedi newid ers canrifoedd. Bob hyn a hyn ymwthiai gwythïen o garreg galch o'r graig ac amharu ar batrwm ailadroddus y rhwydwaith o dwneli.

1984, 1978, 1963… Fe gerddon nhw'n ôl drwy'r oesoedd. Roedd y poteli yma'n brinnach, gan awgrymu bod y mwyafrif eisoes wedi cael eu gwerthu. Roedd trwch o lwch gwyn wedi casglu arnynt, fel pe bai wedi bod yn bwrw eira dan y ddaear. Tynnodd Isgoed ei fys ar hyd un botel wrth fynd heibio, gan gasglu rhywfaint o ddwst ar flaen ei ewin a gadael llinell laith ar hyd y gwydr.

Grwgnachodd Efnisien y tu ôl iddo ac fe brysurodd Isgoed ei gam. Nid oedd am gynnig esgus i'w garcharwr droi tu min tuag ato unwaith eto. Roedd natur dreisiol anrhagweladwy Efnisien yn chwedlonol – yn llythrennol felly. Roedd Isgoed wedi ymdrin â digon o ddynion drwg i wybod pa rai oedd yn ddigon call yn y bôn, ac yn gweithredu er eu budd materol, a pha rai oedd o'u coeau ac yn dinistrio, treisio a llofruddio er mwyn bodloni eu chwantau gwyrdroëdig eu hunain. Roedd Efnisien yn sicr yn perthyn i'r ail gategori – ni allai weld dim byd ond gwallgofrwydd yn ei lygaid.

Rhoddodd Efnisien law ar ei ysgwydd i'w atal wrth risiau cyfyng a oedd yn arwain i lawr drwy fynedfa fwaog i siambr islaw. Yna prociodd ei gefn i ddynodi y dylai fynd i lawr o'i flaen. Ni allai

Isgoed weld llawer yn y golau gwan, felly camodd i lawr y stepiau yn ochelgar. Ond sbonciodd i lawr y gris olaf wrth weld siâp merch â mop o wallt cyrliog yn y caddug.

'Eli!'

Agorodd hi ei llygaid dolurus ac edrych arno. 'Isgoed?' Eisteddai ar gadair ynghanol yr ystafell a'i chefn tuag at y fynedfa.

'Beth maen nhw wedi'i neud i ti?' Edrychai'n denau a gwelw, ei hwyneb yn frwnt a'i gwallt yn anniben.

Cyfeiriodd Eli at sawl potel wag a orweddai wrth ei thraed.

'Sai byth moyn blasu dropyn arall o siampên,' meddai.

Gwenodd Isgoed a'i chofleidio. Roedd hi'n fyw, a ddim llawer gwaeth. Roedd wedi'i argyhoeddi ei hun bod Efnisien yn ei arwain i weld ei chorff.

'Wy'n caru ti,' meddai.

'Cer â fi o 'ma, Isgoed.'

Safodd ar ei draed a wynebu eu carcharwr.

'Beth nawr?' gofynnodd. 'Odyn ni'n cael mynd?'

Tynnodd Efnisien ei declyn siarad electronig o'i boced a'i ddal at ei wddf.

Daeth llais robotaidd ohono: 'Fe fydd gennych chi bum munud.' Plygodd a chodi masg haearn hynafol a'i roi am ei wyneb. Roedd Isgoed yn nabod y masg o lyfr tywys Eli – yr oedd gweithwyr y selerydd yn ei ddefnyddio i warchod eu hwynebau pan fyddai'r poteli'n ffrwydro. Yna gwthiodd Efnisien ei law i'w boced arall a thynnu cyllell anferth ohoni. 'Pum munud i ddianc. Yna fe fydd yr helfa'n dechrau.'

Syllodd Isgoed arno'n gegrwth. Sylweddolodd nad oedd unrhyw fwriad gan Modron i adael iddo ef ac Eli ddianc, na chwaith iddynt bydru i lawr yma am flynyddoedd. Rhaid ei bod hi wedi addo i Efnisien y câi rywfaint o hwyl gyda nhw cyn y diwedd.

'Is—Isgoed?' gofynnodd Eli, a'i llais yn crynu.

Doedd dim amdani bellach ond ffoi am eu bywydau. Tynnodd ar law Eli a cheisio ei llusgo i fyny'r grisiau, a heibio'r gwallgofddyn a syllai arnynt yn fud o'r tu ôl i'w fwgwd haearn. Baglodd Eli ar y cerrig dan draed a bu'n rhaid iddo ei hanner codi hi i fyny i'r brif rodfa.

Cofiodd eiriau Modron. *Mae'n chwim iawn am ddyn heb guriad calon a dydi o byth yn stopio.* Gwyddai na fyddai ef ac Eli yn ddigon cyflym i faeddu Efnisien mewn ras ar hyd y prif dwnnel ac yn ôl tuag at yr wyneb, hyd yn oed pe baent yn achub y blaen arno o bum munud. Ac nid oedd Eli yn ddigon cryf ar ôl wythnosau o dan ddaear. Roedd hi eisoes yn cerdded yn simsan ac yn straffaglu i ddal i fyny. Yr unig obaith oedd diflannu i lawr y ddrysfa o dwneli eraill a gobeithio dod o hyd i lwybr a arweiniai at yr wyneb.

Dyna roedd Efnisien yn ei obeithio hefyd, mae'n siŵr. Roedd eisiau chwarae gêm y gath a'r llygod â nhw. Ychydig o gyffro i fywiogi ei hen gorff marw.

Aethant heibio i'r gainc gyntaf yn y twnnel. Dewis ychydig yn rhy amlwg, meddyliodd Isgoed. Ond roedd yn ymwybodol bod hôl eu traed yn gadael patrwm amlwg yn y llwch ar lawr. Cynhyrfodd. Roedd ei galon yn curo fel gordd.

Nid oedd arno ofn marwolaeth. Roedd wedi byw yn llawer hwy nag yr oedd yr un dyn yn ei haeddu. Ond roedd arno ofn yr hyn fyddai Efnisien yn ei wneud iddo cyn ei ladd. Ac yn ei wneud i Eli. A'i fai ef fyddai'r cwbwl.

Byddai'n amhosib dianc, sylweddolodd. Fe fyddai Efnisien yn eu dal, yn hwyr neu'n hwyrach. Yr unig ddewis oedd troi'r stori ar ei phen. Gwrthod chwarae'r gêm. Troi'n heliwr ac Efnisien yn ysglyfaeth.

'Eli, bydd angen dy help arna i,' meddai.

Sylweddolodd ei bod hi'n crynu yn yr oerfel tanddaearol, ei chroen yn wyn fel y galchen. Cwtsiodd hi.

'B-beth y'n ni'n mynd i'w neud?' gofynnodd hi.

'Ei ladd e. Dyna'n hunig obaith.'

Cusanodd Isgoed ei boch. Roedd angen gosod trap.

ʊ

Tinc, tinc, tinc, tinc…

Safai Eli ynghanol y storfa gyda photel wag o siampên yn un llaw a llwy de yn y llall. Bob ychydig eiliadau curai'r naill yn erbyn y llall, gan greu twrw di-dor a atseiniai i lawr y coridorau i bob cyfeiriad.

Yn y cyfamser, swatiai Isgoed mewn croglofft uwch ei phen yn gwylio'r fynedfa fel barcud. Gyda chryn anhawster roedd wedi symud sawl baril derw ar hyd y silff bren. Roedd ychydig gannoedd o boteli gwydr llawn i fyny yno hefyd. Dyfalai eu bod nhw wedi cael eu gwrthod, neu wedi eu hanghofio, gan eu bod yn llawn gwaddod. Wedi hen droi'n finegr nad oedd neb am ei yfed.

Eli fyddai'r ffug-brae, yn denu Efnisien tuag ati. Ac efe oedd wedi gosod y trap.

A fyddai Efnisien yn ddigon dwl i syrthio i'w fagl? Ni wyddai Isgoed. Ond doedd yr un fynedfa arall i'r hen warws llychlyd y gwyddai amdani oni bai am y drws bach carreg yn y pen draw. Roedd gweddill yr ystafell yn llawn hen offer, bocsys a chasgenni. Gorchuddiwyd y llawr dan lwch a gwellt. Os oedd Efnisien eu heisiau nhw, byddai'n rhaid iddo ddod i mewn, ac roedd Isgoed yn barod i sicrhau y byddai sawl tunnell o dderw a photeli gwydr yn syrthio ar ei ben.

Clywodd anadl Eli'n tynhau fymryn. 'Fe… weles i… gysgod —' meddai. 'Wy'n credu ei fod e'n neud rhwbeth ym mhen draw'r coridor.'

'Paid â symud,' sibrydodd Isgoed. Gallai glywed sŵn ei waed yn curo yn ei glustiau.

Gwelodd Eli'n cau ei lygaid, fel petai'n disgwyl ergyd farwol unrhyw eiliad. Powliodd deigryn unig i lawr ei boch. Teimlodd Isgoed hynny i'r byw. Ei fai ef oedd hyn, meddyliodd, am iddo ei llusgo i'r cawlach yma. Fe fyddai'n brwydro yn erbyn Efnisien gyda nerth deng ewin i'w hachub, i sicrhau ei bod yn saff, beth bynnag a ddeuai.

Yna, trwy gornel ei lygad gwelodd un o'r barilau ym mhen pellaf yr ystafell, y tu ôl i Eli, yn symud modfedd. Agorodd caead bach ar y llawr, ceuddrws nad oedd Isgoed wedi sylwi arno dan y gwellt a'r llanast llychlyd. Gwelodd gysgod yn ymlusgo ohono mor dawel â llygoden, cyn codi ar ei draed a sleifio i le y safai Eli yn curo'r botel.

'Eli – rhed!' bloeddiodd Isgoed.

Sgrechiodd Eli, a throi ar ei sawdl. Ond mae'n rhaid ei bod hi'n meddwl bod yr ymosodiad yn dod o'i thu blaen, oherwydd fe aeth yn syth i gwrdd â'i hymosodwr. Gwelodd Isgoed Efnisien, ei wyneb wedi ei guddio y tu ôl i'w fasg haearn, yn codi ei gyllell fawr finiog uwch ei ben, yn barod i'w thrywanu. Ond roedd Eli wedi ymateb yn gyntaf, drwy reddf yn fwy na dim, gan siglo'r botel a oedd yn ei llaw drwy'r awyr a'i chwipio ar hyd cefn ei ben. Drylliodd y gwydr a chlywodd Eli yn gweiddi mewn poen wrth iddo dorri ei llaw, ond roedd Efnisien wedi ei daro oddi ar ei echel yn ddigon hir i ganiatáu iddi ffoi i'r cyfeiriad arall, tuag at y porth bwa cerrig a oedd yn fynedfa i'r ystafell. Herciodd Efnisien ar ei hôl.

Gwthiodd Isgoed yn erbyn y pentwr o boteli gyda'i holl nerth, nes bod ei ffroenau'n chwibanu a'i gyhyrau'n llosgi. Gyda sŵn fel tirlithriad chwalodd y pentwr oddi ar ymyl y silff. Gwelodd Efnisien yn codi ei olygon am eiliad tuag ato, cyn diflannu o'r golwg wrth i'r poteli dywallt drosto gyda chlindarddach byddarol, cyn ymledu fel llif afon o hylif a gwydr i bob cornel o'r ystafell. Llenwyd y warws tanddaearol ag oglau sur wrth i'r nwyon a oedd wedi bod yn ffrwtian yn y poteli ers hanner canrif a mwy godi yn un chwa ddrewllyd i'r awyr.

'Paid dod ffor' hyn, Eli!' bloeddiodd Isgoed – er na ddychmygai y byddai'n ddigon dwl i ddod yn agos at yr ystafell drachefn. Gydag unrhyw lwc yr oedd bellach yn ei heglu hi am yr wyneb.

Gwelodd fod Efnisien bellach ar ei gwrcwd ynghanol y gwydr toredig. Roedd yn dal i symud ryw fymryn, yn araf ac yn boenus. Rhuthrodd Isgoed draw at y casgenni derw trwm oedd ar y silff a rhoi ei ysgwydd atynt. Dechreusant rowlio i lawr, a glaniodd ambell un gyda chlec ar ben Efnisien, gyda sŵn troëdig pren yn hollti cnawd. Gwasgarodd y barilau eraill bob sut i bob pen o'r ystafell.

Bu distawrwydd sydyn, wrth i'r olaf o'r darnau gwydr a barilau derw ddod i stop.

'Eli?' galwodd Isgoed.

'Wy'n iawn,' atebodd, mewn llais a awgrymai fel arall.

Aeth Isgoed i lawr yr ysgol o'r groglofft. Gwelodd wyneb Eli yn sbecian yn betrus arno o'r tu hwnt i gysgod y fynedfa.

'Odi fe wedi – marw?' gofynnodd, gan syllu ar y llanast â llygaid fel soseri.

Camodd Isgoed yn agosach at y pentwr o bren a gwydr.

'Wy'n credu —'

Holltodd pren un o'r casgenni wrth i ddwrn dorri drwyddo, ac ymbalfalu am wddf Isgoed. Neidiodd am yn ôl o'i afael, ei galon yn taranu yn ei frest, a'i baglu hi i gyfeiriad Eli.

'Cer!' sgrechiodd.

Clywodd waedd o gynddaredd ac fe holltodd y gasgen yn bedwar darn y tu ôl iddo, gan ddatgelu'r hyn a oedd yn weddill o Efnisien. Ni allent weld ei wyneb y tu hwnt i'r mwgwd, ond roedd ei ddillad wedi eu rhwygo, a chroen ei goesau a'i freichiau yn grafiadau dwfn.

Rhedodd Isgoed ac Eli am eu bywydau i lawr y coridor, law yn llaw, yr adrenalin yn sïo drwy'u gwythiennau. Ond llenwyd Isgoed ag anobaith wrth weld bod Efnisien wedi bod yno o'u blaenau. Roedd pen draw'r coridor wedi ei gau â phentwr o focsys a chasgenni. Roedd wedi dyfalu y byddent yn ceisio dianc y ffordd honno, wedi iddo ymosod arnynt. Roedd y gêm wedi newid eto. Ef oedd wedi gosod trap ar eu cyfer nhw.

Cydiodd Isgoed yn Eli a'i thynnu tuag ato. Dyma'r diwedd. Clywodd sŵn tuchan a rhegi yn agosáu tuag atynt drwy'r coridor. Daeth Efnisien i'r golwg dan y golau trydan. Gwelodd hwynt, a chodi ei law i dynnu ei fwgwd haearn. Taflodd ef i'r llawr. Gwenodd arnynt, ei lygaid yn pefrio â drygioni na welodd Isgoed ei fath erioed o'r blaen. Roedd yn mwynhau hyn.

Tynnodd Eli botel oddi ar silff gerllaw a'i thaflu ato. Crymodd ei ben, a bwriodd y botel y rhesel y tu ôl iddo a chwalu'n deilchion. Glaswenodd arnynt. Ond yna ffrwydrodd un o'r poteli eraill ar y rhesel. A'r un nesaf ati. Dechreuwyd adwaith cadwynol, wrth i'r poteli ansefydlog ffrwydro'r naill ar ôl y llall. Cododd Efnisien ei ddwylo i amddiffyn ei lygaid wrth i'r darnau gwydr saethu o silff i silff a phigo ei groen o bob cyfeiriad. Gwingodd yma a thraw, gan chwifio ei ddwylo drwy'r awyr, fel petai dan ymosodiad gan haid o wenyn.

Cododd Eli botel arall oddi ar y llawr, a oedd eisoes wedi ei hollti yn ddwy. Meddyliodd Isgoed ei bod hi'n mynd i daflu hon eto. Ond gyda gwaedd o gynddaredd, carlamodd tuag at Efnisien, gan anelu rhimyn pigog y gwydr am ei wyneb.

'Gad lonydd i ni!' sgrechiodd yn orffwyll.

'Paid!' gwaeddodd Isgoed.

Ond roedd Eli eisoes wedi ei gyrraedd, ac yn ei drywanu, drosodd a thro, gan hollti croen a chnawd ei gorff a'i wyneb. Fe fyddai wedi bod yn ddigon i ladd unrhyw fod meidrol. Ond nid un felly oedd Efnisien. Sadiodd ei hun. Ymestynnodd ddwy law fawr, a'u cau fel feis am ben du cyrliog Eli.

'Na!' bloeddiodd Isgoed. Ond roedd yn rhy hwyr. Doedd dim diben ceisio ffrwyno malais o'r fath. Clodd llygaid Efnisien am lygaid ei gariad, a gwasgodd – gwasgodd ei phen nes y diflannodd ei fysedd yn ddwfn i'w gwallt. Ni chlywodd Isgoed yr un sŵn. Dim sgrech, nag hyd yn oed anadl. Fe aeth corff Eli yn llipa. Taflodd Efnisien ei chorff marw o'r neilltu, i ganol y darnau gwydr a'r llwch ar lawr.

Cododd ei olygon at Isgoed. Roedd ganddo lygaid mor oer a difywyd â llygaid siarc, mor ddi-hid o'i ffawd â'r bydysawd. Rhoddodd ei law yn ei boced a thynnu ei ddyfais siarad ohoni a'i gwthio yn erbyn ei wddf.

'Dim byd ond blawd,' meddai.

Teimlodd Isgoed y casineb yn corddi ynddo, yn ddwfn yn ei fynwes. Gwyddai y byddai'r galar yn dod yn ddiweddarach, yn ei daro fel tswnami, yn ei rwygo'n deilchion a'i gario ymaith gyda'i li, ac y byddai'n treulio misoedd os nad blynyddoedd yn cynnull pob darn ohono'i hun ac yn ceisio ei roi yn ei le. Byddai'r euogrwydd yn gyllell siarp yn ei fynwes tra byddai byw.

Ond yn gyntaf, deuai'r casineb, nid yn don allanol ond yn ffrwydrad mewnol. Y casineb a lifai o bob mandwll ohono, ac a'i hargyhoeddai y gallai rwygo'r seler yn ddarnau, pob carreg ac astell ohono. Ei gymhelliad cyntaf oedd ymosod ar Efnisien, rhwygo ei ben i ffwrdd, cafnu ei lygaid o'i benglog. Ef oedd y llofrudd, wedi'r cwbwl. Credai y byddai ei ddicter cyfiawn yn ddigon i roi'r cryfder iddo i'w drechu.

Ond gwyddai yng nghefn ei feddwl mai amhosib oedd hynny. Byddai Efnisien yn gwasgu ei ben yntau'n uwd, yn gwasgu nes bod ei fysedd yn suddo drwy'r asgwrn ac i mewn i'w ymennydd, fel y gwnaeth i Eli. Yn hollti ei ben fel wy.

Nid dyna'r ffordd ymlaen. Ac nid dyna oedd dial. Dim ond un cythraul oedd Efnisien, yn dilyn gorchmynion er ei bleser gwyrdroëdig ei hun. Nid ef oedd y diafol, yr un oedd yn rhedeg y sioe.

'Dyna ddigon, Efnisien,' meddai llais.

Clywodd y casgenni y tu ôl iddo'n cael eu symud o'r neilltu. Ymddangosodd y dynion mewn du, gwasanaethwyr Modron. Camodd hithau wedyn o'r cysgodion, a golwg brudd ar ei hwyneb.

'Mi ddwedais i, yn do Isgoed, y byddwn i'n rhoi tri chynnig arni. Y tro cynta wrth dy sbwylio di, yr eildro wrth dy ddiflasu di. Ac rŵan wrth dy arteithio di.' Edrychodd ar gorff Eli ar lawr. 'Rydan ni wedi cael gwared ar dy ffifflen. Does dim i ti ym myd y meidrol rhagor.'

'Y bitsh!' Roedd dagrau poeth yn rhedeg i lawr ei ruddiau.

Ysgydwodd Modron ei phen yn ddiddeall. 'Fe ddei di drosti,

Isgoed bach. Mae ein gorchwyl ni'n un lawer amgenach nag un… meidrolyn.' Edrychodd ar y corff ar lawr gyda ffieidd-dod.

Gwelodd Isgoed bryd hynny nad oedd hi'n deall. Doedd ganddi ddim amgyffred o gwbwl bod gan feidrolion deimladau, ddim mwy nag oedd ganddi o deimladau trychfilyn.

Sylweddolodd na fyddai'n ddigon iddo wrthod cefnogi ei chynllun i gipio rheolaeth dros Gymru. Roedd angen gwrthwynebu.

Brwydrodd Isgoed i beidio â gadael i'r casineb ymddangos ar ei wyneb. Nid oedd yn ddigon iddo sefyll ar yr ymylon mwyach, a gwrthod cymryd rhan yn y frwydr. Dim ar ôl yr hyn yr oeddynt wedi ei wneud i Eli, a chan wybod yr hyn a wnelent i Gymru. Roedd rhaid iddo atal eu cynlluniau.

Suddodd i'r llawr, y dagrau yn ffrydio i lawr ei ruddiau.

'Rwy'n ildio,' meddai. 'Wy wedi newid fy meddwl. Ti oedd yn iawn, Modron.'

Edrychodd Modron arno'n amheus. 'Wyt ti'n disgwyl i mi dy goelio di rŵan?'

'Fy mai i oedd beth ddigwyddodd i Eli,' meddai. Roedd hynny'n wir, o leiaf. 'Ddylwn i ddim fod wedi ei llusgo hi i ganol hyn.' Gwyddai o'i waith yn holi troseddwyr fod celwydd yn haws i'w gredu o'i gymysgu â rhywfaint o wirionedd. 'Ond ti oedd yn iawn. Does dim byd i mi ymysg y meidrolion.' Sychodd ei ddagrau. 'Mae'n bryd i mi osod pethau fel'na o'r neilltu, a bod yn dduw unwaith eto.'

Edrychodd Efnisien arno â chymysgedd o syndod a siom. Roedd hi'n amlwg mai dim ond tamed i aros pryd oedd lladd Eli.

'Wyt ti wedi tyngu llw i mi?' gofynnodd Modron.

'Odw.'

'O'r gorau,' meddai. Rhoddodd law ar ei gefn. Pwysodd drosto a sibrwd yn ei glust. 'Ond os wyt ti'n gwneud unrhyw beth i fy mradychu, fe fydd Efnisien yn dy hela di drachefn. Ac erbyn y diwedd fe fyddi di'n difaru na wnaeth y Saith dy gipio di. Tan y diwrnod hwnnw, cofia di beth wnaethom ni i dy annwyl Eli.' Trodd at Efnisien. 'Efs, dos i nôl yr hofrenydd. Mae'n bryd o'r diwadd i ni ei throi hi am Gymru.'

Alaw

L LIFODD Y LLEISIAU, miloedd ohonyn nhw, drwyddi fel cerrynt.
'Daw'r cyfle i weithredu o'r diwedd… Gwnawn y Cymry'n gewri eto…'

Caeodd ei llygaid a gadael i'r delweddau ddawnsio fel gwreichion o'i blaen. Roedd hi'n eu gweld nhw'n gliriach erbyn hyn. Gweledigaethau o'r oesoedd a fu, a hefyd rai pethau nad oeddynt eto'n bod, ond a fyddai'n cael eu gwireddu. Cyrff ar faes brwydr a'r cigfrain yn gwledda ar eu cnawd. Merch ifanc, welw, yn sefyll wrth ymyl nant, darn o fflint miniog yn ei llaw, a hithau'n ei dynnu ar hyd ei garddwrn. Ei chalon wedi'i dryllio. Y delweddau'n toddi a chorddi, fel cwlwm o nadroedd. Ceffylau yn carlamu ar dir agored, y gwaed yn llifo i lawr eu gruddiau, gan dasgu'n stribedi rhuddgoch ar y glaswellt y tu ôl iddynt. Bachgen wedi'i ferwi'n fyw, a'i groen llosgedig yn rhisgl am ei gorff.

'Fe godwn ni eto… Wele'r hyn y gallet ti ei gyflawni…'

Gwelodd Gaerdydd. Hedfanai drosti fel aderyn. Ond nid y Gaerdydd gyfoes mohoni. Dyma brifddinas o ysblander i'w chymharu ag unrhyw beth y llwyddodd y Babiloniaid neu'r Rhufeiniaid i'w greu. Roedd yr hen Senedd, y cwt di-ddim, wedi ei ysgubo o'r neilltu, a phalas cromennog anferth o farmor wedi ei gyfodi yn ei le, ei waliau'n disgleirio fel cawod newydd o eira ar ddiwrnod heulog o wanwyn. Gwastatawyd y fflatiau a'r adeiladau llwm bob ochr i Rodfa Lloyd George yn ogystal, a gosodwyd adeiladau newydd ar gyfer adrannau gweinyddol y Wladwriaeth yn eu lle. Cafodd y Rhodfa ei hun ei hymestyn hefyd, nes cyrraedd Neuadd Dinas Caerdydd dros gilomedr ymhellach i'r gogledd. Hanner ffordd ar ei hyd, rhwng Neuadd y Ddinas a'r Senedd newydd, safai bwa enfawr i nodi diwrnod annibyniaeth y genedl yn 2033. Roedd y Ddraig Goch yn cyhwfan ar bob adeilad, yn ogystal â sloganau i ysbrydoli'r bobol: 'Ffydd,' medd un. 'Dyletswydd,' y llall. Ac yn olaf: 'Cenedl.' Ac yn goron ar y cwbwl yr oedd Alaw ei hun. Syllai ei hwyneb i lawr o bob sgrin, wal adeilad a pholyn stryd. Roedd ei gwallt wedi britho ychydig, a'r crychau ar ei hwyneb yn amlycach. Ond roedd y strydoedd yn llawn o bobol oedd yn ei charu. Dyma ei phlant, yr unig rai oedd ganddi. Y rhai gweithgar a oedd wedi cyfodi'r genedl newydd. Roeddynt yn canu'r anthem, ac nid geiriau gweigion mohonynt, ond datganiad o wir ddyletswydd i gynnal yr iaith a'i diwylliant. Gwelai filwyr y fyddin Gymreig yn martsio o'u blaenau, gan gyfarch ei delwedd.

Llafarganai'r torfeydd yn unsain: 'I'r Llywodraeth Genedlaethol! I'n Llyw!' Roedd eu lleisiau fel trympedau arian yn canu ei henw. Roedd hi'n hollalluog.

'Brif Weinidog?'

Agorodd ei llygaid fel trapiau. Safai ei hysgrifennydd personol gyferbyn â'i desg.

'Ie, beth sy'n bod?' gofynnodd, ychydig yn fwy llym nag yr oedd wedi ei fwriadu. Roedd deffro o'r weledigaeth bleserus i'w swyddfa lwydaidd, ar ddechrau ei thaith, a dim o'r gwaith a welai eto wedi ei wneud, braidd yn siomedig.

'Mae gen i'r adroddiad Adran Drafnidiaeth y gofynnoch chi amdano.'

Roedd yr ysgrifennydd personol yn ferch yn ei thridegau hwyr, ei gwisg yn smart a'i gwallt tywyll wedi ei blethu'n fynsen y tu ôl i'w phen. Roedd Alaw wedi penderfynu cadw'r un gweision sifil a'r gyfundrefn flaenorol, er mwyn arbed amser wrth osgoi ailhyfforddi pawb. Er mwyn cynnal effeithiolrwydd. Efallai mai camgymeriad oedd hynny. Doedd hon ddim i weld yn ei hoffi ryw lawer.

'Pam wyt ti'n edrych arna i fel'na?' gofynnodd.

'Y cleddyf?'

Sylweddolodd Alaw ei bod hi'n dal i afael ynddo. Rhoddodd ef yn ôl ar ei fachau ar wal y swyddfa. Llyfodd ei bawd a rhwbio ymaith frycheuyn o lwch a oedd wedi glanio ar y llafn.

'Hen etifeddiaeth deuluol,' esboniodd, wrth weld y ferch yn dal i edrych arni'n rhyfedd.

Roedd angen y cleddyf gerllaw. Roedd fel cyffur. Ofnai petai yn ei adael o'i golwg yn rhy hir y byddai'r hen Alaw yn dychwelyd – yr Alaw betrus, ansicr ohoni'i hun. Yr Alaw bathetig. Na. Doedd yr hen Alaw yn ddim byd rhagor ond ysbryd a oedd yn parhau i gydio ynddi gerfydd yr edau fregusaf bosib. A phob tro y'i teimlai ei hun yn gwamalu, ac aniscrwydd yn garreg yn ei bol, cydiai yn y cleddyf a theimlo cryfder arweinydd yn llifo drwy bob rhan o'i chorff drachefn.

Ac roedd hi wedi dechrau gweld pethau...

'Fel y dywedais i, dyma'r cynlluniau diweddaraf gan y Swyddfa Drafnidiaeth, ac ambell beth arall sydd angen sylw,' meddai'r ysgrifennydd personol, gan eu gollwng yn ddiseremoni ar ei desg. Eisteddodd Alaw a'u tynnu nhw tuag ati. Roedd pentwr o dudalennau yn manylu ar hawliau adeiladu fan hyn a fan draw, iawndal i ffermwyr, ac yn y blaen. Ffliciodd yn ddiamynedd drwy'r tri deg tudalen gyntaf o destun trwchus nes iddi ddod o hyd i'r hyn yr oedd hi wedi bod yn disgwyl amdano gyhyd.

Map ydoedd o lwybr dichonadwy ffordd ddeuol rhwng y de a'r gogledd. Dyma'r darn o isadeiledd cenedlaethol a fyddai'n goron ar ei degawd cyntaf mewn grym. Un hewl, o'i phencadlys ym Mae Caerdydd i lannau'r Fenai. Onid oedd yn gywilydd ar y genedl ei bod yn gyflymach gadael y wlad drwy groesi ar ei thraws? Deisyfai glymu'r genedl at ei gilydd â rhwydwaith o ffyrdd a rheilffyrdd a fyddai'n sbardun i'w hyfywedd economaidd. Dyma'r cam cyntaf wrth ddod â Chymru'n un.

Roedd y map o'i blaen yn awgrymu dau lwybr posib, un 'melyn' ac un 'piws'. Sylwodd yn ystod ei dyddiau yn Weinidog Cadwraeth bod gweision sifil wrth eu bodd yn cynnig o leiaf dau o bopeth, er mwyn cynnig rhith-ddewis i'w gweinidogion. Y syniad oedd bod un dewis mor annymunol â phosib, fel bod y gweinidog yn dewis yr ail opsiwn, yr un roedd y gweision sifil fwyaf hoff ohono. Dewis annymunol y gweision sifil yn yr achos hwn oedd y llwybr 'piws' – ffordd a fyddai'n esgyn o Gaerdydd i Flaenau'r Cymoedd, yna yn torri ar draws diffeithdir y canolbarth i gyfeiriad Tregaron, cyn dilyn arfordir y gorllewin nes cyrraedd Caernarfon.

Roedd yn affwysol o gostus ond, yn waeth na hynny, yn anharddu rhai o ardaloedd prydfertha'r wlad ar hyd Bae Ceredigion. Gormod o bris i Alaw ei dalu.

Bodiodd ymlaen drwy'r nodiadau nes cyrraedd yr ail lwybr arfaethedig. Roedd y nodiadau fan hyn yn llawer manylach, y llwybr yn un llawer callach, a'r pris yn fwy rhesymol. Roedd y ffordd yn dirwyn yn agos at yr A470, gan fynd heibio'r trefi mawr, nes cyrraedd mynyddoedd anhygyrch y gogledd-orllewin. Bryd hynny roedd yn troi ei thrwyn at y gogledd-ddwyrain, ar draws Dyffryn Clwyd i gyfeiriad Cyffordd Llandudno.

Ni allai Alaw lai na nodi mai Cyffordd Llandudno oedd cartref swyddfeydd gogleddol y Cynulliad. Byddai'r hewl newydd yma yn fendith i'r gweision sifil oedd yn gorfod teithio yno ac yn ôl i Fae Caerdydd yn aml. Dyna'r diben, bid siŵr.

Cipiodd ben ffelt coch trwchus o'i desg a dechrau dwdlan ar y map. Pam roedd rhaid osgoi'r mynyddoedd? Roedd traffyrdd yn y Swistir a gwledydd eraill ar y cyfandir yn mynd dros y mynyddoedd, neu drwyddynt, felly pam nad yng Nghymru hefyd? Pam roedd unrhyw syniad uchelgeisiol yn ormod i ni fel cenedl?

Gydag un trawiad â'i hysgrifbin, torrodd linell goch yn syth drwy ganol Eryri. Ysgrifennodd wrth ei hochr mewn geiriau breision: 'Twnnel'.

Rhwygodd y dudalen o'r adroddiad a'i rhoi yn llaw ei hysgrifennydd personol, a fu'n ei gwylio â chymysgedd o anesmwythder a braw.

'Allet ti wneud llungopi lliw o hwn a'i yrru'n ôl at yr Adran Drafnidiaeth, os gweli di'n dda?' gofynnodd. 'Dwi moyn iddynt ystyried cynllun sydd mor agos at y llwybr yma â phosib a'i ddychwelyd ata i – dim esgusion!'

Nodiodd yr ysgrifennydd ei phen, a throi ar ei sawdl uchel. Ochneidiodd Alaw ac ystyried y pentwr o bapurau eraill oedd yn ei mewnflwch. Fe gâi penaethiaid yr adrannau unigol boeni am y rheini. Roedd angen iddi gadw ei golwg ar y darlun ehangach.

Plethodd ei breichiau. Roedd rhaid iddi gadw'r ffydd. Roedd y cleddyf wedi dangos yr hyn oedd angen ei gyflawni. Ond roedd maint y llafur a oedd o'i blaen yn gwasgu i lawr arni.

Trodd i wynebu'r ffenestr a edrychai allan dros do adeilad y Senedd a thuag at y Bae. Roedd yn ddiwrnod llwyd, digysgod. Llethwyd holl wres canol haf dan haen o gymylau. Roedd tarth poeth myglyd yn cyniwair o amgylch clogwyn Penarth yn y pellter. Roedd yna wasgedd isel yn yr awyr.

Daeth cnoc ysgafn, petrus ar y drws. Mwy o weision sifil diawledig, meddyliodd. Pryd y câi eiliad o lonydd i feddwl, i ailgydio yng ngweledigaeth y cledd? Dim rhyfedd nad oedd Prys Gregori wedi cyflawni dim oll o bwys yn ei wyth mlynedd wrth y llyw.

'Mae ar agor,' meddai'n oeraidd.

Yn hytrach na gweision sifil shwfflodd tri Aelod Cynulliad i mewn. Doedd Alaw ddim yn eu nabod nhw'n dda iawn. Roedd un o'r tri Democrat Rhyddfrydol yno – Paul Cricks neu rywbeth oedd ei enw – o ranbarth Gorllewin De Cymru. Roedd hi'n lled-adnabod Stephen Morley, Ceidwadwr etholaeth Arfordir Gogledd Cymru. Bu'n ceisio ei hudo hi o'r Eli Jenkins ac i'w wely un tro. Yna Mike Jones, aelod Plaid Cymru o etholaeth Bae Ceredigion.

'Beth alla i ei wneud i chi?' gofynnodd, gan wneud sioe o ganolbwyntio ar y papurau oedd o'i blaen. Doedd hi ddim yn talu i fod yn rhy gyfeillgar â'r gweision bach. Fe fyddai'n well ganddi eu bod yn ei hofni, a'i pharchu.

'Eisiau gair bach oedden ni, a dweud y gwir,' meddai Paul Cricks, gan symud i'r blaen.

'Ie?'

'Ym… rydyn ni'n teimlo na fyddai'n gwneud drwg i chi ledaenu eich… eich cylch cyfoedion rhywfaint. Efallai y byddai'n werth caniatáu i ragor o bobol fod yn rhan o'r broses o benderfynu. Y pryder ar hyn o bryd ymysg nifer o Aelodau Cynulliad, yn drawsbleidiol, yw fod gan ambell un fynediad breintiedig…'

Gwthiodd y papurau i'r naill ochr. 'Fel pwy?'

'Wel, yr Aelod newydd dros Ynys Môn ac Arfon, yn un. Mae'n amlwg eich bod chi'n talu sylw arbennig i'r hyn sydd ganddo ef i'w ddweud. Mae'n brolio yn y cantîn mai ef yw'r grym y tu ôl i'r orsedd, fel petai.'

Gwenodd Alaw a phwyso yn ôl yn ei sedd. Gwasgodd flaenau ei bysedd ynghyd.

'Ai'r ffaith fy mod i'n ferch sy'n eich poenydio chi?'

'Beth? Mae hwnna'n honiad hollol amherthnasol…'

'Does dim angen dyn i ddweud wrtha i beth i'w wneud,' meddai. 'Mae'r grym i gyd i'w weld fan hyn, o'ch blaenau chi.' Ystumiodd â'i dwylo. 'Mae croeso i Dafydd Morris-Hopkins ddod i'm gweld i, a phob Aelod Cynulliad arall. Y cyfan sydd angen i chi ei wneud yw cnocio. Fel yr ydych chi newydd ei ddarganfod.'

'Ie… wel,' meddai'r aelod, gan chwarae â'r cyffiau ar ei siwt. 'Dim ond eisiau dweud oedden ni fod yna lawer iawn o siarad. Yn y cwrt, ac yn y cantîn.'

'Efallai y dylen i ail-leoli fy swyddfa.'

'Rydyn ni'n ceisio eich helpu chi, Alaw,' meddai Mike.

'Ac rydw i'n dweud wrthoch chi am beidio â phoeni.' Cododd ar ei thraed. 'Sibrydion gan y Blaid Lafur i danseilio'r llywodraeth newydd yw'r rhain. Undod sydd ei angen – nid clebran ymysg eich gilydd fel hen fenywod mewn cylch gweu.'

Pwysodd ar ei desg.

'Ni sy'n cynrychioli barn y bobol, fechgyn. Un ym mhob tri gefnogodd Lafur yn yr etholiad diwethaf. Peidiwch â gadael iddyn nhw daflu llwch i'ch llyged, a honni bod ganddyn nhw ryw hawl ddwyfol i reoli. Ein pleidiau ni sy'n cynrychioli pleidlais y mwyafrif. Fe gawn ni wneud beth y'n ni eisiau. Dechreuwch ymddwyn fel'na… Nawr, oes rhywbeth arall?'

Mwmialodd yr Aelodau Cynulliad o dan eu gwynt a throi am y drws.

Ysgydwodd Alaw ei phen wrth eu gwylio'n shwfflo allan. Roeddynt wedi treulio gormod o amser yn y gwrthbleidiau. Wedi byw yn fras ar bwrs y cyhoedd heb unrhyw ddisgwyliadau go iawn arnyn nhw, heb erioed feddwl y bydden nhw mewn grym. Roeddynt yn ysu am gael dychwelyd, a theimlo'r pwysau'n codi oddi ar eu hysgwyddau.

Teimlai fel Moses, yn llusgo ei phobol drwy'r anialwch tuag at wlad yr addewid. A phob tro yr oedd hi'n troi ei chefn am eiliad i fynd i ben mynydd i ofyn arweiniad, roedden nhw'n colli eu pennau.

Estynnodd am y drôr bach yn nesg y Prif Weinidog a'i agor. Tynnodd botel frandi ohono. Wel, roedd hi ar ôl hanner dydd. Estynnodd am wydr a thywallt gwydraid iddi ei hun. Daethai o hyd i'r ddiod ynghyd â nodyn gan Prys Gregori:

'Do'n i ddim yn gweld pwynt mynd â'r brandi gyda fi gan y bydda i yn ôl mor fuan. Rwy'n disgwyl ei weld pan fydda i 'nôl wrth fy nesg.'
– PW

Am goc oen, meddyliodd Alaw wrth slotian. Ers darllen y nodyn roedd hi wedi achub ar bob cyfle i wagio'r botel.

Daeth cnoc ar y drws. Rhagor o ymwelwyr? Hoffai Alaw feddwl bod ei hymddygiad oeraidd yn ddigon i'w dychryn, ond roedd yn amlwg nad oedd hynny'n wir. Agorodd y drws cyn iddi gael cyfle i roi ei chaniatâd, a bu'n rhaid iddi ddrachtio gweddill ei gwydryn yn gyflym a'i stwffio yn y drôr drachefn.

Camodd Dafydd Morris-Hopkins i mewn. Roedd wedi newid

yn llwyr o'r hen ddyn bregus a safai yn nrws ffrynt ei gartref yng Nghaernarfon yn ôl ym mis Mai. Roedd y croen a fu unwaith mor welw bellach yn frown trofannol, a'i wallt arian yn tonni fel ewyn y môr dros ei gorun moel. Edrychai ddeng mlynedd yn iau.

'Ro'n nhw'n dweud bod Thatcher yn yfed yn drwm tua'r diwadd.' Llygadodd y botel ar ei desg. 'Ond doedd hi ddim yn cychwyn am hanner dydd, chwaith.'

'Anrheg gan y cyn-Brif Weinidog.'

'Mae 'na reswm pam nad ydw i wedi yfed y whisgi 'na ges i gan Alwyn, wsti.' Eisteddodd gyferbyn â hi. 'Sut mae pethau'n mynd?'

Ochneidiodd. Teimlodd ei holl rwystredigaeth yn byrlymu i'r wyneb. Dafydd oedd yr unig un y teimlai y gallai ymddiried ei theimladau ynddo. Ond nid oedd am ymddangos fel merch fach emosiynol, chwaith. Nid oedd am chwalu ei hyder ynddi.

'Yn iawn, heblaw am y blydi gweision sifil yma,' meddai, gan gnoi ymyl ei gwefus. 'Yn codi amheuon am bob syniad. Mae gwneud unrhyw beth yn y lle hyn fel nofio drwy driog. Mae angen i ni ddechrau meddwl nid gyda'r ymennydd ond gyda'r gwaed sy'n llifo drwy ein gwythiennau ni.' Cododd y botel o'r ddesg a'i stwffio'n ôl yn y drôr. 'Fi yw'r person mwya pwerus yng Nghymru, mae'n debyg, ond faint o rym sydd gen i mewn gwirionedd? Nhw yw fy llygaid i a fy nwylo i —'

'Dyna yw llywodraethu,' meddai Dafydd Morris-Hopkins, gan ysgwyd ei ben yn dosturiol. 'Mae fel llywio llong, a pho fwya yw'r llong mwya'n y byd o amser mae'n cymryd i'w throi. Roedd yr Adran Gadwraeth ar ei phen ei hun yn gwch chwim. Mae Llywodraeth Cymru yn ei chyfanrwydd yn *supertanker*.'

Symudodd ei gadair yn nes.

'Dyma ydw i'n ei argymell.' Rhoddodd ei fys ar wyneb y ddesg. 'Ni fydd y gweision sifil yn gwrando arnat nes eu bod nhw'n credu dy fod ti yma'n barhaol, felly dechreua trwy sicrhau dy fod yn etholadwy. Dewis lond llaw o bethau poblogaidd y mae'n bosib eu cyflawni, a chanolbwyntia ar eu gwireddu nhw i safon uchel erbyn yr etholiad nesa. Unwaith wyt ti wedi sefydlu ym meddyliau pobol bod hon yn llywodraeth sy'n gwbod sut i lywodraethu, ac yn debygol o gael ei hailethol, yna fe alli di ddechrau ar y gwaith go iawn. Y gwaith uchelgeisiol.'

Llygadodd Alaw y cleddyf ar y wal. 'Fe fyddai'n gyflymach torri eu pennau nhw i gyd i ffwrdd.'

'Hmmm. Cofia'r hen ddihareb: segurdod yw clod y cledd.'

Llyfodd ei gwefus isaf a blasu'r brandi. 'Sut mae pethe ymysg y trŵps? Wy'n deall bod eu hanner nhw'n barod i fy nisodli i.'

'Mae'n gynnar, Alaw. Ond rwyt ti mewn sefyllfa gadarn iawn, cofia. Ti yw'r hoelbren sy'n cadw'r glymblaid yma ynghyd. Allan nhw ddim dy hel di o 'ma heb i'r cwbwl ddisgyn ar eu pennau nhw. Dyna'r peth ola mae'r Democratiaid Rhyddfrydol â'r Ceidwadwyr isio.'

'A beth am ein cyfeillion ym Mhlaid Cymru?'

Culhaodd ei lygaid, ac roedd y crychau bach bob ochr iddynt fel saethau yn barod i adael eu bwâu. 'Ddim cweit mor ddiddig, yn anffodus,' meddai. 'Mae Alwyn yn parhau i ffafrio clymblaid â'r Blaid Lafur. Yn rhybuddio yn erbyn rhoi eu ffydd yn y Torïaid twyllodrus, ac yn addo gadael y glymblaid ar yr arwydd cynta eu bod nhw'n bradychu'r cytundeb. Ond hyd yn hyn dydi o ddim wedi llwyddo i lusgo gweddill y blaid i'r un cyfeiriad.'

Rowliodd Alaw ei llygaid. 'Ffyc sêcs. Beth allwn ni wneud, 'te?'

'Wel... mae gen i ambell awgrym.' Brwsiodd ddarn o ddwst dychmygol oddi ar ei siwt. 'Tasat ti'n fodlon ystyried...'

Gostyngodd Alaw ei llais. 'Fe wna i ystyried unrhyw beth.'

'Gyda dy ganiatâd, fe allwn ni gydweithio i ddisodli Alwyn, a chymryd yr awenau oddi arno.' Edrychodd i'w llygaid. 'Yna fe fyddet ti'n gwbod bod gen ti was ffyddlon arall yn y glymblaid.'

Gwgodd Alaw. 'Braf iawn,' meddai. 'Ond sut mae cyflawni hynny?'

Pwysodd Dafydd Morris-Hopkins ymlaen yn ei sedd, ac fe lithrodd ei eiriau o'i geg heb iddo symud ei wefusau, bron. 'Dwi wedi bod yn siarad â rhai o weision sifil yr Adran Dreftadaeth dros ginio,' sibrydodd. 'Mae'n debyg bod y llywodraeth Lafur flaenorol wedi bwriadu cyhoeddi toriadau anferth i gyllideb yr Eisteddfod, y Cyngor Llyfrau a chyrff eraill.'

Lledodd llygaid Alaw. 'Ydi'r rheini'n dal yn rhan o'r gyllideb? Ro'n i'n bwriadu eu diddymu nhw.'

'Wel, roeddat ti'n rhy brysur yn ceisio chwalu'r llywodraeth o'i thu mewn. Ond efallai ei fod yn beth da i ti fod mor anghofus.

Mae'r toriadau amhoblogaidd yn eistedd yno o hyd yn disgwyl cael eu cyhoeddi.' Tapiodd y ddesg. 'A chyfrifoldeb Alwyn Jones, yr Ysgrifennydd Treftadaeth, fydd eu gwireddu. Fe fydd yn dod atat ti i ymbil, wrth gwrs, ond bydd rhaid i ti ddeud bod y toriadau'n rhan o gyllideb y llywodraeth flaenorol, ac nad oes dim i'w wneud am y peth – bod yr arian eisoes wedi ei wario.'

'Ond beth os yw'n defnyddio hwnnw fel esgus arall i arwain Plaid Cymru o'r glymblaid?'

'Yna fe fydd yn edrych fel ffŵl,' taranodd Dafydd. 'All o ddim arwain ei blaid o'r glymblaid ar sail y penderfyniad gwleidyddol anodd cyntaf y bu'n rhaid iddo ef ei hun ei wneud fel aelod o'r Cabinet. Fe fydd yn rhoi'r argraff nad yw Plaid Cymru yn ffit i lywodraethu.' Pwysodd yn ôl yn ei sedd ac edrych o gwmpas yn feddylgar. 'Ond… ni fydd y toriadau wrth fodd cefnogwyr Plaid Cymru, wrth gwrs. Fe fyddan nhw'n rhwygo Alwyn yn ddarnau mân.' Gwenodd. 'Trist iawn. Fydd Alwyn ddim yn ymateb yn dda iawn i orfod dewis rhwng mogi a thagu. Fe fydd yn crynu fel cwningen eiliadau cyn iddi gael ei gwasgu'n fflat gan lorri. A fi fydd y lorri.'

'Sut?'

'Mynd dros ei ben o, dod atat ti, a dod i gytundeb i achub yr Eisteddfod, a'r Cyngor Llyfrau, a phawb arall. Dangos arweinyddiaeth lle y methodd o. Symud arian o fan hyn i fan acw. Fe fyddwn ni wedi cytuno ar y manylion o flaen llaw, wrth gwrs.' Winciodd arni.

'Diolch, Dafydd, wy'n gwerthfawrogi dy gyngor yn fawr iawn.'

Cododd Dafydd Morris-Hopkins gan sythu ei dei a chamu tuag at y drws.

'Mae'n fraint eich gwasanaethu, eich Mawrhydi,' meddai gan grymu ei ben. 'Cofiwch, gêm yw'r cwbwl. Naill ai rydach chi'n chwarae rhywun arall, neu mae rhywun arall yn eich chwarae chi.' Tapiodd ochr ei drwyn a diflannu fel consuriwr.

Eisteddodd Alaw yn ôl yn ei sedd. Roedd hi'n ffodus fod ganddi Dafydd Morris-Hopkins wrth law i'w chynghori. Fe fyddai'r holl beth yn ormod iddi fel arall. Estynnodd am y cleddyf a'i osod ar y ddesg. Rhoddodd gledrau ei dwylo ar y llafn a chaniatáu iddo ei meddiannu o'r newydd.

Dychwelodd y weledigaeth yn syth. Y baneri. Y bobol. Y ffydd. Y dyletswydd. Y genedl. Undod. Gweithredu. A hithau, Y Llyw.

Y cigfrain yn ehedeg. Y ferch yn sefyll ar ymyl yr afon. Y gwaed yn llifo i lawr gruddiau'r dynion. Y fflamau yn codi.

'Fe godwn ni eto...' sibrydodd y cledd.

Asiodd y gweledigaethau yn un.

Joni

Arnofiai Joni yng ngwagle'r sach. Ni wyddai am ba hyd y bu yno. Teimlai ei fod wedi ei rwygo o'i seiliau, ac nad oedd yr hyn a ddigwyddai yn y byd tu hwnt o bwys arbennig iddo mwyach. Bob hyn a hyn ymbalfalai o'i amgylch am rywbeth i gydio ynddo, i ymosod arno, wrth i'r llid gronni oddi mewn fel trydan heb ddihangfa. Ond ni allai gyrraedd unrhyw beth. A gyda phwy neu beth roedd e'n flin? Y Saith? Na, doedd dim bywyd yno i ddangos dicter tuag ato. Dilyn greddf yr oeddynt, hyd yr eithaf. Sylweddolodd mai ei dad oedd wedi ei gythruddo. Roedd wedi cymryd y dewis allan o'i ddwylo, wedi'i aberthu ei hun, heb ofyn am farn Joni ar y mater. Heb ofyn a oedd ei fywyd ef yn werth marw drosto. Pryd ddeuai ei gyfle ef i'w daflu ei hun oddi ar glogwyn dros rywun arall heb boeni am iacháu'r clwyfau a achosai? Claddodd ei wyneb yn ei ddwylo. Roedd cur mud yn ei galon, poen ingol nad oedd yn pallu.

Rhaid ei fod wedi disgyn i gysgu yn y diwedd. Ni theimlodd ddim nes dod yn ymwybodol o oerni'r tarth a oedd wedi ffurfio'n haen rewllyd a glynu at ei groen a'i wallt. Agorodd ei lygaid. Roedd y tir caregog wedi mynd. Roedd yn gorwedd ar laswellt hir. Ni allai chwaith glywed shifflo na chrawc adar. Doedd dim o'i amgylch ond niwl trwchus. Trodd ar ei fol. Gorweddai sach Rhiannon yn llipa ar lawr ychydig lathenni oddi wrtho. Roedd wedi ei gyfogi ohoni; ac roedd ei ddillad yn wlyb ac roedd yn oer.

Safodd ar ei draed, ac wrth wneud hynny teimlodd rywbeth caled yn ei boced. Tynnodd ef allan. Clust Bendigeidfran. Edrychodd arni am eiliad. Pam roedd ei dad wedi ei rhoi iddo? Cododd y sach o'r llawr a'i gollwng i mewn.

Dechreuodd grwydro, a chyn bo hir cadarnhawyd ei dybiaeth nad oedd ar Ynys Gwales bellach. Nid oedd llethr yn arwain i lawr at y môr. Ymddangosodd yr haul uwch ei ben, ac wrth i'r tarth godi'n anwedd agorodd dyffryn fel rholyn memrwn o'i flaen. Roedd ei ymylon yn drwch o goedwigoedd a'r tir bob ochr i'r afon a redai drwy ei ganol yn ddolydd gwastad. Canai adar yn y coed, yn gyfeiliant swynol i'w gamau.

'Odw i 'nôl yn Nyffryn Teifi?' gofynnodd.

Yno, wrth ochr y nant, gwelodd ferch yn codi dŵr o'r afon â phowlen. Dychrynodd wrth ei glywed yn dod, ac wrth iddi sefyll tasgodd rhywfaint o'r dŵr ar hyd ei thraed. Crychodd ei thalcen wrth ei weld, yn greadur o fyd arall.

'Helô… ti'n iawn?' meddai Joni, ychydig yn ansicr. Roedd prydferthwch arallfydol yn perthyn iddi, ei gwallt euraid yn sgleinio yn yr haul a'i chroen cyn wynned ag eira.

'Wyt ti wedi cael niwed?' gofynnodd hi â phryder yn ei llais.

'Sgathrad neu ddwy.' Sylwodd am y tro cyntaf ar le'r oedd yr adar wedi pigo ei gorff a'i freichiau.

'Gad i mi dy iacháu di,' meddai hi. 'Tyrd, diosg dy ddillad.'

'Beth… fy nhrwser?' Edrychodd o'i amgylch yn betrus.

'Y cyfan. Rydw i wedi trin amryw o farchogion,' meddai, a golwg hollol ddiniwed ar ei hwyneb.

Plygodd Joni i lawr yn lletchwith a thynnu ei sanau, cyn diosg ei drowsus ac yna ei siwmper a'i grys-t. Yna, yn hunanymwybodol iawn, tynnodd ei ddillad isaf a'u gosod nhw o'r neilltu. Safodd yno'n anghyfforddus, gan deimlo llygaid y forwyn arno. Cilwenodd hithau.

'Rŵan fe fydd yn rhaid i mi dy olchi di,' meddai.

Closiodd ato a rhoi ei phowlen ar lawr. Tynnodd ryw fath o sbwng ohoni a'i ddiferu dros groen Joni. Gwingodd wrth i'r hylif iasoer lifo dros ei gorff. Yna rhoddodd y forwyn ei dwylo arno. Roedden nhw mor esmwyth â sidan. Dechreuodd dylino ei gefn, a'i frest, a'i goesau. Teimlodd Joni ei gyhyrau tyn yn llacio. Aeth ias i lawr ei gefn wrth i'w gwallt euraid meddal fwytho ei groen.

'Dyna ni, rwyt ti wedi dy iacháu,' meddai.

Edrychodd Joni. Roedd yr holl grafiadau a chleisiau wedi diflannu.

'Mae'r haul wedi sychu dy groen,' meddai hi. 'Gwisga a thyrd efo fi i'r hen gaer. Mi fydd fy mrodyr yn dychwelyd cyn bo hir.'

Curodd calon Joni ychydig yn galetach yn ei frest. Nid oedd eisiau gwybod beth fyddai ymateb brodyr hon pe baen nhw'n ei weld yn noethlymun yn ei chwmni. Gwisgodd yn frysiog wrth iddi ail-lenwi ei phowlen ddŵr yn yr afon a cherdded oddi wrtho, i lawr y dyffryn.

'Sut rai yw dy frodyr?' gofynnodd wrth ddal i fyny â hi. 'Odyn nhw'n groesawgar?'

'Marchogion ydyn nhw. Meibion Brenin Dioddefaint.'

Doedd hynny ddim yn swnio'n addawol iawn i Joni. 'Pam maen nhw'n cael eu galw'n hynny?'

'Mae bwystfil yn eu lladd nhw, unwaith bob dydd.'

Bu bron i Joni atal ei gamau.

'Mae'r bwystfil yn byw yn Llyn y Pair, o le y mae'r afon hon yn llifo. A bob diwrnod mae Meibion Brenin Dioddefaint yn herio'r bwystfil, a bob diwrnod maen nhw'n cael eu lladd.'

Sylweddolodd Joni bryd hynny pa mor agos ydoedd at gyflawni'r hyn yr oedd ei dad wedi ei ddymuno. Mae'n rhaid nad oedd Llyn y Pair yn bell i ffwrdd o gwbwl. Ond diawliodd wrth glywed am y bwystfil. Gwyddai y byddai yna rywbeth. Wrth wynebu pob her arall, bu ei dad yno i'w gynghori. Ond roedd ar ei ben ei hun yn awr.

Daeth y gaer i'r golwg drwy'r coed. Cynhwysai waliau allanol ac un meindwr gwyn tal a ymestynnai i fyny i'r awyr las. Ond heblaw am ambell gi ac iâr, ymddangosai'r lle yn gwbwl ddiffaith. Codai drewdod afiach o'r porth. Oglau marwolaeth.

'Dydyn nhw ddim wedi cyrraedd yn ôl eto,' meddai'r ferch. Rhoddodd y bowlen wrth ochr drws y gaer ac eistedd ar y stepen. 'Dw i'n siŵr y byddan nhw'n dychwelyd cyn bo hir.'

Ymdawelodd y ddau a cheisiodd Joni feddwl am rywbeth i'w ddweud. Er gwaethaf ei phrydferthwch, roedd yna dristwch dwfn yn llygaid y ferch. Ysfa am ryddid. Ni wyddai sut i'w chysuro.

'Mae cân yr adar yn hyfryd,' meddai o'r diwedd.

'Adar Rhiannon ydyn nhw,' meddai hi. 'Maen nhw'n deffro'r meirw a suo'r byw i gwsg tragwyddol.' Roedd rhybudd yn ei hedrychiad. 'Paid â gadael iddyn nhw dy swyno di.'

Yn sydyn, torrodd sŵn carnau ceffyl ar draws trydar yr adar ac fe gododd y forwyn ar ei thraed. Daeth y ceffyl drwy'r coed gan godi cawod o lwch ar ei ôl. Roedd marchog yn gwegian ar ei gefn, fel pe bai'n feddw neu'n hepian cysgu.

'Fy mrawd!' ebychodd y ferch.

Roedd ei ddillad wedi eu rhwygo, ei arfwisg wedi ei tholcio mewn sawl man a'r gwaed yn ffrydio o'i archollion. Roedd ei wyneb wedi ei wasgu a'i ddarnio, a'i farf wedi rhuddo'n goch. Cydiodd y ferch yn awenau'r ceffyl er mwyn ei setlo.

'Allet ti fy helpu i gael y corff i lawr?'

Gyda'i gilydd, fe lwyddon nhw i lusgo'r corff oddi ar y cyfrwy. Ond roedd yn drwm dan gragen o arfwisg ac fe syrthiodd fel sach datws i'r llawr.

Nid oedd yn anadlu.

Rhoddodd Joni law dosturiol am ei hysgwydd. 'Ma'n ddrwg 'da fi,' meddai.

'Tyrd i ni ei lusgo draw i borth y gaer,' atebodd.

Cydiodd Joni yn un o'i freichiau a hithau yn ei fraich arall. Llusgwyd y corff marw at y man lle'r oedd y bowlen yn aros amdano. Roedd wyneb y dŵr yn glir fel gwydr. Dechreuodd y forwyn dynnu dillad ei brawd, ac yna trochodd ef yn y dŵr yn yr un modd ag yr oedd hi wedi golchi croen Joni. Llifodd y gwaed oddi ar ei gorff noeth ac wrth i'r dŵr gyffwrdd y croen fe gaeodd y clwyfau.

Gwelodd Joni fod y corff yn ymysgwyd a dechreuodd brest y marchog godi a gostwng yn lluddedig. Yn grynedig fe gododd ar ei eistedd, yn union fel petai'n codi o'i wely.

'Annwyl chwaer,' meddai. 'A yw fy mrodyr wedi dychwelyd?'

'Dim eto, Edlym. Ti yw'r cyntaf, heddiw.'

Trodd y marchog ei ben a rhythu'n syn ar Joni. 'A phwy yw'r gwas yma?'

'Fe ddeuthum ar ei draws ger yr afon. Roedd wedi ei anafu, ac fe wnes i ei iacháu. Mae'n fachgen cwrtais,' ychwanegodd, er mwyn tawelu meddwl ei brawd.

'Wy 'di dod i lenwi fy mhowlen innau yn Llyn y Pair,' meddai Joni.

Cilwenodd y marchog arno. 'Llenwa hi yn yr afon, cymer faint bynnag o ddŵr wyt ti eisiau – a dos.'

'A bydd yn dod â'r marw yn fyw?'

'Bydd, am ddiwrnod, ond yna bydd yr un a atgyfodwyd yn syrthio'n farw drachefn. Dim ond dŵr o Lyn y Pair ei hun fydd yn rhoi bywyd parhaol. Dyna lle y cafodd y Pair Dadeni ei hun ei lenwi gan y cawr Llasar Llaes Gyfnewid. Ac fe adawodd fwystfil ar ei ôl, fel nad oedd neb arall yn gallu llenwi ei bair yno. Rydw i a fy mrodyr yn ceisio lladd y bwystfil hwnnw bob dydd.' Gwgodd mewn rhwystredigaeth. 'Ond bob dydd hyd yma mae wedi llwyddo i'n lladd ninnau.'

'Er mwyn cael byw am byth?'

'Na. Ni oedd deiliaid Llasar Llaes Gyfnewid. Ond pan wrthodon ni ei ddilyn i'r Uwchfyd, clymodd ein tad â chadwyni haearn a'i daflu i'r dyfroedd. Mae'n boddi yno bob dydd ers mil o flynyddoedd a mwy, yn boddi'n dragwyddol yn y dyfnderoedd, gan atgyfodi dim ond er mwyn boddi drachefn, ond does dim modd i ni ei achub ers hynny. Bob diwrnod rydym yn ceisio gorchfygu'r bwystfil er mwyn ei gyrraedd, ond bob diwrnod rydym yn methu.'

Ar hynny carlamodd dau geffyl arall drwy furiau'r gaer. Roedd dau farchog arall yn y cyfrwy, dau frawd, a'r ddau wedi marw. Llusgwyd nhw oddi ar eu ceffylau tuag at y bowlen, yn yr un modd, ac fe olchodd y forwyn eu clwyfau, nes eu bod hwythau'n dadebru. Disgwyliodd Joni nes eu bod wedi cael cyfle i ddod atynt eu hunain cyn eu holi.

'Alla i ddod 'da chi fory, i herio'r bwystfil?' gofynnodd.

'Na chei,' meddai un o'r brodyr. 'Does gen ti ddim ceffyl allai ddod â ti yn ôl fan hyn. Pe baet ti'n cael dy ladd, fyddai neb i ddod â ti'n ôl yn fyw.'

'Bydd rhaid i fi fynd fy hunan, 'te,' atebodd yn ddi-lol.

Nid dewrder a deimlai. Synhwyrai bellach nad oedd mewn llwyr reolaeth o'i ffawd, mai cymeriad arall mewn chwedl ydoedd, a'i fod yn cael ei dynnu at ei diweddglo fel magned yn tynnu naddion haearn. Roedd pa rymoedd bynnag a oedd ar waith wedi ei arwain yma, i Lyn y Pair, â'r Pair Dadeni yn ei feddiant. Doedd dim llwybr arall; ni wyddai'r ffordd adref.

Ystyriai hefyd, pe bai'n sleifio i ben draw'r llyn ac yn trochi'r pair yn y fan honno, bod siawns dda y gallai ddianc heb i'r un bwystfil wybod ei fod yno, yn hytrach na'i herio'n agored fel y gwnâi'r marchogion hyn. Nid oedd angen iddo achub neb. Lleidr ydoedd, nid marchog.

Tybiai mai dim ond dilyn yr afon oedd angen ac fe fyddai'n dod at y llyn. Camodd ymaith, allan o'r gaer ac i mewn i'r coed, i'r cyfeiriad y daeth y marchogion ohono.

Nid oedd wedi mentro can llathen cyn clywed siffrwd y dail y tu ôl iddo, a gweld y forwyn yn ei ddilyn yn ysgafndroed. Gwenodd arno.

'Ni fyddi di'n llwyddo i dwyllo'r bwystfil,' meddai. 'Mae'r creadur yna yn lladd fy mrodyr, nid am ei fod yn ddewr, ond am ei fod yn gyfrwys. Mae'n byw mewn ogof, ac mae yna faen hir wrth geg yr ogof, ac mae'n gallu gweld pawb sy'n mynd i gyfeiriad y llyn, ond does neb yn gallu ei weld ef. Ac yn fwy na hynny, gall newid ei siâp a chyflwyno i ti'r hyn yr wyt yn ei ddymuno'n fwy na'r un peth arall ar y ddaear.'

'Beth ddylen i neud?'

'Os wyt ti'n addo fy ngharu i yn fwy nag unrhyw ferch arall, fe wna i roi'r gorchudd yma i ti fydd yn caniatáu i ti agosáu at ymyl y llyn heb i'r bwystfil fedru dy weld di.'

'Wrth gwrs,' meddai Joni, gan deimlo rhywfaint o gywilydd ei fod yn ei chamarwain. Gallai gyfaddef wrthi nad oedd unrhyw ddiddordeb ganddo mewn merched, ond teimlai nad oedd y chwedl hon wedi ei hysgrifennu â hynny mewn golwg. Roedd rhaid iddo chwarae'i ran. 'Wy'n addo. Wna i fyth garu'r un ferch yn fwy na ti.' O leiaf gallai'r rhan honno o'r celwydd fod yn wir. 'Beth yw'r gorchudd?'

'Dyma orchudd hud Caswallon ap Beli, yr hwn a ddefnyddiodd i ladd y marchogion a oedd yn amddiffyn Ynys y Cedyrn tra bod Bendigeidfran yn Iwerddon, er mwyn iddo allu dod yn frenin ar Ynysoedd Prydain.'

Cymerodd Joni'r clogyn ganddi. 'Fyddi di 'ma pan ddof i 'nôl?'

'Na, fe fydd rhaid i fi ffoi. Ni fydd fy mrodyr yn hapus o glywed fy mod i wedi rhoi'r gorchudd, trysor pennaf fy nheulu, i ti. Ond fe wnawn ni gwrdd unwaith eto, un dydd. Pob lwc.' Cusanodd ei foch a diflannu'n ôl i ganol y dail.

Bois bach, meddyliodd Joni, gan godi ei law i'w foch. Roedd ar fin cael ei rwygo'n rhubanau gan fwystfil, a'r cyfan yr oedd wedi ei gael yn wobr oedd cusan ar ei foch. Gan y ferch brydferthaf a welsai erioed, efallai, ond teimlai nad oedd hynny yn ei ddigolledu yn llwyr am y pris yr oedd yn debygol o'i dalu. Crwydrodd ymaith i gyfeiriad yr afon, ei feddwl yn ddryswch llwyr.

Oedodd o'r diwedd wrth glywed sŵn tonnau bychain llyn yn crafu'r lan. Arhosodd dan y cysgod am ychydig funudau yn astudio'r olygfa yn ofalus. Gallai weld ei fod yn llyn hir, milltir ar ei draws o leiaf, oedd yn llenwi pen draw'r dyffryn at ei ymylon, a'i lannau'n serth a charegog. Teimlai ei fod wedi ei weld o'r blaen yn rhywle, ond ni allai roi ei fys ar ble. Gallai weld ceg yr ogof yn blaen a'r maen hir o'i blaen, a gwelai bryd hynny na fyddai unrhyw fodd iddo agosáu at y llyn heb wynebu honno.

Tynnodd y gorchudd hud yr oedd y forwyn wedi ei roi iddo o'i boced a'i agor. Roedd yn olau ac yn ysgafn, a gallai weld drwyddo'n hawdd. Ymestynnodd un fraich y tu cefn iddo a gweld er syndod ei bod yn gwbwl anweledig. Ni allai gredu ei lwc a diolchodd yn ei galon i'r ferch ifanc. Fe ddylai sleifio i lawr i'r llyn a llenwi'r pair fod yn gymharol rwydd.

'Gorchudd hud Caswallon ap Beli,' meddai wrtho'i hun. Hoffai fod wedi gwrando'r fwy astud ar straeon ei dad pan oedd ganddo gyfle. Os oedd Caswallon wedi llwyddo i oresgyn Ynys Prydain â'r clogyn yma, beth allai Joni ei gyflawni yn y brifysgol? Byddai'n llawer haws sleifio nodiadau mewn i arholiad!

Tynnodd y clogyn amdano, gan sicrhau ei fod yn ei orchuddio hyd at fodiau ei draed. Yna ymgripiodd dros y cerrig bychain at ymyl y llyn. Y cyfan yr oedd angen iddo ei wneud oedd tynnu'r Pair o'r bag a'i drochi yn y dŵr. Ond roedd y Pair yn fawr. Sut fyddai gwneud hynny heb iddo ddiosg y clogyn, nid oedd yn siŵr…

Aeth ar ei liniau ar y creigiau ger y llyn a dechrau ymbalfalu yn y bag, gan obeithio nad oedd ei bengliniau i'w gweld. Daliodd rhywbeth ei lygad a chododd ar ei draed drachefn. Roedd wyneb y llyn yn gwbwl lonydd, heblaw am y crychdonnau lleiaf posib a oedd yn symud yn gyflym tuag ato, ar draws yr wyneb, fel pe bai gwas y neidr yn troedio'r dyfroedd.

Caeodd Joni y bag a symud yn ôl.

Bryd hynny cododd pen o'r llyn, ac yna corff hir, trwsgl. Gyda chryn ymdrech llusgodd y creadur ei hun i fyny ar y lan. Hyd yn oed pe bai modd ei ddisgrifio, ni fyddai gan Joni yr awydd i wneud hynny. Yn fras, roedd ganddo gorff hir fel neidr, ond symudai ar nifer o goesau hirion fel rhai pry copyn. Roedd yn flewog i gyd a chanddo ddannedd mawr, amlwg fel afanc. Ffroenodd yr awyr a throi ei ben y naill ffordd a'r llall.

'Rydw i'n gallu dy ogleuo di, farchog,' meddai.

Baglodd Joni am yn ôl, gan dasgu'r cerrig mân i bob cyfeiriad.

'Rydw i'n gallu dy glywed di, hefyd,' ebe'r creadur, gan ymlusgo i'w gyfeiriad. 'Ond dydw i ddim yn gallu dy weld di… eto. Wyt ti wedi dod i fy herio i, fel y brodyr gwirion yna? Unwaith bob dydd maen nhw'n dod yma, tri ohonyn nhw, a bob tro rydw i'n eu lladd nhw heb dderbyn yr un anaf i'm corff fy hun. Beth sy'n gwneud i ti feddwl y bydd pethau'n wahanol y tro hwn?'

Roedd Joni wedi cyrraedd ymyl y goedwig erbyn hyn. Gallai glywed ei galon yn curo. Hoffai allu diosg y clogyn trwsgl a rhedeg oddi yno a'i wynt yn ei ddwrn.

Roedd y bwystfil yn parhau i ffroeni o amgylch y lan. Symudai yn araf bach, fel petai ganddo goes glec. Yna trodd ei gefn ar Joni, ac ymlwybro oddi wrtho ar hyd glan y llyn.

Gwelodd Joni ei gyfle. Brasgamodd at ymyl y dŵr a throi sach Rhiannon ben i waered er mwyn arllwys ei chynnwys ar ymyl y dyfroedd. Syrthiodd yr hyn a oedd yn weddill o'r Pair Dadeni ohoni, yn ogystal â phentwr o bethau eraill na wyddai eu bod yno – corn hela, cleddyf hir, carreg hogi, cyllell finiog, darnau o hen arfwisg a dysgl a ddrylliodd wrth daro'r cerrig. Cyfogwyd y cyfan allan yn bentwr blêr ar ymyl y dŵr.

'A nawr rydw i'n gallu dy weld di!'

Trodd ei ben a gweld y bwystfil yn carlamu ar draws y lan tuag ato, ei draed niferus yn codi llwch a dŵr wrth ddod. Sylweddolodd bryd hynny mai chwarae cast roedd y creadur wrth gymryd arno fod yn drwsgl a chloff.

Ceisiodd Joni ei guddio ei hun o dan y clogyn, a chamu o'r neilltu. Ond roedd yn rhy hwyr – bwriodd y creadur i mewn iddo fel tarw a'i daflu i fyny i'r awyr. Syrthiodd a tharo wyneb y dŵr â chlec bocnus, a'i ben i lawr. Nid oedd yn gallu gweld dim o'i amgylch ond swigod. Collwyd y clogyn yn y llif.

Ciciodd ei goesau nes iddo gyrraedd yr wyneb ac edrych i bob cyfeiriad yn wyllt, gan boeri dŵr o'i geg. Lledodd poen ar hyd ei asennau lle y bwriodd y creadur ef. Gallai weld y clogyn yn arnofio ar wyneb y dŵr gerllaw, ond gallai hefyd weld y bwystfil yn llithro i mewn i'r llyn fel sarff ar ei ôl. Anelodd Joni am y lan gerllaw a chipio'r clogyn wrth fynd heibio iddo. Baglodd allan fodfeddi o grafangau'r creadur a thynnu'r gorchudd dros ei ben drachefn.

'Cachgi,' rhuodd y bwystfil. Llamodd allan o'r dŵr a glanio ar y cerrig, gan dasgu dŵr i bobman. 'Does dim diben i ti guddio. Rwy'n gallu gweld ôl dy draed dyfrllyd ar y lan.'

Gwelodd Joni fod y bwystfil yn llygad ei le. Ciliodd wysg ei gefn ar hyd ymyl y lan, lle'r oedd tonnau bychain y llyn yn llyfu'r cerrig, gan obeithio y byddai tasgu'r dŵr yn cuddio olion ei draed. Ond yna syrthiodd yn ôl, yn bendramwnwgl. Cododd ar ei eistedd a sylweddoli ei fod wedi baglu dros y pentwr o betheuach yr oedd wedi ei arllwys ar ymyl y dŵr ynghynt.

Yna cododd ei olygon a gweld Iaco.

'Joni,' meddai. Safai ar ymyl y dŵr, â gwên olygus ar ei wyneb.

Syllodd Joni arno'n gegrwth.

Nid y Iaco marw a welodd yn yr afon oedd hwn. Dyma'r Iaco a gofiai o'r dyddiau hir o hydref hynny pan oeddynt yn gariadon. Safai yno yn ei jîns a'i hwdi rygbi Cymru coch, ei groen yn sgleinio fel pelydrau'r haul. Gallai fod yn sefyll ar iard yr ysgol.

'Beth... ti'n neud 'ma?' gofynnodd Joni. Teimlodd y dagrau yn cronni yn ei lygaid.

'Dyma ddiwedd y daith i mi, Joni,' meddai. 'Rydw i wedi cyrraedd fy ngorffwysfa. Mae dŵr Llyn y Pair wedi fy atgyfodi. Yma, yn y baradwys hon, gallwn ni fod yn hapus gyda'n gilydd am byth. Gallwn gyd-fyw yn dragwyddol, gan yfed yn feunyddiol o ddŵr yr afon. Dyma dy wobr di – dy wobr am dy ddewrder.'

Ymestynnodd Iaco ei law.

Pendronodd Joni cyn ei dal. Dyma yr oedd wedi bod yn ysu amdano gyhyd. Roedd eisiau suddo i mewn i'w freichiau cyhyrog a mwytho ei ben yn ei frest. Ymestynnodd ei law a chydio yn y fraich a gynigiwyd iddo.

Ond roedd eisoes wedi ymbalfalu ymysg y sbwriel wrth ei draed a chodi hen gleddyf. Gyrrodd y cleddyf i fyny, ac i mewn i fol diamddiffyn Iaco. Udodd hwnnw â chynddaredd wrth deimlo blaen y llafn yn rhwyllo ei fol. Gwthiodd Joni y cleddyf am ymlaen, gan dyrchu ymhellach i'w gnawd. Yn sydyn, holltodd bol Iaco fel bag gwlyb a syrthiodd miloedd o greaduriaid bach ohono fel cynrhon. Diflannodd y dyn ifanc golygus ac fe ailymddangosodd y bwystfil. Simsanodd ar ei goesau tenau a dim ond o drwch blewyn y llwyddodd Joni i symud o'r neilltu cyn cael ei wasgu'n fflat.

Gwingodd y cynrhon ymaith, naill ai i mewn i'r dŵr neu ymysg y cerrig bach ar y traeth.

Cododd Joni, cyn camu'n ochelgar o amgylch y corff a oedd yn prysur ddadfeilio, gan ofalu peidio â sefyll ar unrhyw beth annymunol.

Tynnodd orchudd hud Caswallon ap Beli a sychu ei lygaid arno. Pwysodd drosodd a theimlai ei fod ar fin cyfogi. Cododd ei grys a gweld bod clais piws a gwyrdd yn lledaenu ar draws ei fol a'i frest.

Serch y boen, teimlai ryddhad. Doedd Iaco ddim yn dod yn ôl. Roedd wedi derbyn hynny yn awr. Roedd wedi dod drwyddi.

Cerddodd draw at y pentwr o betheuach a syrthiodd o sach Rhiannon, gan deimlo ei gorff cyfan yn gwegian. Plygodd i lawr drosto ac estyn ohono'r darnau a oedd yn weddill o'r Pair Dadeni. Taflodd nhw, un ar ôl y llall, i'r dŵr bas ar lan y llyn. Wedi eu codi, gwelodd glust Bendigeidfran yn gorwedd yn llipa ar y cerrig wrth ei draed. Am beth rhyfedd i'w dad ei roi iddo. Cododd ef a'i stwffio yn ei boced.

Dechreuodd gydosod darnau'r Pair Dadeni, fel petai'n jig-so haearn. Cydiodd yn y darn mwyaf o'r ddysgl honno a oedd wedi chwalu ar y cerrig wrth iddo wagio'r sach ynghynt, a dechrau rhofio dŵr y llyn dros y crochan. Cododd sŵn hisian ohono, ac fe ymdoddodd yr holltau i'w gilydd. O fewn ychydig funudau safai'r Pair Dadeni yn sgleinio'n ddu fel newydd ar ymyl y llyn. Roedd yn fwy nag yr oedd wedi ei dybio. Gallai dau neu dri oedolyn fod wedi gwasgu i mewn iddo'n hawdd.

'Fel pair mewn papur,' meddai Joni. 'Fel yr oedd Bendigeidfran ei eisiau. Beth nawr?' Ystyriodd a allai stwffio'r holl beth yn ôl i geg bag Rhiannon.

Cyn cael amser i feddwl am ddatrysiad, clywodd glec o'r goedwig gyfagos. Tawelwyd cân adar Rhiannon ac fe hedfanon nhw i bob cyfeiriad yn y coed. Trodd Joni i gyfeiriad y sŵn. Nid oedd wedi eu gweld yn dod, ond roedd criw helaeth yno, wedi camu o ganol y prysgwydd. Nid marchogion oedd y rhain. Roedden nhw mewn siwtiau du modern, yn gwisgo mygydau ac yn cario gynnau.

'Saf ar dy draed!' gorchmynnodd un ohonynt. Swniai fel llais merch, ond bod y mwgwd yn pylu nodweddion ei llais. 'Dwylo yn yr awyr. Sym' draw o'r Pair.'

Cododd Joni ei ddwylo dros ei ben, a cherdded at y lan. Rhyfeddai wrth edrych arnynt. Roedd gweld pobol mewn Kevlar â gynnau yn eu dwylo, yn y dyffryn hudol hwn, bron yn fwy swrealaidd na'r bwystfil hyd yn oed.

Wrth agosáu, tynnodd un ohonynt ei mwgwd a syrthiodd rhaeadr o wallt du ohono.

'Joni Teifi?' gofynnodd. Edrychodd o'i hamgylch. 'Lle mae dy dad? A Bendigeidfran?'

Gostyngodd Joni ei ben. 'Dim ond fi sy ar ôl.'

Cilwenodd y ferch a chwarddodd un o'r lleill.

'Felly corff dy dad oedd hwnna ar waelod y clogwyn,' meddai'r ddynes. 'Yn fwyd i'r adar.'

Gwegiodd coesau Joni oddi tano. Roedd ei geiriau yn ergyd olaf i unrhyw obaith a lechai yn ei galon y byddai ei dad wedi goroesi'r cwymp oddi ar y clogwyn.

'Unwaith eto mae teulu Dôn yn gadael teulu Llŷr yn y llwch ar eu holau,' chwarddodd un o'r lleill.

'Taw, Hyddwn,' meddai'r ddynes.

'Bleiddwn,' cyfarthodd yn ôl.

'Fy enw i yw Modron,' meddai. 'Rwyt ti wedi gwneud yn reit dda, yn do? A thithau'n feidrolyn. Wedi cyrraedd yr holl ffordd i Lyn y Pair a'r Saith ar dy ôl ac wedi llwyddo i ladd bwystfil y llyn. Ti'n siŵr nad oes gwaed duwiol yn dy wythiennau?'

'Ma 'da fi waed fy nhad yn fy ngwythiennau,' poerodd Joni. 'O'dd e'n haeddu gwell na chael chi'n neud sbort am ei ben.'

'Mae merthyron yn arwyr da. Pawb yn meddwl y gorau ohonyn nhw, a nhwythau ddim yma i brofi fel arall. Ond gawn ni weld pa mor ddewr wyt ti rŵan.' Camodd o'r neilltu. 'Hyddwn, rho fwled yn'a fo.'

Bryd hynny teimlodd Joni bod y byd o'i gwmpas yn symud yn araf, araf. Cododd un o'r dynion eraill mewn du ei ddryll. Ni allai Joni weld ei wyneb y tu ôl i'w fwgwd. Camodd tuag ato a chydio ynddo gerfydd ei goler, a gwasgu'r gwn yn erbyn ei benglog. Gallai Joni deimlo oerfel y baril ar ei groen. Gallai weld bys y dyn yn cau ar y glicied. Caeodd Joni ei lygaid. Safodd yno'n disgwyl y diwedd.

Am yr ychydig eiliadau araf hynny teimlai'n gwbwl ddiymadferth. Lledodd siom trwy ei gorff, ei fod yn marw mor ifanc, yn ogystal â gobaith na fyddai'n teimlo poen. Dywedodd weddi fach dan ei wynt. I bwy neu beth, ni wyddai. Gobeithiai am achubiaeth y tu hwnt i'r llen. Meddyliodd am ei fam a llenwodd ei galon â chariad. A ddeuai hi i wybod ei fod wedi marw? A fyddai'n glynu mewn gobaith a fyddai'n edwino dros y blynyddoedd? Sut fyddai hi'n ei gofio?

'Na!'

Ysgydwodd Joni drwyddo wrth glywed y floedd, gan ddisgwyl clywed sŵn y dryll yn tanio. Yna agorodd ei lygaid yn ochelgar. Roedd un o'r dynion eraill wedi camu i'r blaen. Edrychai'n gyfarwydd i Joni, ond ni wyddai sut.

'Ia, Teyrnon?'

'Fe allai'r crwt fod yn gaffaeliad i ni, Modron,' meddai.

'Angen y genedl ydan ni, nid un bachgen,' atebodd y ddynes. 'Does 'na'm careiau rhydd mewn chwedl, fe wyddost ti hynny'n iawn. Bu o a Bendigeidfran yn cynllwynio ers misoedd…' Tawelodd am eiliad. 'A dydw i dal ddim yn dy drystio di, Teyrnon.'

'Mae gennym ni'r Pair, Modron. Allwn ni ddim methu. Mae'r rhyfel ar ben. Os ydym am ailadeiladu Cymru, yna mae angen Cymry arnon ni. Rhai gwydn. Maen nhw'n brin.'

Tuchodd Modron. 'Iawn, os wyt ti'n mynnu mabwysiadu hwn hefyd. Ond paid â disgyn mewn cariad efo fo fel y gwnest ti efo'r llall. Dim ond marw a thorri dy galon di mae'r anifeiliaid anwes 'ma'n y pen draw.' Trodd yn ôl at Joni. 'Rwy ar ddeall dy fod ti wedi cwrdd â Teyrnon Twryf Lliant yn barod.'

Nodiodd hwnnw ei ben arno. 'Sut mae'n mynd ar World of Warcraft?'

Teimlodd Joni ei gorff yn gwegian gan ryddhad. Roedd wedi cael ail gyfle.

'Well 'da fi'r gêm,' atebodd â gwên ddwl ar ei wyneb.

'Dewch ag o, 'ta,' meddai Modron. 'A'r Pair!'

Codwyd y Pair Dadeni ar ysgwyddau Bleiddwn, Hyddwn a Hychdwn Hir. Ymunodd Joni â Teyrnon.

'Wyt ti wedi cael niwed?' sibrydodd hwnnw wrth iddynt gerdded.

Cydiodd Joni yn ei asennau poenus.

'A dy galon?' gofynnodd Teyrnon wedyn. 'Mae'n mynd i gymryd mwy o amser i iacháu honno, wy'n tybio.'

Yn sydyn, gwawriodd datrysiad ar Joni. Agorodd ei lygaid led y pen. 'Y Pair! Fe allen ni eu rhoi nhw yn y Pair, a'u hatgyfodi… fydd e ddim yn gallu siarad, ond…'

'Na.' Rhoddodd Teyrnon law ar ei ysgwydd. 'Fydden i ddim yn dymuno'r Pair ar dy dad, na neb arall. Gwell iddyn nhw orffwyso mewn hedd.'

Claddodd Joni ei wyneb yn ei ddwylo. Poerodd y dagrau rhwng

ei fysedd ac wylodd yn rhydd. Gwasgodd Teyrnon ei ysgwydd mewn cydymdeimlad.

Clywodd lais y tu ôl iddo'n gwawdio. 'Yli, dydi'r arwr ddim mor ddewr wedi'r cwbwl.'

'Bydd dawel, Hychdwn,' meddai un o'r lleill.

'Ia. Hen hwch ddideimlad fuest ti erioed.'

'Ca' dy ben corniog, Hyddwn.'

Sychodd Joni y dagrau ac anadlu'r awyr glir. Roedden nhw bellach yn mynd heibio i'r hen gaer lle yr oedd Meibion Brenin Dioddefaint yn byw. Roedd yn siŵr iddo weld un o'r marchogion yn pipio dros y wal, ond nid oedd am dynnu sylw atyn nhw. Gobeithiai y bydden nhw'n dod o hyd i'w tad hwythau, lle bynnag yr oedd ar waelod y llyn. O leiaf roedd ganddyn nhw obaith.

Cerddon nhw nes iddi nosi a phob cam yn brifo ei goesau dolurus. Caeodd y niwl amdanynt drachefn. Gallai deimlo gwynt oer yn chwipio ei wyneb. Disgwyliai glywed crawc a siffrwd adar Gwales unwaith eto. Ond wrth i'r niwl godi gwelodd yr hyn a edrychai fel gweddillion teml Eifftaidd o'i flaen. Roedd wedi ei chwalu hyd ei seiliau, a dim ond amlinell y waliau allanol a gweddillion tyrau bob ochr oedd yn weladwy yn y tywyllwch. Serch hynny, roedd golau ar gopa'r adfeilion.

Gwelodd fod y cerrig syrthiedig wedi eu trefnu yn rhes o risiau a arweiniai i fyny i'r brig. Dilynodd Modron tua'r top. Roedd y golau ar gopa'r adeilad maluriedig yn neidio a chrynu gan dasgu cysgodion tonnog ar draws y pentyrrau o gerrig o'i amgylch. Gwelodd fod rhagor o ffigyrau du ar y brig, yn sefyll o amgylch tân.

Ochneidiodd mewn rhyddhad wrth gyrraedd. Gallai fod wedi gorwedd i lawr i gysgu yn y fan a'r lle, ac wfft i'r perygl o'i amgylch.

'Le y'n ni?' gofynnodd.

'Ar ben Moel Famau,' atebodd Isgoed. Dylyfodd ei ên.

Edrychodd Joni o'i gwmpas yn syn. 'Ife castell yw hwn?' gofynnodd.

Modron a'i hatebodd. 'Tŵr i'r Brenin Siôr III a adeiladwyd ar ddechrau'r bedwaredd ganrif ar bymtheg,' meddai. 'Syrthiodd i'r llawr dros gan mlynedd yn ôl. Cowbois. Ond am wn i nad oes digon o goel i gynnal temlau i'r Teulu Brenhinol yn y parthau hyn o'r byd.'

Roedd Joni wedi gobeithio am noson o gwsg, ond sylwodd fod yr awyr ddulas yn araf oleuo. O droi ei gefn ar olau'r tân gallai weld ar hyd y clytwaith o gaeau gwyrdd, ar draws Dyffryn Clwyd a thuag at begynau mynyddoedd Eryri yn y pellter. Treiglodd ambell gwmwl isel ar draws copa'r bryn heb daflu'r un cysgod ar y tir oddi tanynt.

'Mae'n gwawrio dros Glawdd Offa,' meddai Modron. 'Cyn bod machlud dros Fae Ceredigion heno fe fyddwn ni wedi hawlio'n ôl yr hyn sydd yn ddyledus i ni, neu fyddwn ni wedi marw yn yr ymdrech.'

Gwelodd Joni olau yn fflachio yn y pellter. Wrth iddo agosáu llenwyd yr awyr ag atsain llafnau. Llusgwyd Joni o'r ffordd wrth i'r hofrenydd ddisgyn a glanio'n dwt ar weddillion y tŵr, gan ddefnyddio'r arwyneb gwastad rhwng y waliau maluriedig bob ochr fel llain lanio.

Cyn esgyn i'r hofrenydd, trodd Modron i'w hwynebu, ei gwallt du yn chwipio yma a thraw yn y gwynt.

'Dyma'r dydd y byddwn yn gweithredu o'r diwedd!' gwaeddodd dros y twrw byddarol. 'Dyma'r dydd y bydd y Pair Dadeni'n atgyfodi'r Gymru a fu!'

Alaw

Yr oglau a'i trawodd gyntaf: cymysgedd o fwd gwlyb, byrgyrs yn ffrio ac eli haul. Ac yna'r synau cyfarwydd. Rhuglo'r ceir ar hyd y tracfyrddau metel, tincial telyn y tu ôl i adlen, traed trwm ar loriau pren y stondinau, clec adlen wrth iddi chwipio yn yr awel.

Roedd yn braf cael dychwelyd i faes yr Eisteddfod Genedlaethol. I Alaw roedd fel dychwelyd adref, ond bod rhywun wedi symud y dodrefn ac aildrefnu'r ystafelloedd yn ei habsenoldeb.

Roedd glaw dechrau'r wythnos wedi hen glirio ond roedd y gwair yn dal yn wlyb gan wlith wrth i'r haul isel drochi'r Maes. Roedd y stondinau yn parhau'n wag o bobol wrth iddi hi, ei swyddog y wasg ac un o'i gwarchodwyr ymlwybro tuag at stondin y BBC ar gyfer ei chyfweliad radio boreol ar *Taro'r Post*. Ysai am gael dianc o'u gafael a chael mwynhau diwrnod yn dilyn ei thrwyn fel yn yr hen ddyddiau. Mwynhau gwledd weledol y Lle Celf. Prynu gormod o lyfrau Cymraeg y byddai yn hanner eu darllen yn stondinau'r Lolfa a Gwasg Gomer. Canu 'Hen Wlad fy Nhadau' ar ôl cadeirio'r bardd. Cael teimlo'n rhan o rywbeth – yn un â'r dorf o'i hamgylch – yn rhan o genedl Gymreig gyflawn, neu o leiaf microcosm ohoni, am unwaith mewn blwyddyn.

Edrychodd o'i hamgylch a gweld cornel fechan o'r wlad yr oedd hi am ei hadeiladu y tu hwnt i dir y Maes – un darn mewn jig-so a fyddai'n ymledu dros Gymru gyfan.

Ond heddiw, a hithau yn arweinydd ar y wlad honno, yr oedd hi wedi ei dieithrio oddi wrthi.

'Wy'n mynd i ymweld â'r tŷ bach, cyn iddynt fynd yn ormod o annibendod,' meddai.

'Paid â bod yn hir – mae'r cyfweliad yn dechrau mewn deg munud,' rhybuddiodd swyddog y wasg, Eleri.

'Iawn. Fe af i fy hunan, diolch,' ychwanegodd wrth i'r dyn diogelwch geisio ei dilyn.

Roedd y bloc toiledau reit ar ben pellaf y Maes, yn y man mwyaf anghysbell a ffwdanus posib, felly cyflymodd ei chamau, heibio i sawl stondin yr oedd yr enwau ar eu talcennau yn gyfarwydd a chroesawgar:

Sain, Mentrau Iaith Cymru, UCAC, Cymorth Cristnogol. Ond wrth iddi ymlwybro drwy'r mwd heibio i stondin Merched y Wawr, caeodd pâr o frechiau cryfion amdani fel nadroedd a'i llusgo i mewn.

Ceisiodd ddianc o'u gafael. 'Gad fi fod!' gwaeddodd. 'Fi yw'r Prif —'

'Helô, Alaw,' sibrydodd llais yn ei chlust. 'Ydych chi'n fy nghofio i?'

Rhyddhaodd ei hun o'i afael a throi i'w wynebu. Roedd ganddo wyneb ifanc a golygus, llygaid glas treiddgar a chorff cyhyrog oedd yn llenwi pob modfedd o gryst-t llwyd. Roedd wedi'i eillio'n lân.

'Kevin… Strauch?' gofynnodd Alaw. Yr amgylcheddwr diawledig yna a fu'n ei ffonio a'i he-bostio hi'n ddidrugaredd pan oedd yn Weinidog Cadwraeth. 'Does gennych chi ddim hawl.'

'Onid yw'n bryd i ni gael sgwrs?' Plethodd ei freichiau.

'Siaradwch chi. Wy'n mynd i ffonio'r heddlu.' Tynnodd ei ffôn o'i phoced.

Disgleiriodd y llygaid glas yn rhybuddiol fel mynyddoedd iâ. 'Does dim amser am nonsens bellach,' meddai. Cipiodd y ffôn o'i llaw.

Cododd Alaw ei dwylo yn amddiffynnol o'i blaen. 'Wy'n gwbod beth y'ch chi moyn…' Ni theimlai'n ddewr nac mewn rheolaeth rhagor. Gallai ei hanafu… neu waeth. 'Wy wedi bod yn bwriadu gweithredu ar y nwy siâl ers sbel, ond mae'r pethau 'ma'n cymryd amser…'

'Ots gen i am y nwy siâl rhagor,' meddai. Ac yna gwenodd yn anifeilaidd. 'Yn hytrach, fy niddordeb i yw priodoldeb cael llofrudd yn Brif Weinidog.'

Fferrwyd Alaw yn yr unfan, fel pe bai pob modfedd o'i chorff yn cael ei haraf lenwi â choncrid. Roedd rhywun wedi ei bradychu. Raam? Isgoed? 'Sai'n gwbod am beth chi'n sôn, wir,' meddai, ond â diffyg arddeliad amlwg.

'Dwi ddim yn eich beio chi.' Gwenodd y dyn yn ysmala. 'Mae'n rhaid ei fod yn beth braf iawn, stwffio cleddyf i fol chwyddedig Derwyn Williams. Gweld y perfedd yn tasgu ohono. Y! Am ddyn afiach. Dwi wedi gwneud pethau llawer gwaeth fy hun, dros y canrifoedd.'

'Y canrifoedd…?'

Cododd ei war. 'Beth bynnag, rŵan fy mod i'n gwbod eich cyfrinach, does gennych chi ddim dewis ond gwneud beth ydw i'n ddweud.'

'Y nwy siâl! Wrth gwrs. Dwi ddim yn cefnogi'r datblygiad. Fe wna i bopeth yn fy ngallu…'

Gwaeddodd arni: 'Ffwcio'r nwy siâl!' Cododd gwythien beryglus ar ei wddf. Meddiannodd ei hun. 'Fel y dwedais i, matar digon tila yw hwnnw rŵan. Rydan ni am adfer Cymru gyfan fel yr oedd. A chi, er gwell neu er gwaeth, yw'r un sy'n mynd i'n helpu ni i wneud hynny.' Trywanodd hi drachefn â'i lygaid glas llachar. Roeddynt mor ddwfn â'r môr. Gallai ymgolli ynddynt. 'Chi yw ceidwad y cledd.'

'Sut… sut y'ch chi'n gwbod?'

'Fe ddwedodd aderyn bach wrtha i,' meddai. Agorodd ei law a datgelu'r ffôn. Chwythodd arno a throdd yn ditw tomos las a wibiodd o amgylch y stondin gan drydar yn llawen, cyn diflannu dan yr adlen.

Syllodd Alaw arno mewn anghrediniaeth. 'Pwy…' Ailystyriodd ei chwestiwn. 'Beth – y'ch chi?'

'Ro'n nhw'n fy ngalw i'n Gwydion, ar un adag. Gwydion fab Dôn. Ro'n i'n dduw…' Caeodd ei lygaid. '… fel chi. Chi yw'r Un Darogan, Alaw Watkins. Mae'r cledd wedi eich dewis, fel y dewisodd Arthur gynt, a Llywelyn, a Glyndŵr. Ond methu a wnaeth y dynion hynny. Ac os nad ydach chi'n dilyn ein cyfarwyddyd, os ydach chi'n gadael i fân fympwyon meidrol eich tywys i ddifancoll, fe fyddwch yn methu fel y methwyd o'r blaen. Yn llosgi fel pry cannwyll. Dydach chi ddim yn gwbod sut i drafod y grym sydd gennych chi – dim eto.'

Teimlodd Alaw ddicter yn berwi oddi mewn iddi. 'Fi yw'r ceidwad. Does gennych chi ddim awdurdod drosta i.'

'Gwrandewch.' Cododd un bys i'w thawelu. 'Hyd yn oed rŵan mae eich cyfeillion gwleidyddol honedig yn cynllwynio i'ch disodli,' meddai'n ddi-lol. 'Rydan ni wedi bod yn cadw golwg barcud arnynt. Derbyniwch ein cyfarwyddyd, a gyda'n gilydd fe allwn ni adfer yr hen drefn. Gwrthodwch, ac fe fyddwch chi'n cael eich dinistrio. Byddwch gefn llwyfan yn y Pafiliwn ar gyfer seremoni Cadeirio'r Bardd am hannar awr wedi pedwar y prynhawn 'ma. Dyna pryd y byddwn ni'n gweithredu.'

Neidiodd i'r awyr ac o flaen ei llygaid trawsnewidiodd yn eryr. Syllodd arni'n dreiddgar am eiliad, cyn hedfan heibio'r llen wen a orchuddiai flaen y stondin ac ehedeg dros y Maes a draw dros y caeau tu hwnt.

Gwyliodd Alaw ef yn mynd. Cymysgai ei eiriau yn bwll tawdd yn ei phen. Ni allai ddeall am beth roedd yn sôn. Teimlai fod ei sicrwydd ar drai unwaith eto. Meddyliodd am y cledd, oedd wedi ei gladdu yng ngwaelod ei bag dillad yn ystafell y gwesty. Oedd Gwydion a'i griw yn bwriadu ei ddwyn? Ni allai stumogi hynny. Byddai fel gadael babi newydd-anedig yn ddiamddiffyn, gan wybod bod bleiddiaid yn dilyn ei drywydd.

Cerddodd yn sigledig draw i stondin y BBC, gan dorri'r bol eisiau troi a mynd. Ond roedd rhaid.

Roedd Eleri, swyddog y wasg, yn disgwyl amdani y tu allan â golwg ddiamynedd ar ei hwyneb. 'Ble ti 'di bod? Wnes i drio dy ffonio di.'

Sylweddolodd Alaw nad oedd hi byth wedi cyrraedd y toiled. Ailfeddiannodd ei hun. 'Y Prif Weinidog ydw i, Eleri. Does dim angen cyngor arna i ar faint o amser y dylen i ei dreulio yn y tŷ bach. I mewn â ni.'

I'r diawl ag unrhyw un a oedd am ddweud wrthi hi sut oedd trin ei grym newydd, meddyliodd. *Hi* oedd yr Un Darogan, fel y dywedodd. Grym oedd y cyfan oedd ganddi. Yr eiliad roedd unrhyw un arall, neu yn waeth byth, hi ei hunan, yn dod i gredu bod y grym hwnnw wedi mynd, roedd y cyfan ar ben.

Camodd i dywyllwch y stondin. Cododd Golygydd Gwleidyddol BBC Cymru, Tegid Roberts, o'i sedd i ysgwyd llaw â hi.

'Diolch am gytuno i siarad â ni,' meddai.

Hebryngodd hi drwy gefn y stondin ac i faes gwahanol, oedd wedi ei guddio o olwg y cyhoedd, lle'r oedd y gorfforaeth wedi codi pentref bychan o adeiladau dros dro at ddibenion eu gwasanaethau radio, teledu ac ar-lein. Daethant o'r diwedd at flwch a oedd yn cynnwys stiwdio. Eisteddodd Alaw gyferbyn â'r golygydd ac fe ososododd ei glustffonau ar ei ben.

'Mae'r Prif Weinidog yma gyda ni heddiw ar Faes yr Eisteddfod ar gyfer cyfweliad arbennig,' dechreuodd, 'a hoffwn ei holi ynglŷn â'r newid cyfeiriad sydd i'w weld yn y modd y mae'r llywodraeth newydd yn ymdrin â rhai pynciau megis trafnidiaeth, y celfyddydau – a'r Eisteddfod ei hun, wrth gwrs.'

Nodiodd Alaw. Cawsai ddarn o bapur gan Eleri neithiwr, gyda rhestr o gwestiynau ac atebion posib. Neu, o leiaf, ffyrdd o osgoi ateb y cwestiynau. Roedd hi wedi bwrw golwg cyflym drostynt.

Ond gadawodd y papur yn y car. Ei greddf oedd y canllaw gorau yn ei barn hi.

'Yn gynta, Alaw, hoffwn eich holi chi am y stori sydd newydd dorri'r bore 'ma ynglŷn â chynlluniau i adeiladu twnnel drwy rai o fynyddoedd Eryri.'

Gwgodd Alaw. Sut ar y ddaear roedd y wasg wedi clywed am hynny? Mae'n rhaid bod rhywun o'r gwasanaeth sifil a oedd yn anhapus â'r cynllun wedi rhyddhau'r wybodaeth iddynt.

'Mae yna amcangyfrifon y gallai'r twnnel hwn gostio hyd at bum biliwn o bunnoedd i'w adeiladu, sef dros draean o arian y Cynulliad bob blwyddyn,' meddai Tegid Roberts. 'Beth yn union fyddai diben y ffordd yma, a yw'n cyfiawnhau'r gost a sut fyddai osgoi effaith amgylcheddol dybryd ar Barc Cenedlaethol Eryri?'

'Cynlluniau arfaethedig yw'r rhain,' meddai Alaw. 'Does dim byd wedi ei benderfynu eto…'

'Ond rydych chi wedi rhoi sêl eich bendith ar y cynlluniau?'

Ochneidiodd Alaw. Roedd hi'n casáu newyddiadurwyr yn torri ar ei thraws ar ganol ateb. Ymgais ydoedd i'w bwrw oddi ar ei hechel, i wneud iddi ddweud rhywbeth twp. Tawelodd am eiliad, er mwyn rhoi trefn ar ei meddyliau.

'Mae'r twnnel yn un rhan ddichonadwy o fuddsoddiad hirdymor mewn gwella cysylltiadau trafnidiaeth rhwng de a gogledd Cymru, sydd yn rhywbeth y bydd pob Cymro a Chymraes yn ei groesawu,' meddai'n bendant. 'Hyd yn hyn rwy wedi gweld cynlluniau ar bapur yn unig, ond bydd proses hir o ystyried, a gofyn barn y bobol, cyn bod unrhyw beth yn cael sêl bendith y llywodraeth.'

'Ond rydych chi o blaid y twnnel?'

'Mae Cymru yn wlad fynyddig, Tegid. Ac os ydyn ni am ddatblygu rhwydwaith trafnidiaeth effeithiol rhaid i ni naill ai fynd dros y mynyddoedd, neu oddi tanynt.' Roedd wedi colli ychydig o reolaeth ar ei thymer, a gadawodd i hynny ddangos yn ei llais y tro hwn. Roedd hi'n ofalus iawn i beidio fel arfer, ond roedd Gwydion wedi rhoi braw iddi. 'Bydd pawb yn cytuno mai mynd oddi tan y mynyddoedd yw'r dewis gorau, am resymau amgylcheddol, os nad esthetig.'

'A oes angen mynd i'r fath drafferth…?'

'Ni'n llywodraeth uchelgeisiol, Tegid,' meddai'n finiog. 'Rwy'n deall y bydd yn cymryd amser i chi yn y cyfryngau ddod i delerau â hynny, ar ôl syrthni ein rhagflaenwyr. Ond mae'r bobol wedi ei deall hi.' Gallai weld Eleri tu ôl i'r gwydr yn gwneud stumiau arni gyda'i llaw. Yn dweud wrthi am bwyllo.

Cymerodd anadl, a dechrau eto.

'Mae yna sawl gwlad fwy mynyddig na ni. Mae twnnel Mont Blanc rhwng Ffrainc a'r Eidal yn saith milltir o hyd, yn sylweddol hirach na'r twnnel arfaethedig hwn.' Ceisiodd gyfleu rhesymoldeb drwy ei llais. 'Mae'r Swistir yn meddu ar sawl traffordd sy'n croesi'r Alpau. Plorod fyddai mynyddoedd Eryri iddynt hwy, i'w hysgubo o'r neilltu. Pam na allwn ni yma yng Nghymru feddu ar yr un weledigaeth â hwythau?'

'Diddorol iawn,' meddai Tegid, yn amlwg yn hapus iddo ddenu'r fath ymateb llidus ohoni. Gwyddai y byddai'r BBC yn cael sbort yn darlledu'r un clip pum eiliad ar eu bwletinau newyddion drwy weddill y dydd. 'Ac fe gawn ni ymateb Cyfeillion y Ddaear Cymru yn nes ymlaen yn y rhaglen. O droi yn awr at yr iaith Gymraeg, a'r Pethe… Ydyn ni'n debygol o weld newid cyfeiriad gennych chi fel llywodraeth wrth ymdrin â'r pynciau hyn?'

Dewisodd Alaw ei geiriau'n ofalus. Gwyddai ei bod ar dir peryglus. Hoff gêm y BBC yn ddiweddar oedd cymryd geiriau a ddywedwyd yn Gymraeg, ac ar gyfer cynulleidfa Gymraeg ei hiaith, a'u cyfieithu i'r Saesneg yn y modd mwyaf ymfflamychol posib. 'Wel… fy ngreddf bersonol i yw bod llawer gormod o arian wedi ei fuddsoddi mewn pethau fel hawliau'r Gymraeg, cyfieithu Cofnod y Cynulliad, ac yn y blaen…'

Gwelodd Tegid Roberts yn eistedd i fyny'n syth yn ei gadair. Brysiodd i gwblhau gweddill y frawddeg.

'… mewn gwirionedd yr hyn sydd ei angen yw cynhyrchu cynnwys o safon, a fydd yn cynnig rheswm i bobol ddefnyddio'r iaith.'

'Pa fath o gynnwys, yn union?'

'Wel, does neb yn dysgu'r iaith er mwyn cael darllen eu bil nwy yn Gymraeg.'

Chwarddodd Tegid Roberts.

Doedd hi ddim yn hoffi hynny. 'Wy o ddifrif,' meddai'n siarp. 'Yr obsesiwn hwn gyda dwyieithrwydd yw'r broblem. Bu'r pwyslais i gyd ar sicrhau bod popeth sydd ar gael yn y Saesneg hefyd ar gael yn Gymraeg. Nid yw honno'n frwydr y gallwn ni ei hennill. Ac os yw'r cynnwys ar gael yn y Saesneg beth bynnag, beth yw pwynt dysgu'r

Gymraeg? Dylid buddsoddi yn hytrach mewn cynnyrch gwreiddiol yn y Gymraeg nad ydyw ar gael mewn unrhyw iaith arall. Yna fe fydd y bobol yn gweld bod rheswm iddynt ddysgu'r iaith, oherwydd bod yna bethau nad ydyn nhw'n gallu eu mwynhau fel arall.'

Ni ddywedodd Tegid ddim am eiliad. Roedd yn amlwg am iddi barhau i siarad.

Pwysodd ymlaen yn ei sedd a gosod ei phengliniau ar y ddesg. 'Ar hyn o bryd rydyn ni'n buddsoddi miliynau mewn addysg Gymraeg, sy'n fodd gwych i greu swyddi i athrawon Cymraeg eu hiaith, ond unwaith mae'r bobol gyffredin yn gadael yr ysgol, dydyn nhw ddim yn gweld unrhyw reswm i barhau i'w defnyddio.' Teimlai Alaw ar dir saffach yn awr; roedd yn mynd i hwyl a'r geiriau'n llifo'n rhwydd – hyd yn oed os oedd hi'n meddwl yn uchel mewn gwirionedd. 'Mae hynny i'w weld yn glir yn y sensws diwetha – mae tua 25% yn siarad yr iaith yn yr ysgol, ond ar ôl gadael ysgol mae'r nifer yn syrthio'n ôl i lawr i tua 10% unwaith eto. Sut mae sicrhau bod y Gymraeg yn iaith y mae'r bobol eisiau ei defnyddio? Ai drwy fuddsoddi yr arian sydd gennym ni mewn cyfieithu dogfennau sychion? Ynteu gwario ar gerddoriaeth, fideos YouTube, rhaglenni o safon uchel i'w lawrlwytho o Netflix ac apiau gwreiddiol i ffonau symudol? Dyna ble mae'r gynulleidfa ifanc ar hyn o bryd a nhw sydd angen eu targedu. Rhoi'r arian iddynt greu'r cynnwys, gadael iddynt hwy redeg y sioe a phenderfynu drostynt hwy eu hunain sut y dylai'r diwylliant Cymraeg ddatblygu.'

'Felly rydych chi'n credu bod yr arian ar y Gymraeg wedi ei gamwario dros y blynyddoedd?'

Agorodd ei cheg i ddweud 'ydw', ond yna gwelodd y trap yr oedd y newyddiadurwr wedi ei osod ar ei chyfer.

'Fydden i ddim yn dweud hynny. Ond wy'n pryderu bod llawer o'r arian wedi mynd ar greu swyddi a chynnwys sydd wrth fodd elît bychan, dosbarth canol sydd eisoes yn siarad Cymraeg. Mae nofelau i'r dosbarth canol Cymraeg, rhaglenni S4C i dirfeddianwyr cefnog a chylchgronau i gyfryngis, ond dyw'r rhain i gyd heb wneud llawer i fynd i'r afael â'r perygl sy'n wynebu'r iaith, a chynyddu diddordeb y genhedlaeth nesa ynddi. Iaith y Cymry yw'r Gymraeg, a dylai fod yn iaith i bawb, nid yn fodd i greu swyddi i un haen o fewn cymdeithas.'

'A'r Eisteddfod?'

'Mae'r un peth yn wir. Wy'n caru'r Eisteddfod, ond beth yw hi ond gŵyl i'r dosbarth canol, gan y dosbarth canol, wedi ei thalu amdani ag arian gan sefydliadau eraill sy'n cyflogi'r dosbarth canol? Pam mai'r prif wobrau yw cadeirio a choroni'r bardd? Ydi pobol yn mwynhau'r farddoniaeth yn fwy na, dweder, y canu neu'r dawnsio? A fyddai'r Pafiliwn yn wag petai'r Orsedd yn penderfynu mai cerdd dant yw prif wobr yr wythnos? Na, y rheswm mai nhw yw'r prif wobrau yw mai dim ond Cymry Cymraeg dosbarth canol sydd â'r addysg a'r gallu ieithyddol i'w hennill nhw. Ac…'

Cododd y newyddiadurwr ei law a gwenu fel giât. 'Wel, dyna ni, mae'n ddrwg gen i orfod eich atal chi, ond mae amser ar ben. Fe fydd yna ddigon i gnoi cil yn ei gylch yn ystod y dydd. Os ydych chi am ymateb i'r hyn a ddywedodd y Prif Weinidog – ac rwy'n tybio y byddwch chi – cofiwch gysylltu â ni ar y ffôn, drwy e-bost, neu ar y cyfrif trydar. Ond am y tro, Alaw Watkins, Prif Weinidog Cymru, diolch yn fawr i chi.'

Cododd Alaw, ysgwyd llaw ag ef a gadael y blwch. Wrth gerdded yn ôl i gyfeiriad y Maes gwelodd fod wyneb Eleri, swyddog y wasg, fel taran.

'Popeth yn iawn?' gofynnodd yn ochelgar.

'Be ffyc oedd hwnna, Alaw?' gofynnodd. '*Car crash*, blydi *car crash*. A wnest ti ddarllen y nodiadau wnes i eu rhoi i ti?'

'Fi yw'r Prif Weinidog, Eleri. Fy marn i sy'n cyfri, nid dy farn —'

'Beth wyt ti'n meddwl fydd y penawdau? Dy fod ti'n galw am wario llai o arian ar y Gymraeg, ar sefydliadau fel yr Eisteddfod a'r Cyngor Llyfrau. Fe fydd yn fêl ar fysedd y *Western Mail* a phapurau Lloegr. Rwyt ti newydd biso yng nghwstard pob sefydliad diwylliannol yng Nghymru. Mae'n mynd i gymryd misoedd, os nad blynyddoedd, i ni ddad-wneud y difrod.' Edrychodd fel pe bai ar fin llewygu. 'Dyma'r *cock up* mwya – erioed!'

Gwelwodd Alaw. 'Paid â gorymateb nawr,' meddai'n ansicr, a dianc rhag ei gwg dan adlen stondin y BBC ac allan i'r Maes agored. Y hi, Alaw, oedd yn iawn. Os oedd hi wedi piso yng nghwstard ambell sefydliad, beth oedd yr ots?

Ac os oedd y wasg am ddweud pethau cas amdani, wel, deuai'n bryd delio â nhw hefyd.

Teimlai'n well o gael troedio'n rhydd o afael ei gofalwyr. Roedd y Maes wedi dechrau llenwi erbyn hyn. Ond yn rhyfedd iawn, ni wnaeth neb lawer o sylw ohoni. Efallai eu bod nhw'n tybio nad oedd hi yno ar unrhyw genhadaeth swyddogol. Roedden nhw'n parchu ei hawl i eisteddfota mewn heddwch. Crwydrodd ymysg y bobol fel cainc mewn trolif, heb unrhyw gyfeiriad pendant.

Wrth ymlwybro i lawr i gyfeiriad Pabell y Cymdeithasau, gwelodd yr union ddyn yr oedd angen ei gyngor arni, Dafydd Morris-Hopkins, arweinydd newydd Plaid Cymru, yn dod o'r cyfeiriad arall, mewn siwt lwyd a thei pinc. Roedd yn cario hufen iâ mefus ym mhob llaw, ac roedd yr Aelod Cynulliad Gutyn Howells, ac unig aelod y blaid yn Senedd Ewrop, Elwyn Davies, yn cerdded bob ochr iddo.

'Alaw!' galwodd Dafydd, gan godi un hufen iâ i'w chyfarch. 'Tyrd draw i eistedd efo fi.'

Cilwenodd rhai o'r lleill wrth iddynt gofleidio.

'Gad i ni gael sgwrs, ar wahân i bawb arall.' Estynnodd Dafydd un o'r ddau hufen iâ iddi ac fe gerddon nhw i gyfeiriad cerrig yr Orsedd. Eisteddodd Dafydd yn ofalus ar y maen llog plastig ac fe laniodd Alaw wrth ei ymyl.

Gwgodd hithau. 'Wel dyna gachfa.'

'Be sy'n bod?' gofynnodd Dafydd. 'Mae'n ddydd Gwener ar faes yr Eisteddfod, mae'r awyr yn las a'r haul yn gwenu, ac mae gen ti hufen iâ yn dy law. Rwyt ti'n Brif Weinidog, a dw innau newydd fy urddo yn arweinydd ar fy mhlaid. Mae bywyd yn felys.'

'Dyw Eleri ddim yn credu y bydd fy nghyfweliad i 'da'r BBC wedi mynd i lawr yn dda.'

'Fe'i clywais i o yn y car,' meddai Dafydd. Gwenodd. 'Sdim byd yn bod ar fod yn blaen dy dafod.'

Llyfodd Alaw ei hufen iâ. 'Weithiau, wy'n meddwl bod achub y genedl yma'n ormod o drafferth.'

Trodd Dafydd tuag ati. 'Ydi'r goron yn pwyso'n drwm ar yr hen dalcen gloyw yna?'

Amneidiodd Alaw â'i phen.

Rhoddodd law gysurlon ar ei choes. 'Efallai y galla i wneud rhwbath i ysgafnhau'r baich hwnnw ryw fymryn,' meddai.

'Fel beth?'

'Mae gen i gyfaddefiad bach.' Llyfodd ei hufen iâ, ei dafod yn gwibio i mewn ac allan fel un neidr. 'Rŵan fy mod i wedi fy nyrchafu yn arweinydd fy mhlaid, efo dy gymorth di, mi alla i ddatgelu'r gyfrinach o'r diwadd. Ti'n cofio i mi sôn bod Alwyn yn bwriadu dy fradychu di a mynd i glymblaid â'r Blaid Lafur?'

'Ie?'

'Tynnu dy goes di o'n i.' Gwasgodd ei phen-glin yn chwareus.

Gwgodd. 'Sai'n deall.'

'Fi oedd yn bwriadu dy fradychu di a mynd i glymblaid â'r Blaid Lafur.' Roedd ei lygaid yn dawnsio.

Edrychodd Alaw arno'n hurt.

'Wyt ti'n cofio dy ymweliad cynta â fi 'nôl ar ddechrau'r haf?' gofynnodd. 'Mi gawson ni sgwrs ddofn a thrwyadl ynglŷn â dy gynlluniau dros y misoedd nesa.'

'Ac fe gytunoch chi i sefyll yn ymgeisydd ar Ynys Môn.'

'Wel, do. Ac fe gadwais fy ngair. Ond yn syth ar ôl i ti adael y tŷ fe ffoniais i Prys Gregori er mwyn gweld a allwn i gael dîl gwell.' Gwenodd. 'Roedd ganddo ddiddordeb mawr mewn clywed am dy ymweliad di.'

Crynodd Alaw. Rhedodd nodwyddau bychain dros ei chorff.

Gwenodd Dafydd. 'O esbonio dy gynllun di i adael y blaid, a minnau i sefyll yn Ynys Môn, derbyniodd yn syth mai clymblaid â Phlaid Cymru oedd y ffordd ymlaen.' Crafodd ei drwyn. 'A deud y gwir, roedd yn ffafrio clymblaid ers yr etholiad ym mis Mai y llynedd – ond roedd Alwyn yn chwyrn yn erbyn y syniad.'

Ysgydwodd Alaw ei phen yn ddiddeall. 'Ond fy ddwedoch chi nad oedd Alwyn eisie clymblaid enfys, ei fod e moyn mynd at Lafur.'

'Fe ddwedais i gelwydd. Roedd Alwyn yn bleidiol i'r syniad o glymblaid enfys erioed, a phan gynigiaist ti'r cyfle iddo fe'i cipiodd â'i ddwy law,' meddai Dafydd. 'Yn anffodus, nid oedd gweddill ei blaid hannar mor awyddus. Do'n nhw ddim isio cael eu gweld yn cwtsio i fyny efo'r Ceidwadwyr. Ond fe alwais i am roi cyfle i'r glymblaid enfys, ac i roi cyfle i ti.'

'Ond…' Teimlodd Alaw fel pe bai'n cael ei sugno i lawr gan drobwll. Disgwyliai iddo ddatgelu unrhyw eiliad mai tric pellach oedd y cyfan er mwyn ei chynorthwyo hi. Mai dim ond chwarae gêm er ei ddifyrrwch ei hun, i ddysgu gwers arall iddi hi, ei brentis gwleidyddol, yr oedd. 'Beth oedd y pwynt? Beth oeddech chi'n ei ennill?'

'Cael gwared ag Alwyn.'

Chwarddodd Alaw yn goeglyd. 'Dial? Dyna ni?'

'Naci! Wel, ia, yn rhannol, ond roedd llawer mwy iddi na hynny.' Aeth ei lygaid yn bell. 'Dwi wedi cael llawer o amsar i feddwl, wsti, am sut y byddwn i'n gneud pethau'n wahanol. Sut y byddwn i wedi sicrhau bod y Cynulliad yn cwrdd â'i botensial, pe na baen nhw wedi fy mradychu i.' Gwthiodd ei law drwy'r gwallt ariannaidd a oedd wedi ei gribo dros ei gorun moel. 'Ro'n i am arwain eto. Ac roedd yn haws na'r disgwyl – efo dy help di'n Brif Weinidog, wrth gwrs.'

Syllodd Alaw arno'n ddwl. 'A beth wedyn?' Teimlai fel pyped a ddaeth yn ymwybodol o'i linynnau am y tro cyntaf. Roedd ei llaw yn crynu, ac nid oerfel yr hufen iâ yn unig oedd yn gyfrifol am hynny.

'Clymbleidio drachefn â'r Blaid Lafur, wrth gwrs,' atebodd. 'Bydd pleidlais o ddiffyg hyder ynot ti cyn gynted ag y bo modd, ond waeth i ti ymddiswyddo cyn hynny ddim. Erbyn diwadd y dydd heddiw, os lici i. Gall dy gawlach ar y radio rŵan fod yn symbylydd, os w't ti am arbad unrhyw gywilydd pellach ar dy ran. Ni fydd unrhyw ymdrech i geisio dy achub di – rwyt ti eisoes wedi pechu pob gwleidydd, gweithiwr sifil a sefydliad yng Nghymru.' Cilwenodd Dafydd arni. 'Ti'n gweld, dim ond un amod oedd gan Prys Gregori, cyn cytuno i dderbyn fy nghynllun…'

'A – a beth oedd hwnnw?'

'Fy mod i'n gadael i ti wneud ffŵl ohonot dy hun cyn rhoi'r gyllell i mewn.'

Teimlodd Alaw ei hwyneb yn cochi. Cododd y natur oddi mewn iddi a safodd ar ei thraed. Tynhaodd ei cheg yn llinell. 'Wedyn, ar ôl pob dim, Dafydd, rydych chi wedi dewis bradychu eich cenedl er mwyn meddu ar ragor o rym personol i chi'ch hunan.'

Edrychodd Dafydd arni'n dosturiol. 'Twt twt. Yr hyn sy'n ein gwneud ni'n wahanol, Alaw Watkins, yw ein dadansoddiad pur wahanol o'r broses o greu cenedl.' Cyfeiriodd â'i law ar draws Faes yr Eisteddfod, a oedd yn prysur lenwi. 'Y peth mwyaf dwl a ddywedodd yr un Cymro erioed oedd mai "drwy ddulliau chwyldro yn unig mae llwyddo". Mae'r geiriau hynny wedi camarwain cenedlaethau o Gymry. Nid chwyldroadau sy'n creu cenedl-wladwriaethau. Myth yw'r chwyldro, wedi ei greu flynyddoedd wedyn, a hynny er mwyn argyhoeddi'r bobol mai eu syniad nhw oedd y cyfan o'r dechrau.'

'Dwi ddim eisie clywed rhagor o eiriau gwag —'

'Mi esboniais i hyn wrthot ti yn y tŷ, Alaw, y tro cynta i ni gwrdd,' meddai Dafydd yn amyneddgar. 'Mi ddylat ti fod wedi talu sylw bryd hynny. Ni ddaw cenhedloedd yn rhydd oherwydd bod eu pobol yn fwy arwrol, neu yn fwy balch o'u hiaith neu eu diwylliant. Hunanfudd sydd yn arwain at annibyniaeth. Rhai isio grym a phŵer ac yn gweld ymreolaeth fel modd o'i gael.' Chwifiodd fys arni. 'A dyna pam dwi wedi penderfynu clymbleidio efo'r Blaid Lafur.'

'Allech chi ddim cyfiawnhau eich hun.'

'Na, gwranda di, Alaw. Mae gen ti lot i'w ddysgu,' meddai'n bendant. 'Rŵan eu bod heb rym yn San Steffan, bydd y Blaid Lafur yn benderfynol o dynhau eu gafael ar yr un diriogaeth y maen nhw'n parhau i'w rheoli, sef Cymru. Ac er mwyn argyhoeddi'r bobol bod Llywodraeth Cymru yn haeddu rhagor o rym, rhaid iddynt feithrin cenedlaetholdeb – ia, Cymreictod, yr union nodwedd honno y buont mor elyniaethus tuag ati cyhyd. Yn nwylo sefydliadau o'r fath, arf yw iaith, hyd yn oed, er mwyn cymathu trigolion y wlad a chynnal eu rheolaeth eu hunain. A thrwy glymbleidio â nhw, dwi'n eu galluogi i wneud hynny.'

Gwgodd Alaw arno â dirmyg llwyr. '*Mumbo jumbo* academaidd yw hyn er mwyn cyfiawnhau eich gweithredoedd hunanol eich hun! I wneud i chi deimlo'n well.'

'Dwyt ti'm yn dallt.'

Cododd Dafydd o'r maen llog, a thaflu bonyn ei hufen iâ i'r llawr. Camodd yn ddestlus o'i chwmpas.

'Paid â phoeni, Alaw,' meddai. 'Unwaith y bydd y cwbwl drosodd – unwaith y bydd Cymru'n rhydd – fe fydd hanes yn cael ei ailysgrifennu drachefn. Nid proses hirwyntog a biwrocrataidd, nid ysgarmes anweddus rhwng gwleidyddion yn ymbalfalu am rym fydd hanes Cymru yn yr unfed ganrif ar hugain rhagor, ond gorymdaith fuddugoliaethus drwy'r anialwch i wlad yr addewid. Bydd cerfluniau ohonon ni oll yn un rhes ar hyd Heol Lloyd George, a disgyblion ysgol yn crychu trwyn wrth iddynt orfod clywed eto am hanes yr arwr Alaw Watkins – ein Joan of Arc fach ni ein hunain! – a'i methiant ysbrydoledig i achub Cymru o grafangau'r gelyn. Mae angen methiannau ar bob cenedl, Alaw, ac maen nhw lawn bwysiced â'r fuddugoliaeth derfynol, am eu bod wedi symbylu'r bobol i ddwysáu'r ymdrech. Rwyt ti wedi chwara dy ran.'

Cerddodd oddi wrthi, tuag at ei giwed o gyd-Bleidwyr, yn ôl i ganol bwrlwm torfeydd yr Eisteddfod, gan adael Alaw yng nghysgod y meini hirion. Bellach roedd yr haul yn codi dros ysgwydd y Pafiliwn gan dasgu ei belydrau drwy faner Owain Glyndŵr a oedd yn cyhwfan drosto. Gwgodd Alaw arno. Teimlai'n anobeithiol o unig yn fwyaf sydyn, yn unigolyn o fewn cenedl nad oedd hi'n ei deall ac nad oedd yn ei deall hi. Doedd ganddi bellach yr un ffrind go iawn, na ffrind gwleidyddol i droi ato. Roedd y bobol o'i hamgylch yn clebran, pawb yn nabod ei gilydd, yn ymdrochi mewn hunaniaeth ac ymdeimlad o berthyn. Roedd hynny'n dwysáu'r unigrwydd.

Ond yna fe eginodd hedyn a oedd wedi ei blannu ynddi. Tyfodd casineb ohono. Teimlai gorddi o'i mewn. Roedd Dafydd Morris-Hopkins wedi ei bradychu. Hi oedd yr Un Darogan, nid ef. Gallai glywed y lleisiau yn galw arni. Trodd ei meddwl at ddial a theimlodd ei bysedd yn plycio. Ysai am gael Caledfwlch yn ei dwylo unwaith eto.

Cofiodd eiriau Gwydion.

Y Pafiliwn. Y Cadeirio. Hanner awr wedi pedwar y prynhawn.

Roedd yn bryd iddi ateb eu galwad.

Joni

Tawelodd sisial y dorf wrth i'r cledd lithro o'i wain. Atseiniodd llais crynedig yr Archdderwydd drwy system sain y Pafiliwn gorlawn. 'A oes heddwch?' gofynnodd eto.

'Heddwch!' atebodd y dorf yn un llais, gyda sŵn fel ton yn torri eilwaith ar glogwyn.

Eisteddai Joni Teifi y tu ôl i'r llwyfan, ar sedd blastig galed a gaeai fel dwrn am ei gorff dolurus. Byddai pawb a'i welai yn siŵr o gredu iddo dreulio wythnos arbennig o arw ar y Maes Ieuenctid. Roedd yn fwd o'i gorun i'w sawdl, a'i wyneb a'i ddwylo yn grafiadau i gyd. Ond diwrnod dan oruchwyliaeth meibion Gwydion oedd yn gyfrifol am ei gyflwr. Safai un ohonynt – Hychdwn Hir meddyliai Joni – y tu ôl iddo gefn y llwyfan. Er mwyn sicrhau nad oedd yn dianc, mae'n siŵr, er na wyddai a oedd ganddo'r nerth i redeg hyd yn oed pe bai'n dymuno gwneud hynny.

Ni allai Joni weld y dorf yn dda iawn, oherwydd y llifoleuadau cryfion a oedd yn trochi'r llwyfan mewn golau. Nid oedd ganddo'r olygfa orau o'r hyn a oedd yn digwydd, chwaith, ac ni ddeallai lawer o'r ddefod a âi rhagddi. Ysai am gael ei dad yno, yn sibrwd darlith ddiflas am hanes yr Orsedd yn ei glust. Roedd yr Archdderwydd eisoes wedi gorchymyn i bawb yn y Pafiliwn godi ar sain y ffanffer, ac yna eistedd drachefn, fel petaent yn chwarae'r gêm fwyaf yn y byd o *musical bumps*. Yna cododd unigolyn i gymeradwyaeth y dorf a bonllefau ffrindiau, ei hwyneb yn disgleirio dan deimlad a than lewyrch y sbotlamp. Cafodd ei thywys i lawr at y llwyfan. Gallai weld cefn ei phen drwy'r hollt yng nghefn y gadair a choesau'r derwyddon amryliw a eisteddai ar y teras o'i flaen.

Sibrydodd Hychdwn yng nghlust Joni: 'Os bydd y saethu'n dechrau, paid â symud modfedd.' Gallai deimlo ei anadl boeth ar ei wddf. 'Neu, fe wna i dy rwygo di'n ddarnau â'm dannedd fy hun.' Roedd Hychdwn wedi ei wisgo mewn pâr o jîns a chrys-t du. Edrychai fel pob gweithiwr arall gefn llwyfan a doedd neb wedi holi pam roedden nhw yno.

Roedd Joni wedi clywed digon o ddichell y criw i wybod bod eu cynllwyn yn un mawr. *Arddangosfa* roedd Modron yn ei alw. Cyfle i ddangos eu grym i bobl Cymru. Ac os na allai Cymry Cymraeg gwladgarol ym merw'r Pafiliwn ar ddydd Gwener olaf yr Eisteddfod Genedlaethol gredu yng ngwirionedd yr hyn yr oeddynt am ei ddangos, ni fyddai neb arall yn ei gredu chwaith.

Dyna oedd ei angen ar dduwiau, meddai Modron. Cred. Heb hynny, do'n nhw'n ddim gwell na meidrolion.

Teimlai Joni arswyd oer yn llenwi ei stumog. Pe bai'n dianc rhag hyn yn fyw, fe fyddai'n dipyn o wyrth.

'Y gwir yn erbyn y byd,' meddai'r Archdderwydd drachefn. 'A oes heddwch?'

'Hedd…'

Cyn i'r gynulleidfa gael cyfle i'w ateb yn iawn clywid sŵn rhwygo a syrthiodd darn o'r nenfwd i lawr, gan lanio droedfeddi yn unig oddi wrth yr Archdderwydd ac ysgwyd y llwyfan i'w seiliau. Neidiodd Joni, a phawb oedd ar y llwyfan. Clywodd ebychiad o fraw o'r dorf wrth i'r Pafiliwn tywyll lenwi â goleuni naturiol yr awyr las uwchben. Gallai Joni weld y dorf yn glir am y tro cyntaf.

'Mae'r to yn dod i lawr!' gwaeddodd rhywun gefn llwyfan mewn panig. Roedd nifer yn y dorf eisoes wedi codi ar eu traed, yn barod i ffoi.

Ni symudodd Joni. Crychodd ei wddf i edrych drwy'r twll. Rhaid bod sawl un yn y gynulleidfa wedi gwneud yr un fath, oherwydd daeth bonllefau pellach o syndod wrth iddynt weld hofrenydd yn llenwi'r eurgylch uwch eu pennau fel diffyg ar yr haul. Daeth rhaffau o'r hofrenydd, ac yna sawl ffigwr mewn du, a abseiliodd drwy'r twll a glanio'n ysgafndroed fel cathod ar y llwyfan.

Roeddynt yn cario gynnau yn eu dwylo. Gwisgent fygydau balaclava ar eu hwynebau a throwsusau a thopiau tywyll. Roedd hanner dwsin ohonynt yno a rhedodd tri i fyny'r eisteddloedd i ganol y dyrfa, yn chwim fel llyswennod.

'Beth gebyst —?' gofynnodd yr Archdderwydd oedrannus. Gafaelwyd ynddo o bob ochr gan ddau o'r bobol, a gwelodd Joni hwynt yn rhwygo'r meicroffon di-wifr o ochr ei wyneb.

Fe aeth dryswch ac ofn drwy'r dorf fel gwreichionen drydan o weld y gynnau. Clywodd Joni sawl sgrech, a cheisiodd ambell un godi i ffoi, gan ddringo dros y seddi a'r eisteddfodwyr eraill.

Ond ni aethant yn bell – gorfodwyd hwynt yn ôl i'w seddi gan weiddi a bygythiadau y bobol a ddaliai'r arfau. Nid oedd y fath rwystr ar y derwyddon a eisteddai ar y llwyfan. Daliwyd Joni mewn eirlithriad o gobanau gwyn wrth iddynt frysio i lawr y teras a heibio iddo i gyfeiriad yr ystafelloedd newid.

Wedi gollwng y cyfan o'i lwyth dynol, roedd yr hofrenydd uwchben wedi gwibio ymaith o'u golwg.

Daeth un o'r unigolion mewn du i gefn y llwyfan at Hychdwn a Joni. 'Wnei di roi'r meic yna arna i?' gofynnodd. Adnabu Joni lais Modron. Glynodd Hychdwn y ddyfais at ei boch a chlipio'r trosglwyddydd ar ei gwregys. 'Diolch,' meddai.

Trodd oddi wrthynt a chamu'n hyderus allan i flaen y llwyfan.

Daeth ei llais drwy'r uchelseinydd. 'Foneddigion a boneddigesau, a gawn ni dawelwch os gwelwch yn dda,' meddai. Cyfeiriodd at y bobol â gynnau a oedd wedi mynd i sefyll wrth y drysau bob ochr i'r Pafiliwn. 'Ga i ofyn i'n stiwardiaid newydd sicrhau bod yr allanfeydd ar gau? Diolch yn fawr. Ni fydd unrhyw un yn gadael y Pafiliwn. Dowch rŵan, eisteddwch… setlwch. Does yna neb mewn peryg, ar yr amod eich bod chi'n aros yn eich seddi.'

Ond roedd y dorf yn dal i barablu'n uchel ar draws ei gilydd. Roedd gan Joni well golygfa ohonynt ers i'r derwyddon symud o'i ffordd. Roedd nifer yn ceisio gwthio heibio i bobol eraill yn eu rhes er mwyn cyrraedd y grisiau.

'Isht!' gorchmynnodd Modron. 'Bydd y person nesa i godi llais neu symud o'i sedd yn cael bwled yn ei ben.'

Tawelodd y gynulleidfa ryw fymryn o glywed y bygythiad hwnnw a brysiodd ambell un yn ôl i'w sedd. Hyd yn oed o gefn y llwyfan gallai Joni glywed sawl plentyn yn wylo.

Tynnodd Modron ei mwgwd, a syrthiodd rhaeadr o wallt du ohono. Gogwyddodd ei phen, fel pe bai'n gwrando ar rywbeth yn ei chlust. 'Ydan ni wedi meddiannu'r ystafell deledu?' gofynnodd. 'Da iawn. Mae hon yn neges i Gymru gyfan, nid i fynychwyr y Pafiliwn hwn yn unig. Mae'n bwysig ei bod yn cael ei darlledu i bob set deledu yn y genedl. Rhaid i bawb weld hyn, fel na all yr un dyn wadu iddo ddigwydd. A fyddech cystal ag edrych ar y sgriniau os gwelwch yn dda?'

Camodd Joni ymlaen i ymyl y teras er mwyn gweld y sgrin a oedd ar ben draw'r llwyfan. Newidiodd y darlun o logo troellog yr Eisteddfod i rywbeth gwahanol. Edrychai fel pe bai wedi ei ffilmio o hofrenydd, yr un hofrenydd y bu Joni'n gaeth iddo drwy'r bore, fe dybiai – yr un hofrenydd fu'n hedfan dros eu pennau funudau ynghynt. Roedd bellach yn prysuro ar draws gwastadedd Ynys Môn, oddi wrth faes yr Eisteddfod, yn ôl i gyfeiriad mynyddoedd Eryri.

Wrth wylio'r sgrin, clywodd Joni rywun yn camu ar hyd y llawr pren y tu ôl iddo. Trodd a gweld dynes ifanc yn dod allan ar hyd y coridor i gefn y llwyfan, a chanddi gleddyf hynafol yr olwg yn ei dwylo. Edrychai'n welw, ond roedd golwg benderfynol ar ei hwyneb. Adnabu Joni hi. Dyma'r Aelod Cynulliad yr oedd wedi siarad â hi ganol mis Mai, y diwrnod hwnnw yr aeth ef a'i dad i ymweld â'r Cynulliad.

'Alaw?' gofynnodd.

Edrychodd arno'n syn, fel pe bai wedi ei deffro o freuddwyd. 'Helô,' meddai, ond nid oedd fel petai yn ei nabod.

'Caewch hi,' gorchmynnodd Hychdwn Hir.

Roedd Modron yn dal i siarad â'r gynulleidfa wrth iddyn nhw wylio'r delweddau ar y sgrin. 'Be sydd ar y gorwel?' gofynnodd Modron. 'Oes unrhyw un yn y dorf yn adnabod y dre hon?'

Edrychodd Joni ar y sgrin drachefn. Gallai weld y Fenai yn disgleirio yn yr haul, ac yna daeth adeiladau i'r golwg ar ei glannau. Adnabu Joni'r castell a'r waliau yn amgylchynu'r hen dref.

'A! Caernarfon. Tref Gymreicia Cymru,' meddai Modron. 'Un o gadarnleoedd ola'r iaith. Sawl un sydd yma o Gaernarfon heddiw?'

Nid oedd neb yn y gynulleidfa yn ddigon dewr i godi llaw.

Aeth Modron yn ei blaen: 'Ond tre sydd yn gartra i un o'r symbolau mwya amlwg o oresgyniad y Cymry dan reolaeth y Saeson, goresgyniad sydd yn parhau hyd heddiw. Be am i ni ryddhau Caernarfon o'r ormes yma, bobol?'

Daeth murmur ansicr gan y dorf.

Roedd yr hofrenydd bellach yn hedfan dros y cei a'r camera wedi ei anelu i gyfeiriad y castell.

'Castell Caernarfon!' meddai. Tynnodd ddyfais fechan, fel rheolwr teledu, o'i phoced a dal ei bys drosti. 'Un ddolen yng nghadwyn Edward y Cynta i'n caethiwo ni am byth. Man arwisgo cyfres o Saeson sy'n honni mai nhw yw Tywysogion y Cymry. Ni fydd y castell hwn yn dwyn gwarth ar ein cenedl byth eto!'

Gwasgodd Modron fotwm ar y ddyfais. Clywid clec a chwythodd

malurion o ddrysau a ffenestri gwaelod y castell. Yna dechreuodd y cwbwl syrthio am i mewn, y muriau a'r tyrau, cyn i'r gweddillion saethu'n gwmwl gwyn i'r awyr a gorchuddio'r llun.

Roedd y dorf yn ferw o sŵn unwaith eto. Yn sgrechfeydd, ymbiliadau ac ambell fygythiad. Bu'n rhaid i'r dynion mewn du anelu eu gynnau dros bennau'r bobol er mwyn sicrhau rhywfaint o dawelwch drachefn.

Ni allai Joni gredu'r hyn oedd wedi ei weld. Roedd Modron wedi ffrwydro castell Caernarfon.

'Peidiwch â phoeni, does neb o Gaernarfon byth yn ymweld â'r castell, beth bynnag,' meddai Modron. 'Dim ond twristiaid. A siawns y gall Cymru wneud yn well na dibynnu ar rheini.'

Edrychodd Joni ar Alaw. Roedd ei hwyneb mor welw ag asgwrn. Nid edrychai ar y sgrin o gwbwl, ond drwyddi, ei llygaid yn bell, fel petai mewn trwmgwsg, neu'n gwrando ar sgwrs fewnol na wyddai ef amdani. Gwelodd fod ei brest yn codi a gostwng yn araf bach, fel pe bai'n anadlu'n ddwfn, yn ei pharatoi ei hun am ryw orchwyl.

'Gobeithio bo ti'n gwbod beth ti'n neud,' meddai Joni.

Edrychodd arno â llygaid fel ffynhonnau tywyll a arweiniai at ddyfnderoedd anhysbys. 'Wy'n hollol siŵr.' Yna gwenodd yn drist. 'Fy unig ofn yw na alla i gwrdd â disgwyliadau pobol.'

'Ro'n i'n nabod sawl un yr un peth â ti,' meddai Joni. Ond yna, fe'i cywirodd ei hun: 'Ond sai'n siŵr a oedden nhw moyn llwyddo cymaint ag o'n nhw ddim eisie methu.'

Gostyngodd Alaw ei chleddyf. 'Gawson nhw'r hyn o'n nhw moyn yn y diwedd?'

'Fe gafodd un, wy'n credu,' meddai Joni. 'Ond dim beth o'dd e'n meddwl ei fod e moyn, falle.'

Pipiodd Alaw y tu hwnt i'r llen a llygadu'r dorf. 'Wy jest am i bawb 'y ngharu i.' Llenwyd ei llais ag awydd bregus.

Teimlai Joni drueni drosti. 'Credu bod ca'l un person i neud 'ny yn ddigon o gamp,' meddai, ond nid oedd hi fel pe bai'n gwrando.

Torrodd llais Modron ar eu traws. 'Dyma fy neges i, Modron, i arweinwyr y Deyrnas Unedig, honedig yma,' meddai.

Wrth i'r cwmwl gwyn ar y sgrin encilio datgelwyd pentwr o rwbel lle bu'r castell hanner munud ynghynt. Newidiodd y darlun ar y sgrin i ddangos wyneb Modron ac edrychodd honno i fyw'r camera.

'Ein gwlad ni yw hon rŵan,' meddai. 'Ni yw'r Cymry, a chafodd ein llais ei fygu yn rhy hir. Heddiw rydan ni'n datgan bod Cymru yn wlad annibynnol a bellach dan ein meddiant ni, y Cymry.'

Ymbiliodd ar y gynulleidfa â'i dwylo.

'Llawenhewch!' meddai. 'Dyma ddiwrnod eich rhyddfreiniad! Dyma'r chwyldro a addawyd i chi. Y cyfan sydd ei angen i genedl rydd fodoli yw i'r bobol gredu eu bod yn genedl, a chredu eu bod yn rhydd. Ond os nad ydych chi eto'n siŵr – na phoener – nid yw ein harddangosfa eto ar ben. Mae'n bryd gorseddu arweinydd y genedl.'

'Dyma dy foment fawr,' chwyrnodd Hychdwn Hir, gan wthio Alaw ymlaen â'i law.

Cymerodd hithau anadl drom arall a chamu i olwg y Pafiliwn. Bu tawelwch wrth iddi gerdded allan a mynd i sefyll o flaen y gadair.

'A wnewch chi gymeradwyo os gwelwch yn dda, ar gyfer ein Tywysoges,' meddai Modron, 'Alaw Watkins.'

Cododd Alaw y cleddyf uwch ei phen. 'Nid eich Tywysoges!' gorchmynnodd. 'Eich Llyw!'

Edrychodd Modron arni. 'Fel y mynni di. Ein Llyw!'

'A oes rhyddid?' gwaeddodd Alaw.

Nid atebodd y gynulleidfa.

'Gwaeddwch gyda ni: rhyddid!' bloeddiodd Modron. Rhoddodd y dynion mewn du eu gynnau at eu hysgwyddau unwaith eto, i bwysleisio nad oedd dewis gan y dorf ond ymuno.

'A oes rhyddid?' galwodd Alaw unwaith eto â chryndod yn ei llais.

'Rhyddid,' atebodd y dorf, ond heb lawer o frwdfrydedd. Eisteddodd Alaw a gosod y cleddyf ar draws breichiau'r gadair.

Gallai Joni weld nad oedd yr arddangosfa cystal ag yr oedd Modron a'i chriw wedi gobeithio. Roedden nhw wedi disgwyl y byddai'r gynulleidfa yn derbyn y drefn newydd yn ddiffwdan. Y byddai codi ofn arnynt yn eu gwneud yn glai hydrin yn eu dwylo. Ond hyd yn oed o gefn y llwyfan gallai Joni weld yr atgasedd ar eu hwynebau.

Fel petai'n synhwyro hynny, dywedodd Modron: 'Nid wyf yn eich beio chi, Gymry, am eich pryder. Rydych fel anifail sydd wedi ei adael yn rhydd i'r gwyllt ar ôl oes o gaethiwed. Eich ysbryd wedi ei dorri gan flynyddoedd dan iau ymerodraeth sydd wedi gwadu eich hawliau fel pobol. Rydych wedi eich camarwain gan arweinwyr a oedd yn brin o wrhydri. Efallai eich bod yn credu na allwn eich diogelu. Na phoener, oherwydd mae gennym arf yn ein meddiant a all wrthsefyll unrhyw fygythiad. Dewch â'r Pair i lawr!'

Cododd y dorf eu golygon at y nenfwd. Drwy'r llygedyn o awyr las a oedd i'w weld yn y rhwyg yn nenfwd y Pafiliwn, syrthiodd dau abseiliwr arall a'r Pair Dadeni rhyngddynt. Glaniodd y cwbwl ar y llwyfan â chlec a'i hysgydwodd i'w seiliau. Teimlodd Joni ias yn mynd drwyddo.

'Ond yn gyntaf, mae angen gwirfoddolwr arnom ni i brofi'r ddyfais anhygoel hon. Pwy gawn ni, tybed? Beth am un o fradwyr ein cenedl?'

Llusgwyd dyn mewn siwt lwyd a thei pinc o ben arall y llwyfan gan ddau o'r dynion mewn du.

'Alaw, na, plis, stopiwch nhw,' meddai'r hen ddyn. 'Dwi erioed wedi gwneud dim o'i le. Dim ond be o'n i'n meddwl oedd orau i Gymru. Rydan ni'n anghytuno ynghylch y dulliau, nid y...'

Roedd y camera bellach ar wyneb Alaw, a gwelodd Joni bryder yn gwibio ar ei draws fel cwmwl ar hyd wyneb yr haul. Llenwodd ei llygaid â dryswch. Roedd yn amlwg nad oedd hi'n disgwyl hyn.

'Tawelwch,' ebychodd Modron. 'Rydych chi i gyd yn nabod Dafydd Morris-Hopkins, arweinydd newydd Plaid Cymru. Dyn sydd wedi gwneud mwy na neb arall i gynyddu dylanwad sefydliadau Prydeinllyd ar ein cenedl. Dyn a oedd y diwrnod hwn yn cynllwynio i fradychu ein harweinyddes am ei dri deg darn arian. Un o elynion y bobl.'

Cododd Modron ei dryll a'i anelu at ben y dyn. Sgrechiodd sawl un yn y dorf drachefn wrth weld beth oedd ar fin digwydd. Ergydiodd y bwled a saethodd chwistrelliad rhuddgoch o gefn ei ben. Syrthiodd yn swp ar lawr, y gwaed yn lledu'n gwmwl coch ar ei siwt. O le y safai y tu ôl i'r llwyfan, gallai Joni ogleuo'r powdr gwn yn llosgi.

Roedd bod yn dyst i'r dienyddiad yn ormod i'r dorf, a gafodd eu cynhyrfu drwyddi drachefn. Roedden nhw'n bwydo ar banig ei gilydd a'r sŵn yn fyddarol. Bu'n rhaid i un o'r dynion mewn du saethu tuag at y nenfwd a gweiddi 'Tawelwch!' er mwyn adfer trefn.

Rhwbiodd Modron y gwaed oddi ar ei hwyneb â'i llaw. 'Mae'n bwysig bod gennym ni gynulleidfa fyw ar gyfer hyn,' gwaeddodd dros sŵn y dorf. 'Pobol o bob cwr o'r wlad fydd yn medru mynd adra a thystio nad tric oedd yr hyn a welson nhw. Taflwch o i'r Pair!'

Cododd y dynion gorff llipa'r gwleidydd a'i daflu ar ei ben i'r crochan mawr du. Daeth sŵn taranllyd ohono, a dechreuodd ysgwyd, fel pe bai'n barod i gyfogi ei gynnwys.

Aeth teimlad anesmwyth drwy Joni, yr un teimlad a gafodd wrth ddod wyneb yn wyneb â'r Saith, neu pan oedd Bendigeidfran yn tyrchu drwy ei isymwybod. Fel pe bai caddug oer yn cau amdano. Gallai glywed lleisiau ar yr ymylon, lleisiau yn ei ben, ond roedd yna filoedd ohonynt, rhyfelwyr yr oedd y Pair wedi llyncu rhywfaint o'u heinioes, y cyfan yn gweiddi a sgrechian a brwydro am ryddid o'u carchar oesol. Diflannodd y pelydr o heulwen a dywynnai drwy'r rhwyg yn y to wrth i arwyneb tywyll y Pair amsugno pob arlliw o liw o'r byd o'i amgylch. Dinoethwyd cyfres o batrymau cnotiog ar groen haearn y crochan a fu'n anweledig gynt: yn wynebau, rhyfelwyr, ceffylau, y cyfan â'u cegau ar agor ac yn sgrechian am eu heinioes.

Bytheiriodd y Pair, gan daflu Dafydd Morris-Hopkins allan ohono, draw gerllaw lle'r oedd Joni'n sefyll. Roedd yn wlyb diferol a stêm yn codi o'i gorff. Ond gallai Joni ei weld yn symud, yn araf bach. Yn dadebru, fel y gwnaeth y marchog ger y llyn.

'Tyrd ag ef i flaen y llwyfan, Hychdwn Hir,' gorchmynnodd Modron.

Aeth Hychdwn Hir i lawr ar ei gwrcwd a chodi'r hen ddyn. Cariodd ef draw i le y safai Modron cyn ei roi i sefyll er mwyn ei arddangos i'r gynulleidfa.

Sadiodd Dafydd Morris-Hopkins ei hun ar draed simsan. Edrychodd o'i amgylch mewn syndod, ei geg yn agor a chau fel pysgodyn. Estynnodd law a mwytho cefn ei ben yn ochelgar. Trodd Hychdwn ef mewn cylch i'r gynulleidfa gael ei weld o bob cyfeiriad. Aeth ias o syndod drwy'r dorf. Gallent weld nad oedd ôl bwled yno o gwbwl.

'Tric yw e!' gwaeddodd rhywun.

'Nid tric. Mae'n fyw!' meddai Modron. 'Wedi colli ei dafod – ond efallai fod hynny'n fendith i bawb.' Chwarddodd.

Aeth ias drwy wythiennau Joni. Sylweddolodd i'r dim pam roedd ei dad, a Bendigeidfran, mor awyddus i gadw'r Pair allan o'r dwylo anghywir. Bellach, roedd gan Modron a'i chriw rym dros fywyd a marwolaeth; y gallu i godi byddin o farw'n fyw i frwydro drostynt.

Wrth gofio am Bendigeidfran, suddodd ei law i'w boced a theimlo clust y cawr. Oedd, roedd yn dal yno. Pam roedd ei dad wedi mynnu ei rhoi iddo? I'w atgoffa o rywbeth?

Ac yna deallodd. Cododd y dryswch o'i feddwl fel tarth y môr wrth i'r haul godi. Sylweddolodd â braw pa ran oedd ganddo i'w chwarae yn y chwedl hon. Dim ond dau ddewis oedd bellach – ei aberthu ei hun dros bawb arall neu dynghedu Cymru gyfan i oes dan ormes Modron a'i chriw. O leiaf ei ddewis ef ydoedd y tro hwn. Ni allai Iaco, na'i dad, na neb arall ysgwyddo'r baich ar ei ran.

Camodd o gefn y llwyfan i olwg y dorf.

Roedd Modron yn dal i ymfalchïo yn ei llwyddiant. 'Mae'r Pair Dadeni yn gweithio. Mae Cymru yn credu!'

'Na,' meddai Joni, ei lais yn ddistaw yn y gwagle. 'Dim fel'na ma neud pethe.' Gwaeddodd: 'Rhyddhau pobol Cymru i benderfynu drostyn nhw eu hunain ddylech chi neud, dim eu gormesu nhw.'

Disgwyliai Joni i fwled ei daro unrhyw eiliad. Ond ni ddaeth. Edrychodd Modron arno'n syn.

'Mae democratiaeth wedi methu,' meddai hi. Cyfeiriodd at y dorf â'i llaw. 'Mae'r bobol 'ma wedi eu swyno i drwmgwsg gwleidyddol. Dydyn nhw ddim yn gallu meddwl drostyn nhw eu hunain. Dim ond grym drwy drais maen nhw'n ei ddeall.'

'Alaw,' gwaeddodd Joni. 'Ti'n gwbod 'mod i'n gweud y gwir. Cariad y bobol wyt ti moyn, wedest ti, dim codi ofn arnyn nhw. Smo Modron yn becso dim am ewyllys y bobol.'

Cododd Alaw Watkins ar ei thraed yn araf. Ebychodd y dorf.

'Stedda, Alaw,' meddai Modron.

'Ma fe'n iawn. Nid dyma sut mae gwneud pethe.' Cododd Alaw Galedfwlch ac anelu'r llafn at Modron. Roedd ei llais fel dur. 'Pa werth sydd i genedl, o'i hennill drwy dywallt gwaed ei phobol, a'u gormesu? Wy moyn eu deffro, eu cyffroi – eu dyrchafu, nid eu darostwng.'

'Breuddwyd gwrach,' meddai Modron. 'Caiff y rheini sy'n anfodlon tywallt gwaed eu gwaed hwythau wedi ei dywallt gan eraill.'

'Fi yw ceidwad y cledd!' mynnodd Alaw. Roedd ei braich yn ysgwyd. 'Fi yw'r Un Darogan! A fi sy'n penderfynu.'

Camodd Modron tuag ati a gwthio'r llafn o'r neilltu â chefn ei llaw. 'Symboliaeth yn unig, 'mechan i. Os nad wyt ti am fod yn Llyw, bydd digon o ymgeiswyr eraill. Dw i'n gwbod beth sydd ei angan ar y Cymry, hyd yn oed os nad ydyn nhw'n gwbod eu hunain eto.'

Trodd at Joni.

'Rwyt ti'n benderfynol o fod yn ferthyr, yn dwyt?' Gwenodd gyda'i ceg, os nad â'i llygaid. 'Ond i ba bwrpas? Rydan ni eisoes wedi ennill. Os bydd hanes yn dy gofio o gwbwl, fel bradwr fydd hynny, a safodd yn ffordd dymuniad y bobol. Efnisien, dos â hwn gefn llwyfan. Paid â'i ladd yn rhy gyflym.'

Caeodd pâr o freichiau am Joni o'r tu ôl a theimlodd y gwynt yn cael ei wasgu ohono. Codwyd ef i'r awyr a phlygwyd ef am yn ôl. Saethodd poen arteithiol i lawr ei gefn. Caeodd ei lygaid, gan ddymuno i'r cyfan fod drosodd yn gyflym, ac yn disgwyl clywed asgwrn ei gefn yn dryllio. Ac yna fe glywodd glec. Credai am eiliad mai dyna'r ergyd angheuol. Ond yna syrthiodd o freichiau llipa Efnisien. Edrychodd i lawr. Roedd mwgwd, wyneb a phen Efnisien wedi chwalu a'r gwaed wedi tasgu'n stribyn sgarled i ben draw'r llwyfan.

Trodd i gyfeiriad ergyd y dryll.

'Pam ddiawl wnest ti hynny?' gofynnodd Modron i'r dyn mewn du wrth ei hochr.

'Rhed, Joni!' gwaeddodd yntau. Adnabu lais Teyrnon.

Ond nid oedd Joni am redeg. Dyma'r amser i sefyll. Ymbalfalodd yn ei boced a thynnu clust Bendigeidfran ohoni. Anelodd am y Pair a thaflu'r glust i'w gyfeiriad â'i holl nerth. Hwyliodd drwy'r awyr, gyda sawl pâr o lygaid yn ei dilyn, a diflannu i geg y crochan anferth.

Edrychodd Modron arno'n ddiddeall. 'Beth gebyst deflaist ti?' gofynnodd.

Bu distawrwydd. Doedd dim byd yn digwydd. Efallai nad oedd dim byd yn mynd i ddigwydd. Roedd Joni wedi dyfalu'n anghywir. Cnodd ei wefus a hanner derbyn bod ei antur ar ben. Bod ei fywyd ar ben. Ond o leiaf yr oedd wedi trio.

Yna fe'i clywodd.

'Modron.'

Daeth y llais fel sibrwd ar y gwynt. Llais cyfarwydd, meddyliodd Joni, ond roedd un gwahaniaeth amlwg y tro hwn, sef nad oedd yn dod o du mewn i'w ben.

'Modron.'

'Mae'r llais yn dod... o'r Pair,' meddai hi. Martsiodd draw at Joni a chydio ynddo gerfydd ei goler. 'Clust pwy oedd honna?' gofynnodd gan ei ysgwyd.

Dechreuodd y Pair drystio yn ffyrnig.

'Modron.'

Saethodd gwreichion tân ohono. Byrlymodd yr arwyneb dur gan blygu a llurgunio'r wynebau a oedd yn batrwm arno. Cododd y lleisiau unwaith eto, ond roeddynt yn sgrechian y tro hwn fel pe baent yn cael eu rhwygo o'u tu mewn. A distawyd y cyfan gan un ebychiad a ysgydwai'r ddaear fel daeargryn.

'Modron!'

Trodd hithau at un o'r ffigyrau eraill mewn du a safai ar y llwyfan. 'Gwydion, gwna rwbath,' mynnodd.

'Sori, Modron,' atebodd. 'Rwyt ti ar ben dy hun y tro hwn.'

Cwympodd Gwydion yn bentwr o ddillad o'u blaenau. Gwelodd Joni symudiad yn eu mysg a dringodd llygoden fach allan o'r pentwr a diflannu i gefn y llwyfan.

'Dad?' galwodd Hychdwn yn syn. 'Lle'r aeth o?'

'Mae wedi… mynd,' meddai Modron, a'r ofn lond ei llais. 'Wedi ein gadael ni.'

'MODRON!'

Camodd hithau am yn ôl, ond roedd yn rhy hwyr. Cododd pen o'r pair ac yna braich. Rhwygodd gweddillion y crochan yn ddarnau wrth fethu â dal y corff cawraidd oddi mewn. Daeth braich arall i'r golwg, a brest, a phâr o goesau anferthol.

Collodd y dyrfa eu hofn o'r dynion â'r gynau. Roedd hyn yn llawer mwy brawychus. Roeddynt yn baglu dros y seddi wrth dyrru i gyfeiriad yr allanfeydd.

'MODRON!' Roedd y llais bellach yn dod o entrychion y Pafiliwn.

Daeth llais bychan yn ateb iddo. 'B… b… b… Bendigeidfran…'

Gwelodd Joni y droed anferth yn codi, ac yna'n syrthio. Trodd yntau ei gefn a rhedeg nerth ei draed, oddi ar y llwyfan, ac i gyfeiriad y drysau. Roedd digon o ddelweddau erchyll yn ei gof i'w gadw'n effro am fisoedd heb fod angen gweld Modron yn cael ei sathru'n grempog yn ogystal. Wrth gyrraedd yr allanfa, clywodd sgrech a sŵn crensian afiach dros yr uchelseinydd.

Ymunodd Joni â'r wasgfa y tu allan i'r Pafiliwn. Roedd pawb yn ceisio ei heglu hi am eu bywydau i'r un cyfeiriad yr un pryd. Golygai'r wasgfa o gyrff nad oedd wedi mynd fawr pellach pan glywodd sŵn rhwygo y tu ôl iddynt. Ymrannodd wal allanol y Pafiliwn ar ei hyd. Sgrechiodd y dorf drachefn wrth i Bendigeidfran ymbalfalu am allan, fel babi anferthol yn ymwthio o'r groth.

Gwthiodd Joni drwy'r dorf a dechrau rhedeg nerth ei draed. Ond roedd yn rhy hwyr. Teimlodd rywbeth yn cau amdano a'i fygu. Ceisiodd sgrechian ond ni allai gael ei wynt ato. Credai am eiliad ei fod yn mynd i gael ei wasgu'n ronynnau mân gan y llaw anferthol a afaelai ynddo.

'Joni.'

Agorodd ei lygaid ac edrych i fyny. Edrychodd wyneb mawr barfog i lawr arno. Roedd ei lygaid fel dau lyn a'i drwyn fel rhimyn mynydd. Eisteddai Joni ar gledr ei law, bedwar deg troedfedd dda oddi ar y ddaear. Roedd y cawr yn anferth.

'Bendigeidfran?'

'Rydym ni wedi goroesi nifer o anturiaethau gyda'n gilydd,' meddai â llais fel nodau isaf organ capel. 'Ond daeth yr antur i ben, a daeth yn amser i mi yn awr ddychwelyd i'r Gwynfryn. A fo ben, bid bont. Ond pont i'r gorffennol ydw i.'

Stopiodd y cawr yn yr unfan. Cododd ei olygon tuag at yr wybren las. 'Pryderi!' galwodd, ei lais yn atseinio ar draws gwastadedd yr ynys. 'Manawydan! Glifiau Ail Daran! Ynawg! Taliesin! Gruddiau fab Muriel! Heilyn fab Gwyn Hen!'

Daeth min i'r awyr dros faes yr Eisteddfod. Rhuthrodd y cymylau at ei gilydd fel tonnau ar draws yr wybren las. Clywyd murmur pell taranau fel atsain diferion wrth wraidd mynydd. Drifftiodd y Saith i lawr o'u hamgylch fel derwyddon mewn du.

'Rhaid i ti, Joni, greu'r bont i'r dyfodol,' meddai'r cawr.

Rhoddodd Bendigeidfran ef ar lawr. Rhedodd Joni nerth ei draed y tu cefn i'r stondin agosaf i ddianc o olwg y Saith, cyn pipio allan o'r tu ôl i'r llen. Gwelodd y cawr yn cael ei godi i fyny i'r awyr o flaen ei lygaid gan y Saith, nes eu bod yn frychau du uwchben ac yn diflannu tu ôl i gwmwl. Y cyfan oedd yn weddill oedd ôl traed mwdlyd lle y bu'n sefyll eiliadau ynghynt.

Ar ôl ei weld yn mynd, daeth Joni allan o'i guddfan a chychwyn yn ôl tuag at fynedfa Maes yr Eisteddfod. Cliriodd y storm ddisymwth a'i sŵn a daeth yr haul i'r golwg drachefn gan oleuo pob cornel o'r Maes. Ond ni allai weld yr un enaid byw. Roedd pawb wedi ffoi.

'Stop there, please! Hands in the air.'

Ochneidiodd Joni. Roedd heb weld yr heddweision yn dod. Rhaid eu bod nhw wedi sleifio tuag ato o bob cyfeiriad. Roedd pump neu chwech ohonynt o'i gwmpas â gynnau yn eu dwylo, wedi ymddangos o gefnau stondinau a chuddfannau eraill. Roeddynt yn gwisgo helmedau â sgriniau plastig.

Cododd ei ddwylo'n ochelgar. Roedd wedi cael llond bol o bobol yn anelu drylliau ac arfau eraill tuag ato dros y ddeuddydd diwethaf. Fe fyddai'n gas ganddo gael ei saethu'n awr, ar ôl goroesi popeth arall.

'O! Joni Teifi. Mae'n ddrwg gen i,' meddai un ohonynt. Rhoddodd ei ddryll o'r neilltu ac amneidio ar y lleill i wneud yr un peth.

Cododd y sgrin blastig oedd ar draws ei wyneb. Roedd ganddo fwstásh gwyn. Adnabu Joni ef fel y gyrrwr a aeth ag ef a'i dad i Lundain.

'Jamie Holmes?' ebychodd Joni'n syn.

'Gei di ostwng dy freichiau,' meddai. Fe wnaeth Joni hynny. 'Fe lwyddaist ti i ddiflannu dan fy nhrwyn i,' gwenodd yn gyfeillgar.

'Dim gyrrwr y'ch chi?' gofynnodd Joni.

'Na, mae gen i gyfaddefiad. Cadw golwg arnoch chi ar ran y gwasanaethau cudd o'n i. Wy wedi bod yn eich dilyn chi ers misoedd... Ddrwg iawn gen i am dy dad. Os yw'n unrhyw gysur, ry'n ni wedi dod â'i gorff yn ôl o Gwales i'w gladdu.'

Suddodd calon Joni. Roedd wedi parhau i obeithio, rhwng yr holl hud a lledrith, y câi ei dad yn ôl yn y diwedd. Ond gwyddai, ar ôl edrych i lygaid y Saith, mai breuddwyd gwrach oedd hynny. Ni allai gael y gorffennol yn ôl. Gwell ei adael fel yr oedd.

Yn sydyn, cofiodd am ei fam. A oedd hi'n meddwl ei fod ef wedi marw hefyd? A oedd hi'n galaru?

'Ga i ffonio adre?' gofynnodd.

Siglodd Jamie Holmes ei ben. 'Mae'n ddrwg gen i ddweud y bydd rhaid dy gyfweld di'n gynta. Ond fe wnawn ni siarad â dy deulu cyn hynny i ddweud dy fod di'n saff.' Cydiodd yn ysgwydd Joni a'i hoelio gyda'i lygaid. 'Wyt ti'n gwbod ble mae'r Pair?' gofynnodd.

Amneidiodd Joni i gyfeiriad y Pafiliwn. 'Ond peidiwch â'i ddefnyddio, wnewch chi?'

'Paid poeni, Joni. Ry'n ni'n mynd i roi'r Pair lle na all yr un dyn na chwedl ddod o hyd iddo.' Edrychodd yn ddwfn i lygaid Joni.

'Wy am i ti ddeall mai ymosodiad terfysgol oedd hwn. Doedd y pethau a welaist ti ac a glywaist ti yn ddim byd mwy na thriciau cyfrwys. Sioe oleuadau, mwg ffug ac yn y blaen.'

Syllodd Joni arno'n gegrwth. 'Wy'n gwbod bod hynny ddim yn wir.'

'Mae pobol yn credu beth sy hawsa i'w gredu. Fe ddoi di i gredu hefyd. A'r hyn sy'n cael ei gredu yw'r gwirionedd yn y pen draw, ontefe?'

Rhyddhaodd Jamie ei ysgwydd ac amneidio ar weddill y milwyr i'w ddilyn tuag at y Pafiliwn, heblaw am un heddwas arfog a arhosodd i dywys Joni oddi yno.

'Come with me,' meddai.

Aeth â Joni yn ôl i gyfeiriad y fynedfa. Teimlai'n lluddedig. Llusgai'r blinder ef i lawr fel pe bai yna gadwynau ar ei gorff, ac roedd ei feddwl fel cragen wag.

Aethant draw at fynedfa'r Eisteddfod. Yno roedd tyrfa fawr o bobol yn eistedd a sefyll, wedi eu corlannu gan yr heddlu, a phawb yn edrych, fel ef, fel petaent wedi eu taro'n syfrdan. Roedd heddweision yn cadw llygad barcud arnynt, a hyd yn oed yn cymryd eu ffonau symudol oddi arnynt a'u rhoi mewn bagiau plastig.

'You'll need to stay here until you're formally interviewed,' meddai'r heddwas wrth Joni. Rhoddodd ddarn o bapur ac arno rif yn ei law.

Eisteddodd Joni ar fwrn gwellt ac edrych o'i gwmpas. Roedd ambell un yn fwd o'i gorun i'w sawdl, ambell un wedi ei anafu. Gwelodd un dyn yn dal yn ei goban dderwyddol wen a'i gwaelodion wedi'u staenio gan waed. Edrychiai'r Maes fel maes brwydr.

Roedd y cysgodion yn dechrau ymestyn wrth i'r haul ostwng i gyfeiriad y dwyrain. Yn sydyn, clywodd Joni sŵn annisgwyl. Roedd rhywun wedi dechrau canu 'Hen Wlad fy Nhadau'. Ni wyddai Joni pam – efallai mai chwilio am rywbeth i'w wneud yr oedd, eisiau torri rhywfaint ar y tyndra. Neu efallai am ei bod yn rhan o ddefod yr Eisteddfod a'i bod yn rhyfedd peidio â'i chwblhau.

'Mae hen wlad fy nhadau yn annwyl i mi,
Gwlad beirdd a chantorion, enwogion o fri...'

Lledodd y gân fel tân drwy'r dorf wrth i sawl un arall ymuno.

Cododd y nodau'n uchel ar yr awel fain a chwythai o gyfeiriad y môr. Sylwodd Joni nad oedd yn siŵr o'r geiriau ei hun, y tu hwnt i'r gytgan. Nid oedd erioed wedi cael llawer o flas arni o'r blaen.

'Ei gwrol ryfelwyr, gwladgarwyr tra mad,
Dros ryddid collasant eu gwaed.'

Roedd bron y cyfan o'r dyrfa wedi ymuno yn y gân erbyn hyn, a gwelodd Joni fod hyd yn oed gwefusau rhai o'r heddweision yn symud.

Doedd Joni ddim yn siŵr pam, na beth oedd wedi newid ynddo, ond er gwaethaf ei flinder, roedd cerrynt fel trydan yn goglais ei gorff wrth glywed pawb yn canu. Teimlai am y tro cyntaf yn rhan o rywbeth ehangach nag ef ei hun. Ond ddim am y tro cyntaf chwaith – onid dyna oedd wedi ei wthio i weithredu ar y llwyfan ynghynt? Rhyw gysylltiad â'r bobol o'i amgylch, cydwerthfawrogiad o'u hanes a'u diwylliant, a'r ffaith bod eu gorffennol a'u dyfodol ynghlwm â'i gilydd. Ond roedd yn beth bregus, hefyd, ac fe allai ddiflannu fel nodyn ar y gwynt pe na bai'n cael ei ailadrodd a'i ddiogelu.

'Gwlad, Gwlad, pleidiol wyf i'm gwlad,
Tra môr yn fur i'r bur hoff bau,
O bydded i'r heniaith barhau.'

Ond yn fwy na hynny, teimlai gyswllt â'r holl bobol nad oeddynt yno. Roedd fel petaent hwythau o'i gwmpas, yn morio canu, yn dyrfa o ysbrydion.

Iaco, ei dad, roedden nhw i gyd yno, yn gefn iddo, er gwaethaf popeth.

Alaw

S AFAI YNO FEL delw, lle'r oedd yr afon yn cwrdd â'r môr, yn wynebu'r machlud, a'i chleddyf yn ei llaw. Er gwaetha'r awel iach a chwythai o'r dwyrain, roedd ei brest mor dynn â phetai'n gaeth dan farclodiad o gerrig. Gwrandawodd ar fwrlwm y llanw, sisial yr afon wrth iddi nadreddu drwy'r gweunydd tuag at y môr, a galwad groch y gwylanod a droellai uwchben. Fe âi bywyd yn ei flaen, ond teimlai fod ei thaith hithau ar ben.

'Sai'n gwybod pwy ydw i rhagor,' sibrydodd i'r gwynt.

'Mae hynny lan i ti.'

Trodd ei phen. Safai Teyrnon yno, ychydig lathenni y tu ôl iddi.

'Ers pryd wyt ti wedi bod yno?'

Cododd ei war. 'Erioed.'

Trodd yn ôl tuag at y môr. 'Wyt ti wedi dod i fy arestio i?'

'Dim heddiw.' Ymunodd â hi ar ymyl y dŵr. 'Fan hyn y digwyddodd e, ti'n gwybod.'

'Be?'

'Fan hyn y cyrhaeddodd y llong yn ôl o Iwerddon. Fan hyn y bu farw Branwen o galon ddrylliedig.'

Ochneidiodd Alaw. 'Mae'n un peth dygymod â pheidio cyrraedd pen y daith. Peth arall yw sylweddoli mai rhith oedd y llwybr, nad oedd y frwydr yn werth ei hymladd.' Edrychodd i lawr ar y cleddyf yn ei llaw. 'A ddaw dadeni i Gymru?'

Gwenodd Teyrnon arni. 'Wy 'di bod ambytu'r lle yn ddigon hir i wybod nad mater o ddadeni yw hi. Rhaid i bob cenhedlaeth adeiladu drachefn, ac mae pob un yn adeiladu cenedl wahanol.' Trodd ei gefn ar y môr a chychwyn yn ôl i fyny'r llwybr tuag at y maes parcio. 'Cofia, a fo ben, bid bont. Nid gwaith yr arweinydd yw dweud wrth bobol lle y dylen nhw fynd, ond bod yn fodd iddynt gyrraedd lle y maen nhw moyn mynd.'

Ystyriodd Alaw ei eiriau. Canent yn glir fel clychau ymysg y dryswch o leisiau yn ei phen. Nid sefyll ar ddiwedd y byd yr oedd hi. Safai ar drothwy oes newydd.

Cododd ei chledd dros ei hysgwydd, a'i daflu gyda'i holl nerth i gyfeiriad Ynys Cybi. Glaniodd yn swp yn y môr, gan dasgu dŵr i bob cyfeiriad, a suddo o'r golwg. Nid estynnodd yr un fraich i'w hawlio.

Trodd a brysio i fyny'r llwybr i ddal Teyrnon.

''Na'i diwedd hi?' gofynnodd hwnnw, wrth ei gweld yn waglaw.

''Na'i dechrau,' atebodd yn bendant.

Gwenodd Teyrnon. 'Arwain di'r ffordd, Brif Weinidog,' meddai.

Camodd Alaw yn benderfynol i ben draw'r llwybr. Roedd Modron a'i chriw wedi ei harwain i'r cyfeiriad anghywir, meddyliodd. Dyna'r camgymeriad. Nid mynd yn ôl oedd hi eisiau. Roedd hi eisiau carthu'r hyn oedd yno o'r blaen. Ailenedigaeth genedlaethol oedd ei hangen, a'r bobol yn fydwragedd iddi.

Os oedd Cymru am oroesi, roedd rhaid dinistrio hanes, dinistrio traddodiad, dinistrio popeth. Dechrau o'r dechrau. Dod â phawb at ei gilydd drwy eu gwneud yr un fath â'i gilydd; dileu'r elfen oedd yn gwrthod cymathu. Creu Cymru newydd, unedig a phur. Cymru i fod yn falch ohoni.

Doedd dim angen y cleddyf arni hi rhagor. Hi oedd y cleddyf.

Cerddodd draw at y llidiart a arweiniai at y maes parcio, ei hwyneb wedi'i droi oddi wrth y machlud rhuddgoch a dywynnai ar lafn y cleddyf yn y dŵr.

Etholaethau Cymru
ar ddechrau'r hanes

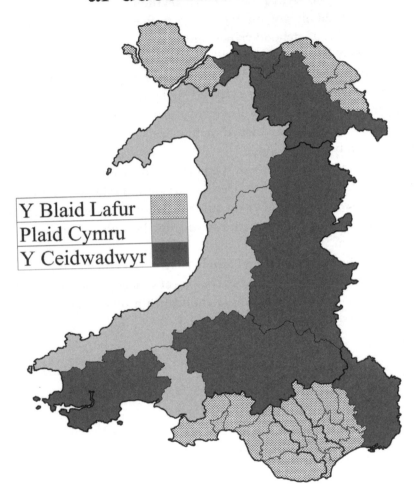

	Y Blaid Lafur	Plaid Cymru	Y Ceidwadwyr	Y Democratiaid Rhyddfrydol	UKIP	Aelodau Annibynnol
Etholaethau	21	3	6			
Rhanbarth Gogledd Cymru	1	2	1		2	
Rhanbarth Canolbarth Cymru	3			1	2	
Rhanbarth Gorllewin De Cymru		2	1	1	2	
Rhanbarth Canol De Cymru		2	2		2	
Rhanbarth Dwyrain De Cymru	1	1	1	1	2	
CYFANSWM	26	10	11	3	10	0

Etholaethau Cymru
ar ddiwedd yr hanes

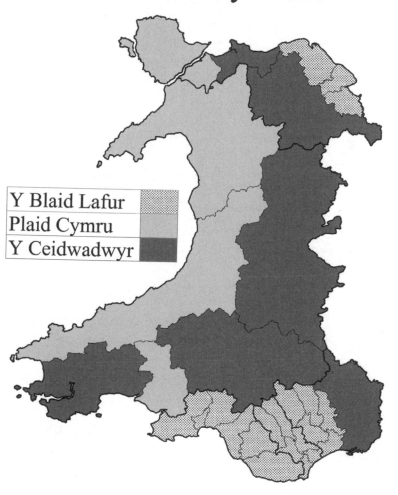

Y Blaid Lafur
Plaid Cymru
Y Ceidwadwyr

	Y Blaid Lafur	Plaid Cymru	Y Ceidwadwyr	Y Democratiaid Rhyddfrydol	UKIP	Aelodau Annibynnol
Etholaethau	20	4	6			
Rhanbarth Gogledd Cymru	1	2	1		2	
Rhanbarth Canolbarth Cymru	3			1	2	
Rhanbarth Gorllewin De Cymru		2	1	1	2	
Rhanbarth Canol De Cymru		2	2		2	
Rhanbarth Dwyrain De Cymru		1	1	1	2	1
CYFANSWM	24	11	11	3	10	1

"Go brin fod yng Nghymru heddiw nofelydd mor wreiddiol a dyfeisgar â'r awdur hwn." **Emyr Llywelyn**

Igam Ogam

Enillydd
Gwobr Goffa
Daniel Owen
2008

Ifan Morgan Jones

y Lolfa

£7.95

yⵏLolfa

YR ARGRAFF GYNTAF

Caerdydd, 1927, ac mae'n
wythnos fawr yn hanes y
ddinas . . .

IFAN MORGAN JONES

Nofel antur gyffrous gan enillydd Gwobr Goffa Daniel Owen 2008

£7.95

Am restr gyflawn o lyfrau'r Lolfa, mynnwch
gopi am ddim o'n catalog
neu hwyliwch i mewn i'n gwefan

www.ylolfa.com

lle gallwch archebu llyfrau ar-lein.

TALYBONT CEREDIGION CYMRU SY24 5HE
ebost ylolfa@ylolfa.com
gwefan www.ylolfa.com
ffôn 01970 832 304
ffacs 832 782